SUPERBESTSELLER

741

Della stessa autrice

Fine dell'estate
Palomino
Una perfetta sconosciuta
Stagione di passione
Una volta nella vita
Un amore così raro
Due mondi due amori
Incontri
La tenuta
Ritratto di famiglia
Svolte
Promessa d'amore
Menzogne
Ora e per sempre
L'anello
Giramondo
Amarsi
Amare ancora
Cose belle
Il cerchio della vita
Il caleidoscopio
Zoya
Star
Daddy-Babbo
Messaggio dal Vietnam
Batte il cuore
Nessun amore più grande
Gioielli
Le sorprese del destino
Scomparso
Il regalo
Scontro fatale
Fulmini
La promessa
Cinque giorni a Parigi
Brilla una stella
Perfidia
Silenzio e onore
Il ranch
Un dono speciale
Il fantasma
La lunga strada verso casa
Immagine allo specchio
Dolceamaro
Forze irresistibili
Le nozze
La casa di Hope Street
Il viaggio
Granny Dan - La ballerina dello zar
Aquila solitaria
Atto di fede
Un uomo quasi perfetto
Il bacio
Il Cottage
Tramonto a Saint-Tropez
Una preghiera esaudita
Un angelo che torna
Appuntamento al buio
Un porto sicuro
La casa
Il miracolo
La stagione delle emozioni

DANIELLE STEEL

CIELO APERTO

SPERLING
PAPERBACK

Traduzione di Grazia Maria Griffini
Wings

I edizione «Superbestseller» Paperback maggio 1999
Finito di stampare nel gennaio 2009
presso la Mondadori Printing S.p.A.
Stabilimento N.S.M. di Cles (TN)
Printed in Italy

ISBN 978-88-8274-406-9
86-I-09

IX EDIZIONE

Visitate il sito www.daniellesteel.com

All'Asso del mio cuore,
il pilota dei miei sogni...
la gioia della mia vita,
il luogo quieto dove vado
nell'oscurità della notte
il limpido sole radioso del mattino
della mia anima
all'alba...
la stella luminosa e splendente
nel mio cielo,
al mio amore,
al mio cuore,
al mio tutto,
adorato Popeye,
con tutto il mio cuore e il mio amore
per sempre
Olive

1

La strada per l'aeroporto O'Malley era una pista stretta, lunga e polverosa, che pareva curvasse prima a sinistra, poi a destra, girando pigramente intorno ai campi di granturco. Il campo d'aviazione era poco più di una modesta distesa di terreno arido nei pressi di Good Hope nella McDonough County, quasi trecento chilometri a sudovest di Chicago. Quando Pat O'Malley li vide per la prima volta, nell'autunno del 1918, quei tre ettari o poco più di terra sterile e povera gli sembrarono lo spettacolo più bello del mondo. Nessun contadino con un briciolo di cervello li avrebbe mai voluti; infatti non erano di nessuno. Quella terra costava solo quattro soldi e Pat O'Malley la comprò sacrificando quasi tutti i suoi risparmi. Il resto servì all'acquisto di un piccolo Curtiss Jenny – un residuato di guerra, un piccolo aereo a due posti con doppi comandi – del quale si serviva per insegnare a volare ai rari visitatori che potevano permettersi una o due lezioni, e per accompagnare di tanto in tanto un passeggero a Chicago oppure per il trasporto di piccoli carichi di merce.

Anche se l'acquisto del Curtiss Jenny non portò certo O'Malley alla bancarotta, sua moglie Oona, la donna minuta e graziosa dai capelli rossi che aveva sposato dieci anni prima, era l'unica a non giudicarlo completamente pazzo. Lei sapeva quanto avesse sempre desiderato volare, fin dal giorno in cui aveva visto per la prima volta un velivolo in esposizione su una piccola pista del New Jersey. Così Pat si era trovato un secondo lavoro per potersi pagare le lezioni; e aveva trascinato Oona fino alla lontana San Francisco per visitare la Panama-Pacific Exhibition nel 1915, dato che era l'unico modo per poter conoscere Lincoln Beachey. Beachey lo aveva fatto volare con sé sul proprio aereo, cosa che aveva reso ancor più dolorosa per Pat la sua morte due mesi dopo. La tragedia era accaduta proprio quando Beachey aveva appena terminato di eseguire tre cerchi della morte, tanto audaci da togliere il fiato, con un nuovo tipo di velivolo sperimentale.

A quella mostra Pat aveva conosciuto anche il famoso aviatore Art Smith e un esercito di altri fanatici del volo. Erano un'autentica confraternita di temerari che non avevano altro scopo nella vita che volare. Parlavano, sognavano, respiravano solo il volo. Sapevano tutto sulla complicata struttura di ogni macchina volante che fosse mai stata costruita, sapevano qual era il modo migliore di pilotarla. Si raccontavano storie di aerei e si scambiavano consigli e informazioni su velivoli vecchi e nuovi, e su tecniche di pilotaggio apparentemente impossibili. Non c'era da meravigliarsi, quindi, che solamente pochi di loro manifestassero interesse per qualcosa di diverso, o riuscissero a trovare un impiego e a mantenerlo, che avesse poco o niente a che vedere con la possibilità di volare. Quanto a Pat, era sempre in mezzo a loro, pronto a descrivere qualche impresa incredibile cui aveva assistito, o aerei straordinari che, chissà come, riuscivano a fornire prestazioni eccezionali. Pat aveva giurato a se stesso che un giorno avrebbe posseduto un aereo tutto suo, o magari addirittura una squadriglia. Gli amici ridevano di lui e i parenti dicevano che era un povero stupido. Solamente la dolce e innamorata Oona credeva in lui. Lo ascoltava a bocca aperta e lo seguiva ciecamente, con la più totale lealtà e adorazione. Quando nacquero le loro figlie Pat cercò di non mostrare quanto fosse deluso, poiché desiderava ardentemente un maschio.

Ma per quanto volesse bene a sua moglie, Pat O'Malley non era tipo da perdere tempo con le figlie. Aveva saputo sfruttare fino all'ultimo centesimo il denaro speso per le lezioni di volo. Era uno di quegli aviatori che d'istinto sanno pilotare quasi ogni aereo, e nessuno si meravigliò quando fu uno dei primi americani ad arruolarsi volontario, ancora prima che gli Stati Uniti entrassero nella Grande Guerra. Dopo aver combattuto con la Lafayette Escadrille, venne trasferito alla 94ª Squadriglia nello stesso momento in cui fu creata, e cominciò a volare con Eddie Rickenbacker come comandante.

Furono anni davvero emozionanti! A trent'anni, dopo essersi arruolato volontario nel 1916, si era ritrovato a essere più vecchio della maggior parte dei compagni. Del resto, anche Rickenbacker era più vecchio di molti dei suoi uomini. Con Pat aveva questo in comune. E naturalmente la passione per il volo. Ma c'era qualcosa di più: come Rickenbacker, Pat O'Malley sapeva sempre quello che faceva. Era deciso, capace e intelligente, correva innumerevoli rischi, e tutti dicevano che aveva più fegato di chiunque, nella squadriglia. Rickenbacker stesso aveva ripetuto più di una volta che era uno dei più grandi piloti del mondo. Anzi, aveva cercato di incoraggiarlo a non rinunciare all'aviazione dopo la guerra: c'erano frontiere da esplorare, sfide eccitanti da affrontare, nuovi mondi da scoprire.

Invece Pat sapeva che per lui quel tipo di volo poteva considerarsi concluso. Per quanto fosse un ottimo pilota, gli anni della gloria ormai erano finiti. Doveva occuparsi di Oona e delle bambine. Nel 1918, a trentadue anni, quando la guerra era finita, capì che era arrivato il momento di pensare al futuro. Suo padre era morto e gli aveva lasciato una piccola parte dei suoi risparmi. Anche Oona era riuscita a mettere da parte qualcosa. E con quel denaro partì per andare a esplorare le zone rurali a ovest di Chicago. Uno dei suoi ex commilitoni gli aveva detto che lì era possibile acquistare proprietà terriere per cifre irrisorie, soprattutto se non erano adatte all'agricoltura.

Così era cominciata l'avventura. Aveva acquistato quei tre ettari o poco più di terreno agricolo a un ottimo prezzo, e aveva dipinto con le sue mani l'insegna che diciotto anni più tardi era ancora lì. Diceva semplicemente AEROPORTO O'MALLEY e a poco a poco il colore era sbiadito.

Con gli ultimi soldi che gli erano rimasti, nel 1918 aveva acquistato il Curtiss Jenny e si era fatto raggiungere da Oona e dalle bambine per il Natale di quell'anno. C'era una casupola in fondo al campo d'aviazione, vicino a un torrente, ombreggiata da antichi alberi, e lì si erano sistemati. Pat trasportava sul suo apparecchio chiunque avesse il denaro per noleggiarlo, e spesso adibiva il vecchio Curtiss, piccolo ma affidabile, anche al servizio postale. Quanto a lui, appena possibile risparmiava ogni centesimo. A primavera fu in grado di comperare un de Havilland D.H.4A, che cominciò a usare per il trasporto di posta e merci.

I contratti governativi che aveva ottenuto per il servizio postale erano vantaggiosi, ma lo costringevano a rimanere molto tempo lontano da casa. A volte Oona doveva occuparsi dell'aeroporto da sola, oltre a badare alle bambine. Aveva imparato come rifornire di combustibile gli aerei e a rispondere alle telefonate che riguardavano i contratti o eventuali noleggi. E sempre più spesso capitava che fosse Oona a fare le segnalazioni necessarie a chi atterrava sulla stretta pista, quando Pat era lontano.

Di solito tutti rimanevano sconcertati quando scoprivano che le segnalazioni per l'atterraggio venivano fatte da una giovane donna dai capelli rossi, per di più incinta. Con quell'ultima gravidanza Oona era diventata più grossa del solito al punto che aveva pensato potesse trattarsi di due gemelli: Pat, invece, sapeva con sicurezza che non sarebbero stati due gemelli, ma quel tanto desiderato figlio maschio che avrebbe pilotato gli aerei con lui e lo avrebbe aiutato a dirigere l'aeroporto. Il ragazzo che aspettava da dieci anni.

Pat fece nascere la nuova creatura con le sue stesse mani, nella decrepita casupola cui aveva cominciato a poco a poco ad aggiungere qualche locale. Ormai lui e Oona avevano una camera da letto, e le tre bambine si dividevano l'altra. C'erano una cucina calda e accogliente e un ampio e spazioso soggiorno. Ma la casa in cui abitavano non poteva certo definirsi elegante: vi avevano portato ben poche cose, il minimo indispensabile. Tutto quanto avevano era stato investito nell'aeroporto.

La loro quarta creatura nacque senza difficoltà in una calda notte di primavera, in poco più di un'ora, dopo una lunga passeggiata che lui e Oona avevano fatto, costeggiando il campo di granturco del loro vicino. Pat le aveva parlato di un nuovo aereo che intendeva comperare; Oona gli aveva raccontato che le loro figlie erano emozionatissime al pensiero del nuovo bambino. A quell'epoca avevano cinque, sei e otto anni rispettivamente, e a loro sembrava di aspettare non tanto un fratellino o una sorellina, quanto una nuova bambola. E anche Oona, dopo che erano passati ormai cinque anni dall'ultima volta in cui aveva avuto un neonato fra le braccia, adesso non vedeva l'ora che nascesse. E quando venne alla luce, poco prima di mezzanotte, Oona non riuscì a trattenere un grido guardando la nuova creatura; poi scoppiò in lacrime sapendo quanto Pat sarebbe rimasto deluso. Non era il maschio tanto atteso, ma un'altra femminuccia. Una splendida bambina, che pesava quattro chili e mezzo, con grandi occhi azzurri, pelle d'avorio e capelli color rame. Ma per quanto graziosa fosse, Oona sapeva fin troppo bene con quanta intensità Pat aveva desiderato un maschio, e come sarebbe rimasto deluso.

« Non importa, piccola mia », disse lui, notando che Oona voltava la testa dall'altra parte, mentre lui avvolgeva la neonata nelle fasce. Era molto graziosa, ma non era il maschio sul quale aveva contato. Sfiorò con una carezza la guancia di sua moglie, poi con due dita le afferrò il mento costringendola a voltarsi e a guardarlo negli occhi. « Non importa, Oona. È una bimba sana e robusta. Per te, un giorno, sarà una gioia. »

« Già, ma per te? » gli domandò lei con tono afflitto. « Non potrai continuare in eterno a mandare avanti questo posto da solo. » Lui scoppiò in una risata di fronte a tanta preoccupazione, mentre sulle guance di Oona scivolavano le lacrime. Era una brava donna, le voleva bene... e se erano destinati a non avere figli maschi bisognava accettare il volere di Dio. Comunque, adesso avevano quattro figlie, e perfino questa bocca in più avrebbe costituito un problema per loro. Con l'aeroporto Pat non si arricchiva di certo!

« Non ti rimarrà che continuare ad aiutarmi a rifornire di carburante gli aerei, Oonie. E sarà sempre così, d'ora in avanti », mormorò, cercando di scherzare, mentre la baciava e usciva dalla camera da letto per andare a scolarsi un goccio di whisky. Se l'era meritato. Poi, alzando gli occhi a contemplare la luna, dopo che Oona e la neonata ebbero preso sonno, si domandò per quale scherzo del destino gli fossero nate quattro femmine e nessun maschio. Non gli pareva giusto, ma non era uomo da perder tempo a crucciarsi. Aveva un'aeroporto da mandare avanti e una famiglia da nutrire. Nelle sei settimane successive scoprì di essere talmente indaffarato da non avere quasi il tempo di pensare alla famiglia... tantomeno di rammaricarsi per la mancata nascita del maschio. Del resto, la neonata era bella e sana e cresceva splendidamente.

Pat ebbe addirittura l'impressione, quando trovò un minuto per guardarla con attenzione, che fosse diventata grossa il doppio, e che Oona avesse già riacquistato la linea perfetta di prima. Continuava a stupirsi delle capacità di recupero delle donne. Appena un mese e mezzo prima Oona era stata una creatura vulnerabile, appesantita e impacciata. Adesso sembrava tornata giovane e bellissima, mentre la bambina era un autentico diavoletto, dal carattere ribelle e dalla testolina rossa. Se sua madre o le sorelline non si preoccupavano immediatamente dei suoi bisogni, l'intero stato dell'Illinois, e buona parte dell'Iowa, potevano sentirla.

« Secondo me strilla più forte di tutte le altre, non ti pare, tesoro? » disse Pat una sera, stanco morto dopo un lungo viaggio senza soste fino all'Indiana e ritorno. « Che polmoni ha questa creatura! » E rivolse un sorriso a sua moglie al di sopra del suo bicchierino di whisky irlandese.

« Oggi ha fatto molto caldo e ha la pelle irritata dai pannolini. » Oona aveva sempre una spiegazione se qualcuna delle bambine non era del solito umore o non stava bene. E Pat si meravigliava per la sua pazienza, che sembrava infinita. D'altra parte Oona mostrava la stessa infinita pazienza anche con lui. Era una di quelle persone tranquille, che parlano poco ma osservano molto, e raramente diceva qualcosa di scortese a qualcuno, o sul conto di qualcuno. In quasi undici anni di matrimonio i momenti di disaccordo erano stati molto rari. Quando Pat l'aveva sposata lei aveva diciassette anni ed era stata la compagna ideale per lui. Aveva accettato tutti i suoi progetti, uno più stravagante dell'altro, e la sua immensa passione per il volo.

Quella stessa settimana, in una delle giornate più torride e soffocanti di giugno, dopo che la bambina aveva piagnucolato ed era stata irrequieta tutta la notte, Pat aveva dovuto alzarsi all'alba per un rapido viaggio a Chicago. Nel pomeriggio, appena rientrato a casa, aveva scoperto che doveva partire di nuovo nel giro di un paio d'ore per un servizio postale imprevisto. I tempi erano duri e non poteva permettersi di rifiutare nessun lavoro. Quella fu una delle giornate in cui si ritrovò a desiderare più che mai di avere qualcuno che lo aiutasse. D'altra parte erano pochi gli uomini ai quali si sentiva di affidare i suoi preziosi apparecchi e quei pochi non li vedeva da un pezzo. Quanto poi alle persone che si erano presentate in cerca di lavoro da quando aveva aperto l'aeroporto, meglio non parlarne!

«Ha qualche aereo da noleggiare, amico?» esclamò una voce al suo fianco, mentre era intento a esaminare il giornale di bordo e scorreva rapidamente le carte ammucchiate sulla scrivania. Stava per spiegare, come sempre, che potevano noleggiare lui e non i suoi apparecchi quando, alzando gli occhi e vedendo la persona al di là della scrivania, scoppiò in una risata di stupore.

«Proprio tu, figlio di puttana!» Pat sorrise felice a un ragazzo dalla faccia bianca e rosea, un sorriso accattivante e un ciuffo di capelli neri, spettinati, che gli scendeva fin sugli occhi azzurri. Era un viso che conosceva bene e a cui si era affezionato durante l'epoca turbolenta in cui avevano combattuto insieme nella 94ª Squadriglia. «Che cosa ti è successo, ragazzo, non puoi permetterti un taglio di capelli?» Nick Galvin li aveva folti e lisci, nerissimi, e possedeva quella bellezza abbagliante tipica degli irlandesi con gli occhi azzurri e i capelli scuri. Pat aveva sempre considerato Nick quasi un figlio, quando avevano volato insieme. Si era arruolato a diciassette anni e adesso ne aveva solamente uno di più, ma era diventato uno dei migliori piloti della squadriglia, uno degli uomini in cui Pat aveva maggiore fiducia. Abbattuto due volte dai tedeschi, in tutte e due le occasioni era riuscito a rientrare alla base con il motore danneggiato e ad atterrare salvando, chissà come, non soltanto se stesso ma anche l'aereo. Da quel giorno i compagni lo avevano soprannominato « Cloche » mentre Pat aveva continuato a chiamarlo quasi sempre « figliolo ». Non poté perciò fare a meno di domandarsi, adesso che gli era nata la quarta femminuccia, se non fosse Nick il figlio che aveva desiderato con tanto accanimento.

« Che cosa sei venuto a fare qui? » gli domandò, abbandonandosi contro la spalliera della seggiola e sorridendo al ragazzo che aveva sfidato tanto spesso la morte, certo non meno spesso di lui.

« Un saluto ai vecchi amici. Volevo vedere se eri diventato grasso e pigro. Quello là fuori è il tuo de Havilland? »

« Precisamente. L'anno scorso ho comprato quello invece delle scarpe per le mie bambine. »

« Chissà come dev'essere stata contenta tua moglie! » esclamò Nick con una risata e a Pat tornarono alla mente tutte le ragazze francesi che si struggevano per lui. Nick Galvin era davvero un bel ragazzo, e con le donne ci sapeva fare. In Europa se l'era cavata a meraviglia. A quasi tutte aveva raccontato di avere venticinque o ventisei anni, e apparentemente gli credevano.

Oona l'aveva conosciuto a New York, dopo la guerra, e le era parso affascinante. Aveva anche detto, arrossendo, di trovarlo incredibilmente bello. Indubbiamente Pat non poteva reggere il confronto con lui. Tuttavia c'era qualcosa di attraente e di rassicurante nel più vecchio dei due ex commilitoni, qualcosa che suppliva alla mancanza di una bellezza da divo del cinema. Pat era un uomo dall'aspetto piacevole, con capelli castano chiaro, caldi occhi nocciola e il classico sorriso irlandese che aveva conquistato il cuore di Oona.

Nick aveva invece quel tipo di bellezza che mandava in visibilio le ragazzine e faceva perdere loro la testa.

« Così, Oona si è fatta furba e ti ha piantato in asso? Immaginavo che lo avrebbe fatto molto presto dopo che l'hai trascinata qui », disse Nick con tono indifferente, mentre si lasciava cadere sulla seggiola di fronte alla scrivania di Pat, e si accendeva una sigaretta. Il vecchio amico scoppiò in una risata, scrollando la testa per tutta risposta.

« Anch'io ho pensato che avrebbe potuto farlo, se vuoi che ti dica la verità. Invece no, e non domandarmi perché. Quando l'ho portata qui vivevamo in una baracca nella quale mio nonno si sarebbe rifiutato di tenere le sue vacche, e io non sarei nemmeno stato in grado di comprarle un giornale, se lo avesse voluto – per fortuna non l'ha voluto. È una donna maledettamente in gamba, è straordinaria! » Era quello che aveva sempre detto di lei durante la guerra, quello che anche Nick aveva pensato, conoscendola.

Suo padre e sua madre erano morti, e non aveva nessun altro parente. Da quando la guerra era finita aveva girato qua e là, senza mettere mai radici, trovando lavoretti provvisori in qualche piccolo aeroporto. A diciott'anni non aveva né un posto dove andare né un posto dove stare, e nemmeno qualcuno a casa da cui tornare. Pat aveva sempre provato compassione per lui, quando gli altri parlavano delle loro famiglie. Perché Nick non aveva fratelli né sorelle, e i suoi genitori erano morti quando lui aveva solo quattordici anni. Fino al giorno in cui si era arruolato, era sempre rimasto in un orfanotrofio. La guerra aveva cambiato radicalmente le cose per lui, e il cambiamento gli era piaciuto. Ma adesso si ritrovava completamente solo.

« E le bambine? Come stanno? » Nick era stato molto gentile con loro, un vero tesoro, quando le aveva conosciute. I bambini gli piacevano, ne aveva visti talmente tanti all'orfanotrofio! Era sempre stato quello che si prendeva cura dei più piccini, che leggeva loro le fiabe la sera, che raccontava storie fantastiche e incredibili, che li prendeva in braccio nel cuore della notte se si svegliavano piangendo e cercando la mamma.

« Stanno bene. » Pat esitò, ma fu solo un attimo. « Il mese scorso ne abbiamo avuta un'altra. Femminuccia anche questa. Un vero colosso. Tanto che credevamo fosse un maschietto, invece no. » Cercò di non mostrare la propria delusione, ma Nick l'avvertì nella sua voce. E la comprese.

« Insomma, sembra proprio che un giorno o l'altro dovrai deciderti a insegnare alle tue ragazze come pilotare un aereo, vero, Asso? » mormorò in tono beffardo, per stuzzicarlo, e Pat alzò gli occhi al cielo lasciando chiaramente capire quanto quest'idea gli ripugnasse. Non era mai rimasto particolarmente colpito neppure dalle più straordinarie e audaci donne pilota.

« È poco probabile, figliolo. Ma dimmi di te, piuttosto. Che cosa piloti di questi tempi? »

« Cassette per le uova, vecchi rottami. Tutto quello su cui posso mettere le mani. C'è in giro un sacco di residuati di guerra, e un mucchio di ragazzi che cercano lavoro. Quanto a me sono stato qua e là, a girare per tanti campi d'aviazione. Non avresti un po' di lavoro per me? » domandò, augurandosi che l'ansia non trasparisse dalle sue parole.

Pat scrollò la testa, osservandolo e chiedendosi se quello fosse un segno, o solamente una coincidenza, oppure una breve visita. Nick era ancora molto giovane. E durante la guerra aveva fatto tutte le diavolerie possibili e immaginabili. Gli piaceva troppo il rischio. Era spietato con i suoi aerei. Ma ancora più spietato con se stesso. Nick Galvin non aveva niente da perdere e nessuno per cui vivere. Pat aveva investito ogni avere nei suoi aerei e non poteva certo permettersi di perderli, anche se quel ragazzo gli piaceva e aveva voglia di aiutarlo.

« Continui sempre a rischiare come una volta? » Pat, per poco, non lo aveva ammazzato dopo averlo visto rientrare al campo d'aviazione scendendo troppo basso sotto un banco di nubi durante una tempesta. Aveva provato una gran voglia di prenderlo per le spalle e scrollarlo, ma il sollievo era stato tale che si era accontentato di coprirlo di insulti. Era assurdo correre rischi come faceva lui. D'altra parte era quello che lo aveva fatto diventare un eroe. In tempo di guerra. Ma in tempo di pace chi poteva permettersi bravate del genere? Gli aerei costavano troppo per giocarci.

« Io rischio soltanto quando ci sono costretto, Asso. » Nick voleva bene a Pat. Lo ammirava più di qualsiasi altro che avesse mai conosciuto e con cui avesse mai volato.

« Ma quando non ci sei costretto, Cloche? Ti piace sempre giocare e divertirti? » Gli sguardi dei due uomini s'incrociarono. Nick aveva capito che cosa voleva sapere l'amico. Non intendeva raccontargli bugie. Gli piaceva ancora scatenare un putiferio, adorava sempre il pericolo, divertirsi e correre rischi, ma aveva anche un infinito rispetto per Pat e non avrebbe mai fatto nulla che potesse danneggiarlo. Almeno in questo era cresciuto, era diventato adulto. Adesso era più cauto quando pilotava gli apparecchi altrui. Amava ancora il brivido, l'emozione, ma non abbastanza per mettere a repentaglio il futuro di Pat. Nick era arrivato lì, aveva fatto un lungo viaggio da New York, spendendo fino all'ultimo dollaro che aveva, perché sperava che ci fosse una possibilità che Pat potesse servirsi di lui.

« So comportarmi bene se necessario », disse a bassa voce, mentre i suoi occhi azzurro ghiaccio non abbandonavano nemmeno per un attimo quelli nocciola di Pat. C'era qualcosa di fanciullesco e tenero in Nick, ma nello stesso tempo era anche un uomo. Una volta si erano sentiti quasi come fratelli. E nessuno dei due poteva dimenticarlo. Era un legame che niente poteva spezzare; lo sapevano.

« Se non ti comporti come si deve, ti butto fuori dal Jenny a tremilacinquecento metri di altezza senza pensarci due volte. Questo lo sai, vero? » esclamò Pat brusco. « Non ho nessuna intenzione di permettere a qualcuno di distruggere quello che sto cercando di creare qui. » Poi sospirò. « Ma devo essere onesto, il lavoro è troppo per un uomo solo. E presto diventerà addirittura troppo anche per due se i contratti per i servizi postali continueranno ad arrivare come hanno fatto fino adesso. Ormai mi sembra di non riuscire più a smettere, neanche per un minuto, di volare. Non riesco a tener dietro a me stesso! Potrei chiedere a qualcuno di fare questi servizi al posto mio, ma sono duri, e i voli lunghi. A volte il tempo è pessimo, soprattutto d'inverno. Ma questo non importa a nessuno. La posta deve arrivare, a qualsiasi costo. E poi c'è anche tutto il resto, le merci, i passeggeri, i viaggi brevi, la gente in cerca di emozioni che vuole semplicemente andar su, in cielo, a fare una passeggiata, e di tanto in tanto qualche lezione. »

« Si direbbe che tu non sappia più a che santo votarti! » Nick ridacchiò guardandolo. Era proprio per questo che era venuto. Per questo e per i ricordi che aveva di Asso. E poi, aveva assolutamente bisogno di lavorare. E Pat era felice di potersi servire di lui.

« Guarda che qui c'è poco da scherzare. Io sto cercando di lavorare sul serio, qui si sgobba, e un giorno voglio che sulle mappe venga messo anche il nome dell'aeroporto O'Malley, ma », gli spiegò Pat, « è un sogno che non si realizzerà mai se tu mi sfasci tutti gli aerei, Nick, o anche uno soltanto. Tutto quel che ho sono quei due aerei là fuori, questo spiazzo e l'insegna che hai visto quando sei arrivato. » Nick fece cenno di sì con la testa; capiva perfettamente ogni cosa che Pat gli stava dicendo e gli voleva più bene che mai per questo. I piloti avevano qualcosa di particolare, il legame che li univa era diverso da tutti gli altri. Qualcosa che capivano soltanto loro, un impegno d'onore non paragonabile a nessun altro.

« Vuoi che sia io a volare su qualcuno dei percorsi lunghi? In questo caso potresti passare più tempo con Oona e le bambine. Magari potrei occuparmi dei voli notturni. Cominciamo con quelli, così giudichi un po' tu e mi dici che cosa ne pensi », propose Nick, innervosito. Era alla disperata ricerca di un'occupazione, voleva lavorare per lui, ma aveva anche paura che Pat rifiutasse. D'altra parte, per Pat O'Malley non esisteva alcun motivo per non assumerlo alle proprie dipendenze. Voleva semplicemente essere sicuro che Nick capisse le regole. Ma già sapeva che per lui avrebbe fatto qualsiasi cosa. Gli avrebbe dato una casa, un impiego, lo avrebbe addirittura adottato se necessario.

« I voli notturni potrebbero essere l'inizio. Anche se... » e guardò con aria un po' mesta il giovane amico. C'erano quattordici anni di differenza fra loro, ma la guerra li aveva praticamente annullati, già da molto tempo «...ci sono notti in cui si ha pace soltanto lassù. Se la nostra ultima nata non si decide a dormire la notte, credo che comincerò a ubriacarla con un po' di whisky. Oona continua a sostenere che è un'irritazione dovuta al caldo, ma secondo me sono i capelli rossi e il carattere delle rosse. Oona è l'unica rossa che io abbia mai conosciuto ad avere un carattere tranquillo e gentile. La piccola è un autentico diavoletto.» Comunque, malgrado tanti problemi, Pat adorava la neonata e ormai sembrava avesse superato la delusione iniziale. Soprattutto adesso che c'era Nick. Il suo arrivo era stato davvero una benedizione.

«Come si chiama?» Nick sembrava divertito. Dal momento in cui aveva posato gli occhi sulla famiglia di Pat, si era innamorato non solo di loro ma di tutto quello che li circondava.

«Cassandra Maureen. Noi la chiamiamo Cassie.» Poi diede un'occhiata all'orologio da polso. «Adesso ti accompagno a casa, così potrai mangiare un boccone per cena con Oona e le bambine. Io devo tornare qui per le cinque e mezzo.» Poi, con aria impacciata, aggiunse: «Dovrai trovarti un posto dove abitare in città. Dalla vecchia signora Wilson ci sono camere da affittare; io non ho posto per ospitarti, a parte una branda nell'hangar dove tengo il Jenny.»

«Per il momento può bastare. Diavolo, fa talmente caldo! Dormirei anche sulla pista.»

«Sul retro c'è una vecchia doccia e qui abbiamo un gabinetto, ma è tutto un po' primitivo», spiegò Pat esitante e Nick sorrise mentre si stringeva nelle spalle.

«Anche le mie finanze lo sono, fino a quando non comincerai a pagarmi.»

«Potresti dormire sul divano da noi, se Oona è d'accordo. Del resto, per te ha sempre avuto un debole; non faceva che ripetermi quanto sei bello, e quanto fossero fortunate le ragazze ad avere intorno un tipo come te. Sono sicura che non le dispiacerebbe ospitarti e farti dormire sul divano, fino a quando non potrai permetterti di affittare una camera dalla signora Wilson.»

Lui invece non aveva fatto né una cosa né l'altra. Si era sistemato nell'hangar, e dopo un mese era già riuscito a costruirsi una casupola tutta sua. In realtà era poco più di una baracca, ma per lui era sufficiente. Si trattava di un alloggio pulito, in ordine, e del resto passava ogni momento libero in volo aiutando Pat a rendere più solida e proficua la sua impresa.

Nella primavera successiva riuscirono a comperare un altro apparecchio, un Handley Page. Aveva un'autonomia di percorso superiore a quella del Jenny e del de Havilland e poteva portare più passeggeri e più merce. Nick passava quasi tutto il suo tempo a pilotarlo mentre Pat rimaneva più vicino a casa, effettuava i voli più brevi e dirigeva l'aeroporto. Una soluzione che funzionava a meraviglia per entrambi. Tutto filava liscio e gli affari prosperavano. La loro reputazione si diffuse rapidamente in tutto il Midwest e la notizia che due piloti di successo, due assi dell'aviazione, avevano creato a Good Hope la loro base operativa, sembrava fosse giunta alle orecchie di chiunque aveva una certa importanza. Si occupavano di tutto, merce, passeggeri, lezioni di volo, servizi postali e ben presto cominciarono anche a ricavarne buoni profitti.

Poi ebbero l'ultimo colpo di fortuna. Tredici mesi dopo la nascita di Cassie, venne al mondo Christopher Patrick O'Malley, un neonato rugoso, piccolo piccolo, che strillava in continuazione. Ma per i genitori fu una visione paradisiaca, mentre le sue quattro sorelline osservavano con stupore la sua anatomia tanto poco familiare. Neppure il Secondo Avvento di Cristo avrebbe suscitato maggior commozione e subbuglio dell'arrivo di Christopher Patrick O'Malley.

All'aeroporto venne alzata una grande bandiera azzurra e per tutto il mese successivo, ogni pilota che vi atterrò si vide offrire un sigaro da un padre raggiante. Dopo quasi dodici anni di matrimonio, finalmente Pat vedeva coronato il suo sogno: un figlio che pilotasse i suoi aerei e dirigesse il suo aeroporto.

«Comincio a pensare che sarebbe meglio che io facessi i bagagli e me ne andassi», disse Nick in tono di finta afflizione il giorno dopo la nascita di Chris. Aveva appena ricevuto l'ordine di una sostanziosa spedizione di merci che andava consegnata sulla Costa Occidentale per la domenica successiva. Era l'affare più lucroso che avessero mai combinato fino a quel momento, un'autentica vittoria per tutti e due.

«Vuoi spiegarti meglio? Perché *andartene*?» domandò Pat, che aveva un terribile mal di testa a furia di festeggiare con i brindisi la nascita del figlio, scrutandolo in preda al panico. «Si può sapere che cosa accidenti significa?»

«Be', mi sembra ragionevole pensare che la mia permanenza qui abbia i giorni contati, adesso che è arrivato Chris.» Nick lo guardò sorridendo. Era felice per la nascita di quel maschio e molto orgoglioso al pensiero di fargli da padrino. Eppure quella che gli aveva rubato il cuore fin dal primo momento in cui le aveva posato gli occhi addosso era Cassie. Perché era proprio come Pat gliel'aveva descritta, una piccola strega dai capelli rossi. Nick l'adorava. A volte gli pareva quasi che fosse una sorellina, la sua sorellina più piccola. Se fosse stata figlia sua non avrebbe potuto volerle più bene.

«Già, hai i giorni contati», bofonchiò Pat guardandolo, «per altri cinquant'anni. Così alza i tacchi, Nick Galvin, pigraccio che non sei altro, e vai a controllare la posta che hanno appena lasciato laggiù, sulla nostra pista.»

«Signorsì... Asso, signore... vostro onore... vostra eccellenza...»

«E smettila con le chiacchiere!» gridò Pat, versandosi una tazza di caffè nero mentre Nick, che gli aveva già voltato le spalle, correva verso la pista per scambiare qualche parola con il pilota prima che decollasse nuovamente. Nick si era rivelato una vera benedizione. E in quell'ultimo anno non aveva combinato né stranezze né diavolerie. Si era assunto la sua parte di rischi pilotando gli aerei con il cattivo tempo durante l'inverno, ed entrambi avevano dovuto affrontare atterraggi forzati e riparazioni d'emergenza. Ma niente di ciò che Nick aveva fatto aveva effettivamente messo a repentaglio uno dei preziosi aeroplani di Pat. Del resto anche Nick adorava quegli aerei. E poi, bisognava ammetterlo perché era la verità, il fatto di avere Nick con sé aveva consentito a Pat di consolidare la sua impresa.

E così avevano continuato per i diciassette anni successivi. Gli anni erano volati più in fretta degli aerei che decollavano dalle quattro piste dell'aeroporto O'Malley, gestite con una manutenzione addirittura meticolosa. Tre formavano i lati di un triangolo mentre la quarta, disposta in direzione nord-sud, lo bisecava e questo voleva dire che i piloti sarebbero stati in grado di atterrare praticamente con qualsiasi vento e Nick e Pat non erano mai stati costretti a chiudere l'aeroporto se qualche incidente bloccava una delle piste. Adesso avevano addirittura una squadriglia di ben dieci apparecchi. Nick ne aveva perfino comprati due per conto proprio. Lavorava per Pat ed era sempre alle sue dipendenze, ma l'amico aveva sempre mostrato nei suoi confronti una grande generosità. Dopo lunghi anni di lavoro comune, dedicato alla costruzione dell'aeroporto, la loro amicizia era diventata ancora più solida. Più di una volta Pat aveva domandato a Nick di entrare in società con lui, ma lui gli aveva sempre risposto che non voleva tutte le preoccupazioni che ciò comportava. Gli piaceva essere un dipendente, un subalterno salariato, come si definiva, anche se tutti sapevano che lui e Pat O'Malley erano praticamente intercambiabili e che litigare con uno significava rischiare la morte per mano dell'altro. Pat O'Malley era un uomo particolare, e Nick gli voleva bene come si vuole bene a un padre, a un fratello, a un amico. Voleva bene ai suoi figli come se fossero i propri. Voleva bene a tutto ciò che lo circondava.

Ma a differenza di Pat, non si poteva proprio dire che la famiglia o i rapporti di amicizia fossero il suo forte. Nick si era sposato nel 1922, a ventun anni. Il matrimonio era durato solamente sei mesi; poi la sposa diciottenne era scappata per tornare a casa dei genitori, nel Nebraska. Nick l'aveva conosciuta una sera, tardi, dopo uno dei soliti servizi postali, nell'unico ristorante della città, di cui erano proprietari sua madre e suo padre.

L'unica cosa che lei aveva odiato più dell'Illinois era tutto quanto riguardava il volo e gli aerei. Stava male ogni volta che Nick la faceva salire a bordo e la portava a fare un volo, urlava ogni volta che vedeva un aereo, piangeva quando lui la lasciava per andare a pilotarne uno. Insomma, non era certo la donna adatta a Nick e lui si sentì estremamente sollevato quando i genitori tornarono a riprendersela. Non era mai stato tanto infelice in vita sua, e giurò che non sarebbe mai più successo nulla del genere. Certo, da allora aveva avuto altre donne, e parecchie, ma Nick non parlava mai di quello che faceva. Preferiva tacere. Era arrivato qualche pettegolezzo a proposito di una relazione con una donna sposata, in un'altra città, ma nessuno era mai riuscito a sapere con certezza se fosse vero o no, e Nick non aveva mai detto una parola in proposito a Pat. Era stato un ragazzo splendido e adesso era un uomo simpatico e attraente, ma nessuno aveva mai saputo niente della sua vita privata. L'unica cosa certa era l'impegno con cui lavorava e la sua salda amicizia con gli O'Malley. Continuava a trascorrere la maggior parte del suo tempo libero con loro e con i loro figli. Per i ragazzi era diventato una specie di zio. Quanto a Oona, ormai aveva rinunciato da molto tempo a cercare di combinare un matrimonio fra lui e una delle sue amiche. Aveva perfino tentato di fargli conoscere la più giovane delle sue sorelle quando era venuta a trovarla anni prima, una ragazza giovane, carina, vedova. Ma ormai da anni era evidente che a Nick Galvin il matrimonio non interessava. Quello che gli interessava erano gli aerei, e niente altro, all'infuori degli O'Malley e, di tanto in tanto, qualche tranquilla relazione con una donna. Viveva solo, lavorava sodo e badava agli affari suoi.

«Eppure meriterebbe di meglio», aveva sempre sostenuto Oona.

«Che cosa ti fa pensare che il matrimonio sia meglio?» aveva ribattuto Pat, ridendo per prenderla in giro. E per quanto continuasse a mostrarsi convinta che sarebbe stata un'ottima soluzione per lui, perfino Oona non si azzardava più ad affrontare quell'argomento con Nick. Aveva rinunciato. A trentacinque anni era felice così – e troppo occupato per dedicare tempo o attenzione a una moglie o a dei figli. La maggior parte delle giornate era capace di passare da quindici a sedici ore nell'aeroporto di Pat. L'unica persona che riusciva a passarvi tanto tempo era Cassie.

A quell'epoca aveva diciassette anni e per gran parte della sua vita era stata una specie di punto di riferimento all'aeroporto. Era in grado di rifornire di carburante quasi tutti i tipi di aereo, di manovrare i segnali per l'atterraggio, di prepararli per il decollo. Era lei a occuparsi delle piste, lei che ripuliva gli hangar, innaffiava con la canna gli aerei per ripulirli, e passava ogni momento libero a girellare qua e là in mezzo ai piloti. Conosceva i motori e il funzionamento di ciascuno degli aerei che possedevano. E aveva un sesto senso quando si trattava di individuare i guasti. Non esisteva particolare che sfuggisse alla sua attenzione. Sapeva tutto di ogni aereo. Era straordinaria sotto molto punti di vista, tanto che Pat doveva quasi litigare, a volte, per spedirla a casa ad aiutare sua madre. Cassie ribatteva insistendo nel fargli notare che a casa c'erano le sue sorelle e la mamma non aveva bisogno di lei. Pat voleva soltanto non averla sempre attorno e trovava giusto che il suo posto fosse a casa; ma se riusciva a rispedirla da sua madre un giorno, ecco che lei ricompariva la mattina dopo alle sei, comportandosi né più né meno come il sole, che prima tramontava e poi tornava a sorgere, per passare un paio d'ore all'aeroporto prima della scuola. Tanto che alla fine Pat, alzando le braccia al cielo, rassegnato, finiva per ignorarla.

A diciassette anni era una rossa alta, attraente, con stupendi occhi azzurri. Ma l'unica cosa che Cassie sapesse, l'unica cosa che per lei avesse importanza, erano gli aerei. Quanto a Nick, senza averla mai vista al posto di guida su un aereo, si era reso conto che era nata per volare. E anche Pat lo sapeva, sebbene si fosse sempre dimostrato irremovibile nel vietare a Cassie di imparare a pilotare. Per quanto lo riguardava, se ne infischiava altamente di Amelia Earhart, Jackie Cochran, o Nancy Love, Louise Thaden o una qualsiasi di quelle donne pilota, e tantomeno gliene importava del Women's Air Derby. Nessuna delle sue figlie avrebbe mai pilotato un aereo, punto e basta. Gli era capitato di discuterne con Nick, e accanitamente, ma anche Nick ormai si era rassegnato a considerarla una battaglia perduta. A quel tempo c'era abbondanza di donne in aviazione e molte di loro erano addirittura straordinarie, ma secondo Pat O'Malley si era già raggiunto il limite e nessuna donna sarebbe mai stata in grado di pilotare come un uomo. E in ogni caso nessuna donna avrebbe mai pilotato i suoi aerei. Men che meno Cassie O'Malley.

Nick aveva affrontato questo discorso con lui più di una volta, facendogli osservare che alcune delle donne pilota di quell'epoca erano perfino migliori di Lindbergh stesso. Pat era diventato cianotico e per poco non l'aveva preso a pugni. Per lui Charles Lindbergh era un dio, secondo solamente a Rickenbacker, l'eroe della Grande Guerra. Pat si era persino fatta scattare una fotografia con Lindy, quando questi era atterrato all'O'Malley nel 1927, durante il giro aereo di tre mesi che aveva fatto per tutto il paese. E nove anni dopo la fotografia era ancora appesa al posto d'onore, polverosa e molto amata, sopra la scrivania di Pat.

Riteneva quindi inconcepibile che anche la migliore delle donne pilota potesse superare o addirittura essere giudicata alla pari di Charles Lindbergh quanto ad abilità e audacia. Perfino la moglie di Lindbergh, a ben pensarci, si era sempre accontentata di fare da navigatore o da radiotelegrafista: Lindy era per Pat una specie di divinità e paragonarlo a chiunque altro era un vero sacrilegio. In ogni caso non aveva nessuna intenzione di ascoltare simili sciocchezze da parte di Nick Galvin. Nick rideva quando Pat si infiammava a questo modo ogni volta che toccavano l'argomento, e si divertiva a stuzzicarlo. Purtroppo sapeva che si trattava di una discussione dalla quale non sarebbe mai uscito vincitore. O'Malley non riteneva le donne all'altezza di una cosa del genere, indipendentemente dal numero di ore di volo accumulate, dai record battuti, o dalle gare vinte. Le donne, a suo giudizio, non erano fatte per pilotare gli aerei.

«Quanto a *te*», disse fissando con sguardo significativo Cassie, appena rientrata dalla pista con addosso una vecchia tuta, dopo aver finito di rifornire di carburante un aereo, «dovresti essere a casa ad aiutare tua madre a preparare la cena.» Era un ritornello familiare che lei fingeva sempre di non sentire e anche quel giorno le cose non andarono diversamente. Attraversò a lunghi passi la stanza, Cassie era alta quasi come la maggior parte degli uomini che lavoravano per suo padre. Aveva i capelli di un luminoso e splendente color rame sciolti sulle spalle, e i suoi grandi e vivacissimi occhi azzurri incrociarono lo sguardo di Nick che le sorrideva con aria sbarazzina da dietro le spalle del padre.

«Fra un momento vado a casa, papà. Ho ancora qualcosa da fare qui.» A diciassette anni era un'autentica bellezza. Ma sembrava che non ne fosse assolutamente consapevole e ciò costituiva parte del suo fascino. Tra l'altro, la tuta che indossava le modellava la figura in un modo tale da far crescere ancora di più l'irritazione di suo padre. Secondo lui il posto di Cassie non era lì. Quell'opinione non sarebbe mai cambiata, e le loro discussioni in proposito erano ormai note a chiunque fosse mai passato dall'aeroporto O'Malley. Anche quel giorno le cose non andarono diversamente. Era una calda giornata di giugno e Cassie era in vacanza poiché la scuola era finita. Quasi tutte le amiche avevano trovato un lavoro per l'estate, nel drugstore locale, al bar o in qualche negozio. Ma lei desiderava solamente essere di aiuto lì, all'aeroporto, e gratis. Perché quella era la sua vita, l'unica cosa che avesse importanza, e si rassegnava a lavorare altrove soltanto quando aveva assoluto bisogno di un po' di soldi. Ma nessun lavoro, né un'amica né un ragazzo né un divertimento potevano tenerla lontana a lungo dall'aeroporto. Era più forte di lei.

«Si può sapere perché non riesci a fare qualcosa di utile invece di rimanere sempre qui?» le gridò suo padre dal fondo dell'ufficio. Non la ringraziava mai per quello che faceva. Soprattutto perché non voleva averla lì.

«Ho solo bisogno di prendere uno dei registri della spedizione merci, papà. Devo scrivere un appunto», replicò tranquillamente, mentre cercava l'incartamento e lo sfogliava. Aveva grande familiarità con tutti quei registri, le procedure, i giornali di bordo.

«Giù le mani da quella roba! Ma se non sai neppure quello

che fai! » Era andato su tutte le furie, come al solito. Con il passare degli anni era diventato irascibile benché, passata la cinquantina, fosse ancora uno dei migliori piloti. Ma era irremovibile quando si trattava di manifestare le proprie idee, la propria filosofia di vita... sebbene nessuno gli prestasse molta attenzione, nemmeno Cassie. All'aeroporto, la sua parola era il Verbo, ma la sua battaglia contro le donne pilota, le sue argomentazioni contro di lei, erano lettera morta per Cassie. In ogni caso, lo conosceva abbastanza bene per non mettersi a discutere. In genere sembrava non lo ascoltasse neppure. E anche questa volta continuò a sbrigare le proprie faccende in silenzio. Del resto, l'unica cosa che avesse importanza per lei era l'aeroporto O'Malley.

Da piccola, ogni tanto sgattaiolava fuori di casa la sera per ammirare quegli apparecchi immobili, luccicanti sotto il chiaro di luna. Com'erano belli! Se ne sentiva attratta in modo irresistibile. E una volta Pat l'aveva trovata lì, dopo averla cercata dappertutto per più di un'ora – ma lei si era mostrata talmente piena di rispetto per quegli aerei, quasi incantata e impaurita dalla loro presenza, e anche da quella di un aviatore come lui, che il padre non aveva avuto il coraggio di punirla, anche se tutti si erano terribilmente preoccupati non sapendo dove fosse andata. Pat le aveva raccomandato di non fare mai più una cosa del genere e l'aveva riaccompagnata a casa senza aggiungere una parola.

Anche Oona sapeva quanto Cassie amasse gli aerei ma, come Pat, riteneva che non fosse un lavoro adatto a lei. Che cosa avrebbe pensato la gente? Bastava guardare com'era conciata quando tornava a casa dopo aver rifornito di carburante gli aerei, o aiutato a caricare la merce o la posta o, peggio ancora, dopo aver dato una mano a riparare i motori. Eppure Cassie sapeva, sul funzionamento degli aerei, più di quanto la maggior parte degli uomini sapesse su quello delle loro automobili. Era in grado di smontare un motore e poi di rimontarlo più in fretta e meglio di gran parte degli uomini, e aveva preso a prestito e letto più libri sul volo e sul pilotaggio di quanto Nick, o perfino suo padre e sua madre, sospettassero. Gli aeroplani erano il suo amore più grande, la sua passione. Solamente Nick sembrava comprendere il suo amore per il volo, ma anche lui non era mai riuscito a convincere Pat che era un'occupazione adatta a lei. Perciò anche quella volta alzò le spalle e riprese il lavoro che stava sbrigando. E Cassie uscì fuori di nuovo, sulla pista. Ormai aveva imparato che, se riusciva a tenersi alla larga da Pat, poteva girellare per l'aeroporto ore e ore.

«Non riesco a capire che cosa c'è di sbagliato in quella figliola... non è naturale» si lamentò Pat. «Credo che lo faccia solamente per far arrabbiare suo fratello.» Ma Nick sapeva meglio di chiunque altro che a Chris non importava nulla. Per gli aerei, il volo e il pilotaggio non provava il minimo interesse. Di tanto in tanto si presentava all'aeroporto, più che altro per far piacere al padre, e adesso che aveva sedici anni prendeva anche lezioni di pilotaggio per accontentarlo; ma la verità era che non sapeva un bel niente degli aerei, e neppure gliene importava. Provava per loro lo stesso interesse che avrebbe potuto provare per il grosso autobus giallo sul quale saliva per andare a scuola ogni giorno. Invece Pat era convinto, o piuttosto voleva convincersi, che un giorno Chris sarebbe diventato un grande pilota.

Ma il ragazzo non aveva l'istinto naturale di Cassie per il volo, né la sua passione per quelle macchine volanti, e tanto meno le sue intuizioni geniali per tutto quanto riguardava il motore di un aereo. Si augurava soltanto che l'interesse di Cassie per gli aerei in genere gli consentisse di non essere continuamente assillato da suo padre e non capiva che, invece, tutto questo rendeva Pat sempre più ansioso di fare di lui un grande pilota. Mentre Chris voleva fare l'architetto. Voleva costruire palazzi, non pilotare aerei, ma fino a quel momento non aveva ancora osato confessarlo a suo padre. Cassie lo sapeva. A lei piacevano i disegni che faceva Chris, i modellini per la scuola. Una volta aveva costruito un'intera città servendosi di scatolette e barattoli di vetro e di latta, aveva perfino usato i colli delle bottiglie e ogni sorta di piccoli utensili recuperati nella cucina della mamma, per completarla. Per settimane anche lei aveva preso parte alla ricerca, e così erano scomparsi tappi di bottiglie, piccoli strumenti e utensili di vitale importanza. E tutto questo era poi ricomparso nella mirabile creazione di Chris. L'unico commento di Pat era stata una domanda: per quale motivo non aveva disegnato e costruito un aeroporto? L'idea era intrigante, e Chris aveva risposto che avrebbe provato. Ma la verità era un'altra: niente di tutto quanto riguardava il volo aveva la minima attrattiva per lui. Era intelligente, preciso e serio, ma le lezioni di pilotaggio che prendeva gli sembravano incredibilmente noiose. Nick lo aveva già portato in aereo dozzine di volte e quindi aveva già al suo attivo un certo numero di ore di volo. Ma niente di tutto questo gli interessava. Per lui non aveva alcun significato. Invece per Cassie era la vita stessa. Anzi, più della vita.

Per tutto quel pomeriggio rimase alla larga dall'ufficio del padre e alle sei Nick la vide, in fondo alla pista, impegnata a fare segnali a un aereo in fase di atterraggio; poi notò che spariva in uno degli hangar con il pilota. Andò a cercarla dopo un po', e la trovò con la faccia sporca di olio del motore, i capelli stretti in una crocchia in cima alla testa. Aveva un baffo nero sulla punta del naso e le mani sporche. Non poté fare a meno di ridere, guardandola. Era un autentico quadretto!

« Che cosa c'è di tanto buffo? » gli chiese lei. Appariva stanca ma felice, quando alzò il viso a sorridergli. Nick era sempre stato una specie di fratello per lei. Vedeva che era un uomo molto bello, ma ciò non significava niente. Erano buoni amici, gli voleva bene.

« Sei buffa. Ti sei guardata allo specchio oggi? Hai addosso più olio di quello che c'è nel motore del mio Bellanca. Chissà come sarà soddisfatto tuo padre di vederti conciata a questo modo! »

« Mio padre vuole che io stia a casa, a fare le pulizie, con addosso una di quelle vestagliette da casalinga, e che gli faccia lessare le patate. »

« È utile anche quello. »

« Davvero? » Piegò la testa da una parte e a Nick parve una combinazione intrigante di ingenuità e di autentica bellezza. « E tu le sai cucinare le patate, Cloche? » A volte lo chiamava così, e lo faceva sempre sorridere.

« Se ci sono costretto. Anch'io so cucinare, sai? »

« Ma non *devi* farlo. E... a proposito... quando è stata l'ultima volta che hai spazzato la casa? »

« Non saprei... » rispose fingendo di pensarci un momento. « Forse dieci anni fa... diciamo intorno al 1926? » e scoppiarono insieme in una risata.

« Capisci allora quello che voglio dire? »

« Certamente. Ma capisco anche quello che vuole dire lui. Io non sono sposato e non ho figli. E lui non vuole che tu finisca come me. Vivere in una baracca a poca distanza dalla pista di un campo d'aviazione e fare il servizio postale con il tuo aereo, da qui a Cleveland. » La sua « baracca » adesso era molto comoda e accogliente, se non proprio lussuosa.

« A me sembra un'ottima cosa », commentò la ragazza. « Parlo del servizio postale, mi capisci? »

« È questo il problema. »

« Il problema è *lui* », affermò Cassie, chiaramente in disaccordo. « Ci sono molte donne che pilotano aerei e fanno una vita interessante. La Ninety-nines ne è piena zeppa. » Si trattava di un'organizzazione professionale fondata da novantanove donne pilota.

« Non cercare di convincere me. Vai a dirlo a lui. »

« È inutile. » Sembrò scoraggiata quando si voltò di nuovo a guardare il vecchio amico. « La mia unica speranza è che mi lasci rimanere qui tutta l'estate. » Era tutto quello che voleva, adesso che la scuola era finita e non sarebbe ricominciata prima della fine di agosto. Sarebbe stata una lunga estate se avesse dovuto sfuggire Pat in continuazione, nascondersi, cercare di evitare un aperto contrasto con lui.

« Non potresti cercarti un lavoro in qualche altro posto, così Pat non farebbe impazzire tutti e due? » Ma sapevano benissimo entrambi che Cassie preferiva restare senza guadagnare un centesimo piuttosto che rinunciare a un solo momento all'aeroporto.

« Non ho voglia di fare nient'altro. »

« Lo so. È inutile che tu me lo dica. » Conosceva la sua passione meglio di chiunque altro. Del resto, era la stessa malattia di cui aveva sofferto anche lui. Ma era stato fortunato. La guerra, il fatto di essere uomo e Pat O'Malley gli avevano permesso di trascorrere il resto della sua esistenza volando. Chissà perché, non era convinto che Cassie O'Malley sarebbe stata altrettanto fortunata. Era strano, eppure gli sarebbe piaciuto portarla su, in cielo, un giorno o l'altro, a bordo di un aereo solo per controllare fino a che punto lei sapesse cavarsela a pilotare, ma non voleva guai nella sua esistenza, e sapeva che Pat lo avrebbe ammazzato con le sue mani. Anche senza mettere il naso nella vita degli O'Malley, Nick aveva il suo daffare, e all'aeroporto era anche tanto!

Mentre tornava alla scrivania per riordinare le carte e sbrigare il resto del lavoro d'ufficio, vide arrivare Chris. Era un bel ragazzo, biondo, con i lineamenti delicati di sua madre e la struttura fisica possente di suo padre e caldi occhi nocciola. Era intelligente, gentile e simpatico. Aveva tutto quello che si poteva desiderare al mondo, tranne l'amore per gli aeroplani. Quell'estate lavorava nella redazione del quotidiano locale, occupandosi dell'impaginazione, ed era ben felice di non vedersi costretto a dedicare il suo tempo al campo d'aviazione.

« C'è mia sorella? » domandò a Nick, esitante. A guardarlo si sarebbe detto che si augurasse di sentirsi rispondere di no. Sembrava che morisse dalla voglia di allontanarsi il più in fretta possibile dall'aeroporto. A dire la verità, Cassie lo aspettava già da un'ora e aveva domandato almeno mezza dozzina di volte se Nick lo avesse visto.

« Certo che è qui. » E Nick gli sorrise. Parlò a voce bassa per non mandare Pat su tutte le furie, nel caso lo avesse sentito. « È nell'hangar, l'ultimo in fondo, con un pilota appena atterrato. »

« Vado a cercarla. » Chris salutò con un cenno della mano Nick, il quale gli promise di portarlo di nuovo a volare nel giro di pochi giorni, al suo ritorno da una corsa a San Diego. « Ci sarò. Sono venuto a fare un po' di pratica di volo solitario », annunciò in tono solenne.

« Mi lasci senza parole per lo stupore. » Nick inarcò un sopracciglio, sbalordito, rendendosi conto di quanto desiderio avesse il ragazzo di far piacere a suo padre. Per Nick non era un segreto che a Chris quelle lezioni di volo non piacessero affatto. Non che avesse paura; la verità era molto più semplice: si annoiava. Per lui volare non significava niente. « Ci vediamo. »

Chris trovò Cassie senza difficoltà e lei lasciò il nuovo amico in gran fretta non appena vide il fratello. Ma non gli risparmiò i rimproveri: « Sei in ritardo, adesso arriveremo anche tardi a cena. Papà andrà su tutte le furie. »

« E allora lasciamo perdere. » Chris si strinse nelle spalle. Per quanto lo riguardava, avrebbe preferito non essere costretto a venir via dall'ufficio tanto in anticipo, ma sapeva che Cassie si sarebbe infuriata se non si fosse fatto vedere.

« Su, avanti! » lo incitò lei, accalorandosi. « È tutto il giorno che ti aspetto! » Gli lanciò un'occhiata furibonda e lui si lasciò sfuggire un gemito. La conosceva bene! Quando Cassie si metteva in testa di fare qualcosa, nessuno aveva più scampo. « Finché non lo facciamo, io a casa non torno. »

« Va bene, va bene. Ma non possiamo rimanere via troppo a lungo. »

« Mezz'ora. » Adesso lo supplicava, lo pregava, fissando con aria implorante gli occhi nocciola del fratello.

« Va bene. Va bene. Ma se fai qualcosa e ci metti nei pasticci, Cass, ti giuro che ti torco il collo. Per una cosa del genere papà è capace di spellarmi vivo! »

« Te lo prometto. Non farò niente. » Chris cercò di incontrare il suo sguardo mentre faceva questa promessa, e si accorse che avrebbe voluto crederle più di qualsiasi altra cosa al mondo... pur sapendo che era impossibile.

Insieme si avviarono verso il vecchio Jenny. Era stato costruito come mezzo di addestramento per l'esercito e Pat aveva spiegato a Chris che poteva usarlo ogni volta che avesse voluto far pratica. Bastava avvertisse Nick, esattamente come aveva appena fatto. Chris aveva una copia della chiave, e la tirò fuori di tasca. Cassie, vedendolo, si sentì letteralmente in estasi. Ebbe l'impressione che il cuore le battesse più forte quando il fratello aprì lo sportello del piccolo apparecchio.

«Vuoi smetterla?» esclamò lui quando infastidito. «Mi sembra quasi di sentirmi il tuo fiato sul collo. Te lo giuro... sei fuori di te...» Aveva la sensazione di esser lì ad aiutare una tossicodipendente fornendole la dose mentre giravano intorno all'apparecchio, controllando i fili e gli alettoni. Chris mise casco, occhialoni e guanti, poi salì a bordo, sistemandosi sul sedile posteriore mentre Cassie si arrampicava rapidamente davanti a lui cercando di dare l'impressione di essere una passeggera, anche se non ci riusciva affatto. Dava invece l'idea di essere troppo sicura di sé, di saperla troppo lunga... perfino sul sedile anteriore, soprattutto non appena infilò anche lei casco e occhiali.

Si allacciarono tutti e due la cintura di sicurezza; Cassie sapeva che il velivolo era ben rifornito di carburante perché, secondo gli accordi presi con suo fratello, si era impegnata a svolgere per lui tutto il lavoro manuale, e aveva quindi provveduto personalmente quel pomeriggio stesso. Tutto era pronto, adesso; Cassie inspirò a pieni polmoni il familiare odore di olio caratteristico del Jenny. E cinque minuti più tardi erano già in movimento, rollavano sulla pista, mentre Cassie controllava lo stile di Chris con aria critica. Era sempre troppo cauto, troppo lento, tanto che a un certo punto si voltò a segnalargli di accelerare, di decollare. Se ne infischiava altamente che qualcuno potesse vederla. E poi sapeva che in quel momento nessuno li stava guardando; sapeva di avere imparato tutto a furia di osservare e di ascoltare gli altri. Aveva osservato suo padre e Nick, e i piloti di passaggio, e quelli che facevano le acrobazie in aria. Aveva acquisito un certo numero di capacità, conosceva perfino qualche trucco del mestiere, sapeva pilotare non solo per istinto ma anche per puro e semplice intuito. Chris aveva ricevuto le lezioni di pilotaggio, ma era Cassie a sapere con esattezza che cosa fare. Entrambi erano consapevoli che lei avrebbe potuto pilotare quell'aereo facilmente anche senza di lui, e con molta maggior disinvoltura.

Alla fine gli lanciò un grido di avvertimento tanto forte

da superare il rombo del motore, e lui annuì, preoccupato che commettesse qualche stupidaggine. D'altra parte sapevano tutti e due il motivo per cui si trovavano in volo. Chris prendeva lezioni da Nick e a sua volta dava lezioni a Cassie. O meglio, Chris portava con sé la sorella quando doveva esercitarsi a volare, e poi lasciava che fosse lei a pilotare. Era Cassie a dargli lezioni, godendosi l'opportunità che le veniva offerta di volare. Pareva che sapesse come fare ogni cosa, e molto meglio del fratello. Gli aveva promesso di pagargli venti dollari al mese per poter volare con lui a bordo degli aerei paterni. E Chris, che aveva bisogno di quei soldi da spendere per la sua ragazza, aveva acconsentito. Una soluzione perfetta. D'altra parte Cassie aveva lavorato sodo tutto l'inverno, accettando i lavoretti più strani, aveva fatto la baby sitter, si era prestata a caricare e scaricare la merce nel negozio di generi alimentari ed era andata perfino a spalare la neve pur di mettere da parte un po' di quattrini.

Cassie manovrava i comandi con disinvoltura. Eseguì qualche lento e pigro otto nel cielo, e poi passò a virate improvvise e decise, che le riuscirono con precisione perfetta. Perfino Chris non poté fare a meno di rimanere impressionato dal suo stile e a un tratto fu profondamente grato a Cassie che lo avrebbe fatto passare per abile e capace se qualcuno, per caso, li avesse osservati da terra. Poi tentò un cerchio della morte e a quel punto Chris cominciò a innervosirsi. Ormai avevano volato insieme parecchie volte ma non sopportava che sua sorella si mettesse a fare certe acrobazie. Era troppo brava, troppo pronta, troppo rapida e lui aveva paura che potesse all'improvviso perdere completamente il controllo e fare qualcosa di terrificante. Per venti dollari non era affatto disposto a lasciarsi terrorizzare. Ma lei non si accorse nemmeno di tutto questo. Era completamente concentrata sul volo. Di conseguenza a Chris non rimase che lanciare occhiate di fuoco alla sua nuca, nascosta dal casco da cui spuntavano i capelli rossi che svolazzavano nella brezza. Poi, quando capì di averne abbastanza di tutte quelle stranezze, le diede un colpetto deciso sulla spalla. Era il momento di ritornare, e Cassie lo sapeva. Ma ancora per qualche minuto finse di ignorarlo.

Avrebbe voluto scendere a vite, ma non c'era più tempo; e poi sapeva che a Chris sarebbero venute le convulsioni, anche se era sempre costretto ad ammettere che sua sorella era molto abile e capace. Tuttavia riusciva sempre a mettergli addosso una gran paura. La verità era che non si fidava assolutamente di lei. Perché da un momento all'altro era capace di fare qualcosa di pazzesco, inconcepibile. C'era qualcosa, negli aerei, che le dava alla testa, facendole perdere tutta la sua lucidità mentale.

Cassie cominciò a perder quota lentamente e alla fine lasciò che fosse Chris a riprendere i comandi, prima dell'atterraggio. Il risultato fu che lui non eseguì un atterraggio morbido e dolce come avrebbe fatto sua sorella. Toccarono il suolo troppo bruscamente, sobbalzando in modo goffo lungo la pista. Per quanto, con tutta la sua volontà, Cassie cercasse mentalmente di costringerlo a una manovra corretta, purtroppo Chris non possedeva il suo istinto innato. Il risultato fu un atterraggio « a frittata ».

Quando scesero dall'apparecchio rimasero stupiti tutti e due nel vedere Nick e Pat fermi vicino alla pista. Erano stati lì a guardarli; Pat rivolse un largo sorriso a Chris, mentre Nick sembrava stralunato. Continuava a fissare Cassie con gli occhi sbarrati.

« Un ottimo lavoro, figliolo », esclamò Pat raggiante. « Sei un pilota nato. » Sembrava davvero soddisfatto, al punto da passar sopra quell'atterraggio così poco felice, mentre Nick continuava a osservarli. Non gli era sfuggita l'espressione di Chris, ma era stata Cassie ad attirare la sua curiosità fin dal momento in cui era balzata già dalla carlinga. « Che impressione ti ha fatto trovarti lassù, con tuo fratello, Cass? » le domandò suo padre con un sorriso.

« Niente male, papà. È stato proprio divertente. » Aveva gli occhi splendenti, luminosi come un albero di Natale pieno di luci. Pat riaccompagnò Chris nel suo ufficio, e Cass e Nick li seguirono in silenzio.

«Dunque ti piace volare con tuo fratello, Cass?» le domandò Nick guardingo mentre entravano senza fretta.

«Moltissimo.» Rispose lei raggiante e Nick, per tutta una serie di motivi che soltanto lui conosceva, provò una gran voglia di prenderla per le spalle e scuoterla con violenza. Sapeva che Cassie non gli raccontava la verità e si stupiva che Pat potesse lasciarsi ingannare tanto facilmente. Forse voleva lasciarsi ingannare. Ma quelli erano giochetti che potevano rivelarsi pericolosi, perfino fatali.

«Quel cerchio della morte mi è sembrato proprio discreto», riprese Nick in tono pacato.

«È stato anche bello farlo», replicò lei, senza guardarlo.

«Non ne dubito affatto», ribatté Nick, e rimase a fissarla per un attimo. Poi, scrollando la testa, rientrò nel suo ufficio.

Pochi minuti più tardi Pat saliva in auto per tornare a casa con i ragazzi. Quando Nick sentì l'automobile che partiva, sedette alla sua scrivania pensando a loro e al modo con cui era stato pilotato quell'apparecchio. E scrollò la testa con un sorriso malinconico. Una cosa sapeva con certezza. Non era stato Chris O'Malley a manovrare i comandi di quell'apparecchio. E non poté fare a meno di sorridere mentre si rendeva finalmente conto che Cassie in un modo o nell'altro, era riuscita a volare. E chissà... chissà che dopo tutto il suo impegno e la dura fatica per arrivarci, non lo meritasse. Forse era meglio non sfidarla né mettersi in contrasto con lei... almeno per un po'. Forse valeva la pena di tenersi in disparte a osservarla, per vedere come se la cavava. Sorrise di nuovo pensando a quel cerchio della morte che le aveva visto eseguire. Di questo passo avrebbe presto potuto partecipare a qualche esibizione. Già, perché no? Era chiaro che aveva un talento naturale. Anzi, qualcosa di più. D'istinto, Nick intuì che Cassie aveva *bisogno* di volare come lui, né più né meno.

2

Quando Pat e i ragazzi entrarono in casa quella sera, tutte le sorelle di Cassie erano in cucina ad aiutare la mamma. Glynnis assomigliava a Pat e a venticinque anni, dopo sei di matrimonio, aveva anche lei quattro bambine. Megan era timida come la madre e le somigliava, benché i suoi capelli fossero castani. A ventitré anni aveva tre maschi e si era sposata sei mesi dopo Glynnis. I loro mariti erano contadini e avevano piccole proprietà terriere nei dintorni. Uomini buoni, lavoratori, onesti, e le ragazze con loro erano felici. Colleen aveva ventidue anni, era bionda e aveva un maschietto e una femminuccia, che cominciavano a fare i primi passi; era sposata da tre anni con un insegnante di inglese della scuola locale. Avrebbe voluto andare al college, ma aspettava un altro figlio e, con tre bambini cui badare era impensabile che potesse andare in qualsiasi posto a meno di non portarli con sé. Non sarebbe stato giusto lasciarli a Oona ogni giorno solamente per continuare gli studi e, in ogni caso, Pat non glielo avrebbe mai permesso. Forse quando i bambini fossero diventati un po' più grandi. Per il momento il college restava soltanto un sogno per lei. La realtà della vita era un'altra: tre figli e pochissimi soldi. Suo padre di tanto in tanto faceva qualche piccolo « regalo » sia a Colleen sia a suo marito, che però era un tipo orgoglioso e avrebbe preferito non accettarli. D'altra parte, con il suo stipendio modesto e un nuovo bambino in arrivo, avevano bisogno di tutto l'aiuto possibile. Proprio quel pomeriggio Oona aveva dato a Colleen una piccola somma di denaro. Sapeva che dovevano acquistare qualcosa per il nascituro. La Depressione aveva toccato anche gli stipendi degli insegnanti, al punto che riuscivano a malapena a mangiare con quello che David portava a casa, anche accettando regolarmente l'aiuto dei genitori di lei e i viveri che le sorelle di Colleen portavano per tutta la famigliola.

Tutte e tre sarebbero rimaste a cena, perché i mariti avevano altri progetti per quella sera. Capitava spesso che le ragazze si fermassero con loro e Oona era felice, anche se avere attorno tutti i nipotini trasformava l'ora di cena in un caos.

Pat andò a cambiarsi e Chris si ritirò nella sua camera mentre Cassie cercava di intrattenere i bambini e le sorelle si occupavano della cucina. Due dei nipotini trovarono che, con la faccia tutta sporca di olio del motore, Cassie era molto divertente e scoppiarono a ridere. Una delle nipotine li imitò e allora Cassie si mise a rincorrerli per tutto il soggiorno fingendo di essere un orribile mostro. Chris non si fece più vedere finché lo chiamarono e quando si presentò a tavola lanciò un'occhiataccia a sua sorella. Era ancora arrabbiato con lei per quel cerchio della morte nel quale si era esibita. D'altra parte, proprio grazie a quello aveva ottenuto gli elogi paterni e quindi non poteva lagnarsi troppo né troppo apertamente. In fondo, dall'accordo che avevano stipulato, ciascuno dei due otteneva quello che voleva. Cassie voleva volare e lui voleva i quattrini. Gli elogi paterni erano un di più.

Mezz'ora più tardi erano tutti seduti davanti a un pasto abbondantissimo a base di pannocchie di granturco e carne di maiale, pane di farina di granturco e purè di patate. Glynnis aveva portato il maiale e Megan il mais; e Oona aveva piantato e coltivato le patate nel suo orto. Tutte coltivavano il necessario e quando occorreva qualcosa di più andavano a comperarlo nel negozio di Strong. Si trattava dell'unico spaccio di generi alimentari del circondario, uno dei migliori della regione. Per chilometri e chilometri non ce n'erano altri. Gli Strong se la cavavano bene, anche se i tempi erano difficili, e la loro era un'azienda solida. Fu proprio quello che Oona disse mentre terminavano il pasto e proprio in quel momento Cassie udì un familiare stridere di ruote davanti alla casa. Non era difficile indovinare di chi si trattasse; passava di lì quasi ogni sera dopo cena, soprattutto adesso che, finita la scuola, erano cominciate le vacanze estive.

Cassie conosceva Bobby Strong, l'unico figlio del padrone del negozio di generi alimentari, fin da quando erano bambini. Era un bravo ragazzo ed erano buoni amici da anni anche se, negli ultimi due, erano stati anche qualcosa di più benché Cassie insistesse nel ripetere di non sapere esattamente che cosa. Ma sua madre e Megan le ricordavano sempre che si erano sposate a diciassette anni e quindi era meglio che cercasse di capire che cosa stava facendo con Bobby. Lui era serio, affidabile, e anche il babbo e la mamma lo trovavano simpatico. Ma Cassie non si sentiva ancora pronta ad ammettere nemmeno con se stessa che lo amava, figurarsi con lui!

Le piaceva la sua compagnia. Le piacevano lui e i suoi amici. Le piaceva la sua buona educazione, la sua gentilezza e la sua grande pazienza. Bobby aveva buon cuore e lei amava il modo in cui si comportava con i suoi nipotini. Apprezzava molte cose in Bobby, ma non era emozionante come gli aeroplani. Non aveva mai conosciuto un ragazzo che lo fosse. Forse non esisteva. Forse era qualcosa che bisognava semplicemente accettare. Eppure le sarebbe piaciuto conoscere un ragazzo che le scatenasse nel cuore la stessa eccitazione, lo stesso tumulto di emozioni di un Gee Bee Super Sportster oppure di un Beech Staggerwing o di uno di quei Wedell-Williams che si adoperavano per le gare.

« Salve, signora O'Malley… Glynn… Meg… Colleen…. uauh! a guardarti si direbbe che arriverà molto presto il bambino, vero? » Colleen sembrava davvero enorme mentre si dava da fare per radunare i bambini prima di andarsene, e Oona la stava aiutando.

« Magari arriverà anche stanotte, se non la smetto di mangiare la torta di mele di mia madre», rise Colleen. Aveva solamente cinque anni più di loro, eppure a volte Cassie aveva l'impressione che fossero lontani letteralmente anni luce. Le sue sorelle erano tutte sposate, e così diverse! D'istinto lei capiva che, bene o male, non avrebbe mai potuto assomigliare a nessuna di loro. A volte si chiedeva se questa fosse la sua maledizione, oppure se suo padre, con quel suo desiderio spasmodico di un figlio maschio, le avesse fatto venire qualche terribile complesso ancora prima di nascere. Magari lei era qualcosa di anomalo, un mostriciattolo. Le piacevano i ragazzi. Bobby le piaceva in modo particolare. Però le piacevano molto di più gli aeroplani e la propria indipendenza.

Bobby strinse la mano a Pat, fece un cenno di saluto a Chris da lontano e poi fu preso d'assalto da tutti gli altri bambini che gli si arrampicarono letteramente addosso. Dopo un po', quando Cassie fece per andare in cucina con le sorelle maggiori a rigovernare, la madre le disse di non preoccuparsi e di andare a sedersi fuori con Bobby. Per fortuna Cassie aveva fatto almeno in tempo a lavarsi il viso, ma era rimasta qua e là ancora qualche macchia di olio.

«Come è andata oggi? Hai avuto una buona giornata?» le domandò lui con un sorriso timido. Era goffo ma simpatico, e poi cercava di mostrarsi tollerante di fronte alle idee insolite che Cassie manifestava e al fascino che avevano per lei gli aeroplani paterni. Bobby fingeva di mostrarsi interessato e l'ascoltava volentieri parlare a ruota libera di un nuovo aereo che era atterrato quel giorno, oppure del Vega, il preferito di Pat. La verità, però, era un'altra: Cassie avrebbe potuto parlare di qualsiasi cosa... Lui aveva soltanto voglia di starle vicino. Si presentava immancabilmente quasi ogni sera e Cassie continuava a meravigliarsi di quella costanza, con gran divertimento di suo padre e di sua madre.

In realtà non si sentiva ancora pronta a impegnarsi seriamente, o forse si rifiutava di capire che cosa potesse significare l'insistenza con la quale Bobby veniva a trovarli. Le mancava solo un anno per finire la scuola e diplomarsi; ma se Bobby continuava a presentarsi a casa con tanta regolarità, c'era il rischio che la chiedesse in moglie e magari si aspettasse addirittura di sposarla non appena avessero finito entrambi gli studi. Bastava questo pensiero a terrorizzarla; non si sentiva assolutamente in grado di affrontarlo. Voleva molto, molto di più. Tempo e spazio, e il college. E la sensazione che provava quando faceva un cerchio della morte o scendeva a vite verso terra. Stare in compagnia di Bobby era un po' come viaggiare in auto verso l'Ohio. Era qualcosa di sicuro, solido, privo di eccitazione. Fra Bobby e il volo c'era una differenza abissale. Eppure Cassie capiva che se lui avesse smesso di venire a trovarla avrebbe sentito la sua mancanza.

« Oggi ho fatto un giro con Chris sul Jenny di papà », si affrettò a informarlo, cercando di avere un tono indifferente. L'idea che le cose diventassero troppo serie con Bobby la spaventava sempre. « È stato divertente. Abbiamo fatto qualche otto, e un cerchio della morte. »

« Si direbbe che Chris diventi sempre più bravo », fu il cortese commento di Bobby, ma anche lui, come Chris, non provava nessuna emozione, non si sentiva affatto eccitato dagli aeroplani. « E che altro hai fatto? » Era sempre interessato a lei, in cuor suo la considerava bellissima, a differenza degli altri ragazzi che la giudicavano troppo alta o dicevano che aveva i capelli troppo rossi, oppure la trovavano attraente perché aveva una figura favolosa, o la consideravano un po' strana perché sapeva un mucchio di cose sugli aerei. A Bobby piaceva per ciò che era, anche se di tanto in tanto non riusciva a comprenderla completamente. Ma anche questo le piaceva. Come molte altre cose; ecco perché Cassie si sentiva sempre confusa quando cercava di capire quali fossero i sentimenti che Bobby suscitava in lei. Sua madre le aveva detto che in principio anche lei aveva provato le stesse cose per Pat. Impegnarsi a fondo era sempre una cosa seria, importante, diceva Oona. Per Cassie lo era ancora di più. Non sapeva come spiegare ciò che provava per Bobby.

« Oh, non saprei... » riprese Cassie in risposta alla sua domanda, cercando di ricordare tutto quello che aveva fatto. Ed erano tutte cose che riguardavano gli aerei. « Ne ho riforniti di carburante parecchi, poi ho trafficato un po' intorno al motore del Jenny prima che Chris decollasse. Credo di essere quasi riuscita a sistemarlo. » Si sfiorò il viso con un gesto di imbarazzo e poi scoppiò a ridere. « E lavorando intorno a quel motore mi sono letteramente coperta la faccia di olio. A papà è venuto quasi un colpo quando mi ha visto. Non sono riuscita a ripulirmi bene e a toglierlo proprio tutto. Dovevi vedermi prima di cena! »

« Figurarsi! E io che pensavo che fossero macchie di fegato, quelle! » replicò Bobby per prenderla in giro, punzecchiandola, e lei rise. Era un buon compagno e sapeva stare al gioco; non dimenticava quanto fossero importanti per lei i suoi sogni, e il college. Per quanto lo riguardava, invece, Bobby non aveva progetti. Sarebbe rimasto a casa ad aiutare suo padre in negozio, come faceva ogni giorno dopo la scuola, e d'estate.

« Sabato sera, al cinema, danno il nuovo film di Fred Astaire, *Seguendo la flotta*. Vuoi che andiamo? Dicono che sia spettacoloso. » Bobby la guardò pieno di speranza e lei fece cenno di sì lentamente con la testa. Poi gli sorrise.

« Certo. Mi piacerebbe. »

Pochi minuti dopo anche l'ultima delle sue sorelle se ne andò con i bambini. Cassie e Bobby rimasero soli sotto la veranda. Pat e Oona si erano ritirati nel soggiorno. Cassie sapeva che, comunque, da dove erano seduti potevano vedere quello che facevano, lì fuori, per quanto si comportassero sempre con molta discrezione durante le visite di Bobby. Lo trovavano simpatico e a Pat non sarebbe dispiaciuto se si fossero decisi a sposarsi subito dopo la fine delle scuole, nel giugno dell'anno seguente. Fintanto che non si cacciavano in qualche guaio, potevano passare tutto il tempo che volevano a sbaciucchiarsi e ad amoreggiare sulla veranda davanti a casa. Per lui andava benissimo. Sempre meglio che avere la figlia a girellare qua e là all'aeroporto.

Intanto stava descrivendo a Oona il cerchio della morte effettuato da Chris quel pomeriggio. Com'era orgoglioso di lui! « Quel ragazzo ha un vero e proprio istinto per il pilotaggio, Oonie. » Scoppiò in una risata e lei gli sorrise, felice che avesse finalmente avuto quel figlio maschio che tanto aveva desiderato.

Sulla veranda, Bobby stava descrivendo a Cassie la sua giornata al negozio, e le spiegava come la Depressione si facesse sentire sul prezzo dei viveri in tutto il paese, non solamente nell'Illinois. Il suo sogno era aprire un giorno una grande catena di negozi in diverse città, e magari di arrivare addirittura fino a Chicago. Entrambi avevano i loro sogni. Quelli di Cassie erano molto più pazzeschi dei suoi, ed era anche molto più difficile parlarne. Quelli di Bobby sembravano semplicemente i sogni di un ragazzo ambizioso.

« Non hai mai pensato a qualcosa di totalmente diverso... di non fare quello che ha sempre fatto tuo padre, voglio dire? » gli domandò Cassie, perché trovava intrigante quell'idea anche se, da parte sua, avrebbe semplicemente voluto fare la stessa professione di suo padre. Ma sapeva che le era vietata, e proprio per questo la trovava ancor più affascinante e stimolante.

« Veramente, no », rispose Bobby tranquillamente. « In fondo, a me il suo lavoro piace. La gente ha bisogno di mangiare, ha bisogno che sia roba buona. Noi rendiamo un grosso servizio alla gente, anche se può sembrare qualcosa di comune, che non ha niente di emozionante. Però, potrebbe ugualmente diventarlo. »

« Già, potrebbe », Cassie gli sorrise; poi, ascoltando un sommesso ronzio che arrivava dal cielo, proprio sopra la sua testa, alzò gli occhi verso il rumore familiare dei motori. « Quello è Nick... è partito per San Diego con un carico di merce. Poi, durante il ritorno, si fermerà a San Francisco per prendere la posta. » Sapeva che Nick era al comando dell'Handley Page, le bastava il rombo del motore per capirlo.

« Probabilmente anche lui è stanco di quello che fa », fu il saggio commento di Bobby. « A noi sembra qualcosa di emozionante, ma per lui probabilmente è soltanto un lavoro, come quello che fa mio padre. »

« Può darsi. » Cassie, però, sapeva come tutto fosse ben diverso. Volare non era affatto così. « I piloti sono una razza differente. Adorano quello che fanno. Come se non riuscissero a sopportare l'idea di dover fare qualcos'altro. Ce l'hanno nel sangue. È la loro vita, il loro respiro. Amano il volo più di qualsiasi altra cosa.» Mentre pronunciava queste parole le si illuminarono gli occhi.

«Posso immaginarlo», rispose Bobby un po' sconcertato da quello che Cassie aveva appena detto, «anche se confesso di non riuscire a capirlo.»

«Credo che non riesca a capirlo la maggior parte della gente... è qualcosa di misterioso, una magia, un incanto. Un dono meraviglioso. Per quelli ai quali piace volare, significa più di tutto il resto.»

Il ragazzo scoppiò in una risatina sommessa nell'aria tiepida della notte. «Secondo me tu lo consideri molto romantico. Ma non sono del tutto sicuro che anche per gli altri sia la stessa cosa. Credimi, per loro probabilmente è solo un lavoro qualsiasi.»

«Può darsi», rispose lei, che non voleva discutere, pur sapendo molto di più di quello che gli aveva appena confessato. Per i piloti il volo costituiva un legame particolare, che li faceva diventare una specie di confraternita segreta della quale lei anelava a far parte, anche e fino a quel momento nessuno glielo aveva concesso.

Ma quei pochi minuti in volo, come quel giorno, quando Chris le aveva dato il permesso di pilotare il piccolo aereo, erano tutto ciò che le importava.

Rimase a lungo seduta sulla veranda a pensare, con gli occhi fissi nel buio, dimenticandosi persino della presenza di Bobby; poi, a un tratto, se ne ricordò quando lo sentì muoversi lievemente.

«Pensa che sia meglio che vada. Probabilmente sei stanca a furia di rifornire di carburante tutti quegli aerei», la canzonò. A dire la verità Cassie aveva una gran voglia di rimanere sola, di ripensare a che cosa era stato pilotare quell'aereo. Una vera e propria estasi, durata pochi minuti. «Ci vediamo domani, Cass.»

«Buona notte.» Lui le strinse rapidamente la mano, poi le sfiorò una guancia con le labbra prima di avviarsi verso il furgoncino di suo padre, un vecchio Model A sulla cui fiancata spiccava la scritta STRONG-GENERI ALIMENTARI. Di giorno lo usavano per le consegne a domicilio. Di sera lo lasciavano a Bobby. « Ci vediamo domani. »

Lei gli sorrise salutandolo con la mano mentre si allontanava; poi rientrò lentamente in casa pensando a quanto fosse fortunato Nick a volare per tutta la notte, diretto a San Diego.

3

Nick rientrò a Good Hope dalla Costa Occidentale nella tarda serata di domenica, dopo aver consegnato merci e posta a Detroit e Chicago. La mattina del lunedì, alle sei, era già dietro la scrivania, riposato e pieno di energie. La giornata era fitta di impegni: avevano stipulato nuovi contratti e c'era una quantità sempre maggiore di posta e di merce da smistare e far viaggiare. Avevano parecchi aviatori che lavoravano per loro, e aerei a sufficienza, ma Nick continuava a offrirsi come pilota per i viaggi più lunghi e più difficili. Provava una soddisfazione enorme a salire su un aereo, a decollare nella notte, soprattutto quando il tempo era brutto. Con Pat, l'intesa era perfetta. Lui era un genio per quanto riguardava la parte amministrativa e contabile dell'azienda. Gli piaceva sempre volare, ma adesso aveva meno tempo per farlo e, in certi casi, anche meno pazienza. Diventava subito di cattivo umore, perdeva le staffe se qualcosa non funzionava in un apparecchio oppure se erano costretti a un ritardo o se nasceva qualche complicazione negli orari e nei programmi. Non sopportava le piccole manie dei piloti, e li costringeva a rigare sempre dritto e a dimostrarsi affidabili al cento per cento, altrimenti non avrebbero mai più volato per la sua compagnia.

«Farai meglio a darti una regolata, Asso», gli diceva Nick di tanto in tanto, prendendolo in giro. «Cominci ad assomigliare un po' troppo a Rickenbacker», il loro vecchio comandante.

«Potrei fare di peggio, Cloche. Come te, del resto», gli rispondeva Pat in tono burbero, usando l'antico soprannome che avevano dato a Nick in tempo di guerra. Il suo passato era emozionante e avventuroso come quello di Pat. In un'occasione aveva perfino combattuto contro il famoso asso tedesco, Ernst Udet, in un duello corpo a corpo, ed era riuscito a riportare a terra il proprio aereo pur essendo rimasto ferito. Tutte cose che appartenevano al passato, ormai. Le uniche occasioni in cui Nick pensava alla guerra era quando si trovava a lottare contro il cattivo tempo, oppure doveva riportare indietro, all'aeroporto, un aereo guasto. Durante i diciassette anni nei quali aveva pilotato aerei per Pat, gli era capitato di trovarsi in difficoltà, più di una volta, ma nessuna avventura era stata mai drammatica come quelle del periodo della guerra.

Si ritrovò a ricordarne una proprio quel pomeriggio, verso la fine della giornata, mentre guardavano l'approssimarsi di un vero e proprio uragano che si preparava a est, e ne accennò a Pat. Durante la guerra si erano trovati una volta in balìa di un'autentica bufera, costretti a volare talmente basso per scendere sotto le nuvole e avere un po' di visibilità che gli era quasi parso di grattare il terreno con la pancia dell'apparecchio. Anche Pat rise, perché ricordava bene quell'episodio; quanto lo aveva rimproverato, per il rischio corso volando tanto basso... eppure Nick ce l'aveva fatta a salvare se stesso e l'apparecchio. Due dei loro compagni si erano smarriti nella bufera, e non erano più ritornati.

«Ricordo che ho provato una strizza...!» confessò Nick, adesso che erano passati più di vent'anni.

«Se non sbaglio, infatti, eri un po' pallido quando sei atterrato.» Anche Pat si divertiva a punzecchiarlo di tanto in tanto. Poi continuarono a osservare i sinistri nuvoloni neri che si accumulavano in lontananza. Nick era ancora stanco dopo il lungo volo dalla Costa Occidentale del giorno prima, ma voleva liberarsi del mucchio di incartamenti che aveva sulla scrivania prima di andare a casa a dormire. Rientrando in ufficio con Pat dopo aver controllato alcuni aerei, notò Chris che stava chiacchierando con Cassie. Sembravano entrambi molto assorti e non si accorsero neppure della sua presenza. Non riuscì a immaginare di che cosa parlassero. Ma non se ne preoccupò. Il tempo era troppo brutto, e davvero pericoloso, perché Chris pensasse di salire su un apparecchio a pilotare con lui, o a fare un po' di pratica di volo solitario.

Cassie e Chris erano ancora immersi nella loro discussione quando Nick entrò nel suo ufficio. Cassie stava addirittura urlando con suo fratello per farsi sentire al di sopra dei motori. « Non fare lo sciocco! Ci basta decollare e poi torneremo giù in pochi minuti. La burrasca è ancora lontana, ci vorranno ore prima che arrivi fin qui. Stamattina ho ascoltato tutti i notiziari meteorologici. Non avrei mai pensato che tu fossi così vigliacco, Chris. »

« Non voglio volare con un tempo come questo, Cass. Possiamo andare domani. »

« Io voglio andare adesso. » Quei nuvoloni neri che passavano, sospinti dal vento, sopra la loro testa sembravano solamente eccitarla di più. « Sarebbe divertente. »

« No, non lo sarebbe affatto. Se poi dovessi far correre qualche rischio al Jenny, allora sì che papà se la prenderebbe con me. Sarebbe furibondo. » Conosceva bene suo padre, e anche Cassie.

« Non fare l'idiota. Non rischiamo niente. Le nuvole sono ancora lontanissime. Se partiamo adesso, potremo rientrare fra mezz'ora. Saremo perfettamente al sicuro. Fidati di me. » Lui la guardò negli occhi, perplesso. La detestava quando riusciva a essere così persuasiva. Era sempre stato questo l'effetto che Cassie aveva su di lui. In fondo era la sorella maggiore. Le aveva sempre dato retta, ma le conseguenze erano quasi sempre state tragiche, soprattutto quando lei insisteva incitandolo ad avere fiducia. Era la temeraria della famiglia; lui sapeva invece di essere il più prudente e cauto. E poi, Cassie non ascoltava nessuno, non voleva mai sentire ragioni. A volte era più facile cedere invece di discutere fino all'estenuazione. I suoi occhi azzurri erano supplichevoli, mentre lo guardavano; evidentemente non aveva nessuna intenzione di accettare un no come risposta.

« Un quarto d'ora, non un minuto di più », alla fine concesse lui, riluttante. « E sarò io a decidere quando tornare indietro. Me ne infischio di quello che tu vorrai, anche se fosse troppo presto e anche se tu non ti sarai divertita abbastanza. Un quarto d'ora e si torna indietro. Tutto qui, Cass. Altrimenti, scordatene. D'accordo? »

« D'accordo. Voglio semplicemente capire che sensazione può dare un tempo simile. » Adesso lo guardava come una ragazza che avesse appena iniziato una nuova e romantica storia d'amore; era raggiante, con gli occhi lucenti.

« Secondo me sei proprio matta », esclamò lui, burbero e di cattivo umore. Come sempre era meglio affrettarsi, e farla finita in fretta, invece di discutere mentre il temporale si avvicinava.

Raggiunsero il posto dove tenevano il Jenny, lo spinsero fuori, fecero i controlli necessari, e poi presero posto sui rispettivi sedili. Cassie davanti e Chris dietro di lei. In teoria – come avevano già fatto altre volte – lei era soltanto la passeggera e dal momento che tutti e due avevano i comandi a disposizione, nessuno avrebbe potuto capire chi li manovrava. Pochi minuti più tardi Nick sentì il rombo dell'aereo sopra la testa, ma non vi prestò particolare attenzione. Pensò che fosse il solito idiota che cercava di rientrare prima che scoppiasse l'uragano. Una volta tanto era un problema che non riguardava lui. Tutti i suoi piloti erano a terra, come lui aveva raccomandato dopo aver ascoltato il bollettino meteorologico di mezz'ora prima. Eppure, mentre pensava tutto questo, fu certo di riconoscere quel rombo: si trattava del Jenny. Pareva impossibile, tanto che si alzò e andò alla finestra a guardare fuori... e fu allora che li vide. Vide i capelli rossi di Cassie, seduta sul seggiolino anteriore, e Chris alle sue spalle. Era lui a pilotare l'aereo, o almeno così credette Nick, ma il vento li faceva sbandare con tale violenza che per un attimo ebbe quasi l'impressione che li scaraventasse chissà dove, subito dopo il decollo. Viaggiavano a velocità sorprendente; poi Nick li vide levarsi in volo di colpo, probabilmente trascinati da una corrente d'aria ascensionale, arrivata all'improvviso. Continuò a osservarli, sbalordito, senza riuscire ad accettare l'idea che Chris fosse stato tanto coraggioso, e contemporaneamente imprudente, da decollare con una simile tempesta di vento. Non appena la nuvola che incombeva sopra l'aeroporto li inghiottì, la pioggia cominciò a cadere fitta, come se qualcuno, lassù in cielo, avesse aperto un rubinetto.

« Cazzo! » esclamò tra sé mentre correva fuori per controllare se il Jenny fosse al suo posto, ma non riuscì a vedere niente; adesso il fronte dell'uragano avanzava a velocità sostenuta, accompagnato da violente folate di vento e dal bagliore dei lampi. Nel giro di pochi minuti era bagnato fradicio, ma non vide traccia né di Chris né di Cassie.

Chris stava lottando con i comandi mentre salivano sempre più in alto; poi Cassie si voltò e gli gridò qualcosa, ma a causa del frastuono lui non riuscì a sentirla.

« Lascia che prenda io i comandi! » gli stava gridando e finalmente lui capì. Scrollò la testa facendo cenno di no, ma lei continuò a insistere; d'altra parte, ormai era evidente che lui non riusciva più a lottare contro le forze soverchianti della natura. La potenza del vento, l'impeto della tempesta erano troppo per lui e l'aereo era ormai sballottato qua e là, come un giocattolo, nelle sue mani inesperte. E allora, senza più aggiungere una parola, Cassie si voltò e si impadronì dei comandi. Pilotò l'apparecchio con sicurezza e decisione e nel giro di pochi istanti, nonostante la terrificante forza del vento, l'aereo riprese un percorso quasi regolare. Chris rinunciò all'idea di opporsi alla sorella e, prossimo al pianto, lasciò i comandi a Cassie. Forse quanto a tecnica ne sapeva meno di lui, ma dava l'impressione di avere con l'aereo un rapporto che per lui non sarebbe mai stato possibile. Chris capì che, se fosse rimasto ai comandi, sarebbe stata per entrambi la fine. Con Cassie come pilota, c'era forse ancora qualche speranza. Per un attimo chiuse gli occhi e pregò, rimpiangendo di essersi lasciato convincere a decollare in mezzo all'uragano.

Erano tutti e due bagnati fradici nell'abitacolo aperto;

quanto all'apparecchio, continuava a salire e a scendere in balia di violentissime correnti d'aria discendenti. A volte precipitavano per trenta metri e poi riprendevano a salire, anche se più lentamente.

Le nuvole erano quasi nere quando Cassie cominciò a lottare con la cloche, ma sembrava avesse un intuito straordinario e conoscesse d'istinto la quota di volo. Quasi possedesse un sesto senso che le consentiva di capire fino a che punto l'apparecchio poteva collaborare con lei, e fosse in grado di ottenere, dal Jenny, tutto ciò che voleva. Ma ormai non avevano più la minima idea di dove si trovassero, di quanti chilometri avessero percorso e neppure a quale quota volassero. L'altimetro pareva impazzito. Avevano completamente perso di vista il suolo e una fila di nuvole che si muoveva rapidamente li aveva disorientati nel modo più completo.

« Tutto bene », Cassie si voltò a gridare a Chris in tono incoraggiante, ma lui non riusciva neppure a sentirla. « Ce la caveremo », continuava a ripetersi, e poi si mise a parlare addirittura con il Jenny, come se il piccolo apparecchio potesse seguire le sue direttive. Aveva sentito descrivere da Nick e da suo padre qualcuno dei trucchi cui ricorrevano e sapeva che doveva essercene sicuramente uno che li avrebbe tirati fuori da quel pasticcio, se non rimanevano uccisi prima. Doveva fidarsi del proprio istinto per questo, doveva essere sicura, molto, molto sicura... stava parlando a se stessa, quando l'apparecchio cominciò a scendere... Cass scrutò l'estremità più bassa di quei nuvoloni, sperando di individuarla prima di schiantarsi al suolo; ma se fosse stata troppo bassa, o se lei fosse scesa troppo in fretta o avesse perduto il controllo dell'apparecchio anche per un solo istante... quello che stava facendo si chiamava scendere velocemente sospinta dal vento... ma se si fosse sbagliata... sarebbe stata la fine. Molto semplice. Lo sapevano entrambi quando il piccolo Jenny cominciò a puntare rapidamente verso il suolo, almeno tanto rapidamente quanto Cassie glielo consentiva.

A quel punto la velocità era spaventosa, l'ululato del vento assordante, e si trovarono a volare sotto una pioggia scrosciante in un cielo nero come l'inchiostro. Avevano l'impressione di essere lì lì per precipitare in un abisso senza fondo, pieno di suoni e rumori orrendi, e di emozioni spaventose; poi, a un tratto, prima ancora di rendersene conto, Cassie intuì, anche se non li aveva ancora visti, la presenza di una fila di alberi, e del suolo, e poi dell'aeroporto. Si aggrappò con forza alla cloche e riuscì a raddrizzare l'apparecchio appena prima di andare a sbattere contro quegli alberi. Per un momento sparirono di nuovo tra le nuvole, ma adesso Cassie sapeva dove si trovava e come avvicinarsi all'aeroporto. Chiuse gli occhi solo per un attimo, cercando di concentrarsi e calcolare dove si trovava e a quale velocità poteva scendere... e di nuovo vide quegli alberi... ma adesso aveva il pieno controllo dell'apparecchio. Passò sopra la cima quasi sfiorandoli, mentre il vento faceva vibrare le ali del Jenny, e per poco non lo rovesciava. Riuscì a salire di nuovo più in alto e fece un altro ampio cerchio sul campo, ma cominciava a domandarsi se sarebbero davvero riusciti ad atterrare oppure se la forza del vento lo avrebbe impedito. Non aveva paura, stava solo pensando il più lucidamente possibile e fu a quel punto che vide Nick. Agitava freneticamente le braccia. Aveva visto ciò che lei stava facendo, l'aveva vista scendere sospinta dai venti sotto le nuvole e andare quasi a schiantarsi contro il suolo. Cassie era a poco meno di quindici metri sopra la sua testa. Si mise a correre verso il punto in cui lei avrebbe dovuto trovarsi e cercò, con i gesti, di indicarle come atterrare sulla pista più lontana. In quel punto il vento soffiava con meno violenza e ciò le avrebbe consentito di eseguire uno di quegli atterraggi da togliere il respiro! Il piccolo Jenny scese sulla pista e con uno stridore terrificante la percorse tutta, con il vento che sferzava a entrambi il viso: Cassie si accorse di stringere i denti a tal punto che le mascelle le facevano male. Aveva i capelli incollati alla testa per la pioggia e le mani ormai irrigidite sulla cloche. Chris sedeva alle sue spalle con gli occhi chiusi. Sobbalzarono bruscamente toccando il suolo. E fu solo a quel punto che il giovane li aprì. Non riusciva a credere che Cassie fosse riuscita a riportarli a terra. Pensava che sarebbero morti entrambi ed era ancora sotto choc quando Nick arrivò correndo verso di loro e lo tirò giù con violenza dal piccolo apparecchio mentre Cassie rimaneva seduta al suo posto, inebetita. Tremava da capo a piedi.

« Si può sapere che cosa diavolo stavate cercando di fare, pazzi che non siete altro? Volevate suicidarvi o far saltare in aria l'aeroporto? » Scendendo, infatti, avevano quasi sfiorato il tetto degli uffici, ma Cassie, a quel punto, era arrivata alla conclusione che quello fosse l'ultimo dei suoi problemi. Era ancora sbalordita al pensiero di essere riuscita ad atterrare sana e salva e dovette lottare con se stessa per non farsi sfuggire un sorriso di sollievo. Aveva provato una paura tremenda e allo stesso tempo una parte di lei era rimasta fredda e razionale. Riusciva solamente a pensare a come venirne fuori, a parlare al suo piccolo apparecchio. « Siete matti? » Nick continuò a scrollare Chris prendendolo per le spalle, lanciando occhiate di fuoco a Cassie. Nel frattempo anche Pat arrivò correndo dall'aeroporto.

« Che cosa accidenti sta succedendo? Me lo volete dire? » gridò rivolto al gruppetto, mentre le forti raffiche di vento cominciavano a preoccupare Cassie. Non voleva che l'apparecchio si rovesciasse, danneggiandosi, mentre era lì sulla pista.

« Questi imbecilli dei tuoi figli sono andati a farsi una passeggiata in cielo... Credevano di divertirsi, a bordo di un trabiccolo del genere! Secondo me stavano cercando di ammazzarsi o di distruggere i tuoi aeroplani, non ho ancora capito bene quale delle due cose, a ogni modo andrebbero presi a calci. » Nick era talmente furioso che quasi non riusciva a parlare; quanto a Pat, non credeva ai propri occhi.

Fissò Chris sbalordito. « Tu hai decollato con *un tempo come questo*? »

« Io... be'... pensavo semplicemente di andare a fare un giro e poi tornare subito indietro... e... » ...avrebbe voluto mettersi a piagnucolare come faceva da bambino « ...ma, papà, è stata Cassie a farmelo fare... » Invece non disse una parola, mentre suo padre cercava di nascondere quanto fosse orgoglioso di lui. Quel ragazzo aveva fegato; era un demonio, come pilota!

« E sei riuscito ad atterrare con il Jenny in questo caos? Ma non sai quanto può essere pericoloso un tempo del genere? Avresti potuto morire. » Ma Pat non riusciva a nascondere l'orgoglio e la fierezza che provava. Era più forte di lui!

« Lo so, papà. Mi dispiace. » Chris lottava per ricacciare indietro le lacrime mentre Cassie stava osservando la faccia di suo padre. Ma sapeva fin troppo bene che cosa vi avrebbe letto. Orgoglio per l'abilità di suo figlio. In realtà quelle parole avrebbero dovuto essere rivolte a lei... Invece era a Chris che le stava dicendo, perché lui era un maschio, perché era così che le cose dovevano andare. Com'erano sempre andate. Qualsiasi cosa lei facesse nella vita, ormai sapeva di doverlo fare per se stessa, non per lui, perché Pat non l'avrebbe mai capito, non gliene avrebbe mai riconosciuto il merito. Lei era « soltanto una ragazza » per il padre. E lo sarebbe sempre stata.

Pat si voltò a guardare Cassie, come se avesse potuto leggerle nel pensiero. Poi si rivolse di nuovo al figlio con aria burbera. « Non avresti mai dovuto portarla con te. È troppo pericoloso andare in giro con i passeggeri con un tempo così. Non avresti dovuto decollare neppure tu! Ma ricordati che con un tempo simile non si porta mai in giro un passeggero, figliolo. » Lei era una persona da proteggere, mai da ammirare. Ecco il suo destino, lo capiva.

« Sissignore. » Mormorò Chris con gli occhi pieni di lacrime mentre Pat continuava a fissare prima l'apparecchio e poi il figlio, con rinnovato stupore.

« Allora mettilo al riparo. » E con queste parole girò sui tacchi e se ne andò; Nick rimase a osservare Chris e Cassie che spingevano nell'hangar l'apparecchio. Chris appariva talmente scosso e turbato da non riuscire quasi a muovere un passo; Cassie, invece, era calma mentre asciugava il piccolo aereo, e controllava il motore. Suo fratello si limitò a lanciarle un'occhiata furibonda e ad allontanarsi a lunghi passi, ben deciso a non perdonarla per avergli fatto correre quel rischio. Non avrebbe mai dimenticato il pericolo che avevano corso... e tutto soltanto per soddisfare uno di quei capricci per i quali era famosa! Cassie era completamente pazza e lo aveva dimostrato.

Lei ripose l'ultimo attrezzo e rimase sbalordita quando, voltandosi, si trovò di fronte Nick. Il suo aspetto era minaccioso, né più né meno come quello dell'uragano attraverso il quale era riuscita a passare. Suo fratello se n'era già andato e Pat li stava aspettando nei locali dell'aeroporto.

«Non fare *mai più* una cosa del genere. Sei una maledetta stupida, avresti potuto ammazzarti. Quel trucchetto riesce solo una volta ogni tanto – ai grandi piloti – e spesso neppure a loro. A te non riuscirà più, Cass. Non riprovarci.» Eppure a lui era riuscito più di una volta. E anni prima, guardandolo, Pat si era infuriato, esattamente come Nick adesso. I suoi occhi la guardavano mandando bagliori di collera, ma rivelavano anche qualcos'altro. E quando Cassie se ne accorse provò un tuffo al cuore. Perché era quello che avrebbe sempre voluto ottenere da Pat, anche se sapeva che non ci sarebbe mai riuscita. Ammirazione e rispetto. Tutto quello a cui aspirava.

«Non capisco che cosa vuoi dire.» E distolse gli occhi. Adesso che era tornata con i piedi sulla terra si sentiva come svuotata. L'esaltazione di poco prima era svanita; restavano la paura e la stanchezza.

«Sai benissimo che cosa voglio dire!» gridò Nick afferrandola per un braccio, con i capelli neri che gli scendevano a ciocche sulla faccia. Aveva fatto un tremendo sforzo di volontà mentre, fissando il piccolo apparecchio, cercava di costringerlo mentalmente a rientrare alla base, di costringere lei a trovare uno squarcio di cielo libero tra le nuvole, per atterrare. Non avrebbe sopportato di perderli tutti e due, di vederli morire... e semplicemente per una bravata. In guerra non avevano avuto altra scelta. Ma ora era diverso. E troppo insensato!

«Lasciami.» Cassie era in collera con lui. Era in collera con tutti. Suo fratello aveva raccolto tutti gli elogi e non sapeva quanto importante fosse volare, suo padre era talmente ossessionato dall'idea che diventasse pilota da non vedere nient'altro, e Nick... sì, ce l'aveva anche con lui, quel saccentone che credeva di sapere tutto. Era una specie di club segreto e privato, il loro; erano come bambini che avevano tutti i giocattoli ma non le avrebbero mai permesso di usarli per divertirsi. Lei andava bene per rifornire gli apparecchi di carburante, per trafficare intorno ai motori, per sporcarsi di olio... ma mai avrebbe potuto pilotare i loro aerei. « Lasciami stare! » gli gridò furiosa. Invece Nick la prese anche per l'altro braccio. Non l'aveva mai vista così, non sapeva se sculacciarla o stringerla al cuore.

« Cassie, ho visto quello che hai fatto quando eri su! » Urlava ormai con tutto il fiato che aveva in gola. « Non sono cieco. So benissimo che Chris non è in grado di volare a quel modo! Come so che eri tu a pilotare l'apparecchio... Ma sei pazza. Avresti potuto ammazzarti... non puoi correre rischi simili... » E Cassie lo guardò con una tale infelicità negli occhi che lui si sentì commuovere. Aveva provato una gran voglia di picchiarla, sì... di picchiarla fino a farla svenire, per aver quasi rischiato di ammazzarsi, e adesso, invece, provava compassione per lei. Adesso si rendeva conto, come mai prima di allora, di ciò che Cassie desiderava, e dell'intensità con la quale lo desiderava; si rendeva conto che era pronta a rischiare il tutto e per tutto per ottenerlo. Per riuscirci.

« Cass, per favore... » Continuando a tenerla stretta per le braccia, cercò di avvicinarla a sé. « Ti prego... non fare mai più una cosa simile. Ti insegnerò io. Te lo prometto. Lascia stare Chris. Non combinargli scherzi del genere. Penserò io a insegnarti. Se è quello che vuoi, lo farò io. » Poi la strinse al petto, cullandola come aveva fatto quando era bambina, felice e pieno di gratitudine perché era uscita indenne da quella esibizione tanto stupida quanto rischiosa e audace. Capiva che non avrebbe potuto sopportare una tragedia simile. La guardò con espressione disperata stringendola a sé. Erano entrambi profondamente sconvolti da quello che era successo. Ma lei si limitò semplicemente a scrollare la testa facendo cenno di no. Sapeva che era impossibile. Questo era l'unico mezzo a sua disposizione per poter fare ciò che desiderava.

« Mio padre non ti darà mai il permesso di farmi da istruttore, Nick », disse con voce venata di infelicità, senza più il coraggio di negare di essere stata lei a ricondurre Chris alla base. Nick sapeva la verità, non aveva senso raccontargli delle bugie. Sì, era stata lei.

« Non ho detto che gliel'avrei chiesto, Cass. Ho detto che l'avrei fatto. Ma non qui. » Le sorrise con aria triste e poi le mise tra le mani una salvietta pulita perché si asciugasse i capelli. « Sembri un topolino annegato. »

« Se non altro, non ho tutta la faccia sporca di grasso! » ribatté lei, intimidita. Si accorgeva di sentirsi più vicina che mai a Nick. E diversa. Mentre si asciugava i capelli tornò a guardarlo. Non credeva alle proprie orecchie. « Non potresti spiegarti meglio? Che cosa vuol dire 'non qui'? Dove vuoi che andiamo? » A un tratto si sentiva adulta, le pareva di far parte di una congiura con Nick. Qualcosa era cambiato, impercettibilmente, tra loro.

« C'è almeno una mezza dozzina di piccoli campi d'aviazione dove possiamo andare. Forse non sarà facile. Per esempio potresti prendere un autobus per Prairie City dopo la scuola, e io potrei aspettarti là. Nel frattempo, di tanto in tanto, Chris quest'estate ti ci potrebbe accompagnare, mentre va al lavoro con la macchina. Sono convinto che preferisca fare questo piuttosto che rischiare la vita volando in tua compagnia. Se fossi al suo posto, lo farei. » Cassie si mise a ridere. Povero Chris. Sapeva di avergli fatto prendere una paura maledetta, ma le era sembrata un'idea magnifica, e per qualche minuto era anche stato un divertimento. Poi, invece, era diventato quasi un incubo.

« Dici sul serio? » Sembrava sbalordita e in fondo lo erano tutti e due. Perfino Nick si sentiva un po' sconcertato al pensiero di quello che le aveva proposto.

« Credo di sì. Non ho mai pensato che avrei fatto una cosa del genere. Ma credo che qualche lezione ti farà bene. E quando mi avrai dimostrato di saper pilotare come una persona sensata e affidabile... » e la guardò con aria significativa «...potremo parlare con Pat e cercare di convincerlo a permetterti di pilotare qualche aereo. Sono convinto che prima o poi, si rassegnerà. Deve farlo.»

«Io, invece, non ci credo», rispose lei con aria tetra mentre tornavano fuori, sotto la pioggia battente, per raggiungere Pat negli uffici. E poi, appena prima di arrivare, di nuovo bagnata fradicia dalla testa ai piedi, Cassie si fermò di colpo e guardò Nick con un sorriso che lo commosse profondamente. No, non voleva essere travolto da tutte quelle sensazioni, da quelle emozioni, quando era con Cassie e si sentì turbato e stupito. Ma dopo quello che era successo e quello che si erano detti quella sera, si sentivano più vicini.

«Grazie, Nick.»

«Figurati. E ricorda che parlo sul serio.» Pat sarebbe stato capace di strangolarlo se avesse saputo che le dava lezioni. Nick alzò una mano e le arruffò i capelli bagnati, poi la precedette nella stanza. Chris aveva ancora la faccia livida e appariva profondamente scosso. Suo padre gli aveva appena fatto bere un po' di brandy.

«E tu, Cass? Tutto bene?» Pat le lanciò un'occhiata, ma si accorse che, a differenza del fratello, non sembrava particolarmente sconvolta da quanto era successo. Del resto la responsabilità era di Chris, così come era merito suo l'atterraggio di fortuna, così almeno credeva Pat. E Chris non aveva fatto niente per smentire quella versione dei fatti.

«Io sto benissimo, papà», si affrettò a rassicurarlo Cassie.

«Sei una ragazza coraggiosa», disse lui in tono ammirato, ma senza entusiasmo. Era Nick che aveva capito. Nick che aveva acconsentito a darle quello che aveva sempre desiderato. Il suo sogno poteva diventare realtà e, a un tratto, Cassie si sentì felice di aver pilotato l'apparecchio in mezzo all'uragano, anche se il rischio corso era stato enorme. Chissà che alla fine non fosse servito a qualche cosa.

Pat riaccompagnò Chris e Cassie a casa, dove Oona li stava aspettando. Appena seduti a tavola, Pat raccontò subito l'intera storia – quella che lui credeva fosse l'intera storia – di come Chris fosse stato straordinario, di come avesse pilotato seguendo unicamente l'intuito, con un coraggio incredibile, e per quanto fosse stato un autentico imbecille a decollare con quel tempaccio, aveva riportato a casa sani e salvi la sorella e l'apparecchio. Era molto fiero di lui. Chris, invece, continuava a tacere. Poi si chiuse nella sua camera, si buttò sul letto e scoppiò in singhiozzi dietro la porta chiusa.

Dopo un po' Cassie andò a cercarlo. Bussò a lungo, e alla fine lui la fece entrare.

« Si può sapere che cosa vuoi, *tu*? » le chiese con tono angosciato e allo stesso tempo con rabbia.

« Dirti che mi dispiace di averti fatto prendere quello spavento... e di aver rischiato di lasciarci la pelle tutti e due. Mi dispiace, Chris. Non avrei dovuto farlo. » Adesso poteva permettersi di essere magnanima, adesso che Nick aveva acconsentito a darle quello che aveva sempre desiderato.

« Io non metterò più piede su un aereo con te », ribatté Chris in tono deciso, lanciandole un'occhiataccia, con l'aria del fratello minore che si sente usato e tradito dalla sorella maggiore, più furba e cattiva.

« Non ci sarai più costretto », disse lei piano, sedendo sul bordo del letto e guardandolo. Lui ricambiò lo sguardo sbarrando gli occhi.

« Rinunci a volare? » No, non ci avrebbe mai creduto.

« Può darsi... almeno per ora... » Cassie si strinse nelle spalle, come se la cosa non avesse più importanza per lei; ma Chris la conosceva e non si fece illusioni.

« Non ti credo. »

« Vedremo. Adesso non ha più importanza. Volevo semplicemente dirti che mi dispiace. »

« Lo credo bene! » ribatté lui, infuriandosi subito, ma poi si calmò e allungò una mano per accarezzarle un braccio. « Invece grazie... per averci salvato... Ti giuro che ho creduto sul serio che fosse finita per tutti e due. »

« Anch'io », e Cassie ridacchiò, emozionata, guardandolo. « Mentre eravamo in volo, l'ho pensato anch'io, e per un bel po'. » Poi scoppiò in una risatina convulsa.

« Sei proprio matta! » riprese Chris. E poi, con tono ammirato: « Sei un demonio, come pilota, Cass. Bisogna che un giorno tu impari sul serio... Devi smetterla con tutti questi segreti, devi smetterla di fare le cose all'insaputa di papà. Dovrà convincersi che deve lasciarti volare. Come pilota sei dieci volte meglio di me. Scommetto che sei brava quanto lui. »

« Quanto a questo, ho i miei dubbi; però tu diventerai un buon pilota. Sei attento e preciso, Chris. Ma non devi fare le cose difficili; e niente esibizioni, per te! »

« Già, grazie tante! » E la guardò ridacchiando, perché adesso non provava più tutta quella gran voglia di strangolarla. « Cercherò di ricordartelo la prossima volta che mi proponi di accompagnarti a fare un giro, e ammazzarmi. »

« Non lo farò, almeno per qualche tempo », rispose lei con aria angelica. Ma Chris, che la conosceva, non si lasciò incantare.

« Che cos'è questa storia? Tu stai per combinarne una delle tue, Cass. »

« No, niente affatto. Mi comporterò bene... almeno per qualche tempo... »

« Che il buon Dio abbia pietà di noi. Ti prego soltanto di avvertirmi con un po' di anticipo quando avrai intenzione di combinare una delle tue solite pazzie. E farò di tutto per tenermi alla larga dall'aeroporto. Chissà, forse potresti starne alla larga anche tu, almeno per qualche tempo. Non mi meraviglierei che tutto quel fumo di scarico dei motori ti avesse dato alla testa... »

« Può darsi », rispose lei con aria sognante. Ma c'era qualcosa di più. Tutto quello che riguardava gli aerei, e il volo, ormai le era entrato nel sangue, e sapeva che non sarebbe riuscita a liberarsene.

Quella sera, dopo cena, arrivò di nuovo Bobby Strong e rimase inorridito quando Pat gli raccontò tutta la storia. E quando comparve anche Chris, si infuriò. « La prossima volta che porterai con te la mia ragazza rischiando quasi di ammazzarla, dovrai renderne conto a me, ricordatene », gli disse, fra lo sbalordimento dei due ragazzi. « È stata una stupidaggine, quella che hai fatto, e lo sai benissimo. » Chris avrebbe voluto rivelargli le vere aspirazioni di Cassie, che cosa voleva dalla vita... Gli sarebbe piaciuto parlargli di un sacco di cose, ma naturalmente non poteva.

«Sì, d'accordo», borbottò in tono vago affrettandosi a battere in ritirata nella propria camera. Erano tutti matti. Bobby, Cass, papà, Nick. Nessuno di loro sapeva la verità. Nessuno di loro sapeva chi fosse da rimproverare e chi no. Papà era convinto che lui fosse una specie di criminale; quanto a Cassie, li aveva incantati tutti, li aveva fatti rimbecillire. D'altra parte, solamente Cassie sapeva la verità su ciò che era successo, e adesso anche Nick, che aveva promesso di darle lezioni di pilotaggio.

Quella sera stessa, Bobby le fece una solenne ramanzina ricordandole quanto fosse pericoloso volare, insensato e sciocco; le spiegò che tutti gli uomini ai quali piaceva pilotare erano immaturi, un po' come bambini che giocano con gli aerei. Aggiunse che si augurava che l'avventura di quella sera, fosse servita a Cassie di lezione, e che in futuro smettesse di girellare in continuazione per l'aeroporto. Era quello che si aspettava da lei, le spiegò. Come poteva pensare di avere un futuro, di qualsiasi genere, se passava la sua esistenza in mezzo a motori e benzina, se era pronta a rischiare la vita con il fratello? Fra l'altro, essendo una ragazza, la cosa gli pareva poco dignitosa.

Cassie si sforzò di mostrarsi d'accordo, poiché capiva che Bobby era animato dalle migliori intenzioni. Ma provò ugualmente un gran sollievo quando se ne andò. E per tutta la notte riuscì solamente a pensare a ciò che Nick le aveva promesso, e se avrebbero presto cominciato a volare insieme. Quell'idea la eccitava. Rimase sveglia per ore, ricordando la sensazione di quel vento che le sferzava il viso, mentre scendeva a precipizio sotto le nuvole ai comandi del Jenny, cercando uno squarcio, un varco nel quale insinuarsi... e poi il momento in cui era risalita, in volo, sfiorando le cime degli alberi, e infine l'arrivo, sani e salvi, sulla pista. Era stata una giornata straordinaria; capiva che, indipendentemente da tutto quello che le potevano dire sul fatto che il volo fosse pericoloso o non adatto a una ragazza, non vi avrebbe mai rinunciato. Per amore di nessuno. Perché non poteva. Molto semplice.

4

TRE giorni dopo l'uragano Cassie, dopo essersi alzata e aver sbrigato le faccende di casa, uscì dicendo a sua madre che sarebbe prima andata in biblioteca e poi avrebbe incontrato un'ex compagna di scuola che, sposatasi in primavera, aspettava un bambino. E infine si sarebbe fermata all'aeroporto. Infilò una mela e un panino in un sacchetto di carta, andò a prendere un dollaro dai suoi risparmi e se lo nascose in tasca. Non sapeva con sicurezza quanto costasse il biglietto dell'autobus, ma voleva essere sicura di avere il necessario per arrivare fino a Prairie City. Aveva promesso a Nick di incontrarlo lì a mezzogiorno, ma quando si avviò verso la stazione degli autobus, nel centro della cittadina, sotto il sole cocente dell'estate, si pentì di non aver preso un cappello. D'altra parte, se lo avesse fatto la madre avrebbe potuto sospettare qualcosa. Infatti non lo metteva mai.

Si incamminò e aveva soltanto l'aria di una bella ragazza alta, dalla figura snella che andava a incontrare gli amici. Dimostrava la sua età, ma aveva una bellezza incredibile. Era perfino più carina di quanto non lo fosse stata sua madre alla sua età, perché era più alta e slanciata e aveva una figura davvero strepitosa. Ma Cassie non si preoccupava mai del proprio aspetto, della propria bellezza. Erano cose per le altre ragazze, quelle che avevano il cervello completamente vuoto, oppure per quelle, come le sue sorelle, che volevano sposarsi e avere dei bambini. Anche lei pensava che avrebbe voluto avere dei figli un giorno, o perlomeno così credeva, ma c'erano molte altre cose che voleva fare prima, cose che probabilmente non avrebbe mai avuto - emozioni, libertà e... volare. Adorava i libri che parlavano di donne pilota; aveva letto tutto quello che era riuscita a trovare sul conto di Amelia Earhart e Jackie Cochran. Aveva letto il libro di Lindbergh, *We*, che descriveva il suo volo solitario sull'Atlantico del 1927, e anche l'altro, scritto da sua moglie, *North to the Orient*, quando era stato pubblicato; e anche quello della Earhart, *The fun of it*. Tutte le donne che si interessavano di aviazione erano le sue eroine. A volte si domandava come fossero riuscite a fare quello che per lei continuava a essere soltanto un sogno. Ma forse adesso, con l'aiuto di Nick... forse... se solo avesse potuto volare... se avesse potuto decollare, come aveva fatto pochi giorni prima con Chris, e volteggiare pigramente nel cielo librandosi fra le nuvole...

Era talmente assorta nei propri pensieri che rischiò quasi di perdere l'autobus e fu costretta a correre per salire prima che partisse. Si sentì sollevata vedendo che non conosceva nessuno dei passeggeri. La corsa fino a Prairie City durò tre quarti d'ora e le costò soltanto quindici centesimi. Per tutta la durata del viaggio non fece che sognare a occhi aperti le future lezioni di volo.

Quando scese dall'autobus si accorse che il percorso fino alla pista era molto lungo. Per fortuna Nick le aveva spiegato come arrivarci, ma era partito dal presupposto che qualcuno le offrisse un passaggio. Non gli era nemmeno passato per la mente che lei avrebbe dovuto fare a piedi gli ultimi tre chilometri. Cassie arrivò accaldata, fradicia di sudore e coperta di polvere. Nick era seduto tranquillamente su un sasso e stava sorseggiando una bevanda analcolica, e il Jenny era parcheggiato in fondo alla pista deserta. In giro non c'era nessuno. Il piccolo campo d'aviazione veniva usato solo saltuariamente da chi doveva provvedere all'irrorazione delle colture con antiparassitari, ed era stato costruito all'epoca in cui i piloti si dedicavano ai voli acrobatici. Pur utilizzato solo di tanto in tanto, era comunque in buone condizioni. Nick riteneva che sarebbe stato il posto perfetto per quelle lezioni.

« Tutto bene? » La guardò con aria paterna mentre lei si scostava i capelli rosso fiamma dal viso, se li sollevava dal collo. Il sole bruciava. « Devi avere un caldo da morire. Sembri uscita dritta dritta dall'inferno. Ecco qualcosa per dissetarti. » Le offrì la sua Coca e osservò con ammirazione la ragazza mentre ne beveva una lunga sorsata. Aveva il collo slanciato, esile ed elegante, e il candore della sua gola morbida come la seta gli fece venire in mente un marmo di un rosa chiarissimo. Era un tipo che faceva colpo e da un po' di tempo gli capitava quasi di provar dispiacere che fosse la figlia di Pat. In ogni caso non sarebbe cambiato nulla. Lui aveva trentacinque anni e lei diciassette: troppo giovane per un uomo della sua età! Tuttavia c'erano momenti in cui la tentazione poteva diventare forte. « Si può sapere che cos'hai combinato, pazzerella? » le domandò anche per allentare per un attimo la tensione. Era strano trovarsi lì, loro due soli, per quella missione segreta. « Hai fatto a piedi tutta la strada da Good Hope? »

« No », lei ricambiò il sorriso, la sete placata da quella bibita. « Solamente da Prairie City. Era più lontano di quanto credessi. E faceva anche più caldo. »

« Mi dispiace », mormorò lui in tono di scusa. Cominciava ad avvertire qualche rimorso per averla costretta a venire fin lì. D'altra parte, quello sembrava il posto perfetto per quelle lezioni da tenere segrete.

« Non è il caso », rise lei, accettando un'altra sorsata di Coca. « Ne vale la pena. » E a Nick bastò guardarla negli occhi per capire quanto tutto questo avesse importanza per lei. Era pazza per gli aeroplani, follemente innamorata del volo. Né più né meno di come lo era stato lui alla sua età, quando vagava da un aeroporto all'altro, pronto a fare qualsiasi cosa soltanto per trovarsi vicino agli aerei e avere l'occasione di volare ogni tanto. La guerra gli aveva permesso di realizzare il suo sogno, fianco a fianco di uomini che erano diventati quasi una leggenda. Provava pena per Cassie, perché per lei non sarebbe stato altrettanto facile, soprattutto se Pat era fermamente deciso a impedirle di pilotare. Nick continuava a sperare che un giorno o l'altro l'amico cambiasse idea. Nel frattempo, poteva almeno insegnare a Cassie tutte le cose più importanti in modo che non rischiasse troppo, con atterraggi azzardati o acrobazie pericolose. Gli venivano ancora i brividi pensando a quando l'aveva vista sbucare dalle nuvole, tre giorni prima, a pochi metri del suolo, come un razzo. Se non altro, adesso, Cassie avrebbe saputo quello che doveva fare.

« Vogliamo provare? » le domandò, indicando il Jenny, immobile sulla pista ad aspettarli. Come un vecchio amico. Anche loro erano vecchi amici.

Cassie scoprì di essere troppo emozionata perfino per mormorare qualche parola mentre si avviavano sulla pista verso il piccolo apparecchio che le era tanto familiare. Lo aveva rifornito di carburante almeno mille volte, ne aveva ripulito il motore, ne aveva lavato le ali con amore, l'aveva pilotato alcune volte con Chris che faceva finta di portare sua sorella a spasso per il cielo. Il piccolo apparecchio non era mai sembrato a Cassie tanto bello. Prima gli girarono intorno, controllando il carrello per assicurarsi che, scendendo sulla pista, Nick non lo avesse danneggiato. Si trattava di un apparecchio basso, con una notevole apertura alare e il rendimento di un aereo di dimensioni più grosse, e a Cassie non incuteva alcun timore. Salì a bordo lentamente e si allacciò la cintura di sicurezza. Sapeva che i cieli presto sarebbero stati suoi, aveva il diritto di occuparli e di possederli, come tutti gli altri piloti. E nessuno sarebbe più riuscito a fermarla.

« Tutto a posto? » le gridò Nick non appena il motore cominciò a rombare. Cassie annuì con un sorriso e Nick balzò nella carlinga e andò a occupare il sedile posteriore. All'inizio avrebbe pilotato lui; una volta decollati, avrebbe passato a Cassie i comandi. Finalmente non sarebbe stata costretta a strappargliéli con la forza, come succedeva con Chris. Questa volta tutto sarebbe stato fatto secondo le regole, con la massima correttezza. Mentre si spostavano lungo la pista,

Cassie si voltò a guardarlo. Il volto di Nick era molto familiare, ma adesso, osservandolo, si sentì più felice che mai e provò una gran voglia di buttargli le braccia al collo e dargli un bacio.

« Che cosa? » Lei aveva detto qualche parola e in un primo momento lui non riuscì a sentirla. Impossibile che ci fosse qualcosa che non funzionava, aveva l'aria troppo felice perché fosse sorto un problema. Comunque si protese verso di lei per sentirla meglio. I suoi capelli neri erano arruffati dal vento e i suoi occhi avevano lo stesso colore del cielo d'estate. Erano segnati da qualche ruga sottile quando li socchiuse per proteggerli dal riverbero del sole.

« Ho detto... grazie!... » gli gridò lei di rimando, con gli occhi talmente colmi di gioia che Nick si sentì commuovere. Le strinse dolcemente una spalla e lei si voltò di nuovo per posare le mani sui comandi. Questa volta non c'erano dubbi su chi avrebbe pilotato l'aereo. Naturalmente Nick.

Cominciò a spingere avanti, con un movimento sempre uguale, la manetta; intanto usava i pedali del timone. Dopo pochi istanti si sollevarono dolcemente dalla pista e presero quota senza difficoltà. In quel momento Cassie ebbe l'impressione che il suo cuore pulsasse, librandosi nel cielo, all'unisono con il motore del vecchio Jenny. E provò lo stesso brivido di eccitazione che provava sempre quando si staccava da terra. Stava *volando*!

Nick cominciò a girare per allontanarsi dalla piccola pista e poi fece ruotare le ali per portarsi in posizione di assetto orizzontale, e toccò Cassie sulla spalla. Lei voltò appena la testa a guardarlo; Nick le fece cenno che, a quel punto, toccava a lei prendere i comandi. Annuì e si sostituì a lui come per istinto. Sapeva ciò che doveva fare. Ben presto volarono senza difficoltà nel cielo azzurro, come se Cassie non avesse fatto altro in tutta la vita. E in un certo senso era così. Nick rimase stupefatto di fronte alla sua abilità e a quell'istinto naturale. Aveva imparato un mucchio di trucchi, non solo suoi ma anche di Pat, solamente osservandoli, ma possedeva uno stile molto personale nel pilotare, morbido e fluido in un modo addirittura sorprendente. Sembrava completamente a proprio agio ai comandi del piccolo apparecchio, tanto che Nick decise di vedere fino a che punto sapeva cavarsela, già in quella prima lezione.

Le impose di eseguire virate e inclinazioni trasversali in direzioni diverse, prima a sinistra e poi a destra. Stava per dirle di tenere sempre il muso dell'apparecchio puntato verso l'alto, per non perdere quota, ma Cassie dimostrò di conoscere istintivamente il rischio di perdere improvvisamente quota durante le virate. Infatti continuò a tenere il muso puntato verso l'alto senza che fosse necessario dirle niente. Aveva una sensibilità straordinaria, assolutamente innata. Continuò a esercitare con mano salda una certa pressione sulla cloche e il muso dell'apparecchio rimase rivolto verso l'alto in risposta al suo movimento.

Poi Nick le ordinò di fare delle virate a S, servendosi di una stradina sterrata come punto di riferimento; e mentre lei eseguiva, notò che riusciva facilmente a mantenersi in quota. Solo di tanto in tanto lanciava un'occhiata agli strumenti, eppure sembrava sapere quando era il caso di compensare oppure di levarsi più in alto nel cielo. Seguiva evidentemente il proprio istinto, e questo era un segno sicuro che era un'aviatrice nata. Raramente Nick aveva visto qualcuno come lei; e ben presto concluse che in tutta la sua vita ne aveva visti molto pochi.

Poi, per un po', la fece volare intorno a un silo che adocchiarono sul terreno di una fattoria in lontananza, e Cassie protestò perché lo trovava noioso. Nick, invece, voleva assicurarsi che fosse anche precisa. Era prudente, attenta e determinata, e ciò era straordinario tenendo conto che aveva volato molto poco. Poi, finalmente, lasciò che facesse un cerchio della morte, e infine quel doppio cerchio che aveva voluto tentare per far paura al fratello. E subito dopo le insegnò come ci si riprende da una posizione di stallo, una cosa molto più importante. Ma sembrava che Cassie sapesse anche questo, e per istinto. La calma totale che rivelò entrando in stallo impressionò Nick, mentre il Jenny cominciava a scendere a muso in giù fra inclinazioni alternate delle ali. Nel giro di pochi secondi Cassie allentò la pressione sulla cloche che aveva provocato inizialmente lo stallo, e con una mossa audace e decisa, lasciò che quella caduta a piombo aumentasse la loro velocità. Prima, Nick, le aveva spiegato come comportarsi. La maggior parte dei giovani piloti restava terrorizzata di fronte a quella discesa a picco, alla gravità zero che l'apparecchio assumeva all'improvviso. Cassie non era impaurita da niente di tutto questo, mentre il Jenny scendeva a precipizio per breve tempo, e quando ebbe riacquistato velocità sufficiente, con un tocco di manetta aumentò la potenza del motore e riportò l'apparecchio con le ali in assetto orizzontale, come un aquilotto che si levasse dolcemente nel cielo, tornando dove lei voleva. Era in gamba. Molto in gamba.

Poi Nick le fece fare qualche evoluzione a forma di otto in verticale, un Immelmann, e infine una ripresa dell'assetto normale di volo dopo una caduta a vite. Eseguì tutto in modo impeccabile e Nick era raggiante, quando riportò l'apparecchio sulla pista. Anche Cassie rideva. Non si era mai divertita tanto in vita sua; ma protestò perché avrebbe voluto provare qualche vite orizzontale. Nick riteneva invece che per quel giorno avessero fatto abbastanza; anzi, le disse che, forse, era il caso di tenere in serbo qualcosa per la volta successiva! Cassie voleva anche imparare l'atterraggio a motore fermo, la specialità di Nick, ma ci sarebbe stato tempo anche per quello. Ci sarebbe stato tempo per tutto. Cassie era un'allieva straordinaria.

Nick rimase seduto a bordo dell'apparecchio per un attimo, guardandola, perché quasi non riusciva a credere che solamente osservando gli altri Cassie fosse riuscita a imparare tante cose. Ogni volta che Pat l'aveva portata a volare, o che Nick l'aveva accompagnata in qualche posto, ogni loro movimento, ogni procedura era stata osservata e assorbita; e, chissà come, semplicemente guardando loro Cassie aveva imparato a pilotare. In fondo era proprio quello che lui aveva sospettato fin dal principio: era un'aviatrice nata. Sarebbe stato un sacrilegio impedirle di pilotare un aereo.

«Come sono andata?» Cassie si voltò, sempre seduta al

suo posto, dopo che l'apparecchio si era fermato e Nick aveva spento il motore.

« Sei stata fantastica », rispose lui con un sorriso, ancora incredulo. Cassie possedeva un istinto naturale che le permetteva di valutare con esattezza la quota a cui si trovava, la direzione, e a questo istinto si accompagnava un'eccezionale capacità di manovrare i comandi. Fin dal primo momento aveva sempre saputo con esattezza ciò che stava facendo. « Credo che non volerò più con te », le disse in tono scherzoso, ma a Cassie bastò un'occhiata per capire tutto quello che voleva sapere. Si lasciò sfuggire un grido di gioia sulla pista silenziosa. Mai in vita sua era stata così felice. E Nick era anche il miglior amico che avesse mai avuto. Le aveva permesso di realizzare il sogno della sua vita e questo non era che il principio. « Sei brava, bambina », mormorò Nick a voce bassa, e le porse un'altra Coca che aveva portato con sé. Lei ne bevve una lunga sorsata, poi gli fece un saluto militare, e infine restituì la bottiglietta al suo istruttore. « Non montarti la testa! Quello che ti ho detto può essere pericoloso. Non avere mai eccessiva fiducia, non essere mai troppo sicura di te, non presumere mai di poter fare tutto quello che vuoi. Perché non è così. Questo uccello è solamente una macchina e se tu ti metti idee troppo grandi in testa, la terra diventa troppo vicina e finisci per sbattere contro un albero. Non dimenticarlo mai. »

« Sissignore. » Ma era troppo felice per preoccuparsi. Sapeva di dover essere prudente – ed era disposta a esserlo – ma sapeva anche di essere nata per volare e adesso lo sapeva anche Nick... e chissà che un giorno non riuscisse a convincere Pat! Nel frattempo lei avrebbe imparato tutto quello che poteva e avrebbe cercato di diventare il miglior pilota di tutti i tempi. Migliore di Jean Batten o Louise Thaden o una qualsiasi delle altre. « Quando possiamo rifarlo? » gli domandò ansiosa. Desiderava soltanto tornare a volare, e non voleva aspettare troppo. Ma era Nick a pagare il carburante, e temeva che questo gli costasse eccessivamente. D'altra parte, per lei volare era come una droga e Nick lo sapeva.

« Tu vorresti ricominciare domani, vero? » E rise, guardandola. Anche lui era stato così, all'età di Cassie. Anzi, aveva esattamente la sua età quando si era messo a vagare per tutto il paese dopo la guerra, cercando lavoro negli aeroporti, e alla fine era arrivato nell'Illinois a pilotare aerei per il suo vecchio amico Pat O'Malley.

« Non so, Cass. » Nick ci pensò un momento. « Magari potremmo rifarlo tra un paio di giorni. Non voglio che Pat cominci a chiedersi perché porto fuori il Jenny. Non me ne servo mai molto spesso, in genere. » Soprattutto non voleva che Pat nutrisse qualche sospetto. Il suo obiettivo era far sì che Cassie prendesse un buon numero di lezioni di volo prima di affrontarlo e mostrargli la sua bravura. Sarebbe stato impossibile negare la verità. Era mille volte più brava, come pilota, di suo fratello; mille volte più brava della maggior parte delle persone alle quali lui aveva dato lezioni di pilotaggio. Ma bisognava convincere Pat di questo, e sapevano entrambi che non sarebbe stato facile.

« Potresti dirgli che vieni qui a dare lezioni di volo a qualcuno. Non è necessario che sappia che sono io. Avresti una scusa per prendere il Jenny e pilotarlo come e quando vuoi. »

« E i soldi dove li troviamo, signorina? Non voglio che tuo padre pensi che lo stia imbrogliando. » Infatti O'Malley riceveva una percentuale sui profitti di Nick, quando questi lavorava sui charter o dava lezioni di pilotaggio nelle ore in cui avrebbe dovuto compiere altri voli per il socio.

Cassie non nascose la sua delusione. « Magari potrei pagarti... potrei prendere qualcosa dai miei risparmi... » mormorò con l'aria molto preoccupata, tanto che Nick prima le accarrezzò i capelli rosso fiamma e poi glieli arruffò.

« Non preoccuparti. Ci penserò io a portar fuori dall'aeroporto questo apparecchio. Faremo ancora molte volte quello che abbiamo fatto oggi. Te lo prometto. » Cassie alzò gli occhi e gli rivolse un dolce sorriso. Il cuore di Nick ebbe un tuffo. Non voleva nessun'altra ricompensa. Questa bastava.

L'aiutò a scendere e poi si accorse che c'era un albero frondoso poco distante. « Hai portato qualcosa da mangiare? » Lei fece cenno di sì con la testa e andarono a sedersi all'ombra. Cassie divise il panino con Nick, e lui divise la Coca Cola con Cassie. Ne beveva moltissima e, a differenza di Pat, il quale non disdegnava un buon whisky di tanto in tanto, Nick non era mai stato un gran bevitore. Passava troppo tempo in volo per potersi permettere di eccedere con l'alcol. Gli capitava sempre più spesso che lo tirassero giù dal letto per qualche emergenza, o per un volo postale speciale, oppure per trasportare un carico di merci dal Messico fino all'Alaska. Non avrebbe mai potuto pilotare tutti quegli aerei e fare tutti quei viaggi se si fosse ubriacato o avesse risentito dei postumi di una sbornia. Anche Pat stava attento. Non beveva mai se sapeva di dover volare.

Chiacchierarono a lungo di aerei e di volo, della famiglia di Cassie e di quanta importanza avessero avuto gli O'Malley per Nick quando era arrivato nell'Illinois. Le confidò di aver lasciato New York proprio perché voleva venire a lavorare per Pat.

« È stato buono con me, durante la guerra.. che ragazzo ero!... Ed ero anche molto stupido. Sono ben contento che tu non debba mai trovarti in situazioni come quelle, a combattere in uno scontro aereo ravvicinato a tremila metri con un branco di tedeschi impazziti. Era quasi un gioco, a volte era difficile convincersi che fosse tutto vero... era così emozionante, maledettamente emozionante! » Gli brillavano gli occhi mentre ne parlava. Per lui, come per molti, era stato il momento perfetto della vita e tutto il resto, in seguito, era impallidito a quel confronto. Qualche volta Cassie pensava che queste fossero le sensazioni che provava suo padre, e aveva il sospetto che per Nick fosse lo stesso.

« Deve far sembrare terribilmente noioso tutto il resto... pilotare il Jenny... o fare qualche viaggio con un carico di merci in California, sull'Handley.. non si può dire che sia qualcosa di emozionante. »

« No, infatti. Però si sta tranquilli. E io ho bisogno di volare. Non mi sento bene a terra; anche se può sembrare pazzesco. La mia vita è lassù. » Alzò gli occhi verso il cielo mentre pronunciava queste parole. « È l'unica cosa che so fare bene », sospirò, appoggiandosi contro il tronco dell'albero. « Quanto al resto, non sono altrettanto bravo a cavarmela. »

« In che cosa, per esempio? » Cassie era curiosa, lo conosceva da quando era nata, ma Nick l'aveva sempre considerata una bambina e adesso che condividevano il segreto di quelle lezioni, per la prima volta potevano quasi trattarsi da pari a pari.

« Non so. Non sono molto bravo nel matrimonio, con le persone... gli amici... a parte gli altri piloti e i ragazzi con i quali lavoro. »

« Con noi sei sempre stato straordinario. » Gli rivolse un sorriso pieno di innocenza e Nick si stupì di quanto si potesse essere ingenui a diciassette anni.

« Con voi è diverso. Siete la mia famiglia. Ma non so... a volte riesce difficile cercare, e trovare, un rapporto con le persone che non volano, è difficile comprenderle, e per loro è ancora più difficile comprendere me... soprattutto le donne... » Rise. Non se ne preoccupava. Così era la sua vita, e gli andava bene. C'erano le persone che stavano a terra, le persone che erano confinate sulla terra, non solo con il corpo ma anche con il cervello... e poi c'erano le altre.

« Che cosa mi dici di Bobby? » le domandò, cambiando argomento di punto in bianco. Sapeva tutto del suo ragazzo. Lo aveva visto fin troppe volte a casa O'Malley. « Che cosa ne pensa del fatto che a te piace tanto volare? Perché sei brava, Cass. Se impari bene, puoi farcela senza fatica. » Già, ma a fare che cosa? Ecco il problema. Che cosa poteva fare una donna tranne, magari, conquistare un record o batterlo? « Lui che cosa direbbe? » insistette Nick.

« Quello che dicono tutti. Che sono matta. » E Cassie rise, guardandolo. « D'altra parte non l'ho sposato, sai! È soltanto un amico. »

« Non vorrà rimanere 'soltanto un amico' in eterno. Presto o tardi vorrà essere molto, molto di più, o perlomeno tuo padre la pensa così. » Era quello che pensavano tutti, e Cass lo sapeva.

« Dici davvero? » A un tratto la sua voce assunse un tono gelido, e Nick rise di fronte a quell'atteggiamento.

« Non fare la damigella di ghiaccio con me, perché non serve. So quello che dico. Sarai emarginata se diventerai un'altra Earhart. Dovrai imparare ad affrontare questa realtà. E non è sempre facile. » Lui lo sapeva fin troppo bene! Sapeva un mucchio di cose che scoprì di voler condividere con Cassie. La nuova dimensione della loro amicizia lo emozionava, ma anche lo spaventava. Non riusciva a immaginare dove avrebbe potuto portarli.

« Ma ti sembra proprio che sia una cosa tanto straordinaria? » esclamò Cassie pensando alle domande che Nick le aveva fatto sul conto di Bobby. Non avevano senso per lei. Che cosa c'era di male, se a lei piaceva volare?

« Secondo me, sì... e proprio perché è una questione completamente diversa dal solito », le spiegò Nick. « Gli uomini sono fatti per camminare sulla terra. Se tu vuoi volare come un uccello, di continuo, magari loro ti dicono che dovresti avere le piume o le ali, o magari si limitano semplicemente a pensare che tu sia un po' stramba. » Le rivolse un sorriso accattivante allungando le gambe davanti a sé. Era divertente parlare con Cassie... era così brillante, giovane e viva, ed era eccitata al pensiero della vita che aveva davanti! Per questo la invidiava. Perché era una vita piena di sfide da affrontare, di nuovi inizi. Anche se aveva solo trentacinque anni, a Nick sembrava di essersi già lasciato dietro le spalle molto dell'entusiasmo e dell'interesse che la vita poteva offrire.

« Secondo me la gente fa dei ragionamenti sciocchi sul fatto di volare. In fondo si tratta semplicemente di aerei e noi siamo semplicemente persone come le altre », disse Cassie con semplicità.

« No, niente affatto », obiettò Nick in tono pratico. « Noi siamo supereroi, nel loro giudizio, perché facciamo qualcosa che non sono capaci di fare e di cui la maggior parte ha paura. Noi siamo domatori di leoni, o equilibristi che ballano sulla corda... è tutto molto misterioso e molto emozionante, non ti pare? » La costrinse a pensarci per pochi istanti, e Cassie annuì riconsegnandogli la bottiglietta di Coca. Lui ne bevve un sorso e si accese una sigaretta. Ma a lei non ne offrì. Che imparasse a volare, bene... ma non era ancora adulta fino a quel punto!

« A me pare che sia qualcosa di eccitante e di misterioso », ammise Cassie mentre lo guardava fumare. « Forse è per questo che lo adoro. Però dà anche una sensazione tanto bella... di libertà... di vita... così... » non trovava le parole giuste, e Nick sorrise. Sapeva esattamente ciò a cui Cassie alludeva. Perché erano le stesse sensazioni che provava anche lui. Ogni volta che il suo apparecchio si staccava da terra – qualunque fosse l'aereo che pilotava in quel momento – avvertiva sempre lo stesso brivido, violento e selvaggio, di libertà. E tutto il resto gli sembrava scialbo e privo di interesse. Si trattava di qualcosa che aveva segnato la sua intera esistenza, ciò che faceva, le persone che vedeva, quello che desiderava fare. Aveva anche inciso profondamente su tutti i suoi rapporti umani e un giorno la stessa cosa sarebbe stata accaduta a Cassie. Capiva che, in un modo o nell'altro, avrebbe dovuto metterla in guardia, ma non sapeva bene come spiegarglielo. Cassie era talmente giovane e piena di speranze che sembrava quasi un errore metterla in guardia.

« Cambierà la tua vita, Cass », fu tutto quello che ebbe il coraggio di dirle. « Stai attenta. »

Lei fece cenno di sì con la testa, convinta di capire quello che Nick le stava dicendo, anche se non era affatto così. « Lo so... » poi alzò la testa e nel suo sguardo c'era tanta saggezza che Nick si stupì. « ...ma è quello che voglio. Ecco perché sono qui. Non posso vivere sulla terra... come gli altri. » Era una di loro, glielo stava dicendo, e Nick si rese conto di quanto fosse vero. Ecco perché aveva acconsentito a farle da istruttore.

Passarono parecchio tempo a chiacchierare, quel giorno, e Nick avvertì un profondo rimorso al pensiero di doverla lasciare lì, sola, a percorrere a piedi quei tre chilometri per raggiungere la fermata dell'autobus che l'avrebbe riportata a casa. Ma non aveva altra scelta.

Rimase a guardarla mentre si allontanava, facendole un cenno di saluto, e dopo un minuto decollò, rollando lentamente sul terreno per segnalarle la sua partenza. Cassie lo seguì a lungo con lo sguardo. e ancora non riusciva a convincersi di ciò che aveva fatto per lei. Nell'arco di un pomeriggio aveva cambiato tutta la sua esistenza, lo sapevano entrambi. Era stata un'impresa coraggiosa per tutti e due, ma nessuno di loro aveva saputo resistervi, e rifiutarsi, sia pure per motivi differenti.

Mentre, sotto il caldo torrido, raggiungeva la fermata dell'autobus non fece che pensare alle evoluzioni che aveva compiuto, alle sensazioni che aveva provato... e all'espressione degli occhi di Nick, dopo. Era stato orgoglioso di lei. Mai, in vita sua, si era sentita così felice e soddisfatta.

Salì sull'autobus, rivolse un sorriso all'autista e quasi si dimenticò di pagare i quindici centesimi del biglietto. Al ritorno a casa scoprì che era ormai troppo tardi per andare all'aeroporto. Perciò preferì aiutare sua madre e a un tratto perfino quelle banali faccende domestiche non le sembrarono più tanto deprimenti. Aveva nutrito il proprio spirito e qualsiasi fosse il prezzo da pagare per questo, era certa che ne valesse la pena.

Fu taciturna a cena, quella sera, ma nessuno parve accorgersene. Tutti avevano qualcosa da dire; Chris era eccitato per il lavoro che stava facendo nella redazione del quotidiano locale, Pat aveva ottenuto un nuovo appalto per il trasporto della posta, un appalto governativo; e finalmente, la notte precedente, era nato il bambino di Colleen e Oona non faceva che parlare di quello. Solamente Cassie rimase insolitamente tranquilla, anche se avrebbe potuto dare la notizia più clamorosa. Purtroppo si trattava di qualcosa che non poteva condividere con nessuno.

Bobby arrivò dopo cena e, come al solito, chiacchierarono per un po', ma Cassie aveva la sensazione di non avere molto da dirgli.

Era assorta nei propri pensieri; l'unica cosa che gli disse fu che non vedeva l'ora che arrivasse il giorno del raduno aeronautico. Quell'anno si sarebbe svolto subito dopo il 4 di luglio e Bobby, che non c'era mai stato, sperava di poterci andare, così Cassie avrebbe potuto descrivergli tutti gli aeroplani. Invece a lei la prospettiva di avere la compagnia di un principiante e di dovergli spiegare tutto, non sembrava affatto emozionante. Avebbe preferito di gran lunga andarci con Nick, e ascoltare lui. Non le passò neppure per la mente che i cambiamenti erano già iniziati. Quel pomeriggio si era imbarcata per un viaggio lungo, lungo e interessante, ma solitario.

5

Le lezioni continuarono per tutto il mese di luglio nel segreto più totale. Il raduno aeronautico e l'eccitazione di Cassie non erano invece un segreto! Ci andò tutta la famiglia, insieme con Nick, un gruppetto di piloti dell'aeroporto, Bobby e la sorella minore. Fu un grande evento per tutti, ma nulla era importante per Cassie quanto le lezioni con Nick. Verso la fine di giugno ormai riusciva a eseguire con grande abilità un atterraggio perfetto a motore spento. Aveva anche imparato gli *split* e il quadrifoglio oltre a manovre molto più complesse.

Cassie era il sogno di ogni istruttore di volo, una vera e propria spugna, smaniosa di imparare ogni cosa, dotata di grande sensibilità. Era in grado di pilotare praticamente qualsiasi aereo, tanto che in agosto Nick cominciò a portare il Bellanca invece del Jenny perché era più impegnativo e voleva che lei si cimentasse con apparecchi che potessero costituire un'autentica sfida. Inoltre raggiungeva la velocità necessaria per mostrarle acrobazie e manovre più spericolate. Pat continuava a non sospettare niente e malgrado la lunga corsa in autobus e la faticosa camminata, le lezioni di volo erano frequenti e non c'erano problemi.

In agosto, sia Cassie sia Nick rimasero profondamente addolorati quando uno dei piloti che volavano per Pat O'Malley rimase ucciso in un incidente per un guasto al motore del suo apparecchio lungo il viaggio di ritorno dal Nebraska. Andarono tutti al funerale e Cassie era ancora depressa quando si ritrovò con Nick per la lezione successiva. Suo padre aveva perduto un buon amico, oltre a uno dei due D.H.4 che possedeva. Tutti erano tristi e avviliti, all'aeroporto O'Malley.

« Non dimenticare mai che cose del genere possono succedere, Cass », le rammentò Nick a voce bassa mentre, seduti sotto il loro albero preferito, si rifocillavano dopo la lezione l'ultimo giorno di agosto. Per Cass era stata un'estate stupenda e mai si era sentita tanto a proprio agio e vicina a Nick. Era il suo amico più caro, il suo unico vero amico, e il suo maestro. « Può capitare a chiunque di noi. Motore guasto, tempo cattivo, sfortuna... è un rischio che dobbiamo accettare. E anche tu devi rendertene conto e affrontarlo. »

« L'ho già fatto », gli rispose lei tristemente, pensando che quella era stata l'estate più bella della sua vita e ormai era quasi finita. « Ma credo che preferirei morire così piuttosto che in qualsiasi altro modo. Volare è tutto ciò che voglio, Nick », affermò in tono deciso, ma ormai lui lo aveva capito. Nick era entusiasta della sua abilità, delle sue doti istintive e naturali, della straordinaria facilità con cui imparava, della genuina passione per il volo. E apprezzava e ammirava anche moltissime altre cose in lei.

« Lo so, Cass. » La guardò a lungo, con espressione seria. Era l'unica persona con la quale si sentisse veramente a proprio agio, ormai, a parte Pat e i colleghi di volo. Era l'unica donna che pareva condividere i suoi sogni e le sue opinioni, ed era un peccato che fosse solo una bambina e la figlia del suo migliore amico. Nessuna speranza che potesse diventare qualcosa di più o di diverso. Comunque Nick apprezzava molto la sua compagnia. Gli piaceva chiacchierare con lei, e insegnarle a volare era diventato importante per lui. « Che cosa faremo quando riprenderà la scuola? » le domandò mentre finivano di mangiare. L'indomani sarebbero iniziate le lezioni dell'ultimo anno delle superiori. Per Nick era difficile accettare che fosse già così grande. L'aveva sempre considerata una bambina anche se adesso aveva cominciato a conoscerla meglio. Sotto molti aspetti era più adulta della maggior parte degli uomini che conosceva, ed era anche una splendida donna. Tuttavia spesso affiorava in lei la ragazzina. Si divertiva a fare scherzi, rideva per un nonnulla, ogni piccola buffonata era una gioia per lei. In un certo senso non sembrava molto diversa dall'epoca in cui era ancora bambina.

« Che ne diresti del sabato? » gli domandò con aria pensierosa. « Oppure della domenica? » Significava che avrebbero volato meno di frequente, ma era comunque meglio di niente. Entrambi avevano cominciato ad apprezzare le lunghe ore solitarie che trascorrevano insieme, la fiducia incrollabile che Cass aveva in Nick, l'attenzione con cui lo ascoltava, e il piacere di Nick di poterle insegnare le meraviglie del volo. Era un dono che condividevano e ciascuno dei due lo rendeva più bello ed esaltante per l'altro.

« Possiamo combinare per il sabato », rispose lui in tono indifferente, anche se pur di volare con lei avrebbe fatto qualsiasi cosa. Niente poteva fermarlo. Ormai era la sua allieva migliore, ma anche qualcosa di più. Erano grandi amici, adesso, e complici di una congiura che permetteva a entrambi di realizzare i propri sogni. Nessuno dei due vi avrebbe rinunciato facilmente, né aveva intenzione di farlo. « Non so come te la caverai con quella passeggiata dalla fermata dell'autobus al campo d'aviazione quando comincerà il brutto tempo. » A volte si preoccupava pensando che Cassie percorreva quella strada completamente sola, anche se lei si sarebbe irritata per tante inutili preoccupazioni. Era uno spirito libero e indipendente; era convinta di poter affrontare qualsiasi cosa. Invece il pensiero di una ragazza come lei, sola soletta su una strada di campagna, a volte dava a Nick un vago senso di inquietudine.

« Magari papà mi permetterà di prendere a prestito il furgoncino... oppure c'è quello di Bobby... » Nick annuì, anche se il pensiero di Bobby gli dava fastidio. Sapeva che ciò era assurdo e non aveva nessun diritto di sollevare obiezioni di fronte a uno qualsiasi dei corteggiatori di Cassie, ma

Bobby non gli sembrava la persona giusta per lei. Era così noioso, così disperatamente aggrappato alla terra.

«Già», commentò, cercando di ricordare a se stesso che aveva il doppio della sua età.

«Troverò una soluzione.» E Cassie gli sorrise come se non avesse nessun problema al mondo. Era difficile non rimanere incantati di fronte alla sua bellezza.

A volte si meravigliavano di poter continuare a incontrarsi in quell'aeroporto abbandonato per le lezioni di volo. Comunque, fino a quel momento la cosa aveva funzionato, anche se entrambi sapevano che sarebbe stato più difficile durante l'inverno. Le condizioni del tempo avrebbero costituito un grosso problema.

Invece, sorprendentemente, tutto andò nel modo migliore e poterono incontrarsi regolarmente ogni sabato. Cassie raccontò al padre che andava da una compagna di scuola per fare i compiti, e lui le permise di usare il furgoncino ogni sabato pomeriggio. Sembrava che nessuno si interessasse a quello che faceva; d'altra parte rientrava sempre a casa in tempo, con una bracciata di libri e quaderni e di ottimo umore.

A quell'epoca le sue abilità aviatorie erano migliorate ulteriormente e Nick era giustamente orgoglioso di lei. Le disse, più di una volta, che avrebbe dato chissà cosa per poterla iscrivere alle gare in uno dei soliti raduni aeronautici. Chris si stava già preparando per il successivo; era molto attento, preciso e affidabile, ma assolutamente privo di estro. Non possedeva certo le doti istintive e naturali di sua sorella. Sapevano tutti che, se non fosse stata per l'insistenza di Pat, Chris non avrebbe mai messo piede su un apparecchio. Del resto lo aveva ammesso lui stesso, con Nick, più di una volta: diceva sempre che volare in fondo non gli piaceva.

Cassie e Nick si chiudevano nel furgone, per consumare il solito spuntino, quando il tempo era troppo rigido; ma se c'era il sole facevano una passeggiata lungo la pista.

In settembre parlarono di Louise Thaden, la prima donna che si iscrisse a una gara, il Trofeo Bendix, e in ottobre l'argomento fu Jean Batten, che stava per diventare la prima donna che si preparava a effettuare il volo dall'Inghilterra alla Nuova Zelanda. E parlavano anche di molte altre cose. Sedevano sui tronchi d'albero caduti, chiacchieravano per ore e ore, a volte; e con il passare dei mesi, l'intimità fra loro continuò a crescere. Sembrava che si trovassero d'accordo su qualsiasi argomento, anche se Cassie giudicava Nick troppo conservatore, in politica, e lui pensava che la ragazza fosse troppo giovane per uscire con i giovanotti, e non mancava di ripeterglielo! Cassie lo prendeva in giro e lui si divertiva per tanto cameratismo; una volta lei gli fece notare che l'ultima ragazza che aveva frequentato era la più brutta che le fosse mai capitato di vedere, e lui ribatté che Bobby Strong era il ragazzo più noioso e scialbo che avesse conosciuto. In realtà adoravano volare e chiacchierare, e confidarsi quello che pensavano della vita. Pareva che tutto fosse in sincronismo perfetto tra loro, interessi e preoccupazioni, perfino il senso dell'umorismo, che avevano quasi simile. Era sempre un momento dolce-amaro quello in cui si lasciavano, alla fine del sabato pomeriggio, perché sapevano che avrebbero dovuto aspettare una settimana prima di ritrovarsi. A volte Nick non poteva neppure darle lezione perché era impegnato in un volo particolarmente lungo, e non tornava in tempo. Ma capitava di rado; a poco a poco era arrivato a organizzare gli orari di volo in modo da non rinunciare a quelle lezioni.

Il giorno della Festa del Ringraziamento arrivò, come sempre, a casa degli O'Malley e Cassie lo stuzzicò senza pietà. Avevano sempre riso insieme, ma adesso le battute che si scambiavano sembravano un po' più pungenti, e l'intimità fra loro maggiore di prima. Pat osservò che erano due maleducati, mentre Oona si domandò se non ci fosse qualcosa di diverso fra loro. Sembrava difficile dopo tanti anni, eppure era innegabile che fra loro esistesse una nuova intimità, una specie di complicità, e quando Oona ne accennò alla figlia Colleen, questa si limitò a ridere e le rispose che Cassie voleva soltanto divertirsi. Per Cassie Nick era come un fratello maggiore. Oona invece non si sbagliava. Il tempo trascorso insieme, le cose che Cassie aveva imparato, le lunghe chiacchierate sotto l'albero sul limitare della pista deserta, li avevano inevitabilmente fatti sentire più vicini.

Nick si abbandonò sul divano dichiarando che aveva mangiato troppo e forse stava per esalare l'ultimo respiro; Cassie, seduta di fianco a lui, cominciò a stuzzicarlo ricordandogli che la ghiottoneria era un peccato e avrebbe fatto meglio a confessarsi. Ma sapeva benissimo che lui detestava andare in chiesa. Mentre Nick fingeva di non ascoltarla, ma le sorrideva pieno di ammirazione, Bobby comparve nel vano della porta. Poi entrò togliendosi una spruzzatina di neve, la prima di quell'anno, dal cappello e dalle spalle. Era un bel ragazzo, alto, e a Nick bastò guardarlo per sentirsi addirittura un vegliardo.

« Fa davvero freddo! » esclamò Bobby, poi rivolse un caloroso sorriso a tutti. Con Nick fu un po' più cauto; c'era qualcosa in lui che metteva a disagio Bobby, qualcosa che non sapeva spiegarsi. Forse era il fatto che avesse tanta familiarità con Cassie. « Avete avuto abbastanza da mangiare? » domandò, rivolgendosi a tutti i presenti, molto fiero del fatto di avere mandato in regalo agli O'Malley un tacchino di dodici chili. E tutti, in risposta, si lasciarono sfuggire un gemito. Avevano invitato a cena anche lui, ma aveva preferito rimanere a casa con i genitori e la sorella.

Poi propose a Cassie di uscire a fare una passeggiata ma lei rispose che voleva rimanere ad ascoltare sua madre suonare il pianoforte. Glynnis cominciò a cantare e Megan e suo marito le fecero coro. Megan aveva appena rivelato alla famiglia che aspettava un altro bambino. Cassie, pur felice per la sorella, pensò che quello era il genere di notizie che la faceva sempre sentire un'estranea. Com'era diversa! Non riusciva a pensare a se stessa come a una sposa e a una madre. Perlomeno non ancora. Non era quello che voleva, non era quello in cui voleva impegnare la sua vita per molto tempo, forse per sempre. Ma, in tal caso, che cosa avrebbe fatto della sua vita? A volte se lo domandava. Sapeva che non sarebbe mai riuscita a essere né una Amelia Earhart, né una Bobbi Trout o tantomeno una Amy Mollison. Quelle erano celebri, autentiche dive, e lei sapeva che non le avrebbe mai eguagliate. D'altra parte sembrava che non ci fosse una via di mezzo. O si adattava a un futuro simile a quello delle sue sorelle, che si erano sposate appena finita la scuola e adesso avevano già dei figli, ma conducevano una vita scialba e banale, oppure fuggiva di casa per diventare una specie di superstar. Disgraziatamente non aveva denaro per acquistare aerei, o partecipare a gare o stabilire record. Anche ammettendo che suo padre le avrebbe concesso di pilotare i suoi aerei, certamente non erano così moderni e sofisticati per permetterle di conseguire record.

Negli ultimi tempi aveva parlato con Nick di ciò che intendeva fare della propria vita. Ne aveva parlato più del solito. Nel giro di sei mesi avrebbe terminato la scuola. E poi? Sapevano entrambi che non c'erano possibilità per lei all'aeroporto, e non ci sarebbero state mai. Ne aveva discusso anche con una delle sue insegnanti, e a poco a poco stava cominciando a capire che cosa voleva. Se non avesse potuto volare da professionista - e per il momento era una speranza del tutto remota - avrebbe però potuto continuare gli studi e andare al college. Avrebbe potuto insegnare e, con gioia e sorpresa, aveva saputo che in parecchi college esistevano corsi di aeronautica e ingegneria. In modo particolare al Bradley College, a Peoria. Cassie sperava di presentare domanda di ammissione in autunno: se avesse ottenuto una borsa di studio - e i professori non lo ritenevano impossibile - avrebbe potuto specializzarsi in ingegneria e scegliere l'aeronautica come materia complementare. Era il massimo cui potesse aspirare, almeno per il momento. Se non poteva guadagnarsi da vivere come pilota, avrebbe almeno insegnato tutto ciò che era necessario per pilotare un aereo. Di questo progetto non aveva ancora fatto parola né con suo padre né con sua madre; ma le sembrava buono. Solo Nick lo sapeva, ma con lui i suoi segreti non correvano pericoli. Lui le rivolse un'occhiata piena di affetto mentre si alzava in piedi per andarsene, poi ne rivolse un'altra, molto poco cordiale, a Bobby il quale stava descrivendo la torta di zucca di sua madre, che aveva vinto un premio. Chissà perché, Bobby Strong riusciva sempre ad annoiarlo profondamente.

Dopo aver baciato Cassie su una guancia, Nick se ne andò e Bobby parve subito più rilassato e disteso. Nick riusciva sempre a renderlo nervoso. Quanto a Cassie, divenne silenziosa e distratta, non appena Nick se ne fu andato. Come se avesse un mucchio di cose che le frullavano per il capo. E infatti si mostrò chiaramente infastidita quando Bobby cominciò a parlare del diploma. Era un discorso che non sopportava. Tutti gli altri avevano progetti concreti... lei no. Solamente speranze, sogni e segreti.

Era tardi quando Bobby finalmente si decise ad andarsene e allora Chris la prese bonariamente in giro, domandandole quando si sarebbero celebrate le nozze. Cassie gli rispose con una smorfia e fece per prenderlo a schiaffi.

« Pensa agli affari tuoi », borbottò di malumore mentre suo padre rideva.

« Tuo fratello non ha torto, Cassie. Ormai sono due anni che Bobby viene qui quasi ogni sera, e vuol dir qualcosa, non ti pare? Anzi, mi meraviglio che non ti abbia ancora fatto la sua brava domanda di matrimonio. » Cassie, invece, ne era sollevata. Non sapeva come avrebbe reagito. A dire la verità, sapeva bene quale risposta gli altri si aspettassero da lei, ma non rientrava nei progetti più ambiziosi che stava facendo per se stessa. E adesso c'era anche il college. Magari dopo il college, se Bobby non avesse cambiato idea nel frattempo. E chiedergli di aspettare altri quattro anni sembrava un'enormità. Comunque, per il momento non doveva preoccuparsene.

Nick e Cassie volarono a lungo i tre sabati successivi, anche se il tempo non era dei migliori. Poi, due giorni prima di Natale, decollarono con il Bellanca e nel giro di pochi minuti si ritrovarono con le ali coperte di ghiaccio. Cassie ebbe la sensazione di avere le dita di ghiaccio nei guanti, mentre si aggrappava alla cloche; poi, all'improvviso, si accorse che il motore cominciava a ripartire, ma lo sentì mettersi in posizione di stallo mentre scendevano in picchiata. E infine ogni cosa accadde con rapidità incredibile.

Nick aveva preso i comandi, ma era evidente che lottava per tenere il controllo; quanto a Cassie, non li abbandonò nemmeno per un attimo, assecondandolo. Riuscirono a risalire in quota e non fu facile; poi l'elica si fermò e Cassie capì immediatamente che cosa significava. Sarebbero stati costretti a un atterraggio forzato. Sentivano il vento ululare nelle orecchie e per Nick era impossibile comunicare con lei. Eppure Cassie intuì istintivamente ciò che lui stava per fare. Non le restava altro che aiutarlo, favorirlo in tutti i modi, anche se, a un tratto, si rese conto che la loro discesa era troppo rapida. Si voltò e glielo segnalò, ma subito Nick fece capire di non essere d'accordo con lei. Poi annuì, decidendo di fidarsi del suo giudizio. Cercò di far rialzare il muso dell'apparecchio come meglio poteva, ma si stavano avvicinando al suolo con velocità impressionante. Per un attimo Cassie ebbe la certezza che sarebbero precipitati, ma all'ultimo minuto Nick riuscì a sfiorare la cima degli alberi e, bene o male, a interrompere quella folle discesa. L'atterraggio fu brusco, ma rimasero illesi; solo una ruota fu danneggiata. Erano stati incredibilmente fortunati e lo sapevano entrambi mentre, ancora incollati ai loro sedili, pallidi e tremanti, valutavano il rischio che avevano corso.

Cassie tremava ancora quando scesero dall'apparecchio; forse era anche per il freddo e non solo per lo choc; e Nick, abbassando gli occhi a guardarla, la prese fra le braccia e la strinse forte, travolto da un'ondata di sollievo.

«Non so dirti quanto mi dispiace, Cass. Non avremmo mai dovuto decollare con un tempo simile. Ecco una lezione che devi imparare. Non volare mai con un vecchio imbecille che è convinto di saperne di più del bollettino meteorologico. E grazie per avermi fatto quel segnale quando stavamo scendendo in picchiata.» Era stato il sesto senso di Cassie, la sua straordinaria sensibilità a percepire altitudine e velocità, a salvarli. «Giuro che non ti farò mai più niente di simile.» Mentre la stringeva fra le braccia, anche Nick tremava. Non poteva più ignorare ciò che Cassie significava per lui. L'unico suo desiderio era stato salvarle la vita, senza pensare alla propria. L'avrebbe sacrificata con gioia per lei.

Poi Cassie alzò gli occhi verso di lui, sempre stretta fra le sue braccia: «È stato divertente», ridacchiò. E Nick, che continuava a tenerla avvinta contro di sé, provò una gran voglia di strangolarla.

« Sei pazza. Ricordami di non volare mai più con te! » Ma Cassie era una pazzerella che per lui significava tutto, e se ne rese conto mentre si staccava lentamente da lei.

« Forse dovrei darti una o due lezioni », commentò ridendo Cassie. Ma poi si affrettò ad aiutare Nick a legare il Bellanca a un albero e a sistemare i sassi sotto le ruote, e gli offrì un passaggio fino all'aeroporto di suo padre. Nessuno sembrò meravigliarsi di vederli arrivare insieme; Nick le raccomandò di tornare a casa subito e di bere qualcosa di caldo. Aveva paura che si ammalasse dopo aver preso tanto freddo. Poi si avviò verso l'ufficio per versarsi un generoso bicchiere di whisky irlandese della riserva di Pat. Pensando che aveva quasi corso il rischio di far morire Cassie quel pomeriggio, si sentiva scosso e profondamente turbato.

« Che cos'hai combinato questo pomeriggio? » le domandò il padre quando la vide arrivare a casa. Era appena rientrato anche lui con l'albero di Natale; aspettava i nipotini, che lo avrebbero aiutato a decorarlo e si sarebbero fermati per cena.

« Niente di particolare », rispose Cassie, fingendo la massima indifferenza, ma rimorchiando l'apparecchio si era strappata i guanti e adesso aveva le mani sporche di olio del motore.

« Sei stata all'aeroporto? »

« Solo pochi minuti. » Improvvisamente si domandò se quello fosse un vero e proprio interrogatorio e per quale motivo la torturasse a quel modo; invece Pat si limitò ad annuire e poi dedicò tutte le sue attenzioni all'albero di Natale, che collocò in un angolo con l'aiuto di Chris. Sembrava di ottimo umore e non si occupò di Cassie.

Mentre faceva un bel bagno caldo lei pensò che se l'erano vista davvero brutta. Era stata un'esperienza terribile eppure, per quanto strano fosse, non credeva che le sarebbe dispiaciuto morire su un aeroplano. In fondo era lì che le piaceva stare, e per morire sembrava migliore di tanti altri posti. Comunque, era molto contenta di essere ancora viva.

Anche Nick. Si sentiva profondamente sconvolto, per il pericolo corso. Alle dieci, quella sera, era ubriaco fradicio e, seduto nel suo soggiorno, si stava chiedendo come Pat sarebbe mai riuscito a sopravvivere se il suo più caro amico gli avesse fatto morire la figlia. E a un tratto cominciò a ripensare al rischio di volare con lei, di riprendere le lezioni, anche se sapeva che non sarebbe mai riuscito a smettere. Era qualcosa che sentiva di dover fare, e non solo per lei. Come se avesse bisogno di stare accanto a lei, adesso, avesse bisogno del suo spirito e del suo umorismo, della sua saggezza, di quei grandi occhi, della sua stupenda e incredibile bellezza. Gli piaceva infinitamente il modo in cui Cassie volava, il modo in cui capiva tante cose d'istinto e si impegnava a fondo per imparare ciò che non sapeva. Il guaio era – e se ne rese conto quel pomeriggio – che gli piacevano troppe cose di lei.

L'albero di Natale in casa O'Malley era bellissimo. I bambini lo avevano decorato come meglio potevano, zie, zii e nonni li avevano aiutati. Vi avevano appeso popcorn e bacche di mirtillo, oltre a tutte le decorazioni degli anni precedenti. Oona ne preparava un po' ogni anno e questa volta il pezzo più bello della sua collezione era un grande angelo di seta, confezionato con le sue mani, che volle appendere quasi in cima. Cassie lo stava ammirando con gli occhi sgranati quando arrivò Bobby carico di biscotti allo zenzero e sidro, tutte specialità fatte in casa.

Oona lo accolse con entusiasmo; poco dopo le sorelle di Cassie se ne andarono per mettere a letto i bambini, e Pat e Chris uscirono a prendere altra legna per il focolare. La ragazza si trovò improvvisamente sola, in cucina, con Bobby.

« È stato gentile da parte tua portarci tutti quei biscotti allo zenzero e il sidro », gli disse con un sorriso.

« Tua madre dice che andavi matta per i biscotti allo zenzero quando eri piccola », le rispose lui, con voce timida, i bei capelli biondi lucenti, lo sguardo quasi infantile. Tuttavia, era tanto alto e aveva un'aria così seria da sembrare già molto maturo. Aveva soltanto diciott'anni, ma non era difficile immaginare quale sarebbe stato il suo aspetto a venticinque o trenta. Del resto, suo padre era ancora un bell'uomo a quarantacinque anni, e sua madre una donna molto graziosa. Bobby era un gran bel ragazzo, proprio il tipo che Oona e Pat avrebbero voluto come marito per Cassie. Aveva un futuro assicurato, una buona famiglia, ed era perfino cattolico.

Cassie sorrise pensando ai biscotti allo zenzero. « Una volta ne ho mangiati talmente tanti che sono stata male per due giorni e non sono potuta nemmeno andare a scuola. Credevo di morire... invece, eccomi qua. » Ma proprio quel pomeriggio aveva visto di nuovo la morte da vicino... c'era mancato poco che non si ammazzasse su quell'apparecchio, con Nick... mentre adesso era lì in cucina, a parlare tranquillamente di biscotti. Com'era strana la vita, a volte, tanto assurda e tanto insignificante, e poi, improvvisamente, piena di emozioni, emozioni da brivido.

« Io... uh... » Bobby la guardò impacciato, senza sapere che cosa dirle e chiedendosi se fosse una buona idea. Ne aveva parlato con suo padre e Tom Strong gli aveva risposto che per lui lo era. Ma adesso tutto sembrava molto più difficile di quanto avesse creduto, soprattutto se guardava Cassie. Era talmente bella, lì in piedi, eretta, con un paio di pantaloni scuri addosso, e un maglione celeste, i capelli rosso vivo che le incorniciavano il viso, simile a uno dei pallidi angeli di seta di Oona. « Cass... non so esattamente come dirtelo, ma... be'... » Le andò un po' più vicino, allungò una mano, prese quella di lei e gliela strinse. Nel frattempo il padre e il fratello di Cassie erano rientrati, ma non misero piede in cucina per lasciare soli i due innamorati. « Io... io... ti amo, Cass », disse Bobby, e a un tratto queste parole lo fecero sembrare più adulto, più maturo, più serio di quanto non fosse. « Ti amo molto... e vorrei sposarti dopo il diploma, in giugno. » Ecco, ce l'aveva fatta. Sembrava molto soddisfatto di sé e Cassie lo guardò sgranando gli occhi azzurri, costernata, mentre diventava più pallida che mai. I suoi peggiori timori stavano realizzandosi. E adesso doveva affrontarli.

« Io... ehm... grazie », gli disse goffamente, mentre in

cuor suo quasi rimpiangeva di non essersi schiantata al suolo quello stesso pomeriggio, poche ore prima. Tutto sarebbe stato più semplice.

« E allora? » Lui la guardava con un'aria talmente speranzosa... era chiaro che desiderava sentirsi dare la risposta attesa. « Che cosa ne pensi? » Era talmente orgoglioso di sé che provava una gran voglia di mettersi a gridare per la gioia. Ma la sua esaltazione non toccò Cassie, che provava soltanto sgomento e terrore.

« Ti considero un ragazzo meraviglioso... » e subito sul viso di Bobby apparve un'espressione letteralmente estatica per quello che lei gli aveva appena detto « ...e sono convinta che tu sia stato molto gentile a chiedermelo. Ma io... io... ecco, non so che cosa farò in giugno. » Il nocciolo della questione non era affatto giugno, ma piuttosto il matrimonio, e Cassie lo sapeva benissimo. « Io... Bobby, voglio andare al college. » Pronunciò queste parole in un soffio, terrorizzata al pensiero che qualcuno la potesse sentire.

« Davvero? E perché? » Bobby sembrava sconcertato. Nessuna delle sue sorelle c'era andata, tanto meno sua madre e suo padre. La sua era dunque una domanda ragionevole e Cassie non era nemmeno sicura di avere una risposta. « *Perché non posso diventare pilota professionista* » non sarebbe stata la spiegazione migliore. Del resto, il matrimonio non le era mai sembrato un'alternativa particolarmente attraente.

« Stavo pensando che dovrei continuare gli studi. Ne parlavo con la signora Wilcox qualche settimana fa, e lei è convinta che sia la soluzione migliore. Poi, volendo, potrei anche insegnare. » E così non sarei costretta a sposarmi subito dopo e ad avere dei bambini.

« È proprio quello che vuoi? » Bobby pareva meravigliato; non aveva mai pensato che Cassie desiderasse andare al college, e questo cambiava un po' i suoi progetti con lei, anche se nulla vietava che prima si sposasse e poi andasse al college. Conosceva persone che l'avevano fatto. « Vuoi diventare insegnante? »

« Non lo so di sicuro. La verità è che non voglio sposarmi

subito dopo la fine della scuola, avere dei bambini e non combinare niente nella mia vita. Aspiro a qualcosa di più.» Stava cercando di spiegarglielo, ma era stato molto più semplice spiegarlo a Nick. Del resto, Nick era molto più vecchio e saggio di Bobby.

«Potresti aiutarmi nella nostra azienda. In negozio c'è molto da fare. E mio padre dice che fra qualche anno vuole ritirarsi.» Poi, a un tratto, gli venne un'idea; e gli sembrò anche brillante. «Potresti studiare contabilità, in questo modo saresti tu a occuparti dei libri mastri. Che cosa ne pensi, Cass?»

Lei pensava che Bobby fosse un caro ragazzo, ma non aveva nessuna voglia di occuparsi dei suoi libri mastri. «Voglio studiare meccanica e ingegneria», fu la sua risposta. E Bobby sembrò ancora più confuso di prima. Indubbiamente Cass era una ragazza piena di sorprese, ma lo era sempre stata. Per fortuna non gli aveva detto che voleva diventare una seconda Amelia Earhart. Non aveva pronunciato una sola parola sul volo e il pilotaggio, aveva solo parlato della scuola; e adesso saltava anche fuori con questa storia dell'ingegneria. Un'altra idea che gli sembrava un po' pazza. Non sapeva più che cosa avrebbe potuto riferire a suo padre.

«E che cosa te ne faresti di una laurea in ingegneria, Cass?» Sembrava perplesso, ed era comprensibile.

«Ancora non lo so.»

«A me sembra che tu abbia ancora parecchie cose sulle quali riflettere.» Si sedette al tavolo di cucina e costrinse Cass a sedersi accanto a lui. La teneva sempre per mano, cercava di procurarle un senso di emozione, di esaltazione, al pensiero del loro futuro. «Potremmo sposarci, e tu potresti continuare gli studi.»

«Fino a quando non rimarrò incinta. Credi che ci metteremmo molto?» Lui arrossì di fronte a tanta schiettezza e le lasciò chiaramente capire che non aveva nessuna voglia di approfondire un argomento del genere. «Probabilmente non finirei neppure il primo anno. E mi ritroverei come Colleen, che continua sempre a parlare di riprendere gli studi ma è troppo impegnata a mettere al mondo bambini.»

« Non è necessario che ne abbiamo tanti come lei! Mio padre e mia madre ne hanno avuti due soltanto. » Bobby non aveva ancora perso completamente le speranze.

« Due sono più di quanto io desideri, e per molto tempo. Bobby, la verità è che non posso... non adesso... non ancora. Non sarebbe onesto nei tuoi confronti. Continuerei sempre a pensare a quello che ho perduto, o a quello che avrei voluto fare. »

« L'idea di volare c'entra in qualche modo con tutto questo? » le domandò Bobby insospettito, ma Cassie fece cenno di no con la testa. Non avrebbe mai potuto raccontargli quello che stava facendo. Ecco un altro problema. Non riusciva a immaginarsi sposata con un uomo con il quale non potesse avere confidenza e raccontare ogni cosa. Nick e lei erano semplicemente amici, però poteva dirgli tutto.

« Non sono pronta, è molto semplice. » Era onesta con lui.

« E quando lo sarai? » le domandò Bobby tristemente. Era una grande delusione per lui. Sapeva che anche suo padre e sua madre ci sarebbero rimasti male. Suo padre si era addirittura offerto di aiutarlo a scegliere e a pagare l'anello. Ma non ci sarebbe stato nessun anello.

« Non so. Non sarò pronta per molto tempo. »

« Se tu avessi già fatto il college, credi che mi sposeresti? » le chiese lui di punto in bianco. E Cassie rimase sconcertata.

« Probabilmente. » Non avrebbe avuto scuse per rifiutare. E del resto non aveva bisogno di scuse; Bobby le era simpatico. La verità era semplicemente un'altra: non voleva sposare nessuno. Non ancora, non adesso e probabilmente sarebbe stato così per molto tempo. Ma sul viso di Bobby a un tratto apparve un'espressione speranzosa.

« In tal caso aspetterò. »

« Ma è assurdo. » Era imbarazzata al pensiero di averlo incoraggiato. D'altra parte, come poteva sapere quali sarebbero stati i suoi sentimenti, una volta terminato il college?

« Senti, Cass, io sono innamorato di te. Non è come se mi fossi messo a cercare una sposa, un po' come quelle cose che si ordinano per posta, perché mi arrivi in giugno. Se devo aspettare, aspetterò. Però preferirei non aspettare quattro anni, fino a quando finirai il college. Magari potremmo scendere a un compromesso e ridurli a uno o due, e tu potresti finire gli studi dopo che ci saremmo sposati. Perlomeno pensaci, non mi sembra che sarebbe così terribile! E poi», proseguì diventando rosso come un papavero « non è necessario avere subito un bambino. Per quello, si può fare qualcosa... » spiegò, con voce quasi strozzata. E Cassie fu talmente commossa da quelle parole e dalla generosità dei suoi sentimenti che gli buttò le braccia al collo e lo baciò.

« Grazie... per essere tanto onesto e corretto... »

« Ti amo » rispose lui, sincero e ancora imbarazzato per quello che aveva appena detto. Era la cosa più difficile che mai avesse fatto, chiederla in sposa e vedersi respinto.

« Anch'io ti amo », bisbigliò Cassie, travolta da un senso di colpa e dalla tenerezza, e nello stesso tempo sentendosi risucchiare da un vortice di emozioni tutte diverse.

« È quello che mi basta sapere », rispose lui semplicemente. Poi rimasero seduti a lungo in cucina a chiacchierare di altre cose. Quando se ne andò, Bobby la baciò, sulla veranda, con la sensazione che fossero giunti a un accordo. La decisione era solo rimandata nel tempo. Adesso non gli restava altro da fare se non convincerla che quanto prima veniva presa, meglio era. E nell'enfasi del momento gli sembrò un compito semplice.

6

La classe che si diplomava in quell'anno, il 1937, si incamminò lentamente lungo il corridoio del grande auditorio della Thomas Jefferson School. Si tenevano tutti per mano, e avanzavano a due a due, le ragazze stringendo fra le dita mazzolini di margherite. Sembravano tutte graziose e innocenti e i ragazzi tanto giovani e pieni di speranze. Osservandoli, Pat ricordò altri ragazzi, quelli che avevano pilotato gli aerei per lui, durante la guerra. Avevano più o meno la stessa età e molti di loro erano morti; e a lui erano sembrati tutti bambini.

In coro la classe intonò l'inno della scuola per l'ultima volta e tutte le ragazze versarono qualche lacrimuccia, come le loro mamme. Perfino i papà avevano gli occhi lucidi quando vennero distribuiti i diplomi... poi, all'improvviso, la cerimonia finì e scoppiò il pandemonio. Trecento ragazzi si erano diplomati e avrebbero iniziato a vivere la loro vita, molti già pronti a sposarsi e ad avere bambini. Solamente quarantuno allievi, fra i trecentoquattordici diplomati, avrebbero proseguito gli studi al college. E di questi quarantuno tutti, tranne uno, avrebbero frequentato l'università di Macomb. Le ragazze erano soltanto tre e una di loro era Cassie, l'unica che sarebbe andata più lontano, a Peoria, a studiare al Bradley College. Avrebbe dovuto affrontare ogni giorno più di un'ora di viaggio, per l'andata e per il ritorno, a bordo del vecchio furgoncino paterno, ma Cassie era convinta che ne valesse la pena, soprattutto perché avrebbe avuto l'opportunità di seguire i corsi di aeronautica e di ingegneria.

Per ottenere questo Cassie aveva lottato con le unghie e con i denti. Suo padre era convinto che fosse una perdita di tempo e che avrebbe fatto molto meglio a sposare Bobby Strong. Era furibondo con lei per averlo respinto e si era calmato solo quando Oona era riuscita a convincerlo, con la sua calma e il suo buon senso, che alla fine si sarebbero sposati... ma non bisognava mettere fretta a Cassie. La ragazza aveva bisogno di tempo. Soltanto di tempo. E alla fine era stata Oona a persuaderlo a lasciarla andare al college. Male non le avrebbe certo fatto e inoltre Cassie era scesa a un compromesso e aveva accettato di scegliere la specializzazione in inglese, e non in ingegneria. Se fosse riuscita a laurearsi avrebbe potuto trovare un impiego come insegnante; aveva comunque inoltrato la domanda per poter seguire un corso di aeronautica come materia complementare. Non era mai capitato che una donna chiedesse di frequentare un corso del genere e infatti le avevano risposto che avrebbe dovuto aspettare perché il professore doveva esaminarla prima di poterla ritenere idonea a seguire il corso. In ogni caso, non appena la scuola fosse iniziata, in settembre, Cassie aveva intenzione di parlare con l'insegnante.

Dopo la cerimonia del diploma ci fu un ricevimento a scuola, e naturalmente Cassie era già andata al consueto ballo di fine d'anno con Bobby. Sembava che si fosse rassegnato ad accettare quello che il destino gli offriva, ma la sera della festa provò a riparlarne con Cassie, nella speranza che avesse cambiato idea e avesse rinunciato al college.

« No, non ho cambiato idea », gli rispose lei con un dolce sorriso. Bobby era tanto fedele, tanto serio e premuroso che a volte le faceva provare un terribile senso di colpa. D'altra parte lei si era impegnata in altre cose e adesso non voleva assolutamente rinunciarvi e non aveva importanza che lui fosse dolce o gentile o che la facesse sentire colpevole o che suo padre lo trovasse così simpatico.

Bobby se ne andò presto quella sera; era arrivata la nonna e doveva tornare a casa per accompagnarla in un giro di visite a conoscenti. Pat, rivolgendosi a sua figlia dopo che Bobby se ne fu andato, ringhiò: « Sei una stupida, Cassie O'Malley, se ti lasci scappare quel ragazzo ».

Lei indossava ancora l'abito bianco che aveva scelto per quel giorno, ed era straordinariamente graziosa. « Non succederà, papà. » Fu l'unica risposta che le venne in mente in quel momento. Sempre meglio che rispondergli che non gliene importava niente, perché... allora Pat si sarebbe infuriato davvero. E poi, in fondo, la verità era che di Bobby qualcosa le importava. Certe volte era convinta di amarlo sul serio, specialmente quando lui la baciava.

« Non esserne troppo sicura », riprese Pat, accalorandosi. « Non si può pretendere da nessun uomo che aspetti in eterno. E può anche darsi che una volta ottenuta la laurea, quando potrai insegnare, non te ne importi più niente di lui. Forse l'unica cosa che hai in mente è di diventare come certe vecchie zitelle che fanno le professoresse. Pensa a quello che fai, ecco! » Era irritato con Cassie e ancora non si era rassegnato al fatto che andasse al college. Invece di essere orgoglioso di lei, come i padri delle altre due ragazze, la considerava una stupidaggine. A Nick, invece, faceva piacere. Già da molto tempo si era accorto di quanto fosse intelligente, attenta e capace, e non gli sembrava giusto che insistessero perché si sposasse e mettesse al mondo dei bambini. Anche lui aveva provato un gran sollievo sentendo che aveva deciso di non sposare Bobby Strong subito dopo la fine della scuola. Questo avrebbe cambiato tutto, e sapeva che non sarebbe riuscito a sopportarlo. Si rendeva conto che altre cose sarebbero comunque cambiate, com'era logico, ma almeno per il momento il sabato sarebbe stato il « loro » giorno, e avrebbero avuto la possibilità di volare ancora insieme.

Quella sera, dopo che tutti se ne furono andati, Cassie sedette vicino alla radio. Era dall'inizio del pomeriggio che moriva dalla voglia di farlo, ma sapeva che una cosa del genere avrebbe irritato suo padre. Amelia Earhart era decollata da Miami quel pomeriggio, con Fred Noonan, su un

Lockheed Electra, un bimotore. Faceva il giro del mondo in aereo e la spedizione era stata ampiamente pubblicizzata da suo marito, George Putnam. Si trattava di un'impresa accuratamente studiata, e si sarebbe svolta in modo anomalo, diverso dal solito, a causa della guerra che incombeva. Esistevano infatti alcune zone che avrebbe dovuto assolutamente evitare di sorvolare. Avevano scelto il percorso più lungo intorno al mondo, all'equatore, e anche il più pericoloso, il più isolato, passando per paesi sottosviluppati che disponevano pochi aeroporti e ancor meno possibilità di rifornimento di carburante. La Earhart non si era scelta un compito facile, e Cassie ne era letteramente affascinata. Come molte altre ragazze della sua età, e praticamente una buona metà del mondo intero, era letteramente innamorata del coraggio e dell'audacia di Amelia Earhart.

« Che cosa stai facendo, cara? » le domandò Oona mentre le passava davanti per andare in cucina. Per lei era stata una giornata piena di emozioni e pensava che Cassie avesse l'aria stanca.

« Stavo semplicemente ascoltando la radio perché vorrei sapere se ci sono notizie di Amelia Earhart. »

« A quest'ora, no », disse la madre sorridendo. « Ma ne daranno in abbondanza nel notiziario di domani. È una ragazza coraggiosa. » A dire la verità la Earhart non si poteva definire più una ragazza, visto che aveva quarant'anni, e per Cassie un'età del genere era da vegliardi. Con tutto ciò continuava ugualmente a essere un personaggio affascinante.

« È fortunata », mormorò Cassie augurandosi di poter fare un giorno qualcosa del genere. Le sarebbe piaciuto, più di qualsiasi altra cosa, partire per il giro del mondo, stabilire record, percorrere in volo distanze incredibili su paesi ignoti, mari inesplorati. Non la spaventava affatto, anzi lo trovava esaltante.

E fu quello che disse anche a Nick il giorno seguente, dopo essersi esercitata in una serie di spirali e di virate intorno a un punto di riferimento ben preciso sulla loro striscia d'atterraggio segreta.

« Tu sei matta quanto lei », commentò Nick, e con un gesto della mano minimizzò l'impresa di Amelia Earhart. « Non è la grande donna pilota che Putnam vuol far credere. Si è schiantata al suolo con il suo apparecchio talmente tante volte... e sarei pronto a scommettere un dollaro con te che con quell'Electra è in grado di fare solo atterraggi lunghi su ogni pista. È un apparecchio pesante, Cass, e il motore Wasp, della Lockheed, è il più pesante che siano riusciti a montarvi. Non è roba da ridere per una donna della sua corporatura e della sua forza fisica. Questo viaggio non è altro che una trovata pubblicitaria per fare di lei la prima donna a volare intorno al mondo. Gli uomini lo hanno già fatto, e adesso non servirà al progresso dell'aviazione ma solo per aumentare la fama di Amelia Earhart. » Sembrava che la faccenda lo lasciasse del tutto indifferente, ma Cassie non si lasciò smontare.

« Non fare lo sciocco, Nick. Sei arrabbiato solo perché lei è una donna. »

« Niente affatto. Se tu mi avessi detto che era Jackie Cochran a compiere un viaggio del genere, ti avrei risposto: benissimo! Secondo me la Earhart non ha la stoffa per imprese del genere. Ecco quello che penso. Non solo, ho anche parlato con un tale di Chicago che la conosce e ha detto che non era preparata a questo viaggio, e neppure l'apparecchio. Ma Putnam vuole ricavarne tutta la pubblicità possibile. Anzi, se vuoi che ti dica la verità, quella poveretta mi fa quasi compassione. Sono convinto che qualcuno la stia sfruttando. E credo che l'abbiano spinta a prendere una decisione sbagliatissima. »

« A sentirti parlare così si direbbe che... l'uva è troppo acerba, Nick? » rispose Cassie, maliziosa, mentre si dividevano una Coca Cola. I voli insieme erano diventati un rituale caro a entrambi e nessuno dei due vi avrebbe rinunciato per tutto l'oro del mondo. Ormai si ripetevano da un anno esatto. « Sarai costretto a rimangiarti queste parole quando lei batterà tutti i record », ribatté Cassie, fiduciosa, ma Nick scrollò il capo.

« Non ti fare illusioni. » Ma poi le sorrise, con gli occhi socchiusi, segnati da una fitta rete di rughe sottili, mentre fissava il sole. « Piuttosto io sarei pronto a puntare i miei soldi su di te tra qualche anno. » Un po' scherzava, un po' diceva sul serio.

« Già, figuriamoci. Magari con mio padre che raccoglie le scommesse? » Non erano ancora riusciti a decidere il modo migliore per informarlo che Cassie sapeva pilotare, e figurarsi poi se Nick avrebbe avuto il coraggio di dirgli quello che pensava, cioè che Cassie era uno dei migliori piloti che avesse mai visto. Però le aveva promesso che un giorno o l'altro, quando fosse arrivato il momento giusto, lo avrebbero detto a Pat.

Di lì a due settimane si inaugurava il raduno aeronautico di Peoria e Nick stava già lavorando con Chris, il quale si mostrava controllato e affidabile come al solito, ma come al solito privo di qualsiasi interesse. Partecipava all'esibizione aerea unicamente per far piacere a suo padre. Il suo obiettivo era cercare di stabilire un record di altezza, anche se non era affatto sicuro che ci sarebbe riuscito. Esibizioni e acrobazie aeree non erano il suo forte, ma avevano rinforzato la struttura del Bellanca di Nick e montato un turbocompressore sul motore per aumentarne la potenza.

« Vorrei poterci andare anch'io », esclamò Cassie con rimpianto e Nick fu pienamente d'accordo.

« Come lo vorrei! L'anno prossimo ci andrai », le promise e mentre pronunciava queste parole sapeva di parlare sul serio.

« Credi proprio che potrei? » chiese Cassie al colmo dell'eccitazione. Anche se doveva passare ancora un anno, era qualcosa a cui prepararsi, qualcosa da attendere con entusiasmo, più ancora del college.

« Non vedo il motivo per cui non dovresti, Cass. Voli meglio della gran parte della gente che ci va. Farebbe una grande impressione, sai; lascerebbe tutti senza fiato. Rimarrebbero di stucco. E credimi, ne hanno bisogno. »

« Eppure, al raduno vanno parecchi piloti molto in gamba », disse Cassie in tono pieno di rispetto. In quegli anni aveva visto parecchie esibizioni aeree straordinarie, ma si rendeva conto che ormai era in grado di volare altrettanto bene, se non addirittura meglio, rispetto alla maggior parte dei piloti. E aveva anche assistito a qualche terribile tragedia. Non era una cosa insolita che accadesse qualche disgrazia durante le gare. Oona era alla fine riuscita a convincere Pat a rinunciarvi perché le acrobazie in volo, durante quei raduni aeronautici, erano troppo pericolose, ormai. Ma a lui piaceva ancora molto assistervi.

« Non vorresti portarmi su di nuovo e farmi provare ancora qualche piccolo brivido? » le domandò Nick dopo aver mangiato. A volte decollavano di nuovo per un altro volo se le condizioni meteorologiche erano buone e ne avevano il tempo, come quel pomeriggio. « Potresti esercitarti un po' sul decollo e l'atterraggio con il vento di traverso. » Avevano già lavorato discretamente sui decolli con il motore a potenza ridotta.

« Storie, caro mio. I miei atterraggi sono migliori dei tuoi », esclamò Cassie sorridendo.

« La modestia non è il tuo forte. » Le arruffò i capelli con una carezza e questa volta lasciò che occupasse il sedile posteriore. Come al solito Cassie non lo deluse. Era semplicemente straordinaria. E lui avvertì una stretta al cuore al pensiero di non poterla far gareggiare con gli altri durante il raduno di quell'anno.

Due giorni prima dell'inaugurazione, Cassie sedeva, letteralmente incollata alla radio, senza riuscire a credere alle proprie orecchie. Amelia Earhart era precipitata in un punto imprecisato nei pressi di Howland Island nel Sud Pacifico. Le sembrava incredibile, e non soltanto a lei ma anche a chiunque altro avesse ascoltato la notizia. A tutti tranne che a suo padre, che ripeteva in continuazione che il posto delle donne era in cucina e non sugli aeroplani. A Cassie tornò alla mente ciò che Nick aveva detto e cioè che la Earhart non era molto brava a pilotare aerei pesanti, e c'erano parecchie persone che, conoscendola bene, avevano espresso il parere che non fosse ancora pronta per quell'impresa. Sembrava una tragedia atroce, tanto che il governo si offrì di collaborare immediatamente nelle ricerche. Arrivò il giorno dell'inaugurazione del raduno – ne erano passati due da quello della disgrazia – e non l'avevano ancora trovata.

Cassie si sentiva terribilmente depressa mentre osservava l'esibizione dei piloti al raduno, le loro acrobazie.

« Su, coraggio », disse una voce familiare alle sue spalle. « Non avere quell'aria così triste. » Era Nick. Aveva un hot dog in una mano e una birra nell'altra e portava in testa un cappellino di carta di quelli che, di solito, venivano distribuiti per il 4 di luglio. I raduni aeronautici erano sempre un'occasione per far festa.

« Scusami », mormorò lei con un pallido sorriso. Da tre giorni non faceva altro che ascoltare la radio per sapere qualcosa sul destino di Amelia Earhart. Purtroppo le notizie mancavano. Non era stato trovato niente, assolutamente niente. Pareva che fosse stata letteramente inghiottita dal nulla. « Stavo solo pensando a... »

« So benissimo a che cosa stavi pensando. Alla stessa cosa alla quale non hai fatto che pensare da quando lei è decollata. Ma non ti farà alcun bene e non servirà a niente se ti ammali per colpa sua. Ricorda, te l'avevo detto molto tempo fa. Sono rischi che corriamo tutti. E lo sappiamo tutti. Li accettiamo e anche lei li ha accettati. E poi stava facendo quello che più desiderava. » Le offrì un boccone della sua salsiccia e Cassie accettò, con aria pensierosa. Forse Nick aveva ragione. Forse Amelia aveva il diritto di morire a quel modo. Forse se le fosse stata offerta una scelta fra la possibilità di arrivare alla vecchiaia su una sedia a dondolo o una morte rapida e improvvisa a bordo di un Lockheed, lei avrebbe preferito quest'ultima soluzione. Comunque Cassie trovava insopportabile il pensiero che fosse precipitata. Era la morte di una leggenda.

« Magari hai ragione tu », gli rispose a bassa voce. « Ma mi sembra così triste. »

« È triste », confermò lui. « Nessuno ha mai detto che non lo sia. È sempre triste quando qualcuno si schianta al suolo. Ma è un rischio che corriamo tutti. E a qualcuno di noi piace. Anche a te. » Le sollevò il mento con la punta delle dita, come per ricordarle tacitamente quanto adorasse il volo e come fosse sempre stata disposta a correre certi rischi. « Tu faresti la stessa cosa, se ti venisse offerta anche solo la più piccola opportunità, piccola pazza! Ma se solo provi a metterti in gara con gli altri per fare uno di questi stramaledetti giri del mondo, do fuoco al tuo apparecchio. Puoi contarci. »

« Grazie. » Lei gli rivolse un sorriso mentre Nick la prendeva per un braccio, stringendoglielo, emozionatissimo.

« Ehi... prova un po' a guardare... ecco Chris che sale... su, avanti... avanti... punta verso l'alto... » Chris stava tentando di battere un record d'altezza a bordo dell'apparecchio di Nick e, mentre lo osservavano, a poco a poco scomparve in alto, nel cielo. Aveva mani salde, ottimi comandi e una serietà che lo rendeva perfetto per quel genere di competizioni. Gli mancavano invece l'entusiasmo e l'audacia di Cassie; in fondo, tutto ciò che possedeva era una grande resistenza. Quando tornò indietro e atterrò, Nick rimase di stucco calcolando l'altezza alla quale era salito. Si affrettarono a raggiungere Pat e Oona, in gruppo con le figlie e i loro bambini. Glynnis e Megan erano di nuovo incinte; quanto a Colleen, da un po' di tempo aveva l'aria stanca ed era sempre molto pallida, tanto che Oona aveva cominciato a sospettare che aspettasse un altro figlio, anche se ancora non le aveva detto niente. Erano davvero un gruppo prolifico! per Megan e Colleen sarebbe stato il quarto figlio, e il quinto per Glynnis.

« È un'ottima cosa », bisbigliò Cassie mentre riprendeva le sue chiacchiere con Nick, « nel caso io non dovessi averne mai. Per quanto mi riguarda, possono avere tutti i figli che vogliono. » Da un po' di tempo aveva cominciato a pensare di non volere né un marito né dei figli.

« Avrai i tuoi bambini anche tu, non farti illusioni. E perché non dovresti? » Nick non le credeva quando gli diceva che non si sarebbe mai sposata e che non avrebbe mai avuto figli. In fondo non ci credeva neppure lei. In ogni caso, però, sapeva che non avrebbe desiderato niente del genere per molto tempo ancora, forse per sempre. Tutto quello che desiderava era volare.

« Che cosa ti fa affermare con tanta sicurezza che io avrò

dei figli, Nick?» gli domandò Cassie a questo punto, con aria di sfida.

«Perché vieni da una famiglia dove si moltiplicano come conigli.»

«Oh, grazie tante!» Stava ancora ridendo quando Bobby Strong la rintracciò. Impacciato, lanciò un'occhiata a Nick. Aveva sempre avuto la sensazione che lo trovasse poco simpatico. Dopo qualche minuto, scambiate poche parole sia con lui sia con Cassie, Nick li lasciò per andare in cerca di altri piloti.

Mezz'ora più tardi si seppe ufficialmente che Chris aveva vinto un premio per aver stabilito un record di altezza. Pat era letteramente fuori di sé per la gioia. Partì come un razzo per cercare Chris, mentre Oona si preoccupava di trovare qualcosa da bere per le ragazze e i bambini più piccoli. Bobby rimase ad assistere allo spettacolo con Cassie, mentre aerei che sembravano puntini colorati nel cielo eseguivano acrobazie e cerchi della morte, e scendevano in spirali o a vite nell'aria. Solamente a guardarli si rimaneva senza fiato e più di una volta la folla trasalì temendo una tragedia e si abbandonò a grida di incoraggiamento e applausi quando all'ultimo momento tutto si risolse. Cassie era abituata a tutto questo, ma lo trovava ugualmente emozionante.

«A che cosa stai pensando?» le chiese Bobby guardandola in faccia. I suoi occhi brillavano e aveva un'espressione di totale rapimento mentre seguiva con lo sguardo un aereo che stava eseguendo un cerchio della morte – un'acrobazia inventata una decina di anni prima da Jimmy Doolittle – che l'aveva sempre colpita in modo particolare. Il pilota lo concluse in quel momento con una personalizzazione emozionante, eseguendo un passaggio basso sul campo, capovolto, lontano dalla folla in modo che non ci fosse pericolo per nessuno. Bobby osservava, affascinato, l'espressione del viso di Cassie. Quando lei si voltò a sorridergli sembrava quasi triste.

«Stavo pensando che vorrei essere lassù a fare una cosa del genere», gli rispose con sincerità. «Sembra così divertente. » La sua massima aspirazione era diventare come uno di quei piloti.

« Io credo che a me verrebbe il mal di stomaco », rispose lui con altrettanta sincerità, e Cassie gli sorrise mentre passava un venditore ambulante di zucchero filato.

« È molto probabile. Anche a me è quasi successo un paio di volte. » Ammutolì rendendosi conto che stava confessandogli la verità! Si impose con uno sforzo di stare più attenta. « Succede quando ti trovi in posizioni di stallo, appena prima di riprendere quota. Hai la sensazione che lo stomaco ti venga fuori dalla bocca... invece no, non succede. » E scoppiò a ridere.

« Non so come fai a trovare belle tutte queste cose, Cass. A me spaventano da morire. » Era bello, giovane, biondo, e la contemplava con ammirazione: giorno dopo giorno Cassie diventava sempre più donna.

« Ce l'ho nel sangue, credo. »

Bobby annuì, preoccupato. Sapeva che era la verità. « Gran brutta faccenda quella di Amelia Earhart. »

E Cass fece cenno di sì. « Già, è vero. Nick dice che tutti i piloti accettano rischi come quelli. Può capitare a chiunque. » Tornò ad alzare gli occhi verso il cielo. « A chiunque, anche qui. Forse sono convinti che ne valga la pena. »

« Non c'è niente che meriti di rischiare la vita », affermò Bob, completamente in disaccordo con lei, « a meno che tu non ci sia costretto, come in guerra, oppure voglia salvare una persona alla quale vuoi bene. »

« Ecco il guaio... » e Cassie lo fissò con un sorriso triste. « ...la maggior parte dei piloti sarebbe pronta a rischiare il tutto e per tutto pur di volare. Ma gli altri, le altre persone in genere, non lo capiscono. »

« Forse è per questo che le donne non dovrebbero pilotare gli aerei, Cass » mormorò lui piano; e la ragazza sospirò.

« Quando parli così, sembri mio padre. »

« Forse dovresti dargli retta. »

Cassie avrebbe voluto rispondergli: « Non posso », ma sapeva di non poterlo fare. Solo Nick lo capiva. Era l'unica persona che sapesse tutta la verità sul suo conto, e la accettasse. Nessun altro la conosceva per quello che era, soprattutto Bobby.

In quel momento vide Chris venire verso di loro e gli corse incontro. Portava con sé la medaglia e aveva un'espressione raggiante. Era chiaramente orgoglioso di ciò che aveva fatto e Pat, alle sue spalle, non nascondeva di essere al settimo cielo.

« La prima medaglia a diciassette anni! » ripeteva a chiunque si mostrasse disposto ad ascoltarlo. E offriva birre a tutti. Chris si crogiolava nell'affetto e nell'approvazione di suo padre. E Cassie li guardava, stupita nel vedere con quale ossessione suo padre desiderava che Chris diventasse un grande pilota, e nello stesso tempo quanto fosse irremovibile per ciò che riguardava lei. Eppure, era dieci volte più brava di Chris, ma Pat non avrebbe mai riconosciuto il suo talento, forse non avrebbe nemmeno saputo mai che l'aveva.

Nick si avvicinò a stringere la mano a Chris, che era letteramente in estasi per la vittoria, e li lasciò quasi subito per raggiungere un altro gruppetto di piloti. Per lui era una giornata emozionante; per Pat O'Malley era la giornata che aspettava da cinquantun anni. Ed era solo il principio. Invece di rendersi conto che Chris, come aviatore, aveva dato il massimo delle proprie capacità, voleva qualcosa di più. Cominciava già a parlare del raduno dell'anno successivo e a quel punto Cassie provò una gran pena per il fratello. Sapeva quanto l'approvazione paterna fosse importante per lui e sapeva che indipendentemente da quello che poteva costargli avrebbe fatto l'impossibile per accontentarlo.

Il clan degli O'Malley era di ottimo umore. Furono tra gli ultimi ad andarsene e Bobby li raggiunse a casa per l'ora di cena. Nick, invece, andò a festeggiare con i piloti suoi amici e al momento di lasciare il campo d'aviazione sembrava già piuttosto sbronzo. D'altra parte sapeva che Chris sarebbe tornato all'aeroporto O'Malley pilotando il Bellanca, per riportarlo alla base, e comunque c'era sempre il furgone di Pat, che gli avrebbe certo offerto un passaggio. Quindi non doveva preoccuparsi né di pilotare né di guidare un'automobile.

Il mattino, prima di uscire, Oona aveva preparato grandi piatti di pollo fritto per tutti, e poi c'erano pannocchie di granturco, insalata e patate arrosto. E un intero prosciutto. Al ritorno aveva subito messo in forno una crostata con la marmellata di mirtilli e aveva preparato il gelato. Insomma, fu un vero banchetto, durante il quale Pat versò a Chris un gran bicchiere di whisky irlandese.

«Bevilo fino all'ultimo goccio, figliolo, sei il futuro asso della famiglia!» Mentre Chris lottava per ingollare tutto quel liquore, Cassie li guardava con infinita tristezza. Si sentiva messa in disparte, tagliata fuori. Avrebbe dovuto pilotare con loro e ricevere gli elogi del padre e invece sapeva che non era possibile. Si chiese se mai ci sarebbe riuscita. Purtroppo l'unico futuro che le si prospettava sembrava quello delle sue sorelle, condannate a vivere chiuse in cucina e a mettere al mondo un bambino all'anno. Era un'esistenza orribile e capiva che per lei sarebbe stata meglio la morte piuttosto di adattarsi a vivere così.

Si accorse che Bobby era molto tenero e affettuoso con tutti i suoi famigliari. Gentile con le sorelle, adorabile con i bambini. Era un ragazzo di buon carattere, sarebbe diventato un marito meraviglioso. E Oona glielo fece notare di nuovo quando, più tardi, andò ad aiutarla a mettere in ordine la cucina. Poi, con Bobby, uscirono a fare una lunga passeggiata. Rimase stupita quando lui ricominciò a parlarle del volo.

«Oggi ti ho osservato molto, Cass, e capisco che cosa significa per te. Forse penserai che sono matto, ma voglio che tu mi prometta che non farai mai niente di tutte quelle cose pazze. Non voglio vederti volare. Non che non voglia lasciarti divertire. Ma non voglio che ti faccia del male. Mi capisci... come Amelia Earhart.» Lui pensava certo di dire cose ragionevoli e Cassie ne fu commossa. Ma poi scoppiò in una risatina nervosa. La sola idea di promettere a qualcuno che non avrebbe più volato le metteva i brividi.

«Non ho nessuna intenzione di volare intorno al mondo, se è questo che ti preoccupa», replicò con un sorriso incerto. Ma Bobby scrollò la testa: per lui, quel discorso significava molto, molto di più. E Cassie lo sapeva.

« Non è quello che intendevo. Semplicemente non voglio vederti volare nel modo più assoluto. »

Fino ad allora aveva avuto solo un'idea vaga dei pericoli che correvano i piloti, ma osservando le acrobazie degli aerei al raduno aeronautico si era reso conto di quanto fosse rischioso. Due anni prima, durante il raduno, si era verificato un terribile incidente. Bobby non era uno stupido e sapeva quale fascino esercitasse il volo su Cassie. E lui non voleva perderla. « Non voglio che tu impari a pilotare, Cass. So che lo desideri. Ma è troppo pericoloso, ecco. Tuo padre ha ragione. È troppo pericoloso per una donna. »

« Non credo che sia una cosa ragionevole da domandare », gli rispose lei tranquillamente. Non voleva raccontargli bugie, ma non voleva neppure confidargli che da più di un anno volava regolarmente in compagnia di Nick. « Secondo me, a questo proposito dovresti fidarti del mio giudizio. »

« Voglio che tu mi prometta che non imparerai a volare », le ripeté Bobby, rivelando una testardaggine di cui lei non lo aveva mai creduto capace. Ne rimase colpita, ma non bastò per persuaderla a promettere.

« Non ha senso. Tu sai quanto mi piace. »

« È proprio per questo che ti chiedo di prometterlo, Cass. Sono convinto che saresti una di quelli che corrono volentieri certi rischi. »

« No, niente affatto, credimi. Sono cauta... e sono brava... cioè, voglio dire che sarei brava. Senti, Bobby, ti prego... non chiedermi una cosa simile... »

« In tal caso voglio che tu ci pensi. Perché è molto importante per me. » Come per me è importante volare, avrebbe voluto gridare lei per tutta risposta. Era l'unica cosa che le importasse al mondo, e adesso Bobby voleva togliergliela. Si poteva sapere che cosa non funzionava nel loro cervello? Bobby, papà, perfino Chris. Per quale motivo volevano portarle via qualcosa che amava tanto? Solamente Nick la capiva. Era l'unico a sapere, l'unico al quale importasse quello che lei desiderava.

Ma in quel preciso momento Nick Galvin era ubriaco fradicio tra le braccia di una ragazza appena conosciuta. Una ragazza con i capelli rosso fiamma e le labbra abbondantemente truccate. Stretto a lei, prima di perdere completamente conoscenza, Nick sorrise bisbigliando: « Cassie ».

7

Il nuovo orario scolastico, a Bradley, impegnava molto Cassie, che riuscì tuttavia a organizzare le cose in modo da potersi incontrare con Nick un paio di volte la settimana, sempre di sabato, e di tanto in tanto anche la mattina di un giorno feriale. Il padre non conosceva l'orario delle sue lezioni e quindi non era stato difficile. Poi Cassie cominciò a lavorare come cameriera per pagare a Nick almeno il carburante, visto che non poteva permettersi di pagargli le lezioni. D'altra parte lui non se lo era mai aspettato. Lo faceva unicamente per il piacere di farlo e perché le voleva bene.

Cassie stava diventando sempre più brava, perfezionava alcune tecniche e imparava a pilotare ogni tipo di aereo in modo da poter distinguere quali fossero le differenze, le varianti e le caratteristiche dell'uno o dell'altro. Dopo il Jenny, provò anche a pilotare il vecchio Gypsy Moth, il Bellanca di Nick, il de Havilland 4 e perfino il vecchio e pesante Handley. Nick le aveva già insegnato alcuni metodi di salvataggio e descritto in modo dettagliato tutti gli atterraggi forzati e i rischi corsi mentre combatteva contro i tedeschi. Adesso non c'era quasi nulla che Cassie non sapesse su un Jenny o un Bellanca e perfino sull'Handley, che era tanto più pesante e tanto più difficile da pilotare, ed era un bimotore.

Ormai Cassie trascorreva meno tempo di prima all'aeroporto del padre perché il college era più lontano della scuola; però ci andava sempre appena possibile... e ogni volta che incrociava Nick si scambiavano un sorriso complice.

Un giorno stava trafficando intorno a un motore, in uno degli hangar più lontani, e rimase stupita nel vedere arrivare suo padre con Nick. Stavano parlando della possibilità di acquistare un nuovo apparecchio, ma Pat era convinto che fosse troppo costoso. Si trattava di un Lockheed Vega usato.

« Vale quello che chiedono, Pat. È un apparecchio pesante, ma è una macchina stupenda. Ne ho esaminato uno l'ultima volta che mi sono trovato a Chicago. »

« Chi pensi che potrebbe pilotarlo? Tu e io. Gli altri lo manderebbero a fracassarsi in mezzo agli alberi. È un motore maledettamente bello, Nick, ma qui non ci sono cinque uomini ai quali mi sentirei di affidarlo. Anzi, forse neppure due. »

E mentre Pat pronunciava queste parole, Cassie si accorse che Nick la guardava in un modo strano e si sentì cogliere da un brivido di terrore. D'istinto intuì quello che stava per fare. Avrebbe voluto dirgli di tacere, di lasciar perdere, ma al tempo stesso desiderava disperatamente che lo facesse. Non avrebbe potuto continuare a nascondersi in eterno. Presto o tardi suo padre avrebbe dovuto saperlo. E Nick non faceva che parlarle della possibilità di partecipare al prossimo raduno aeronautico.

« Può darsi che qui non ci siano cinque uomini in grado di pilotarlo, Pat. Ma io ti dico che c'è una donna che potrebbe farlo a occhi chiusi. »

« Ti vuoi spiegare meglio? Si può sapere che cosa intendi dire? » bofonchiò Pat guardandolo, già infastidito per il solo fatto che avesse menzionato una donna in grado di pilotare un aereo... figurarsi poi quello che lui non si fidava di mettere nelle mani dei suoi stessi uomini!

Nick parlò a voce molto bassa, mentre Cass li guardava, in preda al terrore, pregando in cuor suo che suo padre lo ascoltasse fino in fondo. « Tua figlia, Pat, è il miglior pilota che io abbia mai visto. Ormai si esercita a volare con me da più di un anno, anzi da un anno e mezzo per l'esattezza. Ripeto: è il miglior pilota che tu e io abbiamo mai visto. E parlo sul serio.»

«Tu... *cosa*? Che cosa avresti fatto?» Pat guardò il vecchio amico e socio, con aria indignata. «Tu hai volato con lei? Sapendo che cosa ne pensavo in proposito? Come hai osato!»

«Se non avessi osato io, lo avrebbe fatto da sola. Ha corso il rischio di ammazzarsi un anno fa, dopo aver terrorizzato suo fratello, che non ha potuto far altro che lasciare a lei i comandi. Ti ripeto che è il miglior pilota che tu abbia mai visto, perché per lei volare è qualcosa di naturale, e tu sei uno stupido se non le permetti di mostrarti i suoi talenti, Pat. Offri un'occasione anche alla tua bambina. Se fosse un maschio, lo faresti. Lo sai benissimo.»

«Io non so niente di niente», gridò Pat, sempre più furioso, «a parte che siete due maledetti stupidi, e adesso te lo dico chiaro e tondo: hai la probizione di volare, Cassandra Maureen.» Mentre pronunciava queste parole, la guardò dritto negli occhi. Poi tornò a rivolgersi a Nick: «E tu, imbecille che non sei altro, Nick Galvin... ascoltami bene... non ho intenzione di sentir uscire altre stupidaggini dalla tua bocca. Ci siamo capiti?»

«Sbagli, se tu sapessi quanto sbagli! Stai prendendo una enorme cantonata!» Nick provò a insistere, ma Pat era talmente furioso e livido di rabbia che non lo ascoltava più.

«Non mi importa niente di quello che pensi tu. Tu sei ancora più idiota di lei. E lei non piloterà i miei aeroplani, qui nel mio aeroporto. E se tu sei tanto stupido da lasciarle pilotare il tuo, in qualche altro aeroporto, sappi che se si ammazza il responsabile sei tu. E che sarà solamente colpa tua se finirà per ammazzare anche te! Il che accadrà presto. Ne sono sicuro. Non c'è al mondo donna pilota che valga qualcosa, e lo sai meglio di me.» E in questo modo negava l'esistenza di un'intera generazione di donne straordinarie, fra le quali c'era anche sua figlia. Ma non gliene importava niente. Ne era convinto, e nessuno sarebbe riuscito a fargli cambiare idea.

«Lasciami prendere un aereo e volare con lei. Ti faremo

vedere, Pat. È in grado di pilotare praticamente tutti gli aerei che possediamo. Ha un senso della velocità e dell'altezza che è tutto basato sui suoi occhi, sul suo coraggio; Pat, è straordinaria, credimi! »

« Non mi farete vedere un bel niente, perché io mi rifiuto di vederlo. Siete un paio di imbecilli... già, immagino che sia stata lei a convincerti, ti ha incantato con le sue moine! » Intanto fissava sua figlia, inferocito. Secondo lui era tutta colpa di Cassie. Una ragazzina testarda, una streghetta, determinata ad ammazzarsi pilotando uno degli apparecchi di suo padre, e proprio lì, nel suo aeroporto.

« Lei non mi ha convinto a fare nulla, e non mi ha incantato con le sue moine. Un anno fa l'ho vista atterrare approfittando dei venti che la sospingevano di coda, te ne ricordi?, in quella specie di uragano nel quale era andata a cacciarsi con Chris! E io ti dico, perché lo so bene, che non era lui a pilotare l'apparecchio. Così ho deciso che se non me ne fossi occupato, lei avrebbe finito per ammazzarsi. E per ammazzare anche suo fratello. E ho cominciato a farle da istruttore. »

« Era Chris a pilotare, durante l'uragano dell'anno scorso », provò a ribattere Pat, in tono di sfida.

« No, *niente affatto*! Non era lui! » gli rispose Nick gridando a sua volta. Era ormai furibondo di fronte a Pat che si mostrava così irragionevole, e continuava ad aggrapparsi a concetti ormai superati. « Possibile che tu possa essere così cieco? Quel ragazzo non ha fegato, non ha intuito né prontezza sui comandi. Tutto quello che riesce a fare è decollare, salire in cielo, volare sempre dritto e poi atterrare, un po' come si fa su un ascensore, perché è proprio questo che ha fatto per te al raduno aeronautico. Mi domando come hai potuto pensare che fosse stato lui a tirarli fuori dai guai mentre volavano in mezzo a quell'uragano. Ma come fai a illuderti? È stata Cassie. » La guardò con aria di possesso e soltanto allora si accorse che era scoppiata in lacrime di fronte alla rabbia e al furore di suo padre.

« È vero, papà » disse piano. « Sono stata io. Nick lo sapeva. Ed è venuto a rimproverarmi quando siamo tornati giù, così... »

« Non voglio sentire storie. Non voglio ascoltarvi. Sei anche una gran bugiarda, Cassandra Maureen, e cerchi di togliere il merito a tuo fratello. » L'ingiustizia e la violenza di queste accuse la lasciarono senza fiato e le fecero capire che cercare di convincerlo era impossibile. Chissà, un giorno forse... ma adesso, no. E non era escluso che non si convincesse mai.

« Offrile un'occasione di dimostrarti quello che sa fare, Pat. » Nick cercava di calmarlo, ma tutto era inutile. « Ti prego. Lasciale semplicemente mostrarti quello che sa fare. Se lo merita. E l'anno prossimo vorrei iscrivere anche lei al raduno aeronautico. »

« Siete un paio di imbecilli, ecco che cosa siete. Due stupidi, e sfacciati per giunta. Che cosa ti fa pensare che non si ammazzerà, e ammazzerà anche me e te e una dozzina di altre persone, a quel raduno? »

« Il fatto che Cassie vola meglio di tutti quei piloti, ecco che cosa me lo fa pensare! » Nick cercava di rimanere calmo, ma a poco a poco stava perdendo il controllo. Pat non era un uomo con cui fosse facile discutere, e quello era un argomento estremamente pericoloso. « Ma se vola meglio di Rickenbacker, per amor di Dio! Insomma, lascia che ti dimostri quello di cui è capace! » Purtroppo aveva pronunciato le parole più sacrileghe, citando il comandante della 94ª Squadriglia. Si rese conto di aver esagerato mentre Pat, girati i tacchi, si avviava a lunghi passi verso il suo ufficio. Neppure una volta si voltò a guardarli, e non pronunciò una sola parola.

Cassie era scoppiata in lacrime e Nick le andò vicino e le circondò le spalle con un braccio.

« Accidenti! Bisogna proprio dire che tuo padre è ostinato come un mulo. Avevo dimenticato quanto diventa insopportabile quando c'è qualcosa che non gli va, ma questa non gliena perdono. Dovrà cambiare idea. Te lo prometto. » La strinse forte a sé e Cassie gli sorrise tra le lacrime. Se al suo posto ci fosse stato Chris, suo padre gli avrebbe permesso di esibirsi in tutto quello che voleva. Invece per lei la risposta era no e sarebbe stata sempre no perché era una ragazza.

Sembrava talmente ingiusto, eppure Cassie sapeva che niente avrebbe potuto cambiarlo.

« Non acconsentirà mai, Nick. »

« Il suo consenso non è necessario. Hai diciotto anni. Sai benissimo che puoi fare quello che vuoi. Fra l'altro, non fai nulla di male. Prendi lezioni di volo. E con questo? Stai tranquilla. » E molto presto Cassie avrebbe potuto ottenere il brevetto di volo. Aveva tutte le qualifiche necessarie. Mentre Pat, agli inizi, quando aveva cominciato a volare nel 1914, non aveva avuto nemmeno bisogno di averlo.

« E se mi sbatte fuori di casa? » Sembrava terrorizzata e Nick scoppiò a ridere. Conosceva bene Pat e sapeva che non lo avrebbe mai fatto. Lo sapeva anche Cassie. Pat era sempre pronto ad agitarsi e a brontolare, aveva convinzioni e idee molto ristrette, ma adorava i suoi figli.

« Non farà niente di simile, Cass. Può darsi che ti crei qualche difficoltà per un po'. Ma non ti sbatterà mai fuori di casa. Ti vuole bene. »

« Vuole bene a Chris », rispose lei, avvilita.

« Vuole bene anche a te. È rimasto un po' in arretrato rispetto ai tempi, ed è testardo come un mulo. A volte mi fa letteralmente impazzire. »

« Fa impazzire anche me. » Poi Cassie sorrise e si soffiò il naso; e infine alzò verso Nick uno sguardo angosciato. « Continuerai a farmi da istruttore? »

« Naturalmente », rise lui, con l'aria sbarazzina di un adolescente, ma poi finse di osservarla con aria molto seria: « E ricordati... guai a te se dopo quello che ti ho detto ti monti la testa! Non è vero che piloti gli aerei come il comandante della Grande Squadriglia, la 94ª... » esclamò, e poi scoppiò di nuovo a ridere. « Però un giorno potresti essere ancora meglio di lui, se perfezionassi un po' certe tecniche, per esempio se facessi quelle virate un po' più pulite e ascoltassi quello che ti dice il tuo istruttore. »

« Sissignore. »

« Vai a lavarti la faccia, hai un aspetto da far spavento... ci vediamo domani sul nostro solito campo d'aviazione, Cass. » Le sorrise. « Non dimenticarti che dobbiamo prepararci per il raduno aeronautico. » Lei lo guardò con gratitudine, lo seguì con gli occhi mentre si allontanava e intanto si domandava come far riacquistare un po' di buon senso a Pat O'Malley e farlo ragionare.

E Pat, quella sera, a tavola, si rifiutò addirittura di rivolgere la parola alla figlia. Aveva raccontato a Oona che cosa aveva combinato e la moglie era scoppiata in lacrime. Da molto tempo, Pat era riuscito a persuaderla che le donne non erano fatte per pilotare gli aerei.

« Solo perché è troppo pericoloso », cercò di spiegare a Cassie più tardi, quella sera, nella sua camera. Con tutte le sorelle sposate e ormai lontano da casa, Cassie da tempo era diventata padrona di una camera da letto tutta per sé. « Non è più pericoloso per me di quanto non lo sia per Chris », obiettò la figlia fra le lacrime. Era esausta a furia di lottare e di difendersi da tutti... e capiva che sarebbe sempre rimasta sconfitta. Perfino Chris non aveva aperto bocca in sua difesa. Non sopportava l'idea di mettersi a discutere con suo padre e sua madre.

« Questo non è vero », ribatté subito Oona. « Chris è un uomo. Pilotare, per un uomo, è molto meno pericoloso. » Pronunciò quelle parole come se fossero una verità inconfutabile, e solo perché le aveva sentite ripetere tanto spesso da suo marito.

« Come fai a dirlo? Sono sciocchezze. »

« Niente affatto. Tuo padre dice che alle donne manca la concentrazione necessaria. »

« È una bugia, mamma. Te lo giuro. Ma pensa a tutte le donne che pilotano aerei! E sono famose. »

« E tu pensa ad Amelia Earhart, tesoro. Lei è l'esempio più perfetto di ciò che tuo padre dice. Evidentemente aveva perduto la direzione, o il cervello, laggiù dove è successo, e ha portato a morire con sé anche quel pover'uomo. »

« Come fai a sapere che non sia stata colpa di lui, invece? » replicò Cassie, insistente. « Il navigatore era lui, non la Earhart. E può anche darsi che siano stati abbattuti », riprese Cass tristemente. Ma capiva che tutti quei discorsi erano inutili. Sua madre era convinta di tutto quello che suo marito le aveva sempre ripetuto.

« Devi smettere di comportarti a questo modo, Cassie. Non avrei mai dovuto permetterti di bighellonare nell'aeroporto per tanti anni. Ma ti piaceva talmente, e pensavo che fosse piacevole per tuo padre! Devi rinunciare a tutti questi sciocchi sogni, Cassie. Adesso sei una studentessa che va al college. Un giorno insegnerai, farai la professoressa. Non puoi andare in giro pilotando aerei come una stupida zingara. »

« Oh sì che posso... Accidenti, sì che posso! » Cassie alzò la voce, rispondendole, e dopo un attimo entrò Pat che riprese a rimproverarla e a ripeterle che doveva chiedere scusa alla madre. A quel punto ormai piangevano entrambe, e Pat, sempre più furibondo, non sapeva a che santo votarsi.

« Scusami, mamma, mi dispiace », mormorò Cass con aria dolente.

« Certo che deve dispiacerti. E cerca di ricordartelo! » gridò ancora suo padre prima di uscire chiudendo con violenza la porta. Dopo un attimo anche Oona se ne andò e Cassie, lasciandosi cadere sul letto, cominciò a singhiozzare, stanca e avvilita.

Quando, più tardi, arrivò Bobby Strong, Cassie pregò Chris di dirgli che aveva un terribile mal di testa. E lui risalì in macchina e se ne andò, visibilmente preoccupato, dopo averle lasciato un bigliettino nel quale le diceva che si augurava che presto stesse meglio e che sarebbe tornato il giorno dopo.

« Magari domani sarò morta », commentò lei con aria tetra mentre leggeva il messaggio che il fratello era venuto a consegnarle. « Forse le cose andrebbero meglio. »

« Calmati, sorellina. È un brutto momento, ma riuscirai a superarlo », disse Chris, tranquillissimo.

« No, niente affatto. Papà non cambierà mai le sue idee. Si rifiuta di credere che le donne siano in grado di pilotare gli aerei, che possano fare qualcosa di diverso al di fuori di sferruzzare e mettere al mondo pargoli. »

« Che idea magnifica. Oh, a proposito, tu come vai nel lavoro a maglia?» Provò a domandarle, ridacchiando, per prenderla in giro, e Cassie gli tirò dietro una scarpa mentre lui richiudeva in fretta la porta.

Ma il giorno dopo Cassie si sentì di nuovo meglio. Si accorse che era tornata quella di sempre non appena, con Nick, decollò a bordo del Bellanca. Adesso Nick riteneva che fosse più corretto non lasciarle pilotare uno degli apparecchi di suo padre. Cassie manovrò i comandi e pilotò l'aereo con la solita abilità; il solo fatto di trovarsi libera, nel cielo, con Nick le sollevava il morale. Quando poi si sedettero a chiacchierare a bordo del vecchio furgoncino, Nick la trovò più taciturna del solito. Evidentemente era ancora sconvolta per il modo in cui suo padre aveva reagito alla notizia che stava imparando a volare.

«Dunque io sarei in gamba come Rickenbacker, eh?» Cassie non riuscì a trattenersi dal domandargli, maliziosa, una volta a terra.

«Ti ho detto che cose del genere non devono darti alla testa. Raccontavo qualche fandonia più che altro per far colpo su di lui.»

«Quanto a fargli colpo, direi che ci sei proprio riuscito, vero?» E Cassie sorrise malinconica; Nick invece scoppiò in una risata scrosciante. Sapeva stare al gioco, la ragazza... e presto o tardi avrebbero costretto Pat ad arrendersi. D'altra parte non poteva continuare a nascondere la testa nella sabbia in eterno!

Le lezioni continuavano regolarmente. Venivano sospese soltanto quando Nick doveva effettuare un lungo viaggio con un carico di merce oppure lei aveva troppo da studiare. Ma nessuno dei due ci teneva a perderle e quindi cercavano sempre di tenersi liberi. La cosa interessante, piuttosto, era che Pat non domandava mai a nessuno dei due se le lezioni di volo continuassero o no.

Nick partecipò al solito pranzo in famiglia, il giorno della Festa del Ringraziamento; Pat si mostrò più freddo del solito, non solo con Cassie ma anche con lui. Non aveva ancora perdonato quello che considerava un autentico tradimento. All'aeroporto, Nick si comportava sempre come se camminasse sulle uova; a casa Pat non aveva rivolto a Cassie più di un paio di parole fin dal mese di ottobre. La situazione sembrava sempre più difficile. Ma verso Natale Pat diede l'impressione di essersi un po' placato. Anzi, tornò praticamente quello di prima e smise di tenere il broncio quando Bobby Strong infilò al dito di Cassie, la vigilia di Natale, un anello di fidanzamento con un minuscolo brillante.

Bobby le disse di sapere perfettamente che avrebbe dovuto aspettare molto a lungo, ma si sentiva meglio ora che erano fidanzati. Ormai le faceva la corte da tre anni e gli pareva che fosse arrivato il momento giusto. Sembrava talmente serio e convinto di quello che diceva e talmente innamorato di lei che Cassie non ebbe il coraggio di deluderlo e di rifiutare. Non era affatto sicura dei propri sentimenti e a dire la verità si sentiva soltanto terribilmente confusa quando gli consentì di infilarle lentamente quell'anellino al dito. Provava soltanto un tremendo senso di colpa e una grande infelicità per tutto e per tutti da quando suo padre e sua madre si erano scandalizzati a quel modo per le lezioni di volo e avevano fatto tutte quelle scenate. E il fidanzamento sembrava li avesse un po' ammansiti, facendola ritornare nelle loro grazie.

Tutti erano molto contenti. E il giorno dopo, durante la cena natalizia, lo annunciarono al resto della famiglia. C'era anche Nick, con loro, e parve meravigliato dalla notizia, anche se non disse niente. Si limitò a rivolgere a Cassie una lunga occhiata, mentre in cuor suo si domandava se questo avrebbe cambiato le cose tra loro. Invece Cassie continuò a comportarsi come sempre. Non sembrava che si trovasse più a suo agio di prima, con Bobby, e nemmeno che l'intimità tra loro fosse migliore. E con Nick stava bene come al solito. Ben poco era cambiato; Bobby si fermava solamente un po' di più sulla veranda prima di andarsene, ma non era ciò che Cassie si sarebbe aspettata da un fidanzamento. Comunque Nick era ancora pieno di interrogativi, non sapendo bene come giudicare il fidanzamento, e lo dimostrò quando si ritrovarono sul piccolo campo d'aviazione abbandonato.

« E quello, che cosa vuol dire? » le domandò indicando l'anello; lei esitò per un attimo e poi si strinse nelle spalle. Non voleva apparire scortese, ma sembrava che le sue reazioni, di fronte a qualsiasi cosa, fossero completamente diverse da quello che la gente si aspettava.

«Non so bene», gli rispose onestamente. Non provava niente di diverso per Bobby da quello che aveva provato prima che le infilasse l'anello al dito. Continuava a trovarlo simpatico e gli voleva bene, ma non riusciva a immaginare di poter diventare per lui qualcosa di diverso da quello che era già. In fondo, aveva accettato di fidanzarsi soprattutto perché sembrava che avesse tanta importanza per i suoi genitori e per Bobby. Soprattutto per Bobby, e lei lo capiva. «Non ho avuto il coraggio di restituirglielo.» Lanciò a Nick uno sguardo imbarazzato mentre fingeva di osservare con attenzione il Bellanca. Quel giorno avevano effettuato un ottimo volo, e Cassie aveva imparato molte cose interessanti per perfezionare il proprio atterraggio con il vento di traverso. «Bobby sa che voglio finire il college», disse impacciata. Anche se, in realtà, non era il college il vero problema.

«Povero figliolo. Questo diventerà il fidanzamento più lungo della storia. Sbaglio o mancano ancora tre anni e mezzo?»

«Sì.» Gli rivolse un sorriso malizioso e lui non poté fare a meno di scoppiare in una risata, anche se lottava contro la gran voglia che aveva di baciarla. Si sentiva sollevato per quello che Cassie gli aveva appena detto! Appena aveva visto l'anello di fidanzamento aveva provato un tuffo al cuore. Non sopportava l'idea di vederla sposata con chiunque, e nemmeno fidanzata, anche se, in fondo, Bobby non costituiva una grande minaccia. Presto o tardi Cassie lo avrebbe capito da sola, ma ci sarebbe sempre stato il rischio che Bobby venisse sostituito da qualcun altro. E Nick sapeva che, qualora fosse successo, le sue preoccupazioni sarebbero aumentate. E gli avrebbe dato ancor più fastidio.

«Okay... alza i tacchi e cerca di darti un po' da fare, O'Malley... vediamo un po' come te la cavi con un altro atterraggio a motore spento.» Aveva intenzione di portarla a fare un altro giretto in cielo.

«Devi proprio pensare che io abbia intenzione di trascorrere metà della mia vita con i piedi sulla terra invece che in aria. Non puoi insegnarmi qualcos'altro, *Cloche*?» esclamò, pronunciando con enfasi il soprannome. «Oppure è l'unico trucchetto del tuo repertorio, quello?» Come le piaceva stuzzicarlo e prenderlo in giro, come le piaceva la sua compagnia, come le piaceva stare con l'unica persona al mondo che la comprendesse realmente! E più ancora le piaceva volare con lui.

Ma questa volta Nick la fece decollare sola e rimase a osservare il suo atterraggio perfetto.

Era proprio una vergogna, si ritrovò a pensare, che Pat non volesse neppure vederla volare. Che piacere sarebbe stato per lui!

«Pensi che abbiamo fatto abbastanza per oggi?» le domandò mentre si avviavano di nuovo verso il furgoncino in modo che Cassie potesse tornarsene a casa.

«Sì, credo di sì», rispose in tono desolato. «Se tu sapessi come detesto il momento in cui devo scendere e tornare a terra. Vorrei continuare a volare per sempre.»

«Chissà che non diventi anche tu una Skygirl, da grande», rispose Nick, prendendola di nuovo in giro, e lei lo colpì con i guanti, ma sembrava infinitamente triste. In fondo, non aveva scelta. E se non fosse stato per Nick, non avrebbe mai potuto nemmeno prendere lezioni di volo.

«Non arrabbiarti, bambina», le disse lui con dolcezza. «Tuo padre si arrenderà, un giorno o l'altro.»

«No, non illuderti», ribatté Cassie, che lo conosceva bene.

Nick le sfiorò una mano con una carezza e lei alzò gli occhi a guardarlo. Come gli era grata di tutto ciò che le aveva dato, e della sua gentilezza. Fra loro era nato quel genere di amicizia che non erano mai riusciti ad avere, nessuno dei due, con nessun altro. Lei era una ragazza formidabile, e una buona amica. E quanto si divertivano in quei pomeriggi rubati, e segreti, nel piccolo campo d'aviazione. Nick avrebbe soltanto voluto che le cose continuassero così per sempre. Non riusciva a immaginare il giorno in cui non si sarebbero più ritrovati lì, come al solito; il giorno in cui non avrebbe più potuto volare e dividere con lei i suoi pensieri. Era l'unica persona con la quale riuscisse veramente a confidarsi, e su tutte le cose importanti. E anche per Cassie lui era l'unico amico che avesse. La sola disgrazia, per entrambi, era non avere un futuro comune.

Quel pomeriggio Cassie tornò a casa tardi, pensando a Nick. Mentre stava arrivando cominciò a nevicare. Rientrò subito in casa per aiutare sua madre a preparare la cena, ma anche Pat era in ritardo. E un'ora dopo non era ancora rientrato. Alla fine Oona mandò Chris con il furgoncino all'aeroporto, a cercarlo.

Chris rientrò venti minuti più tardi a prendere qualcosa da mangiare per sé e per Pat. A trecento chilometri di distanza, a sud, c'era stato un incidente ferroviario con centinaia di feriti ed era richiesto l'intervento di squadre di soccorso, da qualsiasi luogo potessero arrivare. Pat le stava organizzando all'aeroporto e voleva che Chris lo aiutasse. C'era anche Nick, e stavano cercando di radunare tutti i loro piloti perché si tenessero pronti a partire. Purtroppo tre erano a casa ammalati, e troppo gravi per potersi presentare; quanto agli altri non erano riusciti a mettersi in contatto con nessuno, per il momento, e aspettavano l'arrivo dei pochi disponibili. Pat aveva detto a Chris di spiegare alla madre che per quella notte non sarebbero rientrati. E Oona, abituata a situazioni del genere, cominciò subito a preparare un pacco di cibarie che Chris avrebbe portato all'aeroporto.

« Aspetta! » disse Cassie, mentre Chris usciva di casa. « Vengo con te. »

« Tu faresti meglio a... » tentò di obiettare Oona, ma di fronte all'espressione di sua figlia si limitò ad alzare le spalle. In fondo, non c'era niente di male. Non avrebbe fatto altro che rimanersene negli uffici dell'aeroporto. « E va bene. Adesso aggiungo qualcosa anche per te. »

Consegnò a Cassie e Chris una cesta piena di viveri e i due ragazzi ripartirono. Era una notte gelida, e da un paio d'ore la neve cadeva fitta. Cassie si domandò se gli apparecchi avrebbero potuto decollare. Le condizioni meteorologiche non erano affatto favorevoli e Pat aveva l'aria preoccupata quando entrarono nel suo ufficio.

« Salve, ragazzi. » Si limitò a un breve saluto poiché stava discutendo con Nick sulla scelta degli apparecchi da usare e sul numero di uomini necessari. Speravano di mandare quattro apparecchi con rifornimenti e squadre di soccorso. Ormai tutto era stato raccolto e tutto era pronto, tranne i piloti. A quel punto ne mancavano ancora due, e stavano cercando di avvisarli per telefono. Pat aveva intenzione di pilotare personalmente il nuovo Vega con Chris. Ma in caso di necessità sarebbe stato in grado di volare da solo. Intanto era arrivato uno dei loro uomini migliori, con il suo secondo pilota, e a ciascuno di loro era stato assegnato un aereo. Avevano tuttavia bisogno di altri due uomini per l'Handley. Era un apparecchio capriccioso, non facile da pilotare; e inoltre era anche vecchio e pesante. Considerate le condizioni meteorologiche, era consigliabile avere due uomini ai posti di comando. Nick avrebbe anche potuto pilotarlo da solo, ma non sarebbe stata una decisione saggia. E poi, voleva qualcuno in gamba che gli facesse da secondo pilota. In silenzio, si voltò a guardare Cassie, ma continuò a tacere. Poco dopo ebbero notizie di altri due dei loro uomini. Uno era esausto dopo un volo di sedici ore attraverso il paese, per la consegna della posta, e l'altro si era affrettato a confessare di aver bevuto troppo.

« Così ne rimane uno solo », osservò Nick, irritato. Mancava soltanto un pilota, di cui non avevano notizie. Telefonò finalmente, verso le dieci, spiegando di soffrire di un atroce mal d'orecchio. « Fine della trasmissione, O'Malley », disse Nick in tono significativo. Avevano assolutamente bisogno di un uomo. Pat gli lesse nel pensiero e cominciò a scrollare il capo, ma questa volta Nick decise di non ascoltarlo. « Prendo Cassie con me », annunciò a voce bassa, mentre Pat cominciava a protestare. « Non sprecare il tuo tempo, Asso. Laggiù ci sono centinaia di feriti che aspettano rifornimenti e aiuti, e non ho nessuna intenzione di rimanere qui a discutere con te. So quello che faccio; Cassie viene con me. » L'unica altra scelta era lasciarle assumere il posto di secondo pilota sul Vega, con suo padre; e Nick sapeva che Pat non glielo avrebbe mai permesso. Afferrò la giacca e se la infilò avviandosi verso la porta; trattenne il fiato mentre Pat, guardandolo con occhi scintillanti di rabbia, continuava a tacere. Non sollevò obiezioni, ma si limitò a grugnire: « Sei un maledetto sciocco, Nick ». E non aggiunse altro. Poi telefonò a Oona per pregarla di venire all'aeroporto ad aspettarli.

In silenzio Cassie seguì Nick fuori, verso quell'apparecchio che le era tanto familiare, sentendosi scossa da un forte tremito; poi, solo per un attimo, guardò il padre e si accorse di quanto fosse infuriato. Il suo sguardo le diceva che si sentiva tradito. D'istinto provò il desiderio di parlargli, ma non sapeva quali parole scegliere e un minuto più tardi lui si era già allontanato. Era salito con Chris a bordo del Vega.

« Gli passerà », disse Nick mentre l'aiutava a prendere posto sul sedile, ma Cassie si limitò ad annuire. Come al solito Nick si era esposto di persona e aveva rischiato per lei; credeva in lei e non aveva avuto paura di dirlo. Era un uomo straordinario e l'unico desiderio di Cassie era di non deluderlo.

Dopo aver eseguito i soliti controlli a terra, verificarono attentamente l'interno dell'apparecchio. Cassie lo conosceva bene, grazie a Nick, e quando si allacciò la cintura di sicurezza a un tratto provò un'intensa commozione per quello che stavano facendo e dimenticò completamente Pat. Portavano rifornimenti di emergenza e materiale di pronto soccorso. Anche gli altri aerei viaggiavano con lo stesso carico, e in più trasportavano due medici e tre infermieri. Gli aiuti stavano arrivando da ben quattro stati. I feriti erano quasi un migliaio.

Nick decollò senza problemi. Non c'era ghiaccio sulle ali e anche la nevicata era meno fitta. Sembrava fosse completamente cessata quando raggiunsero la quota finale, quasi tremila metri, e puntarono verso Kansas City. Avrebbero impiegato due ore e mezzo per raggiungere la loro destinazione, mentre a Pat sarebbe bastata poco più di un'ora, a bordo del Vega. Le turbolenze furono praticamente continue ma non preoccuparono né Cassie né Nick. Cassie rimase stupita di fronte alla bellezza del cielo notturno e si sentiva in pace, adesso, ai comandi dell'apparecchio. In quel cielo pieno di stelle. Sembrava di essere ai limiti del mondo, in un universo senza fine. Non si era mai sentita tanto piccola, tanto libera e tanto viva come in quel momento.

Nick lasciò che fosse lei a pilotare per gran parte del percorso, ma quando arrivarono a un campo d'atterraggio nei pressi della ferrovia dove era avvenuto il disastro, fu lui che si occupò delle manovre. Vicino al treno c'erano feriti e continuavano ad affluire ovunque i rifornimenti, mentre il personale medico cercava di aiutare le persone distese per terra e i bambini che piangevano. Nick e Cassie, come gli altri, rimasero a prestare aiuto fino all'alba, quando la polizia ebbe la situazione perfettamente sotto controllo. Ambulanze e personale medico erano arrivati da tutto lo stato. La mattina dopo Nick e Cassie ripartirono per tornare a casa con gli altri. Per tutta la notte lei aveva solo intravisto suo padre, mentre facevano il possibile per prestare assistenza alle squadre di soccorso al lavoro.

Il sole si alzò nel cielo proprio mentre decollavano e anche lungo il percorso di ritorno Nick lasciò che fosse Cassie a pilotare. E fu sempre lei a far atterrare l'apparecchio con una perfezione incredibile malgrado soffiasse un forte vento e la pista fosse viscida, in pessime condizioni. Nick le strinse la mano, non appena ebbe spento i motori, e si congratulò per l'ottimo lavoro che aveva fatto. Cassie stava sorridendo felice quando scese dall'apparecchio; trasalì per un attimo trovandosi inaspettatamente di fronte suo padre, in piedi, immobile, vicino all'apparecchio. Dopo aver guardato Nick con gli occhi stanchi, domandò con voce roca: « Chi ha portato giù questo aereo? » Si trattava di uno degli apparecchi di sua proprietà e Cassie intuì immediatamente che sarebbero nati dei guai.

« Io », gli rispose tranquillissima, pronta ad accollarsi la colpa per qualsiasi errore avesse commesso.

« Hai fatto un ottimo lavoro », le disse imbarazzato, poi girò sui tacchi e si allontanò. Cassie era finalmente riuscita a dargli una dimostrazione di tutto quello che Nick aveva detto; adesso entrambi si domandavano che cosa Pat si sarebbe deciso a fare. Era quasi impossibile immaginarlo. Perché Pat O'Malley era un uomo imprevedibile. Cassie si accorse di avere le lacrime agli occhi, mentre lo seguiva con lo sguardo. Era l'unico elogio ricevuto da lui che avesse un vero significato. E di colpo provò una gran voglia di mettersi a urlare tanto era emozionata e felice. Invece si limitò a ridacchiare nervosamente, voltandosi verso Nick, e si accorse che lui sorrideva soddisfatto. Poi, sottobraccio, entrarono in ufficio.

Oona aveva portato caffè e panini per tutti e Cassie si mise a sedere in un angolo, in silenzio, a sorseggiare il caffè e a chiacchierare con Nick facendo commenti su quello che avevano visto sul luogo del disastro. Era stata una notte lunga e faticosa, ma perlomeno avevano potuto prestare aiuto ai feriti e rendersi utili.

« Così, sei convinta di essere un fenomeno, eh? » Sentì le parole del padre, che le si era avvicinato, prima ancora di aver la forza di alzare gli occhi a guardarlo: ma quando i loro sguardi si incrociarono, Pat non sembrava più in collera.

« No, papà, niente affatto. Voglio semplicemente volare », rispose lei piano.

« Non è naturale, ecco la verità. Guarda che cosa è successo a quella povera sciocca della Earhart. » Cassie aveva già sentito commenti del genere, e ci era preparata, ma non era assolutamente preparata a quello che suo padre disse subito dopo. E rimase a bocca aperta per la meraviglia, affrettandosi a rivolgere un'occhiata a Nick per essere ben sicura di aver sentito bene. « Ti darò qualcosa da fare qui, dopo la scuola. Niente di straordinario. Solo qualche lavoretto. Non posso permettere che Nick vada in giro a perder tempo, sprecando carburante, per farti da istruttore. » Allora Cassie sorrise e Nick si lasciò sfuggire un urlo di gioia mentre gli altri piloti si voltavano a osservarli.

Cassie buttò le braccia al collo di Pat, Nick gli prese la mano e gliela strinse energicamente, Chris si avvicinò a sua sorella e l'abbracciò con forza. Mai Cassie era stata più felice in vita sua. Suo padre l'avrebbe lasciata volare... le avrebbe dato il permesso di volare, le avrebbe dato qualche lavoretto lì, all'aeroporto...

« Aspetta il raduno aeronautico di luglio! » bisbigliò a Nick mentre gli buttava le braccia al collo e lo stringeva forte, e lui rise. Pat O'Malley non immaginava certo le sorprese che lo aspettavano. Comunque quello era già un ottimo inizio.

8

Nei sei mesi successivi Cassie ebbe l'impressione che i giorni volassero. Saliva sul furgoncino per andare a Bradley ogni mattina, lavorava in un ristorante tre pomeriggi la settimana per pagare il carburante quando volava con Nick e poi cercava di arrivare all'aeroporto il più presto possibile, prima che scendesse l'oscurità. E lì faceva tutto quanto era in grado di fare per essere d'aiuto. Per volare doveva invece aspettare il fine settimana. Quelli erano i suoi giorni più felici. Nick si azzardò perfino a farsi accompagnare da lei in qualche viaggio, a Chicago, Detroit e Cleveland.

Mai come in quel periodo la sua vita le era sembrata perfetta. A volte sentiva la nostalgia per quelle lezioni di volo segrete, che aveva fatto con Nick di nascosto, e delle ore che avevano trascorso da soli. Adesso Nick poteva farle da istruttore apertamente, quando entrambi avevano tempo, facendola decollare direttamente dall'aeroporto O'Malley. E anche se Pat non le diceva mai niente, era chiaro che approvava il suo stile di pilotaggio. E in gran segreto aveva confidato a Nick, una volta, che sua figlia era una piccola pilota maledettamente brava... Di fronte agli altri, invece, tutti i suoi elogi erano per Chris, il quale si impegnava a fondo ma in realtà non li meritava completamente. Ma tutto questo ormai non dava più fastidio a Cassie. Perché aveva tutto ciò che desiderava.

L'unico problema era il fidanzato, che era rimasto sbalordito quando Pat O'Malley si era arreso di fronte alla bravura della figlia. D'altra parte, Bobby si era accorto di non avere affatto voce in capitolo. Non gli restava che ricordare in continuazione a Cassie quanto disapprovasse tutta quella faccenda. Oona era convinta che si trattasse solamente di una fase di passaggio, qualcosa per cui Cassie avrebbe perduto ogni interesse non appena si fosse sposata e avesse avuto i suoi bambini.

La notizia più clamorosa, quella primavera, fu il colpo di mano di Hitler che si impadronì dell'Austria in marzo. Per la prima volta le preoccupazioni si fecero serie anche se la maggioranza della gente continuava a credere a Roosevelt. Il presidente aveva dichiarato che non ci sarebbe stata la guerra. E se fosse scoppiata, l'America non vi sarebbe mai stata coinvolta. Un conflitto mondiale era stato più che sufficiente. L'America aveva imparato la lezione.

Nick, invece, non pensava che le cose fossero tanto semplici. Aveva letto molto su Hitler e non si fidava di lui. E poi aveva anche qualche amico che si era arruolato volontario nella guerra civile spagnola due anni prima, ed era convinto che in Europa si stesse preparando una grande tragedia. Come non aveva difficoltà ad affermare che secondo lui, l'America avrebbe partecipato di nuovo a un conflitto mondiale, malgrado le promesse e le proteste di Roosevelt.

« Non posso credere che entreremo di nuovo in guerra. E tu, Nick? » gli domandò Cassie con aria seria dopo un'esercitazione che avevano fatto per il raduno aeronautico.

« Io sì », le rispose lui con franchezza. « Sono convinto che combatteremo anche noi, a un certo momento. Penso che Hitler stia cominciando a esagerare, e dovremo entrare in guerra per dare appoggio ai nostri alleati. »

« Non riesco quasi a crederci », esclamò Cassie. Ma le era ancora più difficile credere che il padre avrebbe finito per acconsentire a farla iscrivere alle gare del prossimo raduno. Nick era riuscito a persuaderlo che la cosa era fattibile, ma Pat aveva solo paura, più di tutto il resto, che sua figlia gli facesse fare cattiva figura. Anche se aveva visto che era prudente e aveva mani salde ed era stata istruita bene... che cosa avrebbe pensato la gente se si fosse comportata da novellina? Se fosse stato un fiasco solenne? E lui, come avrebbe avuto il coraggio di andare ancora in giro a testa alta?

« Chris non ti deluderà mai », aveva ribattuto Nick, cercando di fargli coraggio, e Pat, nella sua ingenuità, aveva abboccato. A dire la verità, Nick era molto più sicuro della bravura di Cass, ma non si sarebbe mai azzardato a dirglielo. Pat preferiva ancora continuare a credere che Chris avesse un grande futuro come aviatore e si rifiutava di accettare il fatto che il suo unico figlio maschio non provasse grande interesse per il volo. E Chris, da parte sua, preferiva non fargli capire quali fossero i suoi veri sentimenti in proposito. Aveva paura.

Poi, quando finalmente arrivò il gran giorno, le previsioni di Nick si rivelarono esatte. Chris vinse di nuovo il premio per il record d'altezza, ma Cassie si portò via un secondo premio per la velocità in linea retta e un primo premio per la gara di volo su circuito chiuso. Quando annunciarono i vincitori, nel pomeriggio, Pat si mostrò incredulo, e anche Cassie. Poi, con Nick, si lanciarono in un ballo scatenato, abbracciandosi e baciandosi, tra urrà e grida di gioia. Il fotografo del quotidiano locale la immortalò prima sola e poi vicino al padre. E Chris non le mise il broncio. Sapeva quanto fosse importante per lei. Era tutta la sua vita. Pat non riusciva ancora a crederci: Nick, sì. Lo aveva sempre saputo. E quindi non si meravigliò quando uno dei giudici gli disse di non aver mai visto un pilota tanto abile nel fare le virate, come Cassie.

« Bene, ce l'hai fatta, bambina. » Nick le sorrise riaccompagnandola a casa al termine della giornata, dopo che avevano riportato tutti gli apparecchi di Pat all'aeroporto di base.

« Continuo a non crederci », rispose lei, fissandolo con gli occhi sgranati, poi si voltò a guardare fuori del finestrino, lontano.

« Neppure tuo padre. » E Nick sorrise.

« Tutto questo lo devo a te », commentò Cassie con aria grave, ma Nick si limitò a scrollare il capo. Sapeva la verità.

« Tutto questo, Cass, lo devi soltanto a te stessa. Ecco l'unica persona alla quale devi qualcosa. Io non ti ho dato il dono naturale che possiedi, Cass. È stato il buon Dio. Io ti ho soltanto aiutato. »

« Tu hai fatto tutto. » Si voltò di nuovo a guardarlo. All'improvviso si sentiva triste. E se adesso Nick avesse smesso di farle da istruttore? E se non avessero avuto più tempo da trascorrere insieme? « Qualche volta mi porterai di nuovo a volare con te? »

« Certo. Ma devi promettere di non farmi prendere troppi spaventi. » E finalmente le riferì quello che il giudice di gara gli aveva detto, pieno di orgoglio per lei.

Cassie prima scoppiò a ridere e poi si lasciò sfuggire una specie di gemito perché aveva visto Bobby Strong che li aspettava sulla veranda di casa. Il giovane aveva avuto talmente paura che potesse succederle qualche cosa, che si era addirittura rifiutato di andare al raduno aeronautico. Cassie avrebbe dovuto affrontare questo problema, ma non ne aveva ancora avuto il coraggio. Quanto a Bobby, preferiva evitare certi discorsi. Non riusciva ad accettare che per Cassie volare avesse tanta importanza, che desiderasse con tanta intensità altre cose, piuttosto che diventare sua moglie e avere dei figli. Quello che Cassie voleva, in quel momento, sarebbe stato semplicemente rivivere con Nick ogni attimo di quella incredibile giornata, sentirsi rassicurare, avere la conferma che niente sarebbe cambiato, che avrebbero trovato ancora un po' di tempo da trascorrere insieme. E invece, adesso, era costretta ad affrontare Bobby.

« Ecco il tuo amico », mormorò Nick. « Finirai per sposarlo uno di questi giorni? » Era una domanda che lo tormentava.

« Non lo so », rispose lei con franchezza, sospirando. Con lui era sempre onesta. Ma le sue risposte oneste non erano quelle che Bobby desiderava. Aveva diciannove anni, adesso, e non si sentiva ancora pronta a legarsi a nessuno, anche se sembrava che quella fosse l'unica cosa che tutti volevano per lei. « Tutti continuano a dirmi che cambierò, che sposarsi e avere dei figli è un gran cambiamento per tutti. Credo che sia proprio questo che mi fa paura. La mamma dice che tutte le donne aspirano soltanto al matrimonio. E allora come ti spieghi che invece io voglio semplicemente quello che ho avuto oggi, e un hangar pieno di aeroplani? »

« Confesso di aver sempre desiderato anch'io le stesse cose », rise Nick. Ma poi divenne serio e pensieroso. « No, non è vero. La pensavo diversamente quando avevo più o meno la tua età. Ci ho anche provato, con tutto l'impegno possibile, ma non ha funzionato. E da allora in poi, mi ha sempre fatto una paura da morire. Nella mia vita non c'è posto per una famiglia e per gli aeroplani. Ma per te può darsi che sia diverso, Cassie. » In un certo senso avrebbe voluto che fosse così, ma non per diventare la moglie di Bobby.

« A me sembra che mio padre se la sia cavata bene in tutte e due le cose », osservò Cassie, rivolgendogli un sorriso. « Può darsi che noi due siamo dei tipi strani. Può darsi che siamo semplicemente due vigliacchi. A volte è più facile voler bene agli aeroplani che alla gente. » Con un'eccezione: sapeva di voler bene a Nick. Era il suo più caro amico e adesso capiva che lui le aveva sempre voluto bene fin da quando era una bambina. Purtroppo, adesso bambina non era più.

« Sai », spiegò Nick, pensoso, dopo averla sentita definirsi una vigliacca, « è proprio quello che mi sono detto mentre ti guardavo fare quel triplo cerchio della morte seguito dalla vite rovesciata, prima che tu cominciassi l'altra vite, quella orizzontale, nella gara di oggi. Accidenti, mi sono detto, non mi ero mai accorto che Cassie fosse una vigliacca. » Lei scoppiò a ridere di fronte all'espressione di Nick, seduto al volante del suo vecchio furgoncino.

« Sai che cosa voglio dire. Forse siamo dei vigliacchi per quello che riguarda le persone », obiettò, guardinga.

« Può darsi invece che siamo semplicemente 'non stupidi'. Secondo me, sposare la persona sbagliata può essere la cosa più brutta del mondo. Credimi, perché ci ho provato. »

« Mi stai forse dicendo che lui è la persona sbagliata per me? » gli domandò Cassie a voce bassa, mentre Bobby aspettava pazientemente sulla veranda. Aveva già saputo che si era portata via un paio di premi al raduno aeronautico.

« Questo non posso dirlo io, Cass. Solamente tu lo sai. Ma non devi neppure permettere a nessun altro di dirti che lui è la persona giusta. Tocca a te stabilirlo. Se non lo fai, finirai per pentirti quando forse sarà troppo tardi. » Cassie annuì di fronte all'inaspettata saggezza delle sue parole; poi gli buttò le braccia al collo e lo strinse forte per ringraziarlo di tutto quello che aveva fatto per lei.

« Domani ci vediamo al lavoro. » Infatti Cassie avrebbe lavorato per tutta l'estate, all'aeroporto. Suo padre le aveva permesso di rinunciare al lavoro di cameriera al ristorante e di aiutarlo all'aeroporto in cambio di quattro soldi. Adesso Cassie si domandava se le avrebbe mai permesso di fare da sola qualche volo con un carico di merci. Si domandava se la sua esibizione e le sue acrobazie al raduno sarebbero servite a cambiare qualcosa.

Scese con un salto dal furgoncino, rivolgendo un'ultima occhiata a Nick, poi si avvicinò a Bobby. L'aveva aspettata a lungo ed era felice che avesse riportato quelle belle vittorie, ma adesso, mentre Cassie correva per raggiungerlo, sembrava indispettito e infastidito. Si era torturato per tutto il pomeriggio, mentre lavorava nel negozio di suo padre, angosciato al pensiero di sentirsi dire che c'era stato un incidente. E adesso ecco Cassie, allegra e felice come se avesse fatto una corsa in città per un giro di acquisti con le sue sorelle.

« Non è leale nei miei confronti, Cass », le disse a bassa voce. « Mi sono torturato per tutto il pomeriggio pensando a te. Non capisci che cosa vuol dire pensare a tutte le cose orribili che possono succedere? »

« Mi dispiace, Bobby », rispose lei a voce altrettanto bassa e con tono calmo, « ma per me è stata una giornata speciale. »

« Lo so », annuì Bobby, ma non sembrava contento. Nessuna delle sue sorelle volava... E allora lei che cosa stava cercando di dimostrare? In fondo, non aveva nessuna voglia che Cassie continuasse a fare l'aviatrice, e glielo disse. Ma non era certo il momento adatto per una dichiarazione del genere e Cassie, improvvisamente, si irritò.

«Come puoi dirmi una cosa simile?» Quanta strada aveva fatto... c'erano stati il raduno aeronautico, il fatto che Pat lo avesse accettato, gli anni di lezioni con Nick. Non aveva nessuna intenzione di rinunciare al volo. Ormai aveva raggiunto una certa posizione e intendeva rimanerci, che a Bobby piacesse o no. Lui aveva sempre continuato a illudersi che, un giorno o l'altro, sarebbe riuscito a cambiarla. Ma quando l'estate giunse alla fine si era ormai rassegnato: in fondo si era legato a una famiglia di aviatori, e i legami di sangue sono più forti di qualsiasi fidanzamento. Per il momento non poteva fare altro che chiederle di non correre rischi. E lei, naturalmente, lo faceva, ma non certo per Bobby. Semplicemente perché era molto brava a pilotare. Ormai volava di continuo. In autunno, quando Jackie Cochran vinse il Bendix Trophy, la gara aerea sul percorso Burbank-Cleveland, Cassie aveva cominciato a pilotare per il padre. Si occupava del servizio postale. Ormai Pat non nutriva più dubbi sulle sue capacità e si era fatto accompagnare da lei in una serie di voli su tutto lo stato. E alla fine aveva dovuto dare ragione a Nick. Si trattava di una coincidenza, naturalmente; e non ci si poteva fidare di una femmina allo stesso modo in cui ci si fidava di un maschio; ma non si poteva negare che Cassie fosse maledettamente in gamba. Naturalmente Pat si era ben guardato dal dirlo alla figlia.

Cassie rimase a Bradley per il secondo anno di corso e lavorò all'aeroporto per tutto l'inverno. Prestò anche il suo aiuto in parecchi casi di emergenza, volando con Nick non appena era possibile; e a primavera era ormai considerata come un membro, accettato da tutti, della squadra di piloti dell'aeroporto. Volava ovunque, faceva viaggi brevi e lunghi e, naturalmente, continuava ad esercitarsi per il raduno aeronautico dell'estate. A volte faceva pratica volando con Nick e in queste occasioni le tornavano alla mente gli anni delle lezioni che lui le aveva dato. Ormai avevano anche tempo per chiacchierare insieme all'aeroporto, mentre lavoravano; e più di una volta, Cassie lo aveva accompagnato in qualche viaggio per il servizio postale o per il trasporto merci.

Era sempre fidanzata con Bobby Strong, ma il padre di Bobby era stato ammalato tutto l'anno e il ragazzo aveva adesso maggiori responsabilità nel negozio. Veniva a trovare Cassie sempre meno di frequente. Quanto a Cassie, era talmente impegnata che a volte non se ne accorgeva nemmeno.

In marzo Hitler occupò il resto della Cecoslovacchia e diventò una minaccia più forte che mai. Di nuovo si cominciò a parlare di guerra e della paura che l'America vi venisse coinvolta. Roosevelt continuava a ripetere che niente del genere sarebbe accaduto. E Nick continuava a non credergli.

Quando Charles Lindbergh rientrò dall'Europa, nella primavera del 1939, diventò il più esplicito e schietto paladino del non-intervento da parte dell'America. A Pat faceva piacere ascoltare queste dichiarazioni. Perché credeva ciecamente in tutto quanto il famoso aviatore affermava. Per lui, il nome di Lindbergh era ancora sacro.

« Se dovesse scoppiare un'altra guerra, Nick, noi rimarremo fuori. Quella di prima ci è servita di lezione. » Di questo Pat era sicurissimo. Era certo che gli Stati Uniti non sarebbero mai stati coinvolti in un altro conflitto in Europa. Eppure cominciavano già a nascere agitazioni e difficoltà fra cinesi e giapponesi. Mussolini aveva occupato l'Albania. E pareva che Hitler avesse posato gli occhi sulla Polonia.

Quanto a Cassie, non riusciva a pensare ad altro che al raduno aeronautico dell'estate. Lavorava con impegno per perfezionare discese a vite e virate, e tentava qualche nuovo tipo di acrobazia che aveva visto eseguire in un piccolo aeroporto dell'Ohio quando c'era andata con Nick. Stava perfezionando anche il limite di velocità cui arrivare e si esercitava non appena aveva qualche ora libera. In giugno, terminato il secondo anno di studi al college, si convinse di essere ormai pronta per il famoso raduno aeronautico.

Bobby non nascose il suo disappunto, ma aveva i suoi problemi, adesso, in negozio e ormai da molto tempo si era reso conto che sarebbe stato impossibile convincere Cassie a rinunciare al volo. Andarono a vedere il nuovo film di Tarzan in giugno, quando uscì, e fu l'unica volta che poterono godere insieme di qualche ora di libertà mentre Cassie continuava a prepararsi per l'esibizione aerea.

Finalmente, dopo tanta attesa, arrivò il gran giorno e alle quattro del mattino Cassie era già sul campo di aviazione di Peoria con Nick. Suo fratello sarebbe arrivato più tardi insieme a Pat anche se, quell'anno, non era particolarmente entusiasta all'idea di partecipare alle gare. La prospettiva di cominciare finalmente il college a Macomb, alla Western Illinois University, lo aveva talmente eccitato che non era riuscito a fare molta pratica. Pat continuava sempre a puntare tutto su di lui, e nonostante le clamorose vittorie di Cassie l'anno precedente, aveva praticamente evitato qualsiasi accenno al fatto che si ripresentasse anche lei alle gare di quell'anno.

Nick l'aiutò a fare rifornimento, controllarono ogni cosa insieme e, alle sei, la portò a fare colazione.

«Rilassati», le disse con un sorriso, ricordando come si era sentito la prima volta che aveva partecipato a un raduno aeronautico, con relative gare, dopo la guerra. Era andato anche Pat con lui, e Oona aveva portato le bambine ad assistere alla sua esibizione. C'era anche Cassie, naturalmente, ma aveva solamente due anni. Ricordare questo fatto lo fece sentire improvvisamente vecchio. Quanta intimità era nata tra loro dal giorno in cui aveva cominciato a farle da istruttore, qualche anno prima! Si era creato un legame che adesso sarebbe stato impossibile spezzare. Purtroppo, a volte per Nick era penoso accettare un fatto inequivocabile, cioè che era abbastanza vecchio da poter essere il padre di Cassie. Ormai lei aveva vent'anni, e lui diciotto di più. Eppure continuava sempre a sentirsi un ragazzo, e anche il suo aspetto era molto giovanile. Cassie, poi, lo accusava costantemente di comportarsi come un bambino. La realtà dei fatti non si poteva comunque nascondere: lui aveva trentotto anni... e Cassie venti. Che cosa non avrebbe dato per ridurre anche solo a metà la differenza d'età che c'era fra loro! Anche se sembrava che Cassie non vi desse alcuna importanza. E inoltre, come se non bastasse, era la figlia del suo migliore amico e niente avrebbe potuto cambiare una cosa del genere. Pat non sarebbe mai riuscito a capire il legame che li univa, l'intimità nata fra loro. Nick si rendeva conto che un ostacolo del genere non avrebbe mai potuto essere superato.

Nick ordinò per Cassie un piatto di uova e qualche salsiccia, con aggiunta di fette di pane tostato e una tazza di caffè nero. Ma lei respinse tutto con decisione non appena le venne servito.

« Non posso, Nick. Non ho fame. »

« Non importa. Mangia ugualmente. Ne avrai bisogno più tardi. So quello che dico, bambina. Altrimenti ti sentirai le ginocchia molli quando dovrai cominciare con i cerchi della morte e tutto il resto, lassù. Mangia tutto quello che hai davanti, altrimenti te lo caccio io in gola... e non vorrei spaventare la cameriera! » Intanto la guardava con aria significativa per farle capire quanto tenesse a lei e quanto fosse importante quello che le stava dicendo. Cassie alzò gli occhi con un sorriso felice.

« Sei disgustoso. »

« E tu sei carina. Soprattutto quando vinci il primo premio. Ecco quello che mi piace in una ragazza. Anzi, ti confesso che ci conto proprio. Vedi di farlo per me. »

« Sii gentile, non insistere. Farò quello che posso. » Ma anche lei voleva vincere il primo premio; e magari non uno solo. Per Nick e per se stessa ma, soprattutto, per fare colpo su suo padre.

« Lui ti vuol bene ugualmente, ti vuole bene comunque, e lo sai. Ma non può ammettere di aver preso una cantonata. Però sa benissimo quanto sei brava! Proprio la settimana scorsa l'ho sentito mentre lo diceva a un gruppo di nostri ragazzi, all'aeroporto. La verità è che non vuole dirlo a te, tutto qui. » Nick lo conosceva e lo capiva meglio di Cass. A dispetto dei suoi modi burberi, del fatto che sembrava indignato di fronte alla possibilità che una donna pilotasse un aereo, Pat era infinitamente orgoglioso di lei. Ma era imbarazzato in un modo terribile all'idea di dimostrarlo.

« Se oggi riuscissi a portare via un bel po' di premi, sarebbe costretto ad ammetterlo, finalmente, che sono brava a volare... dovrebbe ammetterlo anche con me, voglio dire, non soltanto con un gruppetto dei vostri ragazzi. » Sembrava ancora in collera, a volte, quando si toccava questo argomento. Pat non faceva che pavoneggiarsi per le capacità di Chris... mentre al ragazzo volare non piaceva proprio! Queste cose la facevano impazzire dalla rabbia.

« Farebbe davvero tanta differenza se tu lo sentissi coprirti di elogi? » le domandò Nick, mentre divorava uova fritte e bistecca per farle compagnia. Lui non doveva prepararsi a eseguire nessun cerchio della morte, ma aveva ordinato ugualmente una robusta colazione.

« Forse sì. Mi piacerebbe sentirglielo dire unicamente per il piacere che ne avrei. Solamente per provare che impressione fa. »

« E poi? »

« Ricomincerei a volare per lui, e per te, e per me stessa; niente di speciale, ti pare? »

« Tu pensa a finire il college e a diventare insegnante. » Gli piaceva pronunciare quelle parole anche se sapevano entrambi che lei non credeva fino in fondo a una eventualità simile.

« Mi piacerebbe molto di più diventare istruttrice di volo, come hai fatto tu », ribatté Cassie con franchezza, bevendo un sorso di caffè bollente.

« Già, e volare per il servizio postale. Bella vita per una ragazza che ha studiato al college. »

« Non lasciarti impressionare troppo. Non ho imparato un bel niente, a parte quello che mi hai insegnato tu. » E diceva sul serio. Ma prima che Nick potesse minimizzare tutti quegli elogi, vennero interrotti da un gruppo di ragazzi che avevano appena finito di fare colazione. Sembrò che esitassero nei pressi del loro tavolo, circondandolo come uno stormo di giovani uccelli, scoccando occhiate a Nick e guardando Cassie.

« Conosci questi bei tipi? » le domandò Nick a bassa voce, e lei fece cenno di no con la testa. Non li aveva mai visti.

Alla fine uno si decise ad avvicinarsi al tavolo. La squadrò ben bene, poi guardò Nick e a un tratto sembrò quasi un adolescente mentre raccoglieva il coraggio per rivolgere la parola a tutti e due.

« Scusi... lei è *Cloche* Galvin? » domandò esitante, e poi, dopo un'altra occhiata alla ragazza: « E lei, Cassie O'Malley? »

« Sì, sono io », rispose la ragazza prima di Nick.

« Io sono Billy Nolan. Vengo dalla California... partecipiamo anche noi all'esibizione aerea. L'ho vista l'anno scorso », e diventò rosso come un papavero: « È stata meravigliosa. » A quel punto Nick dovette soffocare una specie di gemito. Il ragazzo aveva ventiquattro anni, anche se non li dimostrava. Era biondo, i capelli ondulati che gli si rizzavano in un ciuffo ribelle in cima alla testa, un po' come i bambini, il viso punteggiato di lentiggini. « Mio padre l'ha conosciuta », disse a Nick. « Volava nella 94ª Squadriglia con lei, ed è stato abbattuto. Probabilmente non si ricorda di lui... Tommy Nolan. »

« Oh, mio Dio », Nick sorrise allungando una mano per stringere quella di Billy. Intanto lo invitava ad accomodarsi al loro tavolo. « Come sta? »

« Discretamente. Zoppica parecchio, ma è un'eredità della guerra. Però sembra che non gli dia molto fastidio. Abbiamo un negozio di calzoleria a San Francisco. »

« Sono contento per lui. Non vola più? » Nick lo ricordava bene e il buffo era che Billy sembrava il ritratto di suo padre.

Ma il ragazzo gli rispose che non volava più da anni e non era per niente entusiasta che suo figlio avesse ereditato la stessa passione. I suoi amici, intanto, erano rimasti a osservarli e Billy li chiamò con un cenno perché si avvicinassero. Erano quattro, tutti più o meno della sua età, e provenivano da varie parti della California. Nel complesso, avevano l'aspetto di cow boy.

« A quali gare partecipi? » domandarono a Cass, e lei le enumerò. La gara di velocità, quella di acrobatica aerea, e alcune altre, anche se Nick trovava quel programma un po' ambizioso. D'altra parte aveva una tale importanza per lei, e a lei piaceva talmente partecipare a quelle esibizioni che non se l'era sentita di scoraggiarla. Aspettava tutto questo da troppo tempo.

Billy li presentò ai suoi compagni, un simpatico gruppo di ragazzi, e per la seconda volta, quella mattina, Nick Galvin ebbe l'impressione di essere un vegliardo. Avevano tutti almeno quindici anni meno di lui. Erano quasi coetanei di Cassie, e quando uscirono dal ristorante ridevano e facevano commenti sul prossimo raduno, come un gruppo di ragazzi in vacanza pronti a spassarsela e divertirsi.

« Dovrei lasciarvi andare a giocare, ragazzini », fece Nick con un sorriso, « ma c'è il rischio che Cassie si dimentichi che deve volare. Forse sarà meglio che rimanga con voi; voglio controllare che vi comportiate bene e ricordiate le gare che vi aspettano. » Risero, a questa battuta; e poi quasi tutti lo bombardarono di domande sulla famosa 94ª Squadriglia, la guerra e i tedeschi che lui aveva abbattuto... « Ehi, calma, un momento, figlioli... uno alla volta », e cominciò a raccontare un altro aneddoto. Lo trattavano come un vero eroe. Arrivati sul campo del raduno, erano tutti di ottimo umore. Ecco l'importanza di condividere la passione per il volo: c'erano cameratismo, amicizia e divertimento, ed esperienze condivise.

I ragazzi augurarono buona fortuna a Cassie e andarono a controllare di nuovo il loro apparecchio. Lo avrebbero pilotato a turno, perché si erano iscritti a gare differenti. L'unico diretto avversario di Cassie era Billy.

« Simpatico », commentò lei con semplicità, quando si furono allontanati, e Nick girò appena la testa a guardarla.

« Non dimenticare che sei fidanzata », fu la sua cortese risposta e Cassie rise di fronte all'espressione autorevole che era apparsa sul suo viso, tanto diversa da quella abituale. Di solito Nick non mostrava il minimo interesse per Bobby Strong, o per il fatto che Cassie potesse essergli fedele.

« Oh, per amor del cielo! Volevo semplicemente dire che è 'simpatico', mi capisci? Una persona con cui fare quattro chiacchiere. Non meditavo di scappare con lui. »

Di colpo si domandò se Nick potesse essere geloso. L'idea le parve ridicola e l'accantonò immediatamente.

« Eppure, se tu volessi, potresti scappare con lui », insistette Nick. « Ha l'età giusta. E se non altro, vola. Potrebbe essere qualcosa di nuovo », le rispose Nick in tono innocente.

« Che cosa ti sei messo a fare, adesso? Mi cerchi gli accompagnatori? » Sembrava divertita. « Non sapevo che facesse parte del servizio che fornisci », ribatté tranquillamente.

« Farà parte del servizio che fornisco anche una bella catena con la quale legarti a terra se non prepari il tuo apparecchio con l'attenzione dovuta. Non gingillarti e non essere distratta, Cass. Stai per esigere molto dal tuo aereo, come da te stessa. Stai attenta. »

« Sissignore. » Non era più il momento di scherzare, ma per un istante Cassie avrebbe potuto giurare che Nick fosse geloso benché non ne avesse assolutamente il minimo motivo. Lei era fidanzata con un altro e fra loro c'era soltanto amicizia. Non poté tuttavia fare a meno di domandarsi perché gli desse fastidio vederla mostrare cordialità e amicizia ad altri piloti. Nick era molto fiero dei risultati che lei aveva ottenuto e forse era proprio per questo che si irritava. Difficile capirlo mentre continuava ad aiutarla a eseguire i soliti controlli sull'apparecchio, come se niente fosse. Ormai erano quasi le otto e le gare iniziavano alle nove. Ma la prima, alla quale anche lei avrebbe partecipato, era fissata solo per le nove e mezzo.

« Tutto a posto, Cass? » le domandò suo padre, visibilmente innervosito. « Hai controllato proprio tutto? »

« Sì, certo », rispose lei, subito sulla difensiva. Possibile che non la credesse ancora in grado di occuparsi di tutto? E se si preoccupava tanto, perché non era venuto ad aiutare lei, invece di pensare soltanto a Chris? Tutte le sue attenzioni erano per il figlio, il quale sempre più dava l'impressione che avrebbe preferito trovarsi mille miglia lontano da lì. Quell'anno avrebbe partecipato a una sola gara e Cassie si augurava che ne uscisse vincitore.

«Buona fortuna», le disse Pat a bassa voce, poi la lasciò per andare a raggiungere Chris dall'altra parte dell'aeroporto.

«Chissà perché si è dato la pena di venire fin qui. Mah!» mormorò Cassie mentre Pat se ne andava. Fu Nick a rispondere con gentilezza: «Perché ti vuol bene, e non sa come dirtelo».

«A volte ha uno strano modo di dimostrarlo.»

«Davvero? Forse perché lo hai tenuto in piedi tutta la notte quando sei nata. Magari te lo meriti.» Cassie rise a questa risposta. Nick aveva il potere di rasserenarla, di farla sentire meglio, ed era un conforto sapere che lo avrebbe sempre avuto vicino a sé.

Prima che iniziassero le gare vide di nuovo Billy Nolan e i suoi compagni. Ridevano, gridavano e facevano chiasso creando un gran caos. Era difficile credere che facessero sul serio, eppure si erano iscritti a tutte le gare più impegnative.

«Mi auguro che sappiano quello che fanno», mormorò Nick. Sembravano un branco di ragazzini, ma a volte non era facile dare un giudizio corretto sulle persone. Nick ricordava di aver conosciuto autentici assi dell'aviazione che avevano l'aspetto e il modo di fare di cow boy. Ma nessuno voleva essere testimone di una tragedia, cosa che si verificava regolarmente quando la gente sopravvalutava le proprie capacità, o non conosceva i limiti degli apparecchi che pilotava.

«Devono essere in gamba», obiettò Cassie, fiduciosa. «Sono stati accettati e quindi significa che hanno le qualifiche adatte.»

«Anche tu», la prese in giro Nick. «E con questo?»

«Buffone...» e Cassie scoppiò a ridere. Mezz'ora più tardi era pronta. Toccava a lei. Già altri piloti si erano esibiti in incredibili acrobazie, seguiti dalle inevitabili grida di entusiasmo e da qualche gridolino di terrore. Come sempre, durante esaltanti giornate come quella.

«Fagli vedere chi sei!» le gridò Nick lasciandola mentre lei cominciava a rollare sulla breve striscia della pista per la gara di acrobatica aerea. E per la prima volta da anni Nick si trovò a mormorare una preghiera. Non si era sentito così nervoso neppure l'anno precedente; ma questa volta aveva paura che rischiasse troppo, semplicemente per provare qualcosa a lui, o a suo padre. Cassie voleva vincere, lo desiderava più di qualsiasi altra cosa al mondo, e lui lo sapeva.

Cominciò con qualche lento cerchio della morte, poi ne eseguì uno doppio e si esibì in un vite orizzontale. E infine sciorinò tutto il suo repertorio, incluso l'otto cubano, e Nick, osservandola, ebbe la conferma che ogni esercizio era eseguito alla perfezione. Poi Cassie effettuò un triplo cerchio della morte e scese in picchiata. Vicino a Nick, una donna si mise a urlare, non rendendosi conto che, in un attimo, Cassie avrebbe ripreso quota riportando in alto l'apparecchio... come effettivamente accadde. Nel modo più perfetto. Era l'esibizione più bella che Nick avesse mai visto e mandò in visibilio il pubblico. Nick era raggiante quando lei atterrò.

« Niente male come inizio, Cass. Proprio discreto. » La fissò con orgoglio mentre la elogiava.

« Tutto qui? » L'eccitazione e l'entusiasmo si trasformarono all'istante in delusione, ma Nick la strinse forte a sé, in un abbraccio, e le disse chiaro e tondo che era stata formidabile.

« La migliore, senza discussione », ammise con franchezza, e mezz'ora dopo i giudici lo confermarono. Pat si congratulò con lei, cortesemente, quando le loro strade si incrociarono. Ma i suoi elogi andarono più a Nick che a sua figlia. Era fiero di lei, tuttavia si sentiva ancora profondamente infastidito dal fatto che si esibisse, come pilota acrobatico, in mezzo a tutti quegli uomini.

« Devi avere avuto un ottimo istruttore. »

« Sono io che ho avuto un'ottima allieva », lo corresse Nick e i due uomini si sorrisero. Ma a Cassie, Pat non disse una parola di più.

Chris partecipò alla gara successiva, ma per quanto si impegnasse non ne uscì vincitore. Anzi, non si classificò nemmeno. La verità era che in fondo non ci teneva tanto come prima. Lo interessavano molto di più i corsi che seguiva al college, e tante altre cose che non avevano niente a che vedere con gli aerei e gli aeroporti. Insomma, non era tagliato per fare l'aviatore, ma non sopportava l'idea di dare una delusione a suo padre.

« Mi dispiace, papà », si scusò dopo aver parcheggiato il suo apparecchio. « Credo che avrei dovuto fare più pratica. » Aveva pilotato il Bellanca di Nick, revisionato e rimesso a nuovo. Anche Cassie doveva servirsene per altre gare.

« Sì, è vero, figliolo », commentò Pat con tristezza. Gli dispiaceva immensamente vederlo perdere quando, con un piccolo sforzo, avrebbe potuto essere un grande aviatore o perlomeno così lui credeva. Purtroppo era l'unico ad avere una simile opinione sulle capacità di Chris. Tutti gli altri sapevano la verità, perfino il ragazzo. Cassie gli fece comunque le sue congratulazioni.

« Hai lavorato bene, fratellino. Hai dato una gran bella dimostrazione di come si vola. »

« Non abbastanza bella, evidentemente », sorrise lui guardandola; poi si rallegrò a sua volta per il primo premio che lei aveva conquistato nella gara precedente.

Qualche minuto dopo Cassie vide uno degli amici di Billy Nolan che si guadagnava un secondo posto. Aveva eseguito una serie di acrobazie molto belle.

La gara successiva di Cassie era stata fissata per le dieci, e si trattava di una esibizione ben più impegnativa. Richiedeva che venisse effettuata a una determinata velocità e lei era preoccupata che il Vega non ce la facesse. Si trattava di un apparecchio veloce, ma in gara ce n'erano altri molto più veloci.

« Non ti deluderà, se lo saprai pilotare nel modo giusto », le assicurò Nick, mentre le dava le ultime istruzioni prima del decollo. Il Vega era un ottimo apparecchio e Cassie lo pilotava bene. E Nick sapeva che, per una gara del genere, era migliore del Bellanca. « Basta che tu rimanga calma, Cass. Non lasciare che ti metta paura. » Lei fece cenno di sì con la testa, senza pronunciare una sola parola, e partì. Dopo pochi istanti era già in alto nel cielo e dimostrava di saper volare in modo stupendo. Nick non aveva mai visto nessuno che fosse più preciso o più veloce. Non solo, Cassie riuscì anche a eseguire alcune manovre estremamente complicate. Nick non riusciva a staccare gli occhi da lei e ben presto si accorse che anche Pat la stava osservando con estrema attenzione. Come del resto un uomo alto e biondo, in blazer e calzoni bianchi, che seguiva con straordinario interesse tutto quanto Cassie stava facendo. La osservava con il binocolo e di tanto in tanto diceva qualche parola al suo compagno, il quale prendeva appunti. Sembrava fuori di posto, lì, un tipo come quello, e Nick pensò si trattasse di qualcuno che era stato mandato ad assistere al raduno da un quotidiano di Chicago.

Cassie vinse il secondo premio, ma solamente perché non aveva un apparecchio più veloce. Era riuscita a cavarsela più che dignitosamente malgrado tutti gli inconvenienti del Vega. E Nick non riusciva quasi a crederci! Non si era mai illuso che potesse vincere quella gara e invece si era piazzata molto bene. Quando atterrò di nuovo, Billy si fece avanti per congratularsi con lei. In quella stessa gara aveva ottenuto il terzo posto. Erano un bel gruppo di aviatori e a Nick era piaciuta l'esibizione di Billy. Era attento, sicuro, e aveva ottenuto un buon posto in graduatoria benché pilotasse un aereo chiaramente inferiore agli altri. Come Cass, anche lui lo aveva spinto fino al limite del possibile.

Cassie aveva ancora due gare a cui partecipare. Una a mezzogiorno, che andò bene, e l'ultima nel pomeriggio, alla quale Nick avrebbe preferito che rinunciasse. Pranzarono con Billy Nolan e i suoi amici e a un certo punto anche Chris li raggiunse. Quando Pat passò di lì, lei volle presentarli al famoso O'Malley, che li trovò subito simpaticissimi. Billy ne approfittò per trattenerlo un poco a chiacchierare e per parlargli di suo padre. Pat lo ricordava bene e si mostrò sinceramente dispiaciuto di aver perduto i contatti con lui ormai da vent'anni. A suo tempo lo aveva trovato molto simpatico.

Poi venne il momento della gara di Cassie. Quando Pat scoprì che si era iscritta s'infuriò e cominciò a coprire di insulti il suo socio, con gli occhi scintillanti di rabbia.

« Non le hai detto che non doveva farla? » gridò, prendendosela subito con lui. Nick si mostrò offeso da una reazione del genere. Si sentiva già abbastanza in colpa per averle permesso di iscriversi e Pat, comportandosi a questo modo, peggiorava le cose.

« Assomiglia al suo vecchio, Pat. Fa quello che vuole. »

« Tanto per cominciare ha l'apparecchio sbagliato per quella gara, e le manca l'esperienza. »

« Gliel'ho detto anch'io. Però si è esercitata molto, e seriamente; penso che sia tanto intelligente da capire che se non ce la fa è meglio mollare. Non rischierà, Pat. Gliel'ho detto chiaro e tondo. » In cuor suo, però, pregava che Cassie lo ascoltasse.

Cominciarono a fissare il cielo con aria preoccupata, insieme a Chris, a Billy e ai suoi amici, e all'uomo con i calzoni bianchi. Si trattava di una gara acrobatica delle più spericolate, alla quale partecipavano di solito piloti con grande esperienza, autentici acrobati, con apparecchi adatti alle esibizioni aeree, mentre il Bellanca di Nick non lo era affatto. D'altra parte Cassie aveva manifestato un desiderio addirittura folle di addestrarsi anche per quel tipo di acrobazie, e una gara come quella era essenziale per fare esperienza. Le avrebbe consentito di esibirsi come meglio sapeva, mettere in mostra tutto il proprio repertorio, e magari riuscire anche in un paio di manovre che avevano del miracoloso... bastava soltanto che l'apparecchio collaborasse con lei, a bassa quota. Sapeva che sarebbe stato rischioso, ma se ci fosse stata costretta, era pronta a ritirarsi.

Le manovre che doveva effettuare erano più o meno una dozzina, ma si trattava di una serie di esercizi ad alto rischio, audacissimi, che lasciavano senza fiato il pubblico. Riuscì a eseguirne la prima metà con la massima disinvoltura e con precisione straordinaria. Pat stava quasi rilassandosi e sorrideva osservandola. Poi, nella picchiata finale, diede l'impressione di aver perduto il controllo dei comandi. L'apparecchio cominciò a scendere in picchiata con le ali di traverso, al punto che Nick si domandò se si fosse lasciata prendere dal panico e avesse dimenticato tutto quello che lui le aveva insegnato, oppure se fosse svenuta. Cassie, infatti, non stava facendo assolutamente niente per salvarsi... mentre il pubblico, impietrito, fissava con orrore quella che, fra un attimo, si sarebbe trasformata in una tragedia. Invece, a un tratto, con un rombo frastornante Cassie lavorò di manetta in modo addirittura diabolico e riuscì a raddrizzare l'apparecchio riportandolo con il muso verso l'alto dopo aver quasi sfiorato le teste della folla inorridita. Volteggiando alta nel cielo completò addirittura una tripla vite che lasciò tutti senza fiato. Eseguito ognuno degli altri esercizi richiesti dalla gara, la concluse con un cerchio della morte che le fece conquistare il primo posto ancor prima che arrivasse il giudizio della giuria.

Nick si sentiva la gola chiusa da un nodo grosso come un uovo e Pat era diventato livido. Mentre si rendeva conto di quello che Cassie stava facendo, Nick provò soltanto una gran voglia di strozzarla per avergli fatto prendere uno spavento simile. Perché aveva voluto terrorizzarli a quel modo? Perfino un primo premio non valeva rischi del genere. Si precipitò verso l'apparecchio che rollava lentamente sulla pista e quando si fu fermato fece scendere Cassie senza troppe cerimonie.

« Si può sapere che cosa diavolo credevi di fare, maledetta stupida? Volevi ammazzarti per dimostrare quanto sei brava? Non capisci che bastava un altro mezzo metro e non ce l'avresti più fatta a tirar su di nuovo l'apparecchio? »

« Lo so benissimo », rispose lei tranquillamente, stupita nel vederlo tremare dalla testa ai piedi. Aveva eseguito deliberatamente ciascuna di quelle manovre, e le aveva completate con una misura e un tempismo impeccabili.

« Sei una vera pazza, ecco la verità! Non sei un essere umano, e non hai neppure il diritto di salire su un aeroplano. »

« Ho perso? » Sembrava disfatta dall'angoscia e Nick provò, una volta di più, una gran voglia di prenderla per le spalle e di scrollarla selvaggiamente mentre Pat li osservava da lontano. Sembrava esterrefatto. E mentre guardava il viso di Nick vi lesse qualcosa che fino a quel momento non aveva mai visto. E si domandò se Nick ne fosse consapevole.

«Sei hai *perso*?» esclamò Nick inferocito, stringendola con forza per un braccio. «Ma sei proprio *tutta matta*? Hai rischiato la vita con quel giochetto, e per poco non hai ammazzato un centinaio di persone.»

«Mi dispiace, Nick.» A un tratto Cassie sembrò pentita. «Ero convinta che me la sarei cavata. Ce l'avrei fatta.»

«Per l'appunto, accidenti a te! È stata la più bella esibizione aerea che io abbia mai visto, ma se ti azzardi a tentarla di nuovo, ti giuro che ti ammazzo con queste mani.»

«Sissignore.»

«Bene. E adesso fuori da questo maledetto apparecchio. E vai a chiedere scusa a tuo padre.»

Invece Pat, e ciò fu ancora più sorprendente, si mostrò molto più gentile anche se si era spaventato quanto Nick e dentro di sé era ben felice che Oona non fosse stata presente. Sua moglie era rimasta a casa con Glynnis, di nuovo incinta, con tutti e cinque i bambini malati di morbillo. Ma avendo visto la reazione di Nick, pensò che non fosse più il caso di insistere con rimproveri e scenate. Preferì complimentarsi con Cassie per il suo stile e il suo coraggio.

«Credo che Nick abbia ragione, in fondo», le mormorò quasi con umiltà. «Sei una grande aviatrice, Cass.»

«Grazie, papà.» Pat l'abbracciò, stringendola forte al cuore. E per Cassie quello fu il momento più bello della sua vita.

Poi rimasero ad assistere all'esibizione di Billy Nolan, il quale partecipò a un'altra gara, l'ultima del pomeriggio, e vinse il primo premio. Cassie aveva vinto tre primi premi e un secondo posto. Neppure nei suoi sogni più ambiziosi aveva sperato tanto! E continuavano a scattarle fotografie per il giornale...

Erano tutti in gruppo a bere birra e ad assistere alle ultime prove della giornata quando Cassie vide Nick irrigidirsi improvvisamente, vicino a lei. Seguì la direzione del suo sguardo e vide, in cielo, una nuvola di fumo. Di colpo, come tutto il pubblico, si sentì cogliere da un'angoscia spaventosa.

«È nei guai», le sussurrò Nick. Sapevano tutti chi fosse.

Un giovane pilota, Jim Bradshaw. Aveva due bambini piccoli, una moglie molto giovane e un apparecchio che non valeva un soldo bucato. Ma gli piacevano alla follia quei raduni aeronautici, gli piacevano più della vita.

« Oh, mio Dio » mormorò Cassie con voce spenta. Intanto tutti seguivano terrorizzati l'apparecchio che cominciava a scendere in una lenta spirale, più o meno come lei stessa aveva fatto poco prima, anche se questa volta, purtroppo, si trattava di qualcosa di reale perché il fumo che usciva dalla fusoliera rivelava chiaramente che non si trattava di una prova di abilità né di un'acrobazia, ma di una tragedia. La folla cominciò a disperdersi correndo lontano dal posto in cui si presumeva che l'aereo si sarebbe schiantato al suolo. E qualcuno cominciò a urlare. Cassie era come impietrita; non riusciva a muovere un passo e continuava a fissare con gli occhi sbarrati quel grande uccello che scendeva pigramente, a capofitto, girando su se stesso... fino a quando toccò il suolo con un boato spaventoso. La gente ricominciò a correre, ma adesso in direzione dei rottami dell'apparecchio. Nick e Billy furono tra i primi ad arrivare; tentarono inutilmente di estrarre Jim dall'apparecchio distrutto. Era bruciato vivo, ustionato in modo da essere quasi irriconoscibile... e fu subito chiaro che era morto nell'impatto. Sua moglie singhiozzava istericamente, tra le braccia di due donne, mentre sua madre teneva lontano i bambini.

Le ambulanze arrivarono subito e quella fu la triste fine di una giornata emozionante. Ma bastò a ricordare a tutti i piloti quali fossero i pericoli che costantemente correvano.

« Credo che sarà meglio tornare a casa », disse Nick a bassa voce e Pat annuì. Solo poche ore prima aveva avuto paura che Cassie andasse incontro alla stessa sorte e adesso si vergognava di provare quasi sollievo che fosse stato un altro a rimanere vittima di un destino tanto atroce.

Billy venne a salutarli mentre gli altri caricavano i loro tre apparecchi su grossi autocarri.

« Vorrei venire a trovarla al suo aeroporto prima della partenza », disse a Pat mentre si stringevano la mano.

« Quando vuole. Torna a San Francisco? »

«A dire la verità, mi stavo domandando... quasi quasi speravo che a lei potesse far comodo un altro paio di braccia... io... Ecco, non mi dispiacerebbe rimanere da queste parti, e volare un po'...»

«Un pilota come lei, figliolo, ci farebbe comodo. Venga a trovarmi domattina.»

Billy lo ringraziò e tutto il gruppo rinnovò i saluti. I suoi amici tornavano a casa l'indomani e Billy sembrava emozionato e felice all'idea di fermarsi da loro.

«Che bisogno abbiamo di un altro di questi ragazzi? Una specie di piccolo saltimbanco come quello?» domandò Nick a Pat, chiaramente infastidito.

«Senti un po', che cosa stai pensando? Di passare il resto della tua esistenza a volare di notte?» gli chiese Pat, divertito. «Non ti preoccupare. Non credo che sia il suo tipo», commentò con una risatina e per la prima volta, da anni, Nick arrossì, voltando le spalle al vecchio amico. «E poi vorrei ricordarti, Nick Galvin, che è fidanzata con il ragazzo Strong e un bel giorno lo sposerà, se anch'io ho voce in capitolo. La mia figliola ha bisogno di un uomo con i piedi ben saldi sulla terra, non con la testa nelle nuvole, come noi due.» Parlava sul serio, ma non riusciva a dimenticare l'espressione che aveva sorpreso negli occhi di Nick quel giorno. C'era qualcosa di molto forte che univa quei due, anche se aveva il sospetto che Cassie fosse troppo giovane per capirlo. D'altra parte, sapeva anche che Nick era troppo saggio per lasciarsi trasportare dai suoi entusiasmi e dai suoi sentimenti.

Poi partirono, diretti a casa O'Malley, dove Oona aveva promesso di preparare la cena per tutti.

Quando venne a sapere che Cassie aveva vinto tutti quei premi rimase strabiliata. Sotto molti aspetti era stata una buona giornata. Purtroppo la morte di Jim Bradshaw l'aveva guastata a tutti e quando Bobby arrivò, nel bel mezzo della cena, sembrava fuori di sé. Entrò come un fulmine nel soggiorno, ma chiese subito scusa. Si era accorto che non avevano ancora finito di cenare. Il suo sguardo fu immediatamente per Cassie e si sarebbe detto che fosse sul punto di scoppiare in lacrime da un momento all'altro. Sembrava talmente turbato e sconvolto che Oona si alzò in piedi come se volesse andargli incontro e accoglierlo con maggiore entusiasmo, ma lui, tirandosi subito indietro, continuò a mormorare le sue scuse e rimase impalato nel vano della porta.

« Scusatemi... io... hanno detto che c'è stata una disgrazia... » I suoi occhi si colmarono di nuovo di lacrime, e tutti provarono una gran pena per lui. Non era difficile capire quello che doveva aver pensato e anche Cassie si alzò per andargli vicino.

« Mi dispiace. È toccato a Jim Bradshaw », gli mormorò.

« Oh, mio Dio. Povera Peggy. » Vedova a diciannove anni, sola con due bambini piccoli. Bobby sembrava letteralmente sconvolto da quello che era successo, ma ciò che l'aveva profondamente angosciato era stata la paura che la vittima dell'incidente fosse Cassie. Nessuna delle persone con le quali aveva parlato sembrava avesse notizie precise sulla disgrazia.

In silenzio uscirono sulla veranda e Cassie chiuse la porta. Dal soggiorno, nessuno poteva sentire quello che si dicevano. Ma tutti poterono notare che Bobby aveva un'aria sconvolta mentre le parlava. Cassie si era seduta e non diceva niente, limitandosi a far cenno di sì con la testa.

Bobby le stava dicendo che non se la sentiva di continuare a vivere a quel modo, cioè di essere semplicemente fidanzato con lei, di non poter andare in nessun posto, né fissare la data del matrimonio, di non poter essere neppure sicuro che per loro esistesse un futuro. Sapeva che lei ci teneva a terminare gli studi, ma adesso non era del tutto convinto di poter aspettare altri due anni. Suo padre era molto malato e sua madre contava interamente sul suo appoggio e sulla sua presenza. Sembrava letteralmente sopraffatto da tutto questo e Cassie, ascoltandolo, si rese conto che aveva bisogno del suo aiuto. Ma era altrettanto chiaro per entrambi che lei non era preparata a rinunciare a niente, tanto meno a diventare come Bobby desiderava.

« E, poi, questa storia del volo... » lui la guardò con gli

occhi colmi di angoscia. « Non me la sento di continuare a vivere così. Continuo a pensare che un giorno o l'altro ti ammazzerai... e oggi... potevi essere tu... potevi essere tu... » E scoppiò in singhiozzi. Cassie gli buttò le braccia al collo e lo strinse al cuore.

« Oh, povero Bobby... povero Bobby... calmati... » Era un po' come consolare uno dei suoi nipotini. D'altra parte adesso si rendeva conto che quel povero ragazzo aveva un fardello molto pesante sulle spalle, e di quel fardello faceva parte anche lei. Aveva un bisogno disperato che qualcuno gli desse una mano e lo aiutasse. Ad appena ventun anni, poco più di un ragazzo, meritava molto di più di quanto lei potesse dargli; lo sapevano entrambi. Mentre lo consolava, si tolse lentamente l'anello e glielo mise nel cavo della mano. « Meriti molto, meriti tanto », gli sussurrò, « meriti tutto quello che c'è di meglio, e io invece ho una lunga strada davanti a me. Adesso lo capisco. Prima non ne sono mai stata sicura, ma adesso lo sono. » Voleva vivere, essere libera e volare. E adesso che suo padre l'aveva accettata, forse avrebbe potuto ottenere tutte queste cose. Ma non poteva dare a Bobby Strong ciò che lui meritava, anzi, a dire la verità era l'ultima cosa al mondo che desiderasse fare.

« Hai intenzione di continuare a volare, Cass? » le domandò lui, profondamente afflitto, mentre tutto il resto della famiglia, nel soggiorno, fingeva di ignorare la loro presenza sulla veranda.

« Sì », gli rispose lei con un cenno del capo. « Devo. È la mia vita. »

« Oh, non farti male... mio Dio, Cassie... non farti male... io ti amo... oggi ho creduto che tu fossi morta. » Era scoppiato nuovamente in singhiozzi e Cassie si sentì profondamente a disagio e vagamente colpevole nei suoi confronti. Poteva solo immaginare che cosa doveva aver provato. Un po' com'era stato per Peggy Bradshaw.

« Invece sto benone... non preoccuparti... » lo rassicurò con gli occhi colmi di lacrime. « Tu meriti cose meravigliose, Bob, non una persona come me. Cercati una buona moglie, Bobby Strong. Te la meriti. »

« Rimarrai qui? » le chiese Bobby, incuriosito, e a Cassie sembrò una strana domanda. Non aveva nessun altro posto dove andare. Era sempre vissuta lì!

« Perché? Dove dovrei andare? »

« Non so », ribatté lui sorridendo con tristezza, stringendo nella mano l'anello. Già avvertiva il vuoto nella sua vita. « A me sembri talmente libera! A volte mi pare di odiare quel nostro maledetto negozio di generi alimentari... e tutti i problemi che porta con sé! »

« Farai grandi cose, tu », ribatté Cass in tono convinto. Sapeva che era una bugia ma Bobby meritava tutto l'incoraggiamento che poteva dargli.

« Lo credi davvero, Cass? » Poi sospirò, pensando al proprio futuro. « Il buffo è che vorrei soltanto sposarmi e avere dei bambini. »

« E io, no. » Scoppiò in una risata. « Ecco il guaio. »

« Spero che un giorno diventi qualcosa che desideri anche tu. Chissà che non ci ritroviamo », riprese, speranzoso, illudendosi di continuare a vivere quel sogno. Cass gli era sembrava sempre una persona così esaltante... forse anche troppo!

Ma lei, guardandolo, fece cenno di no con la testa. Era più saggia di Bobby. « Non aspettartelo! Cerca piuttosto di realizzare quello che desideri. »

« Ti voglio bene, Cass. »

« Anch'io », bisbigliò lei mentre lo stringeva di nuovo in un abbraccio. Si alzarono in piedi. « Vuoi entrare? » gli domandò Cassie, ma lui scrollò la testa con gli occhi lucidi di lacrime.

« Credo che farò meglio ad andarmene. » Cassie annuì e Bobby si fece scivolare in tasca l'anellino. Poi, per un attimo che parve interminabile, rimase a guardarla, e infine si voltò e scese in fretta e furia i gradini della veranda. Non voleva scoppiare di nuovo in lacrime davanti a lei. Cassie rientrò in casa prendendo di nuovo posto fra gli altri. Nessuno le domandò niente, anche se non era difficile immaginare quello che doveva essere successo. Nick lanciò un'occhiata alla sua mano, e non si meravigliò affatto di non vederle più l'anello al dito. Anzi, ne provò quasi sollievo. Adesso doveva preoccuparsi soltanto di Billy Nolan.

9

Il giorno seguente, mentre era ancora a letto e pensava alla giornata che aveva davanti, Cassie si rese conto con un sussulto di non essere più fidanzata. Non era del tutto convinta che questo fatto avrebbe cambiato qualcosa nella sua vita, ma di colpo ebbe l'impressione di non appartenere più a nessuno, ormai. In un certo senso era qualcosa di esaltante, ma all'improviso si sentì anche molto sola.

D'altra parte aveva sempre saputo, fin dal principio, che quella di fidanzarsi era stata una decisione sbagliata. Ma non aveva mai trovato il coraggio di dirlo apertamente. La sera prima le era sembrato davvero crudele continuare a tormentare Bobby a quel modo, lasciare che l'aspettasse per altri due anni... per poi dirgli che non si sentiva ancora pronta! E ormai cominciava a pensare che pronta non lo sarebbe stata mai; certamente non per una vita come quella di Bobby, o per Bobby stesso. Adesso lo sapeva senza ombra di dubbio.

Si preparò la colazione e poi vide il biglietto che le aveva lasciato sua madre nel quale le diceva di essere andata di nuovo a occuparsi dei bambini di Glynnis e che non era sicura di fare in tempo a tornare a casa per preparare la cena. Anche Chris le aveva lasciato un messaggio nel quale l'avvertiva che andava fuori con i suoi amici. Mezz'ora più tardi Cassie, dopo aver fatto una doccia ed essersi vestita, raggiunse l'aeroporto. Si infilò una tuta pulita e cominciò a rifornire di carburante diversi apparecchi; arrivò mezzogiorno prima che le capitasse di vedere Nick o Pat.

« Si dorme fino a mezzogiorno, eh? » le disse Nick in tono malizioso. « Oppure riposiamo sugli allori, Cass? »

« Smettila di fare il saccentone. Ero qui alle nove. Stavo solo sbrigando qualche lavoretto nell'hangar là in fondo. »

« Davvero? Be', avrei un volo da farti fare oggi, se vuoi. »

« Dove? » Cassie non nascose di essere incuriosita.

« Indiana. Un piccolo carico di merce, un po' di posta e una sosta a Chicago sulla strada del ritorno. Non dovresti metterci molto. Ho calcolato che potresti rientrare a casa per l'ora di cena. Puoi prendere l'Handley. »

« Mi sembra un'ottima proposta », commentò lei. E Nick le spiegò dove andare a ritirare i giornali di bordo. In quel momento Pat uscì dall'ufficio per avvertire Billy di occuparsi del carico della merce. Il ragazzo si era materializzato all'improvviso, come dal nulla, e aveva già lavorato sodo tutto il giorno. Pat, poi, la lasciò di stucco quando la informò che Billy l'avrebbe accompagnata.

« Posso andare da sola, papà. »

« Certo che puoi. Ma lui deve imparare i nostri percorsi, e non mi piace l'idea che tu debba atterrare all'aeroporto di Chicago. » Lei alzò gli occhi al cielo, con aria esasperata, e Pat fece una smorfia... Se non altro, non sollevava più obiezioni al fatto che lei pilotasse i suoi apparecchi. Le cose cominciavano a prendere una buona piega. Nick scrutò con aria ammonitrice non solo lei ma anche Billy, come se fossero due monelli. « E cercate di comportarvi bene, voi due. Niente viti orizzontali, niente acrobazie di nessun genere. » Poi, rivolgendosi a Billy, aggiunse: « E stai attento che lei non si metta a fare quei doppi cerchi della morte, eh? »

« Se si azzarda a tentare cose del genere, la prendo per un orecchio e la scaravento fuori », rise Billy, che sembrava perfettamente a suo agio e pareva provasse per lei un affetto fraterno.

Mentre si avviavano verso l'apparecchio, Nick rimase per un attimo a osservarli. Sembrava si divertissero pazzamente, proprio come due bambini. Non riusciva a immaginare Cassie prendersi una cotta per Billy, ma nulla era impossibile a questo mondo. E poi, se anche non si fosse innamorata di Billy, per lui non cambiava niente. Non aveva nessun diritto di corteggiare una ragazza della sua età, non lo avrebbe mai fatto. Cassie meritava molto di più di una vita come quella che faceva ora, in una casupola semidiroccata nei pressi dell'aeroporto O'Malley. E lui lo sapeva benissimo.

Avevano appena decollato quando sopraggiunse una Lincoln Zephyr verde, nuova di zecca. Ne scese un tizio in completo grigio, con giacca a doppio petto, che si guardò subito intorno. Scrutò Nick con aria cortese, poi esaminò la piccola costruzione che ospitava i loro uffici e in pratica costituiva tutto l'aeroporto.

« Mi saprebbe dire dove potrei trovare Cassie O'Malley? » domandò affabilmente. Aveva capelli biondi ondulati e l'aspetto, nonché la bellezza, di un divo del cinema. A un tratto Nick si domandò se non fosse venuto per offrire a Cassie una luminosa carriera nel mondo del cinema. Si trattava infatti dello stesso uomo che aveva visto il giorno prima al raduno aeronautico, in blazer e calzoni bianchi. Adesso non aveva più l'aria di un giornalista, ma piuttosto di un uomo di affari, o forse di un agente teatrale.

Nick gli indicò il cielo. « È appena partita con la posta. Posso esserle d'aiuto io? »

« Vorrei parlarle. Non saprebbe dirmi quando sarà di ritorno? »

« Fra sette, otto ore circa. Non prima. Direi che dovrebbe rientrare verso sera. Posso riferirle un messaggio? »

Lo sconosciuto consegnò a Nick un biglietto da visita. Il suo nome era Desmond Williams. E il biglietto recava la scritta: « Williams Aircraft » con un indirizzo di Newport Beach, in California. Nick sapeva con esattezza di chi si trattasse. Un giovane magnate dell'industria che aveva ereditato dal padre un grosso patrimonio e un'industria produttrice di aerei. E non era poi così giovane come sembrava, concluse anche, osservandolo meglio. Doveva avere più o meno la sua età. Infatti Williams aveva trentaquattro anni.

Troppo, troppo vecchio per Cassie, quantomeno secondo Nick.

« Vuole essere tanto gentile da consegnarle il mio biglietto da visita? Sono sceso al *Portsmouth*. » Era l'albergo più bella della città, il che non voleva dire molto. D'altra parte era anche il meglio che Good Hope potesse offrire.

« Glielo dirò », lo rassicurò Nick, che adesso moriva di curiosità. « Non c'è nient'altro? » Williams fece cenno di no con la testa e lo osservò con interesse. « Le è piaciuto il raduno? » non poté fare a meno di domandargli Nick. « Niente male per una piccola città, vero? »

« Molto interessante », ammise Williams con un sorriso; poi, dopo aver squadrato di nuovo Nick, dalla testa ai piedi, si decise a fargli una domanda. Il suo tono era misuratissimo, addirittura gelido, tutto in lui appariva perfetto, raffinato e calcolato. Era un uomo che non commetteva mai errori, né tantomeno si concedeva di lasciarsi prendere dai sentimenti. « Lei sarebbe il suo istruttore? »

Nick annuì con orgoglio. « Lo ero. Adesso è la ragazza che potrebbe insegnarmi a volare. »

« Su questo ho i miei dubbi » rispose Desmond Williams cortesemente. Malgrado il suo indirizzo, dal quale si deduceva che abitasse nei dintorni di Los Angeles, aveva l'accento della Costa Orientale. Infatti dodici anni prima si era laureato a Princeton. « È molto brava. Deve essere orgoglioso di lei. »

« Grazie », rispose Nick a bassa voce, continuando a domandarsi che cosa volesse da Cassie quell'individuo. C'era qualcosa di vagamente inquietante in lui, con quell'aspetto così incredibilmente gelido e controllato, ma nello stesso tempo stranamente esaltante. Era davvero un bell'uomo, dai modi di fare aristocratici – eppure tutto, in lui, lasciava capire che doveva essere venuto a discutere di questioni di affari, e molto serie.

Ma Desmond Williams non aggiunse altro, risalì sull'automobile che aveva comperato a Detroit pochi giorni prima e si allontanò ad andatura veloce dall'aeroporto.

« Chi era? » domandò Pat, uscendo dall'ufficio. « Che polverone si è lasciato dietro! » L'auto era l'ultimo modello della Ford, con un motore a dodici cavalli.

« Desmond Williams », rispose Nick lanciando al vecchio amico un'occhiata carica di preoccupazione. « Adesso l'hanno nel mirino, Pat. Non avrei mai pensato che dovesse succedere, ma adesso me ne sto convincendo. Alle gare ha suscitato un enorme interesse. Ha fatto scalpore, credimi! »

« Proprio quello che temevo. » Pat fissò Nick con aria afflitta. Non voleva che Cassie venisse sfruttata, ma sapeva che sarebbe stata la cosa più facile del mondo. Era bellissima, giovane e ingenua, un'aviatrice straordinaria. Tutto questo costituiva una combinazione pericolosa, lo capivano entrambi. « Adesso dov'è? » chiese Pat.

« È partita. Con il giovane Nolan; erano appena decollati quando lui si è presentato », gli spiegò Nick.

« Bene. » Pat lanciò un'occhiata al cartoncino che Nick aveva in mano, glielo tolse e lo fece a pezzi. « Dimenticati di lui. »

« Non glielo dirai? » Nick lo guardò stupefatto. A parte quella che poteva essere la sua opinione, non avrebbe mai trovato il coraggio di compiere un gesto del genere. D'altra parte, Pat era suo padre.

« No », gli rispose Pat. « E neppure tu. Ci siamo capiti, Cloche? »

« Signorsì », Nick abbozzò un saluto militare con un sorriso e poi tornarono entrambi al lavoro con più impegno del solito.

Lungo il percorso di ritorno da Chicago, Cassie si fece sostituire ai comandi da Billy per vedere come se la cavava. E rimase favorevolmente colpita dalla sua abilità. Intanto lui le raccontava che suo padre gli aveva insegnato a pilotare a quattordici anni: ormai volava da dieci e da come si destreggiava non era difficile credergli. Aveva mani salde, lavorava bene sui comandi, con sicurezza, e Cassie capì che Pat sarebbe rimasto soddisfatto. Billy sarebbe diventato un ottimo elemento. A parte questo, era un simpatico ragazzo, di buon carattere e intelligente. Era un piacere stare con lui. Quel giorno si trovarono a loro agio in reciproca compagnia, e passarono il tempo, durante il viaggio, raccontandosi aneddoti.

« Ieri avevo notato che eri fidanzata », osservò casualmente Billy, come se affrontasse quell'argomento più che altro per fare conversazione. « Ma oggi non vedo più l'anello. Ti sposi presto? »

« Niente affatto », rispose lei pensando a Bobby. « Non sono più fidanzata. Gliel'ho restituito ieri sera. » Non sapeva nemmeno il motivo per cui gli stesse raccontando i fatti suoi; d'altra parte, Billy era lì con lei, avevano quasi la stessa età e lo trovava simpatico. Non solo, ma non aveva l'impressione che il ragazzo si interessasse in modo particolare a lei. Voleva solamente fare amicizia, e un amico come lui le sembrava piacevole.

« Credi che farete la pace? »

« Assolutamente no », rispose Cassie, che adesso provava quasi un po' di compassione per se stessa. « È un ragazzo straordinario, ma odia il mio amore per il volo. Ha una gran fretta di sposarsi e io voglio finire gli studi. Non so... non era la cosa giusta, non lo è mai stata, forse non ho mai avuto il coraggio di dirlo. »

« So anch'io come vanno queste cose. Sono stato fidanzato due volte, ma ho sempre provato una fifa maledetta. »

« E come hai risolto la faccenda? »

« La prima volta sono scappato », ammise Billy con franchezza, mentre un sorriso da adolescente gli illuminava il viso pieno di lentiggini.

« E la seconda? Ti sei sposato? » Cassie non nascose il proprio stupore perché... pur non riuscendo a spiegarselo, non aveva l'impressione che Billy fosse il tipo dell'uomo coniugato.

« No », rispose lui a bassa voce. « Lei è morta, al raduno aeronautico di San Diego, l'anno scorso. » Pronunciò queste parole con molta pacatezza, ma Cassie, guardandolo negli occhi, vi lesse un dolore infinito.

« Mi dispiace. » Non c'era nient'altro da dire. Durante quei raduni, e le gare, tutti avevano perduto qualche amico.

Era terribile, ma per lui – se l'aveva amata – doveva essere stato ancora più atroce.

« Dispiace anche a me. D'altra parte ho imparato a convivere con quello che è successo, bene o male. Da quel giorno non sono più uscito con una ragazza, non ne ho più frequentate e non credo neppure di desiderarlo. »

« E questo... che cosa sarebbe? Un avvertimento? » rise lei.

« Certamente », e gli occhi di Billy si illuminarono di un lampo sbarazzino. « Nel caso tu pensassi di assalirmi a tremila metri di altezza. Non ho fatto che pensarci per tutto il viaggio. Ho una paura matta. » Bastò il tono con cui pronunciò queste parole per far scoppiare Cassie in una risata; cinque minuti dopo ridevano insieme, di buon umore. Quando rientrarono all'aeroporto erano ormai diventati vecchi amici. Per quanto riguardava Cassie, Billy Nolan non suscitava in lei nessuna idea romantica. Lo trovava semplicemente simpatico, oltre a essere un pilota molto abile. Pat era stato davvero fortunato a trovare uno come lui, e pensò che prima o poi sarebbe riuscito simpatico anche a Nick.

Atterrarono all'aeroporto verso le nove e Cassie gli offrì un passaggio fino alla pensione dove alloggiava. I suoi amici erano tornati in California e adesso Billy doveva mettere da parte il denaro per comperare un'automobile, anche se ci sarebbe voluto un po' di tempo... visti gli stipendi che Pat pagava e di cui Cassie conosceva molto bene l'entità. « Quanto tempo pensi di fermarti qui? » gli domandò.

« Non so... trenta, quarant'anni... per sempre? » E rise.

« Certamente! » Anche Cassie scoppiò a ridere a quella risposta.

« Non ho idea. Per un po'. Avevo bisogno di dare un taglio netto con il passato. La mamma è morta, e con quello che è successo a Sally l'anno scorso, ho pensato che avrei fatto meglio ad andarmene dalla California. Certo, mi manca mio padre, ma lui è comprensivo. »

« In ogni caso è stata una fortuna per noi », disse Cassie e gli rivolse un caldo sorriso. « Oggi mi sono divertita. Ciao. A domani. » Lo salutò con un cenno della mano e ripartì verso casa. A quell'ora Oona era già rientrata e le preparò un panino imbottito. Pat era seduto in cucina e stava bevendo una birra. Le domandò com'era andato il viaggio e lei gli raccontò di essere rimasta molto bene impressionata dal modo in cui Billy pilotava. E gliene spiegò anche il perché. Pat annuì, soddisfatto di quel giudizio, anche se prima di decidersi ad assumerlo avrebbe voluto verificare con i suoi occhi se era tutto vero. Poi le raccomandò di farsi una bella dormita dopo aver cenato e si guardò bene dal menzionare la visita di Desmond Williams.

10

Cassie era sdraiata sotto un Electra, il giorno dopo, con il viso macchiato di olio del motore, e aveva appena finito di trafficare sul ruotino di coda quando, alzati gli occhi, vide accanto a sé un paio di calzoni di lino bianco, immacolati. Non poté trattenere un sorriso perché le parvero assolutamente fuori posto, lì, come le scarpe fatte a mano. Guardò meglio, incuriosita, e si meravigliò di vedere un uomo biondo, attraente, che la fissava con aria sconcertata. Cassie era praticamente irriconoscibile, con i capelli raccolti in una coda, la faccia sporca e una vecchia tuta azzurra, che era stata di suo padre.

« Signorina O'Malley? » domandò lo sconosciuto, corrugando le sopracciglia. E lei rise pensando che dovevano costituire una coppia davvero insolita e divertente.

« Sì, sono io. » Era sempre sdraiata sul dorso e continuava a fissarlo quando, a un tratto, decise di alzarsi per sentire che cosa volesse. Con agilità balzò in piedi, ma ebbe un attimo di esitazione prima di stringergli la mano. Aveva un aspetto così pulito, così raffinato ed elegante... tutto in lui era la perfezione assoluta! Si domandò se volesse noleggiare un apparecchio e stava già per spiegargli di rivolgersi a suo padre. « In che cosa posso esserle utile? » gli chiese.

« Mi chiamo Desmond Williams e due giorni fa l'ho vista al raduno aeronautico. Volevo parlarle, se possibile. » Lanciò uno sguardo intorno nell'hangar, e poi tornò a fissarla. «Non c'è un posto dove possiamo andare a fare quattro chiacchiere?» Cassie rimase sconcertata di fronte a quella richiesta. Non era mai venuto nessuno a cercarla e a chiederle un colloquio privato, e con tanta serietà; l'unico posto tranquillo era l'ufficio di suo padre.

«Se non le dà fastidio il rumore degli aerei, potremmo fare quattro passi lungo la pista, credo.» Non sapeva che altro proporgli.

Così cominciarono a camminare fianco a fianco e Cassie dovette trattenere un sorriso pensando a come doveva essere stridente il contrasto fra loro: lui così squisitamente elegante e pulito, lei così incredibilmente sudicia. Comunque, si sforzò di assumere un'aria seria. Non sapeva se lo sconosciuto avesse il senso dell'umorismo. Fu a quel punto che Billy li vide e la salutò con un ampio gesto. Ma lei si limitò a ricambiare il saluto con un cenno del capo.

«Ha fatto colpo a quel raduno, l'altro giorno; la sua esibizione è stata straordinaria», cominciò a dirle Desmond Williams mentre camminavano lungo i prati e le sue scarpe cominciavano a impolverarsi.

«Grazie.»

«Non credo di aver mai visto nessuno vincere tutti quei premi... e in ogni caso non mi è mai capitato di vederli vincere da una ragazza della sua età. A proposito, quanti anni ha?» La stava osservando molto attentamente e il tono della sua voce era serio, anche se sorrideva. Quanto a Cassie, continuava a non capire che cosa lui potesse volere.

«Ho vent'anni. In autunno frequenterò il terzo anno al college.»

«Già», lui annuì, come se questo facesse molta differenza. Poi si fermò e la guardò con aria significativa prima di farle la domanda successiva: «Signorina O'Malley, non ha mai pensato alla possibilità di avere un futuro in aviazione?»

«In che senso?» Cassie non gli nascose di essere completamente sconcertata; poi, di colpo, si domandò se Desmond Williams fosse venuto a proporle di diventare una Skygirl.

Ma anche una cosa del genere le sembrava poco probabile. « Può spiegarsi meglio? »

« Voglio dire facendo il pilota... come professione... Cioè facendo la cosa che ama di più al mondo, o perlomeno quella che io credo lei ami di più. Perché non c'è dubbio che dal modo in cui si comporta a bordo di un aereo dà l'impressione che sia la cosa che ama di più in senso assoluto. » Cassie annuì, con un sorriso, e lui cominciò a scrutarla con estrema attenzione. Fino a quel momento ciò che leggeva nel suo viso e nei suoi occhi gli piaceva molto.

« Sto parlando di pilotare apparecchi particolari, apparecchi che nessun altro ha mai pilotato... di collaudarli... di stabilire record... di avere un ruolo importante nell'aviazione... come Lindbergh. »

« Come Lindbergh? » esclamò Cassie, evidentemente stupita. No, impossibile che parlasse sul serio. « E per chi dovrei volare? Lei vuole forse dire che qualcuno potrebbe offrirmi questi apparecchi da pilotare, o dovrei comperarmeli? » Magari stava cercando di venderle un nuovo tipo di aereo! Desmond Williams rise di fronte a tanta ingenuità. E si rallegrò di essere il primo a farle una proposta del genere.

« Lei potrebbe pilotare per me, per la mia società. La Williams Aircraft. » A Cassie bastò sentire quel nome per capire all'istante di chi si trattava. Ma non riusciva a credere ai propri occhi, non riusciva a convincersi che Desmond Williams fosse lì, davanti a lei, a parlarle e a paragonarla a Charles Lindbergh. « Nell'aviazione c'è un futuro splendido che aspetta una persona come lei, signorina O'Malley. Potrebbe fare grandi cose. E potrebbe pilotare aerei sui quali, altrimenti, non sarebbe mai in grado di mettere le mani. Il meglio in senso assoluto, oggi. Un'emozione, qualcosa che dà il brivido. Neppure da paragonare a quello che ha qui. » Si guardò intorno con aria di sufficienza e per un attimo Cassie si sentì offesa e umiliata. Quegli apparecchi erano i suoi amici, appartenevano a suo padre, che ne era infinitamente orgoglioso. « Parlo di aerei veri », proseguì Williams. « Quelli con i quali si battono i record mondiali. »

« E io che cosa dovrei fare per ottenere un lavoro del genere?» gli domandò insospettita. «Dovrei pagarla per questo?» Nessuno le aveva mai offerto niente di simile, e quindi non immaginava come una proposta del genere si potesse realizzare nella pratica. Aveva sempre pensato che i piloti di gran fama fossero anche i proprietari dei loro aerei; non le era mai venuto in mente che, invece, venissero offerti o dati in prestito da società che lavoravano in campo aeronautico, come quella di Desmond Williams. Aveva molto da imparare, ma lui era dispostissimo a farle da maestro. Era la prima faccia fresca e pulita che vedesse da quando aveva cominciato a occuparsi dell'azienda paterna.

«Lei non dovrebbe pagarmi niente», le rispose con un sorriso. «Sarei io a pagare lei. E molto bene. Si vedrebbe fotografata in continuazione, le farebbero un sacco di pubblicità e, se è in gamba come penso, potrebbe diventare molto importante nella nostra aviazione. Naturalmente», e la fissò con maggiore attenzione, «può darsi che sia costretta a lavarsi la faccia un poco più spesso di quanto non faccia adesso», continuò in tono divertito mentre Cassie si rendeva conto all'improvviso che doveva essere sporca di olio dalla testa ai piedi. Provò a strofinarsi la faccia con la manica della tuta e rimase allibita quando vide il risultato. Quanto a Desmond, adesso che poteva osservarla meglio, rimase ancora più colpito. Perché Cassie era esattamente la persona che lui stava cercando. La creatura dei suoi sogni. E doveva soltanto persuaderla a firmare un contratto.

«E quando dovrei cominciare?» Cassie era curiosa. Si trattava della cosa più emozionante che avesse mai sentito e non vedeva l'ora di raccontarla a Nick e a Pat.

«Domani. La settimana prossima. Appena può venire a Los Angeles. Naturalmente saremo noi a pagarle il viaggio e a fornirle anche un appartamento.»

«Un appartamento?» mormorò Cassie con voce addirittura strozzata, mentre lui annuiva.

«A Newport Beach, dove ha sede la mia società. Una località stupenda dalla quale si arriva in città in un batter d'occhio. Che cosa ne dice? Vuole questo lavoro o no?» Aveva portato con sé il contratto e si augurò che lei lo firmasse senza aspettare un minuto di più. Cassie esitò un attimo, mentre faceva cenno di sì con la testa.

« Certo, ma devo chiedere a mio padre. Dovrei rinunciare agli studi. E a lui non credo che piacerebbe. » Soprattutto non gli sarebbe piaciuto il fatto che si trattava di un lavoro come pilota. Anche se non aveva mai mostrato molto entusiasmo per il fatto che lei andasse al college.

« Potremmo combinare le cose in modo che lei segua qualche corso, non appena avrà un po' di tempo libero. Ma devo avvertirla che sarà discretamente impegnata. Dovrà mostrarsi volenterosa, sarà fotografata moltissimo. E dovrà anche volare molto. »

La proposta sembrava addirittura fantastica. Incredibile. « Anzi, se vuole che le dica la verità, ero già venuto anche ieri ma quell'uomo, in ufficio, mi ha detto che lei era via, in volo. Gli ho lasciato il mio biglietto da visita pregandolo di farmi telefonare da lei. Probabilmente è rientrata troppo tardi e così ho pensato di tornare di nuovo, nel caso avesse perduto il mio biglietto. » E le rivolse un sorriso accattivamente mentre Cassie lo guardava con aria assorta.

« Lo ha dato a un uomo? » Non poteva che essere Nick, o suo padre.

« Precisamente. E gli ho anche detto che alloggiavo al *Portsmouth*. Mi ha per caso telefonato là? Può darsi che io non abbia ricevuto il messaggio. »

« No, veramente no », rispose lei con sincerità. « Non ho mai ricevuto né il biglietto né il messaggio. »

« Be', non è un problema. Sono contento di averla trovata oggi. Ecco il contratto, così lei potrà dargli un'occhiata insieme a suo padre. »

« E che cosa dice? » gli domandò Cassie con ingenuità.

« La impegna per un anno di voli di collaudo e tutta una serie di campagne pubblicitarie per la Williams Aircraft, niente di più. Non credo che ci troverà qualcosa che non la convince », riprese Desmond fiducioso. E bene o male riuscì, solamente con l'espressione dei suoi occhi, a lasciarle capire che si trattava di una grande occasione e che non avrebbe assolutamente dovuto lasciarsela sfuggire.

Cassie si ritrovò con il contratto stretto tra le mani mentre si chiedeva quale fosse il significato di quella visita e per quale motivo quell'uomo fosse venuto a cercarla. Impossibile che si trattasse di una cosa tanto semplice.

« Lo mostrerò a mio padre », gli disse a bassa voce. E poi voleva anche domandare a Pat per quale motivo né lui né Nick le avevano parlato della sua visita precedente. Poteva concedere a entrambi il beneficio del dubbio; forse se n'erano semplicemente dimenticati. Eppure qualcosa le diceva che quella non era la verità. No, le avevano tenuta segreta quella visita. Ma per quale motivo? La proposta di Desmond Williams sembrava talmente splendida!

« Perché non ci pensa un po' e domani mattina ci ritroviamo? Che cosa ne direbbe di parlarne a colazione al mio albergo, alle otto e mezzo? Dopo la nostra conversazione dovrò ripartire per la Costa Occidentale. Ma mi auguro che mi raggiungerà laggiù entro pochi giorni. » Le sorrise e Cassie notò che sapeva essere molto persuasivo. Molto bello e molto freddo, riusciva - chissà come - a darle la sensazione che non sarebbe stata assolutamente capace di resistergli, e certo non lo avrebbe nemmeno desiderato. « Allora, domattina alle otto e mezzo? Siamo d'accordo? » le domandò di nuovo in tono significativo e lei fece cenno di sì con la testa. Preso l'impegno, si strinsero la mano; dopo pochi istanti Desmond Williams si stava già avviando verso la sua automobile, salì e ripartì. Lei rimase immobile a fissare con gli occhi sgranati la Lincoln che scompariva all'orizzonte. Intanto cercava di ricordarsi tutto quello che aveva sentito raccontare sul conto di Desmond Williams. Aveva trentaquattro anni, era uno degli uomini più ricchi del mondo, aveva ereditato un impero finanziario dal padre. La sua industria fabbricava alcuni degli apparecchi più sofisticati che esistessero sul mercato e dicevano che fosse deciso e spietato nelle trattative d'affari - lo aveva letto da qualche parte. E aveva anche visto le sue fotografie, insieme a svariate dive del cinema. Anche nelle sue fantasie più sfrenate, non sarebbe mai riuscita a immaginare per quale motivo gli potesse interessare una ragazza come lei, Cassie O'Malley.

Si avviò lentamente verso il piccolo edificio dove lavoravano Nick e suo padre, ripensando a tutto ciò che Desmond Williams le aveva detto, parola per parola, e a quello che poteva significare per lei. Era un'opportunità che non si sarebbe mai più ripresentata, era chiaro. Anzi, ancora non riusciva a credere che le fosse stata offerta proprio in quel momento della sua vita.

Entrò nella palazzina con quella vecchia tuta addosso, la faccia sporca di olio e i capelli arruffati, e Pat, alzando gli occhi, le domandò se per caso non fosse sorto qualche problema con il de Havilland, dal momento che ne avrebbero avuto bisogno a mezzogiorno per un volo molto lungo. Ma Cassie non gli prestò nessuna attenzione. Si limitò a fissarlo con gli occhi sgranati. E quel contratto sempre stretto in mano.

« Per quale motivo non mi hai detto che qualcuno è venuto a cercarmi ieri? » gli domandò. E lui trasalì.

« Chi te l'ha detto? » E pensò subito a Nick. Voleva la sua testa, se era stato lui a tradirlo. Ma Nick li fissava esterrefatto. Non gli era sfuggita l'espressione di Cassie quando era entrata in ufficio.

« Non è questo il punto. Ieri è venuto un tizio e ha lasciato un biglietto da visita per me. E nessuno di voi due me lo ha detto. » Poi rivolse anche a Nick lo stesso sguardo carico di collera. Accusava anche lui. E i due uomini cominciarono a sentirsi in imbarazzo. « È come raccontare delle bugie. Mi avete mentito. Perché? »

Pat cercò di minimizzare la cosa e di non avere l'aria preoccupata. « Non credevo che fosse importante. Probabilmente me ne sono dimenticato, ecco tutto. »

« Ma lo sapete chi è? » chiese guardando ora l'uno ora l'altro, senza riuscire a credere che fossero tanto ignoranti. « È Desmond Williams, della Williams Aircraft. » Una delle più grandi fabbriche di aerei del mondo, la seconda degli Stati Uniti. E anche Desmond Williams era un personaggio che si sarebbe potuto definire importante.

« Che cosa voleva? » domandò Nick in tono indifferente, scrutandola attentamente, ma aveva già intuito quello che

Williams doveva avere detto, almeno a giudicare da come Cassie si stava comportando.

«Oh... semplicemente affidarmi un certo numero di aeroplani, uno più straordinario dell'altro, da pilotare... cioè da collaudare, con i quali stabilire dei record, da provare e controllare per lui. Niente di particolarmente interessante. Soltanto un lavoretto come quello per un bel mucchio di soldi, e un appartamento.» I due uomini si scambiarono un'occhiata cupa. Era proprio quello che avevano temuto.

«Sembra niente male come proposta», osservò Nick. «E quale sarebbe il tranello?»

«Non c'è.»

«Oh sì, c'è senz'altro», esclamò Nick, ridendole in faccia. Cassie era ancora una bambina e adesso si rendeva conto che, insieme a Pat, lui avrebbe dovuto fare il possibile e l'impossibile per proteggerla. Desmond Williams stava viaggiando in aereo per tutto il paese in cerca di persone da sfruttare in campo pubblicitario; una volta che avesse ottenuto l'assenso di Cassie, l'avrebbe sfruttata in ogni modo, l'avrebbe succhiata viva e si sarebbe servito di lei non solamente per i voli di collaudo ma per tutto il resto, tutto quello che gli era possibile, documentari, cinegiornali, pubblicità, fotografie a non finire. Secondo Nick, sarebbe diventata né più né meno un'altra Skygirl. «Ti ha dato un contratto?» le domandò ancora, sempre con il tono indifferente di prima, e lei fu pronta a sventolarglielo davanti al naso.

«Certamente.»

«Ti dispiace se gli do un'occhiata?» Cassie glielo consegnò e Pat lanciò un'occhiataccia a tutti e due. Ecco, stava succedendo proprio quello che lui non avrebbe mai voluto.

«Gli risponderai di no, Cassandra Maureen», disse a voce bassa mentre Nick esaminava con attenzione il contratto. Non era un avvocato, però gli parve che fosse una buona opportunità. Le offrivano un'automobile, un appartamento, naturalmente solo in uso e non in dono; da parte sua Cassie avrebbe dovuto pilotare qualsiasi aereo loro giudicassero opportuno ed effettuare voli di collaudo; nella seconda parte il contratto spiegava che avrebbe dovuto anche mostrarsi disponibile per qualsiasi tipo di pubblicità relativa agli apparecchi di produzione della Williams Aircraft. Non solo, ma Cassie doveva anche mostrarsi disponibile a presenziare a riunioni e avvenimenti mondani, e accettare di essere chiamata da un momento all'altro per farsi fotografare. Avrebbe assunto la posizione di portavoce della Williams Aircraft e quindi ci si aspettava da lei che si comportasse e agisse in conformità con tale carica. Aveva il divieto assoluto di fumare o di bere eccessivamente; avrebbe ricevuto una indennità da utilizzare per il suo guardaroba, mentre sarebbe stata la società a fornirle le uniformi che le sarebbero servite per volare. Ogni cosa era spiegata con molta chiarezza. Il contratto aveva la durata di un anno e per quell'anno le offrivano cinquantamila dollari. In aggiunta, se le due parti si fossero trovate d'accordo, le era offerta l'opzione per il rinnovo del contratto per un secondo anno con un compenso più alto, che sarebbe stato negoziato in termini ragionevoli. Era il miglior contratto che Nick avesse mai visto ed era un'opportunità che ben pochi uomini avrebbero rifiutato. D'altra parte il contratto lo diceva chiaro e tondo: la Williams Aircraft cercava una donna. In ogni caso si trattava di un'occasione che non si poteva rifiutare, anche se Cassie avrebbe dovuto diventare in parte pilota, in parte modella. Con tutto ciò lui continuava a nutrire profondi sospetti su Desmond Williams.

«Che cosa ne pensi, Pat?» chiese Nick guardando il vecchio amico e domandandosi quale sarebbe stata la sua reazione.

«Lei rimane qui. Ecco quello che penso. Non se ne va da nessuna parte, e in ogni caso non va in California a vivere in un appartamento.»

Cassie lo guardò, accecata dalla collera perché non si era neppure degnato di riferirle che Desmond Williams era venuto a cercarla. «Ancora non ho deciso, papà. Devo incontrarmi con lui domattina.»

«No, niente affatto», ribatté Pat O'Malley con fermezza. Quanto a Nick, non aveva nessuna voglia di discutere con lui davanti a Cassie. A suo parere, in quel contratto esistevano molte possibilità di sfruttare le capacità di Cassie, ma meritava ugualmente la pena di essere preso in esame a fondo. Per lei sarebbe stato divertente; per un anno intero avrebbe potuto pilotare apparecchi favolosi. Era tutto molto esaltante. Stavano collaudando apparecchi perfino per l'esercito, in aperta competizione con i tedeschi, e le cifre che Cassie avrebbe guadagnato avrebbe potuto servirle, bene investite, per molto tempo. Non gli pareva giusto impedirle di accettare, o perlomeno di prendere in seria considerazione la proposta ricevuta.

« E il college? Che cosa mi dici del college? » le domandò Nick, quando Pat si fu ritirato nel proprio ufficio, richiudendone la porta con un tonfo sordo.

« Lui ha detto che potrei seguire qualche corso quando ne avrò il tempo. »

« A me non sembra che sarà possibile, e forse non ci riuscirai del tutto. Quando non sarai a pilotare un aereo, ti terrà occupata la pubblicità. » E poi aggiunse, guardingo: « Cassie, sei proprio sicura di volerlo fare? »

Lei lo fissò con aria pensierosa. Non aveva mai provato il desiderio di lasciare la sua casa, ma lì la sua vita non aveva sbocchi. Le piaceva trafficare per l'aeroporto, e al raduno, durante le gare, si era molto divertita. Ma non aveva nessuna voglia di diventare un'insegnante. Come non aveva voglia di sposare Bobby Strong o uno qualsiasi degli altri ragazzi con i quali era andata a scuola. Che cosa aveva intenzione di fare del resto della sua vita? A volte se lo chiedeva. Perfino lei sapeva che, nella vita, c'era molto di più che ingrassare motori e rifornire di carburante gli aerei di suo padre, oppure volare per qualche breve tragitto con Billy Nolan.

« Ma io qui, che cosa ci faccio? » gli domandò con molta franchezza.

« Continui ad andare a zonzo, con me », rispose lui, triste. Se solo Cassie avesse potuto continuare così, per sempre! Come gli sarebbe piaciuto.

« Ecco qual è il brutto della faccenda, lasciarvi qui, tutti. Sarebbe perfetto se potessi portarvi con me. »

« Il contratto dice che ti daranno in prestito un aereo per tornare a casa di tanto in tanto. Non vedo l'ora che succeda qualcosa del genere. Che ne diresti di portarti a casa un XW-1 Phaeton per un tranquillo week end? »

« Per te porterei a casa anche uno Starlifter, se me lo chiedessi. Arriverei addirittura al punto di rubarlo. »

« Be', se è per questo possiamo farci un pensierino. Chissà che non serva ad ammansire un po' il tuo vecchio. In ogni caso non c'è dubbio che qualche apparecchio nuovo ci potrebbe far comodo. Magari non si rifiuterebbero di darcene uno o due », provò a scherzare Nick, ma si sentiva distrutto al pensiero di perderla. Era diventata una parte talmente importante della sua vita, avevano volato tante volte insieme in quegli ultimi tre anni che non riusciava a sopportare il pensiero di vederla partire per Los Angeles! Mai e poi mai si sarebbe aspettato che le venisse offerta un'occasione simile.

Come non se lo era aspettato Pat, che comunque non aveva la minima intenzione di perdere la sua bambina. Era già abbastanza triste che Chris avesse cominciato a parlare di andarsene in Europa a studiare architettura per un anno o due. Ma per fortuna si trattava di un progetto che per qualche anno ancora non si sarebbe realizzato. E adesso, Cassie.

« Tu non vai in nessun posto », ripeté di nuovo quello stesso pomeriggio, « e basta. Non si discute. » Per quanto la riguardava, Cassie doveva ancora prendere una decisione. Provò a riparlarne con Nick, il quale si era reso conto che in tutta quella serie di proposte esistevano molte possibilità che non solo lei ma anche il suo nome venissero sfruttati all'eccesso; d'altra parte i vantaggi erano talmente tanti che non era del tutto sicuro di voler dare molta importanza al pericolo di vederla sfruttare troppo. Il denaro, la fama, gli aeroplani, i voli di collaudo, i record che lei avrebbe potuto stabilire, tutti questi vantaggi gli parevano enormi, impagabili. Sarebbe stato impossibile rifiutarli. D'altra parte non aveva idea di come Cassie avrebbe fatto a convincere suo padre.

Ne parlò anche con Bill, il quale conosceva Desmond Williams, sia pure soltanto di fama, in quanto aveva abitato sulla Costa Occidentale. C'era gente che lo giudicava un uomo onesto e corretto; altri che lo detestavano. Aveva offerto un impiego a una ragazza di San Francisco, che lui conosceva, e la ragazza lo aveva addirittura odiato. Gli aveva detto che era un lavoro massacrante e che alla fine aveva avuto perfino la sensazione di essere diventata un oggetto di proprietà della Williams Aircraft. Però Bill aveva anche ammesso che quella ragazza, come pilota, non valeva gran che. Per una persona come Cassie poteva essere invece la grande occasione, quella che capita una sola volta nella vita.

« Credimi, potresti diventare anche tu un'altra Mary Nicholson », concluse, citandole una delle grandi celebrità dell'epoca. Cassie, invece, non riusciva nemmeno a immaginare di poter diventare tanto famosa.

« Ho i miei dubbi », gli rispose con aria cupa. La difficoltà di prendere una decisione la faceva impazzire. Non aveva nessuna voglia di lasciare la sua casa e la sua famiglia; nello stesso tempo si rendeva conto di non avere grandi prospettive. E se la sua aspirazione era quella di fare l'aviatrice, la Williams Aircraft era il posto adatto per lei, indipendentemente da tutte le stupide fotografie che le avrebbero scattato in divisa da pilota, o dal numero di interviste che avrebbe dovuto rilasciare. Lei voleva pilotare gli aerei. E quelli della Williams erano i migliori.

« Facci un pensierino, bambina. Può darsi che un'altra possibilità del genere non ti venga offerta tanto presto », fu il consiglio che Billy le diede in tono solenne mentre, in ufficio, Nick ripeteva più o meno la stessa cosa a Pat. Cassie era un'ottimo pilota, e rimanere con loro non le sarebbe stato di alcuna utilità. Avrebbe continuato a lavorare per l'aeroporto O'Malley tutta la vita, a decollare e atterrare sulle piste polverose di tutto il Midwest con un branco di individui che non sarebbero mai stati capaci di pilotare bene come lei.

« Te l'avevo detto di non insegnarle a volare! » gridò Pat, scagliandosi contro il vecchio amico. Ce l'aveva con tutti, con Nick, con Cassie e Chris. Con tutti. La colpa doveva essere di qualcuno. Il responsabile maggiore, in ogni caso, era quel Desmond Williams, il demonio in persona. « Probabilmente è un criminale... che insidia le ragazze innocenti. »

Nick, sentendolo parlare a quel modo, provava pena. Dopo tanti anni, e praticamente senza preavviso, stava per perdere la sua bambina. Nick capiva quello che Pat doveva provare perché quel pensiero era insopportabile anche per lui. Però si rendeva anche conto che non avevano nessun diritto di costringerla a rimanere. Cassie doveva volar via... come un uccello... ormai era venuto il momento che si librasse in volo anche lei volteggiando nel cielo con le aquile.

« Non puoi trattenerla, Pat », gli disse Nick pacatamente, rimpiangendo di non potergli confessare quanto grande fosse anche il suo dolore per quella partenza. « Non è giusto. Cassie merita molto di più di quello che noi possiamo offrirle. »

« Colpa tua! » tuonò Pat, prendendosela di nuovo con lui. « Non avresti dovuto insegnarle a volare così maledettamente bene! » Nick scoppiò in una risata a questo rimprovero, mentre Pat si versava un po' di whisky per darsi coraggio. Infatti ne avrebbe avuto bisogno, per informare Oona della proposta che Cassie aveva ricevuto da Desmond Williams.

Quando glielo disse, quella sera, Oona rimase sconvolta. E cominciò a immaginare ogni sorta di cose terribili. Non riusciva a pensare che Cassie potesse vivere in qualsiasi altro posto che non fosse la sua casa, e comunque non a Los Angeles... sola, come pilota collaudatrice e testimonial della Williams Aircraft.

« Ma ci sono ragazze che fanno cose del genere? » domandò a Pat, desolata. « Che posano per le fotografie e tutto il resto? Ma sono vestite, vero? »

« Certamente, Oona. Guarda che non stiamo parlando di un night club dove fanno lo spogliarello... Quel tizio fabbrica aeroplani! »

« E allora, che cosa vogliono dalla nostra bambina? »

« La tua bambina », ribatté lui sempre più disperato, « è probabilmente il miglior pilota che io abbia mai visto in vita mia, inclusi Nick Galvin e Rickenbacker. È la migliore che ci sia, e Williams non è un imbecille. Lo ha capito subito. La sua esibizione è stata formidabile, al raduno aeronautico.

Non volevo darti una preoccupazione in più, ma adesso è meglio che tu lo sappia: quella piccola stupida ha corso il rischio di ammazzarsi. C'è mancato poco che non mi venisse un accidente. Non solo, ma ha eseguito anche una serie di acrobazie una più pazzesca dell'altra. E le ha eseguite alla perfezione. E lui l'ha capito. »

« Vorrebbe che facesse tutte quelle acrobazie anche per lui? »

« No, semplicemente collaudare apparecchi e stabilire qualche record, se ci riesce. Ho letto il contratto e mi sembra corretto. Solo non mi piace l'idea che se ne vada, e sapevo che non sarebbe piaciuta neppure a te. »

« Ma Cassie... che cosa vuole? » domandò sua madre cercando di cogliere in un colpo solo il senso di tutte quelle notizie, anche se era troppo per lei, in così poco tempo. D'altra parte sapevano tutti che Cassie doveva prendere una decisione prima della mattina seguente.

« Secondo me, vuole andare. Lei dice di voler andare. O meglio, dice che vuol esser libera di scegliere da sola il proprio destino. »

« E tu, che cos'hai detto? » gli domandò Oona con gli occhi sgranati. Suo marito sorrise imbarazzato.

« Le ho proibito di andare, proprio come le avevo proibito di volare. »

« Non direi che tu abbia avuto un gran successo, allora », sorrise Oona, « e suppongo che non lo avrai neppure questa volta. »

« Che cosa dobbiamo fare? » Pat stava chiedendo consiglio a sua moglie. Si fidava delle sue capacità di giudizio più di quanto, a volte, fosse disposto ad ammettere. Però aveva la più completa fiducia in lei, soprattutto per quello che riguardava le loro figlie.

« Secondo me dovremmo lasciarle fare quello che vuole. Lo farà in ogni caso, Pat, e sarà più contenta se avrà l'impressione di essere riuscita a decidere da sola per quello che la riguarda. Tornerà da noi, e non hanno importanza tutti gli apparecchi che potrà pilotare in California. Sa benissimo quanto le vogliamo bene. » A quel punto la convocarono in camera da letto e Oona lasciò che fosse Pat a riferirle quello che avevano stabilito.

« Tua madre e io vogliamo che tu prenda da sola le tue decisioni », esordì lanciando una rapida occhiata a Oona. « Qualsiasi cosa tu decida, ti appoggeremo. Ma, se vai », l'ammonì, « sarà meglio che tu torni indietro, e più spesso che puoi, accidenti! » Aveva gli occhi colmi di lacrime quando le buttò le braccia al collo e se la strinse al cuore. E Cassie lo abbracciò a sua volta, e poi baciò la madre che piangeva senza ritegno.

« Grazie... grazie... » Ricominciò ad abbracciarli, prima l'uno e poi l'altra; poi si lasciò cadere ai piedi del loro letto con un sospiro. « È una decisione difficile. »

« Che cosa hai intenzione di fare? » domandò Oona. Pat sospettava che Cassie avesse già preso la famosa decisione. Infatti sua figlia li guardò fremente, eccitata e commossa.

« Vado. »

Ma si accorse che lasciarli era più duro di quanto avesse creduto. La mattina seguente si incontrò con Desmond Williams al *Portsmouth* e firmò il contratto. Accettò solamente caffè nero e pane tostato: era troppo nervosa per mangiare qualcosa di più. E i particolari di ciò che lui le spiegò le parvero talmente esaltanti che si sentì sempre più confusa. Avrebbero combinato un volo per lei da Chicago a Los Angeles. Poi c'era l'appartamento, un'automobile... le uniformi... una chaperon che l'accompagnasse ovunque fosse stato necessario... un intero guardaroba... giovanotti che le avrebbero fatto da cavalieri, perfino una villa a Malibu dove andare a trascorrere il fine settimana, se voleva. E un aereo per suo uso personale, esclusivo, ogni volta che avesse desiderato tornarsene a casa. E il tipo di apparecchi che lei aveva sempre sognato, da pilotare.

Cinque giorni dopo avrebbe cominciato a lavorare per la Williams Aircraft a tempo pieno. Ci sarebbe stata una conferenza stampa, avrebbero girato alcune scene per il cinegiornale ed era previsto un volo di collaudo di un nuovo Starlifter, subito. Desmond Williams voleva dimostrare all'America quanto Cassie fosse abile e capace. Prima, però, voleva farle vedere che cosa i suoi apparecchi fossero in grado di fare. Di conseguenza avrebbe passato i primi quindici giorni quasi sempre con lei e avrebbero dedicato quasi tutto il loro tempo al volo.

« Non riesco a crederci », disse Cassie a Billy, qualche ora più tardi, mentre erano sdraiati a prendere il sole su un tratto di pista abbandonato.

« Certo che hai avuto un bel colpo di fortuna », commentò lui, con una punta di invidia. Però era contento della propria vita, gli piaceva stare dove si trovava adesso e per il momento non aveva il minimo desiderio di tornare in California.

« Indipendentemente da tutto il resto, sarò a casa di nuovo tra quindici giorni a farvi una visitina », promise Cassie.

La sera che precedette la partenza, Pat e Oona offrirono una gran cena in suo onore alla presenza di tutte le sorelle, dei cognati e dei loro bambini, con Chris, Nick e Billy. Bobby, naturalmente, non c'era. Cassie lo aveva visto due giorni prima, alla veglia funebre di Jim Bradshaw. Stava parlando a voce bassa con Peggy e teneva in braccio uno dei suoi bambini.

Ma fu a Nick che Cassie rimase vicina per tutta la sera, perché era Nick che non sopportava di dover lasciare. Aveva avuto da lui tanto aiuto, tanto sostegno per tanti anni, che adesso non sapeva davvero come avrebbe potuto fare a meno della sua presenza.

L'indomani mattina c'erano tutti all'aeroporto quando partì. Nick l'avrebbe accompagnata a Chicago con il Vega; dopo aver dato un bacio a sua madre e alle sue sorelle e aver salutato Chris, si avvicinò a Pat. Avevano entrambi le lacrime agli occhi. Mentre la guardava, lui provò una gran voglia di chiederle di cambiare idea.

« Grazie, papà », gli bisbigliò Cassie mentre lui la stringeva forte a sé.

« Stai in guardia, Cassie. Sempre vigile. Guai a te se prendi le cose alla leggera pilotando uno di quegli apparecchi di lusso. È roba di qualità superiore, non perdonano il minimo errore. »

« Te lo prometto, papà. »

« Vorrei crederti », sorrise Pat, « dannata femmina pilota. » Rideva tra le lacrime e prima di mandarla via con Nick la strinse in un altro forte abbraccio. Anche Chris e Billy erano ai bordi della pista a fare grandi gesti di saluto quando decollarono, e Cassie si lasciò sfuggire un profondo sospiro. Mai avrebbe immaginato che fosse tanto doloroso lasciare la sua casa! Non faceva che pensare a quelli che erano rimasti invece di riflettere sui posti dove stava per andare. Quando poi si voltò verso Nick, le parve di avere il cuore ancora più pesante. E provò un gran desiderio di poter prolungare all'infinito tutti i minuti che aveva da trascorrere con lui.

« Sei una ragazza fortunata », le ricordò Nick mentre salivano in quota, per costringerla a non pensare alla famiglia che aveva appena lasciato, « ma te lo meriti. Hai quello che ci vuole per ottenere il successo, Cass. Basta che non ti lasci usare da quei bei furbacchioni di città, così ben vestiti e con la parlantina pronta. » Che Desmond Williams fosse un « bel furbacchione » era indiscutibile, però sembrava anche corretto e onesto. Aveva spiegato subito chiaramente quello che voleva da lei. Cioè il miglior pilota del mondo, ma anche la donna dall'aspetto più affascinante, elegante e bene educata che fosse riuscito a trovare, per rappresentare il suo prodotto; voleva stabilire nuovi record, voleva che i suoi apparecchi fossero conosciuti dal pubblico americano. Non era poco, eppure Cassie era in grado di soddisfare tutte queste esigenze e Desmond si era mostrato tanto furbo e intelligente da intuirlo. Era il miglior pilota che avesse mai visto e per di più una splendida ragazza. Per Nick, invece, era la fine. D'altra parte si sentiva più che disposto a sacrificare se stesso per il futuro di Cass. Era il suo ultimo dono d'amore, quello definitivo. Prima le lezioni di volo, e adesso la sua libertà.

« Non devi permettere che facciano i prepotenti con te », continuò. « Sei uno schianto di ragazza e se esigono troppo o fanno i duri, prova a dirgli di andarsene all'inferno e torna a casa. Basta una telefonata, e vengo io in aereo a prenderti. » Sembrava assurdo, ma Cassie lo trovò ugualmente rassicurante.

« Verrai a trovarmi? »

« Senz'altro. Non appena mi capiterà un volo che mi porti da quelle parti, provvederò a fare una piccola deviazione. »

« Non dare a Billy i voli per la California », gli rammentò Cassie a sua volta, « e pensa piuttosto a farli tu. » Nick sorrise a quell'ammonizione. Tutto a un tratto Cassie sembrava nervosissima.

« Credevo che ti avrebbe fatto piacere vederlo più spesso », osservò Nick, parlando di Billy con tutta la disinvoltura e l'indifferenza che riuscì a mostrare. « Oppure mi sono sbagliato? » Aveva provato un gran sollievo per quello che Cassie aveva appena detto. D'altra parte aveva già cominciato a sospettare che Billy fosse semplicemente un amico e non il compagno per una storia d'amore, né più né meno come suo padre aveva pronosticato. Però gli faceva piacere sentirselo confermare. Quello che voleva da Cassie era che rimanesse per sempre zitella, che provasse per lui un'adorazione totale, ma sapeva benissimo quanto fosse ridicolo e assurdo. Un giorno o l'altro si sarebbe trovata un marito e avrebbe messo al mondo dei bambini... Non si faceva illusioni: non sarebbe mai stato il compagno della sua vita, pur desiderandolo con tutto il cuore.

« Billy e io siamo semplicemente amici », replicò Cass calma. « E lo sai. »

« Già. Forse lo so. »

« Tu sai un mucchio di cose », riprese Cassie con aria saggia. « Sul mio conto e sulla vita e su quello che è importante e su quello che non lo è. Mi hai insegnato tanto, Nick. Hai fatto sì che tutta la mia vita avesse un significato per me. Mi hai dato tutto. »

« Vorrei che fosse così, Cass, ma forse avrei potuto fare meglio. Nessuno più di te merita quello che hai ottenuto. »

« Eppure è così, mi hai dato tutto », insistette lei, e nelle sue parole era evidente l'ammirazione che provava per Nick, e ancora di più il suo affetto.

« Io non sono un Desmond Williams, Cass », ribatté Nick con franchezza.

« E chi lo è? Sono poche le persone tanto fortunate. »

« Tu potresti esserlo, un giorno, Cass. Potresti diventare una persona veramente importante. »

« Perché mi vedrai nel cinegiornale e mi faranno chissà quante fotografie? Ne dubito. Quella è tutta roba per mettermi in mostra, esibizionismo e basta. Niente di vero e reale. Lo capisco perfino io. »

« Sei una ragazza in gamba, Cass. Rimani come sei. Non lasciare che ti guastino. » Poco dopo atterrarono a Chicago, dove Nick l'accompagnò al suo aereo, portandole la valigia. Cassie si era messa un tailleur blu scuro di sua madre. Sembrava un po' fuori moda e per lei era troppo largo, eppure, anche vestita così, era semplicemente incantevole. A vent'anni era tanto bella da lasciare senza fiato, con quei capelli lucenti rosso fiamma, i grandi occhi azzurri, il seno fiorente, le gambe lunghe e la vita sottile che Nick adorava stringere fra le mani quando l'aiutava a scendere a terra dall'aereo. Cassie alzò su di lui due occhi grandissimi, come una bambina, e Nick scoprì che l'unica cosa che desiderava al mondo era riaccompagnarla da sua madre. Cassie aveva gli occhi colmi di lacrime ma non piangeva per loro, piangeva per lui. Non voleva lasciarlo.

« Vieni a trovarmi, Nick... mi mancherai terribilmente... »

« Ci sarò sempre per te, se ne avrai bisogno, bambina... Non dimenticarlo. »

« No, non lo dimenticherò », sussurrò Cassie. Nick le circondò le spalle con un braccio e la strinse a sé. Non aggiunse una sola parola a quello che aveva già detto. Le diede un bacio sulla fronte e se ne andò. Del resto non c'era nient'altro da dire e Nick sapeva che, se ci si fosse provato, la voce lo avrebbe tradito e non avrebbe più avuto la forza di lasciarla.

11

QUANDO arrivò a Los Angeles, Cassie trovò tre persone ad aspettarla all'aeroporto: un autista, un rappresentante della società e la segretaria del signor Williams. Rimase un po' meravigliata nel vederli. Desmond Williams le aveva detto che ci sarebbe stato qualcuno a riceverla, ma non si era aspettata un'accoglienza tanto ufficiale, con tutta quella gente.

Lungo il tragitto verso Newport Beach, il rappresentante della Williams le consegnò un elenco degli appuntamenti per la settimana; avrebbe dovuto passare in rassegna gli ultimi modelli degli aerei che la Williams Aircraft produceva, e su ciascuno effettuare un volo di collaudo; e poi prendere parte a una conferenza stampa con tutti i giornalisti più importanti dei quotidiani locali e del cinegiornale. La segretaria le fornì una lista degli avvenimenti mondani ai quali ci si aspettava che partecipasse, con o senza un cavaliere opportunamente scelto, e in alcune occasioni sarebbe stata accompagnata addirittura da Desmond Williams. Cassie si sentì un po' confusa e stupita. E rimase senza fiato quando vide l'appartamento che le avevano messo a disposizione. Si trovava a Newport Beach; era composto da una camera da letto, un salone e una sala da pranzo, e tutte le stanze avevano le finestre che si affacciavano sul mare. Il panorama era spettacolare. L'appartamento era circondato da una terrazza, il frigorifero ben rifornito, i mobili bellissimi, e della biancheria italiana finissima, colmava i cassetti. Fu informata che una cameriera l'avrebbe aiutata se avesse desiderato ricevere qualcuno; e in ogni caso sarebbe venuta a tenere in ordine l'appartamento ogni giorno.

« Io... mio Dio! » esclamò Cassie mentre apriva un cassetto pieno di tovaglie di pizzo. Sapeva che sua madre avrebbe dato volentieri un braccio per possederne anche una sola... « E queste? A che cosa servono? »

« Il signor Williams pensava che le avrebbe fatto piacere dare qualche pranzo o ricevere qualcuno », rispose la sua segretaria personale, signorina Fitzpatrick, in tono pieno di sussiego. Aveva circa il doppio dell'età di Cassie ed era stata allieva della scuola di Miss Porter, nell'Est. Di aeroplani si intendeva pochissimo, ma sapeva tutto sulla vita sociale, gli avvenimenti mondani e le regole dell'etichetta.

« Ma io non conosco nessuno qui », rise Cassie mentre dava uno sguardo all'appartamento. Mai, perfino nei suoi sogni più ambiziosi, aveva immaginato qualcosa di vagamente simile a questo. Moriva dalla voglia di raccontarlo a qualcuno, o di mostrarlo a qualcuno. A Billy, a Nick... alle sue sorelle... alla mamma... e invece, con lei non c'era nessuno. Era sola, con il suo entourage. Quando poi andò nella camera da letto, scoprì nell'armadio una serie di nuovi abiti, già pronti. Quattro o cinque tailleur di ottimo taglio, in una gamma di colori discreti, qualche cappellino in tinta, un abito lungo, nero, da sera, e due corti. C'erano perfino le scarpe e qualche borsetta. E tutto fatto su misura. In uno scomparto più piccolo del guardaroba trovò le uniformi. Erano blu scuro, dall'aria molto ufficiale. C'era perfino un berrettino che era stato disegnato appositamente per completare l'insieme, e le scarpe regolamentari. Per un attimo Cassie si sentì cogliere da un tremito. Forse Nick aveva ragione. Forse l'avrebbero fatta diventare un'altra Skygirl.

Tutto era già stato così perfettamente predisposto e calcolato che le parve di vivere in uno strano sogno. Un po' come trovarsi calata all'improvviso nella vita di qualcun altro, con i suoi vestiti e il suo appartamento. Non riusciva a capacitarsi che tutto questo, adesso, fosse suo.

C'era anche una giovane donna che l'aspettava. Indossava un tailleur grigio semplice ma raffinato con cappellino in tinta. Aveva un caldo sorriso, occhi azzurri vivaci, i capelli biondo scuro dal taglio perfetto che le sfioravano le spalle in una morbida acconciatura alla paggio. Doveva avere circa trent'anni, pensò Cassie.

« Questa è Nancy Firestone », spiegò la signorina Fitzpatrick. « Sarà la sua chaperon tutte le volte che il signor Williams lo giudicherà necessario. Potrà aiutarla in ogni occasione, sarà la responsabile dei rapporti con la stampa, l'accompagnerà a riunioni e pranzi. » La giovane donna si presentò rivolgendo a Cass un sorriso cordiale, mentre le mostrava il resto dell'appartamento. Una chaperon? E che cosa ne avrebbe fatto? L'avrebbe lasciata sulla pista mentre collaudava gli aerei? Cass cominciò a domandarsi se avrebbe mai trovato il tempo di pilotarne uno.

« Sì, effettivamente al primo momento si ha l'impressione di essere schiacciati da tutto questo », ammise Nancy Firestone in tono comprensivo. « Perché non mi consente di disfarle la valigia e poi, durante il pranzo, diamo un po' un'occhiata ai suoi programmi futuri? » le propose mentre Cassie si guardava attorno con aria smarrita. Aveva notato una cameriera in cucina che stava preparando dei panini e un'insalata. Era una donna anziana, in grembiule nero, e sembrava perfettamente a proprio agio. Molto più di Cassie, che non poté fare a meno di domandarsi che cosa se ne sarebbe fatta di tutte quelle persone. Era chiaro che erano lì per aiutarla, e Desmond Williams aveva cercato di offrirle quanto potesse renderle la vita comoda e confortevole. E aveva fatto qualcosa di più. Le aveva offerto un sogno. Eppure Cassie si accorse all'improvviso di sentirsi disperatamente sola fra tanti estranei. E Nancy Firestone parve intuirlo. Del resto era il motivo per cui Williams l'aveva assunta. La conosceva bene, e aveva subito pensato che fosse proprio la persona che ci voleva per Cassie.

« Andiamo anche a dare un'occhiata agli aerei oggi? » domandò Cassie con aria depressa. Se non altro, quello era un argomento che comprendeva e si sentiva molto più interessata agli apparecchi che a quello che aveva visto nell'armadio della camera da letto. Se non altro gli aerei le erano familiari, mentre questo stile di vita così sofisticato, no. Non era venuta in California per giocare « alle signore », per mettersi in ghingheri e divertirsi. Era venuta per pilotare aeroplani. E i mezzo a tutti quei cappellini, alle scarpe e ai guanti, alle persone che erano lì per occuparsi di lei, continuava a domandarsi se mai le avrebbero offerto l'occasione di pilotarne uno. Di colpo si accorse di desiderare con nostalgia struggente la vita semplice dell'Illinois e gli aerei di suo padre.

« Al campo d'aviazione andremo domani », le rispose Nancy con dolcezza. Aveva capito d'istinto – e da quanto Desmond le aveva spiegato – che Cassie andava trattata con gentilezza. Per lei quel mondo era completamente nuovo. E infatti Desmond l'aveva avvertita che, all'inizio, la ragazza avrebbe probabilmente trovato tutto molto diverso dalla sua vita abituale e ne sarebbe rimasta sconcertata. Ma non bisognava dimenticare che era anche testarda e indipendente. Quindi non voleva correre il rischio che Cassie, di punto in bianco, potesse decidere che quel mondo non era fatto per lei. Anzi, ci teneva che le piacesse. « Il signor Williams non voleva che lei si stancasse troppo il primo giorno », le spiegò Nancy con un sorriso mentre si sedevano a tavola e cominciavano a servirsi di panini. Ma Cassie non aveva fame.

« Lei ha una conferenza stampa alle cinque. Il parrucchiere sarà qui alle tre. Ma prima di quell'ora dobbiamo parlare di molte cose. » A sentirla si poteva pensare che fossero semplicemente due ragazze che si preparavano per una festa, ma Cassie si rese conto, ascoltandola, di avere il capogiro. Poco dopo, la signorina Fitzpatrick, la segretaria di Williams, se ne andò, ma non prima di averle indicato un grosso fascicolo di documenti che avrebbero dovuto aggiornarla sulle caratteristiche di certi aerei fabbricati dalla sua società: il signor Williams voleva che lei lo consultasse. E aggiunse che sarebbe passato a prenderla tra le quattro e le quattro e mezzo.

« È lui che l'accompagna alla conferenza stampa », si affrettò a spiegarle Nancy mentre la porta si richiudeva alle spalle della signorina Fitzpatrick. Dal suo tono Cassie capì che doveva considerarlo un grande onore. Lo sapeva. Ma ne era ugualmente terrorizzata. Tutti, e tutto quello che la circondava, avevano il potere di terrorizzarla. E non riuscì a far altro che fissare Nancy Firestone con aria sgomenta e stupefatta. Che cosa significava tutto questo? E lei, che cosa era venuta a fare lì? Che cosa c'entravano tutte queste cose con gli aeroplani? Nancy non ebbe difficoltà a leggerle negli occhi quello che pensava e tentò di rassicurarla.

« Capisco che tutto questo può lasciare un po' sconcertati », commentò rivolgendole un sorriso. Era una donna graziosa, ma c'era qualcosa di triste nel suo sguardo che Cassie aveva notato fin dal primo momento. Eppure sembrava piena di buona volontà e ben decisa a far sì che Cassie si sentisse a proprio agio in quell'ambiente che non le era familiare.

« Non so neppure da dove cominciare », le confessò Cassie, provando a un tratto una gran voglia di scoppiare in lacrime, pur sapendo che non doveva. Erano tutti così buoni con lei... Ma c'era troppo da capire, da accettare contemporaneamente... i vestiti, gli appuntamenti, quello che si aspettavano da lei, quello che doveva dire ai giornalisti... Mentre lei avrebbe voluto semplicemente sentirsi spiegare tutto quello che le interessava sugli aeroplani. Invece doveva preoccuparsi dei vestiti e del proprio aspetto, di apparire intelligente e matura a sufficienza. Era qualcosa che la impauriva terribilmente e perfino l'atteggiamento affettuoso e cordiale di Nancy Firestone le dava ben poco conforto.

Aveva quasi l'impressione che l'avessero fatta venire fin lì per esibirla, per metterla in mostra... e non per volare. « Che cosa vogliono fare di me? » provò a domandare a Nancy, mentre dalla tavola dov'erano sedute potevano ammirare il panorama del mare. « Perché lui mi ha portato qui? » Adesso era quasi pentita di esserci venuta. Si sentiva troppo spaventata.

« L'ha portata qui », le rispose Nancy, « perché, a quanto sento dire, lei è uno dei piloti migliori che abbia mai visto.

Deve proprio essere straordinaria, Cassie. Non è facile fare colpo su Desmond. Se penso che non ha mai smesso di parlare di lei da quando l'ha vista a quel raduno aeronautico! Però l'ha portata qui anche perché lei è una donna, non soltanto un pilota eccezionale. E per Desmond questo è molto importante. » Sotto certi aspetti, le donne erano importanti per lui. Sotto altri, non lo interessavano per niente. Ma Nancy non spiegò questo a Cassie. Desmond Williams amava circondarsi di donne quando servivano ai suoi scopi, ma non si legava mai a nessuna. « Ritiene che le donne riescano a vendere gli aeroplani meglio degli uomini perché sono più affascinanti e convincenti. È persuaso che le donne, donne come lei, per la precisione, siano il futuro dell'aviazione. Non solo, ma lei è un vero e proprio asso nella manica da sfruttare con la stampa, un ottimo elemento per le pubbliche relazioni. » Non disse a Cassie che Desmond contava anche, e molto, sul suo aspetto fisico, che aveva un ruolo notevole nel quadro complessivo. Cassie era un'autentica bellezza: non sarebbe certo arrivata lì se non lo fosse stata. Nancy sapeva che Desmond stava cercando da molto tempo una persona come lei, che aveva avuto colloqui con moltissime aviatrici, che era andato a un gran numero di raduni aeronautici prima di trovarla. Era un'idea che aveva da anni, ancora prima che George Putnam scoprisse Amelia Earhart.

« Ma perché proprio io? A chi pensa che interessi? » domandò Cassie ingenuamente, sentendosi ancora schiacciata da tutto quanto la circondava, malgrado le spiegazioni incoraggianti di Nancy. Continuava a non capirlo. Non era sciocca, ma semplicemente ingenua ed era difficile intuire i progetti di Desmond Williams. Nancy aveva saputo molte cose di lui da suo marito, prima che morisse collaudando uno degli apparecchi della Williams Aircraft, e da altri piloti che suo marito (si chiamava Skip) conosceva, e naturalmente dalla propria esperienza. Desmond Williams aveva fatto di tutto per aiutarla. E sotto molti aspetti era stato un vero e proprio benefattore. Eppure c'erano cose in lui che, a volte, la spaventavano. Per esempio, la risolutezza che mostrava quando si prefiggeva uno scopo. Quando voleva qualcosa, oppure quando pensava che qualcosa potesse riuscire utile alla sua società, niente poteva fermarlo.

Alla morte di Skip era stato molto generoso e aveva fatto il possibile non solo per lei ma anche per sua figlia. Le aveva detto che lei e Jane facevano parte della «famiglia» della Williams Aircraft e che la società avrebbe sempre provveduto a loro. Le aveva aperto un conto corrente in banca, perché potesse affrontare qualsiasi necessità, aveva assicurato a Jane un'istruzione e a Nancy una pensione. Skip era morto per Desmond Williams, e lui non lo avrebbe mai dimenticato. Aveva perfino comperato una casetta per loro. E stipulato un contratto in base al quale era previsto che Nancy rimanesse alle dipendenze della Williams Aircraft per i vent'anni successivi, con l'incarico di occuparsi della sistemazione delle persone come Cassie; niente di troppo impegnativo o che la affaticasse eccessivamente. Ma si trattava di compiti che richiedevano lealtà e intelligenza. Desmond, molto abilmente, le aveva ricordato tutto quanto aveva fatto per lei e per sua figlia tanto che Nancy si era resa conto di non avere altra scelta se non accontentarlo e fare quello che lui desiderava. Skip non aveva lasciato altro che debiti e dolci ricordi. Così adesso, dopo tutto quello che aveva fatto per lei e per Jane, Desmond Williams era diventato una specie di padrone. La teneva in una bella gabbia dorata, era corretto – o perlomeno dava l'impressione di esserlo – ma non le consentiva mai di dimenticare che lui era il padrone. Nancy non poteva andare in nessun posto, non poteva partire e lasciarlo; e lo avesse fatto, si sarebbe ritrovata di nuovo senza niente. In fondo, non aveva particolari capacità, non era stata addestrata a una professione specifica, e quindi poteva considerarsi fortunata di aver trovato un lavoro, altrimenti Jane non avrebbe mai potuto frequentare il college. Desmond la considerava una persona che poteva usare, così come calcolava di usare Cassie. E riusciva sempre a ottenere quello che voleva. Lo comprava, con tutta l'onestà e la correttezza possibile, e lo pagava a caro prezzo. Ma non potevano esserci equivoci sul fatto che, una volta firmato il contratto, il padrone era lui. Era un uomo furbo e capiva sempre che cosa gli poteva far comodo.

« Tutti, un giorno, si interesseranno a lei », riprese Nancy tranquillamente. Quanto ai progetti di Desmond, ne sapeva più di quanto intendeva rivelare a Cassie, almeno per il momento. Desmond era un genio nei rapporti con la stampa e sapeva concepire idee grandiose anche partendo da basi molto modeste. « Il pubblico americano finirà per volerle bene. Oggi le donne e gli aeroplani sono il nostro futuro. La Williams Aircraft produce gli apparecchi più perfetti, ma persuadere di questo il pubblico attraverso i suoi occhi, *attraverso di lei*, è un'idea incredibile, potente. Identificarla con gli aerei della Williams Aircraft sevirà a renderli molto speciali, più desiderabili. » E Desmond Williams lo sapeva. Ecco quello che voleva da Cassie. Da anni cercava una donna che incarnasse il sogno americano, giovane, bella, una creatura semplice e di grande fascino, intelligente, brillante come pilota. E finalmente l'aveva scoperta in Cassie O'Malley. Quale destino migliore per lei? Che cosa avrebbe potuto desiderare di più? Nancy sapeva che Cassie era una ragazza fortunata e anche se tutto non era così semplice come appariva e c'era qualche impegno e qualche dovere in più da accettare, e perfino se esigeva un tipo di sudditanza che avrebbe potuto durare per tutta la vita, Desmond Williams era un uomo in grado di ricompensarla ampiamente per questo. Cassie sarebbe diventata ricca e famosa, sarebbe diventata una leggenda se avesse saputo giocare bene le sue carte. Perfino agli occhi di Nancy, che sapeva fin troppo bene quanto rigorosi sarebbero stati i legami che Desmond poteva esigere, Cassie O'Malley era diventata una persona da invidiare. Desmond avrebbe fatto di lei una diva, una celebrità di prima grandezza come nessun'altra.

« Ma tutto è talmente strano, a ben pensarci », commentò Cassie, guardando Nancy con aria pensierosa. « Non sono nessuno, io. Non sono Jean Batten, e nemmeno Amy Johnson, o un'altra persona importante. Sono semplicemente una ragazza dell'Illinois che ha vinto quattro premi a un raduno aeronautico locale. E con questo? » domandò con modestia, decidendosi finalmente ad addentare uno squisito panino imbottito di carne di pollo.

« Veramente lei ormai non è più semplicemente una ragazza », le rispose Nancy in tono saggio. « O perlomeno non lo sarà più dopo le cinque di questo pomeriggio. » Sapeva con quanta accuratezza Desmond avesse cominciato a prepararle il terreno fin dal preciso momento in cui Cassie aveva firmato il contratto. « E come crede che abbiano cominciato tutte quelle altre donne? Senza qualcuno che le lanciasse, come Desmond, che facesse loro pubblicità, non sarebbero mai diventate famose. » Cassie l'ascoltava ma non era d'accordo. La loro reputazione era basata sull'abilità e la competenza, non semplicemente sulla pubblicità, mentre Nancy credeva totalmente nelle capacità di Desmond Williams. « La Earhart è stata soltanto ciò che George Putnam ha saputo creare. Desmond ne è sempre stato impressionato. Riteneva infatti che non fosse quella straordinaria aviatrice che Putnam voleva lasciar credere, e forse non si sbagliava. » Anche Skip aveva espresso la stessa opinione e Nancy, ripensandoci, guardò Cassie con aria triste. Cassie trovava intrigante quella donna: per quanto molte cose in lei le piacessero, le dava l'impressione di essere lontana e distaccata. Sembrava entusiasta di tutto ciò che si prospettava a Cassie, ma anche un po' gelosa. A sentirla, sembrava che ritenesse Cassie molto fortunata, e parlava di « Desmond » come se lo conoscesse meglio di quanto avrebbe voluto ammettere. Guardandola, Cassie non poté fare a meno di domandarsi se tra loro ci fosse qualcosa. O forse la spiegazione era più semplice: Nancy lo ammirava molto e voleva essere ben sicura che Cassie apprezzasse tutto quanto aveva fatto per lei. Quante cose da assorbire e analizzare in un solo pomeriggio! E mentre riponevano nei cassetti gli abiti di Cassie, Nancy tentò di spiegarle l'importanza del « marketing ». Come Desmond, anche lei era convinta che fosse essenziale. Era ciò che spingeva la gente a comperare i prodotti confezionati o fabbricati da altra gente. In questo caso, gli aerei. Cassie faceva parte di un progetto molto più ampio. Quello che lei era, e che sarebbe diventata, rappresentava lo strumento per vendere aeroplani. A Cassie parve un concetto curioso e quando arrivò il parrucchiere, stava ancora cercando di interpretarlo e capirlo.

Nancy le aveva raccontato tutto quanto riguardava suo marito Skip e sua figlia Jane. Le aveva spiegato con semplicità che lui era morto in un incidente l'anno prima, durante un volo di collaudo sopra Las Vegas. Sebbene ne parlasse con apparente distacco, ogni volta che affrontava quell'argomento nei suoi occhi si leggeva la disperazione. In un certo senso la sua vita era finita con la morte di Skip, o perlomeno credeva. Ma Desmond Williams era riuscito, in molti modi diversi, a cambiare anche questo.

« È stato molto buono con me », le disse Nancy a bassa voce, « e con mia figlia. » Cassie annuì, osservandola; poi furono distratte dal parrucchiere e dai suoi progetti per i capelli rosso fiamma di Cassie. Prima di tutto voleva regolare il taglio e poi tentò di persuaderla a lasciarli lunghi e sciolti sulle spalle, come Laureen Bacall. Le disse persino che la trovava vagamente somigliante a quell'attrice e Cassie scoppiò a ridere. Sapeva che Nick si sarebbe divertito da morire se avesse sentito una cosa del genere. Nancy, invece, prese molto sul serio il suggerimento e approvò tutto quello che veniva proposto.

« Si può sapere che cosa vogliono esattamente da me? » domandò Cassie con un sospiro e una punta di nervosismo nella voce mentre il parrucchiere tagliava e sistemava, con gesti esperti, la sua capigliatura. Nancy rivolse alla sua protetta una lunga occhiata e cercò di risponderle come meglio poteva. Ormai si era stabilita fra loro una certa familiarità e si davano del tu: « Vogliono che tu abbia un aspetto grazioso, che ti dimostri intelligente quando parli, che ti comporti bene e che voli come un angelo. Tutto qui ». Sorrise di nuovo e Cassie si arrese a quella spiegazione. Nancy rendeva tutto così semplice! Straordinariamente semplice.

« Non dovrebbe essere troppo difficile. Certo non la parte che riguarda il volo; quanto a comportarsi bene, non dovrebbero esserci problemi se significa non bere fino a ubriacarmi o non combinare pasticci con qualche ragazzo. Non sono del tutto sicura di quello che vuol dire 'dimostrarmi intelligente quando parlo', questo non mi sembra facile... quanto all''aspetto grazioso' potrebbe rivelarsi soltanto un pio desiderio», e Cassie rise guardando la nuova amica. Quando smetteva per un momento di sentirsi terrorizzata da tutto quello che le stava succedendo, trovava la nuova vita molto esaltante. Come potevano accadere cose del genere? Sembrava quasi di vivere in un film. Tutto le pareva così irreale... anche se capiva di essere ormai prigioniera di quella situazione.

«Ho la vaga impressione che tu non ti guardi in uno specchio da un bel pezzo, vero?» disse Nancy con molta franchezza, e Cassie annuì.

«Non ne avevo il tempo. Ero troppo impegnata a pilotare e a riparare gli aerei all'aeroporto di mio padre.»

«Adesso dovrai imparare a guardarti nello specchio.» Ecco perché Desmond Williams aveva tanta fiducia in Nancy. Sapeva che aveva tatto, era educata, distinta e intelligente, sapeva che era pronta a fare tutto quello che le veniva ordinato e che ci si aspettava da lei. Desmond Williams conosceva bene le persone che lavoravano per lui; sapeva sempre con esattezza quello che comperava. Non aveva mai dubitato per un momento che Nancy gli sarebbe stata utile quando avevano firmato il contratto. «Basta che tu sorrida e pensi che farsi scattare qualche fotografia non è poi così spiacevole. Per il resto del tempo puoi pilotare tutto quello che desideri. È un'opportunità che a pochi viene offerta, Cassie. Sei fortunatissima», la incoraggiò Nancy. Sapeva fin troppo bene che cosa piacesse ai fanatici del volo e come persuadere Cassie a fare le cose che non le erano gradite. Per esempio, le conferenze stampa già fissate per lei, le interviste, le riprese per il cinegiornale, i ricevimenti e le feste alle quali Desmond voleva che lei si facesse vedere e ammirare. La signorina Fitzpatrick aveva già pensato perfino a una lista di accompagnatori.

«E perché ci dovrei andare?» domandò Cassie con aria sospettosa quando venne affrontato l'argomento delle feste e delle riunioni mondane.

«Perché la gente deve imparare a conoscere il tuo nome. Il signor Williams ha fatto in modo di ottenere che tu venissi inclusa nell'elenco degli invitati, e non puoi assolutamente deluderlo», disse in tono molto fermo e deciso.

«Oh!» fu la risposta di Cassie, che non nascose di essere piuttosto intimorita. Non voleva sembrava un'ingrata e stava già cominciando a fidarsi ciecamente del parere di Nancy. Tutto succedeva così in fretta... e Nancy era l'unica amica che avesse a Los Angeles. Del resto, quello che Nancy diceva era vero. Williams si dava molto da fare per lei e forse era un dovere accettare i suoi inviti. Nonostante ciò ebbe l'impressione, scorrendo l'elenco che le era stato presentato, che gli impegni di carattere mondano fossero innumerevoli. Ma Desmond Williams sapeva benissimo quello che stava facendo. Come Nancy.

Quando il parrucchiere ebbe finito, l'acconciatura ottenne il consenso generale. Cassie sembrava più sofisticata, ma anche molto elegante e semplice. Poi ebbe anche un aiuto per truccarsi. Alle tre e un quarto prese un bagno e alle quattro meno un quarto cominciò a infilarsi la biancheria e le calze di seta che erano state preparate. Quando, alle quattro in punto, indossò il tailleur verde scuro era davvero stupenda, da lasciare senza fiato.

«Accidenti!» esclamò Nancy, sistemandole la camicetta e controllando che le scarpe fossero intonate con l'abito e la borsetta.

«Calze di seta!» esclamò Cassie raggiante. «Chissà che cosa dirà la mamma quando glielo racconterò!» Rideva come una bambina e Nancy sorrise prima di domandarle se avesse un paio di orecchini. Cassie la guardò con aria esterrefatta, poi scrollò la testa. La mamma ne aveva un paio che erano stati della nonna. Ma lei, come le sue sorelle, non ne avevano mai posseduti.

«Dovrò dirlo al signor Williams.» E Nancy ne prese accuratamente nota. Sarebbe stato necessario anche un filo di perle. Desmond aveva spiegato a Nancy con molta precisione quello che voleva. Niente tuta sporca di olio di motore o abiti da lavoro. Quelli dovevano essere messi da parte e usati soltanto per una sola, rara istantanea, magari per *Life*, come parte di un servizio più importante. Quando era a terra,

Cassie doveva avere l'aspetto della ragazza perbene, della vera signora. Soltanto quello. Anche se Nancy, osservandola, pensò che poteva piuttosto essere paragonata a Rita Hayworth.

Desmond Williams arrivò puntuale alle quattro e rimase molto soddisfatto di ciò che vide. Consegnò a Cassie alcune fotografie e le informazioni dettagliate sul Phaeton e sullo Starlifter che avrebbe pilotato nei giorni seguenti, più che altro perché cominciasse a familiarizzarsi un po'. La settimana successiva si aspettavano che eseguisse alcuni collaudi importanti su un apparecchio per alta quota che lui stava cercando di convertire per l'aviazione militare, ma Cassie, mentre osservava le fotografie, non poté fare a meno di pensare al marito di Nancy. E se gli apparecchi di Desmond fossero stati troppo pericolosi, oppure i rischi che doveva correre eccessivi? Come tutti i bravi piloti collaudatori, Cassie era molto coraggiosa, ma al tempo stesso prudente. Ma non aveva paura di pilotare nessun apparecchio, fu la conclusione alla quale giunse, mentre fissava con appassionato interesse la fotografia di un Phaeton sperimentale.

« Ha intenzione di lasciarmi pilotare *questo*? » domandò, raggiante, e Desmond assentì. « Uauh! E perché non proviamo subito? Lasciamo perdere la stampa, andiamo a volare. » Gli lanciò un'occhiata speranzosa e di colpo dimenticò le preoccupazioni e le incertezze di poco prima.

Lui scoppiò a ridere. Gli piaceva il nuovo look di Cassie. E Nancy, al suo arrivo, si era affrettata a informarlo che la ragazza si era mostrata disposta a collaborare con lei. Desmond se ne compiacque, con tutte e due. Questo era il lancio pubblicitario migliore che avesse mai organizzato, e lo sapeva. « Non dimenticare mai la stampa, Cassie. Sono loro che possono creare o distruggere la tua fama. O, diciamo meglio, la mia. Bisogna essere molto gentili con loro. Sempre. » La guardò con aria significativa e lei annuì. Continuava a provare un timore reverenziale nei suoi confronti. Desmond indossava un completo a doppio petto, blu scuro, dal taglio impeccabile, scarpe nere fatte a mano, lucidissime. I suoi capelli biondi erano accuratamente pettinati e tutto in lui appariva perfetto. Era l'uomo più bello e più curato che avesse mai visto. Estremamente raffinato. Cassie si rese conto che lo stava osservando letteralmente incantata. Tutto in lui era calcolato, pensato anticipatamente, preparato con minuziosità ossessiva. Ma lei era troppo giovane per capirlo. Quello che adesso aveva sotto gli occhi era il prodotto finito. Quello che Desmond voleva mostrarle. Ed era questo che voleva anche insegnarle: cioè a mostrare al mondo solamente la faccia, l'espressione e l'aspetto che lui voleva. La ragazza sorridente e abbronzata, originaria di una piccola città, che pilotava meglio di qualsiasi uomo, pronta a osare il tutto e per tutto, che scendeva con un agile balzo dalla cabina di pilotaggio con un sorriso smagliante e una folta capigliatura rosso fiamma, perfettamente acconciata. Nel giro di sei mesi, magari anche meno, avrebbe fatto innamorare di sé ogni uomo del paese... Non solo, ma sarebbe diventata anche l'idolo di ogni donna. Per ottenere tutto questo, Cassie doveva comportarsi in modo perfetto, avere un aspetto splendido, pilotare aerei che facevano tremare anche i piloti più esperti e agguerriti. Desmond Williams aveva studiato gli errori commessi da tutti gli altri e non aveva nessuna intenzione di ripeterli. Desmond Williams non avrebbe mai fallito, in niente, e nemmeno Cassie, se lui fosse riuscito a tenerla completamente sotto il proprio controllo. Cassie sarebbe diventata l'aviatrice più famosa che il paese avesse mai visto. Aveva intenzione di fare di lei una propria creatura, nel modo più completo e assoluto. E Nancy Firestone, in misura molto minore, naturalmente, per quanto le sue capacità le consentivano, lo avrebbe aiutato. Bastava circondarla di ogni comodità, metterla a proprio agio e tenerla d'occhio. Desmond non aveva nessuna intenzione di veder andare a monte i propri sogni ritrovandosi con una Cassie ubriaca, che bestemmiava o imprecava contro qualcuno, oppure che si presentava stanca e con il viso stravolto dopo un lungo volo o, peggio ancora, che si lasciava coinvolgere in qualche sporca storia con un fannullone o un poco di buono. No, Cassie doveva essere perfetta.

«Pronta per il gran momento?» le chiese con un sorriso.

Cassie aveva un ottimo aspetto, anzi era già meglio di quanto lui si fosse aspettato, anche se qualche piccolo ritocco avrebbe potuto rendere il tutto più perfetto. Possedeva già una bellezza singolare, era dotata di fascino, ma quel tailleur era un po' troppo abbondante per lei e Nancy avrebbe dovuto provvedere a farlo sistemare. Era un po' più magra di quanto ricordasse, ma sembrava in perfetta forma. Era semplicemente necessario un tipo di abbigliamento che la facesse apparire ancora più affascinante, e un po' più giovane. Quando l'aveva conosciuta, a Good Hope, Desmond non si era reso conto che avesse un corpo tanto spettacoloso. Pensò che sarebbe stato opportuno valorizzarlo quanto più possibile, senza rischiare di renderla volgare. Si era posto un determinato obiettivo: voleva che Cassie si calasse in un determinato personaggio.... e ancora non ci erano arrivati. Ma per un primo contatto con il pubblico andava discretamente.

E alla conferenza stampa se la cavò ancora meglio di quanto lui si fosse aspettato.

L'incontro ebbe luogo nell'ampia sala riunioni adiacente il suo ufficio, alla presenza di una ventina di giornalisti scelti uno per uno dallo stesso Desmond - quelli sui quali era più facile fare colpo. Tutti uomini ai quali le ragazze piacevano un po' più di quanto fosse opportuno, e poi qualche donna. E infine la presentò. Cassie entrò con l'aria un po' spaurita, leggermente pallida, sentendosi vagamente a disagio con quei nuovi abiti e le labbra truccate con un rossetto dal colore acceso. Ma fece colpo, era letteralmente fantastica con il nuovo taglio di capelli e il tailleur verde che mettevano in risalto la sua bellezza semplice e la sua personalità brillante.

Li incantò. Desmond Williams aveva fornito tutte le informazioni necessarie descrivendo il famoso raduno aeronautico in cui l'aveva notata, e Cassie, parlandone, cercò di minimizzare. Spiegò di aver lavorato tutta la vita nell'aeroporto di suo padre, di essersi dedicata con passione a riparare motori e a rifornire gli apparecchi di carburante. «Ho passato buona parte della mia infanzia sporca di olio del motore. Ho scoperto di avere i capelli rossi soltanto quando sono arrivata qui», commentò con molto spirito, e i giornalisti andarono in visibilio. Aveva uno stile semplice e una volta che si fu abituata alla loro presenza cominciò a trattarli come vecchi amici. Desmond Williams era soddisfatto e continuava a sorridere.

Alla fine fu costretta a portarla via a viva forza. Altrimenti sarebbero rimasti per tutta la notte ad ascoltare quello che raccontava. Aveva perfino confidato che suo padre non le avrebbe mai permesso di volare che era riuscita a fargli cambiare idea solanto dopo la notte in cui, con Nick, aveva pilotato un aereo in mezzo a una tempesta di neve per portare soccorso ai feriti di un grave incidente sulla linea ferroviaria.

« E che cosa pilotava, signorina O'Malley? »

« Un vecchio Handley di papà. » Quelli, tra i giornalisti, che se ne intendevano, le lanciarono un'occhiata di ammirazione. Era un apparecchio molto difficile da pilotare. D'altra parte immaginavano che dovesse essere molto in gamba, altrimenti Williams non l'avrebbe voluta con sé.

Quando, finalmente, li lasciò, avevano già cominciato a chiamarla Cassie. Era semplice e modesta, molto affabile e disponibile. Quando, il giorno seguente, pubblicarono una sua fotografia addirittura sensazionale sulla prima pagina del *Los Angeles Times* l'articolo che la accompagnava la descrisse come una rossa formidabile, un'autentica bomba che stava per colpire la città e prendere d'assalto il mondo intero. Era tale la simpatia da lei suscitata, che una prima pagina del genere era un po' come un saluto di benvenuto del tipo: Ti vogliamo bene, Cassie! Ormai era chiaro che era diventata la loro beniamina. La campagna era cominciata. E da quel momento in poi Desmond Williams la tenne sempre occupatissima.

Il secondo giorno dopo il suo arrivo a Los Angeles, Cassie « fece una visita » a tutti gli aeroplani Williams, e naturalmente la stampa era presente, insieme ai tecnici della Movietone che girarono alcune riprese per un cinegiornale.

Quando il documentario venne diffuso nelle sale cinematografiche, Oona condusse tutte le figlie e i loro bambini a vederlo. Cassie avrebbe voluto che anche Nick e papà lo vedessero, invece ricevette semplicemente una cartolina da Nick con queste parole: « Sentiamo la tua mancanza, Skygirl! » Questo le diede un enorme fastidio. Sapeva quale doveva essere stato il suo aspetto nel cinegiornale, con l'uniforme che le avevano fatto indossare, ma sapeva anche che Nick doveva essere rimasto colpito dagli apparecchi della Williams Aircraft. Erano letteralmente fantastici.

Effettuò i primi voli a bordo del Phaeton sul quale stavano ancora lavorando, e poi sullo Starlifter che Desmond le aveva mostrato. Subito dopo le lasciò pilotare un apparecchio da alta quota che voleva perfezionare, in modo che lei prendesse appunti per i tecnici. In quel volo toccò i quindicimila metri di altezza e per la prima volta fu costretta a usare una maschera per l'ossigeno e una tuta termica. Ma poté anche raccogliere informazioni di estrema importanza. L'obiettivo della Williams era convertire l'apparecchio in un bombardiere dalle grandi prestazioni per l'esercito. Un'impresa molto difficile. Cassie provò un po' di paura una o due volte, ma fece colpo su Desmond Williams. I suoi ingegneri e uno dei suoi piloti l'avèvano accompagnata durante quel volo e poi avevano descritto il suo modo di pilotare definendolo senz'altro migliore di quello di Lindbergh. Non solo, ma Cassie era anche molto più carina di lui... come uno dei suoi accompagnatori si affrettò a far notare. Quanto a quello, Williams se ne era già accorto da solo. In ogni caso rimase molto soddisfatto di sentirsi confermare che le capacità di Cassie come pilota andavano addirittura al di là delle aspettative.

Durante la seconda settimana del suo soggiorno in California stabilì un record di altezza e tre giorni più tardi, con il Phaeton, uno di velocità. Verificati entrambi dalla FAI [la *Féderation Aéronatique Internationale*, N.d.T.], furono omologati. Questi erano gli aerei che Cassie aveva sempre sognato.

L'unica cosa che rallentava il suo ritmo di lavoro e il suo impegno era l'obbligo di prendere parte a conferenze stampa, servizi fotografici, riprese per il cinegiornale. Tutte cose che trovava incredibilmente noiose; a volte i giornalisti le davano addirittura fastidio. Ormai si trovava a Los Angeles da venti giorni e stava scoprendo di essere praticamente assediata dalla stampa, perché i cronisti la inseguivano ovunque andasse. « Faceva notizia ». E anche se cercava di mostrarsi sempre cortese con loro, si sentiva realmente braccata. Il giorno prima, durante il decollo, per poco non aveva investito un cronista.

« Non potete tenerli alla larga dalla pista, accidenti? » gridò dalla cabina di pilotaggio prima di decollare. Non voleva che si verificassero incidenti e i cronisti l'avevano spaventata avvicinandosi troppo all'apparecchio. Ma il personale di terra dell'aeroporto e i tecnici si limitarono ad alzare le spalle. Ormai ci avevano fatto l'abitudine. Non avevano mai visto nessuno oggetto di tanta curiosità. Si pubblicavano in continuazione articoli e fotografie su di lei. Il pubblico divorava ogni cosa e Desmond Williams continuava ad alimentare tanta curiosità. Solo il necessario, sul conto di Cassie, per eccitarli e continuare a tenere viva quella specie di storia d'amore... mai però tanto da rischiare che se ne stancassero. Era una tecnica molto raffinata e lui la metteva in pratica in modo estremamente brillante. Non solo, ma Nancy Firestone gli passava tutti i piccoli particolari privati, e personali, di cui avevano bisogno. E continuava a essere un grandissimo aiuto per Cassie.

Era già stato deciso che fosse la protagonista di uno spot sui cereali preferiti per la prima colazione dei bambini, nonché di un'annuncio pubblicitario per il suo rotocalco preferito ma quando Nick, un giorno, lo vide all'aeroporto, si affrettò a buttarlo nel cestino della carta straccia. Era furibondo e andò a sfogarsi con il padre di Cassie.

« Come puoi permetterle di fare una cosa del genere? Si può sapere che cosa sta facendo tua figlia? Vende cereali per la prima colazione o pilota apparecchi? »

« Secondo me, tutte e due le cose. » A lui, in fondo, non importava gran che. Continuava a pensare che le donne e l'aviazione, quella seria, fossero due cose che non potevano avere niente in comune. « A sua madre piace da impazzire. »

«Ma... allora... quando trova il tempo di volare?» continuò Nick implacabile e Pat scoppiò a ridere.

«Ti giuro che proprio non lo so, Cloche. Perché non sali su un apparecchio e non voli da lei a domandarglielo?» Pat non se la prendeva più adesso, anzi, affrontava tutti questi avvenimenti con una calma sorprendente. L'unica cosa che gli dispiaceva era che non avesse più tempo per continuare gli studi. Però pilotava aerei formidabili. E quindi non poteva fare a meno di sentirsi fiero di lei, anche se si guardava bene dall'ammetterlo.

Più di una volta a Nick era venuta la voglia di andare a trovarla, ma non era mai riuscito a liberarsi dei suoi impegni. Con la partenza di Cassie, gli sembrava di essere continuamente a bordo di un aereo – più di prima – malgrado l'aiuto di Billy Nolan. D'altra parte gli affari andavano a gonfie vele per O'Malley. E Pat doveva ammettere che l'improvvisa celebrità di sua figlia molto probabilmente non li aveva affatto danneggiati. Erano perfino apparsi i giornalisti, qualche volta, ma non avevano trovato materiale soddisfacente e dopo aver scattato qualche fotografia, oltre a una serie di riprese della casa in cui Cassie era cresciuta, erano ripartiti per Chicago.

Quanto a Cassie, sembrava che adesso la sua vita avesse assunto un ritmo frenetico. Non riusciva quasi a tener dietro a tutto, fra i voli di collaudo, quelli per eseguire i controlli relativi a nuovi strumenti di bordo, le riunioni con tecnici e ingegneri che le dovevano spiegare le loro concezioni sulla aerodinamica. Aveva partecipato anche a qualcuno degli incontri sulla pianificazione per capire meglio a che cosa mirasse la Williams Aircraft e Desmond stesso si stupiva di fronte alla sua versatilità e alla sua competenza. Cassie voleva sapere tutto quello che c'era da sapere sui suoi apparecchi. E Desmond non nascose di esserne lusingato e impressionato, oltre che enormemente fiero del proprio intuito e delle proprie capacità di giudizio. Aveva ereditato un autentico impero che era riuscito a raddoppiare, quanto a dimensioni, in un arco di tempo incredibilmente breve. A trentaquattro anni era uno degli uomini più ricchi del paese, se non del mondo intero, e avrebbe potuto avere, o fare, praticamente qualsiasi cosa volesse. Era stato sposato due volte, e due volte divorziato, non aveva figli e l'unica cosa a cui tenesse e amasse con autentica passione, era il suo lavoro. Le persone andavano e venivano nella sua vita, e i pettegolezzi erano infiniti sull'argomento donne, ma l'unica cosa che veramente avesse importanza per lui erano i suoi aeroplani. E diventare il numero uno in senso assoluto nel campo dell'aviazione. Per il momento Cassie O'Malley lo aiutava a ottenere ciò che voleva.

Apprezzava la conoscenza, addirittura straordinaria, che Cassie dimostrava per tutto quanto riguardava gli aeroplani, le sue intuizioni ingenue, ma chiare e nette, sull'industria di cui era padrone. Cassie non aveva mai paura di esprimere la propria opinione o perfino, quand'era necessario, di affrontarlo apertamente. A Desmond piaceva vederla partecipare alle riunioni, gli piaceva che lei ci tenesse a essere presente. Era rimasto emozionato di fronte ai record che lei aveva già stabilito. Nei limiti del ragionevole, era pronta a rischiare quasi l'impossibile. L'unica cosa su cui si mostrava riluttante, tanto che a volte si rifiutava di parteciparvi, erano gli avvenimenti mondani, di importanza addirittura essenziale secondo Desmond, mentre lei li giudicava alla stregua di sciocchezze.

« Ma *perché*? » domandava esasperata nelle sue eterne discussioni con Nancy Firestone. « Non posso rimanere fuori tutta la notte e poi pilotare, fresca e lucida alle quattro del mattino, come se niente fosse! »

« E allora parti più tardi. Il signor Williams capirà. Lui *vuole* che tu esca la sera. »

« Io, invece, no. Non voglio. » La testardaggine, un aspetto tipico del carattere di Cassie, non era rimasta nell'Illinois; anzi, sembrava che adesso fosse più che mai determinata ad avere ragione a ogni costo. « Preferirei di gran lunga rimanere a casa a leggere tutto il materiale che mi mette a disposizione sui suoi aeroplani, e aggiornarmi! »

« Non è quello che il signor Williams desidera », ribatteva Nancy con fermezza. In genere, era lei a uscire vittoriosa da queste discussioni, ma in qualche occasione Cassie aveva trovato ugualmente il modo di avere la meglio. Preferiva camminare sulla spiaggia e rimanere sola con se stessa la sera, per scrivere a Nick, alle sorelle o alla madre. Sentiva molto la mancanza della famiglia, delle persone che le erano care e con le quali era cresciuta. Perfino il solo fatto di scrivere a Nick le faceva stringere il cuore. A volte le pareva di sentire una nostalgia struggente quando gli raccontava, nelle lettere, quello che faceva. Le mancava la sua presenza, quando volava, e le discussioni accanite che finivano sempre con qualche insulto scherzoso. Avrebbe voluto confidarglielo, ma le sembrava strano affidare parole del genere a una lettera. Così finiva, molto spesso, per fare a pezzi il foglio e ricominciava limitandosi a descrivergli gli apparecchi che pilotava.

Né con lui né con gli altri accennava alla sua vita mondana, perché riteneva che non avesse alcun significato, indipendentemente da quello che potevano scrivere i giornali. Nancy aveva trovato un folto stuolo di giovanotti che la accompagnavano a turno quando era invitata in qualche posto. Per la maggior parte non se ne intendevano affatto di aeroplani: anzi, alcuni di loro erano attori che avevano bisogno di farsi vedere in società. In fondo tutto si riduceva proprio soltanto al fatto di essere «visti». Cassie, a dire la verità, non provava nessun desiderio di essere «vista» con uno qualsiasi di loro; e nella maggioranza dei casi posava per qualche fotografia. Poi il cavaliere di turno la riaccompagnava a casa, dove lei crollava di schianto, stanchissima, sul letto. Provava un infinito sollievo al pensiero di essersi liberata di loro. L'unica cosa per la quale andava veramente pazza, in tutta quella sua nuova esistenza da diva del cinema, era il volo.

E si trattava di un modo di volare assolutamente incredibile. Veleggiare nel cielo illuminato dalle prime luci dell'alba a bordo di un Phaeton, battere tutti i record di velocità, era quanto di più sublime Cassie avesse mai fatto, e probabilmente di più pericoloso. Eppure, con suo profondo stupore, si accorgeva di poter anche migliorare e affinare ancora, per quanto era possibile, tutte le sue qualità... tanto erano mirabili gli apparecchi che pilotava. Stava imparando a maneggiare aerei molto pesanti, a trovare una soluzione per qualsiasi problema avessero, a segnalarli ai tecnici e correggerli insieme a loro. Nelle riunioni il materiale da lei fornito, e le sue informazioni, erano valutati e apprezzati. Tutti facevano tesoro del suo parere e ammiravano il suo modo di pilotare, oltre a capire al volo ciò di cui aveva bisogno. Trovarsi al suo posto sarebbe stato il sogno di qualsiasi pilota, e finché era ai comandi di un aereo in volo, Cassie stessa non aveva dubbi in proposito. Le piaceva infinitamente.

Un pomeriggio stava scendendo da un caccia per l'esercito, attrezzato con un motore Merlin per fargli ottenere maggior velocità, dopo un breve volo su Las Vegas per raccogliere il materiale da sottoporre all'esame dell'équipe dei disegnatori, quando una mano si protese a sorreggerla e ad aiutarla a scendere a terra. Rimase senza parole vedendo che si trattava di Desmond Williams, impeccabile come sempre, ma con i capelli un po' arruffati da una lieve brezza, tanto che le parve meno formale e molto più giovane.

« Hai fatto un buon volo? »

« Certo. Però il motore Merlin è stata una delusione. Continua a non darci quello che vogliamo ottenere da questo apparecchio. Dovremo provare qualcos'altro. Comunque mi è venuta qualche idea della quale vorrei parlare con i tecnici, domani. L'apparecchio, durante il decollo, tirava a sinistra, e questo è un grosso problema! » Pensava sempre ai suoi apparecchi, ai problemi da risolvere. Di notte li sognava, di giorno li sfruttava fino al limite massimo della loro potenza. Desmond, lanciandole uno sguardo attento, rimase più impressionato che mai da quello che stava ascoltando. Cassie era un'autentica miniera d'oro.

« Io direi che hai bisogno di un momento di pausa. » Le sorrise mentre Cassie si scostava i capelli dagli occhi e si riaggiustava l'uniforme. A volte provava una gran nostalgia delle tute di un tempo, di quando non si preoccupava mai dell'aspetto che aveva. Tutte cose che, a parer suo, non avevano importanza. « Che ne diresti di uscire a cena, stasera? »

Lei rimase stupita dall'invito e si domandò se Desmond non avesse qualcosa in mente. Forse non era contento di lei. Non era mai successo, prima, che la invitasse a uscire con lui e i loro rapporti erano sempre stati, fino a quel giorno, rigorosamente formali. Con Desmond si parlava solo di affari.

« Qualcosa non va, signor Williams? » Non gli nascose di essere preoccupata e lui rise. Cassie, invece, si stava chiedendo se non avesse intenzione di licenziarla. Ma lui scrollò il capo guardandola divertito.

« L'unica cosa che non va è il modo in cui lavori, con troppo impegno. E il fatto che tu non abbia assolutamente la minima idea di essere un autentico miracolo! Naturalmente va tutto benissimo. Pensavo soltanto che sarebbe stato simpatico cenare insieme. »

« Certo », rispose lei intimidita, chiedendosi che impressione le avrebbe fatto andare al ristorante con lui. Era così bello, così perfetto e intelligente, e così ricco da spaventarla. Nancy ripeteva sempre che era un'ottima compagnia, molto simpatico. Sembrava che lo conoscesse bene. Comunque la proposta continuava a turbarla, e non poco.

« Che cosa preferisci? Un ristorante francese? Italiano? A Los Angeles ci sono posti assolutamente fantastici. Immagino che ormai tu li abbia già frequentati tutti. »

« Sì, esatto. » Poi lo guardò dritto negli occhi, e per un attimo riuscì a dimenticare tutta la sua timidezza. « Vorrei che fosse stato il contrario. »

« Così ho sentito dire. » Le sorrise. « Mi pare di capire che ti ribelli di fronte ai tuoi impegni di carattere mondano. » Per un attimo, malgrado la sua età, sembrò assumere un'aria quasi paterna, e Cassie poté capire per quale motivo a Nancy piaceva tanto.

« La sua è un'interpretazione benevola. Io non vedo semplicemente il motivo per il quale mi costringono a uscire ogni sera, se la mattina dopo devo essere pronta a pilotare i suoi aerei alle quattro. »

« Magari potresti partire un po' più tardi », obiettò lui in tono pratico, ma Cassie per tutta risposta si lasciò sfuggire un gemito.

«Esattamente quello che ha detto Nancy! Ma volare è la parte più importante. Andare fuori la sera, no.»

Allora Desmond, che camminava di fianco a lei, si fermò e chinò la testa osservandola; e Cassie, da parte sua, rimase sorpresa nel rendersi conto di quanto fosse più alto di lei. Sotto molti aspetti, e non soltanto quello fisico, era un uomo di grande statura. «*Tutto* è importante, Cassie. Proprio tutto. Non solamente volare. Anche uscire e farsi vedere in giro. Leggi quello che i giornali dicono di te... quello che il pubblico pensa sul tuo conto... guarda quanto ti vogliono bene... Questa gente vuole sapere quello che mangi, quello che leggi, quello che pensi. E sono cose da non sottovalutare. È il potere del pubblico americano.»

«Io non riesco a capirle», replicò Cassie, e per un attimo sembrò una bambina. Desmond le sorrise. Lui invece la sapeva più lunga. Aveva un intuito incredibile per quanto riguardava gli interessi del pubblico.

«E invece, sì», rispose tranquillamente. «Ma non vuoi. Vuoi giocare a questo gioco secondo le tue regole, e solo quelle. Chi invece prova a giocare a modo mio, alla fine si ritroverà ad avere in mano molto, molto di più. Fidati di me.»

«Andare a cena al *Cocoanut Grove* oppure al *Mocambo* non è qualcosa che mi possa far diventar un'aviatrice migliore.»

«No, ma ti renderà eccitante... piena di fascino... una persona sul conto della quale la gente vuole saperne molto di più. Farà sì che ascoltino quanto dici, e una volta che si dimostreranno disposti ad ascoltare, potrai raccontare tutto quello che vuoi.»

«Se invece me ne sto a casa a dormire nel mio letto, non lo faranno?» chiese Cassie con un risolino, ma aveva perfettamente compreso il concetto espresso da Desmond, e lo trovava intrigante. E lui lo sapeva.

«In tal caso, tutto quello che sentiranno, signorina O'Malley, sarà il tuo russare.»

Cassie rise guardandolo, e pochi minuti dopo lui la lasciò davanti all'hangar. Aveva promesso di passare a prenderla alle sette, aggiungendo che le avrebbe detto dopo dove sarebbero andati.

Appena rientrata a casa Cassie raccontò subito a Nancy con chi sarebbe uscita a cena, ma lei aveva già saputo dalla signorina Fitzpatrick tutto quanto era necessario sapere sui suoi programmi. Nella Williams Aircraft non esistevano segreti. Non solo, ma sospettava anche dove l'avrebbe condotta, probabilmente da *Perino*. Così l'aiutò a scegliere un abito particolarmente sofisticato assicurandole che a Desmond piaceva proprio quel genere di toilette.

«Mi sai dire per qualche motivo vuole uscire a cena con me?» le domandò Cassie preoccupata. Continuava a tormentarsi, pensando che fosse irritato per qualcosa che lei aveva fatto. Forse cominciava a essere stanco di sentirla lamentarsi perché doveva uscire la sera, e voleva rimproverarla per questo.

«Secondo me vuole invitarti fuori perché sei talmente brutta...!» le rispose Nancy prendendosi gioco di lei. Aveva cominciato a trattare Cassie come una figlia. E, sotto molti aspetti, Cassie era ancora una bambina, non molto diversa da Jane. tra l'altro, Cassie e Jane avevano simpatizzato immediatamente e si erano accorte di andare molto d'accordo nelle due occasioni in cui Nancy l'aveva invitata a cena. L'avrebbe invitata più di frequente, ma purtroppo Cassie non aveva mai il tempo per una serata da godersi in privato. «Adesso va' a lavarti la faccia e smettila di preoccuparti. Desmond è un perfetto gentiluomo.» Infatti lo era sempre e non aveva importanza quale fosse il suo scopo, che si trattasse di affari o di piacere. Aveva un intelletto brillante e modi impeccabili. Quello che gli mancava era un cuore, o perlomeno così dicevano le donne. Se poi lo aveva, nessuno era ancora stato in grado di scoprirlo. D'altra parte Nancy sapeva che Desmond non desiderava affatto il cuore di Cassie. Ci teneva a ottenere la sua fedeltà, la sua vita, la sua intelligenza, la sua capacità di giudizio sugli aeroplani, il suo coraggio. Era quello che desiderava da chiunque. Desiderava ogni cosa, tranne ciò che era realmente importante. In cambio, avrebbe avuto cura di lei, nel modo che gli era congeniale, con contratti e denaro.

Cassie riuscì a prepararsi in tempo e Desmond si presentò a bordo di una Packard nuova di zecca. Adorava le automobili e ne aveva acquistate di tutti i modelli e le marche più costose. Per esempio, la Zephir a bordo della quale Cassie lo aveva visto quando era venuto a cercarla a casa era già stata spedita in California.

Lei indossava un vestito nero, aderente, scelto da Nancy, calze di seta nere e scarpine di raso a tacco alto che la facevano sembrare ancora più slanciata. Quell'abito metteva ancor più in risalto la sua splendida figura. Aveva raccolto i capelli in una crocchia di morbidi riccioli e nel mese trascorso dal suo arrivo a Los Angeles aveva anche imparato a truccarsi a perfezione.

« Caspita! È davvero una toilette favolosa, se mi è consentito dirlo », esclamò Desmond ammirato, mentre si avviavano verso il centro.

« Veramente avevo intenzione di venire in tuta », e Cassie scoppiò in una risata sbarazzina, « ma Nancy le aveva mandate tutte in tintoria. »

« Non posso dire di essere rimasto deluso », ribatté lui, altrettanto maliziosamente. Sapeva stare al gioco. Chiacchierarono in tono disinvolto, per tutto il tragitto, di un nuovo apparecchio che Desmond stava studiando e di cui Cassie sapeva già qualcosa. Aveva tutta una serie di domande da fargli sulla fusoliera e le sue osservazioni su questo progetto gli fecero, come al solito, una profonda impressione.

« Come fai a sapere tutte queste cose sugli aeroplani, Cass? »

« Li adoro, molto semplice. Come capita alle bambine con le bambole. Io, invece, per tutta la vita non ho fatto che giocare con gli aeroplani. Ho smontato e rimontato il mio primo motore quando avevo nove anni. Ed è quello che ho continuato a fare fin da quando ero piccola. Mio padre mi ha messo a lavorare quando avevo cinque anni, ma poi gli è venuto un colpo quando ho imparato a pilotare. Lavorare sui motori andava benissimo, ma volare era per i maschi, non per le ragazze. »

« Non riesco a credere alle mie orecchie! » Desmond sembrava divertito. Tutto questo aveva per lui uno strano sapore di medioevo.

« Eppure è così. » Cassie rise, pensando con affetto a Pat. « È una specie di vecchio dinosauro adorabile, e io gli voglio un gran bene. Quel giorno, sa, è stato lui a fare a pezzi e a buttar via il suo biglietto da visita. La prima volta che si è presentato all'aeroporto. »

« Ho pensato che fosse successo qualcosa del genere e che fosse stato lui con il suo socio. Ecco perché sono tornato. » La osservò di nuovo mentre entravano in Los Angeles. « E sono ben felice di averlo fatto. Quando penso a quello che avrei potuto perdere! A quello che avrebbe perduto il nostro paese. Sarebbe stata una vera tragedia. » Aveva pronunciato queste parole con un tono talmente drammatico che Cassie si mise a ridere. Quello che Desmond diceva poteva mettere paura, ma, alle orecchie di Cassie, suonava come un mucchio di sciocchezze. Sapeva perfettamente ciò che valeva, o perlomeno credeva di saperlo. Era una buona aviatrice, un discreto pilota, ma non era certo il genio che lui descriveva... o quella gran bellezza... mentre gli americani cominciavano già a vedere le cose diversamente. Ed erano tutti d'accordo con Desmond Williams.

« Dove andiamo stasera? » gli domandò con una certa curiosità. Riconosceva la zona e il quartiere, ma non aveva ancora indovinato quale fosse il ristorante. Lui le disse che sarebbero andati al *Trocadero*.

Appena entrati, Cassie si accorse immediatamente di quanto fosse lussuoso il locale, davvero stupendo. Le luci erano basse, l'orchestra suonava una rumba.

« Qui non eri ancora stata, Cassie, vero? » Lei fece cenno di no con la testa, visibilmente colpita da tutto quello che la circondava e dal fatto di essere lì con un personaggio come lui. Aveva vent'anni e non aveva mai visto niente di simile.

« Nossignore », disse. E lui, protendendosi lievemente verso Cassie, le sfiorò il braccio con la mano.

« Puoi chiamarmi Desmond. » Le sorrise, e Cassie arrossì. Le sembrava strano quel cameratismo con lui. Era una persona tanto importante, era il suo capo, ed era tanto più vecchio.

« Sì, signore... voglio dire, Desmond... » Arrossì nella semioscurità, mentre venivano accompagnati a uno dei tavoli migliori.

« E se poi mi chiami signor Desmond, devo dire che suona molto bene... quasi come un titolo nobiliare. 'Sir Desmond'. Non ci avevo ancora pensato. » Riusciva a farla ridere con facilità. Subito si preoccupò di aiutarla nella scelta del menu. Sapeva farla sentire a proprio agio, e questo era sorprendente... D'altra parte tutto ciò che stava sperimentando era talmente nuovo! Eppure Desmond non l'aveva mai trattata come un'ignorante o una sciocca. Anzi, considerava il loro incontro una grande occasione, non soltanto per Cassie ma anche per sé. E le lasciava capire di considerarsi fortunato a essere lì, con lei. Era un maestro nell'arte sottile di metterla a proprio agio tanto che, prima ancora che la cena venisse servita, era riuscito a farla ridere e ballare e a farla sentire perfettamente tranquilla e sicura di sé. Al punto che, stretta fra le sue braccia sulla pista da ballo, si comportò come se non fosse la prima volta. Quando, dopo la cena, comparvero i fotografi, le scattarono una splendida istantanea nella quale, con gli occhi rivolti verso il viso di Desmond, gli sorrideva con aria adorante.

Il giorno dopo, invece, quando sfogliò il giornale mentre andava al lavoro, si sentì profondamente a disagio. La fotografia dava l'impressione che ci fosse qualcosa tra loro, il che non era affatto vero. Ma era innegabile che lo sguardo con il quale Desmond la fissava avesse qualcosa di particolarmente intimo e segreto. Eppure fra loro non era accaduto niente di men che corretto, e nemmeno di vagamente romantico. Lui era il suo capo, l'uomo che l'aveva « scoperta », che le aveva offerto una grande opportunità. E lei gli era grata per questo. Ma fra loro non c'era assolutamente nient'altro. Si domandò se, in ufficio, qualcuno avrebbe fatto qualche commento in proposito. Invece tutto passò sotto silenzio. Tre giorni dopo, però, ricevette una telefonata da Nick. Doveva andare a San Diego, quella notte, per uno dei soliti servizi postali, e l'indomani mattina avrebbe fatto un salto a trovarla. Era un sabato e quindi sarebbe stata libera di trascorrere l'intera giornata con lui. A dire la verità avrebbe dovuto fare una rapida apparizione a un ballo di beneficenza con uno dei giovani amici di Nancy, quella sera, ma per Nick sarebbe stata ben felice di annullare l'impegno.

« E così Williams si è messo a farti la corte, oppure sei tu che hai perduto la testa per lui? » le domandò di punto in bianco dopo averla informata che pensava di passare a trovarla.

« Ti vuoi spiegare meglio? Che cosa vorresti dire? » Cassie si sentì irritata da quello che sottintendevano le parole di Nick.

« Ieri mi trovavo a Chicago, Cass. E ho visto la vostra fotografia sul giornale. Sembravate proprio una bella coppia, sai? » La sua voce aveva una sfumatura strana, che Cass non aveva mai avvertito prima, un po' acida e tagliente, e non le piacque affatto.

« La sorte vuole che lavori per lui. E mi ha invitato fuori a cena. Tutto qui. Per me prova lo stesso interesse che dimostra nei confronti dei suoi tecnici, dei suoi ingegneri, perciò... smettila! »

« Secondo me sei proprio ingenua. E quelli non mi sembravano affatto abiti da lavoro. » Era furente, e geloso, e sempre più dispiaciuto che Pat le avesse permesso di andare a Los Angeles. E poi i voli che stava effettuando per Williams erano troppo pericolosi. D'altra parte, a dire la verità, non era soltanto questo a turbarlo, ma piuttosto l'espressione di Desmond mentre la guardava, in quella fotografia del giornale.

« È stata una cena di lavoro, Nick. Ha voluto semplicemente mostrarsi gentile invitandomi fuori. Probabilmente si è annoiato da morire. E credimi o no, quelli sono proprio i miei vestiti da lavoro. » Alludeva alla toilette nera, semplice e aderente, che aveva indossato per l'occasione. « È la mia chaperon a comperarmi ogni cosa, e ogni sera mi mandano fuori, come un cagnolino ammaestrato, perché devo farmi vedere in giro, farmi fotografare. Le chiamano pubbliche relazioni! »

« A me non sembra affatto lavoro, questo. O volare. » Si sentiva in preda all'ira e a un terribile senso di solitudine, dopo più di un mese che non la vedeva. E moriva dalla voglia di passare da lei a salutarla. Cassie, invece, non aveva ancora trovato il tempo di tornare a casa. Nick era rimasto turbato e sconvolto quando aveva scoperto fino a che punto sentisse la sua mancanza. Come se avesse perduto un braccio o una gamba, o il suo migliore amico. E non gradiva l'idea che Williams la invitasse fuori a cena.

« Parleremo di tutto questo quando sarai qui », disse Cassie tranquillamente, con il tono di voce di una persona molto più adulta e matura di quanto non fosse quando era a casa. Era già cambiata, senza accorgersene. Aveva già acquisito una certa vernice cittadina. « Quanto puoi fermarti? »

« Devo ripartire per le sei. » Cassie rimase subito delusa. Adesso non aveva pretesti per annullare il suo « appuntamento » con il giovanotto di turno per fare un'apparizione al ballo di beneficenza a favore dei bambini colpiti dalla paralisi infantile.

« Bene, cercheremo di sfruttare al massimo il tempo che avremo per noi. Fai in modo di arrivare al più presto. »

« Più presto che posso, bambina. Ma io non piloto quegli apparecchi favolosi ai quali sei abituata tu! »

« Non ne hai bisogno. Da come voli, potresti pilotare delle carriole e riusciresti a cavarne molto di più di tutto quello che io vedo qui », ribatté Cassie con calore.

« Smettila di adulare un povero vecchio », rispose lui con un tono di voce un poco più dolce. « Ci vediamo domani. »

Cassie non vedeva l'ora che arrivasse e si alzò come al solito alle tre e mezzo, irrequieta e ansiosa. E le sembrarono ore senza fine fino a quando, alle sette e un quarto di quella mattina, Nick suonò il campanello di casa. Lei scese di corsa le scale e si buttò fra le sue braccia con un tale impeto da farlo quasi cadere. Nick, da parte sua, rimase senza fiato di fronte alla sua incredibile bellezza, e all'entusiasmo di quell'accoglienza. Anche Cassie aveva sentito la sua mancanza, forse più di quanto non immaginasse. Le mancavano le loro confidenze, le lunghe chiacchierate e le ore di volo fianco a fianco.

« Ehi, aspetta un momento, senti un po'... lascia respirare un povero diavolo... insomma... » ma Cassie lo stava baciando e abbracciando; sembrava una bambina smarrita che avesse finalmente ritrovato papà e mamma. « Ehi, va tutto bene... calmati... va tutto bene! » Aggrappata a Nick, Cassie aveva gli occhi pieni di lacrime. Quanto a lui, la stringeva al petto con forza e sembrava che non volesse più lasciarla andare. Non gli era mai sembrata tanto bella e cara, non gli aveva mai fatto altrettanto piacere sentirsela fra le braccia... al punto che dovette imporsi con uno sforzo di staccarsi da lei indietreggiando di qualche passo. Anche se avrebbe voluto tenerla stretta a sé per sempre. « Accidenti!... Ma lo sai che hai un aspetto splendido? » Sorrise. Aveva già notato il nuovo taglio di capelli e il modo in cui era truccata... Cassie aveva indossato, per l'occasione, un paio di pantaloni beige e un maglione bianco. Assomigliava in un modo incredibile a Katherine Hepburn oppure a Rita Hayworth. « A guardarti non si direbbe proprio che tu stia soffrendo », disse in tono malizioso, e poi si lasciò sfuggire un fischio di ammirazione quando vide l'appartamento. « Santo cielo, ma guarda un po'... e poi venite a parlarmi di stenti e privazioni... »

« Non è una meraviglia? » gli domandò Cassie raggiante, e glielo fece visitare da cima a fondo. Nick non nascose di essere molto colpito e cercò di rammentare a se stesso che quella era la ragazza che conosceva fin da quando era piccola. Non si trattava di una diva del cinema. Era sempre la figlia di Pat O'Malley.

« Si direbbe che hai fatto centro, Cass », disse con molta franchezza. Non solo, ma pensava che se lo meritasse. Non c'era nessun motivo per cui Cassie non dovesse avere tutto questo. Ma continuava a sentirsi preoccupato per lei. « Ti trattano nel modo giusto? »

« Fanno tutto il possibile per me. Mi comperano vestiti,

mi danno da mangiare, ho una donna di servizio che è un vero tesoro. Si chiama Lavinia. E poi ho una chaperon di nome Nancy che mi sceglie gli abiti e pensa a tutto, organizza ogni cosa per me, per esempio si occupa degli impegni mondani ai quali devo partecipare, dei miei cavalieri, delle persone con le quali devo farmi vedere. » Mentre parlava Nick la guardava con aria attonita.

« I tuoi *cavalieri*? Ti cerca anche gli uomini? » Sembrava sbalordito, e la notizia non gli faceva affatto piacere. Intanto Cassie gli serviva la colazione e gli friggeva le uova.

« Chiamiamoli così. Ma in realtà non lo sono affatto. Ce n'è qualcuno che, be'... voglio dire... ce n'è qualcuno al quale le donne non piacciono proprio, mi capisci... ma sono amici di Nancy, oppure lei li conosce e sa chi sono. C'è anche qualche attore che vuole farsi vedere un po' in giro, e noi... io... noi andiamo a feste o ricevimenti e ci facciamo fotografare insieme. » Sembrava imbarazzata, mentre gli spiegava tutto questo, in fondo era la parte del suo lavoro che le piaceva meno, ma dopo le spiegazioni che Desmond le aveva dato qualche sera prima, stava cercando di accettarla. « Non mi piace, ma è importante per Desmond. »

« Desmond? » E Nick inarcò un sopracciglio mentre divorava le uova che Cassie gli aveva cucinato. Erano squisite. Ma il fatto che lei menzionasse a un tratto Williams, e in termini tanto familiari, lo turbò.

« Secondo lui le pubbliche relazioni sono la cosa più importante nel mondo degli affari. »

« E volare? È importante anche quello per lui? Riesci, qualche volta, a volare? »

« Su, Nick, cerca di essere giusto. Devo fare quello che mi chiedono. Guarda un po' tutto questo. » E con un gesto gli mostrò la spaziosa e moderna cucina e il resto dell'appartamento. « Guarda quello che fanno per me. Se vogliono che io vada in giro a farmi fotografare, lo devo accettare. In fondo, non è niente di così straordinario. » Nick, invece, si sentiva sempre più indignato e furioso.

« Sono balle, e lo sai benissimo. Non sei venuta qui per fare la modella, e nemmeno per seguire una scuola di perfezionamento, Cass. L'unica cosa che *devi*, a questa gente, è rischiare il collo per collaudare i loro aeroplani, e battere tutti i record possibili. Ecco quello che *devi* fare. Il resto sta a te, o perlomeno così dovrebbe essere. Williams non è il tuo padrone, accidenti! O invece sì? » La fissò con aria cupa e Cassie scrollò la testa. Nick la faceva quasi vergognare di aver accettato senza protestare tutto quello che le era stato imposto. Purtroppo continuava sempre ad avere l'impressione di *dovere* molte cose a quella gente; e poteva anche capire che cosa Williams desiderasse. Cioè che lei diventasse una diva, in modo da rilanciare sempre più la sua carriera in aviazione, e fare pubblicità ai suoi aeroplani. Tutto questo non era del tutto sbagliato; in fondo, anche le altre donne pilota non si erano rifiutate di fare la loro parte. Si faceva quello che si doveva.

« Non mi sembra che tu sia giusto », gli fece osservare pacatamente.

« A me sembra che tu venga usata, e se vuoi saperlo è una cosa che mi fa impazzire di rabbia », replicò Nick, spingendo il piatto da parte e poi bevendo un sorso di caffè. « Lui vuole usarti, Cass. Sento puzza di imbroglio. »

« Non è vero. Lui vuole aiutarmi, Nick. Ha già fatto molte cose per me, e sono appena arrivata. »

« Molte cose? Per esempio... invitarti fuori a ballare l'altra sera? Quante volte l'ha fatto? »

« Soltanto quella volta. Voleva semplicemente mostrarsi gentile. E cercare di spiegarmi quanto sia importante che io mi dedichi anche alla vita sociale, alle attività mondane, perché Nancy gli ha detto che le detesto. »

« Be', se non altro mi rendo conto che non ti ha fatto rimbecillire completamente. Quante volte sei uscita con lui? » le domandò in tono significativo, e Cassie gli rispose guardandolo dritto negli occhi.

« Te l'ho detto; soltanto quella volta. E si è mostrato gentilissimo e molto rispettoso. Si è comportato come un perfetto gentiluomo. Ha ballato due volte con me e la seconda volta ci hanno scattato la fotografia. »

« Ed è stato un caso, suppongo. » Si meravigliava di tanta

ingenuità. Per lui era tutto talmente ovvio! All'inizio l'aveva considerata una grande occasione per Cassie, ma solo se il loro scopo principale fosse stato utilizzarla come pilota. Tutti questi stupidi ricevimenti, il fatto di dover andare di qua e di là, e corteggiare la stampa, e i media in genere, raccontavano una storia totalmente diversa. Per esempio che Williams la stava usando in un senso molto più ampio. E capiva che Cassie era troppo giovane per rendersene conto. Ma che altro ancora voleva Williams da lei? La voleva per sé? Giovane e ingenua com'era, Cassie sarebbe rimasta inevitabilmente abbagliata dal suo fascino e, improvvisamente, Nick si rese conto che anche questa prospettiva non gli garbava affatto. Era troppo giovane per lasciarsi coinvolgere in una relazione con un uomo del genere. A parte il fatto che Desmond Williams non l'amava. Aveva spiegato tutto questo a Pat, e perfino insinuato che Williams potesse avere scopi innominabili nei confronti di Cass, aveva perfino cercato di far sì che Pat si ribellasse, che rifiutasse tutto questo. Invece Pat era succube di Oona, che sembrava affascinata da quello che stava facendo sua figlia, dopo averla vista nel cinegiornale. Pat non avrebbe alzato un dito per interferire nella situazione. Cassie era al sicuro, stava bene, e da quello che raccontava nelle sue lettere la trattavano come una regina. Aveva perfino una chaperon, che cosa poteva esserci nella sua vita di poco serio o raccomandabile? Non solo, ma in aggiunta a tutto il resto le davano uno stipendio favoloso. Che altro poteva desiderare quella ragazza?

«Tu non capisci», Nick continuò, sempre più insistente, «che quel tizio si è preso una cotta per te oppure ha deciso di dare quest'impressione, visto che ti ha accompagnato in un posto dove potevate essere visti e fotografati. Con molta probabilità ha passato lui alla stampa la notizia che ti avrebbe portato a cena in quel ristorante. Così adesso l'America ha un altro grazioso faccino di cui innamorarsi, un'altra storia romantica da seguire. L'affascinante magnate dell'industria Desmond Williams corteggia la fidanzata d'America, giunta dal Midwest, la classica ragazza della porta accanto, l'asso del volo, Cassie O'Malley. Cassie, svegliati. Quel tizio ti sta usando, e lo fa con grandissima abilità. La faccenda funziona. Ha intenzione di farti diventare famosa, d'accordo... ma secondo te lo farebbe solamente per vendere i suoi stramaledetti aeroplani? E poi? » Ecco quello che preoccupava Nick. E se l'avesse sposata? Al solo pensiero che potesse succedere si sentiva male, ma si guardò bene dal dirlo.

« Che differenza vuoi che faccia? Che cosa c'è che non ti piace? » Cassie non vedeva tutti i pericoli, come lui.

« Sta facendo tutto questo per se stesso, e per la sua azienda, non per te. Non è sincero. Di te non gli importa niente. Per lui contano solo gli affari. Ti sta sfruttando, Cass, e questo mi spaventa. » Ogni cosa in Desmond Williams, e nei suoi progetti per Cassie, lo spaventava.

« Perché? » Ecco quello che Cassie non riusciva a capire. Per quale motivo Nick era tanto contrario? E perché nutriva tanti dubbi e sospetti sul conto di Desmond Williams? A lei aveva fatto soltanto del bene, ma Nick vedeva altri pericoli.

« Prova un po' a pensare a quello che è successo alla Earhart. Ha cominciato a montarsi la testa e ha fatto qualcosa che non avrebbe mai dovuto fare... Quanta gente era convinta che non fosse all'altezza dell'impegno di quell'ultimo viaggio! E ormai è chiaro che non lo era. E se Williams volesse convincerti a fare qualcosa del genere? E se fosse questo il suo obiettivo? A rimetterci, e a soffrire, sarai tu, Cass... » Al solo pensiero che questo potesse succedere, sentiva una stretta al cuore. In quel momento avrebbe voluto soltanto riportarla subito a Good Hope, dove sapeva che sarebbe stata al sicuro per sempre.

« Non fa niente di tutto questo, Nick, lo giuro. Non ha progetti per me. O perlomeno non ha progetti dei quali io non sia al corrente. E in ogni caso io, come pilota, sono meglio di lei. » Era un affermazione audace, addirittura scandalosa, e Cassie scoppiò a ridere mentre pronunciava quelle parole. Nick, invece, faceva sul serio e rimase immobile per un attimo a osservarla. In quel mese, era diventata ancora più bella, ancora più incantevole, e non se ne rendeva conto.

« Tu sei più veloce, questo è vero. Però non sai quali siano i progetti di Desmond Williams. Un tipo come lui non si accontenta delle briciole. I suoi scopi devono sempre essere grandiosi. »

« Può darsi che tu abbia ragione », fece Cassie, dubbiosa. Forse Desmond stava pensando a un tipo giro del mondo... « ...se dovesse accennare a qualcosa del genere, te ne parlerò subito. Lo prometto. »

« Stai attenta. » La guardò con aria seria, ancora preoccupato per lei, e si accese una sigaretta. Cassie chiuse gli occhi inspirando con piacere l'aroma familiare di quel fumo, il fumo delle sue Camel. Le ricordavano l'aeroporto... le ricordavano Nick stesso... e i vecchi tempi, gli incontri sul piccolo campo d'aviazione abbandonato di Prairie City. E le bastò ritrovarsi lì, a quattr'occhi con lui, per provare una nostalgia disperata e struggente non solo di lui ma di tutte le persone rimaste a casa, alle quali voleva bene. Ma era soprattutto di Nick, che avvertiva la mancanza.

Alla fine lui si calmò e cercò di godere quelle ore in sua compagnia. Il fatto di essere stato tanto lontano da lei, e per tanto tempo, lo aveva quasi fatto impazzire. Giorno dopo giorno non aveva fatto che pensare a nuovi trucchi, nuove idee che Williams poteva avere, o farsi venire, per sfruttarla. Ma alla fine smise di assillarla con i suoi dubbi, e riuscirono a trascorrere un piacevole pomeriggio. Andarono a fare una lunga camminata sulla spiaggia e sedettero sulla sabbia, sotto il sole di agosto, a guardare il mare. Era bello anche solamente stare così, fianco a fianco, e rimasero vicini a lungo, in silenzio.

« Presto scoppierà la guerra in Europa », disse Nick in tono profetico quando ricominciarono a scambiare qualche parola. « Da quelle parti i segni sono chiari come il sole », proseguì in tono preoccupato. « Hitler, ormai, è incontrollabile. Dovranno fermarlo. »

« Credi che un giorno entreremo in guerra anche noi? » Le piaceva poter parlare di nuovo di politica con Nick. Lì non aveva nessuno con cui farlo. Era troppo sola o troppo impegnata. Nancy le parlava di vestiti e i suoi « cavalieri » si limitavano a posare insieme a lei per le fotografie.

« C'è un sacco di gente convinta che ne rimarremo fuori »,

mormorò Nick a bassa boce. « Io invece credo che saremo costretti a entrarvi. »

« E tu? » Lo conosceva bene. Troppo bene. E si domandò se per caso non volesse farle capire qualcos'altro. Per esempio che sentiva la stessa attrazione che aveva provato vent'anni prima. Sperava di no. « Ti arruoleresti? »

« Probabilmente sono troppo vecchio. » Aveva trentotto anni, quindi non si poteva assolutamente considerare tale. Sarebbe comunque potuto rimanere a casa, volendo. Pat, invece, era troppo anziano per andare a combattere in un'altra guerra. A Nick restava ancora la possibilità di scegliere. « Probabilmente mi piacerebbe. » Le sorrise, con i capelli arruffati dall'aria salmastra, come quelli di Cassie. Erano seduti vicini, sulla sabbia, le spalle e le mani che si sfioravano. Che conforto averlo accanto a sé! Cassie si era abituata a far conto su di lui, e quante cose le aveva insegnato! Sentiva la sua mancanza più di quella di chiunque altro dei suoi famigliari; quanto a Nick, aveva scoperto che l'assenza di Cassie gli provocava una sofferenza fisica, che non accennava a placarsi.

« Io non vorrei vederti partire per la guerra », mormorò Cassie, fissando quegli occhi azzurri che conosceva tanto bene, circondati da una rete di rughe sottili. Non sopportava il pensiero di perderlo. E volle fargli promettere che non sarebbe partito per combattere un'altra guerra in Europa.

« Non sopporterei se ti succedesse qualcosa, Nick. » Lo disse talmente a bassa voce che lui quasi non la sentì.

« Ogni giorno corriamo gli stessi rischi », obiettò con molta franchezza. « Tu stessa puoi trovarti nei guai domani, e io pure. Credo che su questo punto nessuno di noi si faccia illusioni. »

« È diverso. »

« In fondo, no. Anch'io mi preoccupo per te. Pilotare quegli apparecchi è rischioso. Devi affrontare alte velocità, apparecchi pesanti, motori che possono avere problemi ad altezze inusitate. Cerchi la soluzione dei problemi, e stai tentando di stabilire record. Più pericoloso di così, non so che cosa potrebbe esserci! » esclamò Nick con aria cupa. « Continuo a tormentarmi al pensiero che un giorno o l'altro tu finisca per schiantarti al suolo, quando sei su uno di quegli stramaledetti apparecchi che devi collaudare.» La guardò con aria grave: sapevano entrambi quali pericoli si potevano correre. «A parte il fatto che tuo padre dice che le donne pilota non valgono un fico secco.» Le sorrise, e lei scoppiò in una risata.

«Grazie.»

«Lo so che hai avuto un istruttore pessimo.»

«Certo.» Gli sorrise, alzando gli occhi verso di lui, e gli sfiorò il viso con la punta delle dita in una carezza. «Mi manchi moltissimo... mi mancano i giorni nei quali gironzolavamo per l'aeroporto trafficando intorno agli apparecchi e ci facevamo le confidenze sul nostro campo d'atterraggio.»

«Mancano anche a me», rispose lui piano piano, intrecciando le sue dita a quelle della mano di lei. «Quelli erano tempi speciali.» Lei fece cenno di sì con la testa, poi tacquero. Infine passeggiarono di nuovo sulla spiaggia, parlando della famiglia e degli amici che aveva lasciato a casa. Chris non aveva più volato dal giorno del raduno aeronautico, ma sembrava che Pat non ci tenesse più in modo particolare. Adesso Chris era molto impegnato con la scuola. Colleen era di nuovo incinta. A Cassie sembrava che mettesse al mondo figli in continuazione. Quanto a Bobby, aveva cominciato a farsi vedere in giro con Peggy Bradshaw. Era rimasta vedova con due bambini piccoli, e a Nick era capitato di vederlo più di una volta raggiungere con il suo furgoncino la casetta di lei.

«Sarebbe la persona adatta per Bobby», disse Cassie onestamente, rendendosi conto che non provava quasi più nulla per lui. Anzi, continuava a meravigliarsi di essere stata la sua fidanzata per un anno e mezzo. «Adesso lei odierà il volo esattamente come Bobby», riprese in tono triste, ripensando a quel terribile incidente.

«Tu saresti stata infelice con lui», osservò Nick, guardandola dall'alto della sua statura con aria di possesso. Oh, come avrebbe voluto rimanere lì a proteggerla, per impedire che lei venisse usata, o la sua vita messa a repentaglio!

« Lo so. E credo di averlo saputo perfino allora. La verità è che non sapevo come venirne fuori senza ferirlo. Pensavo veramente che avrei dovuto sposarlo. Non so che cosa ho intenzione di fare », riprese con lo sguardo fisso verso l'orizzonte. « Uno di questi giorni tutti mi dimostreranno che è necessario diventare adulta, e scendere giù dal cielo, e allora come me la caverò, Nick? Non credo che riuscirei a sopportarlo! »

« Chissà che tu non riesca a trovare il modo di avere tutte e due le cose, un giorno. Una vita vera, e il volo. Io non ci sono mai riuscito, ma tu sei più intelligente e più brava di me. » Era sempre stato molto schietto con lei. I piloti in genere dovevano fare una scelta. Lui aveva fatto la sua. Anche Cassie, almeno per il momento.

« Non vedo per quale motivo non si possa avere l'una e l'altra cosa. Eppure sembra che nessuno lo creda possibile! »

« Per tuo marito, o tua moglie, non è gran che come vita, e la maggior parte della gente è tanto furba da capirlo subito. Come Bobby. E come mia moglie. »

« Già », commentò lei. Poi rientrarono a casa e continuarono a chiacchierare. Nick le promise di descrivere a Oona l'appartamento in cui abitava. E infine Cassie lo accompagnò in automobile all'aeroporto. Quando Nick salì a bordo del Bellanca che le era tanto familiare, per poco non scoppiò in lacrime. Era un po' come tornare a casa. Ci salì con lui e ci rimase a lungo. Scese solo quando lui dovette rollare sulla pista e mettersi in posizione di decollo. Dalla carlinga Nick abbassò lo sguardo verso di lei con un sorriso, quel sorriso che lei conosceva e amava da sempre. Cassie provò una gran voglia di piangere e di supplicarlo di portarla con sé. Ma ognuno aveva la propria vita. Nick doveva rientrare nell'Illinois, lei aveva firmato un contratto con Desmond Williams. Erano molte le persone disposte a sacrificare qualsiasi cosa pur di avere quello che lui le aveva offerto eppure Cassie si scoprì a desiderare di poter rinunciare a tutto per tornarsene a casa, dove la vita era più semplice.

« Abbi cura di te, bambina. E non lasciare che ti facciano troppe fotografie! » Nick le sorrise. Continuava a non fidarsi di Williams e si domandava quale fosse il suo gioco. Ma, adesso che l'aveva vista, si sentiva più tranquillo sul conto di Cassie. La ragazza aveva la testa sulle spalle. Nessuno sarebbe riuscito a imporle la propria volontà. A parte il fatto che non sembrava per niente innamorata di Desmond.

« Torna presto, Nick. »

« Ci proverò. » Cercò il suo sguardo e la fissò a lungo. Quante cose avrebbe voluto dirle... ma non era quello il momento più opportuno.

« Salutami tutti... mamma, papà... Chris... Billy... » Era come se volesse prolungare quel colloquio, prendere tempo... in fondo voleva soprattutto che lui si fermasse ancora. Ma capiva che non era possibile.

« Certo. » Dall'alto della carlinga la guardò ancora, rimpiangendo di non poterla far salire accanto a sé, portarla via. Quante volte lo aveva desiderato, ma adesso capiva che non sarebbe mai stato possibile. Non era scritto nel loro destino. E a lui non rimaneva che accettare la realtà. « Che non ti venga in mente di scappare con Desmond Williams. Se lo farai, ti correrò dietro. Verrò a prenderti. Anche se, naturalmente, tua madre sarebbe capace di ammazzarmi per averti fatto perdere una splendida occasione! »

« Devi dirle che non è il caso di preoccuparsi » esclamò Cassie ridendo. Quella, perlomeno, era una cosa che non sarebbe mai accaduta. Ne era sicura. « Dille che le voglio bene. » Poi, mentre Nick mandava su di giri il motore, gridò: « Ti voglio bene, Nick... grazie della visita ».

Lui fece cenno di sì con la testa e scoprì che avrebbe voluto dirle la stessa cosa, che le voleva bene anche lui. Preferì rinunciare. Non poteva. Le fece un saluto militare, le indicò con un gesto di tirarsi indietro e pochi minuti più tardi girava sull'aeroporto di Pasadena abbassando lentamente prima l'una e poi l'altra delle ali. Cassie rimase a seguirlo con gli occhi il più a lungo possibile, fino a quando scomparve all'orizzonte.

12

DUE settimane dopo la visita di Nick a Los Angeles, la Germania invase la Polonia e il mondo rimase senza fiato di fronte alla distruzione e alla rovina seminate da Hitler. Poi, il 3 settembre, la Gran Bretagna e la Francia dichiararono guerra alla Germania. Alla fine era successo: scoppiava la guerra in Europa.

Cassie telefonò subito a casa quando seppe la notizia, ma Nick era fuori e suo padre in volo. Quel giorno pranzò con Desmond che proprio quella mattina aveva avuto un colloquio con il presidente degli Stati Uniti. La questione della neutralità nemmeno si poneva: l'America intendeva rimanere fuori dal conflitto in Europa. Il solo saperlo fu già un sollievo.

Cassie informò Desmond che desiderava recarsi a casa e lui le mise a disposizione uno dei suoi apparecchi personali per il fine settimana. Era da luglio che Cassie desiderava fare una visita a Good Hope, ma non era mai riuscita ad avere un po' di tempo libero. Questa era l'occasione perfetta, e nessuno sollevò obiezioni.

Atterrò all'aeroporto di suo padre nella tarda serata del venerdì. Aveva lasciato Los Angeles a mezzogiorno e arrivò a Good Hope alle otto e trenta, ora locale. Non c'era nessuno, ma c'era luce a sufficienza e poté toccare terra sulla pista più lunga. Bloccato il carrello dell'aereo, si avviò verso il vecchio furgoncino che Pat lasciava sempre a disposizione. Non aveva avvertito nessuno del suo arrivo. Voleva fare una sorpresa a tutti, e ci riuscì. Entrò in casa zitta zitta, alle nove già passate. I genitori erano a letto e dormivano; Oona per poco non svenne quando la vide uscire dalla sua camera in camicia da notte la mattina dopo.

« Oh, mio Dio! » gridò. « Pat! » Lui arrivò correndo e scoppiò in una risata quando la vide.

« Salve, mamma... ciao, papà... ho pensato di fare un salto a salutarvi. » Era raggiante, mentre li guardava.

Il padre le buttò le braccia al collo sorridendo felice e la madre la circondò di ogni premura, affrettandosi a prepararle una ricca colazione. Poi andò a svegliare Chris, che non nascose la sua gioia nel rivederla.

« Che effetto fa essere una diva del cinema? » si divertì a stuzzicarla Pat. Non era ancora convinto di approvare in pieno la decisione di Cassie, ma sembrava che tutti in città fossero persuasi che avesse avuto un vero colpo di fortuna. Ed era un po' difficile non tenere conto dell'opinione generale.

« Nick ha detto che vivi in una reggia », commentò Oona mentre osservava Cassie con attenzione. Aveva l'aria sana e florida e, a parte il perfetto taglio dei capelli e le mani curatissime dalle unghie lunghe e laccate di rosso, non sembrava per nulla diversa da prima.

« Sì, come posto è proprio carino », ammise Cassie con un lieve sogghigno. « Sono contenta di sapere che gli è piaciuto. »

Poi rimasero tutti seduti intorno al tavolo, a parlare della sua vita a Los Angeles; alla fine Cassie si decise a vestirsi e, in auto, raggiunse l'aeroporto O'Malley. Fu felice di poter rivedere i vecchi amici, e Billy si lasciò sfuggire un grido di gioia. Infilata una vecchia tuta, Cassie lo raggiunse per trafficare intorno a uno dei soliti apparecchi e mezz'ora più tardi sentì entrare nel parcheggio il vecchio furgoncino di Nick. Allora alzò gli occhi e sorrise. Ma fino all'intervallo per il pranzo Nick non venne in quell'hangar a salutarla. Cassie immaginò che avesse da fare e che comunque lo avrebbe ben presto rivisto e scoprì di essere felice anche solo di sapere che era lì, vicino a lei.

« Direi proprio che cominciate a lavorare alquanto tardi da queste parti », commentò in tono malizioso non appena lo vide. « Io sono già a seimila metri alle quattro di mattina. »

« Davvero? E come mai? » esclamò lui, ridacchiando e lasciando chiaramente capire di essere felice di rivederla. « Hai l'appuntamento con il parrucchiere da quelle parti? » I suoi occhi scintillavano di gioia, e si sentì il cuore in gola, rivedendola. I sentimenti che provava per Cassie cominciavano a preoccuparlo. Forse era meglio che lei vivesse in California. Da un po' di tempo gli riusciva sempre più difficile tenere sotto controllo ciò che sentiva per lei.

« Molto spiritoso. »

« Ho sentito che i tecnici della Movietone saranno qui per le tre... », riprese Nick con un sogghigno, rivolto a Billy e a un paio degli altri uomini. « ...è meglio che tu vada a cambiarti, e a mettere un vestito pulito. »

« Una ripulita non farebbe male neppure a te, Cloche », ribatté subito lei e Nick si appoggiò alla fusoliera dell'aereo intorno al quale stava trafficando con Billy, lanciandole un'occhiata piena di ammirazione. Cassie sembrava più bella che mai.

« Hai portato anche la tua chaperon con te? » riprese, sempre più malizioso.

« Ho pensato che avrei potuto cavarmela benissimo da sola. »

« Già », fece lui annuendo lentamente. « Non dubito che ne saresti capace. Vuoi andare a mangiare qualcosa? » la invitò a voce bassa, lasciandola sbalordita. Capitava molto di rado che la conducesse in qualche posto. Di solito rimanevano lì, a girellare intorno all'aeroporto.

« Volentieri! » Lo seguì verso il furgoncino e Nick la condusse alla latteria di Paoli. Preparavano ottimi panini imbottiti e servivano il gelato di loro produzione, in una saletta sul retro.

« Spero che questo ti basti. Non si può esattamente dire che sia il *Brown Derby*. »

« Cercherò di accontentarmi. » Cassie era felice anche solo di essere lì con lui. Qualsiasi posto sarebbe stato splendido.

Nick ordinò panini imbottiti di roast beef per entrambi e un frappé al cioccolato per Cassie. A lui bastava un caffè nero.

« Guarda che non è il mio compleanno », gli rammentò Cassie, ancora stupita per il fatto che Nick l'avesse invitata a pranzo. Non riusciva neppure a ricordare l'ultima volta che era successa una cosa del genere. Forse mai.

« Ho pensato che ormai sei talmente viziata che mangiare stufato di manzo in scatola nell'hangar forse non era proprio la cosa più adatta. » Si strinse nelle spalle, ma non riusciva a nascondere la straordinaria felicità che provava, rivedendola. Erano a metà del pasto e Cassie si rese conto che Nick non aveva quasi toccato cibo. Allora intuì che doveva esserci un valido motivo per quell'invito a pranzo fuori. A un tratto Nick parve a disagio e un po' preoccupato.

« Che cosa c'è, Nick? Hai fatto una rapina alla banca? »

« Non ancora. Ma mi sto preparando. » A quel punto, però, non aveva più voglia di scherzare. La guardò e a Cassie bastò quell'occhiata per capire tutto.

« Parti? » La voce si spense in un sussurro, e quando Nick fece cenno di sì con la testa si sentì stringere il cuore da una morsa. « Oh, Nick... no... non sei obbligato. Non siamo ancora entrati in guerra. »

« Ci entreremo, e non importa quello che tutti dicono. Scommetto che Williams lo sa benissimo. Probabilmente ci conta. Venderà un mucchio di aerei. Io non credo a tutta questa storia degli Stati Uniti che dovrebbero mantenere la neutralità. E anche se rimanessimo neutrali, che importanza ha? C'è bisogno di aiuto, laggiù. Parto per l'Inghilterra, mi arruolo nella RAF. Ho provato a informarmi ed è risultato che hanno un disperato bisogno di chiunque sia disposto a entrare di nuovo in servizio. Quanto alle spedizioni di posta a Cincinnati, non dirmi che qui hanno bisogno di un genio per effettuarle, vero? »

« Ma non hanno neppure bisogno che tu venga abbattuto con il tuo apparecchio in una guerra che non è la tua. » Mentre parlava, le erano salite le lacrime agli occhi. « E papà? Lo sa? »

Lui annuì. Era stato difficile e doloroso parlare con Cassie, ma voleva che lo sapesse da lui. Appena aveva appreso che Cassie era a casa, aveva pregato Pat di tacere. « Gliel'ho detto ieri. E lui mi ha risposto che... lo sapeva già! » Poi la fissò con un'aria strana. « Tornerò, Cass. Mi restano un sacco di anni per fare questo genere di cose. E poi, chi lo sa? Magari è la volta buona per maturare e diventare sul serio una persona adulta. Quante cose non ho mai fatto nella mia vita dopo l'altra guerra! »

« Puoi farle qui, non sei costretto a rischiare di morire per cambiare quello che non ti piace nella tua vita! »

« Non mi piace pensare di essere stato pigro, di aver cercato di rendermi facile ogni cosa. In questi ultimi vent'anni mi sono limitato a viaggiare nella vita a velocità di crociera, per così dire, perché era facile. Passavo davanti alle cose talmente in fretta da dimenticarmi dov'ero. E adesso eccomi qui, ormai a metà dell'esistenza, più o meno... e quanto tempo sprecato! La prossima volta non ho intenzione di comportarmi allo stesso modo. » Cassie si accorse di non capire bene quale fosse il significato di quel discorso; ma era chiaro che Nick rimpiangeva di aver rinunciato a certe cose, di non essersi impegnato più a fondo nei rapporti umani. Era sempre stato convinto di avere tempo. Ma in un certo senso gliene era mancato il coraggio. Per esempio non aveva mai più provato il desiderio di risposarsi, o di legarsi troppo a qualcuno, o di avere figli. Quando era a terra, non aveva mai voluto rischiare niente. Perché non voleva perdere. Ma non aveva paura di morire. Era uno strano tipo di vigliaccheria, il suo, caratteristico della maggior parte dei piloti; coraggiosi ed eroici finché stavano in cielo, ma incredibilmente vili quando ritornavano sulla terra.

« Non andare... » gli bisbigliò Cassie. Non sapeva che cosa dire per fermarlo, ma era quello che desiderava più di qualsiasi altra cosa al mondo. Non voleva perderlo.

« Devo andare. »

« No, che *non devi*! » esclamò ad alta voce e qualcuno si voltò a osservarli dagli altri tavoli. « Non ci sei costretto! »

« Neppure tu ci sei stata costretta », ribatté improvvisamente Nick, accalorandosi. « Ma nella tua vita hai fatto determinate scelte. Anch'io ho lo stesso diritto. Non ho nessuna intenzione di starmene qui, tranquillo, mentre si combatte una guerra senza di me. » Uscirono per continuare la discussione che stava facendosi sempre più accesa; cominciarono a gridare, eccitandosi, sotto il sole di settembre.

« Allora ti credi tanto importante? Sei convinto di essere l'unico pilota che può aiutare quella gente? Santo cielo, Nick, cerca di ragionare come una persona adulta. Rimani qui... non farti ammazzare in una guerra che non è la tua, non è nemmeno la nostra... Nick... ti prego... » Era scoppiata in lacrime e prima ancora di rendersi conto di quello che stava facendo, Nick la prese fra le braccia e le confessò di amarla con tutto il cuore. Aveva promesso a se stesso di non fare mai una cosa simile, ma adesso capiva di non potersi più trattenere.

« Piccola, no... ti prego... se tu sapessi quanto ti amo... è una cosa che devo fare... e quando tornerò, tutto sarà differente. Forse tu avrai smesso di recitare il ruolo della Skygirl per Desmond Williams e io avrò imparato qualcosa che l'altra volta mi era sfuggito. Desidero molto, molto più di quello che ho adesso... e, Cassie... non sono mai riuscito a capire come ottenerlo. »

« Tutto quello che devi fare è allungare una mano e prenderlo... nient'altro... » Si aggrappò a lui e Nick la strinse al cuore. Improvvisamente Cassie provò un desiderio struggente di andare lontano, in qualche posto con lui, e dimenticare la guerra. Ma non sapeva dove. Era impossibile.

« Non è semplice come credi », disse lui lentamente, guardandola. Quante cose avrebbe voluto dirle, quante cose non osava dirle. Forse non gliene avrebbe mai dette.

Tornarono verso il vecchio furgoncino mano nella mano, ma quando raggiunsero l'aeroporto non si fermarono nel parcheggio. Lui proseguì la corsa fino all'hangar nel quale tenevano il Jenny, l'aereo sul quale le aveva fatto da istruttore. Senza che Nick dicesse una sola parola, Cassie intuì immediatamente dove stavano per andare. Prese posto sul seggiolino anteriore, in segno di rispetto nei confronti del suo istruttore, e pochi minuti dopo, effettuati tutti i controlli, rollavano lentamente sulla pista. Pat li vide decollare e non disse niente. Capì che Nick doveva averle confessato di essere in partenza per la guerra.

Raggiunsero il vecchio campo d'aviazione abbandonato e Nick lasciò che fosse lei ad atterrare. Poi andarono a sedersi sotto l'albero tanto familiare. Cassie appoggiò la testa sulla sua spalla e rimasero lì, vicini, fra l'erba morbida con gli occhi alzati verso il cielo. Era quasi incredibile che ci fosse una guerra in qualche posto del mondo e che Nick fosse pronto a partire per combattervi.

« Perché? » riprese Cassie, triste e sconsolata, con le guance rigate di lacrime. Poi incrociò lo sguardo di Nick, che si sentì spezzare il cuore dalla disperazione quando le fece lentamente una carezza; piano piano le asciugò le lacrime con la punta delle dita. « Perché devi partire? » Dopo tanto tempo le aveva confessato di amarla e adesso se ne andava, magari per sempre.

« Perché credo in quello che faccio. Credo negli uomini liberi, nell'onore, in un mondo sicuro, in tutte quelle cose che cercherò di difendere nei cieli d'Inghilterra. »

« Lo hai già fatto una volta. Lascia che adesso sia qualcun altro a farlo, Nick. Non è un problema tuo. »

« E invece lo è! Qui non ho niente di importante da fare. Anche se non per colpa mia. »

« Dunque parti per la guerra perché ti annoi. » Quella era la molla che in parte spingeva tutti gli uomini... quello e lo spirito del cacciatore. C'erano anche altri buoni motivi, e Cassie lo sapeva. Ma continuava a pensare che quella partenza fosse una grossa sciocchezza, e non voleva che lui rischiasse la vita. Nick le giurò che non sarebbe successo niente del genere.

« Sono troppo bravo », commentò in tono scherzoso.

« Quando sei stanco, il tuo modo di pilotare fa schifo », si affrettò subito a rispondere lei, anche se non lo pensava. E Nick rise.

« Starò attento a dormire molto. Ma tu, piuttosto? » aggiunse, aggrottando le sopracciglia. « Tu piloti quei maledetti aerei, così pesanti, sul deserto... Non pensare che io non mi renda conto dei rischi che corri collaudandoli. C'è un mucchio di gente che si è ammazzata facendo quello che stai facendo tu, e probabilmente volavano meglio di te. » Questo bastò a ricordare a Cassie il marito di Nancy. Annuì. Non poteva negare i pericoli della sua professione, ma sapeva di essere brava in ciò che faceva e nel cielo di Las Vegas non sarebbe mai stata raggiunta dalla contraerea tedesca.

« Sto attenta. »

« Stiamo attenti tutti. Ma a volte non basta. A volte ci vuole anche un po' di fortuna. »

« Cerca di averla anche tu... per favore... » gli sussurrò e Nick la fissò a lungo. Poi senza una parola, fece quello che desiderava da tanto tempo e che non aveva mai osato! Adesso capiva di doverlo fare. Non poteva partire senza farle capire fino a che punto la amasse. Si protese verso di lei, si chinò lentamente e la baciò. E Cassie ricambiò quel bacio. Lo baciò a sua volta come mai in vita sua aveva baciato un uomo. Perché nella sua vita un uomo non c'era mai stato... solo un ragazzo... e adesso c'era Nick, l'uomo al quale aveva voluto bene da sempre.

« Ti amo », le bisbigliò Nick fra i capelli, ansante, desiderando che ci fosse qualcosa di più fra loro e sapendo benissimo che non era possibile. « Ti ho sempre amato... ti amerò sempre... voglio darti tante, tante cose, Cass... e invece non ho nulla... »

« Come puoi dire una cosa simile? » quella parole le spezzavano il cuore. « Sono sempre stata innamorata di te fin da quando avevo cinque anni... ti ho sempre amato. È tutto quello di cui abbiamo bisogno. Non ci occorre altro. »

« Tu meriti molto, molto più di tutto questo... dovresti avere una casa e dei bambini... dovresti avere un mucchio di cose, per esempio quelle che ti hanno dato in California. Ma dovrebbe essere tuo marito a dartele. »

« Mio padre e mia madre non hanno mai vissuto nel lusso, e non gliene importa niente. Si vogliono bene e basta; e sono riusciti a creare un'impresa come quella di papà partendo da zero. Non importa se partiamo dal niente. »

« Non potrei mai permettertelo, Cass. E tuo padre mi ammazzerebbe. Ho diciotto anni più di te. »

« E con questo? » La cosa la lasciava del tutto indifferente; non riusciva a pensare a nient'altro se non al fatto che Nick l'amava. E che lei non voleva perderlo. Dopo tutto quello che avevano affrontato insieme.

« Sono un vecchio », cominciò Nick cercando di essere convincente, « o perlomeno sono vecchio al tuo confronto. Dovresti sposare qualcuno della tua età e avere un mucchio di bambini, come tuo padre e tua madre. »

« Se lo facessi, probabilmente impazzirei. E poi, io non voglio un mucchio di bambini. Non li ho mai voluti. Uno o due basterebbero. » E con Nick, perfino la prospettiva di avere dei figli non le appariva sconvolgente come l'aveva sempre giudicata.

Lui le sorrise con tenerezza, mentre lei cercava di persuaderlo a rinunciare a quello che ormai aveva deciso di fare. Doveva ammettere che gli piaceva infinitamente il suono delle parole che Cassie stava dicendo. Chissà, magari un giorno... Ne dubitava. Non era mai stato tanto fortunato o tanto stupido. Cassie meritava molto di più di quello che lui avrebbe potuto offrirle, in qualsiasi momento. « Vorrei con tutto il cuore poterti dare dei figli, Cassie... sarei felice di darti tutto quello che ho. Ma non avrò mai niente di più di qualche vecchio aeroplano, e una casupola laggiù, in fondo all'aeroporto di tuo padre. »

« Lui ti darebbe metà di ogni cosa, e lo sai. Te la sei guadagnata. Hai costruito una grande impresa con lui. E sai che ti avrebbe sempre voluto come socio. »

« È buffo, ma ero talmente giovane quando ho cominciato a lavorare qui che non ho mai provato il desiderio di essere qualcosa di più di un puro e semplice subalterno, uno stipendiato; e adesso me ne pento. Chissà che invece tu, Cass, con quel tuo lavoro così pazzesco, non abbia fatto la scelta giusta! Guadagnare un bel mucchio di quattrini, metterli da parte e poi tornare da dove sei partita, al mondo al quale appartieni, con qualcosa di cui essere orgogliosa. Non sono tagliato per queste cose, non ci ho mai pensato... fino a quando tu non sei diventata grande non mi sono mai reso conto di tutto quello che non possedevo e che avrei voluto offrirti. Ecco la realtà dei fatti, e non bisogna dimenticare che ho il doppio della tua età e per una cosa del genere tuo padre probabilmente mi ammazzerebbe con le sue stesse mani! »

« Non credo proprio », ribatté Cassie con aria saggia. Conosceva suo padre a fondo, molto meglio di Nick. « Ho sempre pensato che non sarebbe stata una sorpresa per lui. Anzi, credo che preferirebbe vedermi felice piuttosto che sposata con l'uomo sbagliato e infelice. »

« Tu dovresti essere sposata con un uomo come Desmond Williams », replicò Nick, sia pure a malincuore, e Cassie gli rise in faccia. Nick non sopportava il pensiero che un'eventualità del genere si realizzasse. Eppure Williams aveva molto, moltissimo da offrirle.

« E tu dovresti sposare la regina d'Inghilterra. Non dire sciocchezze, Nick. Che cosa vuoi che importi? » Gli sorrise, ma Nick replicò. « Importerà a te, quando sarai più vecchia. Adesso sei soltanto una bambina. Credi che le tue sorelle siano contente di essere povere? E tua madre? »

« Mia madre non si lamenta mai di niente, e credo che sia felice. Quanto alle mie sorelle, se la smettessero di mettere al mondo un figlio all'anno, forse non sarebbero tanto povere. » Cassie aveva sempre pensato che avessero troppi figli. Uno o due le sembravano sufficienti. Invece Glynnis stava aspettando il sesto, e Colleen e Megan il quinto.

Nick la baciò di nuovo pensando ai bambini che avrebbe tanto desiderato avere da lei. Non poteva assolutamente essere così egoista da pensare di sposare Cassie. E non aveva importanza quanto le volesse bene, o forse era proprio questa la cosa importante. Perché Cassie meritava molto di meglio e di più!

« Io ti amo, Nick Galvin. E non ho nessuna intenzione di scappare. O di permetterti di squagliartela. Altrimenti verrò laggiù a cercarti, dovessi esserci costretta.» E lo avrebbe fatto. Su questo non c'erano dubbi. Nick lo sapeva benissimo.

«Guai a te! Non osare farlo. Altrimenti ti butto a calci fuori dall'Inghilterra. E guai a te se ti lasci convincere da Williams a partire per qualche dannatissimo giro del mondo. Ho la sensazione che abbia in mente proprio questo. Esattamente come per la Earhart. Adesso che c'è la guerra in Europa non saresti al sicuro in nessun posto, neppure nel Pacifico. Figurarsi sul vecchio continente! Resta a casa, Cass. Promettilo...» Sembrava terribilmente angosciato e lei annuì.

«Anche tu», mormorò, e poi lo baciò e lui dovette dominare la propria passione rendendosi conto che anche Cassie provava un desiderio altrettanto intenso. Allungato sull'erba accanto a lei, tenendola fra le braccia, sperò di poter rimanere così per sempre. «Quando parti?» gli domandò lei con voce roca.

Nick esitò a lungo e infine rispose: «Fra quattro giorni».

«E papà? Glielo hai detto?» sapeva che sarebbe stato duro per suo padre e le dispiaceva di non essere più lì ad aiutarlo.

«Sì. Billy dice che provvederà lui a tutto. È un bravo figliolo. Ottimo pilota. Secondo me aveva semplicemente bisogno di dare un taglio netto alla vita con il padre. Qualche volta i vecchi assi dell'aviazione rendono difficile la vita ai figli, anche se immagino che di questo tu non sappia proprio niente, giusto?» E Cassie sorrise ricordando quanto fosse stato faticoso sopportare Pat, anche se negli ultimi tempi pareva che si fosse un po' ammansito.

D'un tratto si mise a sedere sull'erba e si chinò a guardare Nick, perché voleva cercare di capire quale fosse la situazione, adesso, fra loro. «Che cosa significa tutto questo, Nick? Ci accorgiamo di amarci e tu te ne vai? E allora? E io? Che cosa dovrei fare senza di te?»

«Le stesse cose di prima», le rispose lui con fermezza. «Farti vedere in giro e sorridere davanti alle macchine da presa.»

«Ti vuoi spiegare meglio?»

«Significa né più né meno quello che ho detto. Non è cambiato niente. Sei libera. E io parto per l'Inghilterra.»

«Frottole.» Adesso Cassie era furiosa. «È tutto qui? Io ti amo e tu mi ami e... niente, ciao, arrivederci, parto per la guerra, ti auguro di fare la bella vita, ci vediamo quando torno. Se torno.»

«Hai capito perfettamente.» Improvvisamente Nick aveva assunto un'espressione dura, ma aveva preso una decisione molto tempo prima e non intendeva assolutamente cambiarla. Proprio per amor suo.

«Già, e allora? Tu torni a casa e, se siamo tanto fortunati da ritrovarci, ripartiamo da capo?»

«Proprio per niente», replicò lui con tristezza. «Se sei fortunata, ci ritroviamo e tu mi presenti a tuo marito e ai tuoi bambini, se sono stato lontano abbastanza a lungo per tutto questo; se invece torno prima, mi presenti semplicemente a tuo marito.»

«Mi vuoi spiegare che cosa sei? Pazzo o malato?» esclamò guardandolo con aria furibonda, provando una gran voglia di prenderlo a schiaffi. Che razza di gioco era quello? Ma non era affatto un gioco. Nick Galvin aveva giurato a se stesso, anni prima, che non avrebbe mai permesso a se stesso di rovinare la vita di Cassie unicamente perché l'amava.

«Sei sorda? Non mi stavi a sentire poco fa?» gridò a pieni polmoni sotto quell'albero che era il loro rifugio segreto... ma non c'era nessuno nei dintorni ad ascoltarli. Erano al sicuro. «Io non ho niente da darti, Cass. E tutto questo non cambierà finché sarò via, così come è probabile che non migliori quando sarò tornato, a meno che io non mi decida a fare una rapina in banca oppure un colpo grosso a Las Vegas. È molto più probabile che tu riesca a guadagnare cifre favolose, superiori a quelle che potrei guadagnare io.»

«Allora perché non lavori anche tu per Desmond Williams?» ribatté Cassie stizzita. Come poteva essere tanto stupido!

«Le mie gambe non sono abbastanza belle. Ricorda, tu per lui sei un ottimo investimento. Un genio, quando voli, e per di più sei bella. Insomma una deliziosa bambola che sa anche pilotare; per lui sei una miniera d'oro, Cass. Io sarei soltanto un qualsiasi altro pilota. »

« E che colpa ne ho io, di questo? » riprese Cassie sempre più indignata. « Perché te la prendi con me? Che cosa ho fatto, a parte avere questo colpo di fortuna? » esclamò piangendo, tremante di collera e di frustrazione. Perché, a volte, gli uomini erano così ingiusti? Che cosa difficile essere donna!

« Tu non hai fatto niente di niente. Il guaio è che non ho fatto niente nemmeno io in questi ultimi vent'anni, a parte pilotare un certo numero di vecchi aeroplani e ciondolare nell'aeroporto di tuo padre. Mi sono divertito, abbiamo fatto insieme tante cose belle, e soprattutto ho potuto farti da istruttore e ti ho insegnato a volare, o meglio ti ho insegnato a non schiantarti a terra. In realtà sei stata tu, da sola, a insegnare a te stessa a volare. Ma non basta, Cass. Non ho nessuna intenzione di sposarti senza un soldo in banca e con le tasche vuote. »

« Sei uno stupido e un buffone! » si mise a gridare Cassie fra le lacrime. « Sei il padrone di tre aeroplani e hai costruito con mio padre un ottimo aeroporto, accidenti! »

« Può darsi che io non torni mai più, Cass », le disse Nick piano. Anche questo faceva parte della realtà. Non se la sentiva di lasciarla lì ad aspettarlo, legata a lui. Non era onesto, o perlomeno non era onesto con una ragazza della sua età. « Questo è un fatto assodato. Potrei rimanere lontano cinque anni. Potrei rimanere lontano per sempre. E tu rimarresti ad aspettare... che cosa? Con la vita che fai adesso, le opportunità che hai adesso... è proprio quello che vuoi? Aspettare un tizio che ha il doppio della tua età e che può lasciarti vedova e squattrinata prima ancora di cominciare a vivere? Dimenticalo! Questa è la mia vita, Cass. È così che io me la sono fatta. È quello che voglio. Voglio volare. Senza legami, senza impedimenti. Senza promesse. Ecco com'è... »

« Come puoi dire una cosa del genere? » esclamò lei, sempre più adirata, ma Nick la guardò tranquillamente.

« Calmati. Posso dirlo perché ti amo infinitamente. Voglio che tu torni là, dov'eri, a fare un colpo grosso. Voglio che tu abbia tutto quello che è possibile ottenere, che tu possa pilotare tutti gli apparecchi sui quali riesci mettere le mani – senza correre rischi, naturalmente – e voglio sapere che sei felice per sempre. Non voglio preoccuparmi al pensiero di quello che stai facendo mentre cerco di squagliarmela senza danni dopo aver rincorso qualche tedescaccio nei cieli della Manica. »

« Sei di un egoismo incredibile », obiettò Cass, indignata.

« Come la maggior parte della gente », rispose lui, ed era onesto. « Soprattutto i piloti. Se non lo fossero, non farebbero quello che fanno. Non riuscirebbero a far vivere nell'angoscia e nel terrore le persone alle quali vogliono bene, rischiando la vita ogni giorno, e non si ammazzerebbero proprio sotto il naso dei loro cari durante le esibizioni. Pensaci un po'. Pensa a quello che noi facciamo alle persone alle quali vogliamo bene. »

« Ci ho pensato. Moltissimo. Ma vedi, tu e io sappiamo tutto questo ed è un vantaggio. »

« No, niente affatto. Tu hai vent'anni, accidenti! Hai una vita intera davanti a te, una vita stupenda. E non voglio che tu rimanga qui ad aspettarmi. Se tornerò e mi capitasse di vincere il primo premio in qualcuna di quelle lotterie irlandesi abbinate alle corse di cavalli, ti darò un colpo di telefono. »

« Ti odio », gridò furibonda, Cassie. Ma capiva di avere di fronte un uomo irremovibile. Non sarebbe mai riuscita a fargli cambiare idea. Nick era testardo quanto lei.

« Me lo immaginavo. E l'ho immaginato soprattutto quanto ti ho dato un bacio. » Poi la baciò di nuovo, e tutta la rabbia, il furore e il dolore esplosero in Cassie trasformandosi in un'ondata di passione che sconvolse Nick. Avrebbe voluto cambiare un mucchio di cose, ma sapeva di non poterlo fare. Avrebbe voluto tenerla stretta fra le braccia e fare l'amore con lei fino a morire di piacere, estenuati. Invece si costrinse a scostarla da sé prima che fosse troppo tardi per smettere. E per tutti e due, quel momento diventava sempre più vicino.

« Mi scriverai? » gli domandò Cassie ansante, poco dopo.

« Se potrò. Ma non contarci troppo. Non preoccuparti se

non dovessi avere mie notizie. È proprio quello che non voglio. E non voglio che tu mi aspetti. Questa è la storia d'amore più breve del mondo. Ti amo. Punto e basta. Fine della trasmissione. Ecco. Probabilmente non avrei mai dovuto dirtelo. »

« E allora perché l'hai fatto? » gli domandò lei desolata.

« Perché sono un egoista figlio di puttana e non riuscivo più a dominarmi e a tacere. Ho dovuto lottare con me stesso per non confessartelo tutte le volte che venivamo qui. Ed è stato terribile, quando ti ho lasciato in California. Un po' come morire. Da molto tempo sentivo il bisogno assoluto di dirtelo. Ma questo non cambia niente, Cass. È bello saperlo. Magari è bello per tutti e due. Io comunque parto ugualmente. »

Continuarono a discutere a lungo, ma senza approdare a niente di conclusivo. E Cassie non riuscì a convincerlo a non partire. Poi, alla fine, tornarono in volo all'aeroporto dopo essersi baciati ancora a lungo, abbandonandosi a una passione sempre più violenta.

Per Cassie fu un fine settimana lungo e triste, anche se trascorse moltissimo tempo con Nick. Quando ripartì il pomeriggio della domenica, il distacco fu straziante. Mai, in vita sua, aveva sentito uno strappo doloroso come quell'addio. Pat aveva intuito quello che stava succedendo e aveva provato a parlarle prima della partenza, ma senza esserle di grande conforto. Era innamorata di Nick e Nick era innamorato di lei e continuava a ripeterle di non aspettarlo. Non riferì tutto questo a suo padre, ma Pat lo capì ugualmente.

« È il suo carattere, Cass. Dev'essere libero di fare quello in cui crede. »

« Ma non è la nostra guerra. »

« Ma lui vuole che sia la sua guerra, e vuole combatterla bene. È un brav'uomo, Cassie. »

« Questo lo so. » Poi alzò verso suo padre due occhi colmi di infelicità. « È convinto di essere troppo vecchio per me. »

« Lo è. Una volta mi preoccupavo che si prendesse una

sbandata per te », ammise Pat, « anche se penso che una persona come lui ti potrebbe fare un gran bene. Ma uomini del genere non si possono convincere. Devono scoprire da soli la verità. »

« Pensa che ti saresti arrabbiato con lui. »

« Sa benissimo che non è vero... e non è questo il problema... il problema è nel suo cervello, in quello che crede, in quello che vuole per te. Non puoi trovare adesso le risposte, Cass. Se hai un po' di fortuna, lui tornerà e allora, più avanti, dovrete cercare di risolvere la faccenda fra voi. »

« E se non torna? » domandò Cass tristemente.

« In tal caso sappi che sei stata amata da un uomo degno e onorato, e che hai avuto la fortuna di conoscerlo. » Allora Cassie si buttò fra le braccia di suo padre rendendosi conto di quanto fossero difficili le lezioni che cominciava a imparare.

Salutò la famiglia e poi Nick l'accompagnò sulla pista. L'aiutò a togliere i blocchi alle ruote e a fare tutti i controlli da terra, ammirando lo splendido apparecchio con cui Cassie era arrivata, ma quando lei cominciò a mandare su di giri i motori l'attirò a sé e la tenne così, stretta stretta.

« Abbi cura di te... non correre rischi », disse lei, divorata dall'angoscia. « Ti amo. »

« Anch'io ti amo. E adesso fai la brava, e cerca di pilotare bene. Comincio a capire, adesso, perché ti tengono sempre quella chaperon incollata addosso », cercò di scherzare Nick, per rendere meno triste quel momento. Durante il fine settimana appena trascorso avevano rischiato più volte di perdere completamente la testa.

« Scrivimi... fammi sapere dove ti trovi... » mormorò lei mentre scoppiava in singhiozzi.

Nick accennò al cielo con un sorriso triste. I suoi occhi le dissero tutto quello che aveva bisogno di sapere e che Nick non poteva più dirle. La lasciava, e se fosse ritornato... chissà che cosa avrebbe offerto il futuro a tutti e due! Niente promesse, niente sicurezze. C'era solo il presente. E in quel preciso momento, in quell'attimo fuggente, Nick si accorse di amarla più di quanto avesse mai amato qualcuno in vita sua. Più di quanto avrebbe mai amato qualcuno in futuro.

« Non prendertela, Cass », le mormorò, staccandosi da lei. « E sempre a testa alta, mi raccomando! » Sorrideva, ma aveva gli occhi pieni di lacrime anche lui. « Ti amo », ripeté tra sé. Poi scese dall'aereo. Cass lo seguì con lo sguardo per un momento lungo e doloroso; aveva gli occhi talmente colmi di lacrime che quasi non riusciva a vedere nulla quando cominciò a far rollare l'apparecchio sulla pista. Fu quella l'unica volta in tutta la sua vita in cui non provò alcun brivido di gioia e di emozione al momento di staccarsi dal suolo; poi agitò lievemente le ali, piano piano, in segno di saluto per Nick, e infine puntò verso ovest mentre lui continuava a guardarla.

13

Le prime settimane dopo la partenza di Nick furono difficili per Cass. Pensava a lui costantemente, ma quando pilotava si accorgeva di essere costretta a concentrarsi su altre cose. Le pareva di volare in continuazione, dalla mattina alla sera, e nel mese di settembre stabilì altri due record a bordo del Phaeton. In ottobre la Polonia era caduta completamente in mano dei tedeschi. E Cassie aveva saputo che Nick si trovava all'aerodromo di Hornchurch, assegnato a un'unità di piloti da combattimento come istruttore. Addestrava quei ragazzi a fare quello che lui aveva fatto nella guerra precedente, e per il momento non aveva ancora preso parte a nessuna missione. Pat affermava con sicurezza che bastava l'età a tenerlo lontano da pericoli del genere ma data la straordinaria reputazione di cui godeva, sapeva che ciò era poco probabile. Comunque, almeno per il momento era al sicuro. Non le aveva scritto, ma tramite un altro pilota aveva fatto avere sue notizie a Pat, e già questo era qualcosa.

La vita di Cassie a Los Angeles era sempre frenetica e gli impegni mondani e gli incontri con i fotografi erano più che mai frequenti. D'altra parte Desmond non faceva che insistere sull'importanza di tutto questo e di tanto in tanto la invitava fuori a pranzo per parlare dei suoi apparecchi e ascoltare le osservazioni di Cassie sull'argomento. Rimaneva sempre stupito di fronte alla sua competenza, e approfittava di quegli incontri per incoraggiarla a dare maggiore importanza alle pubbliche relazioni. I loro colloqui avevano sempre un tono professionale. Nutrivano reciprocamente stima e rispetto, e a volte Desmond sembrava un poco più amichevole e cordiale. Del resto, l'unica cosa che interessasse Cassie era il suo lavoro. La stupiva, tuttavia, che sui giornali si parlasse così poco della vita privata di Desmond, considerando che lui riteneva essenziale la pubblicità per la sua industria.

Continuava a mostrarsi molto generoso con lei e le offriva sempre un premio consistente ogni volta che stabiliva un record. Per la Festa del Ringraziamento Cassie tornò a casa a bordo di un Williams P-6 Storm Petrel; era un apparecchio dalla linea affusolata, completamente verniciato di nero, incredibilmente bello ed elegante, che lasciò senza parole Pat. Cassie propose un giro di prova a suo padre, e anche a Chris, ma quest'ultimo le rispose che aveva troppo da fare. Adesso aveva una nuova ragazza a Walnut Grove e non aveva nessuna voglia di sprecare il suo tempo all'aeroporto. Billy, invece, si dichiarò pronto a provarlo con lei. Aveva avuto notizie dirette da Nick. Sembrava proprio che tutti avessero ricevuto lettere da lui, all'infuori di Cassie. Come se Nick volesse dimostrare chiaramente qualcosa. Ma lei aveva già capito quale fosse il suo messaggio, e da molto tempo. Era né più né meno ciò che le aveva già ripetuto l'ultima volta, nonostante le sue suppliche e le sue proteste. « Ti amo. Ti saluto. Fine della storia. » Adesso non c'era prorio niente che lei potesse fare. Forse non ci sarebbe stato mai. Ne parlò con Billy, una volta, fino a sera inoltrata, e lui le confidò che Nick era l'uomo più straordinario che avesse mai conosciuto, ma anche il più solitario.

« Secondo me, ti vuole un bene da morire, Cass. E l'ho capito subito, fin dalla prima volta che ti ho conosciuto. Immaginavo che lo avessi capito anche tu e mi sono meravigliato nello scoprire il contrario. Nick ha paura, secondo me. Non è abituato alla presenza costante di un'altra persona nella sua vita. E forse questa volta ha considerato la possibilità di non tornare. Non voleva farti soffrire. »

« Magnifico. Insomma, viene a dirmi che mi ama e poi mi lascia subito! »

« Evidentemente è convinto che tu debba sposare qualche pezzo grosso a Los Angeles. E lo ha anche detto. »

« Molto carino da parte sua prendere decisioni del genere per me! » esclamò Cassie. Ma capiva di avere le mani legate. Non poteva far niente. Parlare con Billy le diede comunque un certo sollievo. Lo considerava ormai quasi come un altro fratello, con la differenza che a Billy piaceva volare tanto quanto a lei. E il giovane stava già pensando di andare a trovarla a Los Angeles prima di Natale.

Quando ripartì, Cassie promise a tutti di tornare a casa per le vacanze natalizie. Fino a quel momento avrebbe avuto moltissimo da fare. Williams aveva intenzione di lanciare sul mercato due nuovi apparecchi, e lei era un elemento importante in quell'operazione. Si stava preparando a fare voli di collaudo, a rilasciare interviste e a posare per i fotografi. Ma sperava che a Natale tutto fosse finito. Desmond aveva già acconsentito a darle una settimana di vacanza fra Natale e Capodanno.

Il giorno in cui rientrò a Los Angeles dopo la Festa del Ringraziamento, i russi invasero la Finlandia. Ormai era chiaro che le cose non andavano affatto bene in Europa. Era molto preoccupata per Nick, ma con gli orari e gli impegni massacranti che doveva affrontare, non aveva quasi il tempo di tenersi al corrente delle ultime notizie.

Provò un grande sollievo quando seppe che, almeno per il momento, Nick si limitava a fare l'istruttore.

Quando Billy venne a trovarla, verso la metà di dicembre, lo portò con sé a provare i migliori apparecchi della Williams Aircraft e lui rimase senza parole vedendo quali aerei Cassie pilotava.

« Sono straordinari! Addirittura favolosi, Cass. » Gli si illuminarono gli occhi quando vide la variante di un ricognitore per la Marina sviluppato da Williams sulla base di un precedente aereo da trasporto sul quale avevano apportato alcune modifiche innovative, già sperimentate su un eccezionale aeroplano da competizione di Howard Hughes.

« Nel caso lo desiderassi, credo che non avrebbero difficoltà a offrirti un posto come pilota collaudatore », gli propose Cassie, anche se Pat, probabimente, non avrebbe gradito. Adesso faceva conto su di lui, e Billy lo sapeva.

« Non me la sentirei di lasciare tuo padre », le rispose Billy con un sorriso. « Mi basterà pilotare uno di questi aeroplani spettacolosi quando verrai a casa in visita; sarò soddisfatto così. »

Ma Cassie volle presentarlo ugualmente a Desmond Williams e la prima volta in cui si ritrovarono a pranzare nel suo ufficio gli spiegò che Billy era un pilota straordinario. Williams si mostrò interessato a quella notizia anche se, in realtà, non riusciva a immaginare che un qualsiasi altro pilota potesse volare meglio di Cassie. In quei giorni parlarono molto anche della guerra in Europa. Desmond si augurava di poter vendere i propri apparecchi anche all'estero e, come Nick, dava per scontato che un giorno anche l'America avrebbe dovuto abbandonare la neutralità.

« Secondo me, saranno i nostri alleati a farci vergognare di rimanere neutrali e a costringerci a entrare in guerra », le spiegò tranquillamente. Esattamente quello che era successo la volta precedente.

« Io ho un amico laggiù », gli confidò un giorno Cassie. « Si è arruolato nella RAF come istruttore per i caccia. È di guarnigione a Hornchurch. » Era uno di quei rari giorni in cui parlavano di qualcosa che non fossero gli affari e il lavoro.

« Deve essere un uomo generoso, dall'anima nobile », fu il commento di Desmond mentre il cameriere serviva il caffè nel suo ufficio privato.

« No, è semplicemente un altro sciocco come noi », ribatté Cassie in tono un po' triste, e Desmond rise. Sapevano bene entrambi che i piloti erano una razza tutta speciale.

« E che cosa mi racconti di te, Cass? Niente idee grandiose e nobili sentimenti? Da quando sei arrivata qui, hai realizzato moltissime cose. Questo non ti spinge a progetti ancora più audaci? » Cassie non sapeva che cosa esattamente lui avesse in mente, anche se sospettava che meditasse qualche progetto che non era ancora preparato a discutere con lei.

« Per il momento no », gli rispose con franchezza. « Qui sono felice. Sei stato molto buono con me, Desmond. »

Lui dovette ammettere che era diventata molto più matura e adulta, in quei cinque mesi. Aveva un'aria molto raffinata e sofisticata, in parte grazie ai consigli e alla guida di Nancy. Ma ormai Cassie aveva idee ben precise sul proprio guardaroba. Sapeva cavarsela con estrema eleganza e grande abilità con la stampa, e il pubblico l'adorava. Ma non era ancora abbastanza conosciuta, almeno secondo Desmond, tanto che in primavera pensò di farla intervenire a vari raduni aeronautici che si tenevano nei diversi stati. E Cassie, a volte, si chiedeva che differenza potesse fare quel tipo di pubblicità, e se contribuisse davvero a far vendere gli aerei. Gran parte di quei raduni erano modesti e attiravano soltanto un pubblico esclusivamente locale. Per Desmond, invece, tutto questo aveva importanza e si affrettò a ricordarle che si aspettava che visitasse un certo numero di ospedali e orfanotrofi. Ci sarebbe stata l'équipe di operatori a riprendere quelle immagini per un cinegiornale trasmesso a Natale.

« Dovresti trovare il tempo di farlo prima di tornare a casa », le disse in tono fermo.

« Non ti preoccupare, so già come risolvere questo problema. » Gli sorrise e Desmond scoppiò a ridere. Negli occhi di Cassie c'era un lampo sbarazzino che lui trovava di un fascino incredibile. E poiché sapeva quanto poco piacessero a Cassie tutte quelle sue proposte per la pubblicità, ogni volta si domandava se si sarebbe ribellata. Alla fine, però, faceva sempre quello che si aspettava da lei.

« A proposito, in gennaio andremo a New York », riprese in tono casuale, ma questa volta con un lampo negli occhi. « Per un incontro fra la regina della cabina di pilotaggio, Cassie O'Malley, e l'illustre Charles Lindbergh. » Cassie immaginò subito come sarebbe rimasto elettrizzato suo padre da una notizia del genere. Perfino lei era rimasta colpita mentre Desmond le spiegava in modo più dettagliato il suo progetto.

Si sarebbero recati a New York, servendosi di un apparecchio di Desmond, nuovo di zecca, e Cassie avrebbe dovuto pilotarlo e dare una breve dimostrazione delle sue caratteristiche. A questo punto Lindbergh avrebbe dato la propria approvazione non soltanto a lei, ma anche al nuovo apparecchio. Lo aveva già promesso a Desmond, di cui era un vecchio amico. E come Desmond, anche Charles Lindbergh conosceva il valore delle pubbliche relazioni. A parte il fatto che era chiaramente interessato a incontrare la leggendaria e giovane aviatrice.

Cassie riuscì a fare il giro degli ospedali, come prestabilito, e Desmond si mostrò estremamente soddisfatto dei risultati. Poi, secondo gli accordi presi, Cassie partì per tornare a casa. Si sarebbe fermata una settimana. Oona era malata e aveva l'influenza, ma riuscì ugualmente ad alzarsi e a darsi da fare per cucinare il pranzo di Natale per tutti; quanto a Pat, era in ottima forma. Billy era tornato a casa, a San Francisco, a trovare suo padre. Chris, invece, era molto preso da Jessie, la sua nuova ragazza di Walnut Grove, e quindi Cassie non aveva nessuno con cui divertirsi. Ma si sentì felice ugualmente. La vigilia di Natale fece una lunga passeggiata e la sera andò in chiesa con le sorelle. Sulla strada del ritorno si fermò all'aeroporto a dare un'occhiata al suo aereo. Si sentiva sempre molto responsabile degli apparecchi che portava a casa, così sofisticati e costosi.

Controllò che nessuno avesse toccato niente e che i finestrini fossero ben chiusi e il motore protetto. Pat aveva liberato il suo hangar migliore per lei, e Cassie sapeva che tutti i suoi amici sarebbero arrivati a frotte per vedere quell'apparecchio. A poco a poco stava diventando una leggenda.

Poco dopo riprese lentamente il cammino nell'aria fredda e frizzante. In terra c'era una spolverata di neve. Le tornarono alla mente le vacanze di Natale di quando era piccola, all'epoca in cui veniva all'aeroporto con Nick e Pat. Era quasi impossibile non pensare a lui, adesso che si trovava lì. Quanti ricordi, e sempre c'era Nick! Alzò gli occhi verso il cielo pensando a lui e trasalì quando una voce alle sue spalle le sussurrò: « Buon Natale ». Si voltò di scatto per vedere chi fosse e rimase senza fiato quando se lo trovò davanti, in divisa: sembrava una visione!

«Oh, mio Dio...» lo fissava incredula. «Che cosa ci fai qui?» gli domandò ansante prima di buttarsi fra le sue braccia. Lui la strinse a sé.

«Dovrei tornare indietro?» le domandò lui con una risata. Le sembrò ancora più bello quando poté rannicchiarsi contro il suo petto, sentendosi stringere forte.

«No. Mai», gli rispose, mentre anche Nick si aggrappava a lei con la stessa passione. Non era mai stato tanto felice in vita sua come nel momento in cui la baciò.

Furono giornate splendide. Chiacchieravano, ridevano, pilotavano aerei, facevano lunghe passeggiate. Un giorno andarono perfino a pattinare sullo stagno ghiacciato e un'altra volta al cinema, a vedere *Ninotchka* con Greta Garbo. Un po' come un sogno. Quei momenti insieme erano talmente preziosi, e talmente pochi... un vero idillio. Ma anche se si baciavano e si tenevano stretti l'una all'altro per un tempo che sembrava infinito, per ore e ore, lui rimase sempre irremovibile: nessuno doveva sapere che qualcosa era cambiato fra loro.

«Mio padre comunque lo sa. Che differenza fa?» Cassie era sempre così pratica... ma, come al solito, Nick si mostrò insistente, convinto di avere ragione.

«Non voglio rovinarti la reputazione.»

«Perché mi hai baciato? Possibile che tu sia davvero così all'antica?»

«Lascia perdere. Non c'è bisogno che il mondo intero sappia che ti sei innamorata di un povero vecchio.»

«Starò attenta a non rivelare a nessuno la tua età.»

«Grazie.» E, come al solito, Nick si mostrò molto testardo. Non dovevano esserci impegni fra loro, né promesse per il futuro. C'era sempre, e soltanto, il presente, e l'infinita, squisita bellezza, come la sofferenza, di quel momento. Non appena erano soli si baciavano in continuazione e trovavano difficile non andare oltre. Ma, adesso, l'ultima cosa che Nick desiderava era lasciarla incinta.

Il giorno prima della partenza affrontò il discorso della

guerra. Spiegò che la situazione in Inghilterra era buona, e fino a quel momento lui non era mai andato in missione, nemmeno una volta.

« Alla mia età, probabilmente non me lo consentiranno mai, così alla fine della guerra mi rivedrai in circolazione. E allora saranno guai per te, amica mia », si affrettò a metterla in guardia. Invece Cassie non desiderava altro.

« E a quel punto, che cosa farai? » Cercava di metterlo con le spalle al muro, ma Nick era abilissimo a sfuggirle.

« Allora ti convincerò a sposare Billy, anche se dovresti farlo senza aspettare che te lo consigli io, e rinunciare a un vecchio caprone come il sottoscritto. » Qualsiasi fosse l'opinione di Cassie in proposito, continuava a insistere sul concetto di sentirsi troppo vecchio per lei. Qualche volta Cassie si chiedeva se le cose sarebbero andate diversamente se Nick non l'avesse vista quando era praticamente una bambina in fasce.

« Se proprio ci tieni a saperlo, non amo affatto Billy », gli disse Cassie chiaro e tondo, con un sorriso, mentre passeggiavano lungo il lago.

« Questo è del tutto irrilevante. Finirai per essere costretta a sposarlo, in un modo o nell'altro. »

« Grazie. »

« Per carità, non c'è di che. »

« Non pensi che sarebbe meglio avvertirlo di tutto questo? » Cassie era felice di stare con Nick; la faceva sempre ridere, anche se a volte era riuscito a farla piangere, soprattutto in quegli ultimi tempi.

« Al momento opportuno. Tanto vale lasciare che quel figliolo si rilassi per un po'. E poi, se lo sapesse, magari se la darebbe a gambe. »

« Molto lusinghiero, questo, per me! » Gli diede una spinta e lui per poco non scivolò sul ghiaccio. Allora la spinta venne ricambiata, e dopo pochi minuti eccoli a rotolarsi fra la neve, e a baciarsi.

Furono giornate perfette, ma finirono troppo presto. Cassie accompagnò Nick a Chicago in aereo; e lì lui prese un treno per New York, da dove sarebbe poi ripartito per l'Inghilterra.

« Credi che riuscirai a tornare presto? » gli domandò Cassie, aspettavano il treno alla Union Station.

« Non so. È stato un po' un colpo di fortuna. Dovrò vedere quello che succede al mio ritorno a Hornchurch. » Cassie annuì.

Non ci furono altre promesse, solamente lacrime e il terribile senso di vuoto e di angoscia che le procurava il pensiero che, forse, Nick non sarebbe tornato mai più e che quella potesse essere l'ultima volta che lo vedeva. Prima di salire in vettura, Nick la baciò un'ultima volta e lei si mise a correre di fianco al treno finché le fu possibile. Poi, rimase sola.

Il volo di ritorno a Good Hope fu triste e solitario; l'indomani partì di nuovo, questa volta per Los Angeles. Sentiva terribilmente la mancanza di Nick, e non faceva che tormentarsi pensando a lui, se sarebbe tornato e se avrebbero mai trovato il modo di stare insieme. Si domandava se Nick avrebbe continuato a sollevare obiezioni sulla differenza d'età... Com'era difficile capire quello che sarebbe successo!

In gennaio partì per New York con Desmond, a bordo del nuovo aereo da mostrare a Charles Lindbergh. Anche questa volta le scattarono innumerevoli fotografie e ogni scena fu ripresa per il cinegiornale. Dopo, la primavera fu lunga e solitaria malgrado i lunghi voli, i continui collaudi, i controlli sempre più attenti e accurati di nuovi strumenti e attrezzature. Ormai Cassie si era fatta un'ottima reputazione grazie alle sue capacità e alla passione per il volo. Non solo, ma aveva conosciuto personalmente alcune delle donne sulle quali, per anni, aveva solamente letto libri e articoli, per esempio Pancho Barnes e Bobby Trout. Questi incontri diedero a tutta la sua vita una nuova dimensione. Passava parecchio tempo anche con Nancy e Jane Firestone. Si divertiva, con loro, anche se si rendeva conto a poco a poco che non sarebbe mai riuscita diventare intima amica di Nancy, per quanto lo desiderasse. C'era troppa differenza d'età tra loro.

Una sera, in aprile, uscì di nuovo a cena con Desmond e lui la lasciò a bocca aperta quando le domandò se avesse qualche legame sentimentale. Visti i loro rapporti, rigorosamente di affari e di lavoro, le parve una domanda strana. Comunque gli rispose che nella sua vita non c'era nessuno, che era sempre Nancy a cercare «cavalieri» e «accompagnatori» per lei.

«Mi sorprende», commentò Desmond amabilmente.

«Credo di essere troppo brutta. Molto semplice!» esclamò Cassie con un sorriso. La battuta lo divertì. A dire la verità, la bellezza di Cassie era addirittura spettacolosa. Era diventata ancora più affascinante, se possibile, e Desmond non era mai stato tanto soddisfatto dei suoi piani e dei suoi futuri progetti.

«Forse lavori troppo», disse con aria meditabonda, guardandola dritto negli occhi. «Oppure c'è qualcuno a casa?»

«No, non più» e gli rivolse un sorriso colmo di tristezza. «Lui è in Inghilterra. E poi non è mio», aggiunse piano. «È solo di se stesso. Anzi, più di così non potrebbe esserlo.»

«Capisco. Ma le cose possono cambiare.» Cassie lo incuriosiva in modo incredibile; professionalmente era in gamba, come un uomo, anzi forse migliore, e molto più seria. Sembrava che la vita mondana non avesse la minima attrattiva per lei, e ancor meno le interessava la possibilità di diventare famosa. Anche questo faceva parte del suo fascino, e il pubblico lo apprezzava... Ecco perché le voleva bene. Infatti, malgrado il suo enorme successo e la fama acquisita nei nove mesi appena trascorsi, era riuscita ugualmente a rimanere semplice e modesta. Desmond non conosceva molte donne che si potessero paragonare a Cassie. Gli piacevano un'infinità di cose in lei, e se ne stupiva. Di rado provava un interesse personale per uno dei suoi subalterni, a parte casi eccezionali, com'era successo per Nancy.

«La guerra combina strani scherzi agli uomini», disse. «A volte cambiano... a volte si rendono conto di quello che è importante per la loro vita.»

«Certo», ribatté Cassie con un sorriso malinconico. «I loro bombardieri. Secondo me i piloti sono una razza di uomini completamente diversa. Almeno quelli che conosco. Come le donne. Tutti un po' matti.»

« Fa parte del loro fascino. » E Desmond le sorrise. A un tratto sembrava più sereno, più calmo e disteso di quanto non l'avesse mai visto.

« Dovrò ricordarlo », gli rispose lei, bevendo un sorso di vino. Intanto si domandava quale fosse la molla che lo faceva agire, ma era impossibile saperlo. Perfino quando si mostrava amichevole e cordiale, non abbassava mai la guardia. Non esisteva un mezzo per conoscerlo bene. Stava sempre attento a tenere le distanze. Del resto glielo aveva detto anche Nancy, e Cassie, credeva di averlo ormai capito.

« E poi ci siamo noi, quelli che rimangono. » Le sorrise di nuovo. « Quelli che vivono sulla terra. Semplicemente, e prosaicamente. »

« Non credo che sia la definizione giusta », rispose tranquillamente Cassie, mentre Desmond la osservava con attenzione. « Forse con più buon senso. Più disposti a ragionare su quello che è la vita, più decisi nel raggiungere le proprie mete. C'è molto merito in questo, credo. »

« E tu? Qual è il tuo posto, secondo te, Cass? Tu sei tra quelli che vivono in cielo, oppure tra quelli che vivono sulla terra? Per quanto ho potuto capire, si direbbe che tu riesca a vivere bene in entrambi questi mondi. » Ma il cielo era il suo elemento, viveva per volare, e Desmond lo sapeva. Quando era sulla terra faceva solo l'essenziale per far passare il tempo, per tornare il più presto possibile lassù, nel cielo, a volare di nuovo con gli uccelli.

Fu a quel punto che Desmond decise di lanciarle una certa idea. Forse era ancora troppo presto, ma valeva la pena di piantare quel seme, per dargli il tempo di attecchire. « Che cosa ne pensi di un giro del mondo? » le domandò un po' cauto, e lei alzò gli occhi di scatto, stupita. Nick l'aveva messa in guardia su questo e sugli eventuali pericoli. Aveva sempre detto che fin dal primo momento Williams aveva in mente soltanto quello. Come poteva averlo intuito? Sembrò sconcertata mentre cercava le parole per rispondere.

« Adesso? Non sarebbe tremandamente difficile? » I tedeschi avevano già invaso la Norvegia e la Danimarca e stavano avanzando verso il Belgio e i Paesi Bassi. « Gran parte dell'Europa sarebbe inaccessibile per noi, e quella del Pacifico mi sembra un'area critica.» Ricordò il viaggio della Earhart, che si era interrotto proprio lì, e ormai erano già passati tre anni. Adesso le cose erano molto peggiorate.

« Probabilmente è un ostacolo che riusciremmo ad aggirare. Non sarebbe facile, ma si potrebbe fare ugualmente, se ci fossimo veramente costretti. In ogni caso ho sempre pensato che quello sia il culmine della tua carriera. Il giro del mondo. Se ti riuscisse bene. Certo dovrebbe essere pianificato con molta attenzione ed eseguito in modo brillante. Comunque, per il momento non se ne parla neppure. Ci vorrebbe un anno, come minimo, per prepararlo.»

« Ho sempre pensato che sarebbe una cosa fantastica, ma in questo preciso momento, o perfino fra un anno, continuo a non immaginare come riusciremmo a realizzarlo.» Trovava intrigante l'idea, ma non riusciva a dimenticare gli ammonimenti di Nick. Invece Desmond sembrava così sicuro di quello che voleva!

« Se è per questo, lascia che me ne occupi io, Cass», disse, sfiorandole la mano in una carezza. Per la prima volta da quando lo conosceva lo vedeva emozionato. Quello era il suo sogno. E voleva dividerlo con lei.« Tutto quello che devi fare è pilotare l'apparecchio migliore, in senso assoluto, attraverso i cieli. Quanto al resto, tocca a me occuparmene. Sempre che tu voglia farlo.»

« Dovrei rifletterci.» Indubbiamente, una cosa del genere avrebbe cambiato la sua vita. Il suo nome sarebbe diventato famoso in ogni casa, in ogni famiglia, sarebbe stato sulle labbra di tutti, proprio come quelli della Cochran o di Lindbergh, di Elinor Smith o Helen Richey.

« Riparliamone quest'estate.» Sapevano entrambi che per quell'epoca il suo contratto avrebbe dovuto essere rinnovato. E non esisteva ragione al mondo per cui Cassie dovesse rifiutare di rinnovarlo. Non aveva mai tenuto segreto il fatto che le piaceva infinitamente tutto ciò che stava facendo. Ma il giro del mondo era qualcosa di ben diverso. Era anche il suo sogno, ma Nick si era mostrato talmente irremovibile quando aveva insistito perché non accettasse di farlo per la

Williams Aircraft. «...Ti sta usando...» le pareva ancora di sentire le sue parole... «Cassie... non farlo... mi terrorizza...» Ma perché no? Che cosa c'era di sbagliato? Per quale motivo non avrebbe dovuto? In fondo Nick faceva quello che voleva, o no? E non si prendeva nemmeno la briga di scriverle. Da Natale aveva ricevuto soltanto due lettere. Nick le parlava di quello che faceva, ma non accennava mai a quello che provava per lei. Non faceva niente per tenere vivo il rapporto tra loro. Secondo lui, non era giusto per Cassie, e quindi si rifiutava di incoraggiarla e tanto meno la pregava di aspettarlo. Le sue lettere sembravano bollettini della scuola di pilotaggio.

Quella sera Desmond l'aveva invitata a ballare, ma mentre volteggiavano sulla pista, al *Mocambo*, non fece altro che parlarle del giro del mondo. Adesso che si era confidato con lei non pensava ad altro ed era praticamente convinto che anche Cassie dovesse sentirsi eccitatata ed emozionata quanto lui.

Menzionò di nuovo l'argomento la settimana seguente, ma di sfuggita, senza insistere. Quasi fosse stato un segreto del quale erano al corrente solo loro, una meta che entrambi anelavano raggiungere. Era chiaro che si trattava di qualcosa che aveva un enorme significato per lui e adesso che gliene aveva parlato gli pareva che l'intimità fra loro fosse cresciuta.

Desmond Williams era sempre molto impegnato, e Cassie rimase sbalordita quando le domandò se poteva invitarla fuori per festeggiare il suo ventunesimo compleanno. Si stupì che lo sapesse: ma del resto aveva un vero e proprio esercito di persone incaricate di ricordargli i più piccoli dettagli che lui riteneva importanti. Li considerava la chiave, il punto di collegamento, fra la banalità e la perfezione.

Non avendo nessuno di speciale con cui festeggiarlo, Cassie fu felice che Desmond se ne fosse ricordato. La portò a cena al *Victor Hugo Restaurant* e poi a ballare da *Ciro*. Quella serata commosse infinitamente Cassie. Al ristorante, Desmond le aveva fatto preparare una torta di compleanno; non solo a cena, ma anche da *Ciro*, venne servito champagne. Era chiaro che Desmond aveva controllato con Nancy Firestone quali fossero i piatti preferiti di Cassie e quindi l'intero menu era stato studiato appositamente per farle piacere. Le sembrò di essere quasi una bambina che festeggiava un compleanno magico. Poi Desmond le regalò una spilla di brillanti a forma di aeroplano con il numero ventuno sulle ali, e la parola «Cassie» sulla fiancata. Lo aveva ordinato mesi prima a Cartier. Glielo rivelò dopo che Cassie ebbe aperto l'astuccio, senza parole di fronte a tutte le premure che aveva per lei.

«Come hai potuto fare una cosa simile?» Arrossì mentre ammirava la spilla. Non aveva mai visto niente di tanto bello: chissà perché, le pareva di non meritarsela.

Adesso Desmond la stava guardando con aria molto seria. Cassie non l'aveva mai visto così attento e concentrato, tranne quando studiava un aereo prima di ridisegnarne completamente la struttura. «Ho sempre saputo che un giorno saresti stata molto importante per me. L'ho capito appena ti ho conosciuto.» Lo disse con un tono di voce talmente grave che Cassie scoppiò a ridere. Non aveva dimenticato quel momento.

«In tuta, con tutta la faccia sporca di olio? Devo averti proprio fatto una gran bella impressione!» Rideva tenendo fra le mani quella spilla che le sembrava così straordinaria e importante. Quando la toccò con la punta delle dita, perfino l'elica si mise a girare.

«Proprio così», confessò lui. «Sei l'unica donna fra tutte quelle che conosco che sia bella anche con la faccia sporca.»

«Desmond, sei terribile.» Rise, sentendosi più che mai vicina a lui. Era strano eppure, malgrado l'abisso che li divideva, provava un senso di amicizia nei suoi confronti. Era uno dei pochi amici che avesse, a Los Angeles. A parte Desmond, c'erano solamente Nancy e un paio di altri piloti. Non aveva proprio nessuno con cui passare piacevolmente il tempo. Quanto a Desmond, nutriva un grande rispetto, per lui e per tutto quello che lui rappresentava e per cui lavorava con tanto impegno. Perché Desmond credeva nella necessità di ottenere il meglio, in senso assoluto e a qualsiasi costo.

Proprio come il piccolo aereo che Cassie adesso teneva sul palmo della mano, che era un suo dono. Un piccolo aereo perfetto in ogni dettaglio.

« Sono davvero terribile, Cass? » le domandò in tono grave, dopo quel commento così spensierato da parte sua. « Me lo sono sentito dire da esperti del genere e probabilmente hanno ragione. » Lo disse con un tono di voce talmente disarmante che Cassie provò quasi un po' di pena per lui. Si rese conto di colpo che doveva essere un uomo molto solo, malgrado la sua importanza e il lusso in cui viveva. Non aveva figli né moglie. Pochi amici e, secondo i giornali, almeno in quel momento, non aveva nemmeno un'amichetta. Aveva soltanto i suoi aeroplani e la sua industria.

« Sai benissimo che non è vero. Non sei terribile », mormorò Cass.

« Vorrei esserti amico, Cass », riprese lui, con molta franchezza, e allungò la mano attraverso il tavolo. Per un attimo Cassie non capì fino in fondo che cosa lui intendesse, ma era profondamente commossa, da tutto quanto aveva fatto per lei e da quel gesto di amicizia.

« E io ti sono amica, Desmond. Sei stato molto gentile con me... anche prima di questo... in fondo, non sono mai stata completamente sicura di meritarlo. »

« Ecco perché mi piaci », sorrise Desmond. « Non ti aspetti niente e meriti tutto, anzi meriti ancora molto di più di quello. » E le indicò il piccolo gioiello. Poi glielo tolse dalle mani e protendendosi attraverso il tavolo glielo appuntò sul vestito. « Sei una ragazza speciale, Cass. Non ho mai conosciuto un'altra come te. » Lei gli sorrise, colpita da tutto quanto aveva detto e grata della sua amicizia.

Quella sera, quando l'accompagnò a casa, salì di sopra, fino alla porta del suo appartamento. Non le chiese di invitarlo a entrare e non accennò nemmeno al giro del mondo. Ma il giorno dopo la stupì di nuovo mandandole dei fiori; e la domenica le telefonò per invitarla a una passeggiata in automobile. Prima d'allora Cassie non aveva mai pensato a come Desmond occupasse il suo tempo durante il fine settimana. Quanto a lei, di solito, pilotava qualche apparecchio, se ne aveva il tempo, oppure prendeva parte a qualche riunione mondana con uno dei suoi tanti accompagnatori ufficiali.

Desmond venne a prenderla alle due in punto e andarono a Malibu. Scesero sulla spiaggia per fare una lunga camminata. La giornata era splendida, la spiaggia quasi deserta. Per un po' Desmond le parlò della sua giovinezza, degli anni trascorsi in collegio e poi a Princeton. Durante quel periodo aveva vissuto pochissimo in casa. Sua madre era morta quando lui era ancora bambino e suo padre si era buttato a capofitto nel lavoro. Si era costruito un impero, ma aveva trascurato il suo unico figlio. Per esempio, non aveva mai mostrato il desiderio di avere Desmond a casa durante le vacanze. E lui, di conseguenza, era sempre rimasto nei vari collegi che frequentava - prima Fessenden, poi St. Paul, e infine Princeton. A quel punto, ormai, non aveva più una grande importanza il fatto di tornare a casa per le vacanze: viaggiava per conto proprio o con amici.

« Ma non avevi una famiglia, dei parenti? » chiese Cassie inorridita ascoltando la storia di quell'infanzia così tragicamente solitaria.

« No, nessuno. Mio padre e mia madre erano figli unici. E tutti i miei nonni erano già morti quando io sono nato. Non ho mai avuto nessuno tranne mio padre, e in fondo non l'ho mai conosciuto veramente bene. Credo che sia questo il motivo per cui anch'io non ho mai desiderato avere figli. Preferirei non infliggere un dolore del genere a nessuno. Sono felice così, e non mi pare giusto deludere un bambino. » C'era qualcosa di molto triste in quello che Desmond stava dicendo e Cassie sentì di comprenderlo meglio di prima. Era una grande solitudine, quella che aveva avvertito in lui, un senso di isolamento che si era prolungato per anni. In ogni caso, Desmond aveva saputo sfruttarlo nel modo migliore... ma quanto doveva essere stato doloroso! E ancora adesso sembrava talmente solo!

« Desmond... non potresti deludere nessuno... e con me sei stato così gentile. » Era vero. I suoi rapporti con lui erano sempre stati piacevoli. Era un vero gentiluomo, un amico perfetto, un perfetto datore di lavoro. Non c'era nessun motivo per cui non potesse essere un marito o un padre perfetto. Cassie sapeva che era stato sposato due volte, ma che non aveva figli. Le riviste sottolinevano sempre questo fatto, cioè che non esisteva un erede di un patrimonio tanto cospicuo. Adesso ne capiva il perché. Desmond non voleva un erede. Non voleva un figlio.

« Mi sono sposato quand'ero molto giovane », le spiegò mentre si sedevano sulla sabbia a guardare il mare. « Ero ancora a Princeton. Ed è stata un'incredibile sciocchezza. Amy era una ragazza adorabile, viziatissima da suo padre e sua madre. Dopo la laurea siamo tornati qui e lei ha odiato ogni cosa. » Quando si voltò a guardare Cassie aveva un'aria quasi divertita. « Avevo la stessa età che hai tu adesso, ma ero pieno di illusioni sul fatto di essere ormai una persona adulta e di sapere quello che stavo facendo. Amy avrebbe voluto che ci trasferissimo a New York, ma io mi sono rifiutato. Voleva essere vicino alla sua famiglia e io lo trovavo strano. L'ho condotta invece in Africa, per un safari, e poi siamo stati sei mesi in India. E quando siamo arrivati a Hong Kong lei è salita sul primo bastimento in partenza ed è ritornata a casa, dai suoi. Diceva che l'avevo torturata, che l'avevo costretta ad andare in posti orribili. Raccontava di essere stata tenuta in ostaggio dai selvaggi. » Rise all'assurdità di tutto questo e Cassie lo imitò. Tutta quella storia sembrava molto divertente. « Quando finalmente sono rientrato in patria anch'io, i legali di suo padre avevano già inoltrato la domanda di divorzio. Immagino di non avere mai capito che lei voleva soltanto stare vicino a sua madre; io volevo mostrarle qualcosa di molto più emozionante. »

« La mia seconda moglie era un tipo molto più intrigante. Avevo venticinque anni e lei era un'inglese, una donna affascinante. Stava a Bangkok. Aveva dieci anni più di me e, almeno in apparenza, conduceva una vita impegnatissima. Poi risultò che era sposata con un altro, che un bel giorno comparve all'improvviso mentre noi vivevamo felicemente insieme. Non sembrò affatto soddisfatto della situazione e il nostro matrimonio fu annullato. Sono tornato a casa e, poco a poco, mi sono ambientato qui. Ritenevo abbastanza divertente la mia vita e le mie esperienze interessanti, anche se nessuna delle due può essere definita un vero e proprio matrimonio. Qui non ho mai trovato niente di simile, come non ho mai fatto niente di quello che ci si sarebbe aspettati da me. E una volta ereditata l'impresa di mio padre non ho più avuto tempo per tutte quelle sciocchezze. Non ho più avuto tempo per niente... a parte gli affari. Così eccomi qui, dieci anni dopo, solo, e terribilmente noioso. »

« Io non definirei noiose tutte quelle cose... un safari... l'India... Bangkok... certo sono cose molto lontane dall'Illinois, da dove vengo. Sono la quarta di cinque figli e ho passato tutta la vita in un aeroporto; ho sedici nipotini tra maschi e femmine. Non c'è niente più terra terra di questo. Sono la prima di tutta la mia famiglia che è andata al college, la prima a pilotare un aeroplano, la prima ad andarsene di casa, anche se mio padre e mia madre sono arrivati laggiù da New York e, prima ancora, dall'Irlanda. Ma è tutto tremendamente banale, non è certo né affascinante né emozionante. »

« Adesso sei tu affascinante, Cass », mormorò Desmond osservandola. Sembrava sempre interessato alle sue reazioni.

« Non credo proprio! Mi rendo conto di essere ancora quella ragazza in tuta, con la faccia sporca di olio. »

« Quello che gli altri vedono è molto diverso. »

« Forse io non lo capisco. »

« Non si può certo dire che abbiamo molto in comune, noi due », riprese Desmond pensieroso. « Ma a volte funziona », aggiunse, sempre più serio. « A dire la verità, non sono più sicuro di capire che cosa funziona e che cosa no. Ormai non riesco nemmeno più a ricordare quando ho cominciato a cercare di capirlo. » Cassie sorrise; a un tratto le sembrava di essere sottoposta a uno strano interrogatorio, una di quelle interviste che si fanno prima di assumere una persona. E non sapeva per quale ruolo. « Che cosa mi dici di te, Cass? Per quale motivo alla matura e tarda età di ventun anni e due giorni non sei ancora sposata? » In effetti Desmond scherzava solo in parte. Voleva esser ben sicuro che Cassie fosse libera. Non era mai riuscito a capirlo, anche se lei non dava l'impressione di avere un legame con nessuno a parte, forse, quel pilota della RAF in Inghilterra.

« Nessuno mi vuole », gli spiegò lei con semplicità, e Desmond rise. Anche Cassie finì per ridere. Si sentiva stranamente a suo agio con lui.

« Riprova. » Si sdraiò sulla sabbia, guardandola con aria divertita, sereno, e completamente rilassato in compagnia di quella ragazza così semplice e sincera. « Prova a raccontarmi qualcosa che io riesca a credere. » Era troppo, troppo bella perché nessuno la desiderasse!

« Dico sul serio. I ragazzi della mia età sono terrorizzati dalle donne pilota. A meno che non siano aviatori loro stessi; in tal caso l'ultima cosa al mondo che desiderano è la concorrenza di un altro che faccia il loro stesso mestiere. »

« E che cosa mi dici dei ragazzi della mia età? » le domandò in tono cauto, mentre Cassie considerava che, in fondo, Desmond aveva soltanto quattro anni meno di Nick, cioè trentacinque.

« Sembrano turbati per la differenza di età. Perlomeno alcuni, quelli diciamo... che hanno quattro anni più di te. »

« Capisco. Ti considerano immatura? » Eppure Cassie non lo era affatto.

« No, pensano di essere troppo vecchi, di non aver 'sfondato' abbastanza nella vita e di non avere niente da offrirmi. Così partono, volano in Inghilterra e mi consigliano di andare a giocare con i ragazzini della mia età. Niente promesse. Niente speranze. »

« Già. E tu vai a giocare con i ragazzini della tua età? » Trovava intrigante quella storia. Si chiese se si trattasse del socio di suo padre, ma non volle domandarglielo. Partì dal presupposto che fosse proprio Nick, visto il modo in cui quell'individuo aveva cercato di proteggerla da lui il primo giorno della sua visita all'aeroporto O'Malley.

« No », lei gli rispose con onestà. « Io non ho mai avuto tempo per nessun ragazzo, di nessuna età. Sono sempre stata troppo impegnata a volare per te e a prendere parte a tutte quelle riunioni mondane che consideri tanto importanti. »

Non solo, ma non cercava nemmeno legami con nessuno. Era troppo innamorata di Nick per interessarsi a qualcun altro; questo, però, non glielo disse.

« Le riunioni mondane sono importanti, Cassie. »

« Non per me », sorrise lei.

« È difficile accontentarti, signorina Cassie O'Malley. Ormai è quasi un anno che esci cinque sere la settimana, e ogni sera con un uomo differente. Possibile che non ce ne sia uno che abbia colpito la tua fantasia? »

« Credo di no. Troppo impegnata, niente tempo, niente interesse. Mi annoiano da morire, tutti. » Preferì evitare di spiegargli che per la maggioranza erano modelli o attori che di virile avevano ben poco. Anche se questo, per lei, non faceva nessuna differenza.

« Sei viziata. » Desmond la minacciò con un dito e Cassie gli rise in faccia.

« Se lo sono, è solo colpa tua. Guarda quello che hai fatto per me: appartamenti, vestiti, tutti gli aerei che voglio, incluso uno di brillanti... » Gli rivolse un sorriso di gratitudine. Gli aveva scritto un biglietto di ringraziamento proprio quella mattina. « ...automobili... alberghi... ristoranti raffinati, di lusso... chi non si ritroverebbe viziato dopo tutto questo? »

« Tu », commentò Desmond, semplicemente, perché era la verità, poi le tese la mano aiutandola a rialzarsi e ripresero la loro passeggiata sulla spiaggia, scalzi, raccontandosi buffe storielle. Cenarono in un piccolo ristorante messicano nei pressi dell'appartamento in cui Cassie abitava e dove – secondo Desmond – il cibo era pessimo, mentre a lei piacque moltissimo. Poi la riaccompagnò a casa promettendole di passarla a prendere la mattina seguente.

« Vado al lavoro alle quattro », replicò lei. « Non sarò più qui. »

« Anch'io », sorrise lui. « Evidentemente lavoriamo per lo stesso tiranno. Ti verrò a prendere alle tre e mezzo. » Cassie rimase sbalordita quando la promessa fu mantenuta. Desmond era una persona stranissima. Ed era terribilmente solo! Le storie che le aveva raccontato sulla propria infanzia le avevano fatto male al cuore. Non c'era da meravigliarsi che non fosse mai riuscito ad amare nessuno e che nessuno avesse mai amato lui. Si trovò a provare una voglia struggente di proteggerlo, mentre era sempre lui, sempre Desmond, che si occupava di lei. Era una rara combinazione di calore e di freddezza, invulnerabile eppure profondamente ferito.

Al pomeriggio andò a prenderla all'aeroporto e la riaccompagnò a casa in macchina, ma senza salire da lei. E da quel momento in poi le telefonò o si fece vedere ogni giorno, portandola a cena fuori parecchie volte la settimana e scegliendo sempre locali tranquilli e poco affollati. Non fece mai niente di più e Cassie si rese conto che non avrebbero potuto essere più amici di così... Ed effettivamente, in poco tempo erano diventati ottimi amici. Desmond non aveva più parlato del giro del mondo ma Cassie qualche volta ci pensava, quando era in volo, e le tornavano alla mente gli avvertimenti di Nick. Si stava convincendo che doveva essere pazzo a preoccuparsi tanto. Desmond non aveva nessun desiderio di fare qualcosa che potesse metterla in difficoltà o in pericolo, o sottoporla a uno stress continuo. Per lei desiderava soltanto il meglio. Di questo era sicura. Più di qualsiasi altra cosa, ormai era un amico per lei. Compariva all'improvviso, a volte nei momenti più strani, mentre lei scendeva da un aereo, oppure usciva di casa per andare al lavoro alle quattro del mattino. Era lì per lei, se ci fosse stato bisogno; non si intrometteva mai nella sua vita; non le chiedeva mai più di quello che lei non desiderasse dare. Sembrava che le chiedesse tanto poco... eppure Cassie sentiva sempre, e continuamente, la sua presenza.

Fu lui in persona a portarle il nuovo contratto alla fine di giugno e Cassie rimase sbalordita quando lo lesse. In gran parte le clausole erano le stesse, ma gli impegni mondani ridotti, e la cifra del suo compenso raddoppiata. Desmond si impegnava a farle provare, e collaudare, tutti i loro migliori aerei, e voleva da lei la garanzia che avrebbe fatto un numero minimo di spot pubblicitari all'anno. E infine, l'ultima clausola del contratto, quella che lasciò Cassie senza parole. Infatti stabiliva che, per una cifra aggiuntiva di centocinquantamila dollari più eventuali compensi ulteriori e tutti i premi che ne potessero derivare, le offriva la possibilità di fare il giro del mondo entro l'anno, sull'aereo migliore che la società possedeva, su un percorso che sarebbe stato il meno rischioso possibile. La partenza era prevista per il 2 luglio 1941, quattro anni dopo che Amelia Earhart era scomparsa per sempre. Sarebbe stata un'impresa sostenuta da un lancio pubblicitario mai visto, e Cassie avrebbe senz'altro stabilito una serie di nuovi record. Una prospettiva del genere era una tentazione enorme, ma Cassie pensò che sarebbe stato opportuno discuterne con suo padre. Del resto, sarebbe tornata a casa proprio quella settimana, per un raduno aeronautico.

« Credi che non sarà d'accordo? » le domandò Desmond nervosissimo, appena prima della partenza. Aveva quasi l'aria di un bambino terrorizzato al pensiero che qualcuno gli potesse strappare dalle mani il giocattolo preferito. Lei sorrise e cercò di rassicurarlo.

« Non so. Forse penserà che è pericoloso, ma se sei convinto che si possa realizzare senza correre rischi, io ti credo. » Non le aveva mai mentito, non l'aveva mai ingannata. Non l'aveva mai delusa né come amico né come datore di lavoro. E avevano trascorso moltissimo tempo insieme. Era una strana relazione, la loro, per una ragazza della sua età e per un uomo dell'età di Desmond, basata unicamente sugli affari e sull'amicizia. Niente di più. Lui non aveva nemmeno tentato di baciarla, anche se aveva voluto sapere, con sicurezza, se lei avesse altri legami. Ed era parso chiaramente più tranquillo quando aveva saputo che nella sua vita non c'era nessun uomo, a parte Nick, il quale non le scriveva da mesi. Cassie sapeva con quanta energia lui si sarebbe opposto alla firma di quel contratto. « Mio padre è abbastanza ragionevole », lo rassicurò.

« Cassie, questo è sempre stato il mio più grande desiderio. Ma non ho mai trovato nessuno che potesse realizzarlo, nessuno di cui fidarmi fino in fondo e nemmeno una persona con cui desiderassi sinceramente collaborare. Mi fido completamente di te. Non ho mai visto nessuno pilotare un aereo come fai tu. » E Cassie non poté fare a meno di sentirsi lusingata da queste parole.

« Ne parliamo quando torno », gli promise. Aveva bisogno di qualche giorno per riflettere, ma era molto tentata e lui l'aveva capito.

« Non parteciperai alle gare del raduno aeronautico quest'anno, vero? » chiese in tono preoccupato mentre stava per lasciarla, ma lei si affrettò a scrollare la testa. Non aveva fatto pratica a sufficienza. Quell'anno non ne aveva avuto il tempo, anche se l'idea di assistervi la rallegrava.

« No, mio fratello parteciperà a qualche gara. Chissà perché. In fondo, a lui non piace volare! Lo fa soltanto perché papà sia contento. »

« Non è diverso da noi. Io mi sono dedicato alla lotta libera, a Princeton, perché era quello che a suo tempo aveva fatto mio padre. È lo sport più disgustoso del mondo e l'ho sempre odiato, eppure pensavo che a lui avrebbe fatto piacere. Adesso non sono neppure sicuro che l'abbia mai saputo, e quando penso alle slogature, al naso che perdeva sangue, per non parlare di botte e lividi...! » Lei rise a questa descrizione e gli promise che gli avrebbe telefonato per descrivergli tutto quello che era successo al raduno.

« Quando te ne sarei andata sentirò la tua mancanza. Non ho nessun altro a cui telefonare alle tre del mattino. »

« Puoi telefonare a me », replicò lei, generosa. « Mi alzerò per parlarti. Da noi saranno le cinque. »

« Basta che ti diverta », rispose lui con un sorriso « e al tuo ritorno tu sia disposta a mettere una firma su quel contratto per il giro del mondo. Ma se tu non lo facessi », proseguì con aria grave, « resteremo sempre amici, sai. Capirò, se non te la sentirai di farlo. » Il tono con cui lo disse le fece provare una strana voglia di buttargli le braccia al collo e dirgli che gli voleva bene. Era proprio una creatura solitaria. Con quanto impegno voleva fare la cosa più giusta, ed essere onesto e corretto! E al tempo stesso aveva una vera e propria ossessione di veder realizzato il suo sogno. Quanto a Cassie, non avrebbe mai voluto deluderlo.

« Prometto che cercherò di accontentarti, Desmond. Ho

solo bisogno di un po' di tempo per riflettere.» Era contenta di non dover affrontare Nick e il fiume di rimproveri con cui l'avrebbe sommersa.

«Capisco.» Prima che Cassie partisse, Desmond la baciò su una guancia raccomandandole di augurare buona fortuna al fratello da parte sua, e lei gli promise che lo avrebbe fatto.

Partì pilotando uno dei bimotori da trasporto di Desmond. Intanto continuava a chiedersi che cosa avrebbe detto Pat sul progetto del giro del mondo. Indubbiamente qualche pericolo c'era, anche senza la guerra e i problemi nel Pacifico; percorrere in aereo lunghe distanze poteva essere rischioso se non si sapeva con esattezza quello che si stava facendo, o si aveva una incredibile sfortuna oppure se si incappava in un uragano imprevisto. Nessuno era mai riuscito a sapere che cosa fosse successo ad Amelia Earhart. La sua scomparsa non aveva una spiegazione razionale tranne, forse, la possibilità che si fosse trovata senza carburante e fosse precipitata, schiantandosi al suolo senza lasciare tracce. Era l'unica spiegazione accettabile. Ma anche le teorie più strampalate avevano i loro fautori, sebbene Cassie non avesse mai voluto crederci. A ogni modo continuò a pensare a quell'ambizioso progetto per tutto il viaggio. Pericoloso o no che fosse, moriva dalla voglia di farlo.

14

Il raduno aeronautico di Peoria fu entusiasmante e caotico esattamente come Cassie lo ricordava. Si sentì più che mai felice quando ci arrivò con Billy e Pat. C'erano anche Oona, con le altre figlie e i nipotini. Chris continuava a camminare avanti e indietro, sempre più nervoso, mangiando hot dog.

« Finirai per stare male », lo rimproverò Cassie, ma lui con una risata corse a comperarsi un po' di zucchero filato.

Erano presenti tutti i loro vecchi amici, i compagni di Pat, i piloti più giovani. Dietro le insistenze di Pat, gran parte dei fanatici di aviazione erano arrivati da città lontane per assistere all'avvenimento, fin dal giorno prima. Infatti il raduno aeronautico di Peoria era un evento importante per l'aviazione. E quell'anno erano iscritte perfino un paio di ragazze, in una delle gare più facili. Quanto a Chris, aveva intenzione di prendere parte all'ultima gara del pomeriggio, per ottenere il solito premio per il record d'altezza. Non era certo niente di eccezionale, ma Chris sapeva che Pat ci teneva molto.

« Non vuoi partecipare anche tu a qualche prova, sorellina? Papà ti potrebbe prestare un aeroplano. » Quello con il quale lei aveva viaggiato era troppo grosso e troppo difficile da maneggiare. Non solo, ma valeva anche un mucchio di soldi. E, come se non bastasse, apparteneva a Desmond. Cassie lo aveva collaudato nei primissimi tempi, quando aveva cominciato a lavorare per lui, e solo di recente erano stati apportati alcuni cambiamenti, da lei suggeriti, per perfezionarlo. Per essere una ragazza di ventun anni, Cassie aveva un lavoro incredibilmente importante; lì tutti sapevano quanto fosse famosa. E la sua presenza al raduno aveva suscitato commenti a non finire. Dietro suggerimento di Desmond, i cronisti delle varie stazioni radio locali si erano presentati in massa per accoglierla e festeggiarla.

Cassie confermò al fratello che non avrebbe partecipato alle gare aeree. «Ormai non sono più abbastanza brava. È tutto l'anno che piloto aerei troppo grossi, Chris. E manco assolutamente di esercizio.»

«Anch'io», rispose lui con un sorriso. A vent'anni sembrava la copia perfetta di Pat O'Malley. A scuola otteneva ottimi risultati e aveva sempre intenzione di diventare architetto, soprattutto se fosse riuscito a ottenere una borsa di studio per l'università dell'Illinois nel giro di un paio d'anni. Per il momento, desiderava soltanto passare tutti i minuti liberi con Jessie. Erano una coppia adorabile e Pat sosteneva che non si sarebbe affatto meravigliato se avessero deciso di sposarsi.

Quanto a Billy, sembrava coetaneo di Chris. Quell'anno pareva che avesse addirittura più lentiggini sulla faccia, ma bastò osservare la sua perfetta esibizione nelle prime gare per capire che, a differenza del fratello di Cassie, lui si era esercitato, e lungamente. Infatti vinse due volte il primo premio e un altro ancora mezz'ora più tardi; e si trattava delle tre competizioni più difficili.

«Si può sapere che cosa hai fatto? Pratica, e solo pratica tutto l'anno? Perdiana, bisogna proprio dire che a voi ragazzi il tempo di spassarvela non manca, vero?» esclamò allegramente lei, buttandogli un braccio intorno alle spalle, mentre il fotografo di una delle emittenti locali li riprendeva. Cassie si affrettò a fornire ogni possibile informazione sul conto di Billy, sillabando bene il suo nome perché lo scrivessero e pronunciassero nel modo più corretto, e volle anche ricordare al fotografo che quella mattina aveva già conquistato il primo premio per ben tre volte.

« E la giornata non è ancora finita », interloquì lui strizzandole l'occhio.

« E che cosa ci dice sul suo conto, signorina O'Malley? » le domandò uno dei cronisti. « Non partecipa alle gare? Nessuna esibizione quest'oggi? »

« Purtroppo no. Oggi sono mio fratello e il signor Nolan a dare spettacolo. »

« Nessun legame romantico fra lei e il signor Nolan? » le domandò il cronista in tono allusivo e lei scoppiò a ridere mentre Billy faceva finta di soffocare, come se un sorso della limonata che stava bevendo gli fosse andato di traverso.

« Neanche per sogno », gli rispose Cassie, gelida.

« E che cosa mi dice del signor Williams? »

« Siamo ottimi amici », spiegò lei con un sorriso.

« Nient'altro? » Era così insistente che Pat si meravigliò che Cassie riuscisse a sopportarlo. Invece fu molto paziente con lui, e molto cortese. Desmond l'aveva istruita bene, e lei si sentiva in debito nei suoi confronti. Quindi voleva comportarsi nel modo migliore possibile con la stampa, anche lì, a casa, sebbene provasse una gran voglia di dire qualcosa di malizioso o fare qualche piccolo scherzo. Si prendevano talmente sul serio, i giornalisti!

« Per quanto ne so io, no; altrimenti me l'avrebbe detto », rispose educatamente e poi voltò le spalle al gruppetto per parlare con i suoi amici. E finalmente la lasciarono in pace.

« Sono proprio insopportabili », commentò Billy con aria infastidita. « Non ti danno sui nervi? »

« Sì, ma il signor Williams è persuaso che siano molto utili per i suoi affari. »

« A proposito, c'era un po' di verità in quello che ti hanno domandato? » le domandò ancora Billy, quando si ritrovarono soli. « C'è qualcosa fra te e Williams? »

« No », rispose lei, prudente. « Siamo semplicemente amici. Non credo che desideri trovarsi coinvolto in un legame sentimentale. Probabilmente fra noi c'è la stessa intimità che c'è fra lui e chiunque altro. È un uomo molto solo. A volte mi fa quasi pena », disse piano, in modo che nessuno potesse sentirla. Ma Billy non era dell'umore più adatto per confidenze del genere, non aveva voglia di discorsi seri ed era sempre molto irriverente nei confronti dei magnati dell'industria che avevano patrimoni di milioni di dollari.

«Fa pena anche a me. Se penso a tutta quella ricchezza, a quella marea di bigliettoni in cui annaspa... Deve essere faticosissimo vivere così! E poi, tutte quelle stelle del cinema con le quali esce in continuazione... Poveraccio!»

«Oh, sta' un po' zitto!» Cassie gli allungò una gomitata, mentre Chris li raggiungeva. Aveva ripreso a mangiare panini e Cassie, guardandolo, fece una smorfia. Mangiava con la stessa voracità da quando aveva quattordici anni, eppure era sempre magro come un chiodo. Al suo fianco c'era Jessie, che lo fissava raggiante e con adorazione. Lavorava nella biblioteca locale ed era una ragazza seria: consegnava tutti i suoi guadagni ai genitori per aiutarli a mantenere le quattro sorelline minori. Era molto gentile con tutti gli O'Malley e specialmente con i bambini più piccoli.

«Ma non la smetti mai di mangiare?» domandò Cassie al fratello, fingendosi indignata.

«No, se appena posso. Tenendo un buon ritmo, credimi... si riesce a mangiare praticamente per tutto il tempo, da quando uno si sveglia alla mattina fino a quando va a letto la sera. La mamma dice che io mangio più dell'intera famiglia messa insieme.»

«Uno di questi giorni diventerai un ciccione», lo mise in guardia Billy, strizzando l'occhio a Jessie, che scoppiò a ridere.

Erano tutti di ottimo umore. Anche se alle gare avevano partecipato piloti veramente straordinari, nessuno si mostrò all'altezza di Cassie e di quello che aveva fatto l'anno prima... per esempio la famosa discesa in picchiata.

«Ti ho odiata quando te l'ho visto fare», le confessò Chris. «Solo a guardarti mi sono sentito rovesciare lo stomaco. Ho creduto che ti saresti schiantata sul suolo.»

«Sono troppo abile perché mi succeda una cosa del genere», rispose lei in tono compiaciuto. Ma era contenta che Chris non facesse niente di altrettanto pericoloso. Le gare di salita in quota, e i record di altezza, non avevano mai creato problemi a nessuno. Forse non erano particolarmente eccitanti, ma lei era felice di sapere che non avrebbe corso rischi di nessun genere.

« E allora, che cosa succede di bello a Los Angeles? » le domandò Billy durante una pausa e Cassie gli parlò del suo lavoro e dei nuovi aerei della Williams Aircraft. Non accennò però al giro del mondo. Prima voleva parlarne con Pat. Soltanto in seguito ne avrebbe accennato a Billy. Ci aveva pensato moltissimo e se avesse accettato la proposta di Desmond, avrebbe chiesto a Billy di accompagnarla. Era il miglior pilota che avesse mai visto; perfino dopo un anno a Los Angeles, durante il quale aveva partecipato a manifestazioni e voli con alcuni piloti veramente abilissimi, continuava a essere convinta che Billy fosse il migliore.

Lui decollò di nuovo dopo quella chiacchierata e vinse un altro premio. Il che bastò a confermarle il suo valore. Poco dopo fu evitata per un pelo una tragedia quando due apparecchi entrarono quasi in collisione. Per fortuna tutto si risolse nel migliore dei modi. Ma inevitabilmente il pubblico tornò con la mente a ciò che era successo l'anno prima, quando Jimmy Broadshaw si era schiantato al suolo con il suo apparecchio. Inutile dire che quell'anno Peggy non si fece vedere al raduno, ma Cassie aveva già saputo da Chris che lei e Bobby Strong si sarebbero sposati. Non provò il minimo rammarico a quel pensiero. La sua vita aveva ormai preso un'altra direzione. In ogni caso gli augurava ogni bene ed era felice per Peggy. Chris era vicino a lei prima della sua grande impresa e stavano chiacchierando di alcuni vecchi amici quando venne chiamato per la prova alla quale doveva partecipare.

« Bene, qui non succede mai niente. » Sembrava nervoso, ed era comprensibile. Poi guardò Cassie e sorrise. Lei allungò una mano e lo sfiorò con una carezza.

« Buona fortuna, ragazzo. Al tuo ritorno ti faremo trovare qualcosa da mangiare. Cerca di resistere fino a quel momento. »

« Grazie. » Le sorrise, mentre Jessie andava a cercare una delle sue sorelle.

Mentre si allontanava, senza che ci fosse alcun motivo particolare se non che era orgogliosa di lui, Cassie gli gridò: «Ti voglio bene!» Lui si voltò e a gesti le fece capire che aveva sentito, poi sparì. Finalmente venne il suo turno! Prese posto sul piccolo apparecchio rosso, poi cominciò a salire, a salire a salire... Cassie lo osservava con la massima attenzione. Fu a quel punto che le parve di vedere qualcosa e socchiuse gli occhi, abbacinata dal sole. Stava per parlarne con Billy... a volte intuiva le cose ancora prima di vederle. Ma non fece in tempo ad aprire bocca, perché vide proprio quello che aveva temuto... un sottile filo di fumo... Si ritrovò a concentrarsi su Chris e il suo apparecchio; con il pensiero gli inviò tacitamente l'ordine di rientrare al campo il più in fretta possibile, senza correre altri rischi. Ma forse Chris non si era ancora reso conto di quale fosse il problema... Il motore aveva preso fuoco. Pochi attimi dopo stava già precipitando verso terra a una velocità ben maggiore di quella con la quale si era alzato in volo. Impossibile fare qualcosa per fermarlo? E già dal pubblico si stavano levando sommesse esclamazioni e grida angosciate... era evidente che ci si aspettava una tragedia. Cassie, mentalmente, stava incitando Chris ad aggrapparsi alla cloche e far rialzare l'apparecchio che stava scendendo in picchiata. Aggrappata al braccio di Billy non staccò mai gli occhi, neppure per un attimo, dall'aereo di suo fratello e quando si schiantò al suolo cominciò a correre in quella direzione insieme a tutti gli uomini presenti. Ma le fiamme erano altissime e il fumo denso e nero. Fu Billy ad arrivare prima di tutti, con Cassie al fianco. Estrassero Chris dall'apparecchio in fiamme, ma ormai non c'era più niente da fare. Era già morto a causa delle terribili ustioni. Qualcuno accorse con una coperta per spegnere le fiamme. Cassie, stringendo il fratello fra le braccia, scoppiò in singhiozzi. Non si accorse nemmeno di avere un braccio ustionato. Non capiva niente, se non che aveva Chris stretto a sé, che non l'avrebbe mai più rivisto, non l'avrebbe mai più sentito ridere o piangere... Chris non sarebbe mai diventato un uomo adulto, non avrebbe più litigato con lei, non si sarebbe sposato. Pianse senza riuscire a controllarsi, mentre continuava a stringerlo al cuore. Poi l'apparecchio esplose scagliando migliaia di frammenti di metallo rovente verso il pubblico. Billy cercò di allontanarla, ma lei continuava a stringere convulsamente Chris fra le braccia. Anche Pat cercò inutilmente di staccarla dal corpo del fratello.

«Il mio figliolo...» singhiozzava «il mio figliolo... oh, Dio... no... il mio bambino...» Pat venne condotto via e in distanza Cassie vide Jessie che piangeva disperatamente. Si rese conto soltanto in quel momento che Billy tentava di trascinarla via. Poi scorse Oona che singhiozzava tra le braccia del marito. Piangevano tutti intorno a loro. Un'altra tragedia, come l'anno prima, ma questa volta ancora più sconvolgente perché la vittima si chiamava Chris... il suo fratellino.

In seguito non riuscì mai a ricordare che cosa fosse successo dopo; si ritrovò all'ospedale, con Billy. Il braccio non le faceva male, eppure erano lì tutti a occuparsi di lei. A medicarla. Qualcuno diceva che si trattava di un'ustione di terzo grado e parlavano dell'incidente... dell'incidente... dell'aeroplano... ma no, non era stata lei a schiantarsi al suolo. A lei non era successo niente, e continuava a ripeterlo a Billy.

«Lo so, Cass. Lo so, tesoro. Tu non hai fatto niente.»

«E Chris? Sta bene?» Poi, a un tratto ricordò che c'era qualcosa che non andava riguardo a Chris, ma non riusciva a mettere bene a fuoco l'accaduto. Bill si limitò a fare cenno di sì con la testa. Cassie era sotto choc.

Le diedero qualcosa per farla dormire, e quando si svegliò il braccio aveva cominciato a farle un male atroce ma non gliene importava niente. Adesso ricordava.

Billy era ancora lì, e piansero insieme. Erano arrivati anche suo padre e sua madre a farle visita. Oona sembrava ancora in preda a una crisi di nervi e Pat aveva il cuore spezzato; c'erano anche Glynnis e suo marito Jack e piangevano tutti. Glynnis le disse che Jessie era stata riaccompagnata a casa da un gruppo di amici di Chris e che i genitori avevano dovuto chiamare il medico.

Poiché Chris era sfigurato dalle ustioni, la bara venne subito chiusa e la sera successiva, nella sede delle pompe funebri di Good Hope, si tenne una veglia. L'indomani si sarebbe svolta la cerimonia funebre nella chiesa di St. Mary. Vi parteciparono tutti, i compagni di scuola, gli amici e naturalmente Jessie, straziata dal dolore. Cassie le si avvicinò per darle un bacio. Le pareva giusto. Doveva essere stata un'esperienza terribile per una ragazza di soli diciannove anni!

C'era anche Bobby Strong, che scambiò qualche parola con Cass. Peggy non aveva avuto la forza di venire. Era arrivato un gruppo di amici del college, e quasi tutti i piloti che avevano partecipato al raduno. Quella di Chris sembrava una morte assurda e inutile: salire nel cielo unicamente per provare fino a quale altezza si poteva arrivare o, peggio ancora, non arrivare affatto.

Cassie aveva la sensazione che una parte di sé fosse morta e mentre seguivano la bara fuori dalla chiesa, dovette addirittura sorreggere sua madre. In vita sua non aveva mai visto niente di più orribile, non aveva mai dovuto affrontare niente di più terribile.

Solo quando lasciarono la chiesa, alzando gli occhi vide Desmond Williams. Non riuscì a immaginare come lo avesse saputo, ma poi si rese conto che al raduno erano presenti i cronisti della radio e probabilmente la notizia era apparsa su tutti i quotidiani. Adesso lei era una diva, una celebrità, e la tragica morte di suo fratello era una notizia clamorosa. Comunque Cassie fu contenta che Desmond fosse lì. La sua presenza le fu di conforto. Allungò la mano per stringere la sua e lo ringraziò. Poi lo invitò a raggiungerli a casa, con altri amici, al termine della funzione. Quando Desmond arrivò poté finalmente dirgli che averlo accanto, in quelle circostanze, aveva per lei un enorme significato. Desmond rispose con un cenno del capo e Cassie scoppiò in lacrime. Allora lui la strinse in un forte abbraccio, sentendosi a disagio e impacciato. Non sapeva che cosa fare, che cosa dire; si augurò che la sua presenza, e quel gesto, fossero sufficienti. Poi vide il braccio fasciato e la staccò con delicatezza da sé.

«E tu? Come stai? È grave?» Si era subito preoccupato, non appena aveva saputo che Cassie si era ustionata cercando di salvare il fratello.

«Io sto bene. Billy e io l'abbiamo tirato fuori, ma... ma... continuava a bruciare.» L'immagine che Cassie evocò fu tanto orribile che Desmond si sentì quasi assalire dalla nausea. Poi si rassicurò quando Cassie gli spiegò che i medici non erano preoccupati per lei. Desmond dichiarò comunque che al suo ritorno a Los Angeles le avrebbe fatto fare una visita di controllo. Poi volle scambiare qualche parola con il padre e la madre di Cassie, e anche con Billy. Infine si congedò spiegando che intendeva tornare a Los Angeles, in volo, quella sera stessa. Aveva solo voluto esserle vicino, e Cassie gliene fu infinitamente grata. La sua presenza aveva un grande significato per lei, e glielo ripeté.

«Grazie, Desmond... grazie di tutto...» Lui evitò di accennare al giro del mondo, anche se Cassie sapeva che ormai quello era il suo unico pensiero. Decise che ne avrebbe in ogni caso parlato con suo padre. Aveva già detto a Desmond che desiderava rimanere a casa per una o due settimane, con la sua famiglia, e lui le aveva risposto di fermarsi quanto voleva.

Lo riaccompagnò alla porta e uscì con lui. Desmond l'abbracciò. Lasciandola, aveva l'aria molto seria e triste. Quando rientrò in casa, Cassie si accorse che suo padre stava piangendo disperatamente. Continuava a ripetere che Chris lo aveva fatto solamente per lui. E lui non glielo avrebbe mai dovuto permettere.

«Lo ha fatto perché voleva farlo, papà», rispose Cassie a bassa voce. «È quello che facciamo tutti. Lo sai.» Nel suo caso era vero. Ma non per Chris. D'altra parte le sembrava un dovere lasciare al padre almeno quella illusione. «Appena prima di decollare mi ha detto che voleva farlo. Che gli piaceva.» Era una bugia, ma detta a fin di bene.

«Davvero?» Pat sembrò stupito ma anche sollevato quando, asciugati gli occhi, si versò un altro goccio di whisky.

«Hai fatto bene a dirglielo. È stato bello da parte tua», le disse poi Billy, e lei gli rispose con un semplice cenno del capo. Ma pensava a tutt'altro.

« Vorrei che Nick fosse qui », disse piano. E fu a quel punto che Billy si decise a confessarle ciò che aveva fatto.

« Gli ho mandato un telegramma la sera stessa della disgrazia. Credo che saranno abbastanza ragionevoli e concedano un permesso a un volontario. Non so, ho semplicemente pensato... » Era convinto che Cassie si sarebbe infuriata, ma adesso, guardandola, capì che era esattamente il contrario.

« Ti sono grata di averlo fatto », gli disse lei commossa e poi si voltò a guardare gli altri amici che aveva intorno.

Era una ben triste riunione, la loro. E Cassie si domandò ancora se Nick sarebbe arrivato, se avrebbe ottenuto quel permesso...

Quella sera rimase per ore in compagnia di suo padre e sua madre parlando di Chris e delle cose che aveva fatto da bambino. Piansero e risero e ricordarono tanti piccoli episodi che assumevano un significato ben più profondo, adesso che Chris non era più con loro!

La mattina dopo Cassie si recò all'ospedale per farsi cambiare la medicazione al braccio. Poi tornò subito a casa a fare compagnia ai genitori.

Dal giorno dell'incidente Pat non aveva più messo piede all'aeroporto e adesso era Billy a badare a tutto. Sulla via del ritorno anche Cassie passò di lì un momento. Billy le domandò come stesse Pat.

« Non molto bene. » Aveva già cominciato a la mattina, quando lei lo aveva lasciato, subito dopo colazione. Non riusciva ad affrontare quella tragedia, a rassegnarsi. Quando Cassie rientrò, lo trovò seduto da solo nel soggiorno a piangere.

« Ciao, papà. » Non aveva chiuso occhio tutta la notte pensando a tutte le volte in cui aveva quasi creduto di odiare Chris; a tutte le volte in cui aveva pensato che suo padre volesse più bene a lui, il suo preferito. Si domandò se Chris lo avesse mai capito. E si augurò che non se ne fosse mai accorto. « Come ti senti? »

Lui si strinse nelle spalle senza rispondere. Allora Cassie provò a parlargli delle persone che erano andate a trovarli e gli disse di essersi fermata un momento all'aeroporto per salutare Billy. Ma questa volta – fatto davvero inaudito! – Pat non le domandò neppure come andassero le cose in ufficio.

« Hai visto che ieri è venuto anche Desmond Williams? » riprese lei, cercando affannosamente qualche altro argomento per tenere viva la conversazione mentre Pat le fissava con gli occhi vitrei. E questa volta finalmente le rispose.

« Davvero? » disse. Cassie gli rispose con un cenno di assenso e andò a sedersi vicino a lui. « È stato gentile. Che tipo è, Cass? » Pat aveva scambiato solo qualche parola con lui, ma non se ne ricordava più, tanto era stato lo strazio di quella giornata.

« Molto tranquillo, molto onesto... un gran lavoratore... e solo. » Erano cose strane da dire sul conto dell'uomo per il quale lavorava. « Forse la definizione giusta credo che sarebbe un'altra: condizionato. Vive soltanto per il suo lavoro, per la sua industria. È tutto quello che ha. »

« Dev'essere ben triste », commentò Pat, guardando la figlia. Poi scoppiò di nuovo a piangere pensando a Chris. Quel povero ragazzo aveva solamente vent'anni! « Poteva accadere a te, Cass », disse fra le lacrime. « L'anno scorso. Non ho mai avuto tanta paura come quando ho visto quello che facevi! »

« Lo so », e Cassie sorrise. « Ho fatto prendere una bella strizza anche a Nick, eppure ti giuro che sapevo benissimo quello che stava facendo. »

« Già è quello che crediamo tutti », ribatté lui, cupo. « Probabilmente, anche Chris. »

« No, lui no, papà. Lui non era come noi. »

« Lo so », ammise Pat. Lo sapevano tutti. In realtà Chris non si era reso mai conto fino in fondo del pericolo che correva, di quello che stava rischiando. « Continuo a pensare a com'era ridotto quando tu e Billy lo avete tirato fuori. » Sembrava sconvolto e Cassie, non sapendo che altro fare, gli versò un bicchiere di whisky. All'ora di pranzo Pat aveva ormai la lingua impastata e alla fine si appisolò. Cassie lo lasciò lì, seduto dov'era. Forse la cosa migliore per lui era il sonno. Oona tornò nel pomeriggio con due delle figlie e a quel punto Pat si era svegliato, completamente sobrio. Cassie preparò qualcosa da mangiare per tutti, poi rimasero seduti in cucina a parlare a bassa voce.

Era strano trovarsi con tutta la famiglia: Cassie ebbe quasi l'impressione che fossero lì radunati ad aspettare qualcosa. Come se la realtà, l'idea che Chris se n'era andato per sempre, non fosse ancora stata completamente assorbita e tutti si aspettassero di vederlo tornare a casa. O che qualcuno venisse a dire che non era successo niente.

Glynnis e Megan se ne andarono quando Colleen arrivò con i suoi bambini e il caos di quelle ore riuscì a distrarre un po' tutti. Ma alla fine si ritrovarono soli. Cassie preparò la cena e fu contenta di essere rimasta a casa con i genitori. Ancora non aveva idea di quanto sarebbe potuta partire. Oona cominciò a piangere verso la fine del pasto e Cassie la mise a letto, come fosse una bambina. Pat, invece, quella sera sembrava in migliori condizioni. Era più calmo e molto lucido, e quando la moglie fu a letto disse a Cassie che voleva parlarle. Le domandò qualcosa del suo lavoro, se le piaceva, quali aeroplani pilotava, com'era la sua vita a Los Angeles. Sapeva che il contratto ormai era scaduto e si chiedeva se Cassie sarebbe rimasta in California oppure sarebbe tornata a casa. Senza Chris, si sentiva più che mai preoccupato per lei.

« Mi è stato offerto un nuovo contratto », preferì rispondere Cassie alla sua domanda, senza tergiversare.

« Che cosa ti propone? » le domandò Pat con interesse.

« Il doppio di quello che ho avuto l'anno scorso », spiegò Cassie con fierezza, « ma io ho intenzione di mandare la differenza a te e alla mamma. In fondo, io non he ho assolutamente bisogno. »

« Ma un giorno potresti averne bisogno », replicò Pat in tono burbero. « Non si sa mai quello che può succedere. Le tue sorelle hanno i mariti che pensano a loro, ma tu, e Chris... » Poi si interruppe bruscamente e i suoi occhi si riempirono di nuovo di lacrime. Cassie gli sfiorò una mano con una carezza e lui gliela strinse forte. « A volte me ne dimentico », mormorò fra le lacrime.

« Lo so, papà... anch'io... » Nel pomeriggio non aveva fatto che pensare a Chris e a un certo punto si era domandata se non fosse, per caso, a Walnut Grove con Jessie... poi, di colpo, tutto le era tornato alla mente. Era come se i loro cuori e i loro cervelli si rifiutassero di accettarlo. Aveva parlato al telefono con Jessie, e anche lei provava la stessa sensazione. Le aveva detto di essere sempre con l'orecchio teso, sperando di sentire il rombo del motore del suo furgoncino in arrivo.

« A ogni modo, voglio che tu tenga quel denaro per te », affermò Pat con fermezza.

« È una sciocchezza. »

« Perché ti paga tanto? » riprese in tono preoccupato, aggrottando le sopracciglia. « Non ti avrà fatto fare qualcosa di disonesto, vero, Cass? Oppure di troppo pericoloso? »

« Non più pericoloso di quello che qualsiasi pilota collaudatore che lavora per lui faccia abitualmente. Anzi, probabilmente meno pericoloso. Mi considera un grosso investimento. Credo che mi giudichi semplicemente utile alla sua società perché sono una donna, e tutta la pubblicità... i record di velocità che stabilisco sono importanti per i suoi aeroplani. » Poi lo guardò, domandandosi se non fosse troppo presto per parlargliene. Eppure voleva farlo subito. Voleva firmare il contratto non appena tornata a Los Angeles. Ci aveva pensato molto in quegli ultimi giorni, malgrado quello che era successo a Chris, e adesso sapeva che cosa voleva.

« Vuole che io faccia il giro del mondo, papà », disse piano, e per un attimo sulla stanza calò un profondo silenzio mentre Pat assimilava la notizia.

« Che tipo di giro del mondo? C'è la guerra, lo sai. »

« Lo so. Lui dice che potremmo evitarla. Ed è convinto che si potrebbe fare tutto senza rischi, se studiamo con molta attenzione la rotta. »

« George Putnam ha fatto la stessa cosa », ribatté suo padre con aria truce. Aveva appena perduto un figlio, non voleva perderne un'altra. « Non esiste mezzo per fare il giro del mondo senza rischi, Cass, guerra o non guerra. Sono troppe le variabili. Troppi i pericoli. Potresti avere un'avaria al motore. Potresti sbagliare la rotta. Potresti incappare in un uragano. Potrebbero succedere un milione di cose inaspettate. »

« Ma i rischi sono ridotti se io viaggio a bordo di uno dei suoi aerei e se porto con me l'uomo giusto. »

« Avresti già in mente qualcuno? » Pensò subito a Nick, ma adesso Nick non poteva.

Cassie fece cenno di sì con la testa. « Pensavo a Billy. » Pat esitò, mentre rifletteva, e alla fine annuì.

« È bravo », ammise. « Ma è giovane », e poi ci ripensò. « Forse è bene che sia giovane. Perché nessuno con qualche anno di più sarebbe disposto a compiere un'impresa così pazzesca. » Abbozzò quasi un sorriso e Cass si sentì subito meglio. Era come se Pat le avesse già dato la sua approvazione. E lei voleva averla a ogni costo. Voleva affrontare quell'impresa con il suo consenso. « È per questo che ti pagano tanto? » le chiese.

« No », Cassie scrollò la testa. « Mi pagherebbero ancora di più per il giro del mondo. » Ma non ebbe il coraggio di dirgli quanto. Non voleva che Pat pensasse che accettava di farlo unicamente per avidità, perché non era vero. « Poi ci sarebbero premi di ingaggio e altri contratti che mi verrebbero inevitabilmente offerti in seguito, e garanzie. È un buon affare », gli spiegò con modestia. Eppure, anche solo parlare di cifre da capogiro come quelle la impauriva.

« Non sarebbe per niente un ottimo affare, se ci lasciassi la pelle », osservò Pat, senza tante perifrasi, e Cassie annuì. « Farai meglio a pensarci con molta attenzione, Cassandra Maureen. Non è un gioco. Affidi la vita alle tue mani, se accetti. »

« Secondo te, che cosa dovrei fare? » Adesso lo supplicava perché le desse la sua approvazione, e Pat lo capì.

« Non so che cosa dirti », rispose, poi chiuse gli occhi, per concentrarsi. Li riaprì, le cercò le mani, gliele prese e gliele strinse. « Devi fare quello che ti senti di fare, Cass. Soltanto quello che ti dice di fare il tuo cuore, il tuo cervello. Non posso intromettermi fra te e un grande futuro. Ma se ti dovesse succedere qualcosa, non me lo perdonerei mai... come non lo perdonerei mai a Desmond Williams. Io preferirei che tu rimanessi qui e non corressi altri rischi... soprattutto dopo quello che è successo a Chris. Ma non è giusto. Devi seguire il tuo cuore. È la stessa cosa che ho detto a Nick quando ha deciso di andare in Inghilterra. Sei giovane, se ci riuscissi sarebbe una cosa straordinaria. Ma se non ce la facessi, sarebbe terribile per tutti noi! » La guardò a lungo, intensamente, non sapendo se fosse il caso di aggiungere qualcos'altro a ciò che le aveva detto. In fondo, era una decisione che toccava soltanto a lei. Aveva fatto bene a partire per Los Angeles l'anno prima, ma adesso non ne era più del tutto sicuro.

« A me piacerebbe, papà », disse lei piano, e Pat annuì.

« Alla tua età, è quello che avrei voluto fare anch'io. Sarebbe stata l'occasione più bella della mia vita, se qualcuno me l'avesse offerta. » Sorrise. Adesso sembrava tornato quasi quello di prima. « Sei una ragazza fortunata, Cass. Quell'uomo ti dà l'opportunità di diventare una persona veramente importante. È un dono... ma un dono pericoloso. Mi auguro che sappia quello che fa. »

« Anch'io, papà. Ma mi fido di lui. È troppo furbo e intelligente per correre rischi. E crede totalmente in quello che fa. »

« Quando vorrebbe che tu partissi? » domandò Pat.

« Ci vorrà almeno un altro anno. Vuole che il progetto sia perfezionato in tutti i minimi particolari. »

« Questo mi piace », commentò Pat. « Bene, pensaci e fammi sapere che cosa decidi. Ma non lo direi a tua madre almeno per un po', nel caso tu decidessi in senso affermativo. »

Cassie annuì e poco dopo spensero le luci e se ne andarono a letto. Si sentiva infinitamente sollevata al pensiero di avergli parlato, e soprattutto che lui non l'avesse ostacolata. Sembrava avesse finalmente accettato la figlia per quello che era, e per quello che stava facendo. Certo, aveva fatto molta strada dal giorno in cui le aveva vietato di volare o di prendere lezioni di pilotaggio! Bastava quel ricordo a farla sorridere, adesso.

Ne parlò a Billy, l'indomani, e lui rimase letteramente senza parole quando gli propose di accompagnarla come secondo pilota e navigatore. « Vuoi *me*? » urlò con tutto il fiato che aveva in gola e poi le buttò le braccia al collo e la baciò. « Urrà!!!! e poi ancora urrà!!!! »

« Ci staresti? »

« Vuoi scherzare? Quando partiamo? Vado subito a fare le valigie. »

« Calmati » esclamò Cassie sorridendo. « Per un altro anno non se ne parla. Anzi, per l'esattezza partiremo il 2 luglio 1941. Vuole che la data della partenza coincida con l'anniversario del giorno in cui la Earhart è precipitata. Un po' sinistro, ma gli piace quest'idea. » Esigenze di pubblicità, ma Cassie si fidava ciecamente del giudizio di Desmond.

« Perché bisogna aspettare tanto tempo? » Billy sembrava deluso.

« Vuole pianificare tutto con estrema attenzione, prepararlo nel modo migliore, collaudare l'aeroplano giusto. Sta pensando che potremmo usare lo Starlifter, e basterebbe solo questo a fare una pubblicità straordinaria al suo apparecchio, sia per quanto riguarda la resistenza sia la distanza. » In fondo, tutto si riduceva soltanto a questo e, se ce l'avessero fatta, la loro vita non sarebbe mai più stata la stessa. Cassie già sapeva che per Billy ci sarebbe stato un compenso di cinquantamila dollari, e glielo disse.

« Con tutti quei soldi credo che potrei proprio divertirmi, giusto? » Come per Cassie, non era il denaro ad attirarlo, ma piuttosto l'eccitazione e la sfida da affrontare. Esattamente quello che attirava Desmond, quello che aveva fatto brillare un lampo di eccitazione perfino negli occhi di Pat. « Bene, fammi sapere che cosa farai. » Come Pat, sospettava però che Cassie aveva già preso una decisione. Era vero, ma la stava valutando sotto tutti gli aspetti, ci stava riflettendo, stava cercando di essere sicura di desiderare davvero affrontare quell'impresa. Lavorare per Desmond per un altro anno era una cosa, ed era una scelta facile, ma accettare di partire per il giro del mondo era qualcosa di completamente diverso, e lo capiva. Sapeva quanto grossi fossero i rischi che ciò comportava, così come i vantaggi se avessero avuto successo.

Nel pomeriggio Billy partì per un breve viaggio a Cleveland e poiché Pat era ancora rimasto a casa, Cassie si offrì di rimanere all'aeroporto per chiudere l'ufficio. Riordinò alcune carte, poi infilò una di quelle tute tanto familiari e uscì a rifornire di carburante alcuni apparecchi. Non aveva nient'altro da fare, ma avrebbe risparmiato un po' di lavoro a Billy l'indomani mattina.

Aveva appena finito con l'ultimo aereo e stava mettendo via alcuni attrezzi quando notò un piccolo apparecchio che atterrava sulla pista principale. Atterrò senza incertezze e poi cominciò a scivolare lentamente sulla pista in direzione dell'hangar più lontano. Probabilmente era uno dei loro clienti abituali. Ormai non ne conosceva più nessuno. Eppure il pilota pareva sapesse con esattezza dove andare e che cosa fare. Rimase a osservarlo per un minuto, ma aveva il sole negli occhi. Poi lo vide. Non poteva essere... non poteva... sì, invece... Era tornato a casa. Era Nick. Cassie stava piangendo quando gli corse incontro. Si buttò fra le sue braccia e Nick se la strinse al cuore, attento a non farle male al braccio bendato. Bastò perché Cassie, che aveva il cuore gonfio, si sentisse sommergere di nuovo da tutto quello che era successo, il dolore e la sofferenza, lo choc di aver perduto Chris insieme alla gioia di rivedere Nick. Lui la baciò a lungo, appassionatamente, e Cassie, all'improvviso, si sentì al sicuro e in pace, adesso che era tornato a casa.

«Mi hanno lasciato partire non appena l'ho saputo», le spiegò Nick, mentre si staccavano per un attimo, ansanti, per riprendere fiato. «Ma è stato un inferno arrivare a New York. Ho dovuto prendere un volo per Lisbona, e poi ripartire di là; sono arrivato la notte scorsa e stamattina ho noleggiato questa specie di vecchia carretta a New York. Credevo che non ce l'avrei mai fatta. Questa maledetta carcassa quasi non si alzava da terra!»

«Come sono felice che tu sia qui.» Lo abbracciò di nuovo, provando un sollievo infinito al pensiero di averlo accanto. Era bellissimo nell'uniforme della RAF. Nick non le nascose di essere anche molto preoccupato.

« Come sta tuo padre? »

« Non molto bene », gli rispose Cassie francamente. « Sarà felice di vederti. Adesso ti accompagno. Puoi rimanere da noi. » Poi la voce le morì in gola mentre aggiungeva: « Puoi dormire nella camera di Chris... o nella mia... io dormirò sul divano. » Nella vecchia baracca di Nick adesso abitava Billy, ma era talmente piccola che non avrebbe potuto ospitare tutti e due.

« Posso dormire sul pavimento », commentò Nick con un sorriso. « Non è un problema. Gli inglesi non sono certo famosi per la comodità dei loro accantonamenti. Dal settembre scorso non sono riuscito a farmi una sola nottata di buon sonno. »

« Quando torni definitivamente? » gli domandò Cassie mentre lo conduceva in auto a casa dei genitori.

« Quando sarà finita. »

Ma quel momento era ancora lontano. Adesso che la Francia aveva capitolato, appena venti giorni prima, Hitler si era ritrovato con il completo controllo di una parte ancora più grande dell'Europa. Quanto agli inglesi, avevano già il loro da fare a cercare di impedirgli di impadronirsi con un colpo di mano di quello che era rimasto della flotta francese nell'Africa del Nord. I loro problemi erano tutt'altro che finiti.

Poi Nick le domandò notizie del braccio e lei confessò che le faceva male, anche se stava migliorando.

Arrivarono così a casa dove Pat, seduto in poltrona sulla veranda, aveva l'aria afflitta.

« Senti un po', Asso, hai per caso una branda da offrire a un soldato? » disse Nick con voce sommessa mentre saliva i gradini e correva ad abbracciare il vecchio amico. I due uomini scoppiarono in lacrime, uniti dallo stesso dolore, e Cassie li lasciò soli per andare a preparare la cena. Sua madre era andata a letto con un atroce mal di testa. Non era ancora riuscita a riprendersi dal durissimo colpo della morte di

Chris, ed era comprensibile. Era così giovane! Aveva soltanto vent'anni.

Cassie preparò panini imbottiti e li servì insieme alla birra; Oona aveva già preparato un'abbondante insalata nel caso l'avessero gradita. Poteva bastare. Del resto, nessuno di loro aveva molta fame. Mentre mangiavano, Nick raccontò qualcosa di quello che stava succedendo in Europa. Aveva sentito descrivere la caduta della Francia, e la resa di Parigi. I tedeschi erano dappertutto, ormai, e gli inglesi temevano che Hitler avesse intenzione di mettere le mani anche sulla loro isola, benché nessuno osasse parlarne apertamente.

« Ti hanno già lasciato andare in missione oppure non te lo permettono ancora? » domandò Pat, sorridendo al ricordo dei giorni che avevano passato insieme alla fine della prima guerra mondiale.

« Sono troppo furbi per farlo, Asso. Ormai hanno capito che io sono sulla via del declino. »

« Alla tua età? Non parlarne neppure. Devi solo dare tempo a quella gente. Quando le cose cominceranno a prendere una brutta piega, vedrai che ti metteranno a pilotare un caccia e... chi s'è visto s'è visto! »

« Spero proprio di no. » Cassie non nascose la propria preoccupazione, ascoltandoli. Avevano entrambi amato la guerra, e ritenevano giusto correre certi rischi, purché fossero loro a correrli.

Li lasciò parlare sulla veranda fino a sera inoltrata. Le sarebbe piaciuto poter chiacchierare anche lei con Nick, ma capiva che suo padre ne aveva più bisogno. E lei aveva tempo. Nick si sarebbe fermato tre giorni. L'avrebbe rivisto la mattina dopo.

Finalmente, il giorno seguente, Pat si decise a tornare in ufficio e fu soddisfatto di trovare tutto in ordine perfetto. Quanto a Billy, si era occupato personalmente, e nel modo migliore, dei loro aeroplani. Cassie, invece, si era dedicata alle carte e ai documenti ammucchiati sul suo tavolo; e i suoi piloti erano tutti lì, in attesa di direttive. Gli fece bene tornare al lavoro. Verso la metà della mattinata Cassie rimase meravigliata di ricevere una telefonata di Desmond. Per prima cosa le domandò se potevano parlare in privato e Cassie, appena entrata nell'ufficio di Pat, si affrettò a chiudere la porta. « Sì, va bene. Sei stato gentile a chiamarmi. »

« Ero preoccupato per te, Cass. Ma non volevo intromettermi in momenti come questi. Come va il braccio? »

« Me la caverò. » Non voleva preoccuparlo dicendogli che se l'era vista brutta, anche se adesso la ferita era in via di guarigione. « E da te? Nessuna difficoltà? » gli domandò, sentendosi un po' in colpa per essere rimasta lontano tanto a lungo. Mancava da Los Angeles da quasi una settimana, ma Desmond le aveva detto di non preoccuparsi. Se ne scusò ancora, ma lui la invitò a fermarsi tutto il tempo necessario.

« Come stanno tuo padre e tua madre? »

« Così così. Papà è tornato al lavoro soltanto oggi. Credo che gli farà bene soprattutto quando qualcuno lo farà montare su tutte le furie per qualche motivo. Questo gli permetterà di non concentrarsi troppo sui suoi dispiaceri. » Desmond rise a questa battuta e le domandò se avesse trovato il tempo di pensare al giro del mondo. E lei, sorridendo, gli rispose di sì. « Ne ho parlato con mio padre. »

« Immagino che non sia stato proprio felice ed entusiasta all'idea, vero? Devo dire che manchi di tempismo, cara signorina O'Malley. » Per poco non si lasciò sfuggire un gemito al pensiero che Cassie avesse deciso di parlargliene proprio in quel momento. Non era difficile immaginare quello che Pat doveva avere detto. Invece Cassie lo lasciò ammutolito per lo stupore.

« Be', a dire la verità non si è mostrato per niente contrario, dopo che ne abbiamo discusso un po'. È preoccupato per molte cose, ma si è mostrato incredibilmente ragionevole. Credo che la consideri una grande occasione per me. E mi ha detto che sono io a dover decidere, da sola. »

« E tu hai deciso? » le domandò Desmond trattenendo il fiato. Fin dal giorno in cui Cassie era partita non aveva fatto che torturarsi nell'incertezza. E si era anche stupito rendendosi conto di quanto sentisse la sua mancanza. Aveva perfino cominciato a preoccuparsi all'idea che lei potesse non tornare più a Los Angeles o rinunciasse a rinnovare il contratto dopo la morte del fratello. Adesso era diventata una parte importante della sua vita.

« Quasi », gli rispose lei, che pareva si divertisse a infliggergli quel supplizio. « Voglio semplicemente pensarci fintanto che sono qui. Ti darò una risposta al mio ritorno, Desmond, lo prometto. »

« Non riesco a sopportare questa incertezza. » Ed era sincero. Lo faceva impazzire.

« Secondo me troverai che la risposta meritava tutta questa attesa », ribatté lei, maliziosa, e Desmond sorrise. Gli piaceva il tono della sua voce, e quello che diceva. E mentre le parlava non poté fare a meno di ripensare alla sua bellezza. Al funerale, malgrado il viso segnato dal dolore e il braccio fasciato, gli era apparsa stupenda, ma gli era sembrato che non fosse giusto pensarlo in quel momento.

« Promesse, promesse... Cerca di tornare a casa presto, mi manchi. »

« Anche tu manchi a me. » Lo disse come avrebbe fatto parlando con un amico, con lo stesso tono con cui lo avrebbe detto a Chris o a Billy. Sentiva la mancanza delle loro lunghe chiacchierate, alle ore più strane, sugli argomenti che li interessavano, per esempio gli aeroplani.

« Ci vediamo presto, Cass. »

« Abbi cura di te. Grazie per la telefonata. » Riattaccò e uscì subito per raggiungere suo padre e Nick. Pat le chiese chi l'avesse chiamata e lei gli rispose che si trattava di Desmond Williams.

« Che cosa voleva? » domandò Nick, visibilmente infastidito.

« Parlarmi », gli rispose Cassie, gelida. Non le piaceva il tono con cui Nick aveva fatto quella domanda. Si stava comportando come se fosse il suo padrone. E considerando che non si era neppure preoccupato di scriverle una sola riga in tre mesi, voleva dire che faceva un po' troppo conto sulla propria buona sorte... almeno questa fu la riflessione di Cassie.

« A che proposito? » insistette Nick.

« Affari », rispose Cassie brusca e cambiò argomento.

Allora Pat sorrise e se ne andò. Si era accorto che c'era burrasca in vista e non poté fare a meno di sorriderne. Sì, non c'erano dubbi, Cassie era proprio una O'Malley fatta e finita.

« Come va il braccio? » le domandò Nick appena si ritrovarono soli.

« Così così », rispose lei con franchezza. « Sta cominciando a farmi male da morire, e secondo loro è un buon segno. » Si strinse nelle spalle e lo guardò; poi gli propose di fare quattro passi. Lui acconsentì e si incamminarono lentamente lungo la pista, verso il fondo dell'aeroporto.

« Che cosa fai di bello in questi giorni, Cass? » le domandò Nick con un tono più dolce e gentile, e Cassie si sentì intenerire quando, dopo un attimo, lui le venne vicino mettendole un braccio intorno alle spalle.

« Le solite cose. Piloto aeroplani, controllo fino a che limite possono arrivare. Il mio contratto scade questa settimana. Me ne hanno offerto uno nuovo. »

« Alle stesse condizioni? » le domandò lui bruscamente.

« A condizioni migliori », ribatté Cassie, altrettanto seccamente.

« Hai intenzione di accettarlo? »

« Penso di sì. »

Poi Nick le fece una domanda che non si aspettava: « Sei innamorata di lui, Cassie? » Il suo tono era preoccupato, e lei sorrise di fronte a quella domanda un po' brutale.

« Di Desmond? No, affatto. Siamo amici, tutto qui. È una persona molto sola. »

« Anch'io, in Inghilterra. » Però non aveva niente di patetico, non sembrava affatto che si compiangesse mentre lo diceva. Sembrava piuttosto che gli desse fastidio Desmond e non riusciva a nascondere di esserne geloso.

« A quanto sembra non devi esserti sentito abbastanza solo per prenderti la briga di scrivermi », osservò Cassie, acida. Aveva trovato insopportabile il fatto di non poter avere sue notizie, soprattutto da quando aveva saputo che di tanto in tanto scriveva a suo padre e a Billy.

« Sai benissimo quello che penso in proposito. Non ha nessun senso darti l'impressione di essere impegnata con me, oppure che ciascuno di noi due senta di essere legato in qualche modo all'altro, Cass. »

« Continuo a non capire perché. A meno che tu non mi ami. Quello potrei capirlo. Questo, no. Non posso. È pura follia. »

« Molto semplice. Potrei essere morto la settimana prossima. »

« Anch'io. Be', e allora? Siamo piloti. Io sono disposta a correre questi rischi con te. E tu? »

« Non è questo il nocciolo della questione, e lo sai benissimo. Se la buona sorte mi aiuta e sopravvivo a tutto questo, potrei considerarmi fortunato, ma forse non saresti altrettanto fortunata tu, invece... che cosa ci preparerebbe il destino? Sei pronta a vivere in una decrepita baracca e a patire la fame per il resto dei tuoi giorni? Bel colpo, vero? Congratulazioni. Sono un pilota, Cass. Ma non sarò mai ricco. Non ho mai messo da parte uno spicciolo. Finora non aveva importanza. Non ci ho mai badato, come non ci bada Billy. Si diverte, gli piace. La stessa cosa valeva per me. E vale tuttora. E con questo? Non è un futuro per te, Cass. Non farei niente del genere. E tuo padre mi ammazzerebbe se ti permettessi di rovinarti la vita. »

« Può darsi che lui ti ammazzi prima di quanto credi se ti rifiuti di concludere qualcosa con me. Già è convinto che siamo due bei matti. Io perché ti voglio bene, e tu perché cerchi di squagliartela. »

« Forse ha ragione lui. Chissà... a ogni modo io la penso così! »

« E che cosa ne diresti se, per esempio, io mettessi da parte un bel gruzzolo? » Una domanda interesante.

« Buon per te. Goditi i tuoi soldi. Mi auguro che tu lo faccia. Oggi sei praticamente come una stella del cinema. Ogni volta che mi capita di vedere un cinegiornale con le notizie degli Stati Uniti, ci sei sempre tu, più di Hitler. »

« Caspita, grazie! »

« Be', è la verità. E Williams sa benissimo quello che sta facendo. Allora, perché me lo domandi? Se diventi ricca grazie a lui, credi che io sia disposto a vivere alle tue spalle? Se questa è la domanda che volevi farmi, la risposta è no. »

« Devo dire che per complicare le cose sei speciale, te lo ha mai detto nessuno? » Cassie stava cominciando ad arrabbiarsi. Nick rendeva tutto impossibile. Era come giocare a testa o croce: se esce testa vinco io, se esce croce hai perso tu. Ma il gioco era truccato e Cassie sapeva che non avrebbe mai vinto neanche un colpo. Cominciava a esserne stanca. « Quello che stai dicendo, in conclusione, è che se tu avessi messo da parte un po' di soldi negli anni passati torneresti a casa per sposarmi. Dal momento che non hai messo da parte un centesimo, se risparmio io un po' di soldi non ti va invece bene. È così, non è vero? »

« Hai capito perfettamente », rispose lui soddisfatto. Ormai aveva deciso; non voleva rovinarle la vita ed era pronto a fare qualsiasi cosa pur di non essere costretto a cambiare parere. « Io non mi faccio mantenere dalle donne. »

« Ma non sai neppure fare qualcosa che abbia un minimo di senso. Sei l'unico uomo che mi sia mai capitato di conoscere più testardo di mio padre. Lui, almeno, adesso che diventa vecchio sta cominciando a mostrare un po' di saggezza, per fortuna! Mi vuoi dire, invece, quanto tempo dovrò ancora aspettare con te? » esclamò Cassie perdendo la pazienza.

« Fino a quando non mi andrà il cervello in acqua », rispose lui con un lieve sogghigno, « e non ci vorrà ancora molto, credimi! » Era stanco di discutere con Cassie. Aveva soltanto voglia di stringerla fra le braccia e baciarla. Quello che aveva visto nei documentari e al cinema gli aveva fatto quasi perdere la testa. Perché aveva provato una gran voglia di mettersi a urlare: « Ehi, quella è la mia ragazza! » Invece non lo era. Lui non glielo avrebbe mai permesso. Era la figlia del suo migliore amico, la ragazza di cui era sempre stato innamorato fin da quando lei aveva tre anni. Come si faceva a spiegare una cosa del genere a quel branco di ragazzi che erano i suoi commilitoni, gli aviatori della RAF? Se poi pensava che due o tre di loro avevano attaccato la sua fotografia al muro, come fosse una pin-up!!

« Vieni qua », disse in tono burbero, poiché lei era rimasta a un paio di metri di distanza, le braccia incrociate sul petto, a battere nervosamente un piede per terra. « E non fissarmi a quel modo. »

« Perché no? » ribatté lei, accigliata.

« Perché io posso essere un perfetto imbecille, augurarti di sposare qualcuno che abbia la metà dei miei anni e di avere dieci bambini, ma continuo sempre ad amarti, Cass.. e sempre ti amerò, bambina... lo sai. »

« Oh, Nick! » Guardandolo, lei si sentì intenerire, e quando Nick la attirò a sé si accorse che non desiderava altro da lui. Rimasero a baciarsi a lungo, dimenticando tutto quello che si erano detti, le discussioni e i problemi. Poi tornarono indietro, senza fretta, verso l'aeroporto. Pat li vide dall'ufficio e pensò che avessero chiarito le cose tra loro. Intanto si domandava, sempre più stupito, quando si sarebbero decisi ad aprire gli occhi e a capire che avevano qualcosa di raro e di importante. Purtroppo erano testardi come muli, entrambi. Quanto a lui si sarebbe guardato bene dal mettere il naso negli affari loro. Si chiese anche se Cassie avesse già parlato a Nick del giro del mondo, e che cosa ne avrebbe detto lui. Ma la faccenda venne fuori solo il giorno successivo, mentre si trovavano tutti e tre insieme nel suo ufficio.

« Si può sapere di che cosa stai parlando? » Nick sembrava confuso. Pat aveva voluto consultarsi anche con lui, ma Nick non riusciva nemmeno a capire lontanamente che cosa gli stesse dicendo.

Pat allora guardò sua figlia e alzò un sopracciglio. « Non glielo vuoi dire? »

« Dirmi che cosa? Oh, fantastico! E quale sarebbe il grande segreto? » Sapeva che Cassie non era innamorata e nemmeno si incontrava con qualcun altro, benché lui le avesse raccomandato di farlo e lei fosse montata su tutte le furie nel sentirglielo dire. Non era certo incinta, in quanto lui era quasi sicuro che fosse ancora vergine. Nella vita di Cassie non c'era mai stato nessuno all'infuori di Bobby e Nick. E tutto quello che Cassie e Bobby avevano fatto era stato sbaciucchiarsi un po' sulla veranda davanti a casa. Quanto a

Nick, non l'avrebbe mai nemmeno sfiorata con un dito. « Allora, si può sapere che cos'è tutta questa storia? »

Allora Cassie si decise a spiegarglielo. Fino a quel momento non aveva ancora firmato nessun contratto, ma ormai era convinta che la sua risposta sarebbe stata positiva. Anzi, aveva intenzione di confermare a Desmond, al suo ritorno a Los Angeles, che era pronta a partire.

« Ho avuto una proposta molto interessante dalla Williams Aircraft. »

« Lo so. Ti rinnovano il contratto per un altro anno. Me lo hai già detto », disse Nick sicuro di sé, ma Cassie si limitò a fissarlo e poi scrollò lentamente la testa mentre Pat non li perdeva di vista un solo istante.

« No. Per un giro del mondo. Fra un anno. Ci ho riflettuto e ne ho parlato con papà prima del tuo arrivo. Volevo prendere una decisione prima di parlartene. »

« Un *giro del mondo*? » gridò mentre balzava in piedi furibondo.

« Precisamente, Nick », replicò lei con la massima calma. Non gli disse qual era il compenso legato all'impresa perché non era per quel motivo che accettava la proposta. E parlarne sarebbe parso venale.

« Ti avevo già detto che quel figlio di puttana aveva in mente solo una cosa del genere, fin dal principio. Benedetto Dio, Cass, ma tu non mi ascolti mai, vero? » esclamò, sempre più infuriato, puntando un dito in aria e agitando il braccio. « Ecco il motivo di tutte quelle tue apparizioni nel cinegiornale, e di quella continua pubblicità. Voleva assicurarsi che ti facessi un nome e adesso intende sfruttarti fino in fondo, succhiarti fino al midollo e farti rischiare la vita. Si sta combattendo una guerra... Come accidenti credi che riuscirai a fare una cosa del genere? Anche nel caso tu riuscissi a trovare una rotta da seguire, cosa di cui dubito. Gesù, Cass, ti giuro che non te lo lascerò fare! »

« La decisione è mia, Nick », replicò pacatamente Cassie. « Non tocca a te prenderla. Esattamente come la tua scelta di arruolarti nella RAF non ha mai riguardato me. Ciascuno di noi decide da solo quello che lo riguarda. »

« Oh, magnifico! Dunque siamo arrivati a questo punto? È una vendetta? Perché mi sono arruolato volontario? Oppure perché non ti ho mai scritto? Come fai a non capire che cosa sta facendo quell'individuo? Ti sta usando, Cass. Per amor di Dio, svegliati, prima che quello ti faccia fuori! » Ormai Nick aveva perduto completamente le staffe al pensiero di quello che Desmond Williams aveva intenzione di fare, e Cass si rifiutava di ammetterlo.

« Non ha nessuna intenzione di farmi fuori. È assurdo. »

« Sei diventata matta? Lo sai quanto è pericoloso un viaggio del genere, con o senza una guerra in corso? È un suicidio. E non ce la farai. Non hai né la resistenza né l'esperienza necessaria. »

« Adesso ce l'ho. »

« Queste sono balle. Tutto quello che fai è eseguire voli di collaudo. Niente, a confronto di quello. Quando è stata l'ultima volta che hai fatto un percorso su una lunga distanza? »

« La settimana scorsa, quando sono venuta qui. Ne faccio continuamente, Nick. »

« Ti ammazzerai, maledetta sciocca. E tu, che cosa ne dici? »

Si voltò verso Pat con gli occhi scintillanti di rabbia. « Sei disposto a lasciarglielo fare? »

« Non ne sono molto soddisfatto », rispose Pat avvilito. Dopo tutto, aveva appena perduto un figlio, ma in quegli ultimi anni aveva imparato molto, e gran parte di ciò che aveva imparato era merito di Cassie. « Del resto, lei è grande abbastanza per prendere le proprie decisioni, Nick, per il meglio o per il peggio. Io non ho il diritto di prenderle per lei. » Cassie avrebbe voluto urlare per la gioia quando sentì queste parole.

« Si può sapere che cosa ti è successo? » chiese Nick stupito. « Come puoi dire questo? »

« Perché sono diventato più vecchio e più saggio, e forse è quello di cui hai bisogno tu. Prima dici che deve cavarsela da sola, che è libera, che non la sposerai perché sei troppo vecchio per lei o Dio solo sa per quale motivo; e poi vuoi che ti racconti tutto quello che fa. Così le cose non funzionano, Nick. E anche se tu la sposassi, può darsi che Cassie non ti permetterebbe ugualmente di dirle quello che deve fare o non fare. Ormai questa è una nuova generazione di donne. Me ne sto rendendo conto. Sto imparando in fretta. E sono maledettamente felice che Oona sia così com'è, te lo garantisco. Queste donne all'avanguardia, amanti di tutte le cose nuove, sono persone ben complicate, sai? »

« Non ti credo. Sei un rinunciatario. Ti sei lasciato convincere da quello che Cassie ti ha raccontato. »

« No. » Pat fu irremovibile. « Non mi ha nemmeno detto se accetterà la proposta o no. È una sua decisione, Nick. Solo sua. Non tua né mia. Non voglio essere l'uomo che le ha impedito di farlo, con le mie proibizioni e i miei divieti, e anche tu dovresti fare come me. »

« E se ci rimette la vita? Se quel viaggio è la sua morte? » domandò Nick senza usare mezzi termini.

« In tal caso non me lo perdonerò mai », rispose Pat molto sinceramente. « Ma continuo a sentirmi in dovere di lasciarle fare quello che vuole. » Mentre pronunciava queste parole gli erano salite le lacrime agli occhi e Cassie gli corse vicino, per abbracciarlo.

Nick la stava fissando con gli occhi sbarrati quando lei tornò a voltarsi: « Bene, allora... *ha intenzione* di farlo? » I due uomini rimasero con il fiato sospeso mentre aspettavano, poi Cassie fece cenno di sì con la testa e sembrò che Nick fosse sul punto di scoppiare in lacrime.

« Sì, lo farò. Ma a Desmond non l'ho ancora detto. »

« Non c'è da meravigliarsi che ieri abbia telefonato », gemette Nick, angosciato. Non riusciva ancora a credere che Cassie avrebbe accettato di fare il giro del mondo. Era stato lui il suo istruttore. Sapeva che era in grado di compiere grandi cose, ma non questo... non ancora... non adesso... e forse mai.

« Ha telefonato per sapere come stavo, e come stava papà. »

« Davvero commovente. » Poi la guardò di nuovo con espressione irata. « E quella sarà la prima cosa che farà? Subito, adesso, vero? »

« Quale? » Cassie non riusciva più a capirlo, e neppure Pat. Ma Nick era ormai lanciato.

« Ancora pubblicità. Molta pubblicità. E altre esibizioni. E acrobazie. E non è stato per caso che l'anno scorso ti abbia invitato a cena in quel ristorante, e poi a ballare, e abbia lasciato che vi fotografassero. È servito a stimolare la curiosità della stampa, a circondarti di un alone di mistero... ma adesso dovrà spingersi ben più oltre, per rendere le cose interessanti, per tener vivo l'interesse generale. Quanto vuoi scommettere che ti chiederà di sposarlo? » esclamò Nick, ormai su tutte le furie, e Cassie lo guardò disgustata. Pat, invece, lo osservava divertito. Non gli era mai capitato di vedere il vecchio amico in preda a un attacco così violento di gelosia – era chiaro che si trattava solo di quello! – e lo trovava divertente.

« È la cosa più disgustosa che abbia mai sentito », esclamò Cassie in tono accusatore, anche se Nick era convintissimo di quello che stava dicendo.

Quanto a Pat, provò a farlo ragionare. « Se le hai detto che non vuoi sposarla, al tuo ritorno, e non ti degni neppure di scrivere due righe a questa ragazza, si può sapere esattamente che cosa ti aspetti? Che entri in un convento per il resto dei suoi giorni, o rimanga vergine? Ha tutti i diritti di vivere, Nick. Se non con te, con qualcun altro! E se vuoi sapere come la penso, mi è sembrato un brav'uomo, una brava persona, quali che siano i motivi puramente commerciali che lo spingono a organizzare questo viaggio. Lui vende aeroplani. E deve fare tutto il possibile per pubblicizzarli. Se il fatto che sia una bella ragazza a pilotarli, e per di più una bella ragazza che è anche una abilissima donna pilota – posso aggiungere – se questo gli torna utile, buon per lui! È più bravo di quanto credessi. E se tu non vuoi sposarla e lui sì, non mi pare proprio che tu abbia molto da dire in proposito, ti sembra? » Ascoltandolo, Cassie fu costretta a reprimere un sorriso. Non aveva mai sentito suo padre fare un discorsetto del genere, e per di più aveva pienamente ragione. Nick, però, non voleva ammetterlo.

« Non l'ama, Pat... e io sì. »

« Allora sposala », disse Pat tranquillamente, e uscì dalla stanza perché rimanessero un po' soli. Ne avevano davvero bisogno... ma un'ora dopo litigavano ancora e non erano riusciti a concludere niente. Lui l'accusava di essere ingenua o di prendere in giro Desmond; lei lo accusava di essere infantile. Fu un pomeriggio infernale e alla fine della giornata erano entrambi esausti. E Nick, la mattina dopo, doveva ripartire in volo per New York.

Continuarono a parlare per quasi tutta la notte, senza risolvere niente. Lui non faceva che ricordarle di avere trentanove anni e di non avere intenzione di sposare una ragazzina per poi rovinarle l'esistenza.

« Allora lasciami in pace! » gli gridò lei, e alla fine se ne andò a letto; e la mattina dopo, prima che Nick partisse, erano ancora in collera.

« Ti proibisco di partire in aereo per il giro del mondo », le disse Nick prima di salire a bordo dell'aereo che aveva noleggiato, e Cassie lo supplicò di essere ragionevole e di non imporle degli ultimatum.

« Perché non dimentichiamo tutto per il momento? Per un altro anno almeno non se ne farà niente, e tu adesso stai per partire e torni in Inghilterra. »

« Anche dovessi andare sulla luna, me ne infischio. Non voglio che tu firmi quel contratto. »

« Non hai nessun diritto di dire una cosa del genere. Smettila, Nick! »

« No, non la smetterò fino a quando non avrai accettato di rinunciare! »

« Be', io invece lo farò! » gli gridò Cassie di rimando, i capelli rossi arruffati dal vento. Allora Nick l'afferrò per le braccia e con uno strattone l'attirò a sé.

« No, niente affatto, tu non lo farai. » La baciò appassionatamente, con violenza, sulle labbra, ma quando si staccarono, ansanti, ricominciarono subito a discutere.

« Lo farò. »

« Sta' zitta. »

« Ti amo. »

« E allora non farlo. »

« Oh, per amor di Dio. » Nick la baciò di nuovo ma, com'era prevedibile, non raggiunsero un accordo. Quando Nick decollò, Cassie rimase, in lacrime, ai bordi della pista. Cinque minuti più tardi entrò come una furia nell'ufficio di suo padre. « Quell'uomo mi fa impazzire. »

« Uno di questi giorni finirete per ammazzarvi. Anzi, mi meraviglio che non l'abbiate già fatto », rispose lui con un sorriso. « Testardi come muli. Sarebbe proprio una vergogna se un giorno tu non lo sposassi. Perché siete fatti l'uno per l'altra. » Poi diventò serio e la fissò a lungo. « Secondo te, ha ragione? Williams potrebbe chiedermi di sposarlo unicamente per far pubblicità a questa impresa? »

« No, non ci penso neppure! » replicò Cassie, fuori di sé dalla collera. « Quell'uomo è terrorizzato al solo pensiero di trovarsi legato di nuovo a una donna. Ha alle spalle due matrimoni disastrosi. Secondo me, se dovesse sposarsi di nuovo lo farebbe solo per amore. »

« È quello che mi auguro. » Però si sentì più tranquillo dopo averle sentito dare queste spiegazioni. « Ha mostrato un interesse particolare nei tuoi confronti, Cassie? » Oltre al fatto di essere intervenuto al funerale di Chris, un gesto molto bello da parte sua. E glielo disse.

« Non credo proprio. Siamo semplicemente amici. Nick non capisce neppure di che cosa sta parlando. »

« A ogni modo, potresti finire molto peggio, nel caso non dovessi sposare quel matto che adesso è in viaggio per l'Inghilterra. Ti giuro che uno di questi giorni sarà la mia morte. Se tu sapessi che litigate facevamo! Non ho mai incontrato un figlio di puttana più testardo di lui. » Cassie lasciò capire di essere pienamente d'accordo e poi scappò via per tornare a casa a vedere come stava sua madre.

La settimana seguente lasciò l'Illinois per tornare a Newport Beach, al suo appartamento e al lavoro, e per firmare il nuovo contratto. Il giorno stesso del suo ritorno andò a cercare Desmond in ufficio per parlargli a quattr'occhi.

« È successo qualcosa? » le domandò lui, innervosito, alzandosi di scatto. Lo faceva sempre quando lei entrava in una stanza, e a Cassie questo piaceva. « La Fitzpatrick ha detto che si trattava di una questione urgente. »

« Dipende dall'importanza che le dai », rispose lei tranquillamente. « Pensavo che tu volessi una risposta a proposito del giro del mondo. » A un tratto Desmond ebbe la sensazione che intendesse rifiutare, ed ebbe un tuffo al cuore.

« Io... capisco, Cass... pensavo che probabilmente dopo la tragedia di tuo fratello... non credo che tuo padre e tua madre sarebbero contenti... non sarebbe onesto nei loro confronti... » Stava cercando di accettare la sua decisione, ma per lui era un'enorme delusione e ne soffriva terribilmente. Lo desiderava in modo talmente appassionato! Voleva esserne parte, voleva aiutarla a realizzarlo.

« No, non sarebbe onesto nei loro confronti », ammise Cassie. « E mio padre non è stato per niente contento. » Si erano accordati per non parlarne ancora a Oona. « Ma ha detto che si trattava di una decisione interamente mia, così... io l'ho presa. » Desmond continuò a tacere guardandola, e lei gli si avvicinò di un passo. « Lo farò, Desmond. »

« Cosa? » bisbigliò lui.

« Farò il giro del mondo. Voglio farlo per te. »

« Oh, mio Dio. » Ricadde di schianto sulla poltroncina con gli occhi chiusi, poi rialzò la testa e la guardò. D'un balzo scattò in piedi e si protese attraverso la scrivania per baciarla. Fu un bacio casto, ma carico di tutta la gratitudine e l'affetto che provava per lei. Niente aveva mai avuto un significato più grande per lui. Niente sarebbe mai stato altrettanto importante. Aveva mille progetti e ne avrebbe fatto partecipe Cassie. Di tutti. Davanti a loro si prospettava un anno straordinario. E mentre tornava a sedersi e cominciava a spiegarle ogni cosa, continuò a tenersi aggrappato alla mano di Cassie, continuò a ringraziarla. E lei fu più che mai felice di aver preso quella decisione. Una decisione positiva. Che Nick andasse al diavolo. Questa, in fondo, era la sua vita

15

La pubblicità per il giro del mondo partì quasi subito con un annuncio di straordinaria importanza nel corso di una conferenza stampa che si tenne a Newport Beach. Fu seguita ad una serie di comunicati e di brevi interviste rilasciate da Cassie, tutte organizzate da Desmond. Cassie parlò a gruppi di uomini e donne, presso associazioni politiche e club di ogni genere. Venne intervistata alla radio e fu girato un cinegiornale unicamente dedicato a lei e all'evento. Dopo quindici giorni la stampa era satura di notizie sul prossimo giro del mondo. Poi, all'improvviso, verso la metà di agosto, l'immagine di Cassie sparì dalle prime pagine dei giornali. Era cominciata la battaglia d'Inghilterra, quello che in seguito sarebbe stato chiamato il *blitz*. La Luftwaffe stava bombardando l'Inghilterra nella speranza di annientarla. E Cassie sapeva senza ombra di dubbio che Nick, per il solo fatto di essere laggiù, correva gravi pericoli. Per quanto fosse furiosa con lui, quella notizia la terrorizzò; adesso non riusciva a pensare ad altro che a lui. Provò a telefonare a Pat per sapere se avesse ricevuto sue notizie, ma anche lui non aveva saputo più niente dalla fine di agosto.

«Non vedo come possano arrivare notizie fin qui, Cass. Devi accontentarti di quello che sai e sperare che tutto vada per il meglio. Io mi sono qualificato come il parente più stretto e se dovesse succedergli qualcosa sarò il primo a saperlo.» Questo non lo rincuorava certo; anche Pat, ormai, era convinto come lei che Nick fosse stato chiamato a prestare la sua opera nel servizio attivo. Niente più lezioni di volo, come istruttore, ma piuttosto pilota di bombardieri o caccia. Lo scopo principale della Luftwaffe, l'unico adesso, era distruggere la RAF e quindi Cassie era certa che anche Nick fosse stato mandato a combattere. Il solo pensiero la faceva vivere in un'angoscia costante. E le pareva ancora più orribile dopo che si erano lasciati a quel modo...! Non le restava che augurarsi che fosse sano e salvo. Tutto il resto non aveva importanza.

Malgrado la guerra, Desmond continuava a lavorare con estremo rigore e precisione ai suoi piani per il giro del mondo. Ormai aveva deciso quale aereo Cassie avrebbe pilotato, e adesso veniva preparato ed equipaggiato con nuovi congegni sofisticati, serbatoi extra per il carburante, strumenti per il rilevamento dei dati necessari per i voli su lungo percorso. Con la meticolosa attenzione che Desmond dedicata anche ai minimi particolari, Cassie era praticamente certa che tutto sarebbe andato nel modo migliore, con il massimo della sicurezza.

L'unica vera difficoltà, che comportò il cambiamento di maggior rilievo, fu costituita dall'itinerario, a causa della guerra in Europa. Nel 1940 il conflitto si era esteso toccando molte altre nazioni. Esistevano aree del Pacifico non più sicure, come vaste estensioni dell'Africa del nord e, naturalmente, tutta l'Europa. Ormai era diventato impossibile anche solo pensare di girare in aereo intorno al globo. Nonostante questo, esistevano sempre record inimmaginabili da superare, distanze enormi da percorrere. E il rinnovato interesse per gli apparecchi da guerra spingeva Desmond a voler mostrare quanto fossero affidabili i suoi aerei anche nei voli su vaste estensioni marine. Ora avevano in programma di girare intorno al Pacifico, con otto tappe da coprire in dieci giorni, su un percorso di circa ventitremila chilometri. Il loro aereo sarebbe partito da Los Angeles per Città del Guatemala, e di lì raggiungere le Galapagos. Dalle Galapagos avrebbe proseguito per l'Isola di Pasqua, e di lì per Tahiti.

Da Tahiti a Pago Pago e poi ancora a Howland Island, dove Desmond aveva già in mente di organizzare una breve cerimonia in onore di Amelia Earhart. Da Howland avrebbero poi puntato verso Honolulu. Anche in quest'ultima città ci sarebbero stati festeggiamenti e celebrazioni, naturalmente, e Desmond meditava di raggiungere lì i due piloti e ritornare con loro a San Francisco per l'ultima tappa del loro viaggio. Era deluso per il fatto di non poter girare intorno al globo, ma già il giro del Pacifico, come ormai lo definiva, sarebbe servito ugualmente a realizzare molti dei loro progetti. Il giro del mondo veniva necessariamente rimandato a quando la guerra in Europa fosse finita. Non solo, ma percorrere in volo circa ventitremila chilometri avrebbe comunque confermato le qualità di Cassie e contribuito alla sua reputazione, come alla fama degli aerei che la Williams produceva. Anche Cassie era rimasta colpita dalla saggezza con cui Desmond aveva apportato queste modifiche al suo piano. Sotto molti aspetti era una chiara dimostrazione che tutte le cose orribili dette da Nick sul suo conto non erano vere. Non era un pazzo, determinato a ucciderla. Indubbiamente quell'anno nessuno si sarebbe mai azzardato a tentare di volare attraverso l'Europa.

In autunno Desmond organizzò altre conferenze stampa e si preoccupò sempre che documentari cinematografici e cinegiornali parlassero di Cassie. Voleva che tutta l'attenzione possibile fosse concentrata sulla sua persona. Inoltre era anche un diversivo e incitava la gente a non pensare alla guerra in Europa. Si trattava di qualcosa di emozionante, qualcosa che dava adito alla speranza, e Cassie appariva talmente bella in ogni fotografia che tutti erano innamorati di lei e desideravano appassionatamente che riuscisse nell'impresa. Ormai la fermavano per la strada e la gente le chiedeva di firmare autografi. In quel senso Nick aveva visto giusto: veniva trattata come una stella del cinema. E Desmond, negli ultimi tempi, aveva anche rallentato il ritmo dei suoi impegni mondani. Pareva che volesse conservarla « pura » e che su di lei non nascessero pettegolezzi o illusioni. Nancy Firestone continuava a lavorare per lei ma non si preoccupava più di trovarle gli accompagnatori. Se Cassie interveniva a qualche evento mondano importante, lo faceva sempre in compagnia di Desmond il quale sosteneva che con la sua presenza avrebbe contribuito a tenere meglio sotto controllo la situazione. Così andavano a inaugurazioni di mostre d'arte, alle prime di Hollywood o a teatro e uscivano a ballare la sera. Desmond era un buon compagno e a Cassie piaceva stare con lui; fra l'altro, da quando aveva cominciato ad alzarsi prestissimo la mattina come Cassie, era ben contento di tornarsene a casa presto.

Nel frattempo l'Inghilterra continuava a essere sottoposta ai bombardamenti spietati della Luftwaffe. Cassie sapeva che Pat aveva finalmente ricevuto notizie di Nick. Adesso pilotava gli Spitfire della 54ª Squadriglia e continuava a essere di guarnigione all'aerodromo di Hornchurch. Da quello che scriveva si sarebbe quasi detto che si divertisse; e continuava a giurare e spergiurare che se gli avessero permesso di fare quello che voleva, presto gli inglesi avrebbero ridotto i tedeschi al lumicino. L'unico accenno a Cassie era stato per pregare Pat di salutare affettuosamente da parte sua quella figliola così irragionevole. I contrasti fra loro non erano stati ancora superati, ma se non altro Nick era vivo. E tutti gli O'Malley ne provarono un enorme sollievo.

Perfino Desmond era stato tanto gentile da chiedere notizie sul suo conto, e Cassie gli riferì tutto quanto sapeva. Per fortuna, verso novembre si ebbe l'impressione che i bombardamenti della Luftwaffe diventassero un po' meno frequenti e intensi. Negli Stati Uniti cominciavano ad arrivare i bambini inglesi da ospitare fino al termine del conflitto. Anche sua sorella Colleen ne aveva accolti due in casa e ciò aveva commosso profondamente Cassie. Erano adorabili ma le parvero ancora sconvolti e terrorizzati quando li vide nei giorni della Festa del Ringraziamento. E il buffo era che avevano tutti e due i capelli rossi, proprio come lei! La femminuccia, Annabelle, aveva tre anni, Humphrey, il maschietto, quattro. Erano fratello e sorella; i genitori avevano perduto la casa di Londra e non avevano parenti in campagna. Era stata la Croce Rossa a occuparsi del loro trasferimento a New York, e Billy era andato a prenderli per accompagnarli fino a Good Hope. Era rimasto allibito quando i due bambini, durante il viaggio, gli avevano domandato se avesse intenzione di bombardare l'aeroporto.

Come tutti gli altri, anche Cassie si innamorò di loro. Avere quei due bambini dava a Oona qualcosa di cui occuparsi e l'aiutava a non pensare troppo a Chris. Quella Festa del Ringraziamento fu particolarmente amara per tutti, ma grazie al fatto di essere insieme riuscirono bene o male ad affrontarla e superarla. Cassie andò anche a trovare Jessie, durante il breve soggiorno, e le sembrò che avesse superato la tragedia meglio dei suoi famigliari. Del resto era giovane e un giorno avrebbe trovato un altro uomo da amare, mentre Cassie non avrebbe mai più avuto un altro fratello.

Incontrò anche Bobby e Peggy, che le sembrò in attesa di un bambino. Quando glielo confermarono fece a entrambi le sue congratulazioni. Bobby sembrava più sicuro di sé e più maturo da quando si era sposato. Suo padre era morto e adesso il negozio era gestito completamente da lui. Continuava a sognare una catena di grandi magazzini da aprire in tutto l'Illinois, ma al momento la cosa che più lo emozionava era l'attesa del nascituro.

« Che cosa mi racconti di te, Cass? » le domandò esitante. Non voleva mettere il naso in affari che non lo riguardavano, ma aveva sentito parlare del giro del mondo e si domandava che altro facesse della sua vita, Cassie, oltre a volare.

« Adesso sono molto impegnata. Mi sto preparando per il giro del Pacifico », gli rispose con franchezza. E Bobby provò una gran pena per lei. Da molto tempo era arrivato alla conclusione che Cassie non si sarebbe mai sposata e non avrebbe mai conosciuto la gioia e la felicità che lui provava adesso con Peggy.

A lui quel viaggio non sembrava così importante ed eccezionale, eppure era incredibile quante ore ogni giorno venissero dedicate a prepararlo, a leggere rapporti, a eseguire continui controlli sull'apparecchio, a esaminare e riesaminare ogni minimo cambiamento che gli ingegneri e i tecnici proponevano. Cassie, poi, aveva cominciato a effettuare una serie di viaggi su lunghe distanze in modo da prepararsi per il giro vero e proprio e a familiarizzarsi con tutti i particolari dell'itinerario stabilito.

Provò a spiegare qualcosa a suo padre, mentre era a casa, e Pat parve affascinato da tutti quei preparativi. Era ansioso di vedere l'apparecchio con il quale avrebbe fatto il gran viaggio e Cassie lo invitò ad andare a trovarla in California, ma lui affermò che non ne aveva il tempo, c'era troppo da fare all'aeroporto. Adesso una buona parte del lavoro di Billy sarebbe ricaduta sulle sue spalle perché, subito dopo Natale, sarebbe partito anche lui per Newport Beach per prepararsi ad accompagnare Cassie. Era talmente emozionato che non parlava d'altro mentre Pat non faceva che brontolare pensando ai problemi che avrebbe avuto, senza l'aiuto di Billy, nei sei o sette mesi successivi. In realtà il viaggio avrebbe richiesto meno di un mese, ma una volta concluso, ci sarebbero state le innumerevoli interviste e conferenze stampa d'obbligo. E non era escluso che Billy non tornasse neppure a Good Hope. Come Cassie, sarebbe diventato un eroe e avrebbe certo ricevuto offerte ben più interessanti di quelle che poteva proporgli O'Malley. A Pat dispiaceva moltissimo l'idea di perderlo.

In dicembre Cassie cercò di fare mille cose prima di tornare a casa per Natale. Le pareva che le giornate non fossero mai abbastanza lunghe e alla fine fu costretta a mandare Nancy a comperare i giocattoli per tutti i nipotini, e per Annabelle e Humphrey. Scelse invece personalmente i doni per le sorelle, i cognati e i genitori. Sentì una stretta al cuore al pensiero che quell'anno non ci sarebbe stato nessun regalo per Chris, né allora né mai più. Quando era bambino, di solito gli regalava le automobiline che si procurava barattandole con le proprie bambole. Avrebbe fatto qualsiasi cosa per lui, e adesso Chris se n'era andato per sempre. A volte Cassie non riusciva ancora a crederci.

Quell'anno non sarebbe stato un Natale facile per nessuno. E rimase molto commossa quando Desmond, la sera precedente il giorno della sua partenza, si presentò per portarle il suo dono. Lei gli aveva comperato una stupenda sciarpa di cashmere blu scuro, in un elegante negozio di Beverly Hills, e una splendida cartella per documenti nel negozio di pelletteria in cui – così le aveva detto – lui acquistava sempre le valigie. Le era parso assurdo scegliere qualcosa di frivolo, per esempio una cravatta dai colori chiassosi oppure un ampio e comodo maglione. La sola idea la faceva ridere. Ma rimase soddisfatta e felice quando Desmond le lasciò capire di aver gradito i suoi regali. Non erano oggetti molto personali, però erano utili, e questo gli piaceva.

Quanto ai doni di Desmond, Cassie pensò che, come sempre, era premuroso e sollecito nei suoi confronti. Infatti le regalò il libro *Listen! The Wind* di Anne Morrow Lindbergh, moglie del famoso pilota e lei stessa provetta aviatrice, e un delizioso acquarello che rappresentava la spiaggia di Malibu, perché sapeva quanto quel luogo le piacesse. Infine le mise tra le mani una piccola scatola, e Cassie sorrise mentre toglieva la carta.

« Non sono del tutto sicuro che questo ti piaccia », disse in tono quasi preoccupato, fatto insolito in lui. Poi la prese per una mano, trattenendola: « Ma se non ti piace, Cass, basta che tu me lo restituisca e capirò. Non devi sentirti obbligata ad accettarlo ».

« Non riesco a immaginare come potrei restituire qualcosa che mi regali proprio tu », gli rispose Cassie gentilmente, e Desmond lasciò che terminasse di scartare il pacchettino. Sotto la carta rossa c'era un piccolo astuccio nero: Cassie si stava lambiccando il cervello, non riuscendo a immaginare che cosa potesse contenere. Era molto piccolo e quindi immaginò che dovesse essere piccolo anche l'oggetto. Poi Desmond la interruppe di nuovo, le afferrò le mani e le strinse fra le sue. Era talmente pallido che Cassie si preoccupò. Le sembrava così insolito quel comportamento. Quasi si fosse pentito del regalo, oppure avesse paura della sua reazione.

« Non ho mai fatto niente del genere », disse, sempre più nervoso. « Forse penserai che sono pazzo. »

« Non preoccuparti », replicò lei dolcemente. Il suo viso era molto vicino a quello di lui e per la prima volta in tanto tempo si accorse che c'era qualcosa tra loro, una strana corrente. « Di qualsiasi cosa si tratti, sono sicura che mi piacerà infinitamente », lo rassicurò, e lui sembrò sollevato. Era un uomo importante e potente, eppure in quel momento sembrava talmente vulnerabile! Cassie non riusciva a immaginare che cosa stesse succedendo. Non ne capiva il motivo. Si domandò se le vacanze di Natale fossero un periodo difficile per lui, visto che era tanto solo! Provò quasi compassione nei suoi confronti, e poi gli sorrise.

« Va tutto bene, Desmond. Te lo giuro. » Voleva rassicurarlo. Adesso erano amici. I lunghi preparativi li avevano fatti sentire più vicini, avevano fatto crescere l'intimità fra loro.

« Non dirlo fino a quando non avrai visto che cos'è! »

« Va bene, allora permetti che lo apra », gli rispose tranquillamente. Finalmente Desmond si decise a lasciarle libere le mani e lei aprì l'astuccio. Rimase senza fiato di fronte a un anello di fidanzamento con un grosso brillante, perfetto, di quindici carati. E mentre continuava a fissarlo, incredula, Desmond glielo infilò all'anulare.

« Desmond, io... » Non sapeva che cosa dirgli. Non si era aspettata questo. In fondo, Desmond non le aveva mai nemmeno dato un vero bacio.

« Fai qualsiasi cosa, ma non essere in collera con me », la supplicò lui. « Non era mai stata la mia intenzione, non a questo modo... ma... Cass... » La guardò implorante, all'improvviso così vulnerabile, e così sincero. « Mi sono pazzamente innamorato di te. Non mi sarei mai aspettato niente del genere. Credevo che saremmo stati semplicemente amici, ma poi... non riesco a capire che cosa sia successo. Ma se non vuoi sposarmi, capirò. Continueremo come abbiamo sempre fatto, come prima, organizzeremo il grande viaggio... Cass... ti prego... dimmi qualcosa... o Dio, Cassie... ti amo. » Nascose il viso fra i suoi capelli e lei si sentì travolgere da un senso di infinita tenerezza. Non lo amava come amava Nick – sarebbe stato impossibile – ma gli voleva bene come si poteva voler bene a un amico carissimo, a qualcuno che aveva tremendamente bisogno di te. Voleva che tutto andasse nel migliore dei modi per lui, voleva essere accanto a lui, per aiutarlo. Perfino cancellare i dolori e la tristezza del suo passato, se ci fosse riuscita. Ma nemmeno per un istante, mai, aveva pensato di sposarlo.

« Oh, Desmond », mormorò, mentre lui si ritraeva di colpo per guardarla in faccia e cercare di capire ciò che voleva veramente dirgli.

« Sei in collera con me? »

« Come potrei? » Sembrava ancora più stupita di prima. E non sapeva assolutamente che cosa rispondergli.

« Oh, Cassie... Dio come ti amo! » bisbigliò Desmond e poi la baciò per la prima volta senza aspettare di sentirle dire che avrebbe accettato l'anello, e lei rimase sconvolta dall'intensità della sua passione. Era un uomo capace di sentimenti profondi, come lei non avrebbe mai sospettato. Probabilmente per anni aveva sempre tenuto tutto chiuso dentro di sé. Desmond la baciò di nuovo e Cassie rimase stupita accorgendosi di ripondere a quei baci e si ritrovò ansante quando, finalmente, riuscì a staccarsi da lui. Era un'esperienza del tutto nuova, che le dava le vertigini. Si sentiva confusa e turbata da ciò che provava. Desmond era un uomo infinitamente più forte e potente di lei. Un uomo formidabile.

« Penso che questo sia da considerare un fidanzamento, non una luna di miele », osservò con voce roca e lui sorrise; sembrava tornato un adolescente.

« Davvero? Allora è il fidanzamento, Cass? » Non riusciva a crederci. Avrebbe voluto che lo fosse, ma Cassie non era ancora del tutto sicura. Ogni cosa le sembrava così inaspettata!

« Non so... io... io non mi aspettavo questo... » Però non sembrava in collera e non aveva ancora detto di no.

« Non mi aspetto che tu mi ami subito, immediatamente. So bene che c'è quel tuo amico della RAF... se... se pensi che... Cassie, fai quello che è più giusto per te... che cosa mi dici di lui? » Adesso doveva sapere tutto. E Cassie voleva essere onesta.

« Gli voglio sempre bene. » Non riusciva a immaginarsi innamorata di nessun altro. Lo amava da sempre. « Lui dice che non mi sposerà mai... ed è andato su tutte le furie quando ha saputo del giro del mondo, l'ultima volta che l'ho visto. E da allora non ne ho più saputo niente. Non credo che avrò mai più sue notizie.» Lo guardò con aria un po' smarrita, perché a un tratto le era tornato alla mente l'ultimo incontro con Nick. Con Desmond tutto era così differente!

«E questo che cosa significa per noi?» le domandò Desmond con dolcezza. Cassie lo guardò e fu colta da un brivido. Com'era buono con lei, com'era comprensivo. Capì che adesso, dopo tutto quello che aveva fatto per lei, non avrebbe mai avuto il coraggio di abbandonarlo. Eppure non le sembrava onesto amare un uomo e sposarne un altro. Non era corretto nei confronti di Desmond, e di qualsiasi altro, anche se lui sembrava disposto ad accettare la situazione così com'era. Quanto a Nick, non l'avrebbe mai sposata, di questo era sicura. Era l'uomo più testardo del mondo. Mentre lei e Desmond avevano tante cose in comune. Gli aerei e il viaggio. Insieme avrebbero potuto fare grandi cose. E se non poteva avere Nick, forse era meglio sposare un buon amico. E poi, con il tempo, chissà che non riuscisse ad amare anche lui come aveva amato Nick, anche se le sembrava impossibile. D'altra parte, ormai si stava accorgendo di provare un grande affetto per Desmond. Il matrimonio sarebbe stato il legame più completo, e definitivo, tra loro. Ma soffriva al pensiero di sposare un uomo che non fosse Nick Galvin.

«Non lo so con sicurezza», rispose a Desmond con sincerità. «Non voglio ingannarti. Hai già due matrimoni alle spalle che ti hanno portato via qualcosa invece di darti quello che ti sarebbe toccato di diritto. Io...» poi lo guardò negli occhi e vi lesse tutta la sua disperata speranza. La supplicava, senza dire una sola parola, e Cassie si scoprì a desiderare una cosa soltanto: accontentarlo. Desiderava aiutarlo, essergli sempre vicino... e chissà, forse questo voleva dire che lo amava.

«Non so fino a che punto quell'uomo sia importante per te, non so che cosa significa», disse Desmond in tono comprensivo. «Non mi aspetto di sostituirlo di punto in bianco, dalla sera alla mattina, Cass... me ne rendo conto... la verità è soltanto che ti amo.»

«Anch'io ti amo», mormorò lei. Ed era la verità. Apprezzava la sua amicizia, la sua lealtà. Rispettava e ammirava ogni cosa in lui. E Desmond, da parte sua, per lei non aveva fatto che cose buone. Era stato meraviglioso fin dal primo momento, quando si erano appena conosciuti. E adesso voleva darle tutto. Voleva farla diventare sua moglie: la signora Williams. Non poté fare a meno di sorridere a quest'idea.

«Se le cose non dovessero funzionare, divorzieremo», disse ancora Desmond, come per rassicurarla. Ma lei parve inorridita a quella prospettiva.

«Non farei mai niente di simile.» Aveva il matrimonio di suo padre e di sua madre come esempio. «Non voglio sembrare... ingrata... o esitante.» Cercava disperatamente le parole giuste, mentre Desmond non la lasciava nemmeno per un istante con gli occhi. Il suo sguardo la seguiva in continuazione, era fisso su di lei, e Cassie si accorse di sentirsi quasi sopraffatta dall'intensità del suo desiderio. E rimase stupita dalla forza fisica di Desmond quando, stringendole la mano, sedette vicino a lei. Avvertiva il desiderio che Desmond provava per lei, e la sua ansia di offrirle tutto.

«Non ti farò mai del male, Cass. Non ti darò un dolore, non ti offenderò. Ti lascerò sempre libera di essere te stessa. Per me sei troppo importante perché io voglia tagliarti le ali. Se ci sposiamo, potrai fare, ed essere, tutto ciò che vuoi.»

«Credi che un giorno vorrai avere dei figli?» Si sentì quasi imbarazzata nel fargli questa domanda. Era così intima, mentre i loro rapporti non lo erano mai stati.

«Per me non sono importanti», le confessò con sincerità. «Ma può darsi che un giorno, se è proprio quello che desideri, se non sei troppo impegnata a volare... penso comunque che sia qualcosa su cui dovrai riflettere seriamente. Hai una quantità di cose importanti da fare nella tua vita. Avere dei figli è più adatto a donne come le tue sorelle. Quello è il loro mestiere. E tu hai il tuo, che è molto importante. Però non ti sto dicendo che non ne vorrei nemmeno uno. Mi domando però se è proprio quello che desideri.»

« Non ne sono mai stata sicura. Ho sempre creduto che non mi interessassero. » Poi, innamorata di Nick, aveva cominciato a pensare che le sarebbe piaciuto infinitamente avere dei figli da lui. Non si sentiva pronta a rinunciare per sempre a questa idea. Era troppo presto e lei troppo giovane per una decisione del genere, Desmond lo capiva.

« Hai tutto il tempo che vuoi per prendere decisioni del genere anche in futuro. A ventun anni, in fondo non ha una grande importanza. E tu hai il gran viaggio a cui pensare. » Era quello che li aveva uniti. E Cassie immaginò che se si fossero sposati questo legame sarebbe diventato più profondo e più intimo.

« Desmond, non so che cosa dirti. » Aveva le lacrime agli occhi quando lui la strinse più forte.

« Dimmi che mi sposerai », replicò lui, circondandole le spalle con un braccio e attirandola a sé. « Che hai fiducia in me... dimmi che anche se adesso non sei sicura, credi che un giorno potrai veramente amarmi. Io ti amo già, Cass. Ti amo più di quanto abbia mai amato qualcuno o qualcosa nella mia vita, fino a questo momento. »

Come poteva non tener conto di tutto questo? Come poteva deluderlo, respingerlo, scappare lontano da lui? Come poteva passare la vita aspettando Nick quando sapeva che non l'avrebbe mai sposata? Suo padre glielo aveva detto chiaramente l'ultima volta che era tornato a casa. Se non voleva sposarla, Nick non aveva nessun diritto di interferire nel suo futuro, o nelle sue decisioni.

« Sì... » la parola le uscì dalle labbra fievolissima, quasi un sussurro, mentre Desmond la fissava stupito. « Sì », ripeté Cassie molto dolcemente e, senza dire nulla, Desmond la baciò. Sembrò un bacio lunghissimo, sembrò che passassero ore prima di staccarsi da lei, e Cassie si accorse di tremare per l'emozione.

« Papà e mamma rimarranno senza fiato », esclamò, e di colpo sembrò quasi una bambina. Poi ebbe un'idea.

« Perché non vieni a casa con me per Natale? » Voleva presentarlo in famiglia. Se avevano intenzione di sposarsi era importante che Desmond li conoscesse, passasse un po' di tempo con loro. Suo padre e sua madre non ricordavano nemmeno di averlo visto, quando Chris era morto. E un annuncio come quello avrebbe certo reso felice il Natale per tutti gli O'Malley.

Ma lui sembrò a disagio. Da anni non aveva più avuto un Natale in famiglia. E adesso non ne sentiva nemmeno più la mancanza. «Cass, tesoro, non voglio intromettermi fra voi. Soprattutto quest'anno. Vedi, tuo padre e tua madre avranno molte cose da fare. E poi le vacanze e le feste in famiglia non sono il mio forte.»

Cassie non nascose la delusione. «Desmond, ti prego. Penseranno che abbia inventato tutto e rubato l'anello.»

«No, niente affatto. Ti chiamerò tre volte al giorno. E per di più ho tanto lavoro da sbrigare. Tu lo sai meglio di chiunque altro. Al tuo ritorno andremo a sciare un fine settimana.» L'ultima cosa al mondo che desiderasse era passare il Natale nell'Illinois con gli O'Malley. Bastava il solo pensiero a metterlo a disagio e niente di ciò che Cassie gli disse riuscì a fargli cambiare idea.

«Io non ho voglia di andare a sciare. Voglio che tu venga a casa con me», insistette lei con gli occhi lucidi. A un tratto si sentiva sopraffatta dagli avvenimenti e dalla commozione. Eccola *fidanzata* con Desmond Williams. Era incredibile. Cercò con tutte le sue forze di non pensare a Nick Galvin.

«Ti giuro che ci andremo l'anno prossimo», le propose Desmond in tono fermo.

«Be', lo spero proprio!» esclamò Cassie, scandalizzata al pensiero che non fosse un'idea realizzabile. «Tu non prendi soltanto me, ma prendi anche la mia famiglia. E siamo talmente tanti!» Poi sorrise, eccitata al pensiero di annunciare il suo fidanzamento.

«Come te, ce n'è soltanto una», mormorò Desmond con voce piena di passione. Poi la baciò di nuovo. In un lampo, per un attimo, Cassie pensò a Nick e capì di averlo tradito. E mentre ci pensava, le tornarono alla mente le parole con le quali l'aveva messa in guardia contro Desmond. Invece si era sbagliato! Desmond era un uomo corretto. L'amava, e lei sapeva che, con il tempo, avrebbe ricambiato il suo amore. Insieme avrebbero avuto una vita meravigliosa.

« Vogliamo fissare la data? » Desmond interruppe di nuovo i suoi pensieri mentre le versava un altro calice di champagne. « Non aspettiamo troppo. Non sono sicuro di sopportarlo, adesso che mi hai detto sì. Dovrai tenerti Nancy sempre vicino perché ti protegga. » Le rivolse un sorriso significativo e Cassie arrossì mentre alzava gli occhi a sorridergli.

« Non mancherò di avvertirla », mormorò lei con voce dolcissima. Si sentiva felice con lui, lo era sempre stata, perfino adesso che erano ancora più amici che amanti, a parte l'improvvisa intensità dei baci di Desmond.

« Che ne diresti del giorno di San Valentino? » le propose. « Potrà sembrare sentimentale e sdolcinato, ma a me piace. Che cosa ne pensi? » Parlava come se stesse facendo i piani per il famoso viaggio, ma Cassie non vi badò. Si era abituata al fatto che fosse Desmond ad avere il controllo di ogni cosa. Ma sapeva anche che lui si era abituato a rispettare la sua opinione.

Com'era tutto romantico! Stava per diventare la moglie di un uomo che qualsiasi altra donna al mondo avrebbe fatto fuoco e fiamme per sposare, e lui voleva che il matrimonio venisse celebrato proprio il giorno di San Valentino. Più perfetto di così... sarebbe stato possibile? Ecco quello che si domandò. No, assolutamente... a meno che... Nick avesse dimostrato di pensarla diversamente... ma, adesso... riflessioni del genere erano inutili. Avrebbe continuato a conservare quel sogno e il suo amore per lui, in eterno – ma ora questa era la realtà.

« Mancano meno di due mesi », esclamò, un po' sconcertata. « Sarà un matrimonio molto fastoso? » chiese fissando l'anello scintillante. Era davvero favoloso! Tutto le sembrava così irreale... che serata straordinaria stava vivendo!

« Ti piace? » le domandò Desmond mentre l'attirava di nuovo a sé e la baciava.

« Alla follia. » Non aveva mai visto un brillante così grosso e non aveva mai creduto che ne esistessero! Le sembrava straordinario, stupefacente. Come Desmond Williams.

« Per rispondere alla tua domanda », spiegò lui con un sorriso, mentre Cassie muoveva lievemente la mano per far sfavillare di nuovo il brillante e sorseggiava felice lo champagne, « no, non penso che sarà un matrimonio fastoso. Secondo me dovrebbe essere una cerimonia molto semplice, riservata, con poche persone solamente, persone speciali, ad assistervi. » La baciò di nuovo e poi le spiegò: « Questo è il tuo primo matrimonio, amore mio... ma per me non lo è. E credo che, essendo la terza volta, sia meglio mostrare un po' di discrezione in modo da non suscitare commenti, o almeno limitarli. »

« Oh... » a questo Cassie non aveva pensato. Ma Desmond aveva ragione. Inoltre, visto che lui era divorziato, non potevano sposarsi in chiesa. Si domandò se i suoi genitori ne sarebbero rimasti dispiaciuti, se per loro avrebbe davvero avuto una grande importanza, anche se non erano mai stati cattolici praticanti. « A proposito, di che chiesa sei? » gli domandò ingenuamente. Non aveva mai pensato a chiederlo. « Io sono cattolica. »

Desmond sorrise. A volte Cassie era proprio una bambina... e questo aspetto gli piaceva infinitamente. « Lo sospettavo. Io sono episcopale. Però credo che un simpatico giudice, affabile e gentile, potrebbe andare ugualmente bene, non ti pare? » Sentendosi ormai travolta dal suo entusiasmo, Cassie si limitò ad annuire. « E avrai bisogno di un bel vestito... direi qualcosa di corto ma molto elegante, in raso bianco. E un cappellino con la veletta. Un vero peccato che non si possa ordinare niente a Parigi... » Cappellini ordinati a Parigi, anelli con brillanti da quindici carati... il matrimonio con Desmond Williams il giorno di San Valentino. A un tratto Cassie si ritrovò a fissarlo con gli occhi sgranati, domandandosi se fosse un sogno. Invece Desmond era proprio lì, seduto accanto a lei, e le stava parlando di abiti da sposa e cappellini con la veletta e lei aveva all'anulare il brillante più grosso che avesse mai visto. Quando alzò gli occhi verso Desmond, erano pieni di lacrime. Sembrava una bambina, seduta accanto a lui.

« Desmond, dimmi che non sto sognando. »

« No, non stai sognando, amore mio. E siamo fidanzati. E molto presto sarai sposata con me, per il meglio e per il peggio, per sempre. » Sembrava in estasi, trionfante.

« Vuoi che ci sposiamo qui? » gli domandò Cassie a bassa voce, appoggiandosi a lui. Erano troppe le cose che il suo cervello doveva assorbire contemporaneamente e si sentì terribilmente confusa guardandolo. Si rese improvvisamente conto di quanto fosse forte, potente e bello. Desmond era un uomo dotato di una notevole carica sessuale, che riusciva a tenere sotto controllo in qualsiasi momento; adesso, però, Cassie avvertì il suo desiderio, l'intimità che nasceva dalla sua vicinanza. Dal momento in cui le aveva proposto di sposarlo non aveva mai smesso di baciarla... le pareva quasi di avere le vertigini.

« Penso che dovremmo sposarci qui. Anche se niente ci vieterebbe una cerimonia religiosa in una chiesa dell'Illinois, Cass. Trovo che sarebbe più semplice e discreto e richiederebbe meno spiegazioni. »

« Penso che tu abbia ragione. Mi auguro che mio padre e mia madre possano venire. »

« Senz'altro! Li porteremo qui in aereo. E potranno alloggiare al *Beverly Wilshire*. »

« Mia madre non reggerà all'emozione! » esclamò Cassie.

« Mi auguro proprio il contrario. » Poi la prese di nuovo fra le braccia e dimenticò tutti gli accordi e le disposizioni prese. Cassie era così giovane, così dolce, così pura che Desmond si sentì quasi in colpa baciandola e adesso era molto di più ciò che desiderava. Ma era ancora troppo presto, e lo capiva.

A malincuore se ne andò quella sera, e le telefonò subito, appena rientrato a casa, e poi di nuovo, come faceva sempre, alle tre e mezzo la mattina dopo. Chiacchierarono come vecchi amici e Cassie trovò emozionante il fatto di sapere che presto sarebbe diventata sua moglie e avrebbe condiviso per sempre la sua esistenza. Tra l'altro avevano deciso di non dirlo a nessuno fino a quando Cassie non avesse parlato con i genitori. Sapevano che l'intero paese avrebbe accolto la notizia con un entusiasmo ed emozione.

Fu lui ad accompagnarla all'aeroporto, come al solito. Cassie aveva già eseguito tutti i necessari controlli sull'aereo che doveva portarla a casa. Ma questa volta Desmond le ripeté in continuazione di non correre rischi.

« Ti assicuro che il fidanzamento non mi ha rammollito il cervello! O forse è vero il contrario? » Rise, baciandolo di nuovo. Poi si accorse che uno degli uomini dell'equipaggio di terra li stava guardando e sorrideva. « Se non stai attento, ne parleranno tutti i giornali. »

« C'è il rischio che sui giornali finisca una notizia ben più drammatica se non ti decidi a sposarmi presto, signorina O'Malley. »

« Ma se me lo hai chiesto soltanto ieri sera! Dammi almeno il tempo di cercarmi un vestito e un paio di scarpe, per amor di Dio! Non ti aspetterai che mi sposi in divisa da pilota, vero? »

« Forse sì. O magari anche senza quella. Forse sarei dovuto venire nell'Illinois con te. » Ma scherzava soltanto. Cassie sapeva quanti impegni avesse, quante cose da fare per il famoso giro del Pacifico.

« Chissà come resteranno delusi mio padre e mia madre, non vedendoti », gli disse con molta franchezza. Soprattutto quando avesse dato loro la notizia. Quanto a lei, continuava ancora a non crederci, anche se aveva l'anello al dito. Non avrebbe mai potuto dimenticare quanto Desmond fosse stato dolce, tenero e gentile quando le aveva proposto di sposarlo.

« Non correre rischi! Ti auguro un volo magnifico, amore mio », le disse ancora, e dopo pochi minuti scese dall'aereo e rimase a salutarla dai bordi della pista, seguendola con lo sguardo. Lei decollò senza difficoltà e il volo fu privo di incidenti. Ebbe tutto il tempo necessario per pensare a lui, e a Nick, lungo il percorso. Si sentiva il cuore stretto pensando a Nick; d'altra parte aveva fatto le sue scelte. E lei, altrettanto. Ormai ciascuno avrebbe seguito la propria strada.

Il volo a Good Hope richiese sette ore esatte. Atterrò verso l'ora di cena e la prima persona che vide all'aeroporto fu Billy.

« Pronto a tornare in California con me la settimana prossima? » gli domandò. Non ce n'era bisogno. Billy sarebbe stato pronto a partire quella sera stessa. Da settimane, ormai, non pensava ad altro. Poi, quando Cassie firmò il libro di bordo, vide l'anello e rimase a fissarlo sbalordito.

« E *quello*? Che cosa sarebbe? Un disco volante? »

« Più o meno. » Alzò a guardarlo due occhi ridenti, anche se si sentì improvvisamente a disagio. D'altra parte sarebbe stata costretta a dirglielo, presto o tardi. « A dire la verità, è il mio anello di fidanzamento. Desmond e io ci siamo fidanzati ieri sera. »

« Ti sei *fidanzata*? » La guardò sbalordito, perché gli sembrava impossibile. Oppure no? « E... Nick? »

« E... Nick? » fece lei di rimando, glaciale.

« Okay... scusami se te l'ho domandato... ma lui lo sa? Glielo hai detto? » Cassie fece cenno di no con la testa.

« Lo farai? Gli hai scritto? »

« È lui che non scrive a me », ribatté Cassie, rattristata. Perché Billy stava cercando di farla sentire in colpa? « Presto o tardi lo verrà a sapere. »

« Non ne dubito affatto », disse Billy, sconcertato. Fin dal giorno in cui li aveva conosciuti, aveva sempre saputo che lei e Nick si amavano profondamente. « Rimarrà molto sconvolto, non credi? » riprese a voce bassa e Cassie fece cenno di sì con la testa, ricacciando indietro le lacrime. Ma ormai aveva preso una decisione, e non poteva deludere Desmond. Lui voleva che diventasse sua moglie. Nick, no. E lo aveva anche detto. Tuttavia, tornare a casa rendeva Nick ancora più vero e reale, e la nuova situazione ancora più difficile da accettare.

« Non so che farci se Nick rimarrà male », disse tranquillamente a Billy. « Non voleva sentirsi legato a me in nessun modo quando è partito. E ha detto che voleva che io sposassi un altro. » Guardò Billy con aria afflitta.

« Mi auguro che parlasse su serio », mormorò Billy, poi l'accompagnò a casa dove tutti l'aspettavano. Passarono solo pochi secondi prima che una delle sorelle si lasciasse sfuggire un grido, indicando il dito di Cassie.

« Oh... e quello che cosa sarebbe? » domandò Megan mentre Glynnis e Colleen lo mostravano a Oona che stava giocando con i loro bambini.

« Secondo me è una lampadina elettrica », cercò di spiegare il marito di Colleen.

« È proprio quello che penso anch'io », confermò Megan, con aria maliziosa, mentre i genitori si scambiavano un'occhiata. Cassie non aveva detto niente, quando aveva telefonato.

« È il mio anello di fidanzamento », spiegò allora con la massima calma.

« Questo l'avevo capito anch'io! » esclamò Glynnis. « E chi sarebbe il fortunato? Alfred Vanderbilt? Di chi si tratta? »

« Di Desmond Williams. » Aveva appena finito di pronunciare quel nome che il telefono squillò, come se avesse aspettato l'imbeccata. Era Desmond. « L'ho appena detto ai miei », gli spiegò Cassie. « Alle mie sorelle è venuto un colpo quando hanno visto l'anello. »

« E tuo padre e tua madre? Che cosa hanno detto? »

« Finora non hanno ancora avuto il tempo di dire qualcosa. »

« Posso parlare con tuo padre, Cassie? » le domandò Desmond con dolcezza e lei passò il telefono a Pat. Dopo, Desmond parlò anche con Oona. Ma a quel punto, ormai, le sorelle sembravano impazzite e i cognati avevano cominciato a prenderla in giro. E lei aveva appena trovato il tempo di raccontare che si sarebbe sposata a Los Angeles il giorno di San Valentino e che Desmond avrebbe mandato un aereo affinché papà e mamma la raggiungessero per essere presenti alla cerimonia.

Pat e Oona, dopo aver finito di parlare al telefono con Desmond, erano tornati. La mamma pianse piano piano, come faceva molto spesso in quei giorni, mentre si stringeva al cuore Cassie. « Da come parla, si direbbe davvero un brav'uomo. Mi ha promesso che avrà sempre cura di te, come una bambina. » Poi diede un bacio alla figlia. Anche Pat sembrava soddisfatto. Desmond gli aveva detto tutte le cose giuste. Ma quando si ritrovò solo con Cassie, quella sera, provò a farle alcune domande, aspettando con ansia le sue risposte.

« E di Nick, che cosa mi dici, Cass? A Dio piacendo, un giorno o l'altro tornerà a casa. Non puoi rimanere in collera con lui in eterno, e non puoi sposare un altro uomo perché sei in collera con lui. Sarebbe molto infantile da parte tua, e il signor Williams non se lo merita. » Lo aveva trovato simpatico, parlandogli al telefono quella sera; e voleva essere sicuro che sua figlia si comportasse onestamente con lui, come con se stessa.

« Ti giuro che non lo sposo per ripicca. È stato tutto molto semplice: ieri sera me lo ha chiesto e mi ha colto di sorpresa... ma è talmente solo... e ha avuto una vita talmente sfortunata! È una brava persona. Vuole sposarmi. Non solo ma, in un certo senso, potrà sembrare buffo... eppure lo amo, anche se non come Nick. Siamo amici e io gli devo talmente tanto per tutto quello che ha fatto per me! »

« Non devi 'talmente tanto' a nessuno, Cassie O'Malley. Lui ti paga uno stipendio e tu te lo guadagni. »

« Questo lo so. Ma è stato così buono con me, papà. Voglio essergli vicina. Essere sempre presente, accanto a lui. E poi, lui sa di Nick. Dice che capisce. E credo che, con il tempo, potrei veramente arrivare ad amarlo. »

« E Nick? » La guardò dritto negli occhi. « Te la senti di dirmi che non lo ami? »

« Lo amo sempre, papà », sospirò Cassie. « Ma questo non cambierà niente. Nick tornerà e mi ripeterà il motivo per cui non può sposarmi. È troppo vecchio e troppo povero. Forse la verità è un'altra: non mi ama. Dal giorno in cui è partito non mi ha mai scritto. E prima di andarsene, non ha fatto che ripetermi che fra noi non devono esserci né legami né taciti impegni, neanche un futuro. Non mi vuole, papà. Desmond, sì. Lui ha veramente bisogno di me. »

« E te la senti di vivere con tutto questo nel cuore? Sapendo che ami un altro? »

« Credo di sì, papà », mormorò Cassie, anche se il pensare a Nick le toglieva le forze, come se le gambe non la reggessero. Tornare a casa glielo rendeva ancora più vivo, ancora più reale. Eppure capiva di doverlo scacciare dai propri pensieri. Per Desmond.

« Farai meglio a essere molto, molto sicura di quello che vuoi prima di sposare quell'uomo, Cassie O'Malley. »

« Lo so. Lo sono. Sarò onesta con lui. Lo prometto. »

« Ricorda che non voglio vederti correre qui, ingannandolo, per andartene chissà dove in compagnia di Nick, quando tornerà. Una donna sposata in questa casa rimane sempre tale. »

« Sissignore. » Cassie non gli nascose di essere profondamente colpita da quelle parole e dal modo in cui le aveva pronunciate.

« Il matrimonio è sacro, indipendentemente da dove celebri le tue nozze. »

« Lo so, papà. »

« Cerca di non dimenticarlo, e fai onore al suo nome. Sembra che lui ti ami. »

« Non farò niente per deluderlo... e nemmeno per deludere te... lo prometto. »

Pat annuì, soddisfatto da queste risposte. Ma adesso c'era un'altra cosa che voleva domandarle. Forse non era corretto, ma gli sembrava inevitabile. « Ricordi quello che Nick diceva prima di andarsene? Quando dichiarava che Williams avrebbe fatto di tutto per sposarti prima del giro del mondo, perché il lancio pubblicitario fosse maggiore? Pensi che sia quello che sta facendo adesso, oppure è sincero? È un uomo che non conosco, Cassie. Però vorrei che tu ci pensassi un minuto e poi me lo dicessi. » Quella sera, nel momento in cui Cassie gli aveva annunciato che avrebbe sposato Desmond Williams, le parole di Nick gli erano risuonate subito nelle orecchie.

In fondo Cassie aveva soltanto ventun anni ed era ancora ingenua. Williams ne aveva trentacinque ed era un uomo di mondo. Ingannarla sarebbe stato per lui un gioco da bambini. Ma Cassie, pensandoci, fece cenno di no con la testa. Questa volta Nick si sbagliava. Ne era sicura.

« Non credo che mi farebbe una cosa del genere. Secondo me, è una pura e semplice coincidenza. Abbiamo lavorato fianco a fianco, nella più stretta intimità, fin dal giorno in cui gli ho detto che accettavo di fare quel viaggio... e lui è così solo... Credo che sia successo così, per caso. E credo che sia stata una pura e semplice coincidenza che Nick abbia detto quelle cose. Penso che fosse geloso. »

Pat annuì, ansioso di crederle e sollevato. Poi non poté fare a meno di sorridere guardandola. « Chissà che colpo quando, tornando a casa, scoprirà che ti sei sposata. Del resto, io l'avevo messo in guardia. »

« Lo so. Secondo me lui non vuole legami, non vuole sentirsi vincolato a nessuno... soprattutto a me... » disse Cassie. Adesso sembrava disposta ad accettare il proprio destino. Che era, indubbiamente, un destino felice e fortunato. Quanto a Pat, era sempre più soddisfatto di quello che si era sentito dire.

Era la vigilia di Natale. Guardando con tenerezza la figlia, le prese una mano, gliela strinse nella propria, poi la baciò su una guancia. Quando le parlò, aveva gli occhi colmi di lacrime. Anche a Cassie salirono le lacrime agli occhi quando sentì ciò che le diceva: « Cassandra Maureen, hai la mia benedizione ».

16

Cassie rimase a casa fino alla mattina del 31 dicembre; poi, con Billy, ripartì in volo per Los Angeles. La loro partenza fu un avvenimento che lasciò tutti profondamente colpiti e commossi. Gran parte della famiglia si recò all'aeroporto, perfino i piccoli Annabelle e Humphrey. Cassie voleva passare la sera di Capodanno con Desmond. All'arrivo, lo trovò ad attenderla sulla pista. Indossava un soprabito blu scuro, che sventolava alla brezza, e il sole stava tramontando proprio alle sue spalle. Era davvero affascinante, bello, alto e straordinariamente distinto. Un vero aristocratico. Insieme formavano una coppia stupenda.

Desmond si arrampicò con disinvoltura nella carlinga e la lasciò sbalordita baciandola sulle labbra. Poi le sorrise. Cassie non aveva nemmeno fatto in tempo ad alzarsi dal suo posto. Sembrò che quasi non notasse la presenza di Billy, che si voltò discretamente dall'altra parte mentre si baciavano.

« Salve, signorina O'Malley... eccoti qui... mi sei mancata... »

« Anche tu a me », rispose lei con un sorriso intimidito. La sera prima aveva cenato con l'intera famiglia e avevano fatto un brindisi a lei e al fidanzamento. Erano anche emozionatissimi per le nozze che sarebbero state celebrate un mese e mezzo dopo. E morivano dalla voglia di fare la conoscenza di Desmond. Tutto d'un tratto ecco che Cassie era diventata la stella della famiglia. E alla sua mano sinistra lo scintillante anello di fidanzamento ne era la conferma.

«Ho una sorpresa per te», le disse con un caldo sorriso dopo essersi finalmente deciso a salutare Billy che, raccolti i suoi bagagli, si preparava a lasciare l'apparecchio.

«No, non un'altra sorpresa!» esclamò Cassie raggiante, abbandonandosi contro la spalliera del sedile. «In queste ultime settimane la mia vita non è stata altro che una serie di sorprese.» Le sembrava ancora incredibile che si fossero fidanzati solo una settimana prima. Già Cassie aveva la sensazione di essere una cosa sua, di appartenergli da sempre. E cominciava ad abituarcisi. In fondo le piaceva. Era esaltante trovarsi fidanzata con un uomo come lui.

Nick era tornato sempre più spesso nei suoi pensieri quando si trovava nell'Illinois, ma si era sempre imposta di ricordare che era stato lui, proprio lui, a mostrare il desiderio di vederla sposata con qualcun altro. Aveva rinunciato volutamente a lei, mentre Desmond la desiderava e aveva un infinito bisogno di lei. E lei aveva tutte le intenzioni di diventare una buona moglie. Alzò gli occhi a sorridergli mentre pensava a tutto questo, e lui la baciò di nuovo e le accarezzò dolcemente il viso con la punta delle dita. Intanto, fuori, l'equipaggio di terra aspettava, rispettoso. La notizia si era già diffusa. Cassie O'Malley sarebbe stata la prossima signora Williams.

«Qual è la sorpresa?» gli domandò Cassie emozionata, mentre Billy li osservava. Anche se Williams sembrava davvero pazzo di lei, non poté fare a meno di provare un po' di compassione per Nick Galvin. Sarebbe stata la fine, per lui, non appena avesse saputo che l'aveva perduta per sempre.

«Abbiamo un po' di amici fuori», le spiegò Desmond, chinando la testa con un sorriso imbarazzato che la fece sorridere. «Ho paura di essere stato talmente felice ed emozionato che, senza accorgermene, ho parlato un po' troppo... c'è qualcuno dei ragazzi dell'Associated Press che vuole una nostra fotografia insieme. Tutti aspirano a essere i primi. Veramente io non ho fatto che ripetere che tu eri via, ma loro devono aver pensato... ho detto che tornavi stasera e quando sono arrivato qui... eccoli tutti schierati... ti dispiace proprio molto, Cass? Ti dà fastidio? Sei troppo stanca dopo il volo? Non ho potuto fare a meno di raccontare che ci eravamo fidanzati... sono così felice...» Sembrava quasi un adolescente, e più vulnerabile che mai. C'erano momenti in cui aveva l'aspetto del magnate dell'industria, dell'uomo d'affari deciso e implacabile, e altri in cui sembrava quasi un bambino. Tanto che Cassie provò una gran voglia di abbracciarlo e stringerlo al cuore.

«Va bene. Sono emozionata anch'io. Eccitata. Nell'Illinois l'ho raccontato a tutti. Credo che se anche laggiù la stampa ne fosse stata al corrente me li sarei ritrovati sulla soglia di casa, mattina, pomeriggio e sera.» Cassie si alzò e afferrò la sacca da viaggio con il giornale di bordo e le carte. Desmond si affrettò subito a togliergliela di mano. Poi lanciò uno sguardo a Billy, come se si fosse ricordato soltanto allora della sua presenza.

«Credo che non guasterebbe se avessimo sottomano anche il tuo secondo pilota per il giro del Pacifico. Prego, ci farà piacere se vorrà unirsi a noi.» Questo fu l'invito che rivolse a Billy con un sorriso, ma il giovanotto sembrò imbarazzato.

«Non vorrei essere di troppo.»

«Niente affatto.» E insistette per includere anche lui nel gruppo mentre Cassie si pettinava e metteva un po' di rossetto sulle labbra.

Desmond fu il primo a scendere dall'apparecchio, seguito da Cassie. In quell'attimo lampeggiarono almeno un centinaio di flash al punto che rimase quasi accecata. Come Desmond, anche lei dimostrò di saper stare al gioco e fece un cenno di saluto nella loro direzione. Poi Desmond si voltò a baciarla. Quando Cassie si ritrovò sulla pista al suo fianco, rimase stupefatta accorgendosi che c'erano almeno venti fotografi, che non degnarono Billy della minima attenzione.

«Quando sarà il gran giorno?» gridò il cronista del *Los Angeles Times*, mentre quello del *Pasadena Star News* si faceva avanti per scattare un'altra foto. Anche il *New York Times* ne scattò due, mentre il giornalista del *San Francisco*

Chronicle si affrettò a domandare notizie sul giro del Pacifico e la loro luna di miele.

« Aspettate un momento, aspettate un momento... » Desmond scoppiò in una risata, guardandoli. « Il gran giorno sarà quello di San Valentino... quanto al giro del Pacifico è fissato per luglio... e no, non abbiamo intenzione di trascorrere la nostra luna di miele sul *North Star*. » Era il nome che Cassie aveva scelto per l'apparecchio con il quale avrebbe compiuto il gran viaggio.

Poi i giornalisti fecero altre cento domande, mentre Desmond non abbandonava il fianco di Cassie, sempre sorridente e disponibile per la stampa.

« Credo che questo sia tutto, ragazzi », disse Desmond finalmente, in tono cortese. « La mia futura sposa ha avuto un volo molto lungo. Adesso vogliamo accompagnarla a casa perché si riposi. Grazie di essere venuti. »

Scattarono ancora un'altra dozzina di fotografie mentre la coppia saliva a bordo della Packard di Desmond. Quanto a Billy, fu uno degli uomini dell'equipaggio di terra a dargli un passaggio. Cassie continuò a salutare i cronisti, cercando di stare al gioco, mentre si allontanavano. Dalla sera alla mattina eccola diventata la sposa dell'anno, la fidanzata d'America in uniforme da pilota.

« Sembra così strano, vero? » domandò Cassie, ancora frastornata. « Si comportano come se fossimo due divi del cinema. E come sono tutti eccitati! » A Good Hope la gente l'aveva fermata per la strada solamente per domandarle notizie del viaggio nel Pacifico, e ancora non sapevano che si era fidanzata.

« Alla gente piace la favola, la bella storia d'amore, Cass », rispose Desmond pacatamente mentre, al volante, guidava la macchina per ricondurla a casa. Poi le allungò un colpetto affettuoso sul ginocchio. In fondo, aveva sentito molto la sua mancanza. « Ed è piacevole poter offrire una bella favola alla gente. »

« Certo, è quello che immagino anch'io. Però sembra così strano esserne la protagonista. Continuo a pensare... che sono sempre e soltanto io... mentre loro si comportano come se... non so... come se io fossi qualcun altro, qualcuno che non conosco nemmeno... e adesso vogliono sapere ogni cosa, vogliono partecipare a ogni cosa.» Un po' come se volessero possederla. Quel pensiero bastò a metterla a disagio. Una sera aveva cercato di spiegarlo a suo padre e lui le aveva ricordato che, dopo il famoso viaggio, sarebbe stato ancora peggio. «Guarda qual è il prezzo che il povero Lindy ha dovuto pagare... il suo bambino rapito e ucciso... lo scotto che si paga per la celebrità può essere terribile.» Pat si augurava che Desmond l'avrebbe protetta.

«Adesso appartieni a loro, Cass», disse Desmond, come se ne fosse profondamente convinto. E, cosa ancora più strana, come se lo accettasse senza discutere. «Ti vogliono. E non è giusto tirarsi indietro. Vogliono essere partecipi della tua felicità. Ed è bello poterli accontentare.» Secondo Desmond, lui stesso doveva moltissimo al pubblico. Lo aveva sempre pensato.

Tuttavia Cassie non era preparata alla curiosità e alle attenzioni cui fu sottoposta nelle sei settimane successive, fino al giorno delle nozze. Veniva seguita e fotografata dappertutto, nell'hangar, in ufficio mentre esaminava mappe e carte aeronautiche con Billy, appena fuori del suo appartamento, lungo la strada per recarsi al lavoro, nei grandi magazzini, e ogni volta che si presentava in qualsiasi posto con Desmond. Adesso si faceva accompagnare dappertutto da Nancy Firestone, e qualche volta cercava perfino di nascondersi con un grande cappello, oppure un foulard e un paio di occhiali scuri. L'insistenza della stampa era incredibile. I cronisti si aggrappavano ai cornicioni delle finestre, si arrampicavano sulle scale antincendio, si acquattavano sotto i cespugli e le facevano la posta a bordo delle automobili. Era un continuo susseguirsi di flash che lampeggiavano a ogni momento, da qualsiasi parte, tanto che all'inizio di febbraio Cassie cominciò a pensare che sarebbe impazzita. E Nancy in quest'occasione le fu di scarsissimo aiuto. Nonostante la sua abilità nell'organizzare ogni cosa, pareva che adesso avesse altro a cui pensare, e fosse meno interessata del solito ai dettagli delle nozze. Desmond aveva detto a Cassie di non preoccuparsene; avrebbe chiesto alla signorina Fitzpatrick e a una sua assistente di provvedere a tutte le questioni di minor conto. Cassie aveva già fin troppo da fare con la stampa e la preparazione del gran giro del Pacifico.

Quando Cassie cercava di parlargli di Nancy Firestone, lui non la prendeva mai sul serio. Inutilmente aveva cercato di spiegargli che da qualche tempo aveva l'impressione che Nancy provasse del rancore nei suoi confronti e non sapeva spiegarsene il motivo. Fin dal giorno in cui, con Desmond, le aveva annunciato il loro fidanzamento, Nancy si era mostrata fredda e irritabile. Un comportamento del genere non aveva alcuna spiegazione razionale. Nancy passava molto meno tempo con lei e quando, una sera, Cassie provò a invitarla a cena, le rispose che doveva rimanere in casa per aiutare Jane nei suoi studi.

«Non so che cos'abbia. Sono davvero sconcertata. A volte provo quasi la sensazione che mi detesti.» Non avevano mai raggiunto quella grande intimità che Cassie, quando l'aveva conosciuta, aveva sperato potesse nascere tra loro, però erano sempre state in buoni rapporti e si erano trovate bene in reciproca compagnia quando lavoravano insieme.

«Probabilmente è il nostro matrimonio che la lascia sconcertata», osservò Desmond in tono saggio, analizzando la situazione da uomo, «...probabilmente le ricorda suo marito. Così si è fatta da parte per non restarne troppo coinvolta, o soffrirne. Non si può escludere che le faccia rivivere ricordi molto tristi», aggiunse sorridendo. Com'era giovane Cassie! «Comunque, te l'ho già detto, cerca di tenerti in contatto più stretto con la signorina Fitzpatrick.»

«È quello che farò. E non dubito che tu abbia ragione. Che stupida sono stata a non pensarci prima!» Quando rivide Nancy si rese conto che la spiegazione di Desmond doveva essere giusta. Più di una volta Nancy le rispose in tono brusco e tagliente e si mostrò nervosa e scostante quando provò a chiedere il suo consiglio per alcuni particolari della cerimonia. Da quel giorno in poi, proprio perché le faceva compassione, Cassie decise di seguire il consiglio di Desmond e di prendere le distanze.

Fece del suo meglio per affrontare la stampa e tenere buoni rapporti con i giornalisti anche se – in qualche caso – non riusciva a sopportarli.

« Ma non la smettono mai? » mormorò ansante un giorno mentre entrava in casa di Desmond passando dalla porta di servizio e si lasciava cadere di schianto su una seggiola, esausta. Aveva cercato di trasportare lì un po' delle cose che aveva nel suo appartamento, ma qualcuno doveva averli avvertiti e si erano presentati in massa prima che lei riuscisse addirittura ad arrivare alla porta. Da quel momento era stato il caos completo.

Desmond rientrò passando dall'ingresso principale, mezz'ora dopo, e anche lui fu preso d'assalto; alla fine riuscì a convincere Cassie a uscire e a posare per qualche foto in modo che quel caos cessasse. Aveva modi molto cortesi ed era abilissimo nel trattare la stampa. Sapeva sempre dare ai cronisti quel tanto che bastava a farli contenti.

« Non è già un po' nervosa? » le gridò un reporter e lei, voltandosi a sorridere, annuì.

« Solo perché ho paura che mi facciate lo sgambetto il giorno del mio matrimonio », gli rispose con prontezza, e loro scoppiarono a ridere, divertiti.

« Ci saremo anche noi! »

Dopo pochi minuti Desmond e Cassie rientrarono in casa e i cronisti se ne andarono. Ma ricomparvero la mattina seguente.

Oona e Pat arrivarono il giorno prima della cerimonia. Desmond aveva fissato per loro una suite al *Beverly Wilshire*. Nessuna delle sue sorelle era venuta perché non era stato possibile trovare qualcuno che si occupasse di tutti quei bambini! Cassie rimase particolarmente commossa quando Desmond pregò Billy di fargli da testimone. Alla cerimonia avrebbe avuto accanto a sé proprio tutti i suoi cari, l'intera squadra di casa! Cassie sarebbe arrivata al braccio di Pat, anche se la cerimonia sarebbe stata celebrata da un giudice di pace. Poi Cassie domandò a Nancy Firestone di farle da madrina. In un primo momento Nancy tentò di rifiutare dichiarando che quel compito sarebbe toccato a una delle sue sorelle. Ma alla fine, dopo che Desmond si decise a parlarle, finì per accettare. Scelsero per lei un abito di satin grigio. Quanto al vestito da sposa di Cassie, era un modello raffinatissimo, bianco, di Schiaparelli. Il cappellino che lo accompagnava, una creazione di I. Magnin, era guarnito da un corto velo bianco; e tra le mani, avrebbe avuto un bouquet di orchidee, mughetti e roselline bianche.

Desmond le aveva regalato un filo delle perle di sua madre e uno stupendo paio di orecchini di perle e brillanti.

« Sarai la sposa dell'anno », esclamò sua madre con fierezza, contemplandola con ammirazione e gli occhi lucidi. Non aveva mai visto sua figlia tanto bella. Era raggiante ed emozionatissima. « Sei stupenda, Cass », le mormorò con il fiato mozzo, e poi aggiunse con una punta di orgoglio: « Ogni volta che sfoglio un giornale, vedo la tua fotografia! »

Il giorno seguente tutto andò secondo le previsioni. Fotografi, cronisti e gli operatori del cinegiornale erano pronti ad aspettarli davanti alla casa del giudice di pace dove si sarebbero sposati. Non mancavano nemmeno i rappresentanti della stampa internazionale. Le lanciarono manciate di riso e fiori quando tornarono al *Beverly Wilshire*, dove Desmond aveva organizzato un piccolo ricevimento in una sala privata. C'era folla fuori, e nell'atrio dell'albergo, perché qualcuno doveva aver rivelato in segreto alla stampa dove si sarebbe svolta la festa di nozze.

Desmond aveva invitato una dozzina dei suoi amici; erano presenti anche alcuni dei suoi disegnatori più importanti, tra cui quello che aveva disegnato l'aereo con il quale Cassie sarebbe partita per il giro del Pacifico. Una schiera imponente di persone importanti, dunque, in mezzo alle quali la sposa sembrava una diva del cinema. Era la creatura più bella che Desmond avesse mai visto, e la contemplò raggiante mentre ballavano un valzer lento.

« Sei stupenda, mia cara », disse con orgoglio, poi sorrise. « Chi avrebbe mai pensato che quella scimmietta tutta sporca di olio che ho conosciuto mentre era sdraiata sotto un aeroplano meno di due anni fa si sarebbe trasformata in una simile bellezza radiosa! Vorrei averti fatto una fotografia quel giorno... non me ne dimenticherò mai.»

Lei gli diede un colpetto secco sulla spalla con il bouquet e rise felice mentre suo padre e sua madre la guardavano. Fu una giornata perfetta. Dopo, Cassie ballò con Pat e con Billy, elegantissimo nell'abito nuovo acquistato per l'occasione, il quale si divertiva in un modo incredibile a Los Angeles, soprattutto vista la quantità di soldi che guadagnava! Inoltre poteva pilotare apparecchi sui quali aveva desiderato da sempre poter mettere le mani. Insomma, se la godeva!

«Lei ha una figlia meravigliosa, signora O'Malley», disse Desmond, con sincerità, alla suocera. Cassie aveva scelto per lei un abito azzurro dello stesso colore dei suoi occhi, e un cappellino in tinta; Oona era molto graziosa ed elegante e assomigliava in modo straordinario alla figlia.

«È una ragazza molto fortunata», gli rispose un po' intimidita. Era rimasta chiaramente colpita dall'eleganza e dall'aria sofisticata di Desmond, al punto che non aveva quasi il coraggio di rivolgergli la parola. Lui si comportava sempre con estrema cortesia e grande affabilità nei suoi confronti.

«Il fortunato sono io», replicò subito, molto cavallerescamente. Poco dopo Pat brindava a tutti e due augurando molti anni felici e molti figli.

«Oh, no! Niente figli finché non sarà concluso il giro del Pacifico!» ci tenne a precisare Desmond, e tutti risero. «Ma poi subito, senz'altro!»

«Bravo! Bene!» esclamò il padre di Cassie con orgoglio.

Desmond decise a quel punto di far entrare i rappresentanti della stampa in modo che avessero la possibilità di scattare una serie di fotografie. Del resto erano già accampati nell'atrio dell'albergo e quindi gli parve che fosse meglio affrontarli subito almeno finché sapeva di avere la situazione sotto controllo. Arrivarono in massa, guidati da Nancy Firestone, e scattarono foto molto belle della sposa che ballava prima con Desmond, poi con suo padre. Anzi, sfruttarono il fatto che lui fosse stato un asso dell'aviazione durante la prima guerra mondiale, e Cassie si affrettò a parlarne in modo particolareggiato ben sapendo che questo avrebbe subito dato a Pat la sensazione di essere un personaggio importante. Alla fine riuscirono a sottrarsi ai giornalisti salendo rapidamente a bordo di una limousine che li aspettava, fra lanci di petali di rose e chicchi di riso. Cassie si era cambiata, e indossava adesso un tailleur verde smeraldo e un cappello in tinta dall'ampia ala. Quando, in seguito, vide le foto della cerimonia, le parvero spettacolari, soprattutto quella in cui Desmond la prendeva fra le braccia per farla entrare nell'automobile. Mentre si allontanavano, si voltarono a fare grandi cenni di saluto dal finestrino. Anche Oona la salutò, piangendo. E Pat, vicino a lei, aveva le lacrime agli occhi.

Gli sposi passarono la notte di nozze al *Bel Air Hotel* e l'indomani mattina partirono in aereo per il Messico, destinazione un'isoletta solitaria al largo di Mazatlan dove Desmond aveva affittato un intero albergo. Piccolo ma tutto per loro. La sabbia, sulla spiaggia, era di un candore perlaceo, il sole splendeva caldo e abbagliante, spirava una brezza leggera e la sera ascoltavano le serenate con accompagnamento di *mariachi*. Era il posto più romantico che Cassie avesse mai visto e quando si ritrovarono sdraiati sulla spiaggia a chiacchierare Desmond non mancò di farle notare che alcuni dei posti che avrebbe raggiunto nel suo viaggio sarebbero stati ancora più incantevoli e avrebbero avuto un fascino ancora più esotico.

« Non credo che avrò molto tempo da trascorrere sdraiata su una spiaggia », obiettò Cassie, sorridendogli, « oppure con te. Credo che mi mancherai in un modo terribile. »

« Ma farai qualcosa di estremamente importante per l'aviazione, Cassie. È la cosa che conta più di tutto il resto. » Lo disse con fermezza, come se cercasse di spiegare qualcosa a una bambina troppo distratta che non prestava attenzione alle lezioni.

« Non c'è niente che sia più importante di noi », lo corresse lei. Ma Desmond scrollò il capo.

« In questo ti sbagli, Cass. Quello che stai per fare ha un'importanza molto, molto più fondamentale. La gente ti ricorderà per un secolo. Ci saranno uomini che cercheranno di seguire il tuo esempio. Verranno battezzati aeroplani con il tuo nome e penseranno persino a fabbricarne qualcuno imitando il tuo. Avrai dimostrato che un viaggio in aereo al di sopra di vaste estensioni dell'oceano può essere sicuro, scegliendo l'apparecchio giusto. Tutto ciò influirà in un modo straordinario su un numero incredibile di persone e di idee. Non pensare, nemmeno per un attimo, che non abbia una grandissima importanza.» Tutto ciò che Desmond diceva sembrava talmente serio, talmente solenne... il concetto stesso di volare sembrava passasse in secondo piano. A volte Cassie si domandava se Desmond non desse troppa importanza a tutto il resto.

«Io continuo sempre a pensare che tu sia la cosa più importante.» Si girò, inguainata nel costume da bagno bianco, e appoggiò i gomiti sulla sabbia. Lui le sorrise.

«Sei troppo bella, sai», le disse, fissando l'incavo delicato tra i suoi seni. Cassie aveva un corpo molto eccitante. «Mi distrai, mi fai stordire.»

«Bene», rispose lei tranquillamente. «Ne hai bisogno.»

«Vergognati.» Poi si chinò a baciarla. Dopo un po' tornarono nella loro camera. Desmond era ancor stupito, come Cassie, della facilità con la quale si erano adattati l'uno all'altro. Al primo momento lei aveva provato un po' di paura... di Desmond e di quello che l'amore fisico poteva significare... Ma Desmond l'aveva sorpresa perché non aveva fatto niente per costringerla ad accettarlo e aveva trascorso la notte di nozze al *Bel Air* limitandosi a tenerla fra le braccia, ad accarezzarla, a parlare della loro vita, dei loro sogni e del loro futuro. E perfino del grande viaggio e di quello che significava.

Questo le aveva consentito di sentirsi più a suo agio, e meno impacciata, con lui – cioè esattamente come prima, come sempre. Ed era stato soltanto all'arrivo nell'albergo del Messico, il pomeriggio del giorno seguente, che lui si era concesso di spogliarla. Le aveva tolto lentamente gli abiti, piano piano, e poi era rimasto ad ammirare quel suo corpo stupendo. Cassie era slanciata, magra, con seni alti e tondi, la vita sottile e gambe lunghe quasi come le sue. L'aveva presa con lentezza, con tenerezza, e in quell'ultima settimana le aveva rivelato a quale apice di estasi squisita, e completa, potessero arrivare con l'unione dei loro corpi. E come in tutto il resto, aveva fatto anche questo dimostrando grande esperienza e una incredibile precisione. Cassie, da parte sua, era preparata ad accettarlo. Voleva essere sua moglie, voleva essergli sempre vicina, voleva fare l'amore con lui e provargli che qualcuno lo amava. Era sana e giovane, viva ed eccitante. Desmond era molto controllato, eppure Cassie riusciva a fargli raggiungere il culmine del piacere in un modo che aveva dimenticato da molto tempo, al punto che si scoprì a godere profondamente di quella sensazione inaspettata di giovinezza e di abbandono che lei gli dava.

« Non so che cosa ne pensi tu », le disse con voce roca quel pomeriggio, dopo aver fatto l'amore, « ma sei pericolosa. » Gli piaceva alla follia fare l'amore con lei, molto più di quanto si fosse aspettato. Perché Cassie aveva un calore, una ingenua semplicità che, in aggiunta alla passione, lo stupivano e lo intenerivano.

« Forse dovrei rinunciare a volare; così rimarremmo sempre a letto a fare bambini », gli rispose lei, e poi gemette tra sé pensando che stava diventando proprio come le sue sorelle! Si domandava, meravigliata, se a loro fosse accaduto più o meno qualcosa del genere; era così facile lasciarsi travolgere dal desiderio, nelle braccia dell'uomo che si amava, abbandonarsi ai piaceri della carne, alle loro logiche ricompense, nell'ordine naturale delle cose.

« Ho sempre pensato che perdessero tante cose sposandosi così giovani e mettendo al mondo tutti quei bambini », provò a spiegargli mentre giacevano sdraiati fianco a fianco sul letto, accaldati e appagati. « Ma adesso credo di capire come può succedere. È così facile lasciare che le cose vadano come devono andare, essere una donna, sposarsi e avere dei figli! »

Ma Desmond scrollò la testa mentre l'ascoltava: « Mai e poi mai devi fare una cosa simile, Cass. Sei destinata a ben altro! A una sorte ben superiore. »

« Può darsi. Per ora. » Se lo diceva lui! Ma almeno per il

momento Cassie aveva la sensazione di essere destinata soltanto a stare lì, fra le sue braccia, e nient'altro. E non desiderava di più. Era sufficiente. Soltanto essere sua. Per sempre. Il fatto di conoscere all'improvviso anche il lato fisico del rapporto con lui le aveva fatto toccare un tale culmine di piacere che non aveva mai né assaporato né compreso prima. E adesso si accorgeva quanto ne riuscisse a godere. « Un giorno mi piacerebbe avere dei bambini. » E lui le rispose che sarebbe stato disposto ad accontentarla, se era quello che desiderava.

« Ma prima ci sono molte cose che devi fare. Cose importanti », le ripeté, assumendo di nuovo quel tono un po' da maestro... Cassie rise e voltandosi a guardarlo fece scorrere pigramente un dito sul suo corpo, facendolo spasimare dal piacere.

« Credo di riuscire a pensare anch'io a cose molto importanti... » gli sussurrò maliziosa e Desmond rise, lasciandole fare quello che voleva. I risultati furono inevitabili. Il sole tramontava sulla loro isoletta solitaria quando si staccarono di nuovo l'uno dall'altra, ormai esausti.

« Com'è andata la luna di miele? » cominciarono a gridare i cronisti dal prato davanti a casa, subito dopo il loro ritorno. Come al solito avevano saputo – chissà come – quando i Williams sarebbero arrivati e non appena la limousine si profilò sulla strada, si precipitarono in gruppo verso di essa. A volte Cassie si domandava come riuscissero sempre a scoprire dove trovarli o a sapere quello che facevano.

Riuscirono a malapena ad arrivare alla porta di casa e, Desmond – come al solito – si fermò un momento a rivolgere al gruppetto qualche parola. Intanto i giornalisti ne approfittarono per scattare foto a centinaia. Quella che apparve sulla copertina di *Life*, la settimana successiva, rappresentava Desmond che varcava la soglia della sua casa con Cassie tra le braccia.

Ma da quel momento in poi la luna di miele poté considerarsi finita per Cassie. Erano rimasti lontani dalla città per due settimane idilliache, ma già la mattina successiva al loro ritorno, Desmond la svegliò alle tre. E per le quattro era ad addestrarsi a bordo del *North Star*!

Il programma di lavoro era massacrante. Con Billy furono costretti a ripetere tutto quello che poteva essere previsto – anche i disastri più imprevedibili – per il futuro viaggio, non una sola, ma migliaia di volte. Impararono a simulare ogni difficoltà possibile e immaginabile, a decollare e ad atterrare con un motore solo, poi con due, a volare con tutti e due i motori spenti, e a esercitarsi in atterraggi su piste impraticabili, in mezzo ai più violenti venti di traverso. Impararono anche a simulare atterraggi in condizioni di qualsiasi genere, che variavano dal «difficile» al «quasi impossibile». E anche il volo simulato su lunghe distanze, per ore e ore di seguito. Non appena si ritrovavano a terra, eccoli chini su diagrammi, carte aeronautiche e meteorologiche, tabelle di indicazioni sui rifornimenti di carburante. Poi c'erano le riunioni con i disegnatori, gli ingegneri e i tecnici, e gli incontri con i meccanici in modo da imparare come eseguire le riparazioni in caso di avaria. Billy cominciò a passare ore e ore alle prese con l'attrezzatura radio e Cassie, su un Link Trainer, a esercitarsi nel volo puramente strumentale, il volo cieco, in tutte le condizioni.

Con Billy imparò a volare affrontando ogni evento e a volare bene. Costituivano uno splendido team. Verso aprile erano già in grado di eseguire acrobazie tali che avrebbero lasciato senza fiato gli spettatori di qualsiasi raduno aeronautico. Trascorrevano insieme, ogni giorno, quattordici ore. Desmond accompagnava Cassie al lavoro alle quattro del mattino, e l'andava a prendere alle sei esatte di sera. Arrivati a casa, Cassie faceva un bagno e poi cenavano rapidamente. Subito Desmond si ritirava nel suo studio con una cartella piena di appunti e progetti per il viaggio e adesso anche di richieste per i visti consolari necessari. Inoltre era occupatissimo a organizzare il trasporto del carburante in ciascuna delle località dove si sarebbero fermati, oltre a seguire le trattative per i contratti editoriali relativi a libri e articoli da scrivere dopo il viaggio. In genere portava a casa anche tutta una serie di appunti e di documenti - che Cassie doveva esaminare - sulle condizioni meteorologiche nel mondo, sui nuovi e più importanti sviluppi nel campo dell'aviazione oppure su aree e luoghi in cui avrebbero dovuto stare particolarmente all'erta durante il viaggio, data l'estrema delicatezza della situazione mondiale. Era un po' come fare i compiti di scuola ogni sera e, dopo una lunga giornata di volo, raramente Cassie era dell'umore più adatto per affrontarli. Le sarebbe piaciuto uscire a cena con Desmond, di tanto in tanto, oppure andare a un cinema. Era una ragazza di ventun anni e lui la trattava come un robot. Le uniche volte in cui andavano fuori era per presenziare a riunioni mondane importanti dove, secondo Desmond, sarebbe stato utile che Cassie si facesse vedere.

«Non potremmo anche fare qualcosa che non riguardi sempre e soltanto il viaggio?» si lamentò lei una sera, quando Desmond, dopo averle portato a casa un fascio di carte particolarmente consistente, si affrettò anche a ricordarle che esigevano la sua immediata attenzione.

«Adesso no. Potrai divertirti l'inverno prossimo, a meno che tu non abbia in mente qualche altro record da stabilire o da battere. Fino a quel momento dovrai soltanto dedicarti agli affari», disse Desmond in tono fermo.

«Ma... se non facciamo altro?» piagnucolò lei, e suo marito la guardò con aria di disapprovazione.

«Ti piacerebbe finire come lo *Star of the Pleiades*?» le domandò Desmond in collera. Era l'aereo della Earhart e a volte Cassie si sentiva cogliere dalla nausea al solo sentirlo nominare.

Allora gli tolse il fascio di carte dalle mani, salì al piano di sopra e si richiuse con un tonfo la porta del suo studio alle spalle. Più tardi si scusò con Desmond che, come sempre, si mostrò molto comprensivo.

«Voglio che tu sia preparata, Cassie, in modo che non succedano guai.» D'altra parte esistevano elementi imponderabili, lo sapevano benissimo tutti e due, sui quali Desmond non aveva poteri: uragani, burrasche, problemi con il motore. Però fino a quel momento aveva pensato a ogni cosa, nei minimi particolari.

Perfino Pat rimase impressionato da tutto quello che la figlia gli raccontava di quei preparativi. Desmond era un genio per la pianificazione e la precisione. E lo era ancora di più per quello che riguardava le pubbliche relazioni. Anche se diventava un despota quando c'era di mezzo il suo grande progetto, in fondo si comportava così solo perché aveva in mente la sicurezza di Cassie. Non voleva che corresse rischi.

Poi, come ricompensa per quel duro lavoro, Desmond la condusse a San Francisco per un romantico fine settimana nella seconda metà di aprile. Cassie cercò di goderselo, anche se, durante il loro soggiorno, Desmond riuscì a organizzarle ben tre interviste!

In maggio il battage pubblicitario raggiunse il culmine. Adesso c'erano conferenze stampa ogni settimana, nonché metri e metri di pellicola nei cinegiornali e nei documentari dedicati a Cassie e alla sua impresa. Lei e Billy erano ovunque, alla radio come nei club femminili. Sponsorizzazioni e pose per i fotografi erano all'ordine del giorno. A volte Cassie provava la sensazione di non avere quasi più una vita privata e in fondo era la verità. Più si avvicinava la data fatidica, minore era il tempo che poteva trascorrere con Desmond. A volte, la sera, lui si recava nel suo club per qualche ora, più che altro per rilassarsi. E da maggio in poi gli capitò sempre più spesso di addormentarsi nel suo studio mentre leggeva carte e documentazioni.

Cassie era talmente nauseata da tutto questo che Desmond le suggerì di tornare a casa per un fine settimana, in maggio, per avere un po' di tregua, e lei ne fu felice. Era contenta di potersi riposare e di rivedere i genitori, anche se ciò avrebbe significato rinunciare a trascorrere con Desmond il giorno del suo compleanno, ma lui le regalò uno stupendo braccialetto di zaffiri prima che partisse e le spiegò che sarebbero sempre rimasti insieme almeno per i cinquanta compleanni successivi! Ma per Cassie fu molto triste perdere la possibilità di festeggiare insieme questo. D'altra parte era troppo tesa, ormai, per poterselo godere completamente. Inoltre, fra lei e Desmond sembrava che si fosse aperto un abisso invalicabile in quegli ultimi giorni... Lui non aveva in mente altro che il famoso viaggio.

Era assurdo: stava per compiere ventidue anni ed era sposata con uno degli uomini più importanti del mondo. Lei stessa era una delle donne più famose, eppure si sentiva inquieta e malcontenta. Desmond non faceva che parlare del viaggio, tutto quello che voleva era leggere gli articoli che ne parlavano, non desiderava altro che vederla posare per le fotografie dei giornalisti e farle passare quindici ore al giorno in volo. Nella vita c'era ben altro! O perlomeno questo pensava Cassie... A volte sembrava che Desmond non si accorgesse nemmeno se lei esisteva o no. O se era viva. In un certo senso non lo era più. Perché nella loro esistenza non c'era più nulla di romantico. C'erano soltanto il viaggio e l'impegno dei preparativi.

« Accidenti, che cosa possiamo fare ancora di più di quello che stiamo facendo? Siamo in aereo continuamente! » si lamentò Cassie con Billy durante il viaggio. Anche lui aveva deciso di accompagnarla per quel lungo fine settimana. « Ti giuro che, a volte, mi pare di cominciare a odiarlo. »

« Ti sentirai subito meglio quando saremo partiti, Cass. Adesso la cosa più insopportabile è proprio l'attesa. » Al viaggio mancavano solo cinque settimane ed entrambi cominciavano a sentirsi sotto pressione. E come se questo non bastasse, benché fosse sposata da tre mesi e mezzo le pareva di non aver raggiunto una intimità maggiore con Desmond. Le loro notti insieme non avevano più niente di eccitante e romantico. Non poteva più farsi illusioni in proposito, rifletté tra sé mentre proseguivano nel loro volo verso est, anche se si guardò bene dal parlarne con Billy.

Preferì invece parlare delle conferenze stampa che Desmond aveva già organizzato sia a Los Angeles sia a New York. E poi a Chicago, per un'intervista, dopo quel fine settimana. Ma fino a quel momento Cassie non aveva ancora accettato di andarci.

« È estenuante, non trovi? » sorrise a Billy quando si trovarono a metà strada. Era felice di andare a casa. Aveva un gran bisogno di rivedere i genitori.

« Secondo me ci renderemo conto poi che ne valeva la pena », riprese Billy, cercando di farle coraggio, e Cassie si strinse nelle spalle, sentendosi un po' più incoraggiata.

« È quello che mi auguro. »

Continuarono il volo in silenzio per un po' mentre Billy la guardava di sottecchi. In quegli ultimi tempi Cassie aveva un'aria particolarmente stanca e triste. Probabilmente le pressioni cui era sottoposta cominciavano a farsi sentire, a pesarle. Con lui la stampa era molto meno esigente. Cassie, invece, sembrava una preda per i giornalisti e persino Desmond non alzava un dito per proteggerla. Al contrario, ne sembrava soddisfatto.

« Tutto bene, Cass? Come ti senti? » le domandò Billy dopo un po'. Per lui era una specie di sorellina, o la migliore amica. Adesso passavano intere giornate insieme e non c'era mai stata una discussione né un battibecco fra loro. Cassie sarebbe stata la compagna perfetta per quel giro del Pacifico e Billy fu più contento che mai di parteciparvi.

« Certo... sto benone... mi sento già meglio di prima. È una gran bella cosa andare a casa e rivedere tutti! »

Billy annuì. La settimana prima era andato a San Francisco a trovare suo padre, che era molto orgoglioso di lui. E quindi capiva quanta importanza la famiglia avesse anche per Cassie. In quel preciso momento aveva bisogno di loro, proprio come lui aveva avuto bisogno di rivedere suo padre. A un tratto decise di farle una domanda che prima non si era mai azzardato a fare. Anche perché adesso Cassie sembrava molto più serena e rilassata.

« Non hai più avuto notizie di Nick? » le domandò con tono indifferente. Cassie rimase con gli occhi fissi sulle nuvole e poi scrollò lentamente la testa.

« No, niente. Voleva che ci considerassimo liberi tutti e due. E credo che abbia ottenuto quello che voleva. »

« Lo sa? » le domandò Billy a bassa voce, dispiaciuto che le cose non fossero andate nel giusto verso per loro. Nick era un uomo in gamba, un tipo straordinario, e Billy era sicuro che Cassie doveva volergli un bene dell'anima. Come se fossero fatti l'uno per l'altro.

« Di Desmond? » gli stava domandando Cassie, e lui annuì. « No. Dal momento che non voleva che ci scrivessimo, ho pensato che in un modo o nell'altro avrebbe finito ugualmente per saperlo. Io non avevo nessuna voglia di scrivergli per raccontarglielo, te lo garantisco! » Soprattutto non voleva scrivergli e dargli una notizia del genere perché temeva ne andasse di mezzo il suo equilibrio psichico e la sua lucidità mentale. Cose del genere potevano turbare al punto di farti commettere un errore fatale, e lei non voleva che succedesse niente di simile a Nick. « Ormai lo avrà saputo. A ogni modo sono al corrente del fatto che scrive a mio padre di tanto in tanto. » Ma non aveva mai domandato a Pat se avesse pensato a comunicargli la notizia. Comunque, soffriva troppo e si sforzò di accantonare quel pensiero mentre volavano sul Kansas.

All'aeroporto, mentre toccavano terra nell'Illinois, c'era già la stampa locale schierata ad aspettarli. Avevano passato tutta la giornata in attesa di vederli arrivare e Cassie si rese conto che non ci sarebbe più stata pace per lei... perlomeno non l'avrebbe più avuta fin dopo il grande viaggio. Ormai era talmente vicino!

Ma fece tutto quello che Desmond voleva sempre da lei: si concesse alla loro curiosità a lungo, lasciò che la fotografassero fino a stancarsi e accontentò tutti rispondendo a una serie di domande... Poi, però, annunciò che a quel punto ne aveva abbastanza, considerava finita la giornata ed era ansiosa di raggiungere sua madre a casa.

All'aeroporto aveva trovato Pat ad aspettarla. E aveva posato per una serie di fotografie con lei e con Billy. Quando finalmente i fotografi se ne andarono, Cassie si lasciò sfuggire un sospiro di sollievo. Mentre buttavano le sacche sul furgone notò che Pat la guardava con un lungo e lento sorriso. Ma fin dal primo momento si era accorta che non aveva un bell'aspetto.

« Come stai, papà? Tutto bene? » Aveva un colorito grigio, e sembrava affaticato, e questo la preoccupò. Poi pensò che forse era convalescente dopo un'influenza. Sapeva che Oona si era ammalata al loro ritorno dalla California. E lavorava troppo per un uomo della sua età! Anzi, ancora più di prima adesso che Nick se n'era andato, e che se n'erano andati lei e Billy... e Chris. Ormai doveva contare unicamente su dipendenti salariati e sui soliti equipaggi che non rimanevano mai fissi in un posto, ma giravano in continuazione da un aeroporto all'altro.

« Sto bene », le rispose Pat, ma in tono poco convinto. Poi le lanciò un'occhiata ansiosa. Oona gli aveva detto che sarebbe stato meglio avvertire Cassie per telefono, ma lui non sapeva come affrontare l'argomento. D'altra parte adesso bisognava che lo sapesse. Non aveva detto niente nemmeno a Nick. E, cosa ancora più stupefacente, nessun altro aveva aperto bocca. Del resto Nick era arrivato solo la sera prima.

« Qualcosa non va? » chiese Cassie, alla quale quell'esitazione non era sfuggita. Billy, invece, non si era accorto di niente, tanto era assorto a contemplare il paesaggio familiare che scorreva veloce fuori del finestrino.

« C'è Nick », disse Pat, tutto d'un fiato, guardando dritto davanti a sé.

« Davvero? E dove sta? » gli domandò Cassie, a disagio.

« A casa sua. Ma immagino che presto o tardi verrà da noi. Così ho pensato che era meglio avvertirti. »

« Lo sapeva che sarei arrivata? » Pat fece cenno di no con la testa. Billy la fissava turbato. Aveva appreso anche lui, in quel momento, la notizia e si augurava che Cassie non ne fosse rimasta troppo sconvolta.

« Non ancora. È arrivato soltanto ieri sera. Si ferma pochi giorni. Non ho avuto occasione di parlargliene. » Cassie non ebbe il coraggio di domandargli se gli avesse almeno detto che si era sposata.

Non aprì più bocca e pochi minuti più tardi era tra le braccia di sua madre. Billy portò in casa i bagagli, e Pat lo accompagnò nella camera di Chris. Tutto era rimasto come prima lì, e quando vi entrò Cassie provò una stretta al cuore. Sembrava che Chris dovesse tornare a casa da un momento all'altro.

Lei tornò a occupare la sua antica camera da letto. Oona aveva già la cena pronta, un pasto caldo e semplice, con tutti i piatti preferiti di Cassie: pollo fritto, pannocchie di granturco tenero da sgranocchiare e purè di patate.

« Se vivessi qui, diventerei obesa », osservò Cassie, allegra, fra un boccone e l'altro.

« Anch'io », e Billy rise felicemente. Oona non nascondeva la sua soddisfazione.

« Invece sei dimagrita », ribatté subito con aria di rimprovero scrutando sua figlia, corrucciata. Ma Billy fu pronto a fornire spiegazioni.

« Abbiamo lavorato sodo, signora O'Malley. Voli di collaudo per quindici ore al giorno. Voli su lunghe distanze attraverso tutto il paese... stiamo facendo prove di ogni genere, tutte quelle possibili, prima di luglio. »

« Mi fa piacere saperlo », commentò Pat.

Poi, mentre Oona sparecchiava preparandosi a servire la crostata di mele con il gelato di vaniglia, una sua specialità, sentirono un rumore di passi sulla veranda. Cassie sentì il cuore in gola. Aveva gli occhi abbassati sul piatto, ma si impose con uno sforzo di rialzarli per guardarlo mentre entrava. Non voleva vederlo, ma sapeva di doverlo fare. E quando lo guardò si sentì mozzare il respiro. Era più bello che mai, con quei capelli neri, i luminosi occhi azzurri e una splendida abbronzatura. Trasalì, trovandoselo di fronte, e poi arrossì violentemente. Nessuno si era mosso, nessuno aveva detto una parola. Come se tutti sapessero quello che stava per succedere.

« Vi do fastidio? Ho interrotto qualcosa? » domandò Nick imbarazzato. Pareva avvertisse la tensione che si era creata nella stanza, come se si trattasse di una nuova, invisibile presenza. Poi vide Billy. « Salve, ragazzo. Come te la passi? » Si fece avanti e girò intorno al tavolo per stringergli la mano. Billy si alzò in piedi, con un sorriso sulla faccia lentigginosa, chiaramente felice di rivederlo.

« Va tutto benone. Che cosa mi racconti di te, Cloche? »

« Comincio ad ambientarmi. Sto imparando addirittura il modo di parlare degli inglesi! » Poi, ed era inevitabile, la vide e i loro sguardi si incrociarono. Gli occhi di Cassie rivelavano un'infinita tristezza, quelli di Nick erano pieni di stupore. Aveva sentito la sua mancanza più di quanto volesse ammettere. «Ciao, Cass», disse piano. «Hai un aspetto splendido. Ti stai preparando al gran viaggio, suppongo.» L'ultimo cinegiornale che aveva visto ne aveva infatti parlato, ma ormai risaliva a cinque mesi prima. Erano un po' in arretrato laggiù, a Hornchurch, e per evidenti motivi. In quell'ultimo anno Nick non aveva fatto altro che volare, senza un attimo di respiro. E aveva anche recuperato cadaveri di donne e bambini dai caseggiati in fiamme di Londra. Una gran brutta guerra, ma almeno aveva l'impressione di rendersi utile. Meglio che starsene lì seduto, a ripulirsi con uno stecchino i denti dai granelli di mais e ad aspettare di partire per un servizio postale nel Minnesota.

Oona gli offrì il dessert e lui prese posto come gli altri intorno al tavolo. Si sentiva un po' a disagio. Aveva la sensazione che con il suo arrivo l'atmosfera fosse cambiata e che tutti, dal primo all'ultimo, si sentissero in imbarazzo di fronte a lui. Ma forse se lo immaginava semplicemente! Cercò comunque di chiacchierare affabilmente con Billy e Pat. Cassie taceva. Poi si alzò per andare in cucina ad aiutare sua madre. Ma un certo momento fu costretta a tornare indietro, per mangiare insieme agli altri il dessert. Non riuscì neppure a toccare la fetta di crostata di mele che aveva davanti, benché fosse il suo dolce preferito. Pat capiva quel che Cassie doveva provare. Come Billy. Nick, invece, era lontano mille miglia dall'immaginarlo. Terminato il dolce, si accese una sigaretta, si alzò in piedi e si stiracchiò. Era dimagrito molto e aveva un'aria giovanile, forte, scattante e piena di salute.

«Vieni a fare due passi?» le domandò con aria disinvolta, quasi indifferente. In realtà non si sentiva affatto indifferente o tranquillo. Aveva capito che qualcosa non andava e voleva parlarne a Cassie a quattr'occhi. Per un momento si domandò con terrore se si fosse innamorata di Billy. Ormai era quasi un anno che mancava da casa; infatti non era più tornato dopo la morte di Chris. Ed era proprio un curioso scherzo del destino che il suo ritorno coincidesse con una delle visite di Cassie. Era però felice di vederla, come sempre. Anzi era più che felice. Moriva dalla voglia di baciarla, ma lei si mostrava scostante, distaccata. Lo faceva volutamente, e Nick lo capiva benissimo. Pensò che fosse ancora in collera con lui. Si era imposto di non scriverle durante tutto quel tempo. Non voleva illuderla, non voleva che la loro storia continuasse.

« Qualcosa non va, Cass? » si decise alla fine a domandarle, quando furono arrivati al torrente che correva lungo in confine della proprietà di Pat. Fino a quel momento Cassie non aveva aperto bocca.

« Non proprio », gli rispose sottovoce, cercando di evitare i suoi occhi. Ma poi non poté più resistere. Non riusciva a staccare lo sguardo da Nick. Indipendentemente da tutto quello che si era ripetuta durante quell'anno, che era pronta ad andare avanti, che ci teneva a essere vicina a Desmond, perché capiva quanto avesse bisogno di lei, adesso si rendeva conto, e senza ombra di dubbio, di essere sempre innamorata di Nick. Che lui ricambiasse o no quell'amore. Ecco come stavano le cose fra loro. Però non avrebbe mai tradito Desmond. Le tornarono alla mente le parole di suo padre quando gli aveva detto che voleva sposare Desmond. E adesso avrebbe onorato l'impegno assunto sposandolo, a ogni costo. A costo di morirne. E non era neppure escluso che ne morisse, pensò mentre tornava ad alzare gli occhi verso di lui. Adesso se ne rendeva conto. Perché le bastò guardarlo per sentire una stretta al cuore.

« Che cosa c'è, tesoro? Con me puoi parlare... di qualsiasi cosa si tratti. Siamo vecchi amici, almeno questo concedimelo! » Sedette accanto a lei su un vecchio tronco e le prese una mano, stringendogliela. Poi abbassò gli occhi... e lo vide. Il sottile cerchio d'oro al dito della mano sinistra. Questa volta Cassie non aveva messo l'anello di fidanzamento, ma soltanto la fede. Gli occhi di Nick cercarono i suoi. Fece cenno di sì con la testa. « Sei *sposata*? » le chiese con l'aria di chi ha ricevuto uno schiaffo in piena faccia.

« Sì », rispose lei con tristezza, provando la terribile sensazione di averlo tradito a dispetto di tutte le spiegazioni che si era data e del fatto che lui le aveva raccomandato di andare dritta per la sua strada. Avrebbe potuto aspettare. Invece, no. « Mi sono sposata tre mesi fa... te lo avrei detto... ma tu non scrivevi mai, in ogni caso... non sapevo come dirlo... » Scoppiò in lacrime e aveva la voce venata da un tremito.

« Con chi?... » Billy era apparso a disagio con lei, ed erano tornati a casa insieme. Nick aveva sempre pensato che fossero adatti l'uno all'alta. E per di più Billy aveva anche l'età giusta. Era quello che avrebbe desiderato per Cassie... ma quanto lo faceva soffrire! Soffriva atrocemente. Solo a pensarlo... si sentì salire le lacrime agli occhi. « Billy? » domandò con voce strozzata, cercando di assumere un'espressione distaccata. Ma lei rise fra le lacrime, sottraendogli piano piano la mano che continuava a stringerle.

« No, figurati! » Esitò ancora, a lungo, senza guardarlo. Ma poi, alla fine, si voltò verso di lui. Doveva dirglielo: « Desmond ».

Nella calda aria notturna il silenzio si prolungò interminabilmente; poi, con un grido straziante, di dolore, Nick le dimostrò di aver capito. « Desmond *Williams*? » Come se potessero esserci dieci altre persone con lo stesso nome di battesimo. La fissò stravolto e offeso, mentre Cassie annuiva. « Per amor di Dio, Cassie... come hai potuto essere tanto sciocca? Te lo avevo detto, vero? Perché diavolo credi che ti abbia sposato? »

« Perché ha bisogno di me, Nick », rispose lei in tono vagamente infastidito. « Ha bisogno di me. Mi ama, a modo suo. » Benché sapesse meglio di chiunque altro che, per la maggior parte del tempo, nella vita di Desmond non c'era posto per nient'altro che non fossero aeroplani e incartamenti d'affari.

« Quello ha bisogno soltanto di un direttore di volo e di una schiera di giornalisti, e lo sai benissimo! In quest'ultimo anno non ho visto un cinegiornale che non fosse vecchio di almeno cinque mesi, ma ci scommetto che ti ha sposato per sfruttarti fino al midollo, per succhiarti viva, e adesso passi più tempo a posare per quei fotografi di quanto non faccia Greta Garbo. »

« Mancano cinque settimane al viaggio, Nick. Che cosa ti aspetti? »

« Mi aspettavo che avessi un poco più di cervello, che lo giudicassi per quello che è. È un ciarlatano, abilissimo nel menare per il naso la gente... E io te l'ho detto fin dal giorno in cui l'ho conosciuto. Ti userà fino a quando ti avrà succhiato viva, te lo ripeto, o ti farà volare fino a quando non cadrai morta di stanchezza o andrai a schiantarti contro un albero, chissà dove, pilotando una di quelle sue macchine infernali, troppo potenti per le tue forze. A lui interessa una cosa sola: la pubblicità a quella sua stramaledetta società che fabbrica aeroplani. Quell'uomo è una macchina, è un genio pubblicitario, tutto qui. Mi vuoi forse dire che lo ami? » Adesso era furibondo e gridava, se la prendeva con lei. Cassie sussultò vedendolo in preda all'ira, a coprire di calunnie e di insulti suo marito.

« Sì, lo amo. E lui ama me. Pensa constantemente a me. E si prende cura di... certo, gli interessano i suoi aeroplani e il viaggio, ma sta facendo assolutamente tutto l'indispensabile per proteggere me! »

« Per esempio? Ti manda in quel viaggio con macchine fotografiche impermeabili e una équipe di cineoperatori subacquei? Su, Cassie, smettila di illuderti! Vuoi forse dirmi che non ha fatto una pubblicità più che clamorosa al vostro matrimonio? Io non ne so niente, non ho visto niente, ma sono pronto a scommettere che c'erano anche loro. E sono anche pronto a scommettere che hai lanciato il tuo bouquet proprio verso le macchine fotografiche. »

« Be', e con questo...? » Nick era andato più vicino alla verità di quanto immaginasse, ma Desmond non faceva che ripeterle di collaborare, di essere paziente, che la stampa rappresentava qualcosa di importante nella loro vita, per il suo viaggio. D'altra parte era sicura che Desmond non l'avesse sposata per quello. Era ignobile e disgustoso quello che Nick stava dicendo, e Cassie si infuriò. Che diritto aveva, lui, di fare tutte quelle critiche? Ma se non le aveva mai scritto neppure una riga! « E a te, che cosa importa? » gli gridò di rimando. « Non mi hai voluto. Non volevi sposarmi e neppure scrivermi, o tornare a casa da me e nemmeno offrirmi qualche speranza, se fossi tornato dalla guerra. Tutto quello che vuoi è recitare il ruolo dell'asso combattendo nel cielo, a distanza ravvicinata con il nemico di qualcun altro. Non il tuo. Benissimo, fa' pure, caro pilota dei miei stivali! Non mi volevi e me l'hai detto. Volevi semplicemente accarezzarmi e sbaciucchiarmi, stare con me fintanto che eri qui; e poi andartene a vivere la tua vita. Bene, fa' pure. Ma vivere la vita è un diritto anche per me. Così ho fatto. »

« No, proprio per niente! » ribatté Nick inasprito. « Tu hai soltanto fatto qualcosa che è nato dalla tua immaginazione. Non appena il viaggio sarà finito, non appena lui non avrà più bisogno di illusioni con cui alimentare la curiosità della stampa, ti scaricherà... e talmente in fretta da farti girare la testa. Oppure può darsi che continui a tenerti con sé, ma finirà per ignorarti. » Era già quello che Desmond stava facendo, anche se Cassie era convinta che fosse semplicemente il risultato del troppo lavoro di quel caotico periodo. Desiderava con tutto il cuore che Nick si sbagliasse. Tutto quello che aveva detto era ingiusto. Semplicemente non sapeva perdere ed era in collera. Poi Nick riuscì a peggiorare ancora di più la situazione accostandosi a lei di un altro passo. Avrebbe voluto sollevarla con uno strattone dal tronco sul quale sedevano, e stringerla tra le braccia... ma si trattenne dal farlo solo perché la rispettava profondamente. « Ho sentito dire che ha, accuratamente nascoste qua e là, almeno una mezza dozzina di amanti, Cass. Nessuno te ne ha ancora parlato oppure ci sei arrivata da sola? » ghignò con cattiveria. Ma a guardarlo si sarebbe detto che ci credesse veramente.

« Che ridicolaggini! E poi, tu come fai a saperlo? »

« Sono voci che corrono. Non è per niente quel santo che finge di essere, e neppure il marito che credi », proseguì lui, avvilito. Adesso si pentiva di non averla sposata; d'altra parte, al momento della partenza gli era sembrata la cosa sbagliata da fare. E lo era ancora. Tuttavia era un errore anche il matrimonio con Desmond. «Quel tizio è un bastardo, Cass. Probabilmente non ti ama nemmeno. Affronta la realtà! È semplicemente un abile uomo di spettacolo, e un truffatore. Tu non lo hai sposato. Ti sei semplicemente unita a quella specie di circo che lui dirige.» E Cassie, ascoltando quello che Nick diceva sul conto di Desmond, si spaventò talmente da provare un solo desiderio, quello di allungargli un sonoro ceffone per chiudergli la bocca. Sollevò il braccio per colpirlo con tutta la sua forza... ma Nick fu più rapido di lei. Glielo afferrò e glielo fece ripiegare dietro la schiena... e poi non riuscì più a dominarsi. La baciò con un impeto e una passione così forti come mai aveva fatto. Ma adesso lei non era più una ragazzina, era una donna. E quasi senza rendersene conto Cassie si trovò a non respingerlo, ma accettò quel bacio e lo ricambiò, tanto che per alcuni attimi, che parvero senza fine, rimasero aggrappati l'uno all'altro, abbandonandosi a una passione senza freni. Fu Cassie che alla fine si ritrasse. Aveva le guance rigate di lacrime. Odiava tutto ciò che stava succedendo a lei e a Nick, odiava se stessa per quello che gli aveva fatto... eppure, solo poco tempo prima le era sembrava la cosa giusta sposare Desmond! Forse si era sbagliata.

Ma il problema non era questo, adesso. Il problema era Nick e quello cui non avevano più diritto, né l'uno né l'altro.

«Cassie, ti amo», mormorò Nick ansante continuando a stringerla tra le braccia. Ma non la baciò. «Ti ho sempre amato e ti amerò sempre. Non volevo rovinare la tua vita, ma non ho mai pensato che tu potessi commettere un'azione tanto stupida... Ero convinto che avresti finito per metterti con Billy.» Lei rise a quell'idea, tornò a sedersi di fianco a Nick sul vecchio tronco e cominciò a pensare al terribile pasticcio che aveva combinato. Innamorata di due uomini... o forse di uno soltanto... in ogni caso ossessionata da uno e sposata all'altro.

«Sposare Billy sarebbe stato come sposare Chris», rise con una punta di tristezza nella voce.

«Ed essere sposata con *lui*?» le domandò Nick. Adesso voleva saperlo.

« È molto serio », sospirò Cassie. « In questo periodo dedica tutte le sue energie al mio viaggio. Credo che lo faccia per me. Non so, Nick... ho pensato di fare la cosa giusta. Forse ho commesso un errore. La verità è che non lo so. »

« Annulla il viaggio », insistette Nick. « Chiedi il divorzio. » Si stava lasciando prendere dal pancio. Era pronto a fare qualsiasi cosa. L'avrebbe sposata, se era quello che Cassie voleva. Ma ogni fibra del suo essere gli diceva che lei, in quel momento, correva un terribile pericolo.

« Non posso, Nick », gli rispose Cassie, che aveva un forte senso dell'onore. « Non sarebbe onesto. Mi ha sposato in buona fede. Non posso piantarlo in asso e andarmene. Adesso gli devo troppo. Ha impegnato talmente tanto in questo viaggio, ha investito talmente tanto, e non parlo solo dell'aereo... »

« Non sei ancora pronta a farlo. »

Invece sì, era prontissima. E lo sapeva. « Sì, sono pronta. »

« E non lo ami. » A un tratto Nick le parve così giovane e così vulnerabile! Cassie si pentì di non averlo aspettato, anche se ormai non aveva più senso.

« Non sono innamorata di lui. Non lo sono mai stata. E lui lo sapeva. Gli ho parlato di te, e lui lo ha accettato. Però gli voglio bene. È stato troppo buono con me per non volergli bene. Non posso piantarlo in asso, non posso deluderlo ora, Nick. »

« E dopo? Dopo, come andrà a finire? Rimarrai legata a lui per sempre? »

« Non lo so, Nick. Non ci sono risposte facili. »

« Se tu lo vuoi, diventano facili », insistette lui.

« È proprio quello che ti ho detto due anni fa, Nick, prima che te ne andassi. E nemmeno tu mi hai voluto ascoltare. »

« A volte le cose sembrano più complicate di quanto siano in realtà. Siamo noi a renderle tali. E non dovremmo », obiettò lui saggiamente.

« L'ho sposato, Nick, nel bene e nel male. Che io lo ami o no. Non posso abbandonarlo semplicemente perché sei tu che me lo vieni a dire. »

«Forse no», ribatté Nick, «ma un giorno sarà lui ad abbandonarti, dal punto di vista dei sentimenti e del vostro rapporto di lavoro, quando tutto sarà finito. Per lui quello che conta è la pubblicità. Vedrai, Cass. Me lo sento.»

«Può darsi. Ma fino a quel giorno gli devo qualcosa. E non ho intenzione di venir meno alla parola data. E nemmeno di tradirlo. È mio marito. Merita molto di meglio e molto di più di quello che noi due potremmo fare: macchiare il suo onore, coprirlo di fango... Questo non lo permetterò mai.»

Nick la guardò a lungo, poi sembrò che si ripiegasse su se stesso, con le spalle curve, come se fosse stato colpito in pieno petto dalla violenza delle sue parole. «Sei una brava figliola, Cass. E lui è un uomo fortunato. Credo di essere stato un imbecille, fin dal principio. Ero convinto di essere troppo vecchio per te... e troppo povero... e troppo stupido. In parte, a ogni modo, avevo ragione.» Poi non seppe rinunciare a un colpo basso: «Che impressione fa essere sposata con uno degli uomini più ricchi del mondo?»

«Nessuna differenza dall'impressione che farebbe se adesso fossi sposata con te», ribatté Cassie pronta. «Siete entrambi bambini viziati che vogliono solo quello che fa comodo a loro. Magari sono così tutti gli uomini, ricchi e poveri», riprese, cercando di incrociare il suo sguardo. E Nick rise. Cassie non aveva perso il suo spirito.

«*Touché*. Vorrei poter essere felice per te, Cass, ma non ci riesco.»

«Provaci. Non abbiamo altra alternativa.» Si rendeva conto di dover vivere, ormai, con la scelta che aveva fatto. E tener fede ai propri impegni. Per il bene di tutti. Era una donna d'onore. Nick annuì e, dopo un po', tornarono indietro camminando lentamente, la mano nella mano, nella notte stellata. Lui aveva capito quanto fosse stato sciocco, ma aveva preso determinate decisioni nei confronti di Cassie.... e adesso lei si era sposata! Pat aveva avuto ragione. Le aveva lasciato tutta la sua libertà, e lei aveva scelto un altro. Ma Desmond Williams... gli ripugnava tutto quanto sapeva sul suo conto. Ed era perfettamente convinto, se lo sentiva nelle ossa... che quell'uomo stava approfittandosi vergognosamente di Cassie. Quanto a lei, era troppo giovane e troppo ingenua per capirlo. Ma lui, Nick, aveva quarant'anni e poteva leggere nel pensiero di Desmond come leggeva la prima pagina del *New York Times*. E, fino a quel momento, nessuno dei titoli che vi erano stampati gli piaceva.

Cassie gli augurò la buona notte quando arrivarono sulla veranda, e non si baciarono più. Fu solo dopo che lei fu rientrata in casa che Nick si accorse del suo vecchio amico, seduto in silenzio su una poltrona.

« Che cosa stai facendo, Asso? Mi tieni d'occhio? » gli domandò Nick con un sorriso stanco e si lasciò cadere su una seggiola vicino a lui.

« Precisamente. Ho già detto mesi fa a Cassie che non le permetterò di rovinare il suo matrimonio. »

« Non lo farà. È una brava ragazza. Lo stupido sono io. Avevi ragione, Pat. »

« Proprio quello che mi faceva paura. » Poi, in nome di quel legame che esiste sempre fra tutti gli uomini, volle essere onesto con quel ragazzo che era stato il suo protetto in un'altra guerra, un quarto di secolo prima. « Il peggio, in tutto questo, è che Cassie continua ad amarti. Lo vedi anche tu. Credi che sia contenta con lui? » gli domandò Pat con aria complice.

« Non credo. Però è convinta di dovergli tutto. »

« Gli deve molto, Nick. Questo è innegabile. »

« E se le succede qualcosa, se rimane ferita? » Nick preferì non pronunciare la parola « uccisa », parlando con Pat. Ma poteva accadere, lo sapevano entrambi. « Che cosa gli dobbiamo, a questo punto? »

« È il rischio che corriamo tutti, Nick. Lo sai. Lei sa quello che vuole e sa quello che sta facendo. L'unica cosa di cui non è per niente sicura, sei tu. »

« Neanch'io. Ancora adesso insisterei nel non volerla sposare. Non voglio fare di lei una vedova! » Scoppiò in una risata priva di allegria. « Credevo di essere troppo vecchio per lei, ma... accidenti!... anche Williams è quasi vecchio come me! »

« Siamo tutti sciocchi. C'è mancato poco che anch'io rinunciassi a sposare Oona, trentadue anni fa. Ero convinto di non essere alla sua altezza, era troppo buona per me... è stata mia madre a dirmi che ero un bel matto. È stata lei a dirmi di non perdere tempo e di andare subito al sodo. Ho avuto ragione. Oona era troppo buona per me... e non la meritavo... però voglio un bene dell'anima alla mia vecchia... ancora oggi. E ti giuro che non me ne sono mai pentito, neppure un solo giorno in tutti gli anni del nostro matrimonio.» Era più di quanto avesse mai confessato perfino a Oona stessa, ma quel consiglio arrivava troppo tardi per Nick. Ma se Nick aveva ragione sul conto di Desmond ritenendo che, una volta sfruttata Cassie, se ne sarebbe liberato, chissà che lei, un giorno, non si ritrovasse di nuovo libera. Era difficile dirlo al momento.

Rimasero seduti sulla veranda e chiacchierarono a lungo. Poi, quando si alzarono per andare a letto, Nick si accorse che Pat aveva il respiro un po' affannoso. E ciò lo preoccupò. « Sei stato malato, Asso? »

« ... niente di grave... un po' di influenza, una tossettina... sto diventando grasso. Oona cucina troppo bene. E a volte mi manca un po' il fiato. Niente di grave. »

« Cerca di non stancarti », gli raccomandò Nick.

« Cerca di non stancarti tu! Bei consigli dai agli altri! » ribatté Pat con una risata. « Sempre in cielo ad abbattere quei tedescacci tutto il santo giorno! A me sembra che tu abbia molto più di cui preoccuparti che non io. »

Nick annuì. Era contento di quello che Pat gli aveva detto sul conto di Cassie. « 'Notte, Asso. Ci vediamo domani. »

Nick tornò alla sua decrepita casetta, dove un velo di polvere copriva ogni cosa. Da un anno non metteva più piede a casa, ma adesso si sentiva felice di esserci di nuovo. Tutto andava per il meglio, a parte il matrimonio di Cassie. Continuava ancora a non crederci. E quella notte, nel letto che gli era tanto familiare, si accorse di aver male al cuore per lei, di non riuscire a convincersi che ormai appartenesse a un altro uomo... quel viso dolce... la ragazzina che aveva tanto amato adesso non era più sua, e non lo sarebbe stata mai più. Era di Desmond. Mentre si abbandonava al sonno, le lacrime scesero lentamente dai suoi occhi bagnando il guanciale.

17

QUEL fine settimana a casa risultò difficile per tutti e due. Cassie fece ogni sforzo per stare lontano da Nick, ma purtroppo il loro mondo era troppo piccolo. Continuavano a incontrarsi, a casa, all'aeroporto, perfino nel negozio di generi alimentari dove era andata a fare acquisti per sua madre. Quanto a Nick, cercava di mostrarsi rispettoso nei suoi confronti, soprattutto per lei, se non per Desmond, ma quella situazione era impossibile. La sera prima che Cassie partisse, si ritrovarono l'uno nelle braccia dell'altro. Era il giorno del ventiduesimo compleanno di Cassie e Nick era venuto a cena a casa O'Malley. Per tutta la durata del pasto si erano sentiti attratti inesorabilmente l'uno dall'altro, come due calamite. Sapevano che quella era l'ultima volta che si sarebbero visti; forse non ne avrebbero mai più avuto l'occasione. E il solo pensiero li sconvolse e li gettò nella disperazione.

« No, non possiamo farlo, Nick », gli disse lei dopo averlo baciato appassionatamente. « Ho promesso a mio padre che non lo avrei fatto. E non posso, per me... e per Desmond. » Perseguitata com'era dalla stampa, uno scandalo sarebbe stato inevitabile. Già i cronisti avevano cercato di scattare fotografie di tutte le persone che erano all'aeroporto quel giorno, ma Nick, con molto tatto, si era ritirato rapidamente nella sua casetta fino a quando se n'erano andati, per tornare in circolazione soltanto dopo. Cassie gliene era stata molto grata. Sapeva che Desmond sarebbe rimasto sconvolto se avesse visto Nick in quelle fotografie. Quando gli aveva telefonato, non aveva infatti accennato al fatto che fosse a casa.

« Lo so, Cassie... lo so. » Nick non voleva discutere con lei. Non voleva addolorarla. Seduti sulla veranda, continuarono a parlare. Oona e Pat erano andati a letto un'ora prima, ma non avevano fatto commenti quando si erano accorti che Nick voleva rimanere ancora un po' con Cassie. Lei sarebbe partita l'indomani e quella era la loro ultima occasione di stare insieme.

« Sei proprio sicura di essere pronta per il gran viaggio? Billy dice che l'aereo è maledettamente pesante. »

« So di poterlo manovrare. »

Questa volta lui preferì non riprendere la discussione. « E l'itinerario che avete scelto? Non sarà pericoloso, vero? »

« Figurarsi! Desmond ci lavora ogni sera fino a mezzanotte. »

« Chissà che divertimento per te! » osservò Nick, acido. Poi le rivolse un sorriso pieno di tristezza. « Maledetta sciocca. Se penso che potevi avere Bobby Strong e ritrovarti a vendere cipolle... invece guarda un po' che cosa vai a combinare! Sposi il più grande magnate dell'industria dell'intero paese. Ma possibile che tu non ne faccia mai una giusta, Cass? » Provò a prenderla in giro, malizioso, e lei scoppiò a ridere, con la morte nel cuore. Erano bastati quei pochi giorni trascorsi insieme perché entrambi si rendessero conto che si amavano disperatamente e che il loro sarebbe stato un amore eterno. O una maledizione. Ogni volta che si incontravano, che si guardavano negli occhi, l'intensità del sentimento che provavano l'uno per l'altro li avvicinava un poco di più. Impossibile sfuggirvi. Cassie capì che era un sentimento che niente avrebbe potuto cambiare, neppure il tempo. Lei e Nick si appartenevano. Sarebbe sempre stato così. Assurdo cercare di negarlo. Non aveva mai amato Nick più di quanto sentisse di amarlo in quel momento, e adesso era costretta a vivere con quel tormento: amare Nick e non voler tradire Desmond.

Sapevano che quella era l'unica occasione di stare insieme, forse l'ultima. Lui stava per tornare alla guerra, a rischiare di nuovo la vita; quanto a Cassie, avrebbe rischiato anche lei, e molto, nel volo attraverso il Pacifico. Ormai era troppo tardi per certi giochetti, era perfino troppo tardi per rimanere in collera. Dovevano accettare la realtà. Erano stati due sciocchi, e lo sapevano.

« Come risolviamo la faccenda, Cass? » le domandò Nick con aria afflitta mentre contemplavano una splendida luna piena in un cielo tempestato di stelle. Era la notte perfetta per due innamorati, ma la loro non era più una storia semplice. Pensavano entrambi con nostalgia e rimpianto ai giorni di un passato lontano, quando avevano trascorso ore e ore insieme sul piccolo campo d'aviazione abbandonato. Avrebbero potuto fare qualsiasi cosa, allora. Invece, avevano fatto scelte stupide: lui era andato a combattere un'altra guerra, lei aveva sposato un uomo per il quale provava affetto ma non amore. Cassie sapeva fin troppo bene che, malgrado tutta la sua lealtà nei confronti di Desmond, Nick era l'uomo che amava, l'unico, quello che avrebbe sempre amato. Chissà che un giorno qualcosa non potesse cambiare. Ma per il momento tutto era come prima, e Cassie pensava che la situazione non sarebbe mai mutata. Si era illusa, quando aveva sposato Desmond, e adesso che aveva di fronte Nick lo capiva.

« Vorrei poter venire in Inghilterra con te », disse avvilita.

« Anch'io. Ma da quelle parti non ci sono aviatrici che pilotino aerei da combattimento. Perlomeno non ancora, anche se i bravi inglesi sono di mentalità piuttosto aperta. »

« Magari potrei scappare di casa e arruolarmi nella RAF », continuò lei, un po' ridendo e un po' seria. Cominciava a rendersi conto che avrebbe dovuto vivere la propria vita. In un certo senso era quasi contenta di partire per il suo viaggio. Se non altro l'avrebbe tenuta occupata, e lontano da Desmond.

« Forse io non sarei mai dovuto partire, tanto per cominciare », mormorò Nick, lasciandola stupita, ma anche preoccupata. Adesso era talmente disamorato e avvilito, che Cassie temette che potesse perdere la lucidità di riflessi, e rimanere ferito, o peggio. Quante storie aveva sentito raccontare, più o meno simili, di uomini che avevano perduto la fidanzata o la moglie ed erano rimasti uccisi in combattimento. Troppe!

« Ormai è tardi », lo rimproverò lei. « Piuttosto, stai attento a quello che fai, quando sei in volo! »

« Senti chi parla! » rise lui, pensando a quello che Cassie stava per affrontare tra poco più di un mese. Il solo pensiero di quel viaggio lo angosciava, e continuò a rifletterci anche quando le propose di fare una breve passeggiata. Si avviarono lentamente verso l'aeroporto: quel luogo sembrava quasi una calamita per tutti e due. Nick le parlò dell'Inghilterra, e lei gli descrisse l'itinerario del suo viaggio attraverso il Pacifico.

« È una stramaledetta vergogna che la guerra non ti conceda di scegliere una rotta migliore. Mi sentirei molto più sicuro se tu non dovessi affrontare quei voli su lunghe distanze sul Pacifico. » Purtroppo era soltanto lì che Cassie avrebbe potuto ottenere la celebrità e coprirsi di gloria, ormai, e lo sapevano entrambi.

Mentre parlavano si ritrovarono all'aeroporto. E, quasi senza pensarci, si diressero lentamente verso l'hangar dove tenevano il vecchio Jenny. La nottata era calda, la visibilità perfetta e la luna splendeva luminosa.

« Hai voglia di fare un giretto? » domandò lui esitante. Cassie avrebbe avuto tutto il diritto di dirgli di andare all'inferno, ma sapevano entrambi che non ne aveva alcuna voglia. Voleva stare sola con lui per un po', e dimenticare l'altra vita e il fatto che il giorno dopo si sarebbero lasciati di nuovo. Forse per sempre.

« Sì, mi piacerebbe », mormorò lei. Senza aggiungere una sola parola l'aiutò a spingere fuori l'apparecchio ed eseguirono poi gli usuali controlli di terra. Si levarono in volo nel cielo di mezzanotte senza difficoltà, accompagnati da tutti i soliti suoni, le sensazioni familiari. Eppure c'era qualcosa di diverso nel farlo di notte. Erano lassù, in un mondo tutto loro, un mondo pieno di stelle e di sogni, dove nessun altro avrebbe mai potuto toccarli o far loro del male.

Lui esitò solamente un attimo quando raggiunsero l'antico campo d'aviazione dove si erano dati appuntamento per tanto tempo, e poi fece atterrare il piccolo apparecchio senza difficoltà nel chiaro di luna. Spense il motore e aiutò Cassie a scendere. Non avevano nessuna idea del posto verso il quale si stavano avviando, sapevano semplicemente di avere un gran bisogno di stare vicini, in quel loro mondo segreto, lontani da tutti e da tutto. Quanta pace c'era lì! Si avviarono istintivamente verso il posto dove avevano l'abitudine di sedersi a chiacchierare per ore e ore. Cassie si sentiva più che mai triste! Suo fratello se n'era andato per sempre e lei aveva perduto qualsiasi speranza di diventare la donna di Nick. Era lì che lui l'aveva baciata per la prima volta e le aveva detto di amarla. Era stato il giorno in cui le aveva confessato di essersi arruolato come volontario nella RAF. Da allora in poi non avevano preso che decisioni sbagliate.

« Non ti capita, a volte, di desiderare che le lancette dell'orologio tornino indietro? » gli domandò Cassie, alzando verso di lui due occhi infinitamente tristi.

« Tu pensi che vorresti fare qualcosa di diverso da quello che hai fatto, Cass? Che cosa? Voglio dire, a suo tempo che cosa ti sarebbe piaciuto fare? »

« Ti avrei detto quanto ti amavo molto tempo fa. Ma ho sempre pensato che a te non interessasse sentirmelo dire, perché ero solo una ragazzina. Pensavo che mi avresti riso in faccia. » Quando Nick si voltò a guardarla, gli parve bellissima.

« Pensavo che tuo padre mi avrebbe fatto arrestare. » Era strano rendersi conto adesso che Pat non avrebbe mai disapprovato e che si amavano da tanto tempo! Ma ormai Cassie era sposata con un altro e tutto sembrava così assurdo e incredibile...

« Forse mio padre ti farebbe arrestare adesso », commentò Cassie. « Ma allora, no. Non credo. » Forse Pat non avrebbe sollevato obiezioni neppure ora. Sapeva quanto si amassero, anche se questo era proprio ciò che le aveva raccomandato di non fare. Ma si era molto ammansito con il passare degli anni. Ormai era il suo amico più caro. Specialmente ora che Nick era lontano. Pat aveva anche accettato, senza ostacolarla, tutte le decisioni che lei aveva preso. Ancora adesso Cassie se ne meravigliava.

Si avviarono verso l'antico tronco; sotto l'albero l'erba era umida. Nick si tolse la vecchia giacca d'aviatore, la stese al suolo perché lei potesse sedersi e poi prese posto accanto a lei, la strinse fra le braccia e la baciò. Sapevano entrambi perché avevano scelto quel posto. Ormai erano adulti. Non avevano bisogno del permesso di nessuno e non dovevano raccontare bugie. Perlomeno non quella sera. Erano lì perché si amavano e avevano bisogno di qualcosa da portare con sé.

« Non voglio fare sciocchezze », disse Nick mentre Cassie gli si rannicchiava vicino. Continuava a preoccuparsi per lei. Erano le stesse preoccupazioni provate quando l'aveva lasciata per andare in Inghilterra. Adesso la situazione era differente; si poteva correre quel rischio e in un certo senso, benché potesse sembrare strano, questa volta sperò che restasse incinta. Allora, forse, Cassie sarebbe stata costretta a lasciare Desmond.

E lei, sdraiata al suo fianco, stretta fra quelle braccia, mentre si lasciava baciare provò lo stesso desiderio. Qualche attimo dopo, tutto quello che era il futuro venne dimenticato e impallidì a confronto del presente. Durante quei lunghi baci Cassie provò la sensazione di essere divorata da fiamme brucianti, e pochi momenti dopo... sotto il chiaro di luna il suo corpo sembrò rivestito di una luce d'argento al fianco di quello di lui. Fu una notte che nessuno dei due avrebbe mai dimenticato; sapevano che avrebbe dovuto infondere coraggio a entrambi per molti anni, forse per sempre.

« Cassie... se tu sapessi quanto ti amo... » bisbigliò Nick teneramente, stringendola a sé, godendo del contatto del suo corpo nella calda aria notturna. Quando si ritrovarono sdraiati sull'erba, con gli abiti sparpagliati fra la rugiada, gli parve ancora più bella di quanto l'avesse mai sognata.

« Che stupido sono stato! » Si allungò accanto a lei, guardandola, cercando di imprimersi ognuno di quegli attimi nella memoria. Al chiaro di luna Cassie gli parve bella come una dea.

« Anch'io sono stata una sciocca », mormorò lei con voce sommessa, ma in quel momento non gliene importava più niente, le bastava trovarsi lì, vicino a lui, fra le sue braccia. Era tutto ciò che desiderava. Quell'attimo soltanto aveva importanza.

« Chissà che uno di questi giorni noi due non diventiamo un po' più furbi... o fortunati », disse Nick, ma ne dubitava. Tutto era troppo complicato. Tutto quanto avevano era quella notte, sotto l'argenteo chiaro di luna.

Rimasero sdraiati l'uno accanto all'altro a lungo e fecero di nuovo l'amore prima dell'alba. Si erano addormentati e si risvegliarono abbracciati e pieni di desiderio nell'aria profumata del primo mattino. Il sole si levò, avvolgendoli con il suo calore e Nick poté contemplare il corpo snello e flessuoso di Cassie, illuminato dai raggi dorati del sole che nasceva. Poi rimasero stretti l'uno all'altro, rimpiangendo di non poter rimanere così per sempre.

Quando tornarono in volo all'aeroporto, il cielo era striato di rosa, d'oro e di viola. Riportarono il Jenny nell'hangar e sembravano entrambi più sereni. Cassie si voltò a guardare Nick con un lento sorriso. Non rimpiangeva niente di quello che avevano fatto. Era il loro destino.

« Ti amo, Nick », disse felice.

« Io ti amerò sempre », rispose lui; poi tornarono a piedi verso la casa degli O'Malley. Ormai si appartenevano. Il legame nato fra loro non poteva più essere spezzato.

Quando arrivarono, la casa era immersa nel silenzio. Era ancora presto e tutto dormivano. Nick la prese ancora tra le braccia e le accarezzò i capelli, cercando di non pensare né al futuro né a Desmond Williams. Rimasero lì a lungo: non volevano dirsi addio. Nick la baciò di nuovo e Cassie gli ripeté mille volte quanto lo amasse.

Alla fine Nick si decise ad andarsene. Aveva sentito che i genitori di Cassie si erano alzati. Non avevano rimpianti.

Sentivano il bisogno della forza di quell'amore per tornare alle loro vite, con tutti i rischi e le sfide che sarebbero stati costretti ad affrontare.

« Verrò a salutarti prima di partire », gli promise Cassie in un sussurro, poi lo attirò di nuovo a sé e lo baciò sulle labbra con struggente dolcezza. Nick si stava chiedendo come avrebbe avuto il coraggio di lasciarla di nuovo, o anche solo di vederla partire... soprattutto sapendo che tornava da suo marito.

« Non posso lasciarti andare, Cass. »

« Lo so », rispose lei tristemente. « Ma dobbiamo. » Non avevano altra scelta, ormai, e lo sapevano.

Nick se ne andò e Cassie rientrò lentamente nella camera dove aveva vissuto da bambina, pensando a lui e chiedendosi perché tutto non potesse essere diverso.

Fece una doccia e si vestì, sempre con il pensiero rivolto a Nick; poi fece colazione con suo padre e sua madre. Come già aveva notato Nick poche ore prima, si accorse che Pat faceva fatica a respirare. Comunque lui insistette nel ripetere che era una cosa da nulla. Appena finita la colazione l'accompagnò all'aeroporto. Cassie promise alla madre di telefonarle spesso prima del viaggio e magari di tornare un'altra volta a salutarli se fosse stato possibile. Anche se temeva che Desmond non glielo avrebbe permesso. D'altra parte, vedendo suo padre così pallido e affaticato continuava a pensare che sarebbe stato un dovere.

Nick era negli uffici dell'aeroporto quando arrivarono, e la guardò a lungo, intensamente, mentre si salutavano; poi li accompagnò fuori, fino all'aereo, chiacchierando del più e del meno con Billy. Ma Cassie continuava a sentire il contatto di quella pelle morbida come la seta contro il suo corpo, e l'infinito piacere che aveva provato. Il vero legame che li univa era quello del tempo, dell'amore e della tenerezza, ma adesso c'era anche la passione e Cassie intuì che la fiamma del suo amore per Nick avrebbe continuato ad ardere per sempre.

« Allora, decidetevi a partire », li ammonì Nick, mentre pensava di nuovo al grande viaggio. « Quanto a te, Billy, stai attento che Cassie non finisca contro un albero! » raccomandò all'amico e poi gli strinse la mano. Intanto Cassie stava eseguendo i consueti controlli. Nick si accorse di non riuscire a toglierle gli occhi di dosso; quanto a lei, era felice di sentirlo vicino a sé.

Poi diede un bacio a Pat, mentre Billy saliva a bordo, e infine si rese conto che non c'era più via di fuga. Era venuto il momento di dire addio a Nick. I loro sguardi si incrociarono. Si fissarono a lungo, le loro mani si toccarono; poi Nick la prese fra le braccia e la baciò dolcemente davanti agli altri. Non gliene importava più di niente e di nessuno. Voleva soltanto darle la completa sicurezza che l'amava.

« Abbi cura di te, Cass », le mormorò fra i capelli mentre la baciava. « Non fare sciocchezze, non fare pazzie, in quel viaggio che stai preparando. » Continuava a desiderare che non partisse, anche se sapeva di non poter far nulla per fermarla.

« Ti amo », mormorò Cassie a fior di labbra con gli occhi pieni di lacrime che gli dicevano tutto quanto provava per lui. Riflettevano tutti i suoi sentimenti, gli stessi di Nick. « Di tanto in tanto fammi sapere come stai. » Lui fece cenno di sì con la testa mentre Cassie prendeva posto davanti ai comandi, poi le strinse forte la mano per l'ultima volta. Sembrava che non riuscissero più a staccarsi l'uno dall'altro. E Pat, che li guardava, provò una gran pena per tutti e due. Ma non disse niente, non una sola parola di rimprovero.

Pat e Nick erano ancora fermi ai bordi della pista quando il grosso apparecchio della Williams Aircraft, che Cassie aveva preso a prestito da Desmond, cominciò a muoversi lentamente. Quando si staccarono da terra fece ondeggiare lievemente le ali in un ultimo saluto, e poi scomparvero. Nick rimase a fissare a lungo il cielo, dopo che Pat si era ormai allontanato, molto dopo che l'aereo di Cassie aveva lasciato il loro cielo. Non sapeva pensare ad altro che ai momenti passati con lei sotto il chiaro di luna. In un certo senso provò quasi sollievo al pensiero che l'indomani mattina sarebbe ripartito per la guerra. Non riusciva più a sopportare di rimanere lì senza Cassie.

* * *

Durante il volo di ritorno a Los Angeles Cassie e Billy non aprirono quasi bocca. Oona li aveva riforniti di un thermos di caffè e di un po' di pollo fritto. Ma nessuno dei due aveva fame. Gli occhi di Cassie raccontavano una storia infinita ma Billy preferì non farle domande per le prime due ore di volo. Poi, alla fine, non riuscì a sopportare più a lungo quel silenzio.

« Come ti senti? » Cassie sapeva benissimo a che cosa Billy alludesse e sospirò prima di rispondere.

« Be'! Non so. Sono felice di averlo visto. Perlomeno adesso lui è al corrente di tutto... » Si sentiva piena di speranza e di disperazione contemporaneamente. Era difficile spiegarlo a Billy. Se non altro, Nick adesso sapeva di Desmond, ma il tempo trascorso insieme le rendeva più duro e difficile il ritorno in California.

« Come l'ha presa? »

« Meglio di così non sarebbe stato possibile. In principio si è infuriato. E ha detto certe cose... » Esitò e poi si voltò a guardare l'amico con aria tetra. « Secondo lui, Desmond mi ha sposato unicamente perché era un'ottima mossa dal punto di vista pubblicitario. Così il nostro viaggio diventerà ancora più interessante per il pubblico. »

« Ed è quello che pensi anche tu? » le domandò Billy in tono significativo. Lei ci pensò per un attimo, esitante. Preferiva non credere a una cosa del genere. « A me sembra la reazione classica... L'uva è troppo acerba, mi capisci? Magari per Nick è un po' difficile ammettere con se stesso che quell'uomo ti ama sul serio », commentò Billy. Ma era proprio la verità? Era così freddo con lei, adesso, così preso dal viaggio da non pensare a nient'altro. Chissà se Nick aveva ragione, si domandò Cassie. Era difficile saperlo, difficile valutare le cose con chiarezza, soprattutto dopo la notte trascorsa con lui. Sapeva però con sicurezza di doversi togliere dalla mente Nick. Voleva essere onesta e corretta con Desmond. E doveva pensare al viaggio. Quanto al resto, ci avrebbe riflettuto in seguito.

Il viaggio le ricordò di nuovo tutto ciò che doveva a Desmond. Nick non aveva detto la verità, e lei non riusciva a credere che Desmond frequentasse altre donne. Era letteralmente ossessionato dal suo lavoro. In un certo senso era il loro problema più grosso. Il viaggio... e Nick Galvin. Con tutto ciò lei tornava a Los Angeles determinata a comportarsi correttamente. Non avrebbe consentito a Nick di gettare l'ombra del dubbio sul loro matrimonio.

Ma dal preciso momento in cui ritornò in città Desmond cominciò a comportarsi esattamente come Nick aveva previsto. Non faceva che parlare dei giornalisti, delle riprese cinematografiche e del viaggio nel Pacifico. Non le domandò neppure com'era andato il fine settimana a casa. Cassie si ritrovò a un tratto insospettita dalla freddezza di Desmond, da quella specie di storia d'amore costante che viveva con fotografi e cineoperatori. Provò a informarsi su certe interviste che lui le aveva già fissato, cercando di ribellarsi, chiedendogli se fossero proprio necessarie, e la tensione fra loro affiorò immediatamente, chiara e visibile.

« Si può sapere con esattezza di che cosa ti stai lamentando? » le domandò Desmond in tono irritato a mezzanotte, il giorno stesso del suo ritorno a casa. Cassie era esausta dopo un volo della durata di dodici ore, seguito da altre cinque di riunioni. E, come la ciliegina sulla torta, lui le aveva fatto concludere la giornata presentandola a uno stuolo di reporter e fotografi.

« Sono semplicemente stanca di inciampare in un fotografo ogni volta che scendo dal letto o vengo fuori dalla vasca da bagno. Sono dappertutto, e io non ne posso più. Cerca di farli sparire », disse in tono deciso, con una punta di irritazione.

« Si può sapere quali sarebbero le tue obiezioni? » ribatté Desmond infuriato. « Non ti va di essere su tutti i giornali? Oppure che *Life* abbia scelto il tuo ritratto da mettere in copertina per ben due volte, quest'anno? Qual è esattamente il tuo problema? »

« Il mio problema è che sono esausta, stanca di essere trattata come un cagnolino ammaestrato », replicò ricordando gli ammonimenti di Nick. E si rese anche conto di nutrire ormai dei sospetti su Desmond. Ma, soprattutto, non ne poteva più dei giornalisti!

Ma a Desmond ribellioni del genere non piacevano affatto. Era furioso con lei. Dopo un'altra ora di discussioni che non approdarono a nulla, Desmond la piantò in asso per trasferirsi nella piccola camera da letto per gli ospiti adiacente il suo studio. E trascorse il resto della settimana dormendo e lavorando lì, affermando di aver troppo lavoro per tornare di nuovo nella camera da letto matrimoniale. Cassie, invece, sapeva che voleva punirla così per le sue lamentele. D'altra parte, in un certo senso quella soluzione le dava il tempo di mettere ordine nei propri pensieri, per cercare di uscire dallo stato di confusione in cui si trovava. Ritrovarsi con Nick non aveva certo semplificato le cose, ma sapeva che in parte era colpa anche di Desmond.

Alla fine le acque si calmarono e i rapporti con Desmond migliorarono. La tensione era fortissima, sottoposti com'erano a pressioni di ogni tipo durante i preparativi del viaggio. Ma lui venne a chiederle scusa per essere stato così « suscettibile ». Cercò di spiegarle di nuovo l'importanza che aveva la stampa e Cassie finì per concludere che Nick si era sbagliato sul suo conto. Indubbiamente qualcosa di vero c'era in tutto quanto Desmond continuava a ripeterle. Un buon lancio pubblicitario era importante per il viaggio; non aveva senso realizzarlo facendolo passare sotto silenzio.

Desmond era un uomo onesto e perbene, Cassie lo capiva. Ma aveva opinioni personali ben precise. Ed era anche evidente che sapeva quello che faceva.

Ma nonostante quella specie di tregua che avevano firmato entrambi per quanto riguardava i giornalisti, altre cose non migliorarono affatto. Da mesi ormai non avevano più rapporti intimi. Più di una volta Cassie si era chiesta se ci fosse qualcosa che non funzionava in lui, o magari in lei, anche se sapeva che non avrebbe mai avuto il coraggio di domandarglielo. Ormai Desmond pensava solamente al viaggio. La passione che si era accesa nella loro luna di miele era svanita da molto tempo. E Cassie capì che era stato anche questo a renderla più vulnerabile di fronte a Nick. D'altra parte sapeva anche che il suo amore per Nick era qualcosa di speciale. Purtroppo la mancanza di rapporti fisici tra loro rendeva più difficile per Cassie sentirsi vicina a Desmond come prima, al punto che qualche volta provava la voglia di avere vicino a sé qualcuno con cui poter parlare. Pensò perfino di accennarne a Nancy Firestone, ma dal giorno del matrimonio Nancy aveva preso chiaramente le distanze. Un po' come se si sentisse a disagio adesso che Cassie era la moglie del padrone. Purtroppo, senza altri amici all'infuori di Billy e con Desmond così freddo, Cassie si sentiva più sola che mai.

Nonostante tutte le tensioni, il progetto ormai procedeva secondo i programmi e i ritmi stabiliti. Mancava solo una settimana al viaggio ed erano pronti.

I fotografi la seguivano dappertutto, tenendo una specie di diario di quei pochi giorni che ancora mancavano alla partenza, immortalando con le loro fotografie ogni suo gesto. Cassie a volte aveva la sensazione di sprecare la sua vita a sorridere e a salutare. Non esisteva più niente di privato, nemmeno un momento di pace con Desmond. Tutto era concentrato sul viaggio e sugli innumerevoli preparativi per realizzarlo. La sua vita, adesso, era solo questa.

Erano tutti emozionati ed eccitati. Cassie non riusciva quasi più a chiudere occhio. Mancavano solo cinque giorni alla partenza quando Glynnis le telefonò, nel tardo pomeriggio; Cassie era ancora sul campo di aviazione e si meravigliò di quella chiamata. Si chiese subito se fosse successo qualcosa.

« Salve Glynn... che cosa c'è? »

« È papà », rispose lei immediatamente. E poi scoppiò in lacrime prima di riuscire a dire una sola parola. Cassie si sentì il cuore stretto da una morsa. « Stamattina ha avuto un attacco di cuore. Adesso è al Mercy Hospital. La mamma è con lui. » Oh Dio... no... non papà.

« Si riprenderà? » si affrettò a chiedere Cassie alla sorella maggiore.

« Ancora non lo sanno », rispose Glynnis, di nuovo in lacrime.

« Torno a casa appena posso. Stasera. Avverto Desmond e

parto il più presto possibile. » Senza un attimo di esitazione Cassie decise di dover tornare a casa ed essere vicina alla sua famiglia.

« Lo puoi fare? » le chiese la sorella con voce angosciata. D'altra parte sapeva che era un dovere avvertirla. Le avevano detto subito che Pat probabilmente non ce l'avrebbe fatta. C'erano poche speranze che se la cavasse. Ma in quell'ultima ora le sue condizioni si erano stabilizzate e i medici cominciavano a mostrare un cauto ottimismo. « Quando devi partire per il tuo viaggio? »

« Mancano ancora cinque giorni. Ho tutto il tempo, Glynn. Vengo... ti voglio bene... Di' a papà che gli voglio bene... Pregalo di aspettare... di non andarsene... ti supplico... » singhiozzava.

« Ti voglio bene, piccola », le rispose Glynnis, rassicurandola. « Ci vediamo fra poco. Ti auguro un buon volo. »

« Di' alla mamma che voglio bene anche a lei. » Cassie piangeva quando riattaccò e andò a cercare Billy per avvertirlo di quello che era successo. Gli disse che partiva per tornare a casa. Senza esitare un solo minuto, Billy propose di accompagnarla. In quei giorni erano inseparabili, come due fratelli siamesi. Erano diventati praticamente l'uno l'ombra dell'altra nei sei mesi di addestramento. A volte avevano la sensazione di intuire all'istante quello che l'altro stava pensando.

« Ci ritroviamo qui fra mezz'ora. Fammi un favore. Pensa tu al carburante per il Phaeton. Io vado ad avvertire Desmond. » Pensava che avrebbe capito. Sapeva quanto suo padre fosse importante per lei.

Ma appena arrivò nel suo ufficio ebbe una sorpresa.

« Naturalmente non andrai », le disse Desmond in tono glaciale. « Ti restano cinque giorni di addestramento e di sedute informative, e due conferenze stampa. E poi dobbiamo ancora stabilire l'ultima rotta, quella definitiva, in base alle condizioni meteorologiche. »

« Tornerò tra due giorni », disse piano Cassie. Non riusciva a credere che Desmond potesse discutere su qualcosa di tanto importante per lei.

« Niente affatto », replicò lui in tono fermo mentre la signorina Fitzpatrick, con molto tatto, usciva silenziosamente dalla stanza.

« Desmond, mio padre ha avuto un attacco di cuore. Può darsi che non riesca a superarlo. » Evidentemente non capiva, pensò Cassie. Ma Desmond aveva perfettamente capito.

« Consentimi di essere più chiaro, Cass. Tu *non* parti. Io *ti sto ordinando* di rimanere qui. » Sembrava un generale d'armata in piena guerra. Era assurdo. Ridicolo. Desmond era suo marito. Di che cosa stava parlando? Lo guardò confusa.

Lui le ripeté ciò che aveva appena detto, come se le facesse un favore, e Cassie lo guardò con gli occhi sgranati. « C'è il rischio che mio padre muoia, Desmond. E io vado a casa da lui, che ti piaccia o no. » Mentre pronunciava queste parole, gli occhi di Cassie mandavano lampi.

« Contro i miei desideri e non a bordo di uno dei miei aeroplani », le rispose glaciale Desmond.

« Ne ruberò uno, se dovessi esserci costretta », ribatté Cassie, furiosa. « Non riesco a credere che sia proprio tu a dirmi questo. Devi essere stanco, o malato... che cosa c'è che non funziona in te? » Aveva le lacrime agli occhi, ma Desmond si mostrò irremovibile. Quel viaggio significava tutto per lui. Più di Pat. Chi era l'uomo che lei aveva sposato?

« Hai una vaga idea di quanto denaro è stato investito in questo viaggio? Te ne importa qualcosa? » le gridò, livido di rabbia.

« Certo che me ne importa, e non farei niente che potesse metterlo a rischio, ma è di mio padre che stiamo parlando. Tornerò fra due giorni. Te lo giuro. » Cercò di calmarsi e di ricordare che erano sotto pressione entrambi.

« Tu non parti », ribatté Desmond con freddezza. Era assurdo! Che cosa stava cercando di farle, Desmond? Mentre lo guardava, Cassie si accorse di essere scossa da un tremito.

« Non hai altra scelta! » cominciò a gridare contro di lui, dopo aver perduto completamente il controllo di sé. « Io parto! E Billy verrà con me. »

« Non lo permetterò. »

« Che cosa *avresti intenzione di fare*? » improvvisamente Cassie lo fissò con occhi nuovi. Non lo aveva mai visto così spietato. Non le era mai sembrato così crudele, prima. Questo era un nuovo lato di Desmond che non conosceva. « Ci licenzieresti? Siamo un po' troppo vicini al viaggio. Oppure sei convinto di poterci sostituire? » Cassie non era affatto divertita da quel modo di comportarsi.

« Chiunque può essere sostituito. In caso di necessità. E consentimi di spiegarti qualcosa, Cass, fintanto che siamo in argomento. Se tu *non* torni indietro, chiedo il divorzio e ti faccio causa per non aver tenuto fede al contratto. Sono stato chiaro? Tu hai firmato un contratto con me per questo viaggio, e ho tutte le intenzioni di fartelo rispettare. » Cassie non riusciva a credere alle proprie orecchie. Ma chi era quell'uomo? Se intendeva effettivamente mettere in atto quelle minacce, era un mostro.

Socchiuse le labbra mentre lo ascoltava, ma non ne uscì nemmeno un filo di voce. Nick aveva visto giusto. Tutto ciò che aveva importanza per Desmond era il viaggio. Non provava il minimo interesse né per lei né per i suoi sentimenti, e nemmeno per il fatto che suo padre fosse morente. Avrebbe divorziato se il viaggio veniva annullato. Incredibile. Come tutto ciò che aveva appena finito di dirle.

Cassie si avvicinò lentamente alla sua scrivania e lo guardò fissa, chiedendosi se fosse ben sicura di conoscerlo. « Farò quel viaggio per te. Perché voglio farlo. Ma dopo dovremo discutere seriamente, noi due. » Desmond non le rispose e Cassie, girando sui tacchi, uscì dal suo ufficio. Stava mettendo a rischio l'unica cosa che avesse importanza nella vita di Desmond, il viaggio cui teneva moltissimo. Ma il vero choc, il colpo più duro era stato scoprire che aveva per lui più importanza del loro matrimonio.

Non disse una parola su tutto questo a Billy mentre saliva a bordo, poi effettuò tutte le registrazioni di rito. Improvvisamente si sentì semplicemente una subordinata, una dipendente e nient'altro. Quando decollarono era tesa, livida di rabbia, e Billy lo notò. Gli aveva detto che voleva essere lei a pilotare e quindi si guardò bene dal proporle di passargli i comandi. Le sarebbe servito a tenere la mente occupata e a non pensare a Pat. Ma gli sembrava più furiosa che preoccupata, tanto che cominciò a domandarsi che cosa poteva essere successo.

« Lui che cosa ti ha risposto?... per il fatto che andiamo via, voglio dire... »

« Alludi a Desmond? » gli domandò Cassie in tono glaciale, e Billy annuì. « Ha detto che chiederà il divorzio se non faccio il viaggio. E che mi farà causa per non aver tenuto fede al contratto. » Ci volle un momento perché Billy assorbisse tutte queste notizie e avesse la forza di reagire.

« *Che cosa* ha detto? Evidentemente scherzava. »

« No, non scherzava affatto. Era serissimo. Se annulliamo il viaggio ci farà causa... ci ridurrà sul lastrico. O meglio, ridurrà sul lastrico me, in ogni caso. A quanto pare, quel viaggio per lui ha un'importanza maggiore di quanto credessi. Grossi investimenti, enormi quantità di denaro, la posta in gioco è grande, e se qualcosa va di traverso, saranno enormi le penalità da pagare. Non è nemmeno escluso che faccia causa alle nostre famiglie, se dovessimo guastargli quel suo adorato aeroplano », continuò Cassie in tono sarcastico mentre Billy l'ascoltava stupefatto. Era amareggiata e profondamente delusa.

« Ma tu sei sua moglie, Cass », replicò, sconcertato da quello che aveva appena sentito.

« A quanto sembra, no », ribatté Cassie addolorata e infelice. « Sono soltanto una dipendente. » Desmond l'aveva delusa. D'altra parte, non bisognava dimenticare che i rapporti famigliari non erano mai stati il suo forte. « Gli ho detto che torneremo fra un paio di giorni. Siamo nei guai fino al collo, ragazzo mio! È meglio che tu lo sappia! » Lui sorrise. Forse erano nei guai addirittura fino alle orecchie... ma se non altro ci erano dentro insieme! Cassie provò una profonda gratitudine per Billy che si era offerto di accompagnarla. Ormai lo considerava il suo unico e sincero amico.

« Torneremo in tempo. Tuo padre si riprenderà », disse cercando di rassicurarla.

Ma quando arrivarono al Mercy Hospital Pat stava tutt'altro che bene. Tre suore e un'infermiera erano attorno al suo letto e un sacerdote gli aveva appena impartito l'estrema unzione. Erano presenti tutti i suoi figli, e i nipotini, e Oona piangeva sommessamente.

Per prima cosa Cassie mandò fuori i bambini e pregò Billy che se ne occupasse. Poi buttò le braccia al collo a sua madre e scambiò qualche parola con le sorelle. Pat non aveva più ripreso conoscenza da quando Glynnis le aveva telefonato. Cassie parlò con il dottore e seppe così che non c'erano molte speranze che Pat riuscisse a sopravvivere.

Non riusciva a crederci. Aveva visto suo padre solo un mese prima e per quanto non le fosse sembrato in ottima forma, non aveva mai immaginato che potesse essere così grave. Evidentemente il cuore gli aveva già dato problemi da qualche tempo, ma lui aveva cercato di non badarci, malgrado le preghiere di Oona di riguardarsi e non fare sforzi.

Con la madre e le tre sorelle rimase a vegliarlo tutta la notte. Il mattino seguente non si verificò nessun miglioramento. Fu solo parecchie ore più tardi che Pat riprese conoscenza e sorrise a Oona. Era quello il primo segno di speranza...; due ore dopo aprì gli occhi di nuovo, strinse la mano di Cassie e le disse che le voleva bene. Lei, ormai, riusciva solo a pensare a tutto l'affetto che aveva provato per suo padre da bambina, a quanto era stato buono con lei, sempre... Nella mente rivisse mille ricordi... mille momenti speciali della sua vita.

« Se la caverà? » domandò al dottore quando passò a visitarlo nel pomeriggio. E lui le rispose che era troppo presto per dirlo. Ma dopo un'altra nottata insonne per tutti, la mattina dopo, miracolosamente, mentre le suore lo vegliavano in silenzio dicendo il rosario, le sue condizioni migliorarono e il dottore confermò che se la sarebbe cavata. Anche se la strada per la guarigione sarebbe stata lunga. Anzi, arrivò addirittura a pronosticare almeno un paio di mesi di riposo assoluto, due mesi da trascorrere in gran parte a casa, a letto. Soltanto allora, con un po' di fortuna, si sarebbe ripreso e sarebbe tornato quello di prima. Avrebbe comunque dovuto avere molti riguardi, non fumare troppo e rinunciare al whisky e al famoso gelato di Oona. Cassie pensò di non aver mai provato un sollievo più grande in tutta la sua vita. Sua madre era rimasta a tenere compagnia a Pat, in camera, e a prepararlo alla triste notizia... a proposito dei gelati alla crema!

« Chi si occuperà di mandare avanti l'aeroporto? » domandò Megan a quel punto. In quel periodo Pat non aveva nessun aiutante e dal giorno in cui Nick, Cass e Billy se n'erano andati, tutte le responsabilità erano ricadute sulle sue spalle. Il medico era convinto che questo fatto avesse contribuito in gran parte alla malattia. Comunque non c'era nessun altro che potesse dargli una mano a dirigere l'aeroporto.

« Tu non conosci nessuno? » domandò sottovoce Cassie a Billy, che non li aveva mai lasciati in quei due giorni... come avrebbe fatto Chris. Ormai gli O'Malley lo consideravano come un figlio. Purtroppo non conosceva nessuno che potesse aiutarli. Un buon numero dei piloti più giovani, che di solito cercavano lavoro in questo o quell'aeroporto, si erano arruolati volontari nella RAF, come Nick.

« Non so proprio che pesci pigliare », le rispose. Sarebbero dovuti rientrare a Los Angeles quella sera stessa. E partire per il viaggio nel Pacifico tre giorni dopo. A Billy bastò guardarla per leggerle nel pensiero, ma non poteva credere che Cassie sarebbe stata capace di prendere una decisione simile. « Non starai pensando... vero? »

« Forse... » Lo guardò con aria grave. Era un passo importante. Soprattutto dopo quello che Desmond aveva detto prima che partissero. Un passo enorme. Non si poteva nemmeno escludere che fosse quello definitivo. Ma l'unico, per quanto la riguardava. E se Desmond voleva chiedere il divorzio, facesse pure. Si trattava di suo padre! « Non devi considerarti legato a me, Billy. Puoi tornare, così non se la prenderà con te. » Non appena Cassie avesse avvertito Desmond delle sue decisioni, le cose avrebbero senz'altro preso una brutta piega.

« Non posso partire senza di te », ribatté Billy tranquillamente.

« Forse lui troverà qualcun altro. » Cassie era davvero ingenua, pensò Billy. Tutta la pubblicità era stata basata su di lei e nessun'altra soluzione avrebbe avuto lo stesso impatto sull'opinione pubblica. Desmond lo sapeva.

« Che cosa pensi di fare? » le domandò preoccupato. Non voleva che le decisioni di Cassie danneggiassero anche lui, ma sapeva che cosa Pat significasse per Cassie e quali fossero le priorità nelle sue scelte. Ormai non c'erano più dubbi su quello che aveva intenzione di fare; non restava che vedere il modo in cui l'avrebbe fatto.

« Adesso gli telefono e gli dico di posticiparlo. Non sarà costretto ad annullarlo. Solo a posticiparlo. Voglio semplicemente due mesi, al massimo tre, in modo che mio padre possa rimettersi in piedi e io, rimanendo qui, possa occuparmi dell'aeroporto. »

« Rimango con te. Non è escluso che la mia sia una scelta definitiva », ridacchiò Billy. « Potremmo trovarci disoccupati nel giro dei prossimi dieci minuti. » Ma sapeva che per Cassie era qualcosa di ben più importante di un puro e semplice impiego. Per Cassie si trattava del suo matrimonio. D'altra parte, dopo le minacce di Desmond non era nemmeno più sicura che quel matrimonio esistesse ancora. Forse non era mai esistito. Forse Nick aveva avuto ragione sul conto di Desmond fin dal principio oppure, forse, Desmond non era stato capace di controllare i suoi sentimenti in quel momento e adesso ne provava soltanto dispiacere. Comunque era strano che non le avesse telefonato neppure una volta, a casa oppure all'ospedale, da quando era partita. Da due giorni non aveva più sue notizie. E quando lo chiamò al telefono, cinque minuti più tardi, dal centralino dell'ospedale fu la signorina Fitzpatrick a risponderle con voce glaciale. Le disse che andava a cercarlo.

Desmond prese la comunicazione quasi subito e Cassie si pentì di non poter parlare da un posto più tranquillo. Ma non aveva alternative. Doveva dirglielo il più presto possibile.

« Dove sei? » furono le prime parole che Desmond pronunciò.

« All'ospedale di Good Hope. Con mio padre. » Come se

lui non lo sapesse. Non le domandò notizie del suocero, nemmeno una parola sulle sue condizioni. Per quanto ne sapeva, Pat poteva già essere morto, ma non fece domande. « Desmond, mi dispiace essere costretta a fare questo. »

« Cassie, non ho intenzione di ascoltare quello che vuoi dirmi », rispose Desmond con tono gelido. « Ricorda quello che ti ho detto quando sei partita, e ricorda che parlavo sul serio. » Lei fece una pausa, per riprendere fiato, e cercò di pensare che Desmond era l'uomo con cui era sposata da soli quattro mesi e mezzo. Improvvisamente non riusciva quasi a crederci. Perché si stava rivelando esattamente come Nick aveva previsto.

« Ricordo perfettamente ogni parola che hai pronunciato », gli gridò cercando di farsi sentire perché la comunicazione era molto disturbata. « E mi pare anche di ricordare che ti ho sposato. A quanto sembra, tu lo hai dimenticato. Nella vita c'è ben altro, c'è ben di più del giro del mondo! Io non sono semplicemente una macchina e nemmeno un aviatore in gonnella, o uno dei tuoi dipendenti. Sono un essere umano, con una famiglia; e mio padre ha corso il rischio di morire, due giorni fa. Non lo lascio, adesso. Voglio che tu faccia in modo di rimandare il viaggio di due o tre mesi. Partirò in settembre, oppure in ottobre. Scegli tu la data migliore. Fai tutto quello che ritieni più opportuno per la rotta e le condizioni meteorologiche. E io farò tutto quello che vorrai. Ma non ho nessuna intenzione di partire fra tre giorni. Hanno bisogno di me, qui. Non me ne vado. »

« Stupida carogna! » le gridò Desmond di rimando. « Piccola carogna egoista! Ma lo sai quello che ho impegnato in tutto questo, e non solo in termini di denaro, ma di tempo, di passione e di sforzi? Non hai nessuna idea di quello che significa per me, o per il paese? Ti interessa soltanto quella patetica squallida vita, con quella tua modesta e sordida famigliola, quel piccolo campo d'aviazione talmente misero e senza pretese che dovreste vergognarvene! » Dalla sua voce traspariva il più profondo disprezzo non solo per Cassie ma per tutti i suoi famigliari. Quanto a lei, non riusciva a credere alle proprie orecchie. Era davvero un bastardo spietato e senza cuore per avere il coraggio di dirle cose simili! Era quasi impossibile crederci. Cassie si sentì ferita, non solo nello spirito ma anche fisicamente mentre si rendeva conto che lei e Desmond Williams non avevano mai avuto un vero matrimonio. Lei era stata semplicemente uno strumento che doveva servire a procurargli ciò che desiderava.

« I tuoi insulti mi lasciano indifferente, Desmond », gli gridò con voce ferma, completamente indifferente al fatto che qualcuno potesse ascoltarla. « Posticipa il viaggio, oppure cerca di annullarlo. Come preferisci. Io adesso non parto. In autunno volerò dove vuoi, piloterò l'apparecchio che vuoi, ma fra tre giorni non parto. Rimango qui con mio padre. »

« E Billy? » le domandò lui sempre più infuriato. Avrebbe voluto licenziarli, ma sapeva di non poterlo fare.

« Rimane qui con me, con la mia piccola e sordida famiglia, nel nostro piccolo e miserabile aeroporto da quattro soldi. E non partirò per quel viaggio senza di lui. Siamo a tua disposizione, se ci vuoi. Ma non adesso. Più avanti. Fammi sapere quello che deciderai. Sai dove trovarmi. »

« Non te lo perdonerò mai, Cassie. »

« Credo di averlo capito. » Poi non poté fare a meno di domandargli: « Si può sapere per quale motivo, Desmond, sei così arrabbiato? Vuoi spiegarmi che cos'hai? Visto che ho promesso di partire per quel viaggio più avanti? »

« Mi danno fastidio i problemi che mi crei, il fatto di doverlo posticipare. Per quale motivo dovremmo accettare e sopportare tutti questi capricci infantili da parte tua? »

« Perché avrei potuto ammalarmi io... perché sono un essere umano. Ecco la verità. Perché non provi a raccontare ai tuoi cari amici giornalisti che io sono ammalata, o qualcosa del genere? » esclamò, ben sapendo che era assolutamente impossibile, a quel punto. « Di' che sono incinta. »

« Non ti trovo affatto divertente. »

« Spiacente! Ma anch'io non trovo divertente te. Neppure un po'. Anzi, ti trovo molto deludente. Telefonami quando avrai deciso che cosa intendi fare. Sarò all'aeroporto per i prossimi due mesi. Chiamami in qualsiasi momento », concluse Cassie con le lacrime agli occhi. Poi riattaccò con violenza la cornetta. Avrebbe voluto dirgli che le dispiaceva di dover posticipare il viaggio, ma lui l'aveva trattata in un modo così indegno che alla fine non ne aveva più avuto voglia. Era addolorata al pensiero di doverlo rimandare, sapeva che sarebbe stato un colpo durissimo per tutte le persone che lavoravano a quel progetto, ma non poteva abbandonare suo padre in quel momento. Lui era sempre stato presente quando lei ne aveva avuto bisogno e adesso voleva essere accanto a lui. Cassie aveva gli occhi colmi di lacrime di collera e di delusione quando concluse la telefonata; e le tremavano le mani. Proprio in quel momento alzò gli occhi e vide la vecchia suora che era di servizio al centralino. Le sorrideva e le disse: « Brava! L'America ti vuole bene, Cass. Tutti possono aspettare altri due o tre mesi. È bene che ti fermi qui con tuo padre. Che Dio ti benedica ».

Cassie le rivolse un sorriso pieno di gratitudine e poi andò a riferire a Billy i risultati della telefonata.

« Che cosa ha detto? » le domandò Billy con ansia.

« Ancora non l'ho capito, ti giuro. Gli ho detto di rimandare il viaggio, gli ho detto che saremmo partiti e avremmo pilotato il suo apparecchio in settembre o in ottobre. E lui mi ha coperto di insulti. Non oserei proprio dire che sia rimasto contento. Non solo, ma gli ho anche detto che tu rimanevi qui con me e che non avrei mai e poi mai fatto questo viaggio – se e quando lo farò – senza di te. » Billy si lasciò sfuggire un fischio di ammirazione per il coraggio che aveva dimostrato e le allungò un colpetto affettuoso sulla spalla.

Poi Cassie aggiunse: « Ma se vuoi tornare indietro, capirò. Puoi perfino fare quel viaggio da solo, se lo desideri ». Adesso lei aveva mille cose a cui pensare. Il viaggio, il suo matrimonio, tutto quello che Desmond le aveva detto e tutto quello che non le aveva detto. Si era rivelato completamente per quel che era. Ormai si era messo a nudo davanti a lei. E non restavano molte illusioni. Dopo quattro mesi e mezzo il loro matrimonio era finito. Finito. comunque, nella realtà dei fatti, se non ancora legalmente.

Ciò che Cassie non avrebbe mai immaginato era che Desmond arrivasse a Good Hope l'indomani, trascinandosi dietro un centinaio di cronisti e due équipe di tecnici del cinegiornale. E dai gradini d'accesso al Mercy Hospital annunciò che, in seguito a circostanze che andavano al di là del loro controllo, il viaggio veniva rimandato a ottobre. Poi spiegò anche che suo suocero era gravemente malato, anzi in fin di vita, e che Cassie non poteva lasciarlo. Per due mesi si sarebbe occupata dell'aeroporto paterno; poi avrebbe ripreso gli addestramenti per il viaggio, in settembre. Riuscì così a coglierla completamente di sorpresa e dimostrarle, una volta per tutte, di essere esattamente come Nick l'aveva sempre giudicato. Un simulatore, un vero bastardo, che riuscì addirittura a fingere di essere enormemente preoccupato per il suocero.

Non l'aveva avvisata del suo arrivo. Si era presentato di punto in bianco all'ospedale, chiedendo di lei, e quando Cassie era uscita dalla camera, l'aveva trovato ad aspettarla in un atrio affollato di giornalisti. Aveva perfino organizzato una vera e propria conferenza stampa sui gradini dell'ospedale. E naturalmente lei aveva l'aria affaticata ed esausta, esattamente quello che Desmond voleva. Voleva che l'America provasse compassione per lei; così le avrebbero perdonato il fatto di rimandare il viaggio. Su questo non c'erano dubbi. Ormai le avrebbero perdonato qualsiasi cosa. Solo Desmond non ci riusciva. Cassie si sentì sopraffatta da quello che le stava succedendo, e talmente furiosa contro di lui che scoppiò in lacrime non appena le domandarono notizie di suo padre. Proprio quello che Desmond voleva.

Poi, quando i giornalisti si fuono allontanati, la pregò di uscire dall'ospedale e le spiegò in termini inequivocabili quello che si aspettava da parte sua. Aveva esattamente due mesi di « permesso », come volle definirlo, prima del grande viaggio. Il 1° settembre doveva essere di ritorno a Los Angeles per riprendere l'addestramento e per partecipare alle sedute informative. Il 4 ottobre era la data fissata per la partenza. Avrebbero seguito la stessa rotta, anche se sarebbe stato necessario qualche piccolo ritocco a causa delle condizioni meteorologiche. Qualsiasi cambiamento a questo piano

– o se lei non si fosse presentata a Los Angeles secondo gli accordi previsti – avrebbe avuto come risultato un'azione legale. E per essere proprio sicuro che Cassie avesse capito aveva portato con sé dei contratti, per lei e per Billy, che dovevano essere firmati. E infine le annunciò che sarebbe tornato a Los Angeles a bordo dell'apparecchio con il quale lei era arrivata.

« Non vuoi nient'altro? La mia biancheria o le mie scarpe? Se non sbaglio hai pagato anche quelle. Ho lasciato l'anello di fidanzamento a Los Angeles, ma prendilo pure; è tuo. E puoi prenderti anche la mia vera nuziale. » Se la fece scivolare dal dito, con la mano che le tremava, e gliela tese. Tutto quanto era accaduto in quegli ultimi giorni le pareva un incubo. Desmond la guardò con aria distaccata, senza rivelare la minima emozione. Era un uomo che non provava niente per nessuno, neppure per la ragazza che aveva sposato.

« Ti suggerisco di tenerla al dito fino a quando non avrai fatto il viaggio, in modo da non suscitare pettegolezzi. Potrai liberartene senza scalpore dopo, se credi. Sta a te decidere », le rispose Desmond, freddamente.

« Perché in fondo tutto si è sempre ridotto soltanto a questo, vero? Non è stato altro che un bel lancio pubblicitario al futuro viaggio. La fidanzata d'America e il grande magnate dell'industria. Ma perché ti sei preso questo fastidio? Vuoi dirmi che cosa ti è successo? Per quale motivo ti vuoi mostrare così come sei proprio adesso? Perché toglierti la maschera? Semplicemente per il fatto che ho rimandato il viaggio? È una colpa tanto grave? Capisco che sia un inconveniente e che sia molto costoso cambiare i nostri piani, ma... se avessi avuto un problema con l'apparecchio... se mi fossi ammalata io... e se fossi rimasta incinta? »

« Quanto a quello, non è mai stato un pericolo. Io non posso avere figli. » Ecco un'altra cosa che non le aveva mai detto. Le aveva sempre lasciato pensare che fosse una scelta, una possibilità come un'altra, che un giorno ne avrebbero potuti avere, quando lei si fosse sentita pronta. Cassie non riusciva a credere di essere stata ingannata fino a quel punto, e che lui fosse disposto ad ammetterlo. Adesso le aveva mostrato tutte le carte che aveva in mano, fino all'ultima. E non l'amava. Non gliene importava niente di lei. Voleva soltanto che facesse quel viaggio; e sapeva che avrebbe potuto intentarle un'azione legale e distruggere la sua immagine, il suo nome, se lei si fosse rifiutata di partire. La cosa più stupida era che a Cassie non importava niente di tutto quanto le aveva fatto. Le dispiaceva soltanto che le avesse raccontato un sacco di bugie. Desmond l'aveva chiesta in moglie, le aveva detto che l'amava, aveva fatto finta di volerla proteggere, di volerla circondare di mille premure. Invece non provava nessun interesse per niente e per nessuno, tranne il suo progetto e gli aeroplani che avrebbe potuto vendere.

« Si può sapere che cosa vuoi da me? » Lo guardò tristemente.

« Voglio che tu faccia quel viaggio. È tutto quello che ho sempre voluto da te. Voglio vederti volare. E che tutti si innamorino di te. Che io mi sia innamorato di te o no, non è mai stato importante. »

« Era importante per me », gli rispose Cassie con le lacrime agli occhi. Gli aveva creduto fino in fondo.

« Sei molto giovane, Cassie », le disse lui, tranquillamente. « Un giorno sarai felice di aver fatto questo. »

« Non era necessario che tu mi sposassi per persuadermi a fare il viaggio. Lo avrei fatto in ogni caso. »

« Non avrebbe avuto lo stesso impatto sul pubblico », replicò Desmond senza il minimo imbarazzo. Il matrimonio con lei era stato semplicemente frutto di un freddo calcolo. E Cassie si domandò se mai, per un solo momento, le avesse voluto bene. Si sentiva molto sciocca, una vera credulona, sfruttata fino in fondo. Provò imbarazzo pensando a quello che era stato il loro rapporto fisico. Perfino la luna di miele doveva essere stata una finzione, probabilmente. In ogni caso, tutto quanto era avvenuto dopo era stato semplicemente una questione di affari. Desmond non aveva mai sprecato molto tempo nelle romanticherie.

« Tu non hai preso mai quel viaggio sul serio. E il fatto che adesso tu decida di rimandarlo lo dimostra chiaramente. Forse avrei dovuto scegliere qualcun altro. Ma sembravi talmente perfetta! » esclamò guardando Cassie come se lo avesse imbrogliato. E lei ricambiò il suo sguardo, sbalordita.

« Vorrei che tu avessi scelto qualcun altro », replicò, ed era la verità.

« Ormai è troppo tardi. Per tutti e due. Dobbiamo andare fino in fondo a questo punto. »

« Su questo non ci sono dubbi. »

Non aveva più niente da dirle, non una parola di scusa né di rimpianto, e nemmeno di conforto. Le raccomandò semplicemente di trovarsi a Los Angeles il 1° settembre, secondo gli accordi presi. Poi Billy e Cassie firmarono il contratto. Desmond salì in automobile e tornò all'aeroporto. Un'ora più tardi era già partito. Aveva ottenuto tutto ciò che voleva, le loro promesse e i loro giuramenti, e si era servito di Cassie per avere ulteriore pubblicità. La settimana successiva, infatti, l'intero paese era già al corrente del fatto che suo padre aveva avuto un attacco di cuore. Tutti l'avevano vista piangere, e avevano provato per lei pena e simpatia. Naturalmente, il risultato fu quello di rendere il famoso viaggio ancora più emozionante.

Al Mercy Hospital Pat fu letteralmente sommerso di fiori, doni e biglietti augurali. In un primo momento pensarono di dividere tutto con gli altri pazienti, ma poi furono costretti a caricare i mazzi di fiori e le composizioni floreali su qualche furgoncino per inviarli a chiese e altri ospedali. Cassie non si sarebbe mai aspettata una simile manifestazione di simpatia. Desmond, sì. Come al solito aveva dimostrato di sapere perfettamente quello che stava facendo.

Poi continuò a passare regolarmente alla stampa una serie di notizie, a rilasciare interviste da Los Angeles su Cassie e sui suoi duri impegni di lavoro all'aeroporto del padre, sui progressi fatti nel perfezionare sempre più le prestazioni del suo apparecchio. Comunque, e fu una cosa che non mancò di suscitare un certo interesse, in agosto uno degli ingegneri scoprì un potenziale difetto in uno dei motori. Stavano eseguendo tutta una serie di prove in una galleria aerodinamica, presso il California Institute of Technology, quando il motore si incendiò provocando enormi danni all'apparecchio.

Avrebbe comunque potuto essere riparato – questa fu la versione dei fatti che venne fornita alla stampa – ma in ogni caso il rinvio del viaggio parve provvidenziale. Cassie lo scoprì solo quando lo lesse sul giornale e Billy, quando lo venne a sapere, si lasciò sfuggire un fischio.

« Mica male, eh? Ti sarebbe piaciuto essere costretto a far pipì sul tuo motore numero uno nel bel mezzo del Pacifico? » gli domandò Cassie inarcando un sopracciglio.

« Dammi birra quanto basta e sono capace di fare grandi cose, capitano », sogghignò mentre Cassie scoppiava in una risata. Ma erano preoccupati entrambi, tanto che discussero la questione con gli ingegneri, per telefono, più di una volta. Tutti li rassicurarono, confermando che il problema era stato già risolto.

Fu un'estate difficile per Cassie. Era ancora sotto choc per quello che era successo con Desmond e pensava spessissimo a Nick. Avrebbe voluto scrivergli, ma non sapeva bene che cosa dirgli. In un certo senso le riusciva difficile ammettere che Desmond era proprio quel pessimo soggetto che Nick aveva sempre sostenuto. Alla fine si limitò a mandargli notizie di Pat, a informarlo che il viaggio era stato rinviato e gli ripeté che lo amava sempre. Decise di raccontargli il resto in seguito, la prima volta che l'avesse rivisto. Stava pensando di arruolarsi volontaria nella RAF, ma sapeva che sarebbe stato comunque impossibile prima del viaggio nel Pacifico. Forse subito dopo, in novembre, avrebbe potuto raggiungerlo. E rivederlo. Ormai non sapevano più niente di lui da un paio di mesi, anche se non era un fatto del tutto insolito. In Europa la guerra infuriava e non restava altro che sperare che Nick fosse sano e salvo. Sentiva sempre la sua mancanza e leggeva tutto quello che poteva sulla guerra aerea in Inghilterra.

Adesso Cassie non era più così felice e ansiosa di partire per la sua grande impresa. Compierla perché vi era costretta dalle minacce era ben diverso dall'idea di farlo per amore o – se non altro – come frutto di un progetto comune. Sapeva comunque che sarebbe stata un'esperienza interessante e adesso il suo unico desiderio era arrivare al momento della partenza, affrontarlo e farla finita una volta per tutte. Soltanto così avrebbe potuto riprendere in mano le fila della propria vita.

Dopo il ritorno a casa Pat aveva fatto notevoli miglioramenti. Era un po' dimagrito, aveva smesso di fumare, beveva raramente e ogni giorno sembrava più sano e più forte. Verso la fine di agosto tornò anche lui all'aeroporto. Sembrava in ottime condizioni fisiche. Rimase sbalordito di fronte a tutto quello che lei e Billy avevano fatto e si mostrò particolarmente grato al giovane pilota per essere rimasto al fianco della figlia. Ma fu soprattutto Cassie a commuoverlo profondamente. Era una creatura rara, una ragazza straordinaria, che aveva perfino rimandato il famoso viaggio nel Pacifico solamente per lui, ecco quello che ripeteva a tutti. Come se gli altri non ne sapessero niente! Cassie non gli aveva parlato dei suoi problemi con Desmond. Nonostante questo lui aveva intuito già da tempo che qualcosa la tormentava e si era domandato se non si trattasse di Nick, se ci fosse qualche altro motivo. Fu solo la sera prima della sua partenza che lei si decise a parlargliene.

« È Nick che ti tormenta, Cass? » Sapeva che sua figlia era letteralmente ossessionata da quell'uomo ed era preoccupato perché aveva capito quanto fosse diventato più stretto il loro legame dall'ultima volta che si erano visti. Gli dispiaceva che le cose non fossero andate nel modo giusto. D'altra parte Cassie non avrebbe potuto continuare ad aspettare Nick all'infinito, dopo quello che le aveva detto.

« Non puoi struggerti per lui, Cassie. Soprattutto perché sei sposata con un altro uomo », le disse, e lei fece cenno di sì, non sopportando il pensiero di dovergli rivelare la verità. Si vergognava della propria ingenuità. Desmond l'aveva completamente abbindolata.

« C'è qualcosa che non vuoi raccontarmi, Cassandra Maureen », la stuzzicò il padre e alla fine, nonostante tutti i buoni propositi, lei glielo confidò. Pat rimase allibito. Era proprio quello di fronte a cui Nick li aveva messi in guardia, tutto quello che aveva previsto.

« Aveva ragione, papà. Pienamente. »

« E adesso, che cosa pensi di fare? » Che voglia di ammazzare quell'individuo! Che infamia ingannare così una ragazza come Cassie, ...sfruttarla a quel modo, unicamente per la propria gloria, per il proprio guadagno.

« Non lo so. Farò il viaggio, è evidente. In fondo glielo devo. Non me la sentirei mai di fare marcia indietro e di rimangiarmi le promesse, anche se non credo che lui lo apprezzi. Farò quello che devo fare. E poi... » respirò a fondo. Dopo tutto le scelte che le rimanevano non erano molte « ...divorzieremo, immagino. E sono anche sicura, non so bene come, che riuscirà a dare la sensazione che sia stata io a commettere qualcosa di terribile. Riuscirà a manipolare la stampa, bene o male, a proprio vantaggio. È un uomo molto più subdolo di quanto credessi. E infinitamente più spregevole. »

« Ti darà qualcosa? » si domantò Pat. Desmond era un uomo ricchissimo e avrebbe potuto pagarla profumatamente per quella delusione.

« Ho i miei dubbi. Mi guadagnerò il compenso per il viaggio. Voleva ridurlo per il fatto che l'ho costretto a posticipare la partenza, ma poi non l'ha fatto. Lo considera un regalo, e sostanzioso. È stato già fin troppo generoso. » Del resto avrebbe potuto mantenersi comodamente per anni sfruttando la carriera che Desmond l'aveva aiutata a conquistarsi, e quello era già un compenso sufficiente. Non voleva niente di più da lui.

« Come mi dispiace, Cassie. Mi dispiace moltissimo. » Pat non le nascose di essere profondamente angosciato da quello che aveva appena saputo, ma decisero di non dire niente a Oona per non darle un dispiacere.

« A me basta sapere che non corri rischi durante il viaggio. È tutto quello che adesso importa. Quanto al resto, avrai tempo di fare chiarezza nelle tue idee. »

« Magari partirò anch'io per l'Inghilterra, come pilota di bombardieri. È quello che fa Jackie Cochran. » In giugno la giovane aviatrice aveva fatto da secondo pilota durante la traversata fino all'Inghilterra con un bombardiere Lockheed Hudson, a dimostrazione – una volta per tutte – che anche le donne potevano pilotare gli apparecchi pesanti.

« Oh, vuoi smetterla! » E Pat alzò gli occhi al cielo con un gemito. « Pilotare bombardieri in Inghilterra. Mi farai venire un altro attacco di cuore. Ti giuro che mi fai pentire di quella volta che ti ho portato con me a fare un giretto in aeroplano per la prima volta. Non potresti scegliere cose un po' più banali almeno per un po', per esempio rispondere al telefono, cucinare, aiutare tua madre a tenere in ordine la casa? » Ma scherzava, e Cassie lo capì. Pat sapeva benissimo che ormai non c'era nessuna speranza di vederla rinunciare al volo. « Non correre rischi, Cass », fu il suo ultimo ammonimento prima che lei partisse. « Prudenza, ci vuole. Stai attenta a tutto, con i sensi sempre all'erta. » Ma sapeva quanto fosse brava in questo. Non aveva mai conosciuto pilota migliore.

La mattina seguente, quando Cassie partì, tutti erano commossi, sapendo quali fossero i pericoli del giro del Pacifico. Anche Cassie e Billy versarono qualche lacrima insieme agli altri. Pat e un altro pilota li accompagnarono in aereo a Chicago e di lì raggiunsero la California con un volo di linea. Fu quasi gradevole, tanto per cambiare! E le Skygirl la circondavano di premure. Con Billy non fece che parlare del mese di addestramento che li aspettava. Era stato un periodo di pace quello appena trascorso, insieme tutta l'estate, proprio come ai vecchi tempi, anzi ancora meglio. Perché adesso erano più maturi. E per loro si prospettavano giornate interessanti. Non solo ma, nonostante i suoi problemi con Desmond, Cassie continuava a sentirsi sempre più eccitata al pensiero del viaggio.

« Dove andrai a vivere adesso? A Newport Beach? » le domandò Billy con la massima calma.

« Veramente non ci ho ancora pensato. Non saprei... posso sempre prendere una camera in un albergo, immagino. » Ma sospettava che a Desmond l'idea non sarebbe piaciuta. D'altra parte non riusciva a immaginare di poter tornare a casa, da lui, dopo tutto quello che era successo. Desmond non le aveva telefonato una sola volta in quegli ultimi due mesi e le uniche lettere ricevute da lui erano state quelle dei suoi avvocati o del suo ufficio.

« Puoi stare con me, se credi. Se qualcuno venisse a saperlo, possiamo dire che è necessario per il nostro addestramento. Che cosa ne pensi? » le propose Billy.

« Sì, credo che mi piacerebbe », gli rispose Cassie con franchezza. Non aveva altro posto dove andare.

Così lo seguì a casa sua, quella sera, con i pochi vestiti che aveva portato dall'Illinois e qualche tuta. E l'indomani si recò al lavoro con lui, a bordo del suo vecchio macinino. Con tutto il denaro guadagnato, Billy non aveva ancora pensato a comperarsi un'automobile decente. Per il momento non rientrava nei suoi progetti. Adorava quella vecchia carriola, anche se spesso non riusciva a farla partire.

« Per essere uno che pilota i migliori aerei che si vedano in cielo, come hai il coraggio di guidare un'automobile del genere? » gli domandò Cassie alle tre e mezzo del mattino.

« Facile », rise Billy. « Mi piace alla follia. »

Furono impegnati fino a sera inoltrata. Avevano anche in programma un volo notturno di esercitazione. Cassie non rivide Desmond fino al secondo giorno dopo il suo arrivo e fu solo per caso, perché lo incontrò in uno degli hangar che si trovavano nei pressi del suo ufficio. Si meravigliò di vederlo, ma lui aveva accompagnato qualcuno nel giro dello stabilimento e dell'aeroporto e poi era passato un momento a parlarle. Voleva essere sicuro che non avrebbe fatto gaffe o detto qualcosa di sconveniente alla stampa. E si comportò molto meglio dell'ultima volta che si erano visti. Fu più gentile.

« Si può sapere esattamente dove ti sei sistemata adesso? » Era stato sfiorato dal sospetto che non volesse più tornare a vivere con lui, anche se non gliene importava gran che. Bastava che non si sapesse in giro. Aveva già imballato tutta la sua roba e l'aveva fatta trasferire in uno degli hangar, in casse e scatoloni siglati. L'unica cosa che temeva, adesso, era che lei facesse scoppiare uno scandalo. Ma, conoscendola bene, era abbastanza sicuro che non sarebbe successo niente del genere. Era troppo onesta, Cassie, e troppo orgogliosa. Voleva fare il viaggio nel Pacifico per lui, e farlo bene. Non aveva alcuna intenzione di commettere sciocchezze che potessero danneggiarlo.

« Sto con Billy », gli disse con aria piena di dignità. Addosso aveva una delle vecchie tute portate da casa.

« Cerca di avere un po' di discrezione », le disse gelido. Ma sapeva meglio di chiunque altro che, a quel punto, anche se la stampa avesse diffuso la notizia che i loro rapporti non erano idilliaci, ormai niente avrebbe potuto danneggiarli.

« Evidentemente. Non credo che nessuno sia sfiorato dal minimo sospetto che io abiti da Billy. » Aveva anche pensato di chiedere asilo a Nancy Firestone, ma poi si era resa conto di provare un certo imbarazzo all'idea di proporle una cosa del genere. Non c'era più, fra loro, l'intimità di un tempo. E Billy aveva risolto tutto invitandola a casa sua. L'unica cosa che non avrebbe assolutamente potuto fare era prendere una camera in un albergo. Perché la notizia sarebbe rimbalzata immediatamente nelle redazioni dei giornali.

Per uno strano caso incontrò Nancy Firestone quello stesso giorno, appena dopo aver lasciato Desmond. Nancy stava uscendo dall'ufficio e Cassie stava correndo a comperare qualcosa da mangiare per sé e per Billy prima di tornare indietro per una serata fitta di riunioni e di impegni.

« Sta per arrivare il grande momento, vero? » disse Nancy con un sorriso. Tutti, alla Williams Aircraft, contavano i giorni e i minuti. Cassie le sorrise facendo cenno di sì con la testa, ma appariva stanca e tesa. Rivedere Desmond alla fine di una lunga giornata di lavoro non aveva certo contribuito a sollevarle lo spirito. Si era mostrato così scortese e scostante con lei, così freddo, che pareva quasi impossibile immaginare che ci fosse mai stato qualcosa fra loro, al di là degli interessi d'affari. Nancy, invece, sembrava più cordiale e fu un piacere rivederla.

« Sì, ormai quasi ci siamo », Cassie sorrise. « Come sta Janie? Sento la sua mancanza. È un secolo che non la vedo. »

« Sta bene. » Poi le due donne si squadrarono per un lungo momento. E Cassie si accorse all'improvviso che Nancy la stava osservando in uno strano modo, come se volesse dirle qualche cosa, ma non sapesse se faceva bene o no. Per un attimo si domandò se non fosse stata sgarbata con lei, se l'avesse offesa, se era quello il motivo per cui si era sempre mostrata tanto fredda dopo il suo matrimonio con Desmond. Oppure si sentiva soltanto a disagio visto il nuovo ruolo di Cassie? Bastò quel pensiero a farla quasi sorridere. Se era questo che la preoccupava, adesso poteva tranquillizzarsi.

« Dovremmo cercare di stare un po' insieme, una volta o l'altra », disse Cassie con calore, cercando di mostrarsi cordiale in ricordo dei vecchi tempi. Era stata Nancy a occuparsi di lei, circondandola di premure, quando era appena arrivata a Los Angeles e soffriva di solitudine.

Ma Nancy adesso la guardava come se non riuscisse a credere a quello che si era appena sentita dire. « Continui a non capirlo, Cass, vero? »

« Capire che cosa? » Cassie si sentì sconcertata, ma adesso aveva troppe altre cose in mente per aver voglia di giocare agli indovinelli con Nancy.

« Lui non è l'uomo che tu hai sempre creduto. Sono molto poche le persone che lo conoscono per quello che è realmente. » Cassie si irrigidì a quell'accenno indiretto a Desmond. Non aveva nessuna intenzione di lasciarsi coinvolgere in una discussione sul suo conto con Nancy. Per quanto tutti ne sapevano, Desmond continuava a essere suo marito.

« Non capisco che cosa vuoi dire », le rispose glaciale. Poi, improvvisamente, si rese conto che quelle parole sottintendevano molto più di quanto lei avesse capito. Collera, gelosia e invidia. Possibile che Nancy fosse innamorata di Desmond? E fosse gelosa di Cassie? A un tratto capì di essere stata incredibilmente ingenua, e non solo per quanto riguardava Desmond ma anche tutti gli altri. Nessuno di loro era realmente quello che le aveva voluto lasciar credere.

« Non penso che dovremmo parlare di Desmond », rispose a Nancy, senza perdere la calma. « A meno che non si tratti di questioni che vuoi discutere direttamente con lui. »

« È sempre una possibilità », ribatté Nancy con un sorrisetto di sussiego. « Sapevo che non sarebbe rimasto a lungo con te. Tutta scena. Peccato che tu non sia mai riuscita a capirlo, Cass. » Ma che cosa ne sapeva lei, di tutto questo? Che cosa le aveva detto Desmond?

Cassie arrossì, stringendosi nelle spalle. « Per me è un po' complicato, credo. Nel posto dove sono nata io, di solito la gente si sposa per tutt'altri motivi.»

«Sono sicura che fosse molto affascinato da te. E magari la faccenda avrebbe anche potuto durare se tu avessi saputo giocare bene le tue carte. Ma a lui non piace divertirsi con le ragazzine. E credo che tu lo annoiassi.» Soltanto allora Cassie capì quello che le stava dicendo. Capì fino in fondo com'erano stati tutti perversi, diabolici e corrotti.

«E tu no, Nancy? È questa la verità?»

«Si direbbe di no. D'altra parte, te lo ripeto, io sono un po' più matura. E so giocare a questo gioco meglio di te.»

«E quale sarebbe, questo gioco?» Cass, adesso, voleva saperlo.

«Il gioco è semplicemente quello di fare tutto ciò che lui vuole, né più né meno, quando vuole e nel modo esatto in cui lo vuole.» A Cassie sembrava, più o meno, l'impegno che può prendersi una persona di servizio, non certo una moglie. Una questione di affari, non un matrimonio.

«È questo il contratto che hai con lui? È così che hai ottenuto la casa e la possibilità di far studiare Janie al college? Se penso che l'ho sempre giudicato tanto generoso! Adesso mi rendo conto che probabilmente c'è sotto più di quanto non appaia a prima vista.» Proprio quello che le aveva detto Nick. Desmond Williams aveva delle amanti che pagava profumatamente perché fossero sempre a sua disposizione in qualsiasi momento, pronte a fare quello che lui voleva. Per Nancy aveva significato fare da chaperon a Cassie. E improvvisamente Cassie capì fino a che punto questo le avesse dato fastidio. In un certo senso, se non fosse stato tanto ignobile e indecente, forse sarebbe persino riuscita a trovarlo buffo.

«Desmond è molto generoso con me. Ma non mi faccio illusioni sul suo conto», disse gelida Nancy, guardando Cassie negli occhi. «Non mi sposerà mai. Non si mostrerà mai in pubblico in mia compagnia. Non lascerà mai capire che esiste un legame fra noi. Però sa che io sono qui, per lui. Ed è buono con me. Mi è utile. È una situazione che funziona a meraviglia per tutti e due.» Ma Cassie, ascoltandola descrivere con tanta freddezza la realtà dei fatti e il vuoto calcolo in base al quale Nancy si prestava alle esigenze e ai bisogni di Desmond, provò una gran voglia di allungarle uno schiaffo. « Stava con te quando mi ha sposato? » le domandò con voce strozzata. Quel discorso adesso la impauriva.

« Evidentemente. Dove credi che andasse la sera quando non lavorava? E perché pensi che non dormisse con te? Te l'ho detto, Cassie, a lui non piace giocare con i bambini. Ma non è cattivo come pensi. A suo parere non aveva senso dormire con te, o illuderti e ingannarti più di quanto non fosse necessario. Tutto è sempre stato fatto in nome del grande viaggio. Sotto un certo aspetto, Desmond può essere qualificato un idealista. »

« Che bastardo. » Queste parole le sfuggirono dalle labbra quasi inconsapevolmente. E guardando Nancy, Cassie si accorse che la odiava. E odiava lui. Era stato soltanto un gioco. Per tutti e due. Aveva solo fatto parte del progetto del viaggio nel Pacifico, di uno schema ben più grande, unicamente per vendere aeroplani.

Sposare lei era stata semplicemente un'altra tessera del grande mosaico, una mossa pubblicitaria... e intanto lui continuava a dormire con Nancy. Non c'era da meravigliarsi che fosse diventata così fredda con lei da quando si era sposata. E non si poteva neppure escludere che per un po' Nancy avesse anche nutrito qualche preoccupazione. Aveva dieci anni più di Cassie ed era molto meno attraente e affascinante di lei.

« Non hai avuto un po' paura che perdesse la testa per me? » Cassie la fissò e rimase soddisfatta quando vide Nancy sulle spine.

« Veramente, no. Ne abbiamo parlato. Non eri per niente il suo tipo, Cass. »

« Visto quello che so adesso, quasi quasi lo considero un complimento », replicò Cassie, glaciale. Poi decise di non risparmiare un colpo basso alla sua avversaria. « Non ci sei solamente tu, sai? Non sei l'unica ad avere certi accordi con Desmond. » Lo disse con il tono di chi rivela un segreto, e ciò rese Nancy stranamente nervosa. Il suo futuro, il suo mantenimento, dipendevano da quegli «accordi» con Desmond.

«Si può sapere che cosa vuoi dire?»

«Ce ne sono altre come te... con case... contratti... accordi speciali... Desmond non è il tipo che si accontenta di una donna sola.» A queste parole uno sguardo di terrore apparve negli occhi di Nancy.

«Ma è ridicolo! E a te, questo, chi l'ha detto?»

«Nessuno che tu conosca. Una persona mi ha riferito che le sue donne sono numerose. Mi capisci... un po' come se si facessero concorrenza l'una con l'altra!»

«Non ci credo.» Ma in realtà non ne era affatto certa.

«A suo tempo non ho creduto a una sola parola di tutto questo, Nancy. Adesso, sì. È stato un piacere rivederti» esclamò e aggiunse: «Saluta Desmond da parte mia». Con queste parole entrò in fretta negli uffici. Non aveva più voglia di mangiare. Nancy Firestone le aveva fatto perdere l'appetito. Si sentiva nauseata quando tornò nell'hangar a cercare Billy.

«Dov'è la mia cena?» Avevano entrambi una riunione fra meno di mezz'ora e Billy moriva di fame.

«Me la sono mangiata lungo la strada», ribatté lei, pronta, ma aveva un aspetto da far paura. Era pallida come un cadavere. Billy se ne accorse subito e si preoccupò.

«Dici sul serio, Cass? Stai bene? A guardarti si direbbe che tu abbia visto un fantasma. Ti ha telefonato qualcuno da casa?»

«No, papà sta bene. Ho parlato con la mamma stamattina.»

«E allora, che cosa è successo?» Lei esitò per un attimo che parve interminabile e infine si lasciò cadere su una seggiola. Poi gli riferì per filo e per segno tutto quello che Nancy Firestone le aveva detto.

«Quel figlio di puttana», commentò Billy, facendo una smorfia. «Proprio un maestro nell'organizzare i suoi piani, vero? Peccato che per ottenere il successo debba rovinare la vita degli altri. Sarebbe meglio se rimanesse sempre nel suo giro, se frequentasse quelli come lui.»

« Credo che lo faccia, per buona parte del tempo almeno. » E Nancy Firestone non era certo l'amica che lei aveva creduto. « Dopo il viaggio, partirò subito e tornerò a casa per un po'. Credo di non aver più nulla da fare qui. Questo mondo non fa per me. » Si voltò a guardarlo con aria sperduta e Billy annuì. Provava una compassione infinita per lei, perché non meritava tutto questo.

Quanto a Cassie, adesso le era chiaro il motivo per cui lei e Desmond non facessero più l'amore e perché lui non avesse mai mostrato grande interesse dopo la luna di miele. Aveva ovviamente continuato a frequentare Nancy, e chissà quante altre. Ma in fondo poteva considerarsi fortunata che Desmond non si fosse preso il fastidio di passare altro tempo a letto con lei. Se fosse accaduto il contrario, forse adesso si sarebbe sentita ancora peggio. Ne era quasi certa. Ora si sentiva soltanto tradita e si rendeva conto di essersi comportata come una vera sciocca. E la cosa che più la faceva soffrire era il fatto che lei aveva creduto fino in fondo a quel bastardo.

« Be', e adesso che cosa facciamo? » le domandò Billy, preoccupato per lei. Si chiudeva intanto se, in seguito al tradimento di Desmond, Cassie fosse pronta a gettare la spugna. Ma lei non era il tipo da fare capricci. Aveva tutte le intenzioni di portare a termine ciò che aveva iniziato. E Billy l'ammirò per questo.

« Andiamo fino in fondo, ragazzo. È per questo che siamo qui. Il resto, in ogni caso, era un di più. » E comunque, nessuno aveva mai definito Cassie O'Malley una « rinunciataria ».

« Brava. » Billy la strinse in un forte abbraccio e poi la portò fuori a mangiare. Ma Cassie non toccò quasi cibo.

Da quel giorno in poi ci fu una conferenza stampa la settimana. Desmond faceva di tutto per mostrarsi gentile con lei in pubblico. La canzonava garbatamente, raccontava buffi aneddoti sul suo conto e faceva anche finta di mostrarsi affettuoso. Ma solo il minimo indispensabile. Il tutto sarebbe stato molto commovente se lei avesse ignorato la verità, cioè quello che stava veramente succedendo. Non solo, ma il comportamento di Desmond risultava credibile, ma solo a chi non conoscesse a fondo né lui né Cassie.

Cassie sembrava più seria di prima, ma questo si poteva spiegare facilmente con le pressioni alle quali era sottoposta di continuo in vista del viaggio ormai imminente. Si era posta un obiettivo importante. Si addestrava con estremo rigore e Desmond ricordava spesso alla stampa che aveva trascorso l'intera estate prendendosi cura di suo padre.

« Come sta tuo padre, Cass? » le domandò uno dei giornalisti.

« Benone! » E ne approfittò per ringraziare l'America intera per i doni, i biglietti augurali e le lettere. « Gli è stato proprio di grandissimo aiuto. Ha ricominciato a volare, anche se adesso viaggia con un secondo pilota al fianco », aggiunse sempre più fiera. E i giornalisti andarono in visibilio. Credevano a ogni sua parola. Né più né meno come credevano a tutto quello che Desmond diceva. Cassie aveva ormai capito il gioco e Billy si stupiva di quanto fosse brava a recitare la sua parte.

« Come ti senti? Tutto bene? » le domandò sottovoce alla fine di una intervista. Desmond si era mostrato particolarmente gentile nei suoi confronti, ma Billy, dopo, si era accorto che lei ne era rimasta letteramente sconvolta.

« Certo. Sono in ottima forma », gli rispose. Ma lui sapeva quanto ferita e tradita si sentisse. La notte soffriva di incubi. E una volta, dalla camera attigua, dove lui dormiva, la sentì piangere.

Cassie non rivide mai più Desmond a quattr'occhi fino alla sera precedente la partenza. Nel pomeriggio c'era stata un'affollatissima conferenza stampa e poi era andata a cena con Billy nel loro ristorante messicano preferito.

Quando tornarono, trovarono Desmond ad aspettarli. Era seduto nell'automobile parcheggiata di fronte a casa. Appena sceso, fece capire a Billy che voleva parlare a Cassie da solo.

« Volevo augurarti buona fortuna per domani. Ti vedrò prima del decollo, ma volevo che tu sapessi che... be', mi dispiace che le cose non siano proprio andate come pensavamo.» Stava cercando di mostrarsi gentile, ma bastò il tono con il quale pronunciò quelle parole perché Cassie andasse su tutte le furie.

«Si può sapere esattamente *quale* era il tuo progetto? Io pensavo di avere una vita, un marito e dei figli.» Lui invece progettava un giro del mondo, un'amante e una moglie da copertina, da esibire, davanti ai fotografi e alle macchine da presa.

«In tal caso suppongo che avresti dovuto sposare qualcun altro. Io cercavo una partner. Non molto di più. Era una questione di affari. In fondo, non lo è anche il matrimonio, Cassie?» Cercava di dare l'impressione che fra loro ci fosse soltanto stata un'incomprensione, di spiegare perché le cose non avessero funzionato. Invece, in realtà, le aveva mentito praticamente su tutto, incluso il fatto di essere sterile. Cassie, forse, questo avrebbe potuto accettarlo, come avrebbe potuto accettare molte altre cose, se Desmond fosse stato onesto con lei.

«Non credo che tu abbia nemmeno la più pallida idea di quello che è il matrimonio, Desmond.»

«Forse no», le rispose lui senza mostrarsi imbarazzato. «E se vuoi che ti dica la verità, si tratta di qualcosa che non ho mai sinceramente desiderato.»

«E allora perché prendersi tanti fastidi? Avrei potuto fare questo giro ugualmente, senza tante sciocchezze... e bugie... senza la cerimonia nuziale... Non era necessario spingersi fino a quel punto. Mi hai usata», riprese Cassie, provando un vago sollievo al pensiero di avere finalmente l'occasione di dirglielo.

«Ci siamo usati reciprocamente. Tra un paio di mesi sarai la donna più celebre, un'autentica diva nel campo dell'aviazione. E sono stato io a farti ottenere tutto questo. Pilotando uno dei miei aeroplani. Siamo pari, Cass.» Sembrava molto soddisfatto di sé. Era tutto quello che aveva voluto. Cassie per lui non significava niente, e non aveva mai significato niente. Questa era la cosa peggiore.

«Congratulazioni. Mi auguro che tu ti goda tutto questo quanto e come speravi.»

« Senz'altro. » Ne era pienamente convinto. « Come ne godrai tu. E anche Billy. Con questo colpo magistrale saremo tutti vincitori. »

« Se tutto fila liscio. Mi sembra che tu dia per scontate troppe cose, una più difficile dell'altra », obiettò Cassie, guardinga.

« Ne ho il pieno diritto. Tu piloterai un apparecchio favoloso, e sei una grande aviatrice. Non ci vuole niente di più. Salvo un pizzico di fortuna e un po' di tempo buono. » La guardò a lungo, con occhi penetranti, augurandosi che facesse le cose giuste, le cose che per lui erano importanti, ma senza offrirle in cambio nient'altro se non la gloria e il denaro. L'amore non rientrava nel suo grandioso progetto. Desmond non sapeva che cosa fosse. « Buona fortuna, Cass », disse piano.

« Grazie », rispose lei e salì nell'appartamento di Billy.

« Che cosa voleva? » le domandò lui insospettito. Era preoccupato perché temeva che Desmond avesse detto qualcosa che la facesse soffrire.

« Semplicemente augurarci tutta la fortuna possibile, credo. A modo suo. Non c'è niente, lì dentro... finalmente l'ho capito... quell'uomo è completamente vuoto. » Era più vero di quanto immaginasse. Desmond Williams non aveva un'anima. Gli mancavano lo spirito e la sensibilità; in lui c'erano solo calcolo, avidità e una passione ossessiva per gli aeroplani. Mai per le persone. Cassie era semplicemente uno strumento, e fra lei e una chiave inglese per mettere a punto un motore non c'era nessuna differenza, era un mezzo per ottenere successo, niente di più, una rotellina in una delle sue macchine, anzi, a dire la verità, una delle più piccole. Lui era il burattinaio, il grande creatore di progetti, lo spirito animatore. Ai suoi occhi Cassie non contava niente.

18

Il *North Star* decollò in perfetto orario la mattina del 4 ottobre, come stabilito, alla partenza di una folla composta da centinaia di persone. Il cardinale di Los Angeles benedì l'apparecchio. Poi venne servito champagne a tutti e Cassie si allontanò in volo verso l'orizzonte seguendo una rotta tortuosa studiata per battere qualsiasi record sulla distanza e per adeguarsi ai capricci della politica mondiale in quel momento.

Puntarono subito verso sud, per raggiungere Città del Guatemala, con l'intenzione di coprire un percorso di oltre tremila chilometri in una sola tratta, senza scendere a terra per rifornirsi di carburante. Quando arrivarono, controllarono le loro mappe e le condizioni meteorologiche, e dedicarono un po' di tempo a un esame della zona oltre a una serie di contatti con la popolazione locale che sembrava affascinata dall'aeroplano e arrivò a frotte all'aeroporto per ammirarli. Desmond non aveva trascurato nulla. Tutto il mondo era al corrente del viaggio di Cassie.

All'aeroporto di Città del Guatemala trovarono ad attenderli giornalisti, ambasciatori, inviati speciali, diplomatici e uomini politici. C'era anche una banda che suonava e Cassie, con Billy, posò per i fotografi. Nessuno, fin dall'epoca di Charles Lindbergh, aveva ottenuto altrettanta attenzione.

«Non è una brutta vita, vero?» domandò Cassie in tono

malizioso, burlandosi un po' di Billy mentre decollavano per San Cristóbal, nelle Galápagos, l'indomani. Il percorso superava di poco i millesettecento chilometri e lo coprirono in poco più di tre ore. L'apparecchio costruito per loro dalla Williams Aircraft era davvero eccezionale. Desmond vedeva realizzare, con questa parte del percorso, già il suo primo desiderio. Cioè stabilire un nuovo record per la velocità e la distanza.

«Magari dovremmo fermarci qui, in qualche bel posticino, per una vacanza», suggerì Billy, e Cassie sorrise. Questa volta ad attenderli c'erano funzionari ecuadoriani, il personale militare americano e gli abitanti locali. E naturalmente i fotografi. Poi furono invitati a cena dal governatore delle isole.

Il viaggio procedeva nel modo migliore; si fermarono lì per un'intera giornata in modo da poter eseguire un controllo completo e accurato dall'aereo e una serie di rilevamenti meteorologici e geografici sulle mappe. Le cose non sarebbero potute andare meglio.

Dalle Galápagos percorsero un'altra tratta di tremilaseicento chilometri per raggiungere l'Isola di Pasqua. Ci impiegarono sette ore esatte. Ma questa volta incontrarono dei venti inaspettati e ci mancò poco che non riuscissero a mantenere il record ottenuto.

«Speriamo che la prossima volta tu abbia migliore fortuna, bambina», disse Billy in tono sherzoso mentre rollavano sulla pista dell'Isola di Pasqua. «Quel tuo terribile marito potrebbe mettere a ferro e a fuoco le nostre case e tutto quello che possediamo, se non gli presentiamo al più presto qualche nuovo record.» Sapevano che Desmond teneva d'occhio i giapponesi, i quali stavano lavorando alla fabbricazione di un aeroplano che potesse compiere il percorso non-stop fra Tokyo e New York. Una distanza di oltre diecimila chilometri. Ci lavoravano già da un anno, ma fino a quel momento non avevano incontrato che problemi e non erano nemmeno riusciti ad arrivare all'Alaska. Quanto al primo volo di collaudo, era previsto di lì a un anno. Poiché Desmond aveva tutte le intenzioni di batterli, i voli sulle lunghe distanze attraverso il Pacifico erano molto importanti.

Trovarono l'Isola di Pasqua un luogo affascinante. Si fermarono per il rifornimento di carburante. L'isola era abitata da un popolo splendido, ingenuo e semplice; videro anche le famose statue moai, che si riteneva fossero state scolpite ed erette dall'uomo preistorico. A Cassie sarebbe piaciuto molto approfondire quei misteri, se ne avesse avuto il tempo.

Invece si fermarono una notte soltanto, per riposare prima del lungo trasferimento che l'indomani doveva portarli a Papeete, Tahiti. Questa volta riuscirono a malapena a mantenere il record. Coprirono un percorso di quasi quattromila chilometri in sette ore e quattordici minuti, senza problemi.

Atterrare a Tahiti fu come arrivare in paradiso e quando Billy posò gli occhi sulle ragazze allineate lungo la pista, che li salutavano con grandi gesti e portavano le collane di fiori da offrire ai due aviatori, si lasciò sfuggire un grido di entusiasmo e di gioia che provocò risate a non finire da parte di Cassie.

« Mio Dio, e ci pagano per fare questo, Cass? Oh, piccola, non riesco proprio a crederci! »

« Cerca di comportarti bene, altrimenti... se continui a guardarle a quel modo, con gli occhi letteralmente fuori dalla testa... ci butteranno in fondo alla cella di una prigione. » Billy sembrava davvero un bambino troppo cresciuto, era buffo e divertente... A Cassie piaceva volare con lui. Ma soprattutto era straordinario come navigatore e ottimo come meccanico.

Era stato proprio lui a sentire un rumore sospetto subito dopo il decollo dall'Isola di Pasqua e dopo aver salutato come si doveva le ragazze taihtiane decise di tornare all'aereo per fare subito un controllo. Accennarono a quel fatto nel cablogramma spedito alla sede della Williams, quella sera, pur rassicurando tutti che non doveva trattarsi di un problema serio. Fornivano rapporti giornalieri sui loro progressi, e provarono un gran sollievo quando poterono annunciare di aver battuto anche un altro record.

A Papeete quasi tutti parlavano francese e Billy lo masticava quel tanto sufficiente a cavarsela. Furono invitati a una cena d'onore offerta dall'ambasciatore francese e Cassie dovette scusarsi dicendo che non aveva niente di mettersi se non le tute di volo. Allora qualcuno le prestò uno stupendo sarong e lei lo completò con un esotico fiore rosa fra i capelli. Fu Billy a farle da cavaliere alla cena d'onore.

« Confesso che, combinata così, non assomigli proprio per niente a Lindy », le disse Billy in tono di ammirazione mettendole un braccio sulle spalle mentre dall'albergo raggiungevano a piedi l'ambasciata. Quando, più tardi, fecero una passeggiata sulla spiaggia, parlando del viaggio, Cassie disse con tristezza che avrebbe voluto avere Nick con loro. Papeete era un luogo pieno di fascino e di magia, e le persone molto belle e attraenti. Era il posto più straordinario che lei avesse mai visto e preferì evitare qualsiasi confronto con l'isoletta del Messico dove aveva passato la luna di miele. Erano ricordi che adesso voleva soltanto dimenticare.

Rimase fino a tardi seduta sulla spiaggia con Billy, a parlare delle persone che avevano conosciuto, delle cose che avevano visto. La cena all'ambasciata era stata un'autentica e raffinatissima dimostrazione di civiltà, al punto che Cassie – perfino con quell'incantevole sarong addosso – si era sentita un po' a disagio. Chissà che imbarazzo se si fosse presentata con una delle tute che indossava in volo!

« A volte le cose che facciamo mi lasciano sbalordita », esclamò Cassie con un sorriso, giocherellando con il fiore che aveva messo fra i capelli. « Voglio dire... come possiamo essere tanto fortunati? Pensa all'aereo che pilotiamo, in volo sul mondo... alle persone che conosciamo... i luoghi in cui andiamo... è come vivere la vita di qualcun altro... Come ho fatto, io, Cassie, a ottenere tutto questo? Non provi anche tu la stessa sensazione, Billy? » A volte si sentiva talmente giovane! E altre volte talmente vecchia. A ventidue anni le pareva di avere avuto una enorme fortuna e – tutto considerato – riteneva che la sfortuna, al confronto, fosse stata ben poca.

« Secondo me tu hai pagato un prezzo molto alto per questo viaggio, Cass... molto più alto di quello che ho pagato io», le disse Billy, diventando serio. Pensava al suo matrimonio. «Comunque anch'io ho questa sensazione. Ci credi se ti dico che continuo ad aspettarmi che qualcuno da un momento all'altro mi acchiappi per la collottola dicendo: 'Ehi, ma questo ragazzo che cosa sta facendo qui? Non è il suo mondo!' »

«E invece è il tuo mondo», ribatté Cassie con calore. «Sei il migliore che ci sia. Non so come me la sarei cavata senza di te.» C'era solo un'altra persona con la quale le sarebbe piaciuto fare quel viaggio: Nick. E chissà che un giorno...

«Tutto questo finirà molto presto, e lo sai, Cass. Era quello su cui riflettevo quando siamo arrivati qui. Un attimo e tutto è finito... basta... tu fai progetti e ti alleni, fatichi e sudi per un anno intero e poi... oplà... dieci giorni... e tutto è finito.» Ormai erano già quasi a metà del percorso e Cassie, pensandoci, si sentiva triste. Non voleva che il viaggio finisse tanto in fretta.

Poi si incamminarono lentamente verso l'albergo e fu a quel punto che lei disse qualcosa che lasciò Billy stupefatto. «Credo che dovrei essere grata a Desmond per tutto questo... e lo sono... ma in uno strano modo, non mi sembra più, adesso, che questo sia il *suo* viaggio. Ha detto tutte quelle bugie, ha fatto tutti quei calcoli, eppure questo viaggio è 'nostro'. Siamo noi a farlo. Qui ci siamo noi. Non lui. Chissà perché, lui non mi sembra più così importante.» Per lei era un sollievo e Billy fu contento che non si tormentasse troppo per il modo vergognoso in cui era stata trattata dal suo ex marito.

«Dimenticalo, Cass. Al nostro ritorno tutto questo sarà acqua passata. La gloria sarà soltanto tua.»

«Non credo che sia mai stata la gloria che volevo», rispose lei, ed era sincera. «Volevo soltanto l'esperienza, capire che potevo farcela.» Ma senza rovinare la vita a nessuno.

«Certo, la stessa cosa vale anche per me», ammise Billy. Ma non riusciva a non pensare con realismo a quello che sarebbe stato il futuro, il clamore, il successo, la celebrità che gli avrebbe portato. «D'altra parte, anche la gloria non è poi così male! » Sorrise, come un ragazzo, e Cassie scoppiò a ridere. Poi lo guardò, tornando seria.

« Volevo inoltrare domanda di divorzio prima di partire, ma poi ho deciso che era meglio aspettare la fine del viaggio, nel caso qualche giornalista troppo ficcanaso fosse venuto a saperlo. Non volevo guastare tutto con una mossa troppo avventata. I documenti sono già pronti... e firmati. » Sospirò ricordando quando si era presentata nello studio di quell'avvocato... Era stata un'esperienza penosa raccontargli tutto quanto era sucesso per filo e per segno.

« Posso sapere quale sarà la motivazione? » le domandò Billy con interesse. Gli erano venute in mente almeno una mezza dozzina di alternative, nessuna delle quali particolarmente piacevoli, a cominciare dall'adulterio per finire con il fatto che Cassie si era ritrovata con il cuore spezzato – ammesso che quello fosse un motivo abbastanza valido per il divorzio.

« Credo che, tanto per cominciare, parlerò di frode. Può sembrare orribile, ma l'avvocato ha detto che le basi per un'accusa del genere ci sono. » E poi, naturalmente, di Nancy. « Credo che riusciremo a trovare il modo di accordarci con reciproca soddisfazione e senza suscitare grande scalpore. Magari potremmo combinare un divorzio a Reno, se lui acconsente. Se non altro tutto finirebbe molto in fretta.

« Sono sicuro che accetterà », disse Bill con aria saggia. Poi si salutarono e si ritrovarono la mattina successiva a colazione sulla terrazza.

« Che ne diresti se proponessimo a quella gente di venire a riprendersi l'aereo perché noi abbiamo deciso di rimanere qui? » Billy le rivolse un sorriso addirittura estasiato mentre divorava una omelette e un mucchio di croissant, accompagnati da una tazza di caffè nero, forte – il tutto servito da una ragazza indigena di sedici anni con un corpo splendido avvolto in un pareo.

« Non hai paura di annoiarti? » chiese Cass sedendosi vicino a lui. Anche a lei piaceva quel posto ed era eccitatissima all'idea di proseguire per Pago Pago, da dove avrebbero raggiunto Howland Island.

« Non sarei mai capace di annoiarmi », obiettò Billy, sorridendo alla ragazza e poi lanciando a Cassie un'occhiata significativa. « Credo proprio che mi piacerebbe finire i miei giorni su un'isola. E tu, che cosa ne dici? »

« Forse. » Ma non sembrava convinta; poi gli sorrise, bevendo il caffè. « Credo che preferirei che la mia vita finisse com'è cominciata, sotto la pancia di un'aeroplano. Magari potrebbero costruirmi una poltrona a rotelle speciale. »

« Che idea magnifica. Ci penserò io a costruirtene una. »

« Per il momento sarà meglio che tu faccia qualche controllo sul *North Star*. »

« Come sarebbe? Vuoi forse dire che non posso rimanermene sdraiato sulla spiaggia tutto il giorno? » Fece finta di mostrarsi scandalizzato, ma mezz'ora più tardi erano tornati entrambi molto seri e stavano controllando a cima a fondo l'aereo. Lo esaminarono con un'attenzione minuziosa. Ormai non era più il momento di scherzare. E, com'era prevedibile, fotografi e visitatori arrivarono per assistere alle operazioni.

Sul *North Star* il carico di carburante era enorme e c'era posto per ben poco, a parte le provviste di emergenza, una radio, i giubbotti e una zattera di salvataggio. Non occorreva niente di più. Anche se la tentazione di comperare qualche ricordino da portare a casa era fortissima, a ogni tappa. Ma non c'era spazio; soprattutto non volevano caricare l'aereo anche di un solo etto in più.

Quella sera cenarono da soli, tranquillamente, in albergo, ammirarono un tramonto assolutamente stupendo, fecero una passeggiata sulla spiaggia e andarono a letto presto. La mattina dopo decollarono diretti a Pago Pago.

Effettuarono il percorso in quattro ore e mezzo, ma questa volta senza battere alcun record. Fu un volo relativamente facile, a parte quel piccolo rumore che Billy credette di sentire provenire da uno dei motori. Era lo stesso che aveva già avvertito il giorno prima, e gli parve stranamente persistente.

Pago Pago era una località affascinante, ma vi trascorsero una sola notte, e in buona parte all'aeroporto. Billy voleva scoprire la causa del rumore che lo preoccupava e verso mezzanotte credette di averlo individuato. La cosa lo infastidiva, ma continuava a essere convinto che non si trattasse di un problema molto grave.

Spedirono un altro cablogramma alla Williams, come facevano a ogni tappa, e la mattina decollarono per Howland Island. Avevano già coperto più di tredicimila chilometri e, secondo Cassie, ormai erano praticamente arrivati benché mancassero ancora quasi cinquemila per raggiungere Honolulu. Avevano già effettuato più di metà del viaggio e il fatto di sapere che stavano per avvicinarsi a Howland Island, dove molti ritenevano che la Earhart fosse precipitata, la rese triste e piena di nostalgia.

« Che cosa pensi di fare dopo tutto questo? » domandò a Billy mentre si dividevano un panino imbottito. Erano già a un paio di ore di volo da Pago Pago. La padrona dell'albergo in cui avevano pernottato era stata molto gentile e aveva insistito per offrire loro un cestino di frutta e di panini imbottiti che risultarono addirittura squisiti.

« Chi, io? » Billy ci pensò un momento. « Non lo so... vorrei investire i miei soldi in qualche cosa, magari come ha fatto tuo padre. Mi piacerebbe organizzare e dirigere un servizio di charter. Magari in un posto folle e straordinario come Tahiti. » Papeete gli era piaciuto da morire. « E tu, Cass? »

« Non lo so. A volte mi sento confusa. A volte penso che per me non ci sia altro che questo... aeroplani... voli di collaudo... aeroporti... in fondo è tutto quello che voglio... ma a volte, invece, mi domando se non dovrei cambiare, fare altre cose, per esempio sposarmi e avere dei figli. » Per un attimo sembrò triste mentre fissava l'orizzonte. « Credevo che sarei riuscita a trovare il pieno accordo con Desmond, ma ormai sono completamente sicura che sia irrealizzabile. Non so », si strinse nelle spalle. « Ho la vaga sensazione che al nostro ritorno a casa dovrò ripianificare tutta la mia vita. Devo ammettere che questa volta non ci ho proprio azzeccato. »

« Secondo me avevi l'idea giusta ma hai scelto l'uomo sbagliato. A volte capita. E di Nick, che cosa mi dici? »

« Che cosa vuoi che ti dica? » Continuava a non trovare le

risposte. Prima, Nick era stato irremovibile e fin troppo chiaro nel dirle che non intendeva sposarla; ma forse adesso, dopo Desmond, le cose potevano cambiare. Di tutto questo non gli aveva ancora parlato. E poi, chissà quando lo avrebbe riveduto. Per il momento non c'era proprio niente né da sapere né da decidere. La vita era molto semplice. Perché esisteva solo il presente.

La fermata a Howland Island la commosse profondamente perché era costante in lei il pensiero di Amelia Earhart. Avevano portato una corona, che avrebbero lanciato dall'aereo appena prima di atterrare. Billy le spalancò un finestrino non appena avvistarono la terraferma e Cassie la lasciò cadere nel vuoto con una tacita preghiera per quella donna che non aveva mai conosciuto ma aveva ammirato tutta la vita. La ringraziò per esserle stata di esempio, si augurò che avesse avuto una morte facile e le promise di vivere mostrandosi degna di ciò che lei aveva compiuto. Atterrarono, senza problemi, dopo un volo di quasi duemila chilometri. Per loro era stato semplice, tutto era andato liscio. Perché non era stato così anche per Amelia Earhart?

Billy le allungò un colpetto affettuoso su un ginocchio quando l'apparecchio si arrestò sulla pista; non era difficile capire ciò che Cassie stava provando. E sentì di volerle ancora più bene del solito proprio per questo.

A Howland c'erano i fotografi ad aspettarli, naturalmente avvertiti del loro arrivo da Desmond Williams. E inevitabilmente vennero fatti i confronti fra Cassie e Amelia Earhart.

Secondo i piani avrebbero trascorso sull'isola una sola notte prima del volo successivo che li avrebbe portati a Honolulu. Laggiù Desmond aveva organizzato una serie di cerimonie, celebrazioni e festeggiamenti per Cassie e Billy che avrebbero ricevuto onorificenze e premi; ci sarebbero state conferenze stampa e film e perfino una dimostrazione delle caratteristiche e delle prestazioni eccezionali del *North Star* di fronte alla guarnigione dell'esercito di stanza presso l'aeroporto Hickham. Tutto ciò era terribilmente emozionante per i due piloti, anche se ne sentivano quasi un po' impauriti. In un certo senso quella sarebbe stata l'ultima notte di pace che avrebbero avuto per molto tempo. Cassie, poi, non sopportava la prospettiva di rivedere Desmond. Al solo pensarci si sentiva depressa.

Si mostrò taciturna durante la cena che consumarono a quattr'occhi, quella sera, anche se Billy non se ne meravigliò particolarmente, considerando quello che li aspettava e la profonda commozione che lei provava per la sorte della Earhart.

« Fa quasi paura ripensare a tutto quanto abbiamo fatto, vero? » gli disse a termine del pasto, sorseggiando una tazza di caffè.

« Certo... ma è anche emozionante. » Per lui era tutto molto meno complicato; non doveva superare le tensioni e il dispiacere della sua storia con Desmond. « Sarà tutto finito molto presto, in un gran fulgore di luci », commentò, raggiante, « un po' come i fuochi d'artificio per la festa del 4 di luglio, che brillano... e poi si spengono. È un po' come cercare di catturare una stella cadente. Saremo famosi per un minuto e poi... il silenzio », continuò in tono sempre più profetico, « fino al giorno in cui qualcun altro non riuscirà a volare più lontano di noi e più velocemente. » In ogni caso sarebbero stati ricordati molto a lungo. La loro fama non sarebbe svanita rapidamente come lui credeva. Desmond aveva ragione su certe cose e sul fatto che la loro impresa fosse molto importante.

« Domani sera a quest'ora saremo a Honolulu, signorina O'Malley », esclamò Billy, levando un piccolo bicchiere di vino per un brindisi. Ma ne bevve solo qualche sorso, sapendo che il giorno dopo avrebbe dovuto pilotare. « Pensa a tutto il caos, al trambusto, all'eccitazione... » I suoi occhi ebbero un lampo e Cassie gli rivolse un pallido sorriso.

« Megli di no. Mi sento svenire al solo pensiero. Forse faremmo meglio a tornare indietro. Immagina che sorpresa quando ci vedranno tornare dalla stessa parte dalla quale siamo partiti. Sì, adesso che ci penso sarebbe proprio divertente! » Rise a quell'idea e lui scrollò il capo. La trovava molto spiritosa. Quando stavano insieme, passavano sempre momenti molto piacevoli.

« Cerchi di scusarmi, signor Williams, ma il mio pilota si è confuso, ecco... sa bene anche lei come vanno queste cose... è solo una ragazzina... e le donne, a dire la verità, non sanno proprio pilotare... lo sanno tutti... ecco, insomma, teneva la carta geografica capovolta... » Ridevano come pazzi tutti e due, trovando molto divertenti progetti del genere, ma l'indomani, quando decollarono, qualcosa di ciò che Cassie aveva detto si dimostrò profetico.

Avevano percorso appena trecento chilometri quando incapparono in un uragano inaspettato, con lampi e scariche elettriche. Dopo avere valutato la situazione, e i venti, decisero di rientrare a Howland Island. Mentre cercavano di atterrare, l'uragano si trasformò in un vero e proprio ciclone e Cassie non poté fare a meno di domandarsi se qualcosa del genere fosse capitato a Noonan e alla Earhart. Ma ben presto dovette concentrarsi unicamente su come scendere a terra, tanto erano impetuosi i venti che li spingevano lontano dall'isola proprio mentre stavano per toccare il suolo. Furono perciò costretti ad accelerare le manovre di atterraggio, colpiti com'erano in continuazione dai venti trasversali, e per poco non uscirono di pista. Ci vollero tutte le forze e tutta l'abilità di Cassie, tesa fino allo spasimo, per arrestare il *North Star* e, quando finalmente ci riuscì, si rese conto che per poco non era atterrata in mare.

« Gradirei ricordarti », le disse Billy con tono di finta indifferenza mentre lei lottava per far girare l'apparecchio, « che se mandi quest'aereo a mollo, ci troveremo in guai seri con il signor Williams. »

Cassie non poté fare a meno di ridere per l'avvertimento, ma non fu del tutto dispiaciuta di essere costretta a passare un'altra notte sull'isola. Non era un posto né interessante né divertente, ma se non altro si sentiva in pace. Forse per l'ultima volta. Non riusciva nemmeno a immaginare quella che sarebbe stata la loro vita dopo Honolulu.

Nella tarda nottata l'uragano si calmò, ma già dalle prime ore del mattino successivo Billy e Cassie scoprirono che aveva danneggiato in modo irreparabile il radiogoniometro. Valutarono di poter volare senza rischi anche senza quello strumento, ma preferirono avvertire via radio Honolulu che all'arrivo avrebbero avuto assoluta necessità di averne a disposizione uno nuovo. La giornata era piena di sole, serena e luminosa quando partirono. Ma a cinquecento chilometri circa da Howland Island si presentò un altro problema. Sembrava che ci fosse qualcosa che non funzionava in uno dei motori. Billy, in silenzio ma accigliato, cominciò a guardare i vari indicatori per controllare se non ci fosse una perdita d'olio.

« Vuoi che torniamo indietro? » gli domandò Cassie senza perdere la calma, con gli occhi fissi sugli strumenti di volo.

« Ancora non lo so con sicurezza », rispose lui, sempre sconcertato.

Provò a modificare l'andamento di uno dei motori per un po', tendendo l'orecchio al rumore, ritoccando, rettificando qualcosa e, dopo aver percorso altri centocinquanta chilometri circa, poté rassicurare Cassie. Tutto era di nuovo sotto controllo. Lei annuì, ma continuò a tenere d'occhio gli strumenti di volo con estrema attenzione.

Non lasciava mai niente al caso, ecco il motivo per cui era tanto abile e capace. Billy sembrava molto più superficiale di lei, ma anche lui era straordinariamente cauto e attento. Per il volo, poi, possedeva un incredibile sesto senso. Per questo Cassie lo aveva voluto come secondo pilota. Insieme, costituivano un team perfetto.

A quel punto Cassie cambiò lievemente rotta per evitare grossi nuvoloni temporaleschi che si profilavano all'orizzonte davanti a loro e facevano intuire una nuova ondata di cattivo tempo. Fu nelle prime ore del pomeriggio che, dopo aver dato uno sguardo al cielo autunnale, Billy controllò di nuovo la bussola. « Sei sicura che viaggiamo nella direzione giusta? A me sembra che siamo un po' fuori rotta. »

« Fidati della tua bussola », rispose Cassie, con il tono dell'istruttore, mentre gli sorrideva. Era l'unico strumento di cui avesse la più completa fiducia, e l'unica informazione affidabile che possedessero in quel momento, dato che il sestante e il radiogoniometro erano stati danneggiati dall'uragano.

« Fidati dei suoi occhi... del tuo naso... del tuo coraggio... e poi della tua bussola. » Da come andarono le cose, risultò che aveva ragione lui. Poiché soffiava un vento discretamente forte erano leggermente fuori rotta, ma non tanto da doversene preoccupare; ma poi, dopo aver controllato di nuovo gli strumenti, Cassie alzò gli occhi e vide che dal motore numero due usciva del fumo e del carburante gocciolava attraverso il numero uno.

« Accidenti », mormorò e lo fece notare a Billy. Interruppe subito l'alimentazione al motore numero due e mise l'elica in bandiera. Ormai erano molto distanti da Howland Island. « Sarà meglio tornare indietro. » Erano in volo da un paio d'ore, ma già si trovavano a una distanza tale per cui i contatti radio non erano più possibili.

« Non abbiamo niente di più vicino? » Controllò la carta e vide una piccola isola. « Che cos'è, questa? »

« Non lo so con precisione. » Cassie provò a dare un'occhiata. « Sembra una caccolina di mosca. »

« Molto divertente. Ti dispiacerebbe leggermi i valori? Dove siamo? » Lei gli comunicò le indicazioni che le dava la bussola. Intanto Billy continuava a tenere d'occhio il motore. Gli piaceva molto poco quello che vedeva. E poi sapeva che lì vicino c'era un serbatoio che conteneva quattrocento galloni di carburante.

Continuarono a volare per qualche minuto e poi decisero di tentare un atterraggio sull'isola che avevano individuato sulla carta. Ma Cassie era preoccupata: si trattava di un'isola troppo piccola e il *North Star* era molto grosso. Non ce l'avrebbero fatta. Stabilirono che, in caso di necessità, avrebbero cercato di atterrare sulla spiaggia. Continuavano a non poter comunicare via radio. Billy controllò di nuovo il motore e si accorse che la situazione era peggiorata. Allora mise la cuffia e cercò di spedire segnali di soccorso a tutte le navi che si trovassero nella zona.

Ma quando guardarono di nuovo fuori del finestrino, videro che il motore era in fiamme.

« Buon compleanno, Cass. E quella non è una torta. »

« Merda. »

« Proprio così. A che distanza siamo dall'isola 'Caccolina di mosca'? »

« A un'ottantina di chilometri, poco più poco meno. »

« Magnifico. Proprio quello che ci vuole, un altro quarto d'ora con quattrocento galloni di carburante sotto le ascelle. Buon Dio benedetto. »

« Prova a cantare o fa' qualcos'altro », rispose Cassie con la massima calma.

« Non potevi avere un'idea peggiore », ribatté Billy mentre alzava e abbassava qualche leva e controllava l'altro motore. « Non c'è da meravigliarsi che tu non riesca a farti assumere per un lavoro decente. » Scherzavano, ma non erano per niente divertiti. Il *North Star* era nei guai.

Dieci minuti più tardi avvistarono l'isola. La esaminarono attentamente. Non c'era nessun tratto di terreno piano. Soltanto alberi e quella che sembrava una piccola montagna.

« Sei capace di nuotare? » domandò Billy a Cassie, porgendole un giubbotto di salvataggio come se fosse la cosa più naturale del mondo. Ma sapeva già che era un'eccellente nuotatrice. « Sembra proprio che dovremo finire sulla spiaggia. Che cosa ne dici, bellezza? »

« Forse sì, caro amico... forse sì », si stava concentrando completamente nello sforzo di tenere l'apparecchio orizzontale. Già lo sentiva tirare paurosamente da una parte. E anche dall'altro motore cominciava ad alzarsi un po' di fumo. « Secondo te, che cosa sta succedendo? » Erano entrambi perplessi, non capivano che cosa stesse accadendo a bordo. Lo avrebbero saputo soltanto nel momento in cui avessero toccato terra. Cioè prestissimo. In un primo momento Billy aveva pensato che i tubi di alimentazione si fossero intasati, ma non era così. C'era qualcosa di difettoso.

« Forse una benzina troppo leggera? »

« Be', che non ti venga in mente di accendere una Lucky proprio adesso », lo avvertì Cassie, preparandosi all'atterraggio. Girò sull'isola un paio di volte, e sorvolò la spiaggia. Poi si sollevò. Adesso tutti e due i motori bruciavano. Sapeva che sarebbe stato necessario scaricare il carburante, ma ormai non c'era più tempo.

« Vuoi cercare di arrivare a New York? » le domandò Billy tranquillamente, osservandola manovrare il massiccio apparecchio sulla piccola isola.

« Pensavo che Tokyo sarebbe meglio », rispose lei senza distogliere lo sguardo da ciò che stava facendo. « Tachikawa sarebbe pronto a pagare una fortuna per i voli di collaudo. »

« Ottima idea. Perché non proviamo? In fondo, chi ha bisogno di Desmond Williams? »

« Okay, eccoci qui di nuovo », disse Cassie, concentrandosi su ogni particolare. « Gesù, questa spiaggia è maledettamente corta... » I motori erano surriscaldati, in fiamme.

« Mi dispiace dovertelo dire, mia cara », la interruppe Billy con la massima calma, mentre infilava il giubbotto di salvataggio, « ma se non ti decidi ad atterrare, finiremo per provocare un'esplosione molto imbarazzante. E credo che farebbe una pessima impressione agli indigeni che vivono sull'isola. »

« Sto facendo quello che posso », rispose lei a denti stretti.

« Bisogno di aiuto? »

« Da un ragazzino come te? Diavolo, no. » Scese verso terra il più lentamente possibile, facendo leva sulla cloche con tutte le sue forze; era quasi arrivata e aveva appena oltrepassato il punto dove la spiaggia terminava, quando toccarono la superficie del mare. L'aereo si fermò e cominciò a sprofondare lentamente in un metro circa d'acqua, mentre Cassie spegneva i motori e si augurava che l'apparecchio non esplodesse da un momento all'altro. Ma non ne aveva nessuna garanzia.

« Proprio un bell'atterraggio. E adesso squagliamocela. E in fretta. » La prese fra le braccia per spingerla fuori prima che lei facesse in tempo a prendere qualcosa. Istintivamente Cassie allungò una mano per afferrare la sacca con la dotazione d'emergenza, mentre Billy lottava per aprire lo sportello. Ormai i due motori erano in fiamme. Le vampate di calore arrivavano fino nella carlinga. Billy riuscì a spalancare lo sportello e gridò a Cassie: « Va'! » La spinse fuori, il più lontano possibile dall'apparecchio, ancora prima che lei se ne rendesse conto. Quanto a lui, era riucito ad afferrare il giornale di bordo e un piccolo sacco a spalla che adesso stringeva in mano. Cassie sapeva che lì dentro c'erano tutti i loro soldi. Nient'altro. Sguazzarono nell'acqua cercando di procedere il più in fretta possibile. Puntarono verso la spiaggia, quasi correndo. Per raggiungerla percorsero un'altra ventina di metri e l'avevano appena toccata quando udirono un'esplosione violentissima. Voltandosi, videro la sagoma dell'apparecchio in fiamme stagliarsi contro il cielo. Un attimo dopo seguì una seconda esplosione e i rottami furono scagliati tutt'intorno, fra gli alberi, in mare e più lontano ancora. Il *North Star* fu sovrastato da un turbine di fuoco; era il carburante che andava in fiamme. Poi l'apparecchio continuò ad ardere per ore e ore mentre, sconvolti e sbalorditi, Cassie e Billy lo osservavano.

« Addio, *North Star* », disse Billy mentre anche gli ultimi rottami venivano inghiottiti dalle onde. Tutti quegli operai e tutto quel lavoro, tutti quei mesi, quelle ore di calcoli... Tutto era sparito in un attimo. Quanto al loro viaggio, avevano percorso quasi diciassettemila chilometri. E adesso era finito. Loro eravano vivi, però. E salvi. Era la cosa più importante, in fondo. « Eccoci qua », esclamò Billy, mentre allungava a Cassie una caramella che teneva nel sacco a spalla. « Eccoci sull'isola Caccolina di mosca. Ti auguro una bella vacanza. » Cassie lo guardò e rise; era troppo stanca e troppo sconvolta per mettersi a piangere. Le restava solo la speranza che non vedendoli arrivare a Honolulu, immaginassero dov'erano finiti, e mandassero dei soccorsi. Non ignorava quanti sforzi fossero stati fatti, quattro anni prima, per rintracciare Amelia Earhart. Ma non ignorava neppure le aspre polemiche a proposito dell'alto costo di quelle ricerche. Comunque, se non altro per la pubblicità che questo comportava, e per recuperare l'aereo, sapeva che Desmond non si sarebbe fermato di fronte a niente per ritrovarli. Se ci fosse stato costretto, avrebbe addirittura telefonato personalmente a Roosevelt. E avrebbe sottolineato soprattutto il fatto che lei era la fidanzata d'America e la gente l'adorava. *Sarebbero stati costretti* a venire a cercarla.

« Ebbene, signorina O'Malley, che cosa ne dice? Vogliamo suonare il campanello e farci servire un drink in camera? » Ormai si trovavano sull'isola da quattro ore e avevano visto disintegrarsi davanti ai loro occhi l'aereo che costituiva anche la loro unica speranza di andarsene di lì. Non restava che aspettare i soccorsi. « Avremmo battuto tutti i record in assoluto, se non ci fosse stata questa scocciatura », osservò Billy, che non aveva perduto la fiducia. Era convinto che sarebbero stati salvati nel giro di un paio di giorni e già immaginava quanto sarebbe stato emozionante raccontare le loro avventure.

« Desmond penserà che l'abbia fatto per ripicca », ridacchiò Cassie. Riuscivano addirittura a trovare un lato divertente in quell'immane tragedia. Ma con molta fatica. Sapevano che non dovevano abbandonarsi alla disperazione. Poi si domandò se fosse successo qualcosa di simile anche ad Amelia Earhart e a Noonan, oppure se per loro tutto fosse stato più drammatico o più rapido. Forse erano morti nell'impatto contro il suolo. Oppure si trovavano adesso su un'isola più o meno simile a questa. Era un pensiero intrigante, ma poco verosimile. E non offriva molte speranze.

« Sì, anch'io ho pensato che la tua sia stata una ripicca », fu il commento che Billy fece in tono di finta indifferenza. « E non posso darti torto. Mi dispiace soltanto che tu non l'abbia fatto un po' più vicino a Tahiti. Quella cameriera era favolosa! »

« Veramente hai detto la stessa cosa di tutte le ragazze che ti sono capitate sotto gli occhi da quando siamo partiti da Los Angeles! » replicò Cassie, che non si sentiva altrettanto allegra, anche se era grata a Billy perché non perdeva mai il buonumore.

« Qui, comunque, no. » L'isola era completamente deserta.

Fu così che partirono per una ricognizione e scoprirono un torrentello e una quantità di arbusti selvatici con i rami carichi di bacche. Per essere un'isola deserta, sembrava abbastanza accogliente, provvista di tutto quello di cui potevano avere bisogno. C'erano alcuni frutti che non conoscevano, ma quando li assaggiarono, quella sera, li trovarono squisiti. Era strano essere lì, ma non sembrava tanto orribile... purché non fossero costretti a rimanerci per sempre. Una prospettiva del genere era abbastanza terrificante, ma Cassie si rifiutò di indulgere in questo pensiero quando, la notte si ritrovarono fianco a fianco, sdraiati in una grotta che avevano appena scoperto.

Rimasero svegli a lungo. Alla fine Cassie si decise a fare la domanda chiave: « Billy? »

« Sì? »

« E se non ci trovano? »

« Ci troveranno. »

« Ma se non ci trovano? »

« Devono trovarci. »

« Perché? » Nel buio gli occhi di Cassie parevano grandissimi e Billy le prese una mano e gliela strinse dolcemente. « Perché devono trovarci? » ripeté.

« Perché Desmond vorrà farti causa per l'aereo. Non ti illudere, non te la farà passare liscia dopo una disgrazia del genere! » Sorrise nel buio e Cassie scoppiò in una risata.

« Oh, sta' un po' zitto! »

« Hai capito perfettamente quello che voglio dire... quindi non preoccuparti. » Si girò su un fianco e la strinse contro di sé. Preferì non dirle che aveva paura anche lui. Anzi, non era mai stato tanto terrorizzato in vita sua... ma per Cassie non poteva proprio fare niente, se non abbracciarla stretta stretta.

19

DESMOND ricevette la telefonata nel cuore della notte, ventiquattro ore esatte dopo che Billy e Cassie avevano lasciato la loro ultima destinazione. Le autorità locali erano ormai assolutamente sicure che il *North Star* fosse scomparso, probabilmente precipitato nell'Oceano Pacifico. Ma non c'era stato alcun segnale, non se ne aveva alcuna traccia. Quindi nessuno aveva idea di quello che poteva essere successo.

« Dannazione! » Convocò tutti perché lo aiutassero. E studiarono un piano di emergenza da mettere subito in atto. Vennero mobilitate la Marina, le autorità straniere, il Pentagono. Il volo del *North Star* aveva fatto notizia in tutto il mondo e adesso chiunque avesse sentito parlare di Cassie – e anche qualcuno che non la conosceva nemmeno – voleva che venisse ritrovata.

C'era una portaerei nelle vicinanze del luogo in cui si supponeva che l'apparecchio fosse precipitato; quarantun aerei decollarono contemporaneamente e nella stessa zona arrivarono anche due cacciatorpediniere. Tutto si stava svolgendo in modo molto simile a quattro anni prima, ma adesso gli equipaggi erano meglio addestrati e meglio attrezzati. Non sarebbero stati risparmiati gli sforzi. Il presidente telefonò personalmente a Desmond e poi agli O'Malley, nell'Illinois. Tutta la famiglia era sotto choc dopo aver ricevuto la notizia. Nessuno voleva credere che, forse, avevano perduto

Cassie per sempre. Oona era preoccupata soprattutto per il cuore di Pat, anche se lui dava l'impressione di avere accolto la notizia con una discreta calma. Era terrorizzato all'idea di quello che poteva essere successo a sua figlia, ma aveva una fiducia infinita nell'esercito e nei suoi uomini. Rimpiangeva soltanto che Nick non fosse lì ad aiutarli.

Le ricerche proseguirono per giorni su un'area che copriva centinaia di chilometri e nel frattempo Billy e Cass cercavano di tenersi alto il morale reciprocamente e si nutrivano di bacche selvatiche. Cassie era stata colpita da una violentissima dissenteria e Billy si era procurato una serie di brutte escoriazioni a una gamba strisciando su alcuni coralli mentre nuotava, la mattina successiva al disastro. Ma all'infuori di questo erano in discrete condizioni. Avevano a disposizione frutti di ogni genere e acqua a sufficienza. Ma dei soccorsi, nessun segno. Non un aereo. Non una nave. Niente che si avvicinasse all'isola. Poiché Cassie aveva cambiato lievemente rotta prima di schiantarsi al suolo e i venti li avevano spinti ancora più lontano dalla rotta che avrebbero dovuto seguire, le ricerche venivano condotte a una distanza di circa settecento chilometri di lì, in tutt'altra zona e nella direzione sbagliata. La loro radio si era rivelata inutilizzabile poco prima di precipitare sull'isola ed era andata poi distrutta nell'esplosione. Non avevano quindi alcun mezzo per fornire indicazioni sul luogo in cui si trovavano. In quel momento non c'erano nella zona navi che potessero avvistarli, o captare le loro segnalazioni. Del resto, neppure loro sapevano con esattezza dove si trovavano. E se anche lo avessero saputo, non avevano la possibilità di comunicarlo a nessuno.

A Los Angeles, Desmond stava facendo il possibile perché le ricerche non venissero interrotte. Ma la stampa stava cominciando a manifestare molti dubbi sull'opportunità di prolungarle, considerate le enormi spese che comportavano, e già mostrava una certa ostilità nei confronti di Desmond, insistendo sul fatto che era assolutamente inutile continuare a cercarli e sulle altissime probabilità che fossero rimasti uccisi nell'impatto con il suolo. Comunque, in ogni caso dovevano ormai essere morti. Le ricerche continuarono a pieno ritmo per quattordici giorni, e proseguirono a intervalli irregolari per un'altra settimana. Infine, due giorni dopo vennero sospese completamente: ormai era passato un mese dal giorno in cui Billy e Cassie erano partiti da Los Angeles. Tutto poteva considerarsi finito.

« So che Cassie è laggiù », insisteva Desmond con tutti, anche se nessuno gli credeva più. « È troppo bene addestrata. Non riesco a crederci. » D'altra parte gli esperti ormai si erano convinti che sull'aereo si fosse verificato qualche guasto meccanico. Probabilmente si trattava di qualcosa di difettoso già in partenza, sfuggito a ogni esame o controllo. Nessuno metteva in dubbio le capacità di Cassie, ma non bisognava mai dimenticare che si doveva tenere conto anche dell'« elemento destino » e della buona sorte.

I genitori di Cassie si abbandonarono alla disperazione quando seppero che le ricerche erano state definitivamente sospese senza che lei o Billy fossero stati rintracciati. Non volevano rassegnarsi all'idea di aver perduto un'altra delle loro creature e in modo tanto crudele. La notte, Oona non chiudeva occhio e continuava a chiedersi se Cassie non fosse viva in qualche posto dove nessuno l'avrebbe mai trovata. Pat, invece, lo considerava poco probabile.

Il Giorno del Ringraziamento, Cassie e Billy ormai erano dati per dispersi da sei settimane. Quell'anno la ricorrenza di novembre non venne quasi festeggiata. Gli O'Malley si accontentarono di cenare tutti insieme, in cucina.

« Non riesco a persuadermi che se ne sia andata per sempre », singhiozzò Oona fra le braccia di Megan. Erano momenti terribili per tutti.

Quanto a Desmond, era la fine del sogno della sua vita. Si tormentava in continuazione domandandosi che cosa potesse essere successo. Se almeno lo avessero saputo... se fossero riusciti a trovare qualcosa... ma non c'erano né rottami né prove, nemmeno un relitto, nemmeno un cencio nel quale riconoscere uno dei loro indumenti. Sarebbe bastato a dargli la speranza che fossero ancora vivi, chissà dove... Continuò perciò a tenere stretti contatti con il Pentagono, anche se per loro ormai le ricerche potevano considerarsi concluse. Tutti si erano convinti che il *North Star* fosse precipitato nell'oceano senza lasciare tracce e quindi non ci fossero superstiti.

Le fotografie di Cassie comparivano dappertutto, sui giornali, sui rotocalchi. Perfino un mese e mezzo dopo la scomparsa, il suo personaggio continuava a essere vivo come sempre. In fondo, la stampa le era sempre stata molto devota. E Desmond, naturalmente, adesso cercava di presentarsi come il vedovo inconsolabile. Rinunciò alle festività del Giorno del Ringraziamento. E la stessa cosa fece Nick in Inghilterra. Aveva saputo della scomparsa di Cassie all'incirca una settimana dopo che l'aereo si era praticamente dissolto nel nulla. La notizia era clamorosa e anche i quotidiani inglesi avevano pubblicato titoli a caratteri di scatola. Quando lui seppe, non riuscì a crederci. Poi domandò di partecipare come volontario alle missioni più pericolose, fino a quando qualcuno non spiegò la situazione al suo comandante. A quel punto gli fu offerto un congedo di tre giorni, con la preghiera di prendersi un breve periodo di riposo. Era chiaro a tutti che qualcosa lo tormentava. Aveva cominciato a correre troppi rischi. Nick tentò di opporsi, ma nessuno sentì ragioni. Pensò allora di tornare a casa, ma si rese conto di non avere il coraggio di affrontare Pat... perlomeno non ancora, sapendo quello che era successo. Com'era stato cieco e stupido! E vigliacco. Capì che non si sarebbe mai perdonato di essersi rifiutato di sposarla, di non averle impedito di diventare la moglie di Desmond Williams. Ma non pensò che forse tutto ciò sarebbe stato inutile, perché Cassie aveva desiderato con tutte le sue forze quel viaggio, più di qualsiasi altra cosa. Era stata una decisione sua, anche quella; e le era servita a dimostrare fino a che punto sapesse essere indipendente.

Nick, tra l'altro, era sicuro che Pat non lo avrebbe mai perdonato. Perché se avesse sposato Cassie, chissà... forse tutto sarebbe andato diversamente.

Aveva visto una fotografia di Desmond che usciva da una chiesa dopo una cerimonia religiosa in memoria di Cassie, con la faccia cupa e il cappello in mano. E lo aveva odiato per avere offerto a Cassie l'opportunità di ammazzarsi e l'aeroplano con il quale riuscirci. Sapeva meglio di chiunque altro che fin dal principio Desmond l'aveva incitata a compiere quel viaggio solo per la propria gloria. Certo Cassie avrebbe meritato molto meglio di due uomini come loro. Adesso ne era più convinto che mai.

Intanto, sull'isola senza nome Cassie serviva a Billy bacche selvatiche, una banana e un po' d'acqua fresca, nella mano a coppa, per la Festa del Ringraziamento. Ormai era quello di cui si nutrivano da più di un mese. Era piovuto solo raramente, ma erano riusciti a sopravvivere. Billy adesso lottava contro l'infezione e la febbre, conseguenza delle ferite alla gamba durante la nuotata lungo la barriera corallina. Cassie gli aveva dato le poche pastiglie di aspirina che avevano nella sacca del pronto soccorso, ma ormai anche quelle erano finite da parecchio tempo. Quanto a lei, aveva avuto qualche fastidio per la morsicatura di un grosso ragno e si era scottata per il troppo sole, ma nel complesso erano in discreta forma, a parte i frequenti attacchi di febbre che colpivano Billy. Erano riusciti a non perdere il conto dei giorni che passavano e adesso sapevano che era arrivata la Festa del Ringraziamento. Così parlarono del tacchino e della torta di zucca, delle cerimonie religiose in chiesa e delle riunioni che si organizzavano sempre con le famiglie e gli amici. Billy si preoccupava per suo padre, che era rimasto completamente solo. E Cassie continuava a pensare a Pat e a Oona, alle sorelle, ai loro mariti e ai bambini, scoprendo di sentirne la mancanza. Parlava anche di Annabelle e Humphrey, i due piccoli inglesi che avevano ospitato. Tutto questo la portò a pensare a Nick. Pensava moltissimo a lui. Praticamente sempre.

« Secondo te, che cosa crederanno che ci possa essere successo? » domandò a Billy mentre divideva una banana con lui. Si era accorta che aveva di nuovo il viso arrossato e che il suo sguardo aveva una strana fissità, con gli occhi più infossati del solito.

« Probabilmente che siamo morti », le rispose lui con molta franchezza. Da un po' di tempo scherzava meno di prima. Non avevano altro da fare che aspettare, pensare e mangiare le stesse bacche selvatiche, sempre le stesse. Non c'era nient'altro di commestibile sull'isola e fino a quel momento non erano ancora riusciti a pescare neanche un pesce. Però non morivano di fame.

Due giorni dopo questa conversazione scoppiò un uragano e l'aria si fece più fresca. Cassie continuava a indossare la tuta che aveva in volo, ormai lacera e sporca; Billy si era ridotto a un paio di calzoncini e una maglietta. La mattina dopo l'uragano, quando l'aria era diventata più fredda, Cassie si accorse che Billy rabbrividiva perfino al sole.

«Ti senti bene?» gli domandò, cercando di non mostrarsi preoccupata.

«Sto bene», rispose lui cercando di farsi coraggio. «Adesso vado a prendere qualche banana.» Per coglierle doveva arrampicarsi su un albero, ma questa volta non riuscì nemmeno ad alzarsi da terra. La gamba era terribilmente gonfia e dalle ferite usciva pus. Zoppicava quando tornò indietro con l'unica banana che aveva raccolto sotto l'albero.

Cassie non sapeva più che cosa fare per essergli di aiuto. La gamba continuava a peggiorare e bastava guardarlo per capire che aveva la febbre alta. Provò a bagnargli la gamba con l'acqua salmastra, ma non servì a niente. Quel pomeriggio Billy sonnecchiò quasi in continuazione; quando si svegliò aveva gli occhi vitrei. Allora Cassie gli prese la testa sulle ginocchia e cominciò ad accarezzargli la fronte. Quando il sole tramontò aveva cominciato a tremare di nuovo di freddo e Cassie si sdraiò di fianco a lui cercando di riscaldarlo con il calore del proprio corpo.

«Grazie, Cass», le bisbigliò Billy nel buio della grotta quella notte, e lei continuò a tenerlo stretto contro di sé pregando in cuor suo che qualcuno finalmente venisse a cercarli. Anche se ormai sembrava impossibile. Si domandò se sarebbero rimasto lì per anni, o se sarebbero presto morti, più semplicemente. Le probabilità di lasciare l'isola erano praticamente inesistenti. Non si faceva illusioni; sapeva fin troppo bene che le ricerche dovevano essere state sospese del tutto. Li avevano dati per morti, com'era successo con altri prima di loro.

Billy continuò a battere i denti per tutta la notte e la mattina dopo cominciò a delirare. Cassie gli bagnava la testa e la fronte con l'acqua fredda. Anche quel giorno scoppiò un violento temporale e lei, che aveva bevuto troppa acqua piovana, si ritrovò colpita di nuovo da una violenta dissenteria. Ormai l'aveva in continuazione, a furia di mangiare bacche selvatiche e foglie, e bere quell'acqua. Visto come le era diventata larga la tuta, capì di essere dimagrita paurosamente dal giorno in cui si erano schiantati su quell'isola.

Billy non riprese più conoscenza per tutta la giornata e la notte, tenendolo stretto di nuovo contro di sé, Cassie si mise a piangere piano piano. Mai in vita sua si era sentita tanto sola. Per di più si accorse di avere la febbre anche lei. Chissà, forse si era presa qualche malattia tropicale! Sia lei sia Billy stavano molto male.

La mattina dopo Billy sembrò un po' migliorato e anche più lucido. Provò a mettersi seduto e a fare qualche passo per la grotta, poi guardò Cassie e disse che voleva fare una nuotata. Fuori faceva freddo ma lui insistette nel ripetere che si sentiva soffocare dal caldo. A un tratto cominciò a discutere, quasi a litigare e a fare il prepotente. E Cassie non riuscì a calmarlo. Si mise a camminare nell'acqua, avviandosi lentamente verso la carcassa dell'aereo. Gli uragani non l'avevano ancora distrutta né trascinata al largo: era rimasta lì, quasi il simbolo di tutto ciò che avevano avuto... e perduto. Per Cassie, poi, rappresentava il ricordo costante di Desmond.

Notò che Billy raggiungeva a nuoto l'aereo, andava oltre e poi tornava indietro. Quando finalmente tornò a riva Cassie vide che si era ferito anche l'altra gamba. Ma pareva che non se ne fosse neppure accorto. Anzi, continuò a insistere che era una cosa da poco, e lei rimase a guardarlo arrampicarsi su un albero e mangiare una banana. Sembrava avere un'energia insolita. A giudicare dalle cose che diceva, Cassie capì che non era più in sé, e non le piacque il modo in cui di tanto in tanto lui la fissava. Era nervosissimo e aveva gli occhi stralunati. Al calar della notte rientrò nella grotta e si distese per terra, rabbrividendo. Poi cominciò a parlare con un inesistente interlocutore. Parlò di un'automobile, di una candela e di un bambino. Lei non aveva idea di che cosa volesse dire. Qualche ora più tardi la guardò con un'aria talmente strana che si domandò se la riconoscesse.

« Cass? »

« Sì, Billy? » Si distese al suo fianco, tenendolo stretto a sé; si accorse che era ridotto pelle e ossa, e che tremeva da capo a piedi.

« Sono stanco. »

« È naturale. Prova a dormire. » Non c'era nient'altro da fare, e il buio era fitto.

« È giusto dormire? »

« È giusto... chiudi gli occhi... »

« Li ho già chiusi », rispose lui, ma Cassie si accorse che, invece, erano spalancati.

« Qui c'è un gran buio. Chiudi gli occhi ugualmente. Domattina ti sentirai meglio. » Ma non ci credeva, in realtà. Sentiva di avere di nuovo la febbre, e più alta di prima. E adesso stava tremando come Billy.

« Ti voglio bene, Cass », mormorò lui dopo un po'. Le parve un bambino e Cassie si scoprì a pensare ai nipotini, a com'erano teneri e dolci, e alle sue sorelle, così fortunate di averli!

« Anch'io ti voglio bene, Billy », gli rispose dolcemente.

Era ancora rannicchiato fra le sue braccia quando si svegliò, la mattina dopo. Le faceva male la testa, aveva il collo indolenzito e si stava rendendo conto che anche lei stava molto male, come Billy. Pensò che doveva già essersi svegliato; infatti era immobile e la fissava. Ma si lasciò sfuggire un grido quando si rese conto che aveva gli occhi spalancati ma non respirava più. Era morto fra le sue braccia durante la notte. Adesso era proprio sola.

Rimase a lungo seduta a guardarlo, accovacciata accanto a lui, senza sapere che cosa fare. Non voleva lasciarlo. Si mise a piangere e si ripiegò su se stessa, con le braccia strette intorno alle ginocchia, ondeggiando lentamente avanti e indietro. Capiva di dover fare qualcosa, di doverlo portare via o seppellirlo... Ma non ne aveva il coraggio. Non voleva che Billy la lasciasse sola per sempre.

Lo trascinò lentamente fuori dalla grotta, nel pomeriggio, e scavò una fossa poco profonda a mani nude, in un punto dove c'era più sabbia, vicino agli scogli, e ve lo adagiò. Riusciva a pensare soltanto a quello che Billy le aveva detto, non molto tempo prima: gli sarebbe piaciuto finire i suoi giorni su un'isola. Così era stato. Quanto le sembrava lontano quel giorno! Come se facesse parte di un'altra vita, in luoghi che non avrebbe mai più riveduto. Adesso lo capiva. Capiva che presto sarebbe arrivata la fine anche per lei.

Gli si inginocchiò vicino e fissò quegli occhi chiusi e le lentiggini che parevano diventate più evidenti sul volto emaciato. Gli accarezzò una guancia per l'ultima volta e gli ravviò i capelli.

« Ti voglio bene, Billy », gli disse come aveva fatto la sera prima. Ma questa volta lui non rispose. E Cassie, dopo averlo ricoperto di sabbia, piano piano, lo lasciò.

Quella notte si ritirò tutta sola nella grotta. Era affamata, infreddolita e scossa dai tremiti. Non aveva mangiato niente per tutta la giornata. Stava troppo male per mangiare e si sentiva troppo triste pensando a Billy. Non aveva nemmeno bevuto un sorso d'acqua. La mattina seguente si sentì debole e confusa, continuava ad avere la sensazione che ci fosse sua madre che la chiamava. Qualsiasi fosse la malattia che l'aveva colpita, a poco a poco la stava uccidendo come aveva ucciso Billy. Si chiese quanto tempo ci sarebbe voluto... e che importanza avesse. Ormai non aveva più nessuna ragione di continuare a vivere. Chris se n'era andato. Billy se n'era andato e Nick era perduto per lei... il suo matrimonio era finito... aveva distrutto l'aereo di Desmond... aveva deluso tutti... non aveva mantenuto l'impegno preso.

Uscì dalla grotta e barcollando si avviò verso la spiaggia. Cadde parecchie volte. Era troppo debole per salire fino agli scogli e procurarsi un po' d'acqua da bere. Non gliene importava più niente. Rimanere viva era una fatica troppo grande. E c'erano tante persone che le parlavano, adesso! Vide levarsi il sole e sentì tante voci; si rialzò di nuovo in piedi e scorse una nave all'orizzonte. Una nave molto grande, che continuava ad avvicinarsi. Ma non aveva importanza, perché non sarebbero mai riusciti a vederla.

La portaerei *Lexington* si trovava nella zona per le manovre. Percorreva regolarmente quella rotta, ma da qualche tempo non toccava più quelle isole perché l'avevano assegnata a un altro percorso. Cassie non se ne preoccupò. Rientrò nella grotta e si sdraiò di nuovo. Fuori faceva troppo freddo... troppo freddo... e poi erano troppe le voci che continuava a sentire...

La *Lexington* continuò a viaggiare a velocità moderata, seguita da due mezzi di tonnellaggio minore. Fu una delle vedette dell'imbarcazione più piccola che notò la carcassa bruciata del *North Star* galleggiare sull'acqua a circa un chilometro dall'isola.

« Che cosa sarà, signore? » domandò a un ufficiale che gli era vicino. Quello sorrise. « Sembra uno spaventapasseri. » Era vero. Da quell'angolatura e a quella distanza. In parte era affondato, ma poiché della carcassa rimaneva ben poco, aveva continuato a stare a galla. Dopo averla osservata una seconda volta, l'ufficiale diede una serie di ordini secchi, uno più rapido dell'altro.

« Potrebbe essere l'apparecchio sul quale volavano la O'Malley e Nolan? » domandò il giovane ufficiale, emozionatissimo.

« Non credo. Sono precipitati a circa settecento chilometri di qui. Non so di che cosa si tratti. Andiamo a dare un'occhiata. »

Procedettero lentamente; nel frattempo avevano messo a fuoco le lenti dei loro cannocchiali sul relitto. Ma quando arrivarono nelle vicinanze scoprirono che quella specie di guscio vuoto pareva voler sfuggire a un esame troppo approfondito. Scompariva sott'acqua e poi riaffiorava. Era comunque chiaro che si trattava dei resti di un aereo. C'era ancora metà della carlinga, mentre una delle ali era andata in pezzi nell'esplosione. L'altra si era bruciata fino alla struttura portante, disintegrandosi.

« Che cosa c'è scritto? » qualcuno cominciò a gridare.

« Calate una lancia in acqua », fu il comando di un ufficiale. « Voglio che il relitto venga portato a bordo. » Mezz'ora più tardi avevano sul ponte tutto ciò che rimaneva dell'aereo di Cassie. Non era molto, ma una parte del relitto fu sufficiente. Lo avevano trovato. Era dipinto di verde vivo e giallo. Quelli erano stati i suoi colori, lo sapevano tutti. E la scritta sulla fiancata diceva « ...*Star* ». Chiamarono il capitano perché lo esaminasse e anche lui non ebbe più dubbi. Si trattava del *North Star*, o meglio dei suoi rottami. Le fiamme lo avevano praticamente ridotto in cenere e bastava guardarlo per capire che a bordo doveva esserci stata un'esplosione violentissima. Però non vi scoprirono segno di vita, e nemmeno resti umani. Controllarono ogni cosa con la massima attenzione. Ma nessuna traccia di Cassie o Billy.

Radiotelegrafarono la notizia alla loro nave gemella e alle altre che si trovavano nella stessa zona e presto, verso la fine del pomeriggio, le acque furono perlustrate attentamente alla ricerca di qualche cadavere che indossasse il giubbotto di salvataggio. Avevano anche chiamato, via radio, la terraferma e a Los Angeles venne diffuso un notiziario che Desmond ascoltò prima ancora che qualcuno pensasse a mettersi direttamente in contatto con lui. Erano state trovate alcune parti dell'aeroplano, ma non si era rilevato nella zona alcun segno di vita. Ormai i due piloti erano stati dati per dispersi da sette settimane. Era molto improbabile che fossero vivi, ma non era impossibile. Le ricerche furono subito riprese.

Vennero formati gruppi di marinai che scendessero a terra per passare al setaccio tutte le isole circostanti. Erano tre; due di discreta grandezza, la terza talmente piccola da non essere quasi presa in considerazione. Non aveva vegetazione sufficiente per mantenere in vita una persona nemmeno per una settimana! Ecco la conclusione alla quale arrivarono. Ma l'ufficiale al quale era stato affidato il comando dei gruppi di soccorritori ordinò di perlustrare anche quella, come le altre. Non si trovò niente. Né un segno di vita né un brandello di stoffa né uno strumento aeronautico o un oggetto di bordo.

Intanto Cassie, tendendo l'orecchio, cominciò di nuovo a udire una serie di suoni e rumori strani e, infine, un mormorio di voci. Si domandò se anche Billy avesse udito tutte quelle cose prima di morire. Si era dimenticata di domandarglielo. Poi arrivarono alle sue orecchie anche una serie di fischi, uno scampanellio, svariati richiami di voci umane... A quel punto Cassie concluse di essere ormai vicinissima alla fine. D'un tratto una luce brillante e molto violenta la colpì in pieno viso. Poi altre voci, grida di richiamo... e sempre quella luce che l'accecava! Fissandola, sprofondò nel sonno. Faceva troppa fatica ad ascoltare tutti quei suoni, ormai. Le parve che le girassero intorno, si muovessero... come se la trasportassero in qualche posto, proprio come lei aveva trasportato Billy...

«Signore! Signore!» Tre colpi di fischietto striduli e in successione rapida, il segnale di una richiesta di aiuto e quattro uomini arrivarono correndo nella direzione da cui provenivano quei fischi. C'era una piccola grotta e uno dei loro compagni era lì fermo, in piedi, e piangeva.

«L'ho trovata, signore!... L'ho trovata...» Cassie era quasi priva di conoscenza e balbettava frasi incoerenti. Continuava a ripetere il nome di Billy, a chiamarlo. Era magra da far paura, terribilmente pallida, ma tutti riconobbero i capelli rossi e la tuta da pilota.

«Oh, mio Dio!» esclamò uno degli ufficiali. Era in uno stato da far paura ed era chiaro che doveva essere gravemente ammalata... però era ancora viva! Il polso era irregolare e il respiro fievole si sentiva appena; l'ufficiale cominciò ad avere seri dubbi che riuscisse a cavarsela. Diede ordine al giovane guardiamarina di fare i segnali necessari per chiedere altri soccorsi. La trasportarono in fretta fino alla loro scialuppa e lasciarono tre dei loro compagni a terra a continuare le ricerche. Quanto a Cassie, volevano portarla sulla portaerei il più in fretta possibile.

Cassie venne poi issata a bordo in un'imbracatura. Partì quindi una segnalazione alla *Lexington*, affinché mandassero un medico a prestarle i soccorsi necessari. Cassie aveva al collo l'usuale piastrina di riconoscimnto ed era viva ma nessuno sapeva se sarebbe riuscita a cavarsela. E di Billy Nolan non c'era nessuna traccia.

Il gruppo dei soccorritori lasciato sull'isola lo ritrovò meno di mezz'ora più tardi, e la sua salma fu trasferita a bordo. A quel punto Cassie era già sulla *Lexington*, anche se non se ne era resa conto. Una équipe composta da due medici e tre infermieri stava facendo tutto il possibile per rianimarla. Era disidratata e delirava in preda a una febbre altissima.

« Come sta? » domandò il capitano ai medici, quella sera.

« Non possiamo ancora dire niente con sicurezza », rispose uno dei medici a voce bassa. « Ma non abbiamo ancora perduto le speranze. »

I suoi genitori erano stati chiamati poco prima al telefono dal ministero della Marina. E anche Desmond ricevette la telefonata. Poi la notizia venne diffusa ovunque via radio, nella notte. Era un miracolo. Sembrava la risposta alle preghiere dell'intera nazione. Cassie O'Malley era stata rintracciata in una grotta su un'isoletta del Pacifico. Le sue condizioni erano critiche e nessuno poteva ancora dire se sarebbe sopravvissuta. Però si sapeva che Billy Nolan era morto. Avevano già avvertito suo padre, a San Francisco, e il pover'uomo era rimasto annientato da quella notizia. Billy, un eroe a ventisei anni, se n'era andato per sempre. I soccorritori erano convinti che si fosse spento solo un giorno o due prima di venire ritrovato, anche se la signorina O'Malley non si trovava nelle condizioni di poter dire qualcosa in proposito. Non aveva ancora ripreso conoscenza.

Il silenzio era calato sulla casa degli O'Malley: Oona e Pat, seduti l'uno di fronte all'altro, si fissavano con gli occhi sgranati, ancora incapaci di credere a quello che avevano appena sentito. Cassie era viva. E in quel momento la portaerei *Lexington* viaggiava a tutto vapore verso le Hawaii con la loro figliola a bordo.

« Oh, Pat... è un po' come le avessero offerto un'altra opportunità... » mormorò Oona con il fiato mozzo per la commozione, « un po' come un miracolo... » Sorrise fra le lacrime, pregando per Cassie e sgranando lentamente il rosario fra le mani. Suo marito le allungò un colpetto affettuoso sul braccio.

« Non illuderti troppo. Non è ancora il momento. Può darsi che non riesca a sopravvivere, Oonie. È rimasta su quell'isola molto tempo e nessuno di noi sa in che condizioni fosse quando si sono schiantati al suolo. Chissà che botta dev'essere stata!... E poi non dimentichiamo che è passato più di un mese.» Dal giorno dell'incidente, infatti, erano trascorse sette settimane esatte. Era un periodo di tempo molto lungo per poter sopravvivere con una dieta a base di acqua piovana e bacche selvatiche.

Non conoscevano ancora i particolari; perfino Desmond aveva incontrato molte difficoltà quando aveva cercato di saperne qualcosa di più al Pentagono. La verità era che mancavano ancora notizie precise e quindi non potevano rassicurarlo.

Purtroppo quelle che arrivarono l'indomani mattina dalla *Lexington* non davano adito a molte speranze. Cassie era sempre senza conoscenza, la febbre non era calata ed erano sorte alcune complicazioni.

«Si può sapere che cosa diavolo significa questo?» gridò Desmond al telefono. «Che genere di complicazioni?»

«Non me lo hanno spiegato, signore», gli rispose cortesemente la donna all'altro capo del filo.

Pareva che non esistessero terapie in grado di far diminuire la febbre che divorava Cassie. Continuava a delirare, soffriva di una violenta dissenteria e aveva cominciato a perdere sangue. Gli infermieri dissero a uno degli uomini dell'equipaggio che quello era un segno che non c'era più niente da fare.

«Povera figliola», mormorò un guardiamarina. «Ha la stessa età di mia sorella, che non sa ancora guidare l'automobile.»

«A me sembra che, in fatto di guida, anche Cassie non sia stata poi così formidabile», provò a scherzare uno dei suoi compagni, ma aveva le lacrime agli occhi. L'intero equipaggio parlava di lei, e pregava per lei. Come l'intera nazione. E il mondo intero.

In Inghilterra, Nick era stato chiamato nell'ufficio del suo comandante a Hornchurch. Ormai non era più un mistero per nessuno che conoscesse molto bene Cassie O'Malley, e che fra loro ci fosse qualcosa di più di una semplice simpatia, benché nessuno sapesse l'intera verità. Comunque la sua scomparsa, in ottobre, era stato un colpo durissimo per Nick. A un certo momento gli avevano dato il permesso di partecipare di nuovo alle solite missioni aeree e lui si era mostrato molto rigoroso con tutti i suoi uomini, e anche pronto a correre rischi inutili. Ormai da troppo tempo era così.

« Io non mi abbandonerei a eccessive speranze, maggiore Galvin, però ho giudicato opportuno che lei lo sapesse. Abbiamo appena ricevuto la notizia che l'hanno trovata. »

« Trovata chi? » Nick sembrava confuso. Stava dormendo, dopo aver partecipato a due missioni notturne consecutive sulla Germania, quando erano venuti a chiamarlo perché il comandante voleva vederlo.

« Credo che la O'Malley sia una sua amica, o sbaglio? » I pettegolezzi nascevano in continuazione nell'esercito, e le chiacchiere arrivavano anche nell'ufficio del comandante.

« Cassie? » La reazione di Nick fu la stessa che avrebbe avuto se lo avessero sottoposto a un elettrochoc, quando riuscì a misurare il significato di quelle parole. « Cassie è viva? L'hanno trovata? »

« L'hanno trovata. Adesso si trova a bordo di una delle nostre navi da guerra nel Pacifico. Ma sembra che non ce la farà a sopravvivere o perlomeno così risulta finora. Se lo desidera, la terremo informata sugli ulteriori sviluppi della situazione. »

« Lo apprezzerei molto, signore », disse Nick, impallidendo, mentre il suo comandante lo osservava attentamente.

« A guardarla, maggiore, si direbbe che lei abbia bisogno di un periodo di riposo. Questo potrebbe essere il momento giusto... certo dipenderà da quello che succede. »

« Non saprei che cosa farmene di un permesso, signor comandante », rispose Nick sinceramente. Ormai aveva paura di tornare a casa. Non aveva più nessun motivo di andarci. Cassie sarebbe tornata a vivere con Desmond, se fosse sopravvissuta... ed era proprio quello che si augurava... era pronto a sacrificare se stesso e la propria vita... era pronto a fare qualsiasi cosa purché Cassie continuasse a vivere... anche se avrebbe dovuto vederla al fianco di Desmond Williams per il resto della sua esistenza. Qualsiasi cosa era sempre meglio che saperla morta o temere che lo fosse, come era stato nelle ultime sette settimane. Da un mese aveva perduto ogni speranza. Era assolutamente impossibile che Billy e Cassie potessero essere ancora vivi, in qualche luogo sperduto del Pacifico. « Nessuna notizia del suo navigatore? »

Il comandante annuì. Ormai erano abituati a perdere qualche amico, ma questo era il modo più atroce. « Non ce l'ha fatta; l'hanno trovato sull'isola con lei. Disgraziatamente non mi hanno fornito maggiori particolari. »

« La ringrazio. » Nick si alzò in piedi per congedarsi. Era esausto, ma adesso pieno di speranze. « Mi farà sapere qualcosa, se avrà altre notizie? »

« Immediatamente, maggiore. L'avvertiremo subito. »

« Grazie, signor comandante. » Si irrigidirono nel saluto e si lasciarono. Nick rientrò, camminando lentamente, nei suoi alloggi. Pensava a Cassie. Pensava, come aveva già fatto un migliaio di volte da maggio in poi, soltanto a quella notte trascorsa con lei nel piccolo campo d'aviazione abbandonato, sotto il chiaro di luna. Se almeno non l'avesse piantata in asso allora... se fosse stato capace di impedirle di partire... Per la prima volta dopo vent'anni si scoprì a mormorare una preghiera con le guance rigate di lacrime.

20

TRE giorni dopo il ritrovamento di Cassie, la portaerei *Lexington* entrava nel porto di Pearl Harbor. Cassie aveva ripreso conoscenza, ma solo per poco. Venne trasferita in ambulanza all'ospedale navale, dove Desmond stava già aspettandola. Era partito in aereo da Los Angeles lasciando a Nancy Firestone l'incarico di tenere sotto controllo i giornalisti.

Subito dopo aver visitato Cassie, i medici riferirono la loro diagnosi a Desmond, il quale a sua volta passò le informazioni ai giornalisti. Ma dalla viva voce di Cassie non avevano ancora potuto sapere niente.

« Se la caverà? » gli domandarono con gli occhi lucidi. Anche Desmond aveva gli occhi pieni di lacrime. Sembrava profondamente sconvolto per le condizioni della moglie.

« Ancora non lo sappiamo. »

Poco più tardi andò a esaminare il relitto dell'aereo, arrivato a bordo della *Lexington*. Poi ringraziò il capitano per aver riportato a casa sua moglie. Intanto lampeggiavano i flash delle macchine fotografiche.

« Mi dispiace soltanto di non averla trovata prima. È una ragazza formidabile. Siamo tutti pieni di ammirazione per lei. Glielo dica appena potrà parlarle. »

« Certo, lo farò », rispose Desmond, mentre gli scattavano un'altra fotografia insieme al capitano. Poi si affrettò a tornare all'ospedale per avere altre notizie. Solo un paio d'ore dopo gli permisero finalmente di vederla. Cassie era irriconoscibile, devastata dalle sofferenze e dalle dure prove affrontate; aveva gli aghi delle fleboclisi infilati nelle braccia, una per iniettarle i medicamenti necessari per la terapia, l'altra il glucosio. Ma rimase immobile, senza fare il minimo gesto. E Desmond non la sfiorò nemmeno con un dito. Rimase semplicemente in piedi, a fissarla. E le infermiere non riuscirono a capire, tanto era impenetrabile il suo viso, che cosa pensasse.

Quello stesso giorno il corpo di Billy Nolan partì per San Francisco in aereo. Anche a questo aveva provveduto Desmond. Due giorni dopo fu celebrata la funzione funebre. E nelle chiese, ovunque, la gente adesso pregava per Cassie.

Ormai era arrivato il 4 dicembre e in tutta la nazione non si faceva che parlare del prossimo Natale. Gli O'Malley invece, pensavano solamente a Cassie, sempre in coma alle Hawaii. Ogni mattina e ogni sera telefonavano a Honolulu per avere notizie. Pat avrebbe voluto partire e raggiungere in aereo sua figlia, ma il suo medico glielo sconsigliò. Il 5 dicembre, il medico dell'ospedale navale li chiamò di nuovo. Oona adesso era terrorizzata ogni volta che sentiva squillare il telefono e, nello stesso tempo, non vedeva l'ora di avere notizie di Cassie. Era diventata un'angoscia per lei.

« Signora O'Malley? »

« Sì. » Aveva capito subito che si trattava di una comunicazione interurbana perché la linea era molto disturbata. « C'è qualcuno che vuole parlarle. » Pensò che si trattasse di Desmond. Non aveva nessuna voglia di sentire la sua voce, ma forse aveva notizie fresche della figlia. Poi, invece, udì la voce di Cassie. Era tanto fievole... però era lei! Scoppiò in lacrime e si mise a singhiozzare così disperatamente che non riuscì neppure a spiegare a Pat quello che stava succedendo.

« Mamma? » mormorò Cassie, e sua madre fece cenno di sì con la testa e poi si sforzò di risponderle tra le lacrime. Pat, che aveva capito tutto, cominciò a piangere anche lui.

« Cassie?... Oh, bambina... oh, tesoro... se tu sapessi come ti vogliamo bene... com'eravamo preoccupati per te... »

«Sto bene», disse ancora Cassie, ma poi le mancarono di nuovo le forze. Allora il medico le tolse la cornetta dalla mano e un'infermiera si affrettò a spiegare a Oona che la signorina O'Malley era ancora debolissima, ma che stava già molto meglio. Cassie insistette per riprendere la comunicazione in modo da poter dire a sua madre quanto le volesse bene. «...e poi devi dire a papà...» bisbigliò, ma Pat poté sentirla ugualmente perché aveva accostato anche lui l'orecchio alla cornetta. E ascoltandola: «...che voglio bene anche a lui...» Avrebbe voluto parlare anche di Billy, ma si accorse di non averne la forza. A questo punto l'infermiera decise che Cassie doveva riposare. Più tardi le lasciarono vedere Desmond. Ma in camera con loro rimase anche un'infermiera, perché Cassie aveva bisogno di assistenza continua. Era talmente debole che a volte aveva perfino qualche difficoltà di respirazione.

Desmond si fermò in piedi accanto al letto e la guardò con aria impacciata. Non sapeva che cosa dirle, tranne che era felice che si fosse salvata. Fu un momento imbarazzante per entrambi. Date le circostanze, era facilissimo manifestare i sentimenti sbagliati o dire le cose sbagliate, ma provava un sollievo infinito che Cassie fosse viva. Anche se continuava a essere torturato dal dubbio che forse avesse commesso qualche errore mentre pilotava quell'apparecchio. E se invece si fosse trattato di qualche difetto, di cui erano rimasti all'oscuro fino al momento della partenza? Un giorno sarebbe stato necessario chiederlo a Cassie, ma non ora.

«... Mi dispiace... per l'aereo...» gli disse Cassie con evidente sforzo, e lui si limitò ad annuire.

«Un giorno ripeterai la prova», le rispose pieno di fiducia. Ma Cassie scrollò il capo. Già prima della partenza aveva perso l'entusiasmo e adesso non si sentiva nemmeno più solleticata da quell'avventura! L'aveva fatto per lui, perché pensava che fosse un dovere nei suoi confronti. Era sempre stato il sogno, l'idea, il progetto di Desmond. E lei si era sentita impegnata a realizzare l'impresa. Ma non l'avrebbe ripetuta mai più, né per lui né per nessun altro. Soprattutto senza Billy. «Che cosa è successo?» provò a domandarle

Desmond, mentre l'infermiera gli lanciava un'occhiata di disapprovazione. Cassie aveva assoluto bisogno di riposo e nessuno doveva turbarla o tormentarla con certe domande. Soprattutto suo marito. All'infermiera non era sfuggito che non si era nemmeno chinato a darle un bacio. Era rimasto lì, impalato, a parlarle, e non le aveva fatto una sola carezza. Anzi, si era tenuto a una certa distanza.

Cassie, invece, stava disperatamente cercando di rispondere alla sua domanda. «...Prima fumo, poi fiamme nel motore numero due...» gli spiegò faticosamente «...poi... fiamme... anche nel numero... uno... troppo lontano dalla terraferma... troppo carburante... l'ho fatto atterrare dove ho potuto... un'isoletta piccola piccola... ci siamo schiantati sulla spiaggia... poi, appena siamo scesi... un'esplosione tremenda...»

Desmond annuì, rimpiangendo di non poter capire che cosa avesse provocato le fiamme nel motore numero due. Ma Cassie non era in grado di spiegarglielo. In quel momento l'infermiera lo avvertì che la paziente si era già stancata troppo e doveva riposare. Avrebbe potuto tornare più tardi. Per quanto correttissimo con tutti, educatissimo e cortese, Desmond si era comportato con gelido distacco. Per la moglie non aveva avuto una sola parola gentile. Era difficile credere che fosse suo marito. Mentre lo guardava allontanarsi, Cassie si domandò se per lui non sarebbe stato molto più semplice che fosse morta. Adesso, dopo il divorzio che lei aveva chiesto, Desmond si sarebbe trovato ad affrontare il mondo intero.

Il giorno successivo Cassie cominciò a sedersi sul letto e telefonò di nuovo ai genitori. Era ancora molto debole, ma si sentiva già molto meglio. Doveva aver contratto qualche malattia tropicale, ma soprattutto soffriva di disidratazione e denutrizione e risentiva degli effetti dell'esposizione al caldo e al freddo. Ci sarebbe voluto parecchio tempo perché tornasse alla normalità. Era talmente debole che non riusciva neppure a sedersi sul letto senza essere aiutata. Quel pomeriggio Desmond si presentò accompagnato da un gruppetto di fotografi, ma l'infermiera gli proibì di farli entrare in camera di Cassie. Desmond la minacciò di fare rapporto ai suoi superiori ma la donna ribatté che per lei era assolutamente indifferente. Che lo facesse, se credeva. Il dottore aveva dato ordine di concedere a Cassie solamente le visite dei famigliari più stretti. Di conseguenza poteva permettere al solo signor Williams di andare a trovare sua moglie.

Desmond, furibondo, se ne andò quasi subito e Cassie scoppiò in una risata. « Grazie, tenente Clarke. Mi piace come lei sa farsi valere. E ubbidisce agli ordini. »

« Ho pensato che non avesse nessuna voglia di vedere i giornalisti. » Cassie era ancora molto provata, pallida e con i capelli in disordine. Quel pomeriggio le fecero fare un bagno e poi si lavò i capelli. Questo bastò a farla sentire di nuovo un essere umano. Per fortuna Desmond non tornò più a trovarla. Era stato molto corretto con lei, ma era chiaro che quello che veramente contava per lui erano le notizie fresche che poteva passare alla stampa. Ai giornalisti raccontò perfino che l'equipaggio della *Lexington* aveva lasciato una collana di fiori per Cassie proprio quella mattina, prima di salpare di nuovo. Ormai la notizia che era sopravvissuta al disastro era apparsa sui quotidiani di tutto il mondo; a Hornchurch Nick scoppiò in lacrime quando il suo comandante glielo fece sapere. Il sabato, Desmond cercò di nuovo di far entrare i giornalisti nella camera di Cassie e ancora una volta l'irremovibile tenente Clarke riuscì a impedirglielo. Stava diventando una specie di giochetto, che divertiva Cassie.

« Si direbbe che suo marito ci tenga moltissimo a portare nella sua camera i giornalisti perché la vedano », osservò l'infermiera Clarke, domandandosi che cosa Cassie trovasse in quell'uomo. Ma naturalmente non ebbe il coraggio di chiederglielo. A parte l'aspetto affascinante, la bellezza e i vestiti costosi che indossava, si sarebbe detto che avesse un cuore di pietra. Se mostrava un po' di interesse per qualche cosa, era per la stampa e non certo per sua moglie. Ma per Cassie non era una novità. Comunque, riusciva a divertirsi vedendo quanto l'infermiera fosse abile nel mettergli i bastoni fra le ruote. In fondo, non aveva ancora voglia di vedere nessuno. A parte suo padre e sua madre. Ma Pat e Oona avevano deciso di aspettare che tornasse a casa.

Quel pomeriggio l'infermiera Clarke l'aiutò a fare qualche passo nel corridoio dell'ospedale. Era la prima volta e il dottore disse che, secondo lui, Desmond avrebbe potuto trasportarla a casa in aereo per la fine della settimana. Aveva bisogno di riprendere ancora le forze, e volevano assicurarsi che non le salisse di nuovo la febbre. Per fortuna quel giorno Cassie era sfebbrata e si sentiva infinitamente meglio.

Mentre camminava a passo incerto per il corridoio dell'ospedale venne riconosciuta da qualche paziente. Tutti si affrettarono ad avvicinarsi, a stringerle la mano e a congratularsi con lei per essere scampata alla morte. La consideravano un'eroina per il solo fatto di essere viva; ma il suo più grande rimpianto era che Billy non fosse lì con lei. Mandò un telegramma a suo padre, a San Francisco, per esprimergli le sue condoglianze e parlargli del proprio dolore.

« Preghiamo tutti per te, Cassie », le diceva la gente incontrandola nei corridoi, e lei ringraziava tutti con calore. Anche le lettere e i telegrammi arrivavano a pacchi. Ricevette perfino una telefonata del presidente Roosevelt e di sua moglie. In cuor suo, però, continuava a non trovare giusto di essersi salvata soltanto lei. Si sentiva terribilmente in colpa, infinitamente addolorata per questo, e ogni volta che qualcuno pronunciava il nome di Billy scoppiava in lacrime. Dal punto di vista emotivo, era ancora profondamente scossa.

Adesso se ne stava chiusa nella sua camera da sola per la maggior parte del tempo, assorta nei suoi pensieri, e le infermiere facevano di tutto per non disturbarla. Bastava guardarla per capire che era ancora sconvolta e provata dalle esperienze che aveva vissuto. All'ospedale sapevano solamente che il secondo pilota era morto, ma ignoravano i particolari. Quanto a Cassie, evitava di parlarne con chiunque. Rifletteva molto, e ogni tanto si appisolava. A un certo momento si scoprì a pensare a Nick e a domandarsi dove fosse. Non aveva mai avuto l'opportunità di confessargli che aveva avuto ragione a proposito di Desmond. Ma forse anche questo non aveva più importanza. Forse ognuno di loro aveva la propria vita da vivere. Nick voleva vivere a modo proprio, e lei aveva bisogno di tempo per riprendersi da tutto quanto si era lasciata dietro le spalle. Ma non appena cominciò a sentirsi meglio provò una gran voglia di mettersi in contatto con Jackie Cochran e di parlarle degli aerei che aveva trasportato in Inghilterra.

Quella sera telefonò di nuovo ai genitori per avvertirli che presto sarebbe tornata a casa, probabilmente la settimana successiva. Avrebbero passato Natale insieme. Ormai non aveva più nessun motivo di rimanere a Los Angeles, non voleva più lavorare per Desmond ed era sicura che si sarebbe trovato d'accordo anche lui nel riconoscere che aveva tenuto fede alle clausole del contratto nel miglior modo possibile. Ormai tutto era finito.

Oona e Pat la informarono di avere appena ricevuto un telegramma di Nick nel quale si rallegrava, emozionato e felice, del fatto che lei si fosse salvata. A lei Nick non aveva mandato niente. Forse a causa di Desmond.

« Non dice quando torna a casa? » domandò in tono di finta indifferenza. E Pat scoppiò in una risata.

« Non fare la furbacchiona, Cassie O'Malley. Non ne sei capace. »

« Probabilmente ormai è già sposato », ribatté lei, anche se sperava che fosse vero il contrario.

« Nessuna donna con un briciolo di cervello vorrebbe un uomo come lui. »

« È proprio quello che spero anch'io. » Poi scoppiò a ridere. Si sentiva di umore molto migliore. Dopo aver scambiato ancora poche parole con i suoi, andò a letto presto. Non riusciva a immaginare che cosa Desmond facesse a Honolulu. Non veniva mai a trovarla. Con ogni probabilità cercava di continuare ad accattivarsi le simpatie della stampa, predisponendo tutta una serie di interviste alle quali lei avrebbe dovuto sottoporsi non appena si fosse sentita un po' meglio. Invece avrebbe avuto una brutta sorpresa. Cassie aveva pensato di accettare di fare un'ultima conferenza stampa, quella definitiva, unicamente per lui. Avrebbe così potuto spiegare ai giornalisti tutto quello che volevano sapere. Poi era sua intenzione tornarsene a casa e dare un taglio netto a tutta quella sceneggiata. Era costata troppo. Billy, e per poco anche la sua vita stessa. Non sapeva ancora che cosa avrebbe fatto del suo futuro. Ma qualsiasi decisione avesse preso, sarebbe certamente stata ben diversa da quella che Desmond l'aveva convinta a prendere in quell'ultimo anno. Aveva guadagnato una fortuna, ma perduto un caro amico. E per poco anche la vita. Questa volta il prezzo era stato troppo alto. E lei aveva bisogno di tempo per riprendersi.

L'indomani mattina la Clarke si presentò alle sette in punto; la svegliò aprendo le tende e sollevando le tapparelle. La giornata era splendida. Cassie era ansiosa di alzarsi e di uscire dalla camera a fare quattro passi. Manifestò addirittura il desiderio di fare una doccia e di vestirsi, ma l'infermiera Clarke le lasciò capire che non doveva esagerare né stancarsi troppo.

Alle sette e un quarto fece colazione: uova in camicia e tre fettine di pancetta. Un pasto ben diverso da quelli ai quali si era abituata sull'isola: banane e bacche selvatiche. Scoprì di provare addirittura ripugnanza al pensiero di trovarsi davanti frutta del genere. Non l'avrebbe mai più toccata per tutto il resto dei suoi giorni. Mentre terminava la colazione diede un'occhiata al giornale.

Scoprì subito che Desmond aveva ricominciato. Aveva rilasciato un'intervista all'*Honolulu Star Bulletin*, descrivendo per filo e per segno le condizioni della moglie. Però aveva sorvolato su quello che le era successo sulla piccola isola. Cassie venne sfiorata dal sospetto che volesse tener viva, e convogliare, tutta la curiosità dei giornalisti sulla conferenza stampa che stava preparando per lei. Pensava a tutto. Tranne a lei e al suo bene. Per lui tutto si riduceva agli affari, alla possibilità di reclamizzare i propri aeroplani e ai profitti che ne avrebbe ricavato. Nick non sarebbe potuto essere più accurato e preciso nelle sue intuizioni e nei suoi pronostici.

Stava ancora leggendo il giornale quando sentì il primo aereo che le passava sulla testa. Pensò subito che si trattasse di un'esercitazione dei piloti della Marina. In effetti l'ospedale era abbastanza vicino al campo d'aviazione. Ma poi, tendendo l'orecchio, le parve di sentire un'esplosione in lontananza. E altre seguirono la prima. Incuriosita, si alzò e andò alla finestra. E fu allora che li vide, bombardieri e bombardieri... in ondate successive. Era un attacco in piena regola, se ne rese conto istantaneamente, sbalordita. Erano le sette e cinquantacinque del 7 dicembre.

Il cielo era nero di aeroplani che sembravano assordarla con il loro rombo incessante mentre volavano sul porto e bombardavano sistematicamente ogni nave che vedevano. Attaccarono anche l'aeroporto, simultaneamente, a volo radente, mitragliando e distruggendo tutto quanto.

L'infermiera Clarke entrò correndo e Cassie le spiegò con poche parole quello che aveva appena visto. Poi si precipitò verso l'armadio a prendere i vestiti che Desmond le aveva portato. Poca roba. Una gonna, una camicetta e un paio di scarpe. In fretta e furia si tolse vestaglia e camicia da notte e si vestì completamente per la prima volta da quando era stata ricoverata all'ospedale.

Intanto la gente stava affollando tutti i corridoi; pazienti e visitatori giravano qua e là, smarriti. Infermieri e barellieri cercavano di riportare la calma e Cassie, quasi istintivamente, si unì a loro. Rimasero sotto l'attacco nemico per un'ora. Ormai l'*Arizona* era in fiamme, oltre a un certo numero di navi di minore tonnellaggio, e anche nel porto erano scoppiati degli incendi. Le notizie arrivavano rapidamente, ma in gran parte inesatte. La radio annunciò che si trattava di un bombardamento dei giapponesi; passarono solo pochi minuti prima che le ambulanze cominciassero ad arrivare con i feriti. Si trattava soprattutto di uomini ustionati in modo atroce, intossicati dalla nafta, oppure con ferite alla testa o da mitragliatrice. Molti erano sotto choc traumatico. Le infermiere correvano di qua e di là e i pazienti in convalescenza, come Cassie, rinunciarono ai loro letti per cederli ai feriti che venivano trasportati in continuazione all'ospedale dal porto.

Cassie cominciò a lavorare fianco a fianco con l'infermiera Clarke, preparando fasce e bende con pezze di tela pulita e aiutò a trasportare i feriti dalle lettighe ai letti. Si offrì per mansioni di ogni genere, pur di soccorrere quegli infelici...

Ma non erano ancora riusciti a sistemare che una metà dei feriti quando i giapponesi attaccarono nuovamente. Stavolta centrarono in pieno la *Nevada*.

E all'improvviso furono a migliaia gli uomini feriti e sanguinanti, che arrivarono a frotte nell'ospedale o vennero trasportati sulla nave-ospedale *Solace*.

Rebecca Clarke alzò gli occhi e vedendo Cassie che si prodigava instancabile per aiutare i feriti non poté nascondere la propria ammirazione: era una donna straordinaria. Non c'era da meravigliarsi che l'intera nazione le volesse bene!

« Come si sente? Tutto a posto? » le domandò brusca l'infermiera quando Cassie uscì dalla sala di medicazione dove aveva aiutato a trasportare un uomo orribilmente ustionato, che urlava per il dolore e aveva lasciato intorno a sé, perfino addosso a Cassie, brandelli di pelle.

« Sto bene », rispose Cassie con freddezza. Non poteva dimenticare suo fratello, che aveva aiutato a estrarre dall'aeroplano incendiato. E su un braccio, nel punto dove il suo corpo, avvolto dalle fiamme, si era appoggiato, c'era ancora la cicatrice dell'ustione che si era fatta. « Basta che mi dica che cosa devo fare. »

« Faccia soltanto quello che si sente di fare », le rispose la Clarke con fermezza. « E si riposi soltanto se dovesse sentirsi un po' debole. In questo caso sarà meglio che venga ad avvertirmi. »

« No, ne farò a meno », rispose Cassie, imponendosi con uno sforzo di volontà di non sentirsi né stanca né indebolita mentre continuava ad aiutare soldati e civili feriti, e anche parecchie donne. A poco a poco cominciavano infatti ad affluire all'ospedale anche gli abitanti locali. Ormai i feriti lo avevano letteralmente invaso e dopo un po' non si sapeva più come accoglierli e dove sistemarli. Il secondo bombardamento si prolungò fin oltre le dieci del mattino e quando gli aerei nemici si allontanarono l'intera nazione era sotto choc.

Cassie lavorò febbrilmente per tutto il pomeriggio, facendo tutto quello che poteva, ma verso le quattro si accorse che le gambe non la reggevano. Alla fine dovette sedersi. Non si era fermata un momento e non aveva più mangiato niente dopo la colazione. La Clarke le portò una tazza di tè; poi, insieme, si spostarono nell'atrio dell'ospedale per controllare che non ci fossero altri feriti da soccorrere. Gli ultimi erano stati trasportati a bordo della nave-ospedale *Solace* circa un'ora prima. L'ospedale era stracolmo e non potevano più accettare una sola persona.

Cassie si trovò senza altro da fare se non offrire qualche parola di conforto e di consolazione. Fu in quel momento che Desmond comparve al suo fianco accompagnato da un fotografo. Tutti gli altri si erano precipitati al porto per vedere i danni provocati dalle bombe, ma lui aveva promesso al giovane reporter una foto di Cassie O'Malley, se lo avesse accompagnato. Aveva attraversato l'atrio dell'ospedale a grandi passi dirigendosi verso la moglie mentre l'infermiera Clarke aiutava una giovane donna incinta, che cercava notizie del marito, a prendere posto in una poltrona.

« Eccola... » e Desmond la indicò con un gesto drammatico al giornalista. « Tesoro, come ti senti? » le domandò subito, guardandola teneramente. Intanto il giovanotto le scattava una foto, così com'era, in gonna e camicetta macchiata del sangue dei feriti che aveva soccorso. Cassie non poté far altro che lanciare a Desmond un'occhiata piena d'indignazione, e un'altra al fotografo.

« Oh, per amor di Dio, Desmond! » fu la sua reazione. Poi alzando la voce, in tono sprezzante aggiunse: « Smettila! Perché non vai a fare qualcosa di utile invece di pavoneggiarti davanti ai giornalisti? Quanto a lei... » e puntò un dito con aria minacciosa verso la macchina fotografica mentre il reporter, stupito, non aveva il coraggio di aprire bocca « ...perché non cerca di aiutare qualcuno invece di scattare foto a me? Siamo stati bombardati, idiota che non è altro! Alzi i tacchi e si dia da fare; lasci perdere per una volta quella maledetta macchina fotografica! » E con queste parole si voltò e si allontanò insieme alla Clarke. I due uomini erano rimasti a bocca aperta. Quel giorno Cassie si conquistò l'affetto e la fiducia totale della sua infermiera. Perché quella donna non avrebbe mai dimenticato, per il resto della sua vita, la instancabile ragazza con i capelli rossi che aiutava i feriti e che accorreva presso gli ustionati. Aveva già offerto la sua camera privata a quattro di loro e vi aveva spinto dentro le lettighe con le sue mani. Poi era corsa a prendere le lenzuola necessarie... o meglio, quelle che era riuscita a trovare. Sarebbe stata perfino disposta a rubarle, in caso di necessità.

Nel pomeriggio il direttore dell'ospedale venne a ringraziarla di persona. Le avevano trovato una branda pieghevole, che Cassie riuscì a infilare in uno sgabuzzino per concedersi qualche ora di riposo. All'ospedale c'era gente ben più grave di lei di cui occuparsi, e gente che aveva bisogno di cure. Così continuò a offrire il proprio aiuto anche il giorno seguente. Fu a quel punto che seppero – e nessuno se ne meravigliò – che il presidente Roosevelt aveva dichiarato guerra al Giappone. All'annuncio, da tutto l'ospedale si levarono grida ed esclamazioni entusiastiche. Il martedì Cassie fissò una camera al *Royal Hawaiian Hotel* e telefonò a suo padre e a sua madre. Aveva già parlato con loro in precedenza, per avvertirli che era sana e salva, ma adesso voleva far sapere a entrambi che avrebbe cercato di tornare a casa il più presto possibile. All'albergo le promisero di procurarle una cabina sul *Mariposa*, che partiva la vigilia di Natale. Era la prima nave sulla quale poté trovar un posto ma adesso le premeva assicurarsi che a bordo non ci fosse anche Desmond. Non provava per lui alcuna comprensione; anzi, era sempre più persuasa che si fosse comportato in modo davvero abominevole. L'unica cosa che gli interessava era sfruttarla un'ennesima volta, servirsi di quello che le era successo per far parlare di sé. Era davvero ripugnante.

Desmond venne a trovarla nel pomeriggio, per informarla che il Pentagono gli aveva promesso un posto su un aereo militare in partenza per San Francisco nel giro di qualche giorno e che avrebbero cercato di procurarne uno anche a lei, dal momento che la consideravano praticamente un'eroina nazionale. Ma Cassie fu irremovibile. Gli disse chiaro e tondo che non aveva intenzione di andare in nessun posto con lui.

« Che differenza vuoi che faccia? » Desmond non nascose la sua irritazione di fronte a tutte le difficoltà che lei stava sollevando. Alla stampa avrebbe fatto un'impressione migliore vederli partire insieme per tornare a casa, pur sapendo di poter fornire spiegazioni abbastanza convincenti se lei si fosse rifiutata di accompagnarlo. Avrebbe potuto dire Cassie provava un'improvvisa ripugnanza al pensiero di viaggiare in aereo. Oppure avrebbe dato la colpa alle sue condizioni di salute. Ma Cassie gli lasciò capire di non avere nessuna intenzione di prestarsi a questi giochetti.

« Ho una gran brutta notizia da darti, Desmond. Il mondo intero non sta più guardando né te né me. Tutti pensano alla guerra nella quale l'America è appena entrata anche se, forse, non te ne sei neppure accorto! »

« Ma pensa a quello che potresti fare anche tu, adesso, per lo sforzo bellico dell'intera nazione! » tentò di convincerla lui, che non aveva ancora perduto ogni speranza e pensava alle opportunità che una pubblicità del genere poteva offrirgli. E non solo a lui ma anche ai suoi aeroplani. Forse non si rendeva conto che, per quanto la riguardava, Cassie gliela aveva appena regalata, quella pubblicità, con i tre giorni trascorsi all'ospedale navale. Perfino l'ammiraglio Kimmel aveva voluto ringraziarla personalmente.

« Farò né più né meno quello che ho voglia di fare », gli rispose Cassie con fermezza. « E tu non dovrai più né reclamizzare né vendere o annunciare o usare o sfruttare ogni mia azione. Ci siamo capiti? Tra noi è finita. Ho tenuto fede al contratto, e basta. »

« Proprio per niente », ribatté lui in tono mielato. Cassie lo guardò incredula.

« Stai scherzando? Per poco non mi ammazzavo. E l'ho fatto per te. »

« L'hai fatto per te stessa. Per la tua gloria », la corresse Desmond.

« L'ho fatto perché amavo il volo e sentivo come un dovere l'impegno nei tuoi confronti. Ero convinta che realizzare quell'impresa fosse la cosa più onorevole da fare. Anche se preferisco dimenticare il fatto che mi avevi detto di essere pronto a intentarmi causa se mi fossi tirata indietro all'ultimo momento. E anche se avevo già capito che avrei dato una preoccupazione in più a mio padre e a mia madre.»

«Perché, adesso no? Che cosa è cambiato?» Nick aveva visto giusto. Desmond era davvero diabolico.

«Ho fatto in volo diciassettemila chilometri, ho fatto il possibile e l'impossibile, mi sono perfino schiantata al suolo con quel tuo stramaledetto aereo e sono riuscita a sopravvivere per quarantacinque giorni su un'isoletta che aveva più o meno le dimensioni di un piatto, rischiando di morire di fame, posso aggiungere. E ho visto il mio migliore amico morire fra le mie braccia. Ti pare che non sia abbastanza? Io direi di sì. E sono pronta a scommettere che qualsiasi giudice vedrebbe le cose come le vedo io.»

«Un contratto è un contratto», osservò lui freddamente. «Il tuo diceva che avresti coperto in volo ventiduemila chilometri attraverso il Pacifico a bordo del mio aereo.»

«Il tuo aereo si è incendiato come una scatola di fiammiferi.»

«Ne ho altri. E il tuo contratto diceva che accettavi di prestarti a pubblicità e sponsorizzazioni senza limitazioni di nessun genere.»

«Siamo in guerra, Desmond. Sono cose che non interessano nessuno. E anche se così non fosse, non interessano me. Fammi causa.»

«Non è escluso. E può darsi che lungo il viaggio di ritorno a casa tu ci rifletta un po' meglio.»

«Mi guarderò bene dallo sprecare il mio tempo pensando a cose del genere. Appena rientrata chiamerò il mio avvocato... e per più di un motivo», rispose lei in tono significativo.

«Quanto a quello, sarà una faccenda da discutere. A proposito, poco fa hai menzionato Billy in termini veramente toccanti... Hai detto che era il tuo *migliore* amico. Mi vuoi spiegare in che senso? Non vorrei aver frainteso...»

«Hai capito perfettamente, figlio di puttana che non sei altro! E se ti azzardi a parlare di adulterio, perché non lo discutiamo con Nancy Firestone? Con me è stata molto chiara;

si è praticamente definita la tua amante. E io ho già accennato anche a questo con il mio avvocato. »

Questa volta Desmond impallidì e Cassie si rallegrò di essere riuscita, almeno in questa occasione, a fargli perdere la solita calma.

« Non so di che cosa stai parlando. » Ma era furioso pensando a Nancy e a quello che doveva avere raccontato a Cassie.

« Se fossi in te lo domanderei a Nancy. Sono sicura che ti spiegherà tutto. Con me è stata molto esplicita. »

Gli occhi di Desmond le dissero che la odiava, ma per Cassie non aveva più importanza. Si augurò perfino di non doverlo rivedere mai più, una volta partita da Honolulu.

Passò le successive due settimane e mezzo come volontaria all'ospedale navale e poi continuò a dedicarsi ai feriti anche sulla nave-ospedale *Solace*. Quello che era successo nel porto lasciava sconvolti. L'*Arizona*, la *Curtiss*, la *West Virginia*, l'*Oklahoma*, la *Chew*, l'*Oglala* erano state colpite dai giapponesi; i morti assommavano a 2.898, i feriti erano stati 1.178. Cifre terrificanti... e adesso la nazione era in guerra. Cassie si domandò che cosa poteva significare questo per Nick. Sarebbe rimasto nella RAF o sarebbe tornato per arruolarsi nell'esercito americano? Tutto le sembrava ancora molto confuso.

Poi, la *Mariposa*, la *Monterey* e la *Lurline* salparono, la vigilia di Natale, e Cassie rimase commossa e sorpresa quando si trovò di fronte Rebecca Clarke che era venuta a salutarla e a ringraziarla per tutto l'aiuto prestato. In effetti Cassie non aveva fatto altro che lavorare per i feriti da quando i giapponesi avevano bombardato Pearl Harbor.

« È stato un onore conoscerti », le disse Rebecca Clarke con sincerità. « Spero che tu possa tornare a casa sana e salva. »

« Anch'io », rispose Cassie altrettanto schietta. Non vedeva l'ora di rivedere suo padre e sua madre, di tornare nell'Illinois e di parlare con un avvocato per scoprire in qual modo liberarsi da tutti gli obblighi e i contratti che la legavano a Desmond.

Provò un autentico sollievo quando si accorse che per la sua partenza non si era mobilitato nessun giornalista. D'altra parte, Desmond era partito per San Francisco con un aereo militare la mattina precedente e quindi nessuno si era preso la briga di avvertire la stampa. Cassie era felice di avere evitato il volo di ritorno in compagnia di Desmond, anche se con la nave il viaggio sarebbe stato più lungo e più rischioso. Per maggior sicurezza, infatti, viaggiavano in convoglio.

La Clarke la lasciò a bordo della nave, che tolse gli ormeggi un'ora più tardi. Tutti provavano una certa ansia per quel viaggio e avevano paura che i giapponesi tornassero in forze ad attaccare il convoglio e ad affondarlo. L'oscuramento era completo ogni sera e chiunque, a bordo, era obbligato a portare giorno e notte il giubbotto di salvataggio. E anche questa era una cosa snervante. Sulla nave c'erano moltissimi bambini che facevano chiasso e mettevano a dura prova i nervi degli altri passeggeri; d'altra parte, le famiglie che avevano parenti sulla terraferma erano ansiose di allontanarsi il più possibile dalle Hawaii. Ormai le isole erano diventate pericolose. Tutti erano convinti che sarebbero state attaccate di nuovo da un momento all'altro. La *Mariposa*, la *Lurline* e la *Monterey* viaggiavano veloci, seguite da una scorta di cacciatorpediniere che le accompagnarono fino a metà del percorso; poi il convoglio proseguì da solo il resto del viaggio fino in California e i cacciatorpediniere ripartirono verso le Hawaii.

Sulle navi c'era un grande silenzio mentre viaggiavano a zigzag attraverso il Pacifico per evitare i sottomarini. Non si facevano feste la sera, nessuno era dell'umore adatto. Tutti desideravano soltanto arrivare a San Francisco sani e salvi. Cassie si meravigliò che ci volesse tanto tempo. Dopo aver compiuto tragitti di diversa lunghezza in volo per tutta la sua vita, il viaggio per nave le parve incredibilmente noioso e senza fine. Si augurò di non dover ripetere mai più quell'esperienza. Da tutta la nave si levarono grida di esultanza e di gioia quando, oltrepassato il Golden Gate, cinque giorni più tardi, entrarono finalmente nel porto di San Francisco.

Ma Cassie rimase ancora più stupefatta quando, scendendo dalla passarella con una valigetta in mano, vide suo padre. Aveva fatto il viaggio sotto il nome di Cassandra Williams e solo pochissime persone l'avevano riconosciuta. Aveva fatto vita ritiratissima, pensando a tutto quello che l'aspettava. Aveva molte cose su cui riflettere, e qualcuno su cui piangere, in silenzio. Ma quando vide suo padre, il sollievo si trasformò in commozione. E dietro Pat vide Oona.

« Che cosa fate qui? » domandò sgranando gli occhi ormai colmi di lacrime. Si ritrovarono tutti e tre a piangere e ad abbracciarsi... A quell'incontro Cassie aveva pensato almeno un milione di volte, quand'era sull'isola. Poi, con la coda dell'occhio, vide Desmond. Aveva organizzato, per accoglierla, una vera e propria conferenza stampa. A darle il benvenuto c'erano come minimo ottanta giornalisti. Ma mentre Cassie si accorgeva della loro presenza, notò anche che Pat si mostrava contrariato e serrava le labbra con aria arcigna. Quella storia non gli garbava. Desmond Williams aveva fatto i suoi comodi troppo a lungo, e adesso doveva smetterla.

« Ben tornata a casa, Cassie! » cominciò a gridare lo stuolo dei giornalisti, ma Pat, dopo avere afferrato Cassie per un braccio, le aprì un varco fra quella marea di gente con la stessa indomita energia di uno schiacciasassi. Oona si affrettò a seguirli. Pat si avviò senza perdere tempo verso l'automobile con autista che aveva appositamente noleggiato per venire a ricevere sua figlia. E prima che i reporter potessero dire qualcosa, Cassie fu spinta a bordo. Desmond, intanto, si era fatto avanti.

« Siete tutti molto gentili », stava dicendo Pat in tono cordiale ai giornalisti, « ma mia figlia non sta ancora bene. È malata ed è rimasta anche traumatizzata, quand'era all'ospedale, da un'esperienza come quella del bombardamento di Pearl Harbor. Vi ringrazio... ringrazio tutti moltissimo. » Agitò il cappello verso i membri della stampa, in segno di saluto, sospinse sua moglie in vettura, dietro la figlia, e salì a sua volta. Poi diede ordine all'autista di allontanarsi il più in fretta possibile. Senza, naturalmente, investire nessuno!

Cassie rise allegramente vedendo l'espressione di Desmond. Lo smacco doveva essere stato terribile. E tutto per merito di Pat.

« Ma possibile che quell'uomo non capisca quando è il momento di smetterla? » domandò a Cassie quasi indispettito. « Non ha proprio un briciolo di cuore, allora? »

« No, assolutamente », gli confermò sua figlia.

« Non riesco a capire perché tu lo abbia sposato. »

« Neanch'io », sospirò Cassie. « Devo dire che era riuscito a essere molto convincente. Poi ha pensato che non fosse più necessario nascondere i suoi veri scopi. » E approfittò dell'occasione per parlare a suo padre delle minacce che le aveva fatto dichiarando che voleva intentarle causa.

« Tu non gli devi un bel niente! » esclamò Pat, infuriato.

« Ricordati del tuo cuore, caro », lo ammonì Oona, anche se si era ripreso perfettamente e stava magnificamente fin dall'estate precedente. Perfino in occasione dell'incidente di Cassie aveva reagito straordinariamente bene all'angoscia e alla preoccupazione. Adesso era solo in collera.

« Lasciamo stare il mio cuore! Piuttosto, quell'uomo farà bene a ricordarsi che so fare a pugni anch'io », ribatté Pat mentre la macchina correva diretta verso l'*Hotel Fairmont*. Pat e Oona avevano prenotato una suite per tutti e tre. Lì trascorsero due giorni a festeggiare il ritorno di Cassie. Prima di ripartire, lei andò a trovare il padre di Billy Nolan. Fu un momento triste e difficile; Cassie gli raccontò che Billy era morto tra le sue braccia, in pace, e che non aveva sofferto. Ma anche questa era una ben magra consolazione.

Cassie non poté fare a meno di pensare che, con lo scoppio della guerra, molti giovani come Billy avrebbero potuto perdere la vita. Un pensiero atroce. E si accorse di non essere mai stata tanto felice di tornare a casa.

Pat aveva portato con sé un secondo pilota; per venire a prenderla aveva scelto il Vega. Quando furono circa a metà strada, durante il viaggio di ritorno nell'Illinois, chiese a Cassie se desiderasse continuare a pilotarlo al suo posto. Ma con grande stupore di Pat e anche di Cassie stessa, lei ebbe qualche esitazione. Pat fece finta di non essersene accorto e non insistette.

« Naturalmente non è un apparecchio di qualità superiore come quelli ai quali ti sei abituata, Cass. Ma ti farà bene riprovare. » Era un aereo facile da pilotare, e Pat non si sbagliava: infatti Cassie si accorse di provare piacere nel ritrovarsi ai comandi. Era una sensazione nuova, gradevole. Dal momento in cui era precipitata sull'isola con il *North Star*, non aveva più messo piede su un aereo, e ormai erano passati due mesi e mezzo. Le pareva strano riprendere a pilotare, ma si accorse di esserne felice. Si trattava di qualcosa che aveva nel sangue, esattamente come Pat.

Lungo il viaggio gli descrisse quello che era successo e gli raccontò per filo e per segno come era riuscita a far toccar terra all'aereo; anzi, ne approfittò per discutere con suo padre le possibili cause dell'incendio ai motori. Purtroppo erano interrogativi che difficilmente avrebbero avuto una risposta. Desmond aveva riportato indietro ciò che rimaneva dell'apparecchio e si augurava che i suoi tecnici potessero individuare con maggiore chiarezza la causa di quelle avarie. Sembrava comunque poco probabile che fossero in grado di capirci qualcosa, tanto violenta era stata l'esplosione che lo aveva praticamente distrutto.

« Hai avuto uno di quei colpi di fortuna...! » esclamò Pat scrollando il capo, mentre Cassie pilotava l'aereo verso casa. « Avresti potuto rimanere uccisa quando vi siete schiantati al suolo. Ed è un miracolo che non sia saltata in aria anche tu nell'esplosione. E, in fondo, avresti anche potuto non trovare mai un'isola sulla quale atterrare. »

« Lo so », replicò lei con voce triste. Purtroppo quel colpo di fortuna non era servito a Billy. Era un pensiero che continuava ad angosciarla. Sapeva che non lo avrebbe mai dimenticato. Poi, mentre aiutava Pat a spingere l'apparecchio nell'hangar, quella sera, si sentì offrire un posto lì, nel suo aeroporto. Pat le disse che gli avrebbe fatto comodo un altro aiuto per il trasporto dei carichi di merce e per il servizio postale, soprattutto adesso che tutti i ragazzi validi venivano arruolati nell'esercito. Molti dei suoi piloti erano troppo anziani per essere chiamati alle armi, ma per lei avrebbe trovato ugualmente un lavoro. Poi Pat aggiunse che sarebbe stato felice di averla con sé, e con un sorriso intimidito disse: « A meno che tu non voglia dedicare gran parte del tuo tempo alla pubblicità di dentifrici o automobili! » Era una buona battuta. Padre e figlia risero insieme.

« Non credo proprio, papà. Sono convinta di averlo fatto più che a sufficienza. Mi basta. E mi basterà per tutto il resto dei miei giorni. » Non era nemmeno sicura di aver voglia di partecipare ad altri raduni aeronautici, soprattutto dopo la morte di Chris. Voleva semplicemente volare, pilotare aerei su brevi percorsi, facili, e magari anche su quelli più lunghi.

« Bene, io sarei felice di averti qui con me. Pensaci, Cass. »

« Lo farò, papà. Mi sento onorata dalla tua proposta. »

Poi Pat le riaccompagnò a casa, sul solito furgone; e lì trovarono ad aspettarli le sorelle con le loro famiglie. Era la sera di Capodanno e mai come in quel momento Cassie pensò che gli O'Malley erano una gran bella famiglia. E lei era felice di farne parte. Cassie trovò i nipotini molto cresciuti; quanto ad Annabelle e Humphrey, le sembrarono più belli e simpatici che mai. Non aveva mai creduto di rivederli e ritrovarsi con tutti i suoi cari... la commozione fu troppa. Scoppiò in lacrime e in singhiozzi mentre le sorelle le buttavano le braccia al collo. Il suo unico rimpianto era che Chris non potesse essere lì con loro... e Billy... e Nick. Ormai erano tante le persone che non avrebbero più rivisto... Ma lei adesso era tornata. E quella sera ringraziò il buon Dio di tante fortune.

21

La settimana successiva al Capodanno, Cassie ricominciò ad andare all'aeroporto per aiutare suo padre. Prima, però, lui l'aveva accompagnata a un colloquio con un avvocato di Chicago, con un'ottima reputazione e degli onorari da capogiro. Ma secondo Pat doveva assolutamente avere un legale abilissimo, dal momento che avrebbe dovuto combattere contro Desmond Williams.

Lei gli spiegò la situazione in cui si trovava e l'avvocato fu del parere che non fosse il caso di preoccuparsi particolarmente. Non esistevano né un giudice né una giuria al mondo convinti che non avesse rispettato le clausole del contratto, correndo grossi rischi personali e mettendo a repentaglio la vita stessa. « Nessuno le chiederà mai di restituire un centesimo né la scaraventerà nella cella di un carcere, e tantomeno le imporrà di tornare a pilotare gli aerei di Desmond Williams. A quanto sento, quell'uomo dev'essere un mostro. »

« E tutto questo ci porta a sollevare anche un'altra questione », disse Pat in tono significativo. La questione del divorzio. Molto più complicata ma assolutamente non impossibile. Ci sarebbe voluto tempo, ma sarebbe stato facile affermare che il loro matrimonio non aveva resistito al trauma della dura prova cui Cassie era stata sottoposta. E nessuno avrebbe potuto contestare una cosa del genere. L'avvocato lasciò capire che con Desmond avrebbe giocato proprio queste carte e si dichiarò sicuro che avrebbe anche ottenuto la sua più completa collaborazione.

Disse a Cassie di tornare a casa e di non preoccuparsi. Venti giorni dopo le arrivarono alcuni documenti da firmare per avviare la pratica. E quasi subito dopo Desmond le telefonò.

« Come ti senti, Cass? »

« Perché? »

« È una domanda perfettamente ragionevole. » Sembrava molto gentile, ma Cassie, che ormai lo conosceva, si rese conto che doveva avere uno scopo. Era chiaro che voleva qualcosa. In un primo momento pensò che avesse telefonato per discutere la faccenda del divorzio, anche se non riusciva a immaginare per quale motivo dovesse farlo. Era chiaro che non aveva nessuna voglia di restare sposato con lei. E inoltre non gli aveva chiesto un centesimo. Anzi, con suo grande stupore si era vista arrivare l'intera somma pattuita per il viaggio nel Pacifico, anche se non l'aveva portato a termine, dopo che il suo legale si era messo in contatto con Desmond e gli aveva fatto notare che un rifiuto avrebbe fatto una pessima impressione sul pubblico americano, dopo tutto quello che Cassie aveva passato. Desmond, per quanto furioso, le aveva fatto pervenire un assegno per la somma di centocinquantamila dollari che venne versato immediatamente sul suo conto bancario. Questo bastò a dare completa soddisfazione anche a Pat. In fondo Cassie se li era ampiamente meritati.

« Pensavo semplicemente che non ti sarebbe dispiaciuta una piccola conferenza stampa, un giorno o l'altro... mi capisci.. per raccontare al mondo quello che è successo. »

Lei aveva pensato all'inizio che una conferenza stampa, una sola, sarebbe stata opportuna; ma nel frattempo aveva cambiato opinione. La sua carriera come diva del cinema era finita.

« Ormai tutti sanno tutto, dopo i rapporti del ministero della Marina, quando mi hanno ritrovato e soccorso. Non c'è nient'altro da aggiungere. Ma credi proprio che la gente abbia voglia di sapere che Billy è morto fra le mie braccia, oppure avere la descrizione particolareggiata della dissenteria di cui ho sofferto? Io non credo proprio! »

« Puoi tralasciare questi dettagli. »

« No, non posso. E non ho niente da dire. Ci siamo schiantati al suolo. Io sono stata tanto fortunata da tornare a casa mentre Billy, come Noonan e come Amelia Earhart, e come moltissimi altri sciocchi come noi, non ce l'ha fatta. Io sono qui, e non voglio più parlare di questo con nessuno. È finita, Desmond. È acqua passata. Sono cose che fanno parte della storia. Cercati qualche altra che tu possa plasmare secondo i tuoi gusti e farne una diva del cinema. Magari prova con Nancy. »

« Tu sei stata bravissima... » disse lui in tono pieno di nostalgia. « La migliore. »

« Ci tenevo a te », rispose Cassie con tristezza. « Ti ho amato », aggiunse piano, mentre adesso non c'era più nessuno a cui volere bene.

« Mi dispiace che tu sia rimasta delusa », rispose Desmond, freddo. Erano tornati a essere due estranei. Il cerchio si era chiuso. Poi, finalmente, Desmond si rese conto che tutte quelle insistenze non avevano alcun senso. « Fammi sapere se per caso cambierai idea. Se tu volessi impegnarti sul serio, potresti fare una luminosa carriera... » aggiunse. E Cassie sorrise. Più luminosa di così... sarebbe stato impossibile. Ed era un miracolo che fosse sopravvissuta.

« Non contarci. » Sapeva quanto Desmond detestasse le persone come lei. L'avrebbe considerata una rinunciataria. In ogni caso, non gliene importava assolutamente nulla del giudizio di Desmond, ormai.

« Addio, Cassie. » Fine di una carriera, fine di un matrimonio. Fine di un incubo.

Riattaccarono e Desmond non si fece mai più vivo. L'avvocato la informò che il signor Williams aveva acconsentito al divorzio e aveva perfino offerto un piccolo risarcimento se Cassie fosse stata disposta ad andare a Reno. Lei non accettò il denaro: ne aveva guadagnato abbastanza pilotando i suoi aeroplani! Ma andò a Reno in marzo, per un mese e mezzo, e al suo ritorno a casa si ritrovò libera come prima. Quanto a Desmond, com'era prevedibile, si affrettò a rilasciare una dichiarazione alla stampa secondo la quale Cassie era rimasta talmente traumatizzata dall'esperienza vissuta nel Pacifico che il loro matrimonio era diventato impossibile. Adesso lei si era ritirata a vivere « nel più completo isolamento presso i genitori ».

« Mi fa passare per una malata di mente », si lamentò Cassie.

« Be'? Che cosa te ne importa? » le rispose suo padre. « Hai dato un taglio netto ai tuoi rapporti con lui. Che liberazione! » Subito dopo, i giornalisti tentarono di telefonarle varie volte, ma lei si rifiutò sempre di parlare o di incontrare anche uno solo di loro. Sul suo conto scrissero articoli pieni di simpatia e di comprensione, e per fortuna si stancarono ben presto di darle la caccia. Prima del viaggio era stata la loro beniamina, ma adesso avevano altri argomenti di cui occuparsi.

In ogni caso, Cassie non sentì né la loro mancanza né quella di Desmond. Piuttosto sentiva la mancanza dei suoi amici. Con Billy ormai perduto per sempre, l'aeroporto era molto silenzioso e solitario. Abituata com'era a volare con lui un giorno dopo l'altro, adesso le pareva strano trovarsi lì, senza averlo vicino. In aprile, al suo ritorno da Reno, scoprì che tutti i giovani che conosceva erano già stati chiamati alle armi oppure si erano arruolati volontari. Perfino due dei suoi cognati erano partiti, mentre il marito di Colleen, che aveva i piedi piatti e la vista molto debole, era stato riformato. Adesso, le sorelle maggiori con i loro bambini erano sempre a casa O'Malley. In primavera, il padre e la madre di Annabelle e Humphrey rimasero uccisi in un bombardamento, a Londra. Colleen e il marito decisero di adottare i due bambini. Quando ci pensava, Cassie rimpiangeva di non averli potuti adottare lei.

Di tanto in tanto ricevevano notizie da Nick. Era sempre in Inghilterra e adesso partecipava alle incursioni pilotando i caccia, spinto più che altro da una vera e propria sete di vendetta. La sua aspirazione era uccidere quanti più tedeschi possibile, farli precipitare con i loro aerei, liberare i cieli, «proprio come ai vecchi tempi». A quarantun anni era vecchio per giochetti del genere, ma con l'America in guerra era stato trasferito con pari grado nell'esercito statunitense. Purtroppo non gli davano più licenze per tornare a casa. In tempo di guerra non era più possibile. Cassie, comunque, sapeva che si trovava sempre a Hornchurch. A lei Nick non scriveva mai. Soltanto a Pat. E lei non gli aveva mai scritto per parlargli del tradimento di Desmond e del divorzio. Ancora adesso non sapeva come dirglielo. Non sapeva neppure se quella notizia potesse interessarlo. Non si era mai azzardata a domandare a Pat se gliene avesse parlato lui, ma ne dubitava. Come corrispondente non era mai stato molto zelante e inoltre non aveva l'abitudine di parlare delle faccende altrui. Come tutti gli uomini, con Nick discuteva soltanto di politica o di avvenimenti di interesse mondiale. Cassie sapeva che un giorno o l'altro sarebbe stata costretta a informare Nick, di persona, di quanto era accaduto. Doveva solo decidere quando e come. Ed era arrivata alla conclusione, ormai, che se Nick avesse ancora provato interesse nei suoi confronti le avrebbe scritto. Non lo vedeva da quasi un anno. Chissà che cosa pensava sul suo conto.

Non usciva mai e non accettava inviti da nessuno, si limitava a stare con gli amici oppure con le sue sorelle. E lavorava sodo per suo padre, all'aeroporto. Era una vita che, tutto sommato, la soddisfaceva, anche se a volte doveva ammettere di sentire la mancanza dell'emozione che un tempo le aveva dato poter pilotare gli aerei di Desmond. Purtroppo, a questo mondo non si poteva avere tutto... I giornalisti si erano ormai dimenticati di lei e capitava di rado che qualcuno le telefonasse. Era un'esistenza tranquilla, al punto che Pat a volte si sentiva preoccupato. E ne parlava con Oona.

«Ne ha viste di cotte e di crude, mi capisci», le disse una volta. Anche loro, a dire la verità.

«È una ragazza forte», rispose Oona. «E ritroverà prestissimo il suo equilibrio.» Come sempre. A volte capitava soltanto che rimanesse chiusa in se stessa, silenziosa, provando un senso di solitudine senza le persone con le quali era cresciuta. Suo fratello, Nick, Bobby, perfino Billy, anche se era entrato nella sua vita più tardi. Le mancavano, come le mancava quel cameratismo che li aveva uniti, e in mille modi differenti. Adesso era semplicemente un'altra aviatrice che pilotava aerei diretti a Chicago e a Cleveland, anche se era bello essere tornata in famiglia. Era qualcosa che le dava un grande conforto.

In agosto ricevette una telefonata che la lasciò sbalordita. Fu Pat a rispondere e poi le porse la cornetta. Non aveva nemmeno capito il nome di chi la chiamava e questo bastò a farle venire voglia di coprirlo di rimproveri. Certe cose non cambiavano proprio mai! Si trattava di Jackie Cochran.

« Dice sul serio? » In un primo momento aveva pensato che fosse uno scherzo. Era appena rientrata da un volo a Las Vegas e faceva un caldo da morire. Ma quando avvicinò la cornetta all'orecchio sentì la voce della grande aviatrice che le spiegava di volerla incontrare il più presto possibile. Le disse di averla sempre ammirata moltissimo e la pregò di andare a New York perché voleva parlarle. Sempre che ne avesse il tempo. « Certo », acconsentì Cassie, affrettandosi a prendere nota dei particolari necessari. La Cochran le propose di raggiungere New York in volo di lì a due giorni. Per fortuna Cassie non aveva nient'altro da fare e quella era la sua giornata di libertà. Forse avrebbe trovato anche il tempo di fare qualche acquisto nei negozi, visto che aveva in banca tutto il denaro guadagnato con il famoso viaggio e non ne aveva ancora speso un centesimo! La cosa strana era che aveva sempre desiderato conoscere Jackie Cochran, ma da quando era tornata a casa le sembrava di essere stata colta da un forma di pigrizia e non aveva mai cercato di realizzare quel suo desiderio.

Pensò anche di proporre a Oona di accompagnarla a New York, ma poi decise di andarci da sola. Non aveva la minima idea di quello che Jackie Cochran poteva volere da lei, e forse si trattava di qualcosa che non avrebbe incontrato la piena approvazione della madre.

La proposta che si sentì fare la lasciò senza parole. Non aveva esitato nel confessare di annoiarsi a casa e di essere ansiosa, e decisissima, a compiere voli un po' più emozionanti. Otto mesi dopo essere stata salvata da quell'isoletta del Pacifico era già pronta ad aprire di nuovo le ali e a compiere imprese più eccitanti. Quello che Jackie Cochran aveva in mente sembrava fatto apposta per lei.

Voleva che Cassie si assumesse l'incarico di formare un piccolo gruppo di donne aviatrici, di lunga esperienza, al comando della Sezione addestramento aereo dell'Aviazione americana, per portare aerei ovunque le esigenze belliche lo richiedessero. Per il momento le donne che avessero accettato sarebbero state considerate come piloti civili, ma avrebbero avuto un'uniforme e un grado onorario. Cassie doveva cominciare come capitano. Esisteva già un altro corpo aereo composto unicamente di donne, il WAFS che era la Squadriglia Aerea Ausiliaria Femminile, se lo avesse preferito. Si trattava di un corpo riservato unicamente al trasporto degli aerei sul territorio nazionale e organizzato da Nancy Harkness Love, un'altra aviatrice di grandissima esperienza. A Cassie, invece, piacque subito l'idea di portare aerei in Inghiterra facendosi beffe dei tedeschi. Sapeva che suo padre e sua madre sarebbero rimasti sconvolti al pensiero di vederla partire di nuovo, ma questa era una missione nella quale lei credeva profondamente. Era qualcosa che serviva a uno scopo, molto diverso dal famoso viaggio nel Pacifico, che aveva permesso di guadagnare somme enormi a un gran numero di persone avide e ambiziose. Qui si trattava di fare qualcosa per il proprio paese, e se fosse morta... Be'... era pronta ad accettare anche quello! Come Chris, come Billy... purtroppo, come lo stesso Bobby Strong, ormai. Era rimasto ucciso un mese e mezzo dopo essersi arruolato volontario. Peggy era di nuovo vedova, e con quattro bambini, adesso. La vita non era mai semplice.

Il WAFS doveva cominciare l'addestramento nel New Jersey, in settembre, per otto settimane consecutive e Cassie già non vedeva l'ora di partire. Le pareva che fosse il momento giusto per accettare nuove sfide come questa. Non solo, ma per la prima volta avrebbe eseguito voli ed esercitazioni di pilotaggio con altre donne, un'occasione che non aveva mai avuto.

Quella sera Jackie Cochran la invitò a cena al *21* e parlarono dei nuovi progetti. A Cassie sembrava di non aver mai desiderato nient'altro, nella vita, con tanto entusiasmo, nemmeno il giro del mondo quando Desmond glielo aveva proposto. Era talmente diversa la proposta della Cochran! Proprio quello che voleva, quello che aspettava con ansia. Era venuto il momento di andare avanti anche per lei. Sorrideva, durante il volo di ritorno a casa, l'indomani. Al suo arrivo trovò Pat all'aeroporto; stava canterellando fra sé e riordinava alcune carte nel suo ufficio. Cassie pensò che era un peccato guastargli il buonumore e decise di aspettare a parlargliene dopo cena.

« Com'era New York? »

« Fantastica », gli rispose lei, raggiante.

« Oh oh! Sbaglio o c'è un romanzetto in aria? » Ma la felicità di Cassie non aveva niente a che vedere con una storia d'amore. Le interessavano solo gli aeroplani, non gli uomini. Era tornata né più né meno al punto di partenza. Innamorata del cielo e della sensazione di libertà che dava volare.

« Nossignore. Nessun romanzetto » e gli rivolse un sorriso misterioso. Aveva ventitré anni, era divorziata, si sentiva libera e indipendente. E stava per fare esattamente quello che voleva.

Riuscì a trattenersi a fatica e fu solo dopo cena che ne parlò con suo padre e sua madre. Pat e Oona la fissarono con gli occhi sgranati, increduli.

« Ci risiamo! » esclamò Pat, in collera ancora prima che Cassie potesse spiegare con esattezza di che cosa si trattava. « Si può sapere che cosa ti è saltato in mente adesso? » Per tutta la vita Cassie aveva sempre nuotato controcorrente... non era una novità per loro, e nemmeno per lei stessa.

« Voglio entrare a far parte... ecco, sono già entrata a far parte della Sezione addestramento aereo dell'Aviazione », esclamò felice. Poi si affrettò a fornire le spiegazioni necessarie.

« Aspetta un minuto. Avresti forse intenzione di pilotare i

bombardieri da portare in Inghilterra? Ma sai quanto sono pesanti e difficili da maneggiare? »

« Lo so, papà. » Sorrise. Ormai aveva pilotato praticamente tutti gli apparecchi più difficili che solcassero i cieli, fin dall'epoca in cui lavorava per la Williams Aircraft. « Con me ci sarebbe un secondo pilota. » Sapeva che una notizia del genere lo avrebbe tranquillizzato, almeno in parte.

« Probabilmente un'altra donna. »

« In qualche caso. »

« Sei matta », fu il lucido commento di Pat. « Patriottica, però matta. »

A questo punto Cassie lo fissò con occhi penetranti. Suo padre doveva capire. Lei era una donna adulta, ormai, aveva il pieno diritto di fare una cosa del genere. Certo, gli aveva anche fatto vivere esperienze terribili, soprattutto in quell'ultimo anno, e non voleva addolorarli. Quindi avrebbe preferito fare quello che voleva fare ottenendo la loro approvazione. Oona, invece, stava già piangendo.

« Tu e la tua maledetta passione per il volo », disse disperata a suo marito, e lui le accarezzò una mano con affetto, come se volesse scusarsi.

« Via, Oonie... ci ha permesso di cavarcela egregiamente nella vita, no? » Quanto a Cassie, le aveva consentito di mettere insieme un piccolo patrimonio... e la gloria. Ma a che prezzo!

Cassie provò a spiegare di nuovo che cosa fosse la Sezione addestramento aereo e loro le risposero che ci avrebbero riflettuto. Ma lei volle ugualmente ricordare a entrambi che aveva già firmato i documenti necessari. Pat e Oona si guardarono. Ormai non rimaneva nient'altro da fare se non offrire a Cassie tutto il loro appoggio, la loro solidarietà. La loro figlia si era sempre comportata così, con i genitori! Tirava la corda, la tirava... fino ai limiti del possibile.

« Quando ti vogliono, Cass? » le domandò Pat, che adesso appariva un po' smarrito e perplesso. Non sopportava l'idea di perderla. Se pensava a tutto l'aiuto che gli aveva dato all'aeroporto!

« Comincerò fra quindici giorni, il 1° settembre. Nel New

Jersey. » Poi aggiunse, ed era un commento del tutto gratuito: « Se fossi un uomo, ormai mi avrebbero già chiamato alle armi, in qualsiasi caso! »

« Ma non lo sei, grazie a Dio. Non lo sarai mai. È già abbastanza brutto avere in guerra i nostri due generi. E Nick », che loro consideravano alla stregua di un figlio.

« Ci andresti anche tu, se potessi », fece notare Cassie a Pat, che la guardò in un modo strano. Aveva ragione. Sarebbe partito anche lui. Ma questa volta nessuno avrebbe mai pensato di richiamarlo in servizio, data l'età.

« E allora, perché non posso farlo io? Perché non posso fare qualcosa per il mio paese, tanto per cambiare? Io so fare una cosa sola, so volare e bene. Perché non posso offrire questo al mio paese? Tu lo faresti. Perché a me dovrebbe essere proibito unicamente per il fatto che sono una donna? »

« O Signoriddio! » esclamò Pat alzando gli occhi al cielo. « Ci risiamo con le suffragette. Dove hai sentito tutte queste storie? Tua madre e le tue sorelle non parlano mai di queste sciocchezze. Stanno a casa perché quello è il loro posto! »

« Ma non il mio. Io qui non so che cosa fare. Io sono un pilota. Come te. Ecco la differenza. » Le discussioni con Cassie erano sempre complicate. Era intelligente e aveva ragione. Inoltre non le mancava il coraggio. Ed era questo, in lei, che piaceva a Pat. Gli aveva insegnato molte cose nel corso degli anni, ed era un motivo per il quale le voleva ancora più bene.

« È pericoloso, Cass. Piloteresti bombardieri Lockheed Hudson. Sono aeroplani pesanti. E se tu dovessi precipitare di nuovo? »

« E se succedesse a te di precipitare domani, mentre viaggi verso Cleveland? Che differenza ci sarebbe? »

« Forse nessuna. Lascia che ci pensi. » Sapeva quanto Cassie si annoiasse ormai sui soliti percorsi per il servizio postale, dopo aver volato su rotte molto più difficili e impegnative. Ma se non altro non correva pericoli.

Ci pensò per giorni e giorni e alla fine, come era già successo, si rese conto di non avere il diritto di impedirglielo. In settembre quindi Cassie partì per il New Jersey. Anche

Oona era orgogliosissima di lei. L'accompagnarono in aereo fino a destinazione.

« Prenditela calma, papà », gli raccomandò Cassie salutandolo. Poi baciò lui e Oona. E Pat rimase a guardarla con un sorriso.

« Tu, piuttosto, cerca di non fare sciocchezze », le disse in tono che sembrava serio, mentre era soltanto scherzoso. E Cassie scoppiò in una risata.

« E tu, mi raccomando, su la coda, non dimenticartene! »

« Pensa alla tua, di coda! » replicò lui e si irrigidì per farle un saluto militare. Poi se ne andò. La volta successiva, quando la rivide si rese conto di essere emozionato e pieno di orgoglio. Cassie aveva indossato l'uniforme e sulle spalline aveva un paio di luccicanti ali argentee. Sembrava più adulta e molto più matura. Aveva raccolto i lunghi capelli rossi in una stretta crocchia e con quella figura alta e snella era davvero splendida.

Oona e Pat l'avevano raggiunta a New York perché durante quel fine settimana sarebbe partita per l'Inghilterra. Ma avevano intenzione di rimanere in città solo il tempo necessario. Cassie avrebbe cominciato a volare avanti e indietro per trasportare gli aerei ovunque fosse stato necessario. La prima missione che le venne affidata fu il trasporto di un bombardiere all'aeroporto di Hornchurch.

La sera prima della partenza cenò con i genitori. Volle portarli in un piccolo ristorante italiano dove andava tutte le volte che si trovava a New York con altri piloti. Ne presentò qualcuno a Oona e Pat e bastò quella serata per far capire a entrambi che Cassie non era mai stata tanto serena e felice. Benché fosse stata sottoposta a un addestramento piuttosto duro, le era quasi sembrato di avere trascorso un periodo di tempo in un campo estivo per aviatrici. Le donne con le quali volava erano simpatiche, e una sfida come quella di trasportare bombardieri attraverso cieli tanto pericolosi si adattava al suo carattere. Per quel primo viaggio le era stato assegnato un uomo come secondo pilota. Pensavano di passare sopra la Groenlandia.

« Tieni gli occhi aperti, e chissà che tu non veda Nick! » le disse Pat lasciandola davanti alla caserma, e lei promise di scrivere subito a casa, una volta raggiunta l'Inghilterra. Non pensava comunque di rimanerci a lungo. In realtà ancora non lo sapeva. Avrebbe certo partecipato a qualche volo anche laggiù, in attesa di ricevere ordini per il viaggio di ritorno. Ma non sapeva quanto si sarebbe fermata. Forse solo un paio di settimane, forse tre mesi. C'era però una cosa che sapeva con certezza, e cioè che per tutto il periodo dell'addestramento non aveva fatto altro che pensare a Nick Galvin.

Aveva riflettuto a lungo e preso qualche decisione.

Per tutta la vita non aveva fatto altro che aspettare che fossero gli altri a decidere per lei e adesso era stanca. Non avrebbe permesso che accadesse mai più. Era stata costretta a pagare suo fratello per fargli raccontare un sacco di bugie e convincerlo a lasciarsi accompagnare quando volava, in modo da imparare a pilotare. Aveva dovuto aspettare che Nick si accorgesse di quanto desiderio avesse di imparare perché accettasse di diventare il suo istruttore. Era stata costretta ad aspettare che suo padre, anni prima, diventasse più ragionevole e la lasciasse lavorare come pilota nel suo aeroporto.

Aveva dovuto aspettare che fosse Nick a dirle di amarla, prima della partenza per arruolarsi nella RAF. Aveva dovuto aspettare che Desmond le lasciasse pilotare i suoi aerei, le mentisse e la sfruttasse e alla fine le dicesse la verità, cioè che per lei non provava praticamente nulla... Per tutta la vita non aveva fatto che aspettare le decisioni degli altri. Perfino adesso che Nick sapeva dove trovarla e sapeva quello che provava per lui... non le scriveva mai. L'unica cosa che probabilmente continuava a ignorare, dal momento che non era mai stata fatta alcuna pubblicità grazie alle ottime relazioni che Desmond aveva sempre tenuto con la stampa, era il fatto che lo avesse lasciato.

Ma adesso non si sentiva più disposta ad aspettare. Questa volta certe decisioni non le avrebbero prese gli altri. Fin dal preciso momento in cui aveva scoperto quanto ignobile fosse sempre stato Desmond, aveva provato un unico desiderio, cioè partire per l'Inghilterra. Non aveva la minima idea di quello che sarebbe successo, una volta arrivata, o di quello che Nick avrebbe potuto dire. Non le interessava la sua età, il fatto che fosse molto più vecchio e che non fosse ricco. Sapeva una cosa soltanto: doveva raggiungerlo. Aveva il diritto di conoscere quali fossero i suoi sentimenti per lei. Aveva diritto a un mucchio di cose – ecco la conclusione alla quale arrivò – e finalmente era venuto il momento di ottenerle. Il viaggio stesso che stava per fare ne era il simbolo. Perché era proprio quello che lei voleva fare.

Partirono alle cinque, la mattina seguente, e Cassie trovò il volo interessante, una nuova sfida per lei, anche se risultò abbastanza noioso e per buona parte privo di novità. Poté perfino chiacchierare un po' con il secondo pilota che rimase subito profondamente colpito quando la riconobbe.

« Una volta ti ho visto durante un raduno aeronautico. Hai fatto piazza pulita di tutti gli altri. Se non sbaglio hai ottenuto tre primi premi e un secondo. » Sì, era stato l'ultimo raduno. E il suo secondo pilota ricordava tutto con esattezza.

« È un po' che non partecipo più a nessun raduno. »

« Anche quelle sono cose del passato. »

« Al raduno dell'anno successivo ho perduto mio fratello e così, dopo, buona parte del divertimento per me era finita. »

« Ci scommetto. » Poi ricordò le acrobazie che lei aveva fatto, i giochetti nei quali si era esibita in aria, e in tono pieno di ammirazione aggiunse: « La volta che ti ho visto devo dire che facevi proprio faville! »

« Figuriamoci! Sarà stata una tua impressione », rispose lei, con modestia. E il compagno rise.

All'arrivo in Inghilterra erano diventati praticamente amici e Cassie sperò di poter fare qualche altro volo in sua compagnia. Lui veniva dal Texas e, come la maggior parte dei suoi colleghi, aveva cominciato a volare fin da quando era stato capace di arrampicarsi nella carlinga. Le promise che sarebbe andato a trovarla la prima volta che fosse capitato di nuovo nel New Jersey.

Quella notte furono fortunati: nessun pilota tedesco diede la caccia al loro aereo. Lui aveva partecipato a un paio di incontri ravvicinati con i tedeschi e fu ben contento di non incontrarli. Anche perché per Cassie quello era il primo viaggio. «Comunque, non è niente di cui preoccuparsi», la rassicurò. E con somma soddisfazione di Cassie le permise di rimanere ai comandi per l'atterraggio. Non ebbe problemi, malgrado le raccomandazioni e le tristi previsioni paterne. Che meraviglia essere trattata da pari a pari!

Si presentò quindi con gli incartamenti necessari nell'ufficio che le era stato indicato.

Qui la ringraziarono cortesemente e le misero in mano un foglietto di carta sul quale era scritto l'indirizzo al quale recarsi. Era lì che avrebbe alloggiato. Quando uscì dall'ufficio, il pilota che aveva volato con lei la invitò a mangiare qualcosa. Ma lei gli rispose che aveva altri progetti. Era vero, anche se non sapeva da dove cominciare. Aveva l'indirizzo, ma non significava niente. Non ancora, perlomeno. Tirò fuori il pezzo di carta sul quale l'aveva scritto, e che teneva in una delle tasche, e lo fissò a lungo, lottando contro la stanchezza dopo il lungo viaggio. All'improvviso qualcuno le diede uno spintone e lei alzò gli occhi di scatto, prima irritata e poi stupita.

Era assurdo. Di solito non succedeva mai così. Troppo facile. Invece eccolo a fissarla come se fosse stata un fantasma. Nessuno lo aveva avvisato del suo arrivo e adesso si trovava di fronte Cassie, in uniforme. Anche lei fissò sbalordita l'uomo che aveva davanti: il maggiore Nick Galvin.

«Si può sapere che cosa stai facendo qui?» le domandò, come se fosse il padrone dell'aeroporto, e Cassie gli rise in faccia. I capelli rossi che le incorniciavano il viso erano arruffati dal vento autunnale.

«La stessa cosa che fai tu.» Più o meno era vero, a parte il fatto che il lavoro di Nick era molto più pericoloso di quello di Cassie. Ma entrambi si erano assunti un determinato compito, una missione specifica. E parecchi piloti addetti al trasporto degli aerei da combattimento erano già stati uccisi dai tedeschi. «A proposito, grazie di tutte le magnifiche lettere che mi hai mandato. Ti assicuro che è stato un vero piacere leggerle. » Cercò di scherzare per non fargli capire quanto fosse rimasta addolorata dai suoi silenzi.

Lui le rivolse un sorriso quasi da ragazzino. Non riusciva a prestarle ascolto tanto era sconvolto di trovarsela davanti. L'aveva vista per l'ultima volta la mattina della partenza, dopo la notte che avevano passato insieme nel loro rifugio segreto.

« Ti giuro che anche per me è stato un piacere scriverle », si affrettò a ribattere in tono arguto rendendosi conto di desiderare una cosa sola; allungare le braccia e toccarla. Non riusciva a staccare gli occhi da lei. D'istinto avrebbe voluto sentirla fra le braccia, stringerla contro il proprio cuore, toccarla con le mani. Impulsivamente allungò una mano per accarezzarle i capelli. Erano sempre morbidi come la seta, sembravano una massa di fiamme ardenti. « Come stai, Cass? » le domandò a bassa voce, sempre immobile davanti a lei in mezzo al continuo andirivieni di gente in uniforme. A Hornchurch c'era sempre un gran traffico, ma nessuno dei due vi badò in quel momento. Non riuscivano a staccarsi gli occhi di dosso. Malgrado le difficoltà che avevano superato, niente sembrava cambiato fra loro.

« Io sto bene », gli rispose mentre Nick la precedeva verso un muricciolo in pietra dove avrebbero potuto sedersi per qualche minuto a parlare. Avevano tante cose da dirsi, tante cose da raccontarsi per recuperare il tempo perduto. E improvvisamente Nick si sentì in colpa per il suo silenzio.

« Se tu sapessi quali sono stati i miei tormenti quando sei precipitata con il tuo apparecchio », le disse. E Cassie girò subito la testa dall'altra parte. Pensava a Billy.

« Non è stato un divertimento », gli rispose con molta sincerità. « Anzi, me la sono proprio vista brutta... » Si accorse che le riusciva difficile parlarne. E Nick, d'impulso, le afferrò una mano e la strinse nella propria. « ...per Billy, poi, è stato terribile... »

« Lo so. » Cassie comprese che non era necessario aggiungere altro. Nick sapeva e capiva perfettamente. « Non puoi dare nessuna colpa a te stessa, Cass. Te l'avevo detto molto tempo fa. Ciascuno di noi fa quello che deve fare. Corriamo dei rischi. Billy sapeva quello che stava facendo. Voleva fare quel viaggio con te, ma lo voleva fare per se stesso, non soltanto per te.» Lei annuì. Riconosceva la saggezza delle parole di Nick, anche se le davano ben poco conforto.

«Non mi è mai sembrato giusto essermela cavata. Io sono tornata indietro, lui no.» Era la prima volta che lo confessava a qualcuno. Sapeva che non lo avrebbe mai detto a nessuno all'infuori di Nick. Perché a lui confidava tutti i suoi sentimenti.

«È la vita. Non è una tua decisione. Ma una decisione Sua.» E le indicò il cielo. Lei fece cenno di sì con la testa.

«Perché non mi hai telefonato quando sono tornata a casa?» gli domandò amareggiata. Andò subito al sodo. Come sempre. Anche Nick era fatto così.

«Ci ho pensato moltissimo... e un paio di volte sono stato lì lì per farlo», le sorrise Nick, «soprattutto quando avevo una pinta o due di birra sotto la cintura, come dicono qui, ma ho pensato che a tuo marito non avrebbe fatto piacere. A proposito, dov'è adesso?» Bastò questa domanda a confermare i sospetti di Cassie, che sorrise. Era buffo trovarsi lì, seduta a chiacchierare con lui come se fosse stato ad aspettare il suo arrivo. A un tratto ogni cosa le parve semplice! Eccoli lì, a seimila chilometri da casa, a discorrere piacevolmente seduti su un muretto di sassi sotto il sole autunnale.

«È a Los Angeles.» Con Nancy Firestone. O qualche altra.

«Mi meraviglio che ti abbia lasciato fare una cosa del genere... o meglio, a dire la verità non mi meraviglio affatto», osservò Nick. Improvvisamente nella sua voce si avvertì un punta di amarezza. Si era sentito straziare il cuore quando aveva creduto che Cassie fosse perduta per sempre e che quel bastardo le avesse fatto rischiare la vita per vendere i propri aerei! Avrebbe voluto telefonare a Desmond, per dirgli chiaro e tondo che lo considerava uno schifoso figlio di puttana. Invece, non lo aveva mai fatto. «Immagino che abbia calcolato che esibizioni di questo genere avrebbero fatto un ottimo effetto, viste nel cinegiornale, vero? Tutto patriottismo. Anche lei... come i nostri ragazzi. È stata tua, l'idea... oppure sua?» Avrebbe voluto che fosse venuta a Cassie, perché voleva rispettarla per ciò che stava facendo.

«Mia, Nick. È qualcosa che volevo fare da molto tempo, fin dall'epoca del viaggio. Ma quando sono tornata a casa non mi è sembrato giusto lasciare papà. Per lui ogni cosa è difficile adesso. Non è rimasto più nessuno ad aiutarlo. Non è escluso che un bel giorno si decida addirittura ad assumere qualche donna, anche se per la maggior parte si sono arruolate nel WAFS o nella Sezione addestramento aereo. Come ho fatto io.»

«Non potresti spiegarti meglio? Che cosa vuole dire che ti dispiaceva lasciarlo di nuovo? Al tuo ritorno sei andata a vivere da loro?» Possibile che quel bastardo non avesse avuto nemmeno la decenza di prendersi cura di lei?

«Sì, sono tornata da loro», spiegò Cassie a bassa voce, guardandolo e ricordando quella sola notte di felicità, l'unica, che avevano avuto al chiaro di luna. «Ho lasciato Desmond, Nick. L'ho lasciato quando papà ha avuto l'attacco di cuore.» Ormai era passato già un anno e Nick rimase sbalordito quando capì di non averlo mai saputo.

«Dopo l'ultima volta che ci siamo visti, quando sono tornata a Los Angeles la situazione è risultata proprio quella che tu avevi previsto. Né più né meno. Lui continuava ad assillarmi, costringendomi a partecipare a conferenze stampa, a fare voli di collaudo, interviste, documentari cinematografici. Tutto era come avevi detto tu, si è rivelato per quello che è veramente solo quando mio padre è stato male. Allora mi ha 'ordinato' di partire per quel viaggio, secondo i programmi stabiliti, e mi ha 'vietato categoricamente' di tornare a casa per rivederlo.»

«Tu invece, a casa ci sei tornata, o sbaglio?» Nick sapeva che il viaggio era stato rinviato e aveva visto in un cinegiornale anche un breve filmato di Cassie all'ospedale. Quindi sapeva almeno questo.

«Naturalmente! E Billy è venuto con me. Desmond ha detto che ci avrebbe fatto causa se non fossimo partiti per il viaggio e ci ha costretto a firmare una serie di contratti con i quali ci impegnavamo a partire in ottobre.»

« Che tipo simpatico! »

« Lo so. Non sono più tornata da lui. Non non mi ha neppure telefonato. Tutto quello che voleva era il silenzio stampa fino al mio ritorno. E tu hai avuto ragione perfino per quanto riguardava le donne. Nancy Firestone era la sua amante. A quanto sembra l'unico motivo per cui ha voluto sposarmi è stato che le nozze gli sarebbero servite a pubblicizzare ancora di più il viaggio, proprio come dicevi tu. Mi ha confessato che senza il nostro matrimonio il viaggio non avrebbe avuto lo stesso impatto sul pubblico. Il matrimonio, poi, è stata una completa finzione. E quando ci siamo ritrovati alle Hawaii, al mio ritorno, mi ha detto che mi considerava ancora impegnata a lavorare per lui. E che mi avrebbe fatto causa se non avesi tenuto fede ai termini del contratto. Io mi ero impegnata a coprire un percorso di circa ventitremila chilometri a bordo del *North Star* e quando ci siamo schiantati al suolo ne avevo coperti solamente diciassettemila circa. Desmond ha calcolato di potermi sfruttare ancora... ma per me ormai tutto era finito. Mio padre mi ha accompagnato da un avvocato di Chicago e ho chiesto il divorzio. »
Nick era rimasto immobile, sbalordito di fronte a ciò che Cassie gli stava raccontando, anche se il fatto che Williams fosse uno sporco individuo non era una novità per nessuno, soprattutto per lui. In ogni caso si era rivelato ancora peggiore di quanto avesse immaginato.

« Come hai potuto ottenere che niente di tutto questo trapelasse prima della tua partenza? »

« In questo Desmond è molto bravo. È una sua specialità. Al mio ritorno a Los Angeles, prima di partire per il famoso viaggio, sono stata ospitata da Billy a casa sua. E nessuno ha mai saputo niente. In ogni caso, siamo partiti solo poche settimane dopo il ritorno da Good Hope e Desmond è stato molto abile nel celare la verità. È un uomo viscido, un vero serpente, Nick. Avevi ragione su tutto. Avrei sempre voluto dirtelo, ma non ero sicura sul modo migliore di farlo. In principio mi sentivo ferita nell'orgoglio e mi vergognavo di ammettere che l'intera faccenda era stata una pura e semplice farsa. Poi ho temuto che a te non sarebbe interessato sapere niente. Eri stato molto chiaro. Mi avevi lasciato capire che non volevi aver più niente a che fare con me. Non so... ho pensato che, forse, era meglio che le acque si calmassero per un po'. Continuavo a sperare che tu tornassi a casa. Così avremmo potuto parlarne. Ma immagino che dopo Pearl Harbor non ti sia stato più possibile. »

« Non abbiamo più licenze, Cass. E... vuoi spiegarti un po' meglio? In che senso ero stato 'molto chiaro nel lasciarti capire che non ti volevo più?' Ricordi quella notte? » Sembrava offeso che lei osasse dire una cosa simile.

« Mi ricordo ogni minuto. A volte è stata l'unica cosa che mi ha dato la forza di tirare avanti su quell'isola... pensare a te... ricordare... è stato quello che mi ha aiutato a superare un mucchio di cose... per esempio anche il taglio netto con Desmond. Si è mostrato così meschino e ripugnante! »

« Allora, perché non mi hai scritto per dirmelo? »

Lei sospirò, ripensandoci. Poi lo guardò con sincerità: « Suppongo di aver pensato che tu mi avresti detto per l'ennesima volta di essere troppo vecchio e troppo povero e che avrei fatto meglio a cercarmi un ragazzo dell'età di Billy. » Nick sorrise. Era la verità. Forse sarebbe stato tanto stupido da ripeterle proprio quello. Ma era successo prima che Cassie rischiasse la vita, prima che lui riacquistasse un briciolo di buon senso. Il solo fatto di trovarsi lì, seduto accanto lei, gli fece capire di essersi comportato come un perfetto imbecille quando l'aveva lasciata.

« Ed è stato così? Hai trovato un ragazzo dell'età di Billy, voglio dire? » Le parve talmente preoccupato che non ebbe il coraggio di farlo ingelosire.

« Dovrei raccontarti che ho cominciato a uscire con tutti gli uomini che esistono sulla faccia della terra. »

« Non so fino a che punto ti crederei. » Le sorrise e si accese una sigaretta appoggiandosi meglio contro il muricciolo e guardando Cassie con la felicità negli occhi. Che bello rivederla! Finalmente era di nuovo la ragazzina che lui aveva amato, la ragazzina di allora diventata donna.

« E perché no? Mi trovi tanto brutta da non avere neppure

un uomo che mi porti fuori?» ribatté Cassie in tono malizioso.

«Non brutta. Semplicemente difficile. Ci vuole un uomo di una certa età, un uomo maturo, che sappia come va trattata una ragazza del tuo genere, Cass. E non sono molti quelli che saprebbero farlo.»

«Non essere presuntuoso. Questo significa che finalmente hai scoperto di avere l'età giusta oppure che continui a considerarti troppo vecchio per me?» gli domandò senza mezzi termini. Voleva sapere quale fosse la loro situazione, adesso.

«Una volta lo credevo. Ma devo ammettere che sono stato semplicemente un povero sciocco», rispose Nick con molta onestà. «Quando sei precipitata con il tuo apparecchio, Cass, c'è mancato poco che non mi rinchiudessero in un manicomio. Ho creduto di impazzire pensando a te. E per un po' credo di essere stato davvero pazzo. Appena l'ho saputo, avrei voluto salire su un aereo e tornare a casa. Avrei così potuto trovarmi a Honolulu quando sei arrivata tu!»

«Sarebbe stato meraviglioso», gli disse lei con un dolce sorriso. Ma non lo rimproverò. Di niente. Voleva solo sapere come andassero le cose fra loro, ora.

«Immagino che avrei trovato Desmond con i suoi giornalisti», riprese Nick.

«Naturalmente. Per fortuna, però, avevo un'infermiera bravissima, un tipo formidabile, che continuava a cacciarli fuori dalla mia camera. Quanto a Desmond, lo ha odiato con tutte le sue forze. È stato allora che lui ha minacciato di farmi causa per non aver tenuto fede alle clausole del contratto. Comincio a pensare che si fosse convinto che avessi fatto esplodere l'apparecchio per dispetto. È stata una cosa stranissima, Nick», riprese lei in tono serio. «Tutti e due i motori hanno preso fuoco. Credo che ancora adesso non siano riusciti a capire come sia stato possibile. E credo che non ci riusciranno mai.» Distolse per un attimo gli occhi mentre glielo spiegava e Nick le circondò le spalle con un braccio stringendola più forte a sé.

«Non pensarci, Cass. È acqua passata.» Come molte altre

cose. Un'intera vita si era conclusa per lei e adesso era venuto il momento di ricominciare da capo. Nick la guardò con un sorriso, assaporando con piacere la sensazione di calore che irradiava dal suo corpo, e ricordò quella notte d'estate di quasi due anni prima. Il ricordo di quell'incontro era stato il suo unico conforto, l'unica cosa che gli avesse dato il coraggio di tirare avanti. «Per quanto tempo ti fermerai qui?» le chiese.

«Riceverò gli ordini giovedì», rispose lei tranquillamente, domandandosi che cosa il futuro avesse in serbo per loro, che cosa Nick volesse da lei; se tutto sarebbe ricominciato come prima o se Nick alla fine avrebbe dimostrato di essere diverso, più maturo, adulto. «Rimarrò qui forse per una settimana oppure addirittura per due o tre mesi. E credo che tornerò abbastanza spesso. Mi hanno arruolato nella squadriglia per il trasporto aerei oltremare. È questo che facciamo, una specie di servizio taxi dal New Jersey a Hornchurch.»

«Mi sembrano cosette modeste per te, Cass.» Ma si sentì sollevato al pensiero che non avesse trovato qualcosa di più pericoloso da fare. Da lei c'era da aspettarsi di tutto. Per Desmond aveva eseguito collaudi su apparecchi da combattimento e su caccia che avrebbero dovuto essere adattati per l'esercito. Per fortuna tutto questo apparteneva al passato.

«Per il momento mi basta. E tu, che cosa mi racconti? Dove ti trovi adesso?» gli domandò con un'occhiata che gli trapassò l'anima. Impossibile non dare una risposta diretta a queste domande.

In un primo momento Nick non si rese conto di quello che Cassie voleva sapere, e quando finalmente lo intuì scoppiò in una risata, abbassando gli occhi a guardarla. Aveva capito. Non era per caso che Cassie era arrivata a Hornchurch. L'unica coincidenza era il fatto che l'avesse incontrata subito.

«Si può sapere che cosa mi stai domandando, Cass?»

«Fino a che punto sei coraggioso? A furia di rischiare la vita combattendo contro i tedeschi sei diventato più in gamba di prima?»

« Sì, sono più in gamba di quanto non fossi una volta, se è questo che vuoi sapere. E anche un po' più vecchio... e povero come allora... » Non ebbe difficoltà a ricordare le proprie parole, e quanto fosse stato stupido. « Fino a che punto sei coraggiosa, piccola Cassie? E quanto sciocca? È questo che vuoi? Dopo tutto quello che hai fatto e avuto e sei stata negli ultimi due anni... è ancora quello che vuoi? Soltanto me e quel vecchio Jenny? È tutto quello che ho, e lo sai. Quello, e il Bellanca. Non ci sarà mai niente di diverso, o di meglio, o di una qualità superiore. » Ma sapevano entrambi che Cassie aveva già provato il meglio, e non era quello che voleva. Voleva lui e tutto ciò che questo significava. Niente di più.

« Se avessi voluto il meglio in senso assoluto adesso sarei a Los Angeles. »

« No, niente affatto », rispose lui piano mentre sul suo viso appariva quell'espressione testarda che Cassie conosceva tanto bene.

« E perché? »

« Perché sarei io a non permetterlo. Non ti lascerò mai più tornare in quel posto, a fare quello che hai fatto. Non avrei mai dovuto lasciarti andare, fin dal principio. » Sia Nick sia Cassie avevano imparato una dura lezione, che era costata cara a tutti e due. Ma adesso erano più saggi. Avevano fatto molta strada e pagato a caro prezzo tutto quello che avevano imparato e desiderato. « Ti amo, Cass, ti ho sempre amato », mormorò ancora Nick, attirandola contro di sé, e lei, alzando gli occhi a guardarlo, sorrise. Era quel viso che conosceva tanto bene, che aveva sempre amato fin da ragazzina. Le stesse rughe sottili intorno agli occhi, gli stessi lineamenti che si era abituata a contemplare. Un viso bello, che rivelava carattere, decisione e dolcezza, l'unico che Cassie volesse avere davanti agli occhi per tutta la vita. Era venuta fin lì a cercarlo. E l'aveva trovato. Con Nick aveva tutto ciò che poteva desiderare.

« Ti amo anch'io, Nick », disse con voce serena, mentre lui la stringeva forte a sé, godendo di quel calore, di quel contatto che aveva desiderato tanto spesso. Rimanere lontano da lei era stato un inferno, un inferno che aveva voluto, e che adesso si pentiva amaramente di aver cercato. E c'era stato un momento in cui non aveva saputo nemmeno come venirne fuori. Ma adesso Cassie era venuta a cercarlo.

« E se uno di noi due non dovesse tornare da questo posto? » le domandò con molta franchezza? Che cosa facciamo? » Era ancora un problema per lui il terrore di poterle rovinare la vita, di legarla a sé e poi morire. D'altra parte era il prezzo che a volte pagava chi amava un pilota.

« È un rischio che corriamo entrambi, ogni giorno. Lo abbiamo sempre corso. Sei stato tu a insegnarmelo. Se è questo che vogliamo, dobbiamo anche avere il coraggio di convivere con un rischio simile. E ciascuno di noi deve lasciare che l'altro faccia quello che è il suo dovere. » Era uno scotto molto alto da pagare per amore di una persona, ma tutti e due erano sempre stati disposti ad accettarlo.

« E poi? » Nick continuava a preoccuparsi di quello, ma Cassie ormai aveva affrontato e risolto il problema da molto tempo e sarebbe rimasta del tutto indifferente al fatto che Nick si fosse ritrovato povero in canna, senza un centesimo.

« Poi ce ne torniamo a casa. Mio padre prima o poi si ritirerà e lascerà a noi l'aeroporto. E se continueremo a vivere in quella specie di baracca perché è tutto quello che hai, mi va bene così. Non mi interessa altro. Ma se vorremo, avremo qualcosa di meglio! » Questa volta Nick non tentò di discutere. Capiva che poteva bastare per tutti e due. Avevano avuto di più, e anche di meno, nella loro esistenza e per loro non aveva importanza. Tutto ciò di cui avevano bisogno era stare insieme e un cielo nel quale volare.

La baciò dolcemente e Cassie alzò gli occhi e sorrise ricordando le ore che avevano passato a bordo del vecchio Jenny. Gli rammentò le prime volte che lei aveva eseguito il cerchio della morte e aveva provato a scendere a vite... Nick rise.

« Mi hai fatto prendere certi spaventi! »

« Storie... mi ripetevi sempre che per me volare era qualcosa di innato. » Finse di essere offesa mentre si rialzavano dal muretto e Nick la riaccompagnava lentamente verso l'alloggio che le avevano destinato. In una sola mattina avevano risolto molte cose.

« Lo dicevo soltanto perché ero innamorato di te. » Rise felice. Gli pareva di essere tornato ragazzo. Tutto merito di Cassie. Da sempre lo faceva sentire così.

« No, niente affatto. A quell'epoca non eri innamorato di me », provò a obiettare Cassie con un sorriso, chiedendosi se era vero.

« E invece ti amavo. » Nick adesso sembrava felice, giovane e sereno. E, camminandole al fianco, provò un orgoglio infinito.

« Davvero? »

Risero continuando a chiacchierare, a farsi dispetti e a prendersi in giro come bambini. A un tratto la vita era molto semplice. Cassie aveva trovato Nick, e tutto ciò che Nick rappresentava. Finalmente era giunta alla meta. E lui con lei.

FINE